高等医学院校临床知识与实践技能指导教材

（供临床医学、中医学、口腔医学、医学检验、护理学、口腔工艺技术专业用）

实用临床技能培训教程

SHIYONG LINCHUANG JINENG PEIXUN JIAOCHENG

（第 2 版）

主　编　崔其福　瑞　云　张永旺　邢淑芳
副主编　李秀丽　刘　强　韩旭晨　雷　蕾
编　者　（以姓氏笔画为序）

于艳梅　马　力　马丽娟　王海峰
孔祥燕　邓凤坤　仝丽娟　冯艳秋
邢淑芳　吕广辉　任连斌　刘　冉
刘　强　刘旭超　刘晓霞　刘海丽
闫立杰　孙宝泉　孙海燕　杜桂芝
李占则　李占林　李丽宏　李秀丽
李秀君　李荣成　杨玉山　何述祥
宋志君　宋利刚　张　皓　张永旺
张亚军　张亚丽　张丽敏　张明泽
张树龙　张晓兰　张新春　林安岭
罗春玉　周婧英　於江寅　屈桂芳
经莹洁　赵伟丽　姜海侠　贺秀丽
高丽伟　高淑芹　崔其福　彭向东
董淑英　韩旭晨　韩晶岩　瑞　云
雷　蕾　鲍志磊　臧国军

人民军医出版社

PEOPLE'S MILITARY MEDICAL PRESS

北　京

图书在版编目(CIP)数据

实用临床技能培训教程/崔其福主编．－2 版．－北京:人民军医出版社,2009.2
ISBN 978-7-5091-2514-4

Ⅰ.实…　Ⅱ.崔…　Ⅲ.临床医学－医学院校－教材　Ⅳ.R4

中国版本图书馆 CIP 数据核字(2009)第 011463 号

策划编辑:程晓红　　文字编辑:王久红　于晓红　　责任审读:刘　平
出　版　人:齐学进
出版发行:人民军医出版社　　　　　　　经销:新华书店
通信地址:北京市 100036 信箱 188 分箱　邮编:100036
质量反馈电话:(010)51927270;(010)51927283
邮购电话:(010)51927252
策划编辑电话:(010)51927300－8718
网址:www.pmmp.com.cn

印刷:京南印刷厂　　装订:桃园装订有限公司
开本:787mm×1092mm　1/16
印张:26.75　字数:640 千字
版、印次:2009 年 2 月第 2 版第 1 次印刷
印数:0001～3000
定价:46.00 元

内 容 提 要

本书以卫生部医师资格考试大纲为依据,从临床实际应用出发,在第1版的基础上,新增了症状学、临床常用护理技术、急诊急救技术、皮肤科疾病诊疗技术,以及各科临床诊疗新技术,并注重临床操作能力的培训,突出基本功训练,着力于基础理论知识水平和临床操作技能的提高及最新诊疗技术的综合运用。本书内容全面,层次分明,实用性强,对本科生、专科生毕业实习,以及临床医师、护师和技师有较好的指导作用,亦可供临床医师、护士参加执业资格考试复习参考。

高等医学院校临床知识与实践技能指导教材

（供临床医学、中医学、口腔医学、医学检验、护理学、口腔工艺技术专业用）

编审委员会

再版前言

实用临床技能培训教程,于 2006 年第一次问世以来,受到了广大读者的青睐。为了适应 21 世纪卫生事业的发展,全面落实中共中央、国务院《关于深化教育改革全面推进素质教育的决定》,提高医学院校学生的基础理论知识和实践能力,以满足社会的需要,我们组织了长期从事临床教学工作和有丰富临床工作经验的各学科专家,编写(修订)再版《实用临床技能培训教程》。

再版教材以医师资格技能考试大纲为基础,以卫生部规划教材为依据,以临床能力培养为目的,侧重于理论知识和临床操作技能的综合运用及最新诊疗技术。

本版次删去了医学心理学、医学伦理学、卫生法规、预防医学等内容,补充了症状学、病历书写及各科最新诊疗技术,并简要介绍了"脑电图""肌电图""食管调搏"等检查、治疗新技能。材料来源可靠,能反映学科新进展。本教材仍实行主编负责制,编审委员会在教材编审及组织管理中,起参谋和质量把关作用。

本教材适用于高等医药院校本科生、专科生毕业实习,对临床医师、护师及技师也有一定的指导作用,亦可供临床医师、护士参加执业资格技能考试参考。

对书中的不同观点和不足之处,敬请读者和同仁不吝赐教和批评指正,以便再版时修正。

编审委员会

2009 年 2 月

目 录

第1章　毕业实习生规则

第一节　总　　则

一、毕业实习目的

1. 端正专业思想，熟悉本专业的工作性质，培养良好的职业道德，不断提高自身综合素质。

2. 检验和巩固所学的理论知识，培养严谨、实事求是的科学作风，通过实习使学生所学的基础理论和基本技能融于实践，从而进一步培养学生独立完成医疗、预防、保健、护理等的工作能力及社会适应能力。

3. 掌握本专业的基本工作内容、方法和专业技能，通过实践不断增强自学与独立思考、分析和解决问题的能力。

二、毕业实习要求

1. 实习学生在实习过程中，必须遵守国家法律法规、遵守学校及教学基地的各项规章制度，积极参加所在实习基地组织的各种政治和学术活动，培养良好的职业道德，倡导无私奉献的精神，树立全心全意为人民服务的思想。

2. 实习学生要认真学习理论知识，努力钻研业务，牢固掌握专业的基本知识和基本技能。要有主动学习精神和创新意识，力争在有限的时间内获得更多的理论知识，掌握更多的专业技能。

3. 实习学生必须尊重指导教师，培养谦虚、严谨、实事求是、团结协作、勤奋刻苦的优良学风。

4. 指导教师应具有较强的教学意识和责任感，积极说服相关患者配合医学教育临床实践活动，在教学过程中保证患者的医疗安全和合法权益。言传身教，为人师表，按照实习大纲的要求，保证临床实习质量。

5. 各教学基地要把临床实习教学列为本单位的重要工作内容，落实和安排好实习学生的学习和生活，加强管理，确保实习工作的顺利完成。

第二节　组　织　管　理

一、组　织　领　导

1. 由分管教学的领导负责，教务处或实习办公室负责该校或院实习学生的毕业实习各项工作。

2. 在符合学校毕业实习管理总体要求的基础上,制定毕业实习工作的具体管理制度和措施。

3. 按照本专业的人才培养方案,组织制定《毕业实习大纲》《毕业实习指导》《实习技能操作规范》以及实习主要环节的质量标准与考核办法。

4. 根据各专业毕业实习计划及实习大纲,安排、落实好本校和所属教学基地的毕业实习教学任务。

5. 负责做好学生实习前的专业思想教育以及学生岗前实践操作技能培训工作。

6. 负责对教学基地的教学进行指导,定期在教学基地举办专题讲座、教学查房及教学管理经验交流活动;不定期对教学管理人员和带教老师进行培训。

7. 认真部署、检查、管理主要实习环节的考核工作,以保证实习考核环节的质量。

8. 负责对所属教学基地进行实习教学工作检查与指导,及时解决毕业实习中出现的问题,并将有关情况及时上报。

9. 负责实习教学基地的考察、遴选、建设与维护。

10. 参与制定实习经费预算,核发实习经费。

二、教 学 基 地

1. 由分管教学的领导负责,科教科或主管部门直接负责学生毕业实习的具体工作。

2. 依据教育、卫生行政部门对临床教学基地的有关规定,为实施临床教学实践活动和完成教学任务提供必要的条件,做好实习学生的教学及生活安排。

3. 按照学校的实习计划安排,布置、落实具体的实习教学工作。

4. 有组织、有计划地组织专题讲座、教学查房等教学活动。

5. 做好实习学生的各项考核、检查与管理工作,保证实习考核环节的质量。

6. 定期检查各科室实习教学情况,及时解决实习过程中出现的问题。

7. 及时与学校沟通学生的思想、工作、生活等实习情况。

8. 根据实习教学的要求,保证学生实习和生活的基本条件,制定相应的规章制度,加强师资队伍建设,重视专业技能培养,切实保证实习教学质量。

三、教研室或科室

1. 教研室或科室根据工作量可安排一名教学秘书具体负责学生实习工作。

2. 做好实习学生的思想教育工作。

3. 根据实习计划和实习大纲,制定具体实习日程,安排实习指导教师。

4. 把临床教学与本科室工作有机地结合起来,作为本科室的重要工作内容,全体医护人员共同做好学生实习工作。

5. 落实并检查学生的职业道德、专业思想、业务学习以及劳动纪律执行和完成情况。

6. 负责学生实习考核(考试)工作(平时考核和出科考试),认真及时填写考核(考试)成绩、学生实习手册及实习鉴定。

7. 经常向本单位实习主管部门汇报实习学生的学习和思想情况,出现问题及时解决。

四、实　习　组

以各实习点为单位将学生分成实习组，设实习组组长，其主要职责是：

1. 按学校的实习计划与要求，组织本组同学参加教学基地的政治和业务学习，服从教学基地各科室的教学安排，及时向科室负责人、主管部门及学校汇报实习工作情况，协助解决实习过程中的有关问题。

2. 经常与所在校（院）相关科室和辅导员联系，汇报实习情况。

3. 负责传达学校及教学基地对学生的要求，及时了解本组同学的实习和生活情况。

4. 协助做好本组同学的考勤工作。

五、带教教师职责

1. 具有良好的医德医风和一定的专业水平，能够以身作则，言传身教。

2. 培养实习生独立工作的能力，创造条件尽可能让他们多接触病人，提高实际操作能力，认真做好教学查房、病案分析及各项医疗文件的书写、仪器使用等环节的带教指导。

3. 反复强调遵守安全操作规程，在技术操作上要具体指导、严格训练，凡实习生参加的各项技术操作、手术等做到放手不放眼，防止医疗差错、医疗事故的发生。

4. 根据实习计划、大纲及目标测评的要求，加强督促检查，完成实习任务。

5. 各科室实习结束时，带教老师应根据实习生的平时表现，实事求是地填写实习教学大纲规定的各种表格和出科鉴定，并协助学校老师完成对实习生的各项考核。

第三节　教　学　管　理

一、实习计划管理

1. 学校教务处或实习办公室依据各专业的教学计划，于每年实习前制订下学年的实习计划，并下发至各实习基地。

2. 各实习基地根据学校的实习计划，结合本单位的教学条件，编制出实习轮转表，制订切实可行的教学计划，发至相关的科室及教研室。

3. 各科室或教研室根据实习轮转表，选派称职教师教学，确定本科室或教研室教学查房和专题讲座计划。

二、实习质量管理

1. 实习大纲　实习大纲是实习过程的指导性教学文件，各教研室或科室应依据实习大纲的要求具体组织教学和实习考核。

2. 实习指导教师　各科室应安排具有中、高级以上职称的专业人员担任指导教师。

3. 教学查房　各科室或教研室要按照教学查房的规范组织带教老师及实习学生提前做好教学查房的各项准备工作，做到每月组织 1 次教学查房，并保证教学查房的质量和效果。

4. 专题讲座　按照专题讲座计划（专题讲座时间、题目、主讲人），各科（室）分别安排和完成专题讲座任务，原则上每周组织 1 次。

5. 分管床位数　在病房实习时,每名实习学生至少负责管理 4～6 张病床,在带教老师指导下完成病房的各项医疗工作,并书写完整病历不少于 2 份,护理文献不少于 4 份。

6. 教学检查　学校、教学基地及科室或教研室要定期召开师生座谈会,反馈教学信息,及时解决实习中存在的问题,保证实习工作顺利实施。

三、实习考核管理

1. 实习成绩由平时成绩及出科考试(理论、技能)成绩构成,平时成绩占 40％,出科理论考试占 30％,技能考试占 30％。

2. 平时成绩包括工作态度、平时考勤、表现等方面,平时成绩考核由实习指导教师和科(室)主任、护士长负责。在学生出科前完成考核和评定,并按时填写到学生的实习手册中。

3. 出科理论考试由教学基地组织教研室或科室按毕业实习大纲进行命题,在教学基地考试和评卷。各教研室或科室应认真命题,保证试题质量,将考试成绩存档备案。

4. 出科技能考核内容由各科室根据实习技能考核大纲,结合本科专业特点制定和具体实施,在学生出科前 1 周内完成考核,并将考核成绩存档备案。

5. 实习学生每结束一科实习时,要求认真填写实习手册中的相关内容,由老师给予鉴定,并将本科室的实习成绩填入实习手册。

6. 毕业论文:严格按照学院毕业论文管理规定的要求,指导学生完成论文的撰写。专科毕业生,按实习大纲要求于毕业前撰写 1 篇 2 000～3 000 字的综述论文;本科毕业生于毕业前撰写 1 篇 2 000～3 000 字的学士论文。

第四节　毕业实习生职责与要求

1. 实习生要不断提高职业道德素质和科学文化修养,尊敬老师,关心病人,树立良好的医德医风及全心全意为人民服务的思想。

2. 实习生受学校和实习基地的双重管理。严格遵守学校和实习基地的各项规章制度。

3. 实习生在带教老师的监督、指导下,可以接触患者、询问患者病史、检查患者体征、查阅患者有关资料、参与分析讨论患者病情;书写病例及住院病程记录、填写各类检查和处置单等医疗文字材料,均需带教老师审核签字后方为有效;对患者实施有关诊疗操作,参加有关的手术,必须在老师的监督指导下进行,不得独自进行技术操作、手术等医疗活动。

4. 实习生在临床实践活动中应当尊重患者的知情权和隐私权,不得损害患者的合法权益。

5. 实习生每天早晨应提前半小时上班,对所管病员进行巡视检查,做到经常深入病房了解病情。

6. 向病人和家属介绍病情时,应按照带教老师的医嘱解说,不得擅自向病人泄露需要保密的病情、试验项目、程序和结果等。

7. 爱护实习医院的各种医疗器械,未经带教老师同意不得擅自使用各种设备,发现问题及时上报。

8. 随时诊视危重病人,并严格观察病情变化,必要时应在床边守候,及时参加抢救工作。

9. 必须参加病房医护交班会、疑难病例分析、死亡病例讨论以及必要的会议。在各项活动中积极准备并提出建设性的意见。

10. 对所管病人需请他科医师会诊时,实习生陪同会诊医师诊视,诊视后的治疗工作,经带教老师同意后及时进行。

11. 实习生无处方权,不得签发各种证明书和请求会诊单。

12. 认真做好学习小结,勤做学习笔记,实习小组要定期召开讨论会,交流学习经验,并不断在临床实践中改进学习方法。

13. 刻苦学习,努力完成毕业实习教学大纲、计划及教学目标,实事求是地填写实习大纲规定的各种表格,认真书写社区预防保健调查报告、毕业实习报告、出科小结,必须参加出科考核,并将其成绩列入毕业考试中。

14. 严格遵守学校和医院的各项规章制度,不得私自调换实习医院和科室,按医院规定参加夜班、假日值班工作;请假未经批准,不得擅自离岗。值班时应深入病房,及时了解病人的病情,如遇病情变化,应及时汇报,请示值班医师一同处理。

15. 积极参加实习基地组织的学术活动和社会公益活动。

(于艳梅 刘 冉)

第2章 毕业实习大纲与计划

第一节 临床医学专业

一、内科毕业实习大纲

【目的要求】

1. 在上级医师指导下基本掌握内科常见病、多发病的诊断及处理,熟悉急危重症的诊断和处理。

2. 熟练地掌握询问病史及体检的基本技能。

3. 初步掌握常用检验的临床作用及变异的意义。

4. 规范书写住院病历及医疗文件。

5. 能熟练规范地使用内科诊疗仪器。

6. 掌握常用的内科操作技术。

7. 培养良好的职业道德,加强交流决断能力。培养独立解决问题、分析问题的能力。

8. 熟悉监护室的抢救仪器、物品、药品的用途和使用方法。熟悉本科危重病人的抢救。

9. 能较好地完成毕业论文、综述的撰写。

【实习内容】

1. 基础理论

(1)掌握以下疾病的诊断和治疗:支气管炎、肺气肿、支气管哮喘、肺炎、慢性阻塞性肺气肿、心功能不全、风湿性心脏瓣膜病、冠状动脉粥样硬化性心脏病、肺源性心脏病、高血压性心脏病、病毒性心肌炎、胃炎、消化性溃疡、胰腺炎、尿路感染、慢性肾炎、肾病综合征、慢性肾功能不全、糖尿病、甲状腺功能亢进、亚急性甲状腺炎、脑血管疾病、脑出血、蛛网膜下腔出血、脑梗死、脑血栓形成。

(2)初步掌握以下疾病的诊断和治疗:肺结核、气胸、肺癌、肝癌、胃癌、肝硬化、风湿热、贫血、再生障碍性贫血、白血病、血小板减少性紫癜、细菌性痢疾。

(3)熟悉和了解以下疾病的诊断和治疗:癫痫、伤寒、流行性脑脊髓膜炎、乙型脑炎、病毒性脑炎、病毒性肝炎、休克、急性肺水肿、急性失血、昏迷、急性中毒、常见心律失常、心肌梗死、急性脑血管病、心搏骤停和复苏、成人型呼吸窘迫综合征、呼吸衰竭等。

2. 基本技能操作

(1)熟练掌握接诊病人、病史收集、体格检查、规范书写病历。

(2)熟悉静脉抽血、注射、皮内试验、给氧、输液、输血、胸外按压术、心电图、导尿、洗胃等临床操作技能。

(3)掌握胸腔、腹腔、骨髓、腰椎等穿刺术,心包穿刺术,肾、肝穿刺术等常用诊疗技术。

（4）掌握常见内科病的实验室检查、影像学检查、心电图检查、超声波检查、CT 检查等临床诊断要点。

（5）了解内科诊疗技术的发展趋势及相关科研知识。

二、外科毕业实习大纲

【目的要求】

1. 掌握普通外科常见病的诊断、鉴别诊断和治疗。

2. 掌握外科常用临床诊疗技术，重点掌握无菌操作技术。

3. 熟悉外科常用手术知识。

4. 熟悉急腹症及其诊断、鉴别诊断和治疗。

5. 能正确地书写完整病历及本科各项医疗文件。

6. 能较好地完成毕业论文、综述的撰写。

【实习内容】

1. 主要熟悉下列疾病的诊断和治疗

（1）病种：破伤风、胸腹部损伤、烧伤、大肠癌、乳腺癌、急腹症、急性阑尾炎、急性胰腺炎、胆道感染和胆结石、肠梗阻、胃十二指肠溃疡急性穿孔、甲状腺腺瘤、腹股沟斜疝、泌尿系结石、前列腺增生、单纯下肢静脉曲张、血栓闭塞性脉管炎、下肢深静脉血栓形成。

（2）掌握水、电解质、酸、碱平衡失调的诊断和治疗。

2. 临床诊断能力

（1）掌握普通外科病症、病史等资料的采集及外科医疗文件的书写。

（2）掌握体格检查方法，掌握甲状腺、乳房、腹部检查方法和内容，掌握下肢血管病的基本检查方法及指肛诊检查方法。

（3）掌握血、尿、便三大常规检查，血、尿淀粉酶，胸、腹区域检查，腹部 B 超、CT 检查的临床意义及其临床应用。

（4）熟悉危、重症的监护仪器、物品、药品的用途和使用方法。

3. 基本技能操作

（1）掌握体格检查操作。

（2）掌握外科常用检查方法。①腹部检查方法：掌握腹膜刺激征（腹部压痛、反跳痛、腹肌紧张）及腹部包块的位置、范围及质地等检查方法。②熟练掌握肛门指检，正确判断前列腺正常与否。③掌握乳腺肿块的正确检查方法。

4. 外科基本操作

（1）手术基本操作：掌握洗手法、穿无菌手术衣、戴无菌手套、术区皮肤消毒、铺手术巾、常用外科手术打结法、缝合法，常用基本手术器械的正确使用。

（2）要求掌握的手术：清创术、清创缝合术、切开引流术、体表肿疡切除术、拆线、换药。

（3）在教师指导下完成的手术：阑尾切除术、疝修补手术等中、小腹部手术。

（4）要求参与的手术：胃大部切除术、肠梗阻、肠套叠、肠扭转、肿瘤、骨折、脾切除、胆囊摘除、甲状腺摘除等手术。

三、妇产科学毕业实习大纲

【目的要求】

1. 培养学生独立思考问题,解决问题,理论联系实际的能力。能正确诊断和防治妇产科常见病多发病。

2. 培养学生严格的无菌观念,掌握正规操作方法,培养和提高技术操作能力。

3. 指导学生自学,熟悉妇产科疾病发展动向,在代教老师指导下完成常见病手术和疑难病症的诊断及危重症抢救。

4. 能较好地完成毕业论文、综述的撰写。

【实习内容】

1. 产科

(1)能正确诊断妊娠:①初步掌握早期妊娠的诊断。指导妊娠期保健。②初步掌握产前检查和妊娠保健(包括妊娠时限、胎产式及胎方位的诊断)。③掌握产科四步触诊、胎心听诊及骨盆外测量,初步了解产科的超声诊断。

(2)在带教医师的指导下,能诊断妊娠期合并症及异常妊娠,并能提高对疾病,如妊娠高血压、臀位、双胎、过期妊娠、羊水过多、胎盘早剥、前置胎盘、妊娠合并心脏病、妊娠合并肝炎、妊娠合并甲亢、妊娠合并阑尾炎等的诊断和处理能力。

(3)能正确处理正常分娩的三个产程,明确各产程中的重点,并能及时发现异常情况,向带教医师汇报,并提出治疗原则。

(4)参加产科危重病人的抢救。熟悉监护室抢救仪器、物品、药品的用途和使用方法及危、重症的抢救。

(5)了解常见难产的处理原则及常见产科手术指征。

(6)初步掌握产后出血及产褥感染的处理。

(7)技术操作:①学会肛诊、骨盆初步测量及新生儿护理。②了解产科的阴道检查项目及所代表的意义。③能独立接正常产,并能完成会阴Ⅰ~Ⅱ度裂伤的缝合。④能做剖宫产的第二助手,会做腹部手术伤口缝合。

2. 计划生育

(1)熟悉各种计划生育手术的适应证、术前准备、术中注意事项、并发症及处理原则。

(2)在带教医师指导下参加人工流产、上环、取环等计划生育手术操作。

3. 妇科

(1)正确地使用窥器,掌握双合诊及三合诊检查方法,正确辨认外阴、阴道及宫颈正常与否。

(2)掌握念珠菌阴道炎、滴虫阴道炎的诊断和治疗。

(3)了解阴道脱落细胞检查,宫颈黏液检查,基础体温测定,子宫内膜活检以及女性激素检查。

(4)掌握妇科常见病、多发病的诊断和治疗原则,如各种流产、葡萄胎、子宫内膜异位症、子宫功能性出血、闭经、子宫及盆腔炎症。

(5)熟悉妇科急症,如异位妊娠、卵巢囊肿蒂扭转、急性盆腔炎的初步诊断及鉴别诊断。

(6)能初步诊断子宫肌瘤、卵巢肿瘤、宫颈癌、子宫内膜癌、恶性滋养细胞肿瘤。

(7)在带教医师指导下,参加诊断性刮宫、人工流产、输卵管通水、取宫颈息肉、剖宫产等手术。

(8)了解腹腔镜的临床应用。

（9）掌握无菌操作技术。

四、儿科实习大纲

【目的要求】

1. 掌握儿科常见病、多发病的诊断和治疗。

2. 掌握儿科常用的诊疗技术。

3. 在老师的指导下,能进行对儿科重症的治疗与护理。

4. 能正确规范地书写儿科完整病历和医疗文件。

5. 树立全心全意地为患儿服务的作风。

6. 能较好地完成毕业论文、综述的撰写。

【实习内容】

1. **基础理论**　新生儿颅内血肿、小儿支气管肺炎、麻疹、风疹、水痘、急性肾小球肾炎、先天性心脏病、小儿消化不良、腹泻、白血病、病毒性心肌炎、病毒性脑炎、佝偻病、缺铁性贫血、巨幼细胞贫血、高热惊厥、尿道感染等。

2. **技能操作**　小儿病史采集,身高、胸围、头围测量,配制全奶,熟悉保温箱和蓝光箱的应用技术。

3. 在教师的指导下,完成危重患儿的抢救

五、耳鼻喉咽科实习大纲

【目的要求】

1. 掌握常见耳、鼻、喉、咽部疾病的治疗。

2. 在带教老师的指导下,进行急、危、重症的抢救。

3. 掌握耳、鼻、喉、咽部疾病的诊疗技术。

4. 能正确、规范地书写完整病历和医疗文件。

5. 树立良好的医德医风,培养独立分析、解决问题的能力。

6. 能较好地完成毕业论文、综述的撰写。

【实习内容】

1. **基础理论**　外耳道炎、中耳炎、梅尼埃病、鼻出血、鼻咽癌、扁桃体炎、小儿喉炎、急性会厌炎、喉癌、腺样体肥大、突发性耳聋等的诊断和治疗。

2. **技能操作**　鼻息肉、扁桃体、声带息肉的切除术,气管异物、支气管异物、食管异物的处理技术。

六、眼科实习大纲

【目的要求】

1. 熟练掌握眼科病采集,全面检查,能及时正确地书写完整病历及常用医疗文件。

2. 掌握眼科常见病的诊断治疗及眼科急症的紧急处理。

3. 掌握眼科常用诊疗技术。

4. 掌握一定数量专业英语词汇。

5. 了解眼科疾病的研究进展。

6. 能较好地完成毕业论文、综述的撰写。

【实习内容】

1. 基础理论

(1) 熟悉:眼睑疾病、泪器疾病、视神经病、眼外伤。

(2) 熟练掌握:结膜病、视网膜病、屈光不正。

(3) 了解:巩膜病、晶状体病、虹膜炎、眼外肌病。

2. 基础技能操作

(1) 眼科检查方法:球后注射、球结膜下注射法、眼压检查。

(2) 眼科常用操作:洗眼疗法、泪道冲洗疗法、泪道探通术、眼科急症处理,如眼球异物、眼化学烧伤、急性视神经炎。

附:临床医学专业实习计划表(表2-1)。

表2-1 临床医学专业实习计划表

实习内容		实习对象	实习时间
内科	呼吸	专、本科	3周
	循环	专、本科	3周
	神经	专、本科	3周
	内分泌	专、本科	2周
	肾内	专、本科	1周
外科	普外	专、本科	3周
	神经外	专、本科	3周
	骨外	专、本科	3周
	心胸外	专、本科	3周
妇产科	妇科	专、本科	2周
	产科	专、本科	1周
	分娩室	专、本科	1周
儿科	病房	专、本科	2周
	NICU	专、本科	1周
	PICU	专、本科	1周
耳鼻喉咽科		专、本科	2周
眼科		专、本科	2周
急诊		专、本科	6周
社区		专、本科	2周
传染病		专、本科	2周
合计			46周

(张永旺)

第二节　中　医　学

一、中医内科毕业实习大纲

【目的要求】

1. 掌握中医内科基础理论知识和技能操作。

2. 熟练掌握中医的望、闻、问、切四诊的方法及在内科临床中的结合应用。

3. 熟练掌握八纲、脏腑、六经、卫气营血、三焦、气血津液等辨证论治方法及规律。

4. 熟练掌握病史的收集，书写完整的中医病历，(包括门诊及住院病历)以及病房管理和治疗的常规知识。

5. 在带教医师指导下，熟练地运用辨证论治方法处理内科常见病、多发病。

6. 掌握内科常见的急、难、重症的中医治疗及处理方法。

7. 了解中医护理工作的常规知识与操作技能。

8. 能较好地完成毕业论文、综述的撰写。

【实习内容】

1. 基础理论

(1)病种

①掌握：感冒、咳嗽、哮病、喘证、肺胀、痰饮、心悸、胸痹、不寐、郁证、胃痛、噎膈、呕吐、泄泻、痢疾、腹痛、便秘、胁痛、黄疸、积聚、臌胀、头痛、眩晕、中风、水肿、淋证、腰痛、消渴、痹证、内伤发热、虚劳、血证、癌病。

②熟悉：高热、喘脱、胸痹之真心痛，血证之大量吐血便血，中风之中脏腑等危重急症的处理原则和方法。

③了解：瘿病、疟疾、痴呆、痞满、痫病、癫狂、癃闭、阳痿、自汗、盗汗、肥胖、痉证、痿证、颤证。

2. 基本技能操作

(1)四诊

①望诊：掌握得神与失神，常色与病色，五气主病，望形体、姿态、五官、皮肤、鱼际、分泌物、排泄物及其异常的临床意义。正确掌握望舌的方法，舌质、舌形、舌态，及舌苔的色泽、厚薄、花剥、光剥、润燥等及其异常的临床意义。

②闻诊：掌握病人的发声、语言、呼吸、咳嗽、呕吐、叹息、腹鸣等异常的临床意义。掌握分泌物和排泄物的异臭及其临床意义。

③问诊：重点掌握问现在症状，问寒热、问汗、问头身、问胸胁脘腹、问耳目、问饮食与口味、问睡眠、问二便、问妇女经带胎产。

④切诊：掌握脉诊的部位、方法，辨别 28 种脉象中常见的脉象主病，要求联系疾病的部位、性质和邪正的盛衰推测病情的进退预后。

(2)专科常用方药

①掌握：麻黄汤、桂枝汤、玉屏风散、二陈汤、泻白散、麻杏石甘汤、白虎汤、小柴胡汤、小青龙汤、当归六黄汤、龙胆泻肝汤、血府逐瘀汤、参附汤、大补元煎、平胃散、一贯煎、理中丸、大承

气汤、茵陈蒿汤、川芎茶调散、大黄黄连泻心汤、补阳还五汤、八正散、导赤散、半夏白术天麻汤、生脉散、金匮肾气丸、四物汤、八珍汤、归脾汤、补中益气汤、大补阴丸、大柴胡汤、千金苇茎汤、小建中汤、天麻钩藤饮、六君子汤、六味地黄丸、丹参饮、逍遥散、甘麦大枣汤、四逆散、防己黄芪汤、香砂六君子汤、真武汤、黄连解毒汤、黄连温胆汤、犀角地黄汤、白头翁汤、瓜蒌薤白半夏汤、银翘散、痛泻药方、藿香正气散、炙甘草汤、保和丸等。

②熟悉:二至丸、三仁汤、小蓟饮子、五味消毒饮、五苓散、六磨汤、少腹逐瘀汤、左归丸、右归丸、左金丸、杞菊地黄丸、半夏厚朴汤、竹叶石膏汤、苏子降气汤、沙参麦门冬汤、附子理中丸、参苓白术散、独活寄生汤、柴胡疏肝散、丹栀逍遥散、桑杏汤、止嗽散、麻黄附子细辛汤、旋覆代赭汤、羚角钩藤汤、清燥救肺汤、镇肝熄风汤、滋水清肝饮、葛根芩连汤、麦门冬汤、程氏萆薢分清饮、济生肾气丸。

二、中医外科毕业实习大纲

【目的要求】 通过外科实习,学生掌握或了解以下知识和技能。

1.掌握《中医外科学》的基本理论知识和有关的辨证论治规律。

2.基本掌握中医外科的常见病、多发病的辨证论治及处理原则。

3.初步掌握常用的临床操作技能。

4.了解急、重、危病症的处理原则。

5.能较好地完成毕业论文、综述的撰写。

【实习内容】

1.病种 中医外科常见病症:疖、痈、头疽、丹毒、压疮、窦道、乳痈、乳漏、乳癖、乳栓、乳岩、肉瘿、肉瘤、蛇盘疮、湿疮、接触性皮炎、粉刺、痔、肛痈、肛裂、肛瘘、锁肛痔、子痈、尿石症、前列腺增生症、慢性前列腺炎、腹肿、血栓性浅静脉炎、筋瘤、臁疮、脱疽、烧伤。

2.临床诊断能力

(1)掌握望、闻、问、切四诊方法,对中医外科病症进行病史资料收集。

(2)掌握西医体格检查,尤其是中医外科专科检查的方法、内容及运用技巧。

(3)掌握常用的实验室检查的运用指征及结果的临床意义。

3.基本技能操作

(1)要求书写完整的中医住院病历,书写及时规范,正确运用中医术语,重点突出,病因、病机分析比较深刻,文理通顺,字迹工整,病历达到甲级标准。

(2)基本掌握甲状腺、乳腺、肛门和浅表淋巴结的体检方法。

(3)初步掌握换药的操作,正确选用外用药物。

(4)掌握正确的切开方法和正确的引流方法。

(5)掌握皮肤划痕试验及传染性软疣的挑剔方法。

(6)掌握肿块的检查方法,肿疡、溃疡的检查方法,肛门病的检查方法。

4.专科常用方药

(1)掌握下列常用方剂:银翘散、消风散、五味消毒饮、犀角地黄汤、龙胆泻肝汤、萆薢渗湿汤、桃红四物汤、阳和汤、黄连解毒汤、仙方活命饮、透脓散、瓜蒌牛蒡汤、苦参汤、四妙勇安汤、三妙散、海藻玉壶汤、血府逐瘀汤、托里解毒散。

(2)了解下列方剂:麻黄汤、桑菊饮、天麻钩藤饮、除湿胃苓汤、四物汤、当归饮子、六味地黄汤、大补阴丸、肾气丸、右归丸、玉屏风散、普济消毒饮、二陈汤、八珍汤。

（3）掌握下列外用药：金黄膏、生肌橡皮膏、地榆油、黄连膏、紫草膏、八二丹、五虎丹、桃花散、金刀散、湿毒散、生肌散。

三、中医妇科毕业实习大纲

【目的要求】

1．掌握妇科疾病的病因、病机和辨证论治特点。

2．基本掌握下列病种的诊治：月经不调、痛经、闭经、崩漏、带下病、胎漏、胎动不安、妊娠恶阻、异位妊娠、产后恶露不绝、癥瘕、不孕症。

3．了解妇科常见急腹症、妇科出血病症的鉴别诊断与处理原则。

4．初步了解计划生育知识。

5．掌握一般妇科检查的基本技术。

6．综合病史，体检及辅助检查，结合中医四诊及辨证，写出完整的病历。

7．能较好地完成毕业论文、综述的撰写。

【实习内容】

1．病种　中医妇科常见病证：月经不调（月经先期、后期、先后不定期、月经量过多或过少、经期延长、经间期出血）、痛经、闭经、崩漏、绝经前后诸证、带下病、胎漏、胎动不安、妊娠恶阻、异位妊娠、产后恶露不绝、癥瘕、不孕症、阴痒、盆腔炎。重点掌握月经不调、痛经、崩漏、胎动不安、异位妊娠、盆腔炎。

2．临床诊断能力

（1）掌握望、闻、问、切四诊方法，对妇科病证进行病史资料收集。

（2）初步掌握妇科专科检查的方法、内容及运用。

（3）掌握妇科实验室检查项目的临床意义：尿 HCG 定性、血 β-HCG 测定、定量的意义、白带涂片、宫颈涂片、尿酮体的临床意义。

（4）了解妇科 B 超检查的临床应用。

3．辨证论治能力

（1）中医辨证论治。①辨证，掌握脏腑、气血、津液辨证在妇科常见病证中的运用。②治疗，掌握月经不调、痛经、崩漏、胎动不安、异位妊娠、盆腔炎的治疗原则、代表方药，熟悉其他治疗方法；熟悉闭经、带下病、胎动不安、妊娠恶阻、不孕症的治疗方法；了解中医药新进展。

（2）西医基本治疗方法。①掌握异位妊娠的治疗原则和方法，了解异位妊娠常用非手术治疗方法。②掌握先兆流产的常用西医治疗方法。③掌握宫颈炎的分度、治疗方法。④了解子宫肌瘤、卵巢肿瘤的手术指征和常用手术方法。⑤了解人工周期的雌孕激素序贯疗法。

4．病历书写能力　要求书写完整住院病历，书写及时规范，正确运用中医术语。

5．基本技能操作

（1）掌握体格检查操作。

（2）掌握望、闻、问、切四诊技术。

（3）掌握伤口换药与拆线。

（4）初步掌握外阴检查、阴道窥器检查、双合诊、白带常规取材、宫颈刮片、基础体温测定。了解常用中期妊娠引产术、异位妊娠手术、卵巢肿瘤切除术。

6. 妇科常用方药　掌握下列常用方剂的组成、用法、功效、主治和临床应用:右归丸、左归丸、六味地黄丸、肾气丸、寿胎丸、逍遥散、龙胆泻肝汤、二至丸、四君子汤、完带汤、易黄汤、补中益气汤、举元煎、归脾汤、四物汤、生化汤、良方温经汤、清热固经汤、两地汤、五味消毒饮、固冲汤、血府逐瘀汤、苍附导痰汤、桂枝茯苓丸等。

四、中医儿科毕业实习大纲

【目的要求】　通过实习,巩固儿科的理论知识,提高临床实践的基本技能,掌握中医儿科的辨证论治规律,并在带教老师的指导下,能基本独立正确地对儿科常见病、多发病进行辨证论治。同时,学习运用现代儿科医学知识,了解儿科常见危急重症的抢救措施及儿科病证的现代研究进展。能较好地完成毕业论文、综述的撰写。

【实习内容】

1. 病种　根据实习的不同季节,要求掌握的病种有:感冒、咳嗽、肺炎喘嗽、哮喘、泄泻、积滞、厌食、疳证、鹅口疮、口疮、遗尿、紫癜、病毒性心肌炎、急性肾小球肾炎、风疹、水痘、流行性腮腺炎等。要求熟悉的病种包括:惊风、癫痫、幼儿急疹、百日咳、猩红热及胎黄等。

2. 临床诊断能力　熟练掌握病史采集的方法和技巧,对上述要求掌握的病种进行疾病或病证诊断,并能辨证施治。

3. 基本技能操作

(1)掌握儿科四诊特点,熟练书写中医儿科病历。

(2)掌握捏脊疗法、刺四缝疗法的应用。

(3)掌握小儿液体疗法的原则。

(4)了解小儿高热惊厥、心力衰竭的抢救措施。

4. 专科常用方药

(1)掌握方剂:银翘散、桑菊饮、杏苏散、止嗽散、麻黄汤、三拗汤、麻杏石膏汤、小青龙汤、苏葶丸、葶苈大枣泻肺汤、藿香正气散、黄芪桂枝五物汤、玉屏风散、保和丸、二陈汤、温胆汤、涤痰汤、葛根芩连汤、黄连解毒汤、清瘟败毒饮、王氏清暑益气汤、普济消毒饮、茵羚角钩藤汤、导赤散、五苓散、五皮饮、八正散、茵陈蒿汤、血府逐瘀汤、参苓白术散、四君子汤、异功散、六君子汤、七味白术散、补中益气汤、八珍汤、归脾汤、沙参麦冬汤、理中汤、附子理中汤、金匮肾气丸、知柏地黄丸、六味地黄丸、生脉散、炙甘草汤、缩泉丸等。

(2)熟悉方剂:参附龙牡救逆汤、泻青丸、泻黄散、桑白皮汤、凉营清气汤、通窍活血汤等。

五、针灸科毕业实习大纲

【目的要求】

1. 掌握针灸学基本理论及操作技术,能独立处理针灸常见病。

2. 掌握最常用腧穴定位、主治。

3. 能书写住院病历和门诊病历,尽量运用针灸辨证处方。

4. 了解神经系统疾病的检查、诊断方法,掌握脑血管疾病的诊疗常规。

5. 门诊实习要能独立操作,手法较熟练,进针、出针手法熟练。

6. 了解常见病的现代研究进展,能较好地完成毕业论文、综述的撰写。

【实习内容】

1. 病种

(1)掌握下列病种的辨证和针灸治疗方法:哮喘、胃痛、头痛、眩晕、中风、面瘫、痹症、腰痛、扭伤、痛经、牙痛。

(2)了解下列病证针灸辨证施治:呕吐、呃逆、胸痹、阳痿、近视、便秘。

2. 临床技能　掌握针灸操作,了解灸法、拔罐、电针、头针及针刺异常情况的处理。

3. 常用方剂　天麻钩藤饮、镇肝熄风汤、地黄饮子、补阳还五汤、牵正散、二陈汤、大承气汤、三子养亲汤、血府逐瘀汤、八珍汤。

注:西医各科实习大纲参照临床医学专业各科实习大纲执行。

附:中医学专业实习计划表(表 2-2)。

表 2-2　中医学专业实习计划表

实习内容	实习对象	实习时间
中医内科	专、本科	8 周
中医外科	专、本科	8 周
中医妇科	专、本科	5 周
中医儿科	专、本科	5 周
理疗	专、本科	4 周
社区	专、本科	2 周
中药房	专、本科	2 周
西医内科	专、本科	4 周
西医外科	专、本科	4 周
西医妇科	专、本科	2 周
西医儿科	专、本科	2 周
合　　计		46 周

(张永旺)

第三节　口 腔 医 学

【实习目的】　通过临床实习,巩固、提高专业基础理论和各种临床技能,培养分析问题、解决问题的能力和科学的思维方法,培养良好的医德医风和严谨的工作作风,树立救死扶伤、全心全意为病人服务的思想,为今后从事口腔临床工作打下良好的基础。

【实习内容和要求】

1. 口腔内科

(1)掌握牙体病、牙髓病、根尖周病、牙周病及常见黏膜病的病因、临床表现、检查方法、诊断和鉴别诊断、治疗原则。

(2)掌握各类洞型制备、充填方法,掌握安抚、盖髓、干髓、根管治疗、塑化,龈上洁治、龈下刮治等操作技术。完成各类洞型制备充填 20～30 例,安抚治疗 15～20 例,光固化治疗 10～

15 例;根管治疗 15～20 例,干髓治疗 1～3 例;调殆 4～8 例。龈上洁治 4～8 例;脱敏 2～5 例;儿童各类洞型充填及牙髓治疗 10～15 例,参加牙周手术(龈切术和翻瓣术)2 例。

(3)熟悉牙周病的防治原则,熟悉根尖切除术的原则。

(4)熟悉常用设备和治疗器械的使用方法和维护,熟悉门诊护理工作,熟悉各种充填材料制备和使用。

2.口腔颌面外科

(1)口腔颌面外科门诊

①掌握口腔颌面外科常见病、多发病的诊断和治疗方法。

②掌握一般病牙、常见阻生牙的拔除技术,掌握拔牙并发症的处理和预防。

③掌握外科门诊常见小手术的基本操作,包括唇、舌系带矫正术,牙助萌术,乳头状瘤切除术,牙龈瘤切除术,活检术以及清创术,颌间结扎固定术等。

④了解门诊病人急救的原则和方法,掌握常规护理知识。

⑤掌握门诊病历、处方、化验单的书写规范。对初诊病人正确地进行检查、诊断,提出治疗意见,书写门诊病历不少于 80 份;每人拔牙总数在 100 颗以上。每人动手参与小手术 6 例左右。每人须从事 1 周时间的护理工作要求。

(2)口腔颌面外科病房

①每人参与管理病床 3～5 张,在老师的指导下,定期查房,掌握换药、穿刺、缝合等常规操作。

②在上级医师指导下参加值班工作,当好器械护士和手术助手。

③参加住院病人及急诊病人的抢救工作。

④熟悉 X 线片、CT 及 MRI 的阅读知识;熟悉口腔颌面外科病房护理工作。

⑤完成住院病人病史采集、检查、诊断、医嘱、病情观察、病程记录等,完成病历 10～15 份;参加中、小手术 10 次以上,参观颌面部软组织创伤整复术、颈淋巴结清除等手术。

(3)口腔放射科

①掌握牙片投照技术,熟悉咬合片、曲面断层片、头颅侧位片等口外片投照技术。每人照牙片 200 张以上,牙片能满足临床诊断要求。

②参加阅片会,见习涎腺及颞下颌关节造影。

③熟悉暗室操作技术。

3.口腔修复

(1)在带教老师的指导下,通过临床实践巩固所学专业理论知识,掌握一定的口腔修复操作技能,初步掌握临床设计及常用技工操作技术。

(2)掌握牙体缺损的修复原则,基本掌握铸冠、桩冠、塑胶冠的修复技术,初步掌握可摘义齿支架的设计制作技术。掌握义齿的修理技术,掌握修复材料、器械的使用。

(3)了解覆盖义齿、即刻义齿、种植义齿等修复方法,了解颌面缺损的修复,颌关节的矫形治疗,牙周病矫形治疗的基本原则,了解铸造烤瓷技术和操作方法;了解牙颌畸形的病因、矫治原则和简单矫治器的制作。

(4)完成数量:可摘义齿 4 例;全口义齿 1 或 2 例;固定义齿前牙桥 1 例,后牙桥 1 例;桩核冠 3 例,塑胶冠 1 例,金属全冠 2 例;可摘义齿修理 1 或 2 例;矫治器 1 例。

【实习学生管理】

1. 严格执行实习大纲,认真填写毕业实习指导与目标测评。

2. 每类临床操作前要复习相关的理论知识,查阅相关的书籍和资料,进行必要的模拟训练,为临床操作做好准备。

3. 严格遵守实习基地的各项规章制度,遵守操作规则,按照程序办事。

4. 认真完成好老师交给的各项工作任务,遵守请假制度,不迟到早退,不旷岗。

5. 按时参加专业知识讲座,虚心向老师请教,并认真做好笔记。

6. 所有临床实习操作均应在老师指导下进行。

【实习计划】

1. 在口腔临床教学基地(口腔专科医院或综合医院口腔科)完成实习,实习时间共 46 周。

2. 外科实习分门诊和病房两组,门诊和病房各 7 周(门诊含护理实习 1 周,病房含放射实习 1 周)。

3. 修复科分临床和技工两组,临床和技工各 7 周时间。

附:口腔医学专业实习计划表(表 2-3)。

表 2-3　口腔医学专业实习计划表

实习科目	实习周数	备注
口腔内科	14	包括全口义齿
口腔外科	14	包括口腔放射
口腔修复	14	包括技工
社区实习	2	
毕业论文撰写	2	
合　计	46	

(吕广辉)

第四节　口腔工艺技术

【实习目的】　通过生产实习,巩固并提高口腔工艺技术基本理论和基本技能,熟悉口腔医学的基本知识和口腔修复学的基础理论。具有口腔修复材料选择与利用的能力,具有独立正确操作各种修复体加工器械的能力,掌握制作常规修复体的专业技术。培养分析问题、解决问题的能力和科学的思维方法,培养严谨的工作作风和良好的心理素质。树立全心全意为病人服务的思想,为今后从事专业工作打下良好的基础。

【实习内容和要求】

1. 可摘局部义齿

(1)掌握可摘局部义齿的组成及其作用。

(2)掌握可摘局部义齿的分类、设计原则。

(3)掌握可摘局部义齿的制作工艺的全部过程。

(4)掌握可摘局部义齿的分类设计。

(5)掌握灌注模型的方法。

(6)掌握义齿的固位、支持和稳定的设计原则。

(7)熟悉可摘局部义齿临床操作技术。

(8)了解可摘局部义齿完成后可能出现的问题和修理。

2. 固定义齿

(1)掌握嵌体、桩冠、部分冠、铸造全冠、金属烤瓷冠、固定桥等的分类、适应证与禁忌证。

(2)掌握各种固定修复体的设计原则。

(3)掌握各种固定修复体牙体预备及牙体切割器械的选择和使用方法。

(4)掌握各种固定修复体的制作工艺。

(5)熟悉各种固定修复体牙体预备的方法和注意事项。

(6)熟悉固定义齿印模技术和灌模技术。

(7)熟悉固定修复时牙体及牙周组织的功能结构特点和生物力学特点。

(8)了解各种固定修复体试戴与粘固的方法,修复后可能出现的问题及处理。

3. 全口义齿

(1)掌握灌注模型的方法及要求。

(2)掌握垂直、水平颌位关系,𬌗托的制作、颌位关系记录的操作步骤。

(3)掌握人工牙的选择、人工牙的排牙原则、人工牙排列方法。

(4)掌握全口义齿的𬌗平衡的理论和应用。

(5)掌握蜡型与工作模型的准备、蜡型基托的塑形和牙龈、牙根及腭皱的塑形技术。

(6)掌握装盒、除蜡、树脂充填及热处理、磨光的技术。

(7)熟悉取无牙𬌗印模的目的和要求。

(8)熟悉制作个别托盘及取印模的方法。

(9)熟悉全口义齿蜡型的试戴。

(10)熟悉义齿就位、𬌗平衡、固位,检查颌位关系、咬合关系的方法和要求。

(11)熟悉选磨调𬌗的原则和方法。

(12)熟悉全口义齿基托断裂、不密合等问题的处理。

(13)熟悉全口义齿戴入后出现的疼痛、固位不理想等问题的原因和处理。

(14)了解印模的种类、取印模前的准备、灌注模型前的检查和准备。

【实习学生管理】

1. 严格执行实习大纲,认真填写实习手册。

2. 每类技术操作前要复习相关的理论知识,查阅相关的书籍和资料,进行必要的模拟训练,为实际操作做好准备。

3. 严格遵守实习基地的各项规章制度,遵守操作规则,按照程序办事。

4. 认真完成好老师交给的各项工作任务,遵守请假制度,不迟到早退,不旷岗。

5. 按时参加专业知识讲座,虚心向老师请教,并认真做好笔记。

6. 所有实习操作均应在老师指导下进行。

【实习计划】 在口腔工艺专业教学基地(口腔专科医院技工中心、综合医院口腔技工中心或独立的义齿加工中心)完成实习(表2-4)。

表 2-4 口腔工艺技术专业实习计划表

实习科目	实习周数	备注
可摘义齿	13	包括全口义齿
铸造支架	10	
铸造冠桥	10	
烤瓷冠桥	11	
社区实习	2	
合计	46	

（吕广辉）

第五节 护 理 学

【实习大纲】

1. 内科护理实习大纲

(1)呼吸病房：①掌握呼吸系统常见病(如支气管扩张、支气管哮喘、慢性阻塞性肺疾病、肺炎、肺心病、呼吸衰竭)的临床表现、诊断、处理原则及护理。②掌握呼吸机的应用与气道管理、超声波雾化吸入、血气分析标本的采集与检测、注射泵和输液泵的应用、监护仪的使用与管理等专科护理操作技术。③掌握各种卧位的临床意义。④掌握使用呼吸机病人的护理。

(2)循环病房：①掌握循环系统常见病,如急性心肌梗死、心力衰竭、心律失常、高血压的临床表现、诊断、处理原则及护理。②掌握循环系统危、重症病人的抢救及护理。③掌握循环系统危、重症病人的监护,心搏骤停病人的复苏、抢救及护理。④掌握心律失常病人用药的浓度、剂量、作用、副作用及注意事项。⑤掌握心电监护、直流电除颤的操作,人工起搏器、冠状动脉造影、PTCA支架术、射频消融术的术前准备及术后护理等专科护理操作技术。⑥掌握循环系统常见疾病的典型心电图改变。

(3)神经、血液、消化、肾内及内分泌病房：①掌握脑出血、脑血栓、白血病、贫血、肝硬化、消化性溃疡、糖尿病、甲状腺功能亢进、急性和慢性肾炎、慢性肾衰竭等常见病的临床表现、诊断、处理原则及护理。②掌握各种突发昏迷、消化道大出血、肝性脑病、糖尿病昏迷、急性肾衰竭等危、急、重症病人的监护、急救和护理。③掌握神经、血液、消化、肾内及内分泌专科常用药物的作用、副作用和注意事项。④掌握三腔二囊管止血、糖尿病饮食护理、血液透析、肾穿刺的护理配合等专科护理技术。

(4)能较好地完成毕业论文、综述的撰写。

2. 外科护理实习大纲

(1)掌握外科常见病,如甲状腺疾病、乳腺疾病、外科急腹症、胰腺疾病、胆道疾病、结肠癌、直肠癌、门静脉高压、胃溃疡、十二指肠溃疡、骨折、颈椎病、腰椎间盘突出、人工全髋关节置换、骨肿瘤、骨髓炎的临床表现、诊断、处理原则及护理。

(2)通过护理查房熟悉心脏外科、泌尿外科、胸外科、神经外科、烧伤等病房病人的护理。

(3)掌握静脉留置针的使用、动脉血的采集、完全胃肠外营养的应用、气管切开的配合及病人的护理、石膏绷带固定术及牵引术的护理、CPM功能康复技术、各种引流护理等专科护理技术,巩固呼吸机、监护仪的使用等基础护理技术。

(4)熟悉中心静脉穿刺术、外周静脉插入中心静脉置管,了解经皮肝穿刺胆管造影行胆管引流、内镜逆行胰胆管造影的配合及护理。

(5)能较好地完成毕业论文、综述的撰写。

3.妇产科护理实习大纲

(1)妇产科病房:①了解病区环境及各项规章制度,熟悉各班护士职责及病人从入院至出院全过程的护理。②掌握爱婴病房的消毒制度和母乳喂养优点,掌握指导产妇正确哺乳的方法及相关知识宣教。③掌握妊娠的诊断、产前检查、四步触诊、腹围测量、宫高测量、胎心听诊、会阴擦洗等专科护理操作技术。④掌握超声多普勒、血氧监护仪器的使用。⑤掌握妊娠高血压综合征、前置胎盘、胎盘早剥、剖宫产、宫颈癌、卵巢肿瘤、子宫肌瘤、妊娠滋养细胞疾病等的诊断、护理原则及危重病人的观察和应急处理。

(2)分娩室:①掌握分娩室的工作制度及消毒隔离制度。②掌握骨盆外测量、四步触诊、产程图绘制及应用,能识别异常产程图。③掌握会阴消毒、产前刷手和接产前的准备,了解会阴侧切、会阴裂伤的缝合技术。④掌握分娩三期的护理,熟悉助产手法、胎儿娩出后清理呼吸道及新生儿窒息复苏技术。⑤掌握新生儿的护理、评分标准及注意事项。⑥掌握分娩室常用药物的主要作用及注意事项。

4.儿科护理实习大纲

(1)熟悉病房环境、设施及各项规章制度。

(2)掌握常见病、多发病(如肺炎、心力衰竭、早产儿黄疸、新生儿黄疸、缺血缺氧性脑病、急性肾炎、病菌性脑炎、化脓性脑炎、急性再生障碍性贫血、白血病、糖尿病、病毒性心肌炎)的临床表现、诊断原则及护理。

(3)掌握新生儿身长、体重、头围、胸围的测量方法,头皮静脉输液等儿科专科技术操作。

(4)掌握新生儿重症监护室抢救仪器的使用及危重病儿的急救护理,了解重症监护病儿的抢救配合。

(5)熟悉儿科常用药物的作用、副作用、适应证、剂量、服用方法及注意事项。

(6)掌握小儿喂养的原则及护理方法。

(7)了解小儿各年龄分期的生理特点。

(8)了解儿科常用仪器的消毒和保养方法。

(9)能较好地完成毕业论文、综述的撰写。

5.眼科护理实习大纲

(1)熟悉眼科门诊、病房环境及各项规章制度。

(2)掌握常见眼科病症的症状、体征、治疗原则及护理。如睑板腺囊肿、睑内翻与倒睫、泪囊炎、急性细菌性结膜炎、角膜炎、白内障、青光眼、葡萄膜炎、视网膜脱离、屈光不正、眼外伤等。

(3)掌握结膜下注射、球后注射、取眼内异物、滴眼药、眼冲洗、泪道冲洗、涂眼膏等眼科常用护理技术。

(4)掌握常用眼科检查仪器如裂隙灯、检眼镜、眼压计、视力表的使用。

(5)能较好地完成毕业论文、综述的撰写。

6.耳鼻咽喉科护理实习大纲

(1)熟悉专科设备、规章制度及耳鼻咽喉科病人的护理特点。

（2）掌握常见疾病,如分泌性中耳炎、急性化脓性中耳炎、鼻出血、慢性鼻炎、慢性化脓性鼻窦炎、扁桃体炎、腺样体肥大、鼻咽癌、急性会厌炎、喉阻塞、喉癌、气管支气管异物、食管异物的临床表现、诊断原则及护理。

（3）熟悉鼻镜、喉镜、纤维支气管镜等器械的使用及维护。

（4）掌握外耳道清洁、外耳道冲洗、外耳道滴药、外耳疖切开术、咽鼓管吹张、鼓膜穿刺、剪鼻毛、鼻腔冲洗、鼻腔滴药、上颌窦穿刺冲洗、鼻窦负压置换疗法、咽部涂药及吹药、咽喉喷药、蒸气或雾化吸入等常用护理技术。

（5）能较好地完成毕业论文、综述的撰写。

7. 口腔科护理实习大纲

（1）熟悉专科设备、规章制度及口腔科病人护理的特点。

（2）掌握口腔科常见病、多发病,如各种口腔炎、舌炎、唇裂、腭裂、口腔肿瘤、舌肿瘤等疾病的临床表现、诊断原则及护理。

（3）熟悉口腔科常用器械和护理设备的使用及维修。

（4）掌握特殊口腔护理、口腔涂药、口腔检查及治疗的护理配合等常用专科护理技术操作及窒息、口腔手术后急性大出血等急、危、重症病人的抢救和护理。

8. 手术室实习大纲

（1）了解手术室的环境、设施和护士的工作职责。

（2）了解手术敷料的制作、包装及消毒。

（3）了解常用手术器械、包装及消毒。

（4）在带教教师的指导下完成手术中的护理配合。

（5）掌握手术中病人的护理和管理。

（6）了解手术常用麻醉方法及麻醉病人的护理。

9. 急诊科实习大纲

（1）熟悉急诊科的环境、设备及各项规章制度。

（2）熟悉外伤清创处理、包扎和缝合术。

（3）熟悉各种抢救技术和仪器的使用,如心电图机、电动洗胃机、人工呼吸器及各种监护仪等。

（4）掌握急腹症的观察及术前准备。

（5）掌握各种常见疾病的急救配合及护理,如大出血、休克、昏迷、心衰、心室颤动和各种中毒等。

（6）掌握复苏技术和复苏后的护理。

（7）能较好地完成毕业论文、综述的撰写。

10. 综合 ICU 实习大纲

（1）熟悉监护室的环境及各种抢救仪器、物品的用途和应用方法,掌握监护仪、除颤器、呼吸机和输液泵等常用仪器的使用,对病人实施整体护理。

（2）熟悉各科危重病人病情观察的要点及监护重点,并能正确使用监护仪进行病情监测。

（3）掌握临床各科常见危重病人,如各种昏迷、大出血、休克、梗死、器官衰竭及各种疑难、复杂大手术的监护和护理。

（4）掌握血氧监测、血气分析、心电监测、呼吸机调节、吸痰、引流管护理、心脏除颤等专科护理技术和 ICU 常用药物的作用、副作用、常用剂量和给药方法等。

(5)能较好地完成毕业论文、综述的撰写。

11.传染科护理实习大纲

(1)了解传染科布局及各项规章制度。

(2)掌握消毒隔离制度和隔离病区的管理。

(3)熟悉常见传染病,如病毒性肝炎、流行性乙型脑炎、流行性出血热、伤寒、细菌性痢疾、流行性脑脊髓膜炎的临床表现、诊断、处理及护理。

(4)熟悉各种隔离的措施。

(5)掌握使用避污纸、穿脱隔离衣等隔离技术操作。

(6)能较好地完成毕业论文、综述的撰写。

【实习计划】 护理学专业实习计划见表2-5。

表2-5 护理学专业实习计划表

实习内容		实习对象及实习时间(周)		各科实习时间		实习地点
				专科	本科	
内科	呼吸	专科4	本科3	18周	12周	病房
	循环	专科4	本科3			病房
	神经	专科4	本科2			病房
	血液、消化	专科3	本科2			病房
	内分泌、肾内	专科3	本科2			病房
外科	普外	专科4	本科3	12周	12周	病房
	神经	专科4	本科2			病房
	泌尿	专科2	本科1			病房
	骨外	专科2	本科2			病房
妇产科	妇科	专科2	本科2	4周	8周	病房
	产科	专科2	本科1			病房
	分娩室		本科1			分娩室
儿科	病房	专科4	本科2	4周	4周	病房
	NICU		本科1			监护病房
	PICU		本科1			监护病房
五官科	眼科	专科1	本科1	2周	2周	病房/门诊
	耳鼻咽喉科	专科1	本科1			病房
手术室		专科2	本科2	2周	4周	手术室
急诊科 综合ICU		专科4	本科2	4周	2周	急诊科或急救中心
社区调查			本科2		2周	实习社区
实习总周数				46周	46周	

(仝丽娟)

第六节　医 学 检 验

【目的要求】

1. 掌握常用的临床基础检验、生物化学、免疫学、微生物学检验的原理、正常值及其异常改变的临床意义。

2. 能熟练规范地进行常用的临床基础检验、生物化学检验的操作。

3. 能准确地写出检验报告。

4. 能熟练使用医学检验仪器，会保养及简单地维修仪器。

5. 树立良好的医德医风，提高自身素质，能独立完成本专业的工作任务。

6. 能较好地完成毕业论文、综述的撰写。

【实习内容】

1. 临床基础检验

(1)基础理论

①掌握红细胞、白细胞、血小板、出血和凝血时间、尿化学、尿沉渣、粪便显微镜等检查原理及异常改变的临床意义。

②熟悉红细胞、白细胞、血小板正常形态特征及形态改变的临床意义。

(2)基本技能操作

①能正确地采集和处理血液标本、尿液标本、粪便及痰液标本。

②掌握抗凝剂、血涂片的制备、血细胞的染色、痰涂片等操作技术。

③熟悉各种标本检验后处理技术。

2. 临床生物化学检查

(1)基础理论

①掌握常用的生物化学检验的原理和临床意义，如体液蛋白质、葡萄糖、血脂、血浆脂蛋白、钠、钾、氯、钙、磷、镁、酸碱平衡、肝功能、肾功能、妊娠等。

②熟悉心肌损伤标志物、内分泌功能、肿瘤标志物、新生儿生物化学检查。

(2)基本技能操作

①掌握下列生物化学检验的常用技术：光谱分析、电泳离心、酶学分析的操作技术。

②熟悉色谱、生物化学检验全过程质量控制、室间质量控制、电化学分析等技术。

③了解室间质量评价及贵重仪器的保护维修。

3. 免疫学检查

(1)基础理论

①掌握下列检查项目的原理、特点及临床应用：凝集反应、补体结合反应、溶血反应、血清IgE检测、抗原抗体反应、自体抗体检测及酶免疫测定。

②了解放射免疫、荧光免疫、金免疫、自体免疫检查，淋巴细胞标本的功能检测，细胞因子检测。

(2)基本技能操作

①掌握下列操作技术：免疫电泳、免疫荧光显微技术、免疫细胞分离和保存。

②了解超解反应技术及移植免疫的检查技术。

4. 微生物学检查

(1)基础理论

①掌握下列检查的原理及临床意义:微生物显微镜检验、抑菌试验、血清学试验。

②熟悉微生物形态学检查、细菌在培养基内的生长特征。

(2)基本技能操作

①能熟练地进行下列操作:细菌培养与分离方法、接种分离方法。

②熟悉自动化技术在微生物检验中的应用。

5. 血液学检查

(1)基础理论

①掌握下列各项检查的内容和诊断:骨髓、贫血、溶血、缺铁性贫血、再生障碍性贫血、急性白血病、慢性白血病、慢性淋巴性白血病、类白血病反应。

②熟悉骨髓细胞形态、血细胞化学染色的临床应用。

③了解铁代谢的检查,中枢神经系统白血病实验室诊断,血栓与止血的临床应用。

(2)基本技能操作

①熟悉:血栓与止血检查的基本方法、骨髓检查的方法。

②了解:脱氧核苷酸合成障碍性贫血的检查技术,铁粒幼红细胞性贫血检查方法,传染性单核细胞增多症检查方法。

附:医学检验专业实习计划表(表 2-6)。

表 2-6 医学检验专业实习计划表

实习内容	实习对象	实习时间
临床基础检验(血、尿、便、体液)	专、本科	14 周
生物化学检验	专、本科	14 周
免疫学检验	专、本科	5 周
微生物学检验	专、本科	4 周
细胞、血检验	专、本科	4 周
血库	专、本科	3 周
社区	专、本科	2 周
合　　计		46 周

(何述祥)

第七节　药　　学

一、药学专业(专科)医院毕业实习大纲

【实习目的】　通过对医院药剂科各部门全面轮转实习,要求实习生掌握药剂科的工作性

质、任务、组织、人员配置、管理制度及环境布局等方面的知识。

【实习内容及要求】

1. 门诊药房与住院药房

(1)掌握调配西药处方的主要工作程序,并能准确配方。

(2)掌握处方的审查分析,即对处方书写的完整性、药物配伍使用的合理性及用法、用量的准确性等能做出分析判断。

(3)熟悉药房的业务范围、特点及工作人员职责。

(4)熟悉调配处方的注意事项。

(5)了解常用药品及易燃、易爆制剂等的申请、采购与管理。

(6)了解特殊药品的采购、供应、使用、储存保管及注意事项。

2. 中药房

(1)掌握调配中药处方的主要工作程序,并能准确配方。

(2)掌握重要炮制及传统制剂的一般操作规程。

(3)熟悉中药房的业务范围与工作人员职责。

(4)熟悉常用中药材及饮片的形态特征,惯用的炮制方法。

(5)了解常用中成药的品种、规格、适应证、用法、用量与使用注意事项。

(6)了解中药库的常用储存保管方法。

3. 制剂室

(1)熟悉各种常见剂型的通则,协定处方制剂的制备及质量标准。

(2)熟悉生产灭菌制剂的 GMP 要求、一般操作规程及可能的质量问题与解决办法。

(3)熟悉制剂生产全过程的有关规章制度。

(4)了解制剂室的业务范围与工作人员职责。

(5)了解制剂处方设计要领及质量标准的拟订依据。

4. 专题实习 各医院药科也可根据具体情况制定实习专题,时间可适当调整(表 2-7)。

二、药学专业(专科)药厂毕业实习大纲

【实习目的】 通过对药厂车间及质检部门全面轮转实习,要求实习生掌握常用制剂(如片剂、胶囊剂、颗粒剂、丸剂、软膏剂、注射剂等)的生产工艺流程和质量控制,了解制药设备的应用和操作,掌握常用药品的质量检验方法。

【实习内容及要求】

1. 药品仓库 熟悉实习单位产品、商品规格、价格及市场流通情况;熟悉实习单位产品原、辅料及包装材料的真伪鉴别。

2. 制剂车间、提取车间、各剂型制剂车间、质检室等

(1)掌握主要剂型(包括片剂、胶囊剂、颗粒剂、丸剂、软膏剂、注射剂、大输液、口服液等)生产工艺流程和质量控制。

(2)掌握常用的质量检测设备的检测方法,包括紫外分光光度计、薄层扫描仪、崩解仪、溶出仪、pH 计、水分测定仪、高效液相色谱仪、旋光仪、折光计等。

(3)熟悉 GMP 管理规范。

(4)了解常用制药设备,包括粉碎、提取、浓缩干燥设备,多冲压片机、制粒机、颗粒自动包

装机、制丸机,软膏剂、口服液灌装线等的工作原理及操作方法,辅料添加方法及用量等。

(5)了解工艺流程与生产设备的配套关系。

(6)了解药厂的车间布局,药厂厂房以及药厂辅助设备的合理安排。

(7)能够在实践中,运用课本中所学理论对药品生产流程中存在的不足,提出合理化的改进建议。

(8)专题实习:各药厂也可根据具体情况制定实习专题,时间可适当调整(表2-7)。

附:药学专业实习计划表(表2-7)。

表 2-7   药学专业实习计划表

实习科室		实习周数
医院	门诊西药房或住院药房	8 周
	中药房	7 周
	制剂室	5 周
	药库	2 周
药厂	临床药学室或情报室	2 周
	制剂车间(片剂、胶囊剂、颗粒剂等)	12 周
	质检处(质量检查)	9 周
合　　计		45 周

(李秀丽)

第3章 诊断学基础

第一节 常见症状

一、发 热

正常人的体温保持相对恒定。任何原因使机体产热增多和(或)散热减少,致使体温升高超过正常范围,称为发热(fever)。正常人腋温为 36～37℃,直肠温度为 38℃,口腔温度为 36.3～37.2℃。24 小时体温波动不超过 1℃。

【病因】

1.感染性发热 为发热的最常见病因,各种病原体如病毒、细菌、支原体、衣原体、立克次体、螺旋体、真菌、寄生虫等引起的感染,均可导致发热。

2.非感染性发热

(1)无菌性组织损伤或坏死物质的吸收:①物理、化学或机械性损伤,如大面积烧伤、创伤、大手术后、内出血等;②组织坏死及细胞破坏,如心肌、肺、脾梗死或机体坏死及恶性肿瘤、白血病、淋巴瘤、溶血反应等。

(2)变态反应:如风湿病、药物热、血清病等。

(3)内分泌代谢疾病:如甲状腺功能亢进症、大量失水和失血。

(4)体温调节中枢功能失常:如中暑、重度安眠药中毒、脑出血、脑外伤等。

(5)某些直接导致皮肤散热减少的疾病:如广泛性皮炎、鱼鳞病、慢性心功能不全等。

(6)自主神经功能紊乱:可影响正常的体温调节,属功能性发热,多为低热,常见的有感染后低热,夏季低热等。

【临床表现】

1.临床分度 以口腔温度为标准,根据体温升高的程度不同,分为:①低热,体温 37.3～38℃;②中等度热,38.1～39℃;③高热,39.1～41℃;④超高热,41℃以上。

2.热型与临床意义

(1)稽留热:体温持续在 39～40℃或以上,24 小时内体温波动范围不超过 1℃,持续数日至数周。见于肺炎球菌肺炎、伤寒等高热期。

(2)弛张热:又称败血症热、消耗热。体温高达 39℃以上,体温最低时,仍高于正常,24 小时内波动范围超过 2℃。常见于败血症、脓毒血症、重症肺结核、感染性心内膜炎、风湿热等。

(3)间歇热:体温升高达 39℃以上,持续数小时或数日,又迅速降至正常,经过数小时或数天间歇后,体温又突然升高,反复交替出现。见于疟疾、急性肾炎等。

(4)波状热:体温逐渐上升至 39℃或以上,数天后又降至正常,如此反复多次。常见于布氏菌病。

(5)回归热:体温急剧上升至39℃或以上,持续数天后又骤然下降至正常,高热期与无热期各持续若干天后规律性交替出现。见于回归热、霍奇金病。

(6)不规则热:发热无一定规律。可见于结核病、风湿热、支气管肺炎、渗出性胸膜炎、癌性发热等。

(张永旺)

二、咯　　血

咯血(hemoptysis)指喉部及喉以下的呼吸道任何部位的出血,经咳嗽由口排出。

【病因】

1. 支气管疾病　支气管扩张症、支气管肺癌、慢性支气管炎、支气管内膜结核、支气管良性瘤、支气管内结石等。

2. 肺部疾病　肺结核、肺炎、肺脓肿、肺淤血、肺梗死、肺吸虫病、肺真菌病、肺囊肿、肺血管畸形等。肺结核是最常见的咯血原因之一。

3. 心血管疾病　风湿性心脏病二尖瓣狭窄、先天性心脏病等。

4. 其他　急性传染病(如钩端螺旋体病肺出血型、流行性出血热)、血液病(如血小板减少性紫癜、白血病)、风湿病(如结节性多动脉炎、白塞病)、肺出血-肾炎综合征等均可引起咯血。

【临床表现】

1. 年龄与生活习惯　青壮年咯血多见于肺结核、支气管扩张症、风湿性心脏瓣膜病二尖瓣狭窄;40岁以上有大量吸烟史者,要警惕原发性支气管肺癌;有生吃石蟹、蝲蛄者咯血应考虑肺吸虫病。

2. 咯血量　24小时咯血量在100ml以内为小量咯血;达100~500ml为中等量咯血;达500ml以上,或一次咯血量达300ml以上,或不论咯血量多少只要出现窒息者均为大咯血。大量咯血主要见于支气管扩张症、纤维空洞型肺结核。

3. 全身情况　长时间咯血全身情况差、体重减轻明显,多见于肺结核、原发性支气管肺癌。反复咯血而全身情况尚好者,见于支气管扩张、肺囊肿等。

(张永旺)

三、水　　肿

人体组织间隙有过多的液体潴留时,而出现肿胀,称为水肿(edema)。水肿可分为全身性水肿和局部性水肿。

【病因与临床表现】

1. 全身性水肿

(1)心源性水肿:常见原因为右心功能不全,也可见于心包炎。心源性水肿首先出现于身体下垂部位,并可随体位变化而改变。如非卧床者水肿首先出现于下肢,尤以踝部较明显;卧床者水肿首先出现于腰骶部及会阴部。

(2)肾性水肿:常见各型肾炎和肾病。水肿特点是疾病早期晨起有眼睑与颜面水肿,以后遍及全身水肿常伴有胸腔积液、腹水。

(3)肝源性水肿:常见于肝硬化失代偿期等。特征为水肿发生较缓慢,常先出现于踝部,以后逐渐向上蔓延,而头、面部及上肢常无水肿。肝硬化失代偿期时,最突出的表现为腹水。

（4）营养不良性水肿：见于慢性消耗性疾病长期营养缺乏、胃肠吸收功能不良、重度烧伤等。其特点是水肿发生前常有消瘦。水肿从下肢开始逐渐蔓延全身，呈坠积性。

（5）其他

①黏液性水肿：常在眼睑、颜面及下肢出现，为非指凹性水肿，严重者可累及全身。常见于甲状腺功能减退症。

②经前期紧张综合征：其特点为月经前 1～14 天出现眼睑、踝部及手部轻度水肿，可伴乳房胀痛及盆腔沉重感，月经后水肿逐渐消退。

③药物性水肿：见于糖皮质激素、雄激素、雌激素、甘草制剂等应用中，停药则可消退。

④特发性水肿：多见于女性，常出现在身体下垂部位，久立或行走过多后出现。

2. 局部性水肿

（1）局部静脉回流受阻：如上腔静脉受压迫时，引起局部水肿，其特征为头面部、颈部、两上肢及上胸部水肿，常伴有颈静脉怒张、胸壁浅静脉曲张及纵隔刺激症状，称为上腔静脉阻塞综合征。下腔静脉受压迫时，引起的局部水肿，其特征为下肢、阴部水肿明显，常伴有腹壁及下肢静脉曲张或腹水，亦可有肝、脾大等，称为下腔静脉阻塞综合征。

（2）淋巴回流受阻：如丝虫病，临床表现为双下肢象皮肿，患部皮肤粗糙、增厚，皮下组织也增厚。

（3）血管神经性水肿：为变态反应性疾病，常有对某些药物或食物的过敏史。其特征为突发，水肿部位的皮肤呈苍白色或蜡样光泽，硬而有弹性，无疼痛。多发生于面、口唇或舌部。若水肿累及声门，可危及生命。

（张永旺）

四、意 识 障 碍

意识是大脑高级功能活动的综合表现，它包括觉醒状态与精神活动两个方面。前者指对外界及自身的认知状态，后者指思维、情感、记忆、意志等心理过程。

【病因】

1. 全身性疾病

（1）重度急性感染：如伤寒、败血症、中毒性肺炎、中毒性痢疾、脑型疟疾等。

（2）循环障碍：如急性心肌梗死、心律失常及休克等。

（3）内分泌与代谢障碍：如甲状腺危象、甲状腺功能减退症、尿毒症、肝性脑病、肺性脑病、糖尿病酮症、低血糖昏迷及严重水、电解质紊乱等。

（4）药物与化学物质中毒：如安眠药、麻醉药、有机磷农药、氰化物等中毒。

（5）物理性损害：如中暑、触电、溺水、日射病等。

2. 颅脑疾病

（1）感染性疾病：如各种脑膜炎、脑炎、脑脓肿等。

（2）非感染性疾病：①颅内占位性疾病；②脑血管性疾病，如脑缺血、脑出血、蛛网膜下腔出血、脑梗死、高血压性脑病等；③颅脑外伤；④癫痫大发作或癫痫持续状态。

【临床表现】

1. 嗜睡（somnolence）　是最轻的意识障碍，病人处于一种病理性持续睡眠状态，可被轻刺激所唤醒，醒后能正确回答问题，但反应迟钝，停止刺激后即又入睡。

2. **意识模糊**(confusion) 是较嗜睡程度深的意识障碍。表现为思维活动困难、言语不连贯,对时间、地点、人物的定向能力发生障碍,有幻觉、错觉、思维紊乱、记忆模糊等。

3. **昏睡**(stupor) 是较严重的意识障碍,病人处于接近昏迷的状态,不易唤醒,仅在强烈刺激下可被唤醒,但很快又入睡。醒时答话含糊或答非所问。

4. **昏迷**(coma) 是最严重的意识障碍,病人表现意识完全丧失,运动、感觉和反射等功能障碍,不能唤醒,无自主运动。按其程度可分类如下。

(1)浅昏迷:对疼痛刺激(如压迫眶上缘或针刺等)有躲避反应或痛苦表情。吞咽反射、咳嗽反射、角膜反射、瞳孔对光反应、眼球运动等均存在。

(2)中度昏迷:对周围事物及各种刺激均无反应,对剧烈刺激尚可出现防御反射。角膜反射减弱,瞳孔对光反应迟钝,眼球无转动。

(3)深昏迷:对各种强刺激均无反应,全身肌肉松弛,生理反射及眼球运动等均消失。只维持呼吸、循环功能。

5. **谵妄**(delirium) 是在意识清晰明显下降的情况下,出现精神异常、定向力丧失、错觉、幻觉、躁动不安、言语杂乱等,以兴奋性增高为特征的高级神经活动急性失调状态。常见于急性感染发热期、急性酒精中毒、某些药物(如颠茄类)中毒等。

(张永旺)

五、发　绀

发绀(cyanosis)又称紫绀,是指血液中还原血红蛋白增多,使皮肤、黏膜呈青紫色的表现。发绀在口唇、鼻尖、颊部及甲床等处较为明显。

【病因】

1. **中心性发绀** 此类发绀是由于心、肺疾病所致动脉血氧饱和度降低引起。

(1)肺性发绀:可见各种严重呼吸系统疾病,如喉、气管、支气管阻塞、肺炎、阻塞性肺气肿、弥漫性肺间质纤维化、肺淤血、肺水肿、急性呼吸窘迫综合征和肺栓塞、原发性肺动脉高压、肺动脉瘘等。

(2)心性混血性发绀:由于先天性心脏病,如法洛四联症、艾森曼格综合征等。

2. **周围性发绀** 此类发绀是由于周围循环血流障碍所致。

(1)淤血性周围发绀:如右侧心力衰竭、渗出性心包炎、心脏压塞、缩窄性心包炎、上腔静脉综合征、下肢静脉曲张、血栓性静脉炎等。

(2)缺血性周围性发绀:常见于重症休克、肢端发绀症、冷球蛋白血症、网状青斑、严重受寒等。

3. **混合性发绀** 中心性与周围性发绀并存,见于左、右侧心力衰竭和全心衰竭。

4. **血液中异常血红蛋白增多**

(1)药物或化学物质中毒所致的高铁血红蛋白血症:常由亚硝酸盐、伯氨喹、氯酸钾、碱式酸铋、苯丙砜、磺胺类、硝基苯、苯胺等中毒引起。

(2)先天性高铁血红蛋白血症:患者自幼即有发绀,有家族史,而无心肺疾病及其他原因。

(3)硫化血红蛋白血症:患者服用硫化物,主要为含硫的氨基酸。

【临床表现】

1. 重症心、肺疾病或急性呼吸道阻塞、气胸等,可出现呼吸困难并伴发绀;先天性高铁血红蛋白血症和硫化血红蛋白血症虽有明显发绀,而一般无呼吸困难。

2.发绀型先天性心脏病及某些慢性肺部疾病,由于病程长,可出现杵状指(趾)。

3.起病急,伴发绀、意识障碍和衰竭表现,见于某些药物或化学物质急性中毒、休克等。

(张永旺)

六、呼 吸 困 难

呼吸困难(dyspnea)是指病人主观上感觉空气不足,呼吸费力;客观上表现用力呼吸,张口抬肩。重者可出现鼻翼扇动,端坐呼吸,发绀,并有呼吸频率、深度及节律的异常。

【病因】

1.呼吸系统疾病　①气道阻塞:见于支气管哮喘,喉、气管、支气管的炎症、水肿、异物、肿瘤及慢性阻塞性肺气肿。②肺疾病:如肺炎、肺水肿、肺淤血、肺不张、肺梗死、间质性肺病、细支气管肺泡癌等。③胸廓与胸膜疾病:严重的胸廓脊柱畸形、气胸、大量胸腔积液和胸廓外伤,严重的胸膜肥厚粘连等。④神经肌肉疾病:如脊髓灰质炎病变累及颈髓、急性多发性神经根炎、重症肌无力、膈肌麻痹、高度鼓肠、大量腹水、腹腔巨大肿瘤、胃扩张、妊娠晚期等。

2.循环系统疾病　各种原因所致的心力衰竭,心脏压塞,原发性肺动脉高压和肺栓塞等。

3.中毒　有机磷农药中毒、一氧化碳中毒、糖尿病酮症酸中毒、尿毒症、吗啡及巴比妥类药物中毒。

4.血液病　重度贫血,高铁血红蛋白血症和硫化血红蛋白血症等。

5.神经、精神因素　①器质性颅脑疾患,如颅脑外伤、脑出血、脑肿瘤、脑及脑膜炎等呼吸衰竭;②精神因素所致的呼吸困难,如癔症。

【临床表现】

1.肺源性呼吸困难　临床分为三种类型。

(1)吸气性呼吸困难:其特点是呼吸显著困难,吸气时间明显延长,可伴有干咳及哮鸣音,吸气时胸骨上窝、锁骨上窝和肋间隙明显凹陷,称"三凹征"。常见于气道阻塞。

(2)呼气性呼吸困难:特点是呼气费力,呼气时间明显延长,常伴有干啰音。多见于支气管哮喘、喘息性慢性支气管炎、慢性阻塞性肺气肿。

(3)混合性呼吸困难:其特点是吸气与呼气均费力,呼吸较浅而快,常伴有呼吸音减弱或消失,可有病理性呼吸音。常见于重症肺炎、大片肺不张、大面积肺梗死、大量胸腔积液或气胸、间质性肺病等。

2.心源性呼吸困难　左心、右心或全心功能不全时均可出现呼吸困难。

呼吸困难是左心功能不全的最早症状,常表现为阵发性呼吸困难,多在夜间睡眠中发生,病人常在睡眠中突感胸闷气急而憋醒,被迫坐起,惊恐不安,用力呼吸,经数分钟或数十分钟症状逐渐消失,称为夜间阵发性呼吸困难。严重左心功能不全时,出现气喘、哮鸣音、面色灰白、出汗、发绀、咳粉红色泡沫样痰、两肺有湿啰音或哮鸣音、心率加快,称为心源性哮喘。

3.中毒性呼吸困难　某些药物及化学物质中毒,如吗啡、巴比妥类药物、有机磷中毒等。

4.血源性呼吸困难　各种原因导致血红蛋白量减少或结构异常,红细胞携氧量减少,血氧含量降低,致呼吸加快,常伴有心率增快。

5.神经精神性呼吸困难　重症颅脑疾患,使呼吸变慢、变深,并常伴有呼吸节律异常。

(李秀君)

七、呕　血

呕血(hematemesis)是指上消化道,包括食管、胃、十二指肠、肝、胆、胰疾病或全身性疾病所致的急性上消化道出血,血液经口腔呕出。

【病因】

1.食管疾病　食管炎、食管癌、食管静脉曲张破裂、食管异物、食管黏膜撕裂等。

2.胃、十二指肠疾病　胃与十二指肠溃疡,其次为慢性胃炎,由药物(如阿司匹林、吲哚美辛、酒精等)和应激(如大手术、大面积烧伤等)所引起的急性胃黏膜病变及胃癌等。

3.肝、胆、胰腺疾病　肝硬化门脉高压、肝癌、肝脓肿、胆囊及胆管结石、胰腺癌、急性胰腺炎合并脓肿等。

4.急性传染病　流行性出血热、钩端螺旋体病、重症肝炎等。

5.血液病　白血病、血小板减少性紫癜、血友病。

6.其他　肺源性心脏病、血管瘤、尿毒症、抗凝药治疗过量等。

【临床表现】

1.呕血与黑粪　呕血前病人多有胃部不适及恶心,继之呕出血性胃内容物。出血量多,且在胃内停留时间短,则呈鲜红色;出血量少或在胃内停留时间长,呈暗红色或混有凝血块。呕血的同时部分血液经肠道排出体外,可形成黑粪。

2.失血性休克　上消化道出血可发生失血性休克。①出血量为血容量的 10%～15% 时,可出现头晕,畏寒,多无血压和脉搏变化;②出血量达血容量的 20% 以上时,则出现冷汗、手足厥冷、心慌、脉搏增快等急性失血症状;③若出血量达血容量 30% 以上,则出现急性周围循环衰竭的表现,脉搏增快微弱,血压下降,呼吸急促等,进入休克状态。

3.血象　急性出血早期,血象无改变,以后由于组织液渗入,血液被稀释,才出现红细胞与血红蛋白减少。

4.发热　多数出血量大的病人在 24 小时内出现发热,一般体温不超过 38.5℃,可持续 3～5 天。

5.氮质血症　出血数小时血中尿素氮开始上升,24～48 小时达高峰;如无继续出血,3～4 天可降到正常。

(李秀君)

八、黄　疸

黄疸(jaundice)是由于血清内胆红素浓度升高,致使皮肤、黏膜、巩膜以及其他组织被染成黄色称为黄疸。正常血清总胆红素在 $17.1\mu mol/L$。胆红素浓度超出正常,但肉眼看不到黄疸,称为隐性黄疸,血清总胆红素超过 $34.2\mu mol/L$ 时临床上可见黄疸。

【病因】

1.溶血性黄疸

(1)先天性溶血性贫血:如珠蛋白生成障碍性贫血、遗传性球形红细胞增多症。

(2)后天性获得性溶血性贫血:如自身免疫性溶血性贫血、不同血型输血后的溶血、新生儿溶血、蚕豆病、蛇毒、伯氨喹等引起的溶血。

2.肝细胞性黄疸　肝细胞性黄疸由各种使肝细胞广泛损害的疾病引起,如病毒性肝炎、中毒性肝炎、肝硬化、肝癌、钩端螺旋体病、败血症等。

3. 胆汁淤积性黄疸　胆汁淤积可分为肝内性或肝外性。肝内性又可分为肝内阻塞性胆汁淤积和肝内胆汁淤积：前者见于肝内泥沙样结石、寄生虫病(如华支睾吸虫病)、癌栓；后者见于毛细胆管型病毒性肝炎、原发性胆汁性肝硬化、药物性胆汁淤积(如氯丙嗪、甲睾酮等)、妊娠期复发性黄疸等。肝外性胆汁淤积可由胆总管结石、狭窄、肿瘤、炎性水肿及蛔虫等阻塞所引起。

4. 先天性非溶血性黄疸　本组疾病多为家族性遗传，如 Gilbert 综合征、Crigler-Najjar 综合征、Rotor 综合征，临床上比较少见。

【临床表现】

1. 溶血性黄疸　急性溶血时可有发热、寒战、头痛、恶心、呕吐、四肢酸痛，并有不同程度的贫血和血红蛋白尿(尿呈浓茶色或酱油色)，严重者可出现急性肾衰竭。慢性溶血时，症状较轻微，黄疸为轻度，常伴有贫血及脾大，多为遗传性或家族性。

2. 肝细胞性黄疸　急性病毒性肝炎引起者，多为乏力、食欲减退、厌油、腹胀、恶心、呕吐、肝区疼痛、肝大，并明显压痛等。肝硬化患者多有贫血、消瘦，常可见肝掌、蜘蛛痣，肝脏缩小，质硬而无明显压痛，可有腹壁静脉曲张、脾大、腹水及门脉高压征，病重者常有出血倾向，甚至昏迷。

3. 胆汁淤积性黄疸　急性胆囊炎、胆石症患者，起病急，多伴有发热，右上腹或上腹部呈阵发性疼痛、恶心、呕吐、胆囊区有明显压痛、白细胞增多和黄疸。胰头癌患者，起病缓慢，黄疸呈进行性加重，晚期出现贫血、消瘦。

【实验室检查】　三种黄疸实验室检查的区别见表 3-1。

表 3-1　三种黄疸实验室检查的区别

项目	溶血性黄疸	肝细胞性黄疸	胆汁淤积性黄疸
TB	增加	增加	增加
CB	正常	增加	增加
CB/TB	<15%～20%	>30%～40%	>50%～60%
尿胆红素	—	+	+
尿胆原	增加	轻度增加	减少或消失
ALT、AST	正常	明显增高	可增高
ALP	正常	增高	明显增高
GGT	正常	增高	明显增高
PT	正常	延长	延长
对维生素 K 反应	无	差	好
胆固醇	正常	轻度增加或降低	明显增加
血浆蛋白	正常	白蛋白降低球蛋白升高	正常

注：TB 为总胆红素，CB 为结合胆红素

(李秀君)

九、血　尿

正常尿液中无红细胞或偶见微量红细胞，镜检下每高倍视野有红细胞 3 个以上，即为血尿

(hematuria)。血尿轻症者尿色正常,须经显微镜检查方可确定,称镜下血尿。重症尿呈洗肉水色或血色,称肉眼血尿。

【病因】

1.泌尿系统疾病 泌尿系结石、泌尿系感染、肾小球肾炎、间质性肾炎、泌尿系肿瘤、泌尿系外伤、手术、器械检查等损伤,先天性多囊肾、肾血管病变,如肾动脉硬化。

2.全身性疾病 血液病、感染性疾病、循环系统疾病、风湿病、内分泌代谢疾病。

3.尿路邻近器官疾病 如前列腺炎、结肠癌、直肠癌、宫颈癌、盆腔炎、急性阑尾炎等。

4.其他 抗凝药、汞剂、磺胺类、吲哚美辛、环磷酰胺等的副作用或毒性作用。

5.功能性血尿 如运动后血尿,见于健康人。

【临床表现】 血尿的颜色可呈红色、棕色或暗黑色,血尿要与血红蛋白尿相鉴别,血红蛋白尿由溶血引起,尿呈均匀暗红或酱油色,无沉淀,镜检无红细胞或偶有红细胞。用高倍显微镜观察尿中红细胞形态,可鉴别肾小球源性血尿(变形红细胞)与非肾小球源性血尿(正常形态红细胞)。尿三杯试验可粗略了解血尿产生的部位。取三个清洁玻璃杯,患者一次排尿,将前、中、后三段分别排入三个杯中,第一杯(即前段)含血液,表示病变位于尿道;如第三杯(即后段)含血液,表示病变部位在膀胱颈部和三角区或后尿道等部位。如三杯尿中均有血液表示病变在上尿路或膀胱。

(李秀君)

第二节 体格检查与基本操作技能

一、体格检查的基本方法

【技能目标】

1.掌握视诊、触诊、叩诊、听诊及嗅诊五步检查的内容。

2.能规范熟练地运用上述五种方法进行体格检查。

3.树立良好的职业道德及良好的学风,反复练习触诊、叩诊的基本方法,掌握其要领。

4.熟悉视诊、听诊及嗅诊检查的内容。

【检查方法】

1.视诊 是医生通过视觉来观察病人全身或局部表现的一种检查方法。

视诊内容如下。

(1)全身状况:发育营养、体型、面容、体位、神志、姿势及步态。

(2)局部情况:对病人身体某一部位做更深入细致的观察。

2.触诊 是医生通过手的触觉进行检查的一种方法。触觉应用的范围很广泛,身体各部分都可通过触诊发现异常体征,尤其腹部的触诊最重要。

触诊方法如下所述。

(1)浅部触诊法:用右手轻放在检查部位,利用掌指关节和腕关节协同动作,轻柔地进行滑动触摸。适于浅表部位的病变,如关节、软组织、浅部的动脉、静脉、神经、阴囊和精索等检查,尤其在腹部检查很重要。可判定患者腹部有无压痛、腹肌紧张、强直等体征。

(2)深部触诊法:用一手或两手重叠,由浅入深,逐渐加压以达深部,了解腹腔病变和脏器情况。

①深部滑行触诊法：在患者腹肌松弛和呼气时，医生用稍弯曲的二、三、四指末端逐渐压向腹腔脏器或包块并做上下左右的滑动触摸，以了解其形状、大小、硬度、活动度，有无压痛及表面情况；也可用另一手加压重叠于触诊的手背上，逐渐压向深部，并带动它滑动触摸。

②双手触诊法：将左手置于被检查脏器或包块的后部，并将其推向右手进行触摸。此法多用于肝、脾、肾、子宫和腹腔肿物的触诊。

③深压触诊法（又称插入触诊法）：以一或两个手指逐渐加压以达深部，以确定腹腔脏器或组织的压痛点。

④冲击触诊法（又称浮沉触诊法）：医生以中间并拢的三个手指，取适当的角度，置于腹壁上相应的部位进行数次急速而有力的冲击。此法，一般只用于大量腹水，肝、脾或包块难以触及时。

3.叩诊　手指叩击身体表面，使之振动而产生音响，根据振动和音响的特点来判断被检查部位的脏器有无异常。叩诊在胸腹部检查中尤为重要。

（1）叩诊方法

①间接叩诊法：叩诊时，左手中指第2指节贴于叩诊部位，其他手指微抬起，右手指自然弯曲，以中指指端叩击左手中指第2指骨的前端，每次叩击2～3下。

②直接扣诊法：用右手中间三指掌面直接拍击被检查部位，借叩击的反响和指下的震动感判断病变情况。

（2）叩诊音

①清音是正常肺部的叩诊音。提示肺组织弹性、含气量、致密度正常。

②鼓音：在叩击含有大量气体的空腔器官时出现此音。正常见于左胸下部肺泡区及腹部。在病理情况下，可见于肺空洞、气胸、气腹等。

③过清音：是介于清音与鼓音之间的声音。临床上见于肺组织含气量增多、弹性减退时，如肺气肿。

④浊音：是一种音调较高、音响较弱、震动时间较短的声音。生理情况下叩击被少量含气组织覆盖的实质性脏器时产生，如心脏、肝脏被肺的边缘覆盖的部分；病理情况下，当肺组织含气量少时出现如肺炎。

⑤实音：实音亦称绝对浊音或重浊音。生理情况下，叩击肌肉、实质性脏器（如心脏、肝、脾）时产生。在病理情况下，可见于大量胸腔积液或肺组织实变等。

4.听诊　是医生用耳或借助听诊器，听取体内脏器在运动时发出的声音是否正常的一种检查方法。听诊包括直接听诊和间接听诊。

5.嗅诊　以嗅觉判断发自病人的异常气味与疾病间关系的方法。

【注意事项】

1.视诊　反复实践，注意力集中，细心认真观察，通过视诊获得重要线索和启示，视诊应在自然光线下进行。

2.触诊

（1）医生站在病人右侧，手要温暖，由浅入深，由轻变重，由健侧逐渐移向患侧。

（2）用力要适中，根据检查部位不同，让患者采取不同体位。

（3）腹部触诊时，令患者做腹式呼吸。

(4)应反复练习,掌握触诊的技巧。

3.叩诊

(1)叩诊时要在对称部位上,用均匀力量进行叩诊,根据检查需要,采取轻叩或重叩的不同方法。

(2)叩击方向应与叩诊部位的体表垂直,叩诊时应以腕关节活动为主,避免肘关节及肩关节活动。

4.听诊 听诊时,听诊器体件要密切贴于被检查部位,避免太紧、太松或与皮肤摩擦。诊室应安静,医生注意力应集中。

5.其他 认真辨认异常气味及其临床意义。

二、一 般 检 查

【技能目标】

1.掌握体温、脉搏、呼吸、血压检查的方法和要领,并能熟练准确地进行检查。

2.熟悉一般状态检查的内容及其改变的临床意义。

3.掌握皮肤及黏膜检查的方法和内容。

4.了解出血点、紫癜、皮疹、蜘蛛痣、皮纹、皮下结节的临床意义。

5.掌握浅表淋巴结检查的内容和方法。

(一)全身状态检查

全身状态检查内容包括性别、年龄、体温、脉搏、呼吸、血压、发育与体型、营养状态、面容及表情、体位、姿势、步态和意识状态。

【检查方法】

1.生命体征 体温、脉搏、呼吸、血压检查。

2.一般状态

(1)发育与体型:发育的正常与否通常以年龄、智力和体格成长状态(身高、体重及第二性征)之间的关系来判断。临床把成人体型分为三种。

①瘦长型(无力型):体高肌瘦、颈细长、扁平胸、腹上角<90°。

②矮胖型(超力型):体格粗壮、颈粗短、胸宽阔、腹上角>90°。

③匀称型(正力型):体格的各部分结构匀称适中。

(2)营养状态:一般根据皮肤、毛发、皮下脂肪、肌肉的发育情况综合判断。临床常用以下三个等级进行概括。

①良好:皮肤黏膜红润,皮下脂肪丰满有弹性,毛发、指甲有光泽,肌肉发达坚实。

②不良:皮肤黏膜干燥,皮下脂肪菲薄,肌肉松弛无力,毛发稀疏无光泽,指甲粗糙。

③中等:介于两者之间。

(3)意识状态:正常人意识清醒,反应敏捷,思维合理,语言清晰,表达能力正常。凡能影响大脑功能活动的疾病均会引起不同程度的意识改变,临床根据意识障碍的程度分为嗜睡、意识模糊、昏睡、昏迷等。

(4)面容及表情:包括急性面容、慢性面容、特殊面容、贫血面容、甲亢面容、黏液水肿面容、二尖瓣面容、肢端肥大面容、满月面容、肝病面容、肾病面容、伤寒面容、面具面容、苦笑面容。

(5)体位:包括自动体位、被动体位、强迫体位,强迫体位又包括强迫仰卧位、强迫俯卧位、强迫侧卧位、端坐呼吸、强迫蹲位、强迫直立位、辗转体位、角弓反张位。

(6)姿势和步态:姿势是针对举止的状态而言。正常人举止端庄,肢体活动自如,步态稳健。病人因疾病往往引起异常姿势和步态。常见的异常步态有:蹒跚步态、醉酒步态、共济失调步态及慌张步态等。

(二)皮肤及黏膜

【检查内容及方法】

1.色泽　皮肤的颜色与毛细血管的分布、血液的充盈度、色素量的多少及皮下脂肪的薄厚有关。常见的改变有:苍白、发红、发绀、黄染、色素沉着、色素脱失(白癜风、白斑、白化病)。

2.弹性　皮肤弹性与年龄、营养状态、皮下脂肪及组织间隙所含液体量多少有关。

3.水肿　是皮下组织的细胞内或组织间隙体液潴留过多所致。根据水肿程度可分为轻度、中度和重度水肿。

4.皮疹　多为全身性疾病的症候之一,皮疹的种类很多,常见的有斑疹、丘疹、斑丘疹、荨麻疹及玫瑰疹等。

5.出血点与紫癜　皮肤黏膜下出血直径<2mm 者称为出血点;直径 3~5mm 者称为紫癜;直径 5mm 以上者称为瘀斑;片状出血且隆起者称为血肿。

6.其他　检查蜘蛛痣、皮下结节、色素痣、瘢痕及皮纹等。

(三)浅表淋巴结

正常淋巴结体积很小,直径多为 0.2~0.5cm,质地柔软、表面光滑、单个散在、不易触及,无压痛。

【检查方法】

1.检查顺序　耳前、耳后、乳突、枕骨下、颈后、颈前、锁骨上、腋窝、滑车、腹股沟、腘窝等。

2.检查方法

(1)检查颈部淋巴结时医生可面对患者,手指并拢紧贴于检查部位,由浅入深滑行触诊。令病人稍低头,或头偏向检查侧,便于触诊。

(2)检查锁骨上窝淋巴结时,病人取坐位或仰卧位,头稍向前屈,用双手进行触诊,左手触诊右侧,右手触诊左侧,由浅入深触摸。

(3)检查腋窝淋巴结时,病人两上肢下垂,左手触诊右侧,右手触诊左侧,由浅入深滑行触摸,直达腋窝顶部。

(4)检查滑车上淋巴结时,以左手扶托病人前臂,以右手向滑车上由浅入深触摸。

3.描述　应注明部位、大小、数目、硬度、活动度,有无压痛、粘连,有无红肿、瘢痕、瘘管等。

(瑞　云)

第三节　头、颈部检查

【技能目标】

1.掌握头部器官检查的内容及其改变的临床意义。

2.掌握头部器官检查的方法,如眼球运动、瞳孔对光反应、调节反射及辐辏反射,鼻窦、咽及扁桃体检查。

3.掌握颈部血管、甲状腺、气管的检查方法及其异常改变的临床意义。

一、头部器官检查

(一)头颅

头颅的检查应注意大小、外形、压痛及头部运动。

(二)头部器官检查

【检查内容及方法】

1. 眼　检查内容包括:眉毛、眼睑、结膜、眼球、巩膜、角膜、瞳孔。

(1)检查眉毛有否脱落。

(2)眼睑:检查有否眼睑下垂、闭合障碍、内翻、外翻、倒睫、水肿。

(3)结膜:翻转眼睑,观察睑结膜、穹窿结膜与球结膜有否充血、水肿、颗粒、滤泡、苍白、出血点。

(4)巩膜有否黄染及黄色斑块。

(5)角膜检查内容包括透明度、云翳、白斑、溃疡、老年环、Kayser Fleischer 环。

(6)眼球检查内容包括眼球运动、突出、甲亢眼征、震颤及指压法测眼压。

眼球运动检查方法:检查者伸右臂,竖食指,距受检者眼前约 40cm 处,嘱被检者眼球随医生手指指示方向做上下左右和旋转运动,观察是否正常。

(7)瞳孔正常直径 2~5mm。检查时应注意瞳孔的形状、大小、双侧是否等圆等大,对光反应及调节反射和视力是否正常。

①瞳孔对光反应:直接对光反应,用手电筒直接照射瞳孔并观察其动态反应,正常人可见双侧瞳孔立即缩小,离开光源后瞳孔迅速复原;间接对光反应,用手隔开两眼,用光刺激一侧后,观察对侧瞳孔缩小情况,正常时当一侧受光刺激,对侧也立即缩小。瞳孔对光反应迟钝或消失见于昏迷病人。

②调节与辐辏反射:令患者注视 1m 以外目标(手指),然后将目标逐渐移向眼球(约 10cm 处),正常人瞳孔逐渐缩小,称为调节反射;若同时双侧眼球向内聚合,称为辐辏反射。动眼神经功能损伤,两种反射均消失;直接对光反应消失而调节反射存在,见于脑炎或铅中毒。

2. 耳　检查耳郭、外耳道、乳突、听力。

3. 鼻　检查外形、鼻翼扇动、鼻中隔、鼻腔黏膜和鼻旁窦。共有 4 对鼻旁窦,蝶窦位置深,不能进行检查,其余 3 对可在体表检查。

检查方法及体表压痛点如下。

(1)额窦:检查者双手置于两侧颞部,双手拇指分别置于病人眼眶上方稍内,用力向后按压。

(2)筛小房(筛窦):检查者双手置于病人枕部,双手拇指分别置于病人鼻根部与眼内角处,向内后方按压。

(3)上颌窦:检查者双手置于病人两侧耳后,双手拇指分别于左右颧部向后按压。

4. 口腔

(1)口唇:注意口唇颜色,有无干燥、皲裂、疱疹、口角糜烂。

(2)黏膜:正常口腔黏膜光泽呈粉红色。检查时应注意有无斑疹、色素沉着、出血、溃疡等。

(3)牙及牙龈:检查牙时应注意有无龋齿、缺齿、残根、义齿;检查牙龈时应注意有无肿胀、出血、溢脓、色素沉着等。

（4）舌：观察舌质、舌苔及舌运动情况。

（5）咽及扁桃体检查方法

①检查方法：病人面向光源，头略向后仰，在张口发"啊"音时，用压舌板压舌前 2/3 交界处。此时，软腭上抬，即可看到咽腭弓、软腭、腭垂（悬、雍垂）、扁桃体及咽后壁。

②检查咽时应注意色泽、有无滤泡及异常分泌物。

③扁桃体检查时应注意大小，有无充血、分泌物。

④临床扁桃体肿大分三度：肿大不超过咽腭弓者为Ⅰ度；超过咽腭弓者为Ⅱ度；达到或超过咽后壁中线者为Ⅲ度。

二、颈 部 检 查

【检查内容及方法】

1. 颈部外形及颈部运动　颈部是否直立、对称；有无斜颈及运动障碍。

2. 颈部包块　颈部触及包块应注意大小、数目、部位、活动度、质地。

3. 颈部血管　观察有无颈动脉搏动、颈静脉搏动、颈静脉怒张，有无血管杂音。

（1）颈静脉怒张检查方法：正常人在立位或坐位时颈外静脉常不显著，平卧时可稍见充盈，充盈的水平仅限于锁骨上缘至下颌角距离的下 1/3 以内。卧位时如充盈度超过正常水平，或立位与坐位时可见明显静脉充盈，称为颈静脉怒张。提示上腔静脉压增高，见于心力衰竭、缩窄性心包炎、心包积液或上腔静脉回流受阻。

（2）颈动脉搏动：正常人安静时看不到颈动脉搏动，在心排血量增加及脉压增大时可见到颈动脉搏动，如主动脉瓣关闭不全、高血压、甲状腺功能亢进及严重贫血等。

（3）颈静脉搏动：正常人颈静脉无搏动，只有在三尖瓣关闭不全时可看到明显的颈静脉搏动。

4. 甲状腺　甲状腺检查包括甲状腺大小、形态、质地，有无结节、血管杂音及震颤。

（1）甲状腺检查方法：触诊是主要检查方法。医生站在病人背后，双手拇指放在颈后，其他手指从甲状软骨两侧进行触摸；也可站在病人对面，以右或左手拇指和其他手指在甲状软骨两侧进行触诊，触及肿大的甲状腺让病人做吞咽动作，则其可随吞咽动作上下移动，若略加压按该肿物，则不能进行吞咽动作。

（2）甲状腺肿大分度：不能看到，能触及为Ⅰ度；能看到又能触及，但不超过胸锁乳突肌为Ⅱ度；超过胸锁乳突肌外缘为Ⅲ度。

5. 气管　检查气管是否居中。

（1）检查方法：让病人取坐位或仰卧位，使颈部处于自然直立状态，检查者将食指与无名指分别置于两侧胸锁关节上，然后将中指置于气管之上，观察中指是否在食指与无名指中间。若两侧距离不等，则提示气管移位。

（2）意义：气管向健侧偏移见于胸腔积液、积气、纵隔肿瘤、单侧甲状腺肿大。气管向患侧偏移见于肺不张、肺硬化、胸膜粘连。

（瑞　云）

第四节　胸　部　检　查

【技能目标】

1. 掌握胸部体表标志。

2. 掌握心肺和胸膜视诊、触诊、叩诊、听诊内容及检查方法。

3. 熟练掌握语音震颤、胸膜摩擦感的触诊检查方法,肺界和肺底移动度叩诊的检查方法。

4. 能辨别正常呼吸音和病理性呼吸音及胸膜摩擦音,并熟悉异常呼吸音出现的临床意义。

5. 掌握心尖冲动、心前区异常搏动的视诊和触诊要点及其临床意义。

6. 熟练掌握心脏瓣膜听诊区听诊顺序及听诊内容。

7. 能辨别正常心音、心包摩擦音,熟悉心音改变、细震颤的临床意义。

8. 掌握外周血管检查的基本方法。

一、胸部的体表标志

(一)骨骼标志

1. **胸骨角**　为胸骨柄和胸骨体的连接处,形成向前突出的一道横嵴,其两侧分别与左右第2肋骨相连接,临床常依此计算前胸肋骨和肋间隙。它相当于气管分叉处,主动脉弓和第4胸椎的水平。

2. **第7颈椎棘突**　后颈下部最突出的棘突即为第7颈椎棘突,是计算椎体的标志。

3. **肩胛下角**　当人直立,两臂下垂时,其肩胛下角相当于第7肋骨或第8胸椎的水平。

(二)体表划线

1. **前正中线**　通过胸骨正中所做的垂直线,又称胸骨中线。

2. **锁骨中线(左、右)**　通过锁骨外侧端与胸锁关节端连线中点的垂直线。在正常男人和儿童此线通过乳头。

3. **腋前线(左、右)**　通过腋窝前皱襞所做的垂直线。

4. **腋后线(左、右)**　通过腋窝后皱襞所做的垂直线。

5. **腋中线(左、右)**　为腋前线与腋后线等距离的平行线,即由腋窝顶部向下做的垂直线。

6. **肩胛下角线(左、右)**　坐位双臂下垂,通过肩胛下角所做的垂直线,又称肩胛角线。

7. **后正中线**　通过椎骨棘突的垂直线,又称脊柱中线。

(三)胸部常用的凹窝及分区

1. **腋窝(左、右)**　上肢内面与胸壁相连的凹陷处。

2. **胸骨上窝**　胸骨上方之凹陷处。

3. **锁骨上窝(左、右)**　锁骨上方的凹陷处。

4. **锁骨下窝(左、右)**　锁骨下方的凹陷处。

5. **肩胛上区(左、右)**　背部肩胛冈以上的区域。

6. **肩胛下区(左、右)**　背部两肩胛下角连线与第12胸椎水平线两者之间的区域。后正中线将此区分为左右两区。

7. **肩胛间区**　背部两肩胛骨之间在两肩胛下角连线水平以上的区域。

二、胸壁与胸廓

(一)胸壁

1.乳房

(1)视诊:包括对称性;乳头的位置、大小、形状是否对称;乳房皮肤颜色,有无溃疡、瘘管、色素增多、皮疹、出血等。

(2)触诊:检查乳房硬度、弹性、压痛、包块。若触及包块应注意其部位、大小、外形、硬度、压痛、活动度。

2.静脉　正常胸壁无明显静脉可见,当上腔静脉或下腔静脉血流受阻建立侧支循环时,可见胸壁静脉充盈或曲张。

3.皮下气肿　若气体积存皮下组织时谓之皮下气肿。触诊时可有捻发感或握雪感。

4.胸壁压痛　正常情况下胸壁无压痛。肋间神经炎、肋软骨炎、胸壁软组织炎及肋骨骨折的患者,胸壁受累的局部可有压痛。

(二)胸廓

1.正常胸廓　两侧大致对称。成年人胸廓的前后径较左右径为短,两者的比例约为1:1.5。小儿和老年人胸廓的前后径略小于左右径或几乎相等,故呈圆柱形。

2.常见的异常胸廓　包括扁平胸、桶状胸、佝偻病胸、胸廓一侧或局限性变形及脊柱畸形引起的胸廓改变。

三、肺和胸膜

(一)视诊

1.呼吸运动　女性的呼吸以肋间肌的运动为主,故形成胸式呼吸。正常男性和儿童的呼吸以膈肌运动为主,胸廓下部及上腹部的动度较大,而形成腹式呼吸;实际上该两种呼吸运动均不同程度同时存在。呼吸困难的体位可随引起呼吸困难的病因不同而不同,常见的有端坐呼吸、半卧位或侧身呼吸、平卧呼吸三种。正常膈肌移动范围为 6cm,其临床意义与肺下界移动度相同。

2.呼吸频率及深度　正常成人平静呼吸时,每分钟为 16～22 次。

(1)呼吸过速:呼吸频率超过 24 次/分为呼吸过速,见于发热、疼痛、贫血、心力衰竭等。

(2)呼吸过缓:呼吸频率低于 12 次/分为呼吸过缓,见于麻醉药或镇静药过量、颅内压增高等。

(3)呼吸深度的变化:浅快呼吸见于呼吸肌麻痹、严重鼓肠、肺炎、胸膜炎、胸腔积液和气胸;深快呼吸见于剧烈运动、情绪激动或过度紧张;深而慢的呼吸见于严重代谢性酸中毒。

3.呼吸节律

(1)潮式呼吸:又称 Cheyne-Stokes 呼吸。是一种由浅慢逐渐变为深快,然后再由深快转为浅慢,随之出现一段呼吸暂停后,又开始如上变化的周期性呼吸。

(2)间停呼吸:又称 Biots 呼吸。表现为有规律呼吸几次后,突然停止一段时间,又开始呼吸,即周而复始的间停呼吸。

以上两种异常呼吸是由于呼吸中枢兴奋性降低,多见于中枢神经系统疾病,如脑炎、各种脑膜炎、颅内压增高及某些中毒。

(3)抑制性呼吸:见于急性胸膜炎、胸膜恶性肿瘤、肋骨骨折及胸部严重外伤等。

(4)叹息样呼吸:表现在一段正常呼吸节律中插入一次深大呼吸,并常伴有叹息声。此多为功能性改变,见于神经衰弱、精神紧张或抑郁症。

(二)触诊

1 胸廓扩张度

(1)正常人两侧呼吸移动度一致,两手距离相等。

(2)异常:双侧呼吸移动度减弱,可见于肺气肿两侧对称性病变。若一侧扩张度受限常见于胸腔积液、气胸、肺不张、胸膜肥厚、大叶性肺炎、肋骨及膈肌病变。

(3)检查方法:医生将两手掌平放在病人胸壁的两侧对称部位上,嘱病人做深呼吸运动,仔细感触两手掌动度是否相等。或在胸骨上划一段前正中线,两手掌平放于胸部两侧对称部位上,在呼气时两手中指尖相对在前正中线上,让病人做深吸气动作,观察两手中指尖与前正中线的距离。距离相等则示两肺呼吸动度相等,若一侧移动度减小时,则示该侧呼吸动度减弱。

2.语音震颤(触觉震颤)

(1)检查方法:医生将两手掌或尺侧缘,平贴于病人胸壁两侧对称部位上,嘱病人用同样强度的低频音重复发"一"长音,注意对比两侧语颤是否相同。

(2)临床意义

①正常:肩胛间区、左右胸骨旁第1~2肋间隙部位最强,肺底最弱。

②语颤增强:见于肺实变,如肺炎、肺内大空洞、大片肺梗死等。

③语颤减弱或消失:多见于肺气肿、肺不张、胸腔积液或气胸、皮下气肿等。

3.胸膜摩擦感 可在病变的胸壁上,触及好似两片皮革相互摩擦的感觉,称为胸膜摩擦感。在腋下第5~7肋间,深呼吸时较易触及。临床意义同胸膜摩擦音。

(三)叩诊

1.检查方法 医生板指平贴在肋间隙并与肋骨平行,有时也可以叩肋骨,但应注意音响与肋间隙不同;叩诊肩胛间区时,板指可与脊柱平行,但肩胛下角以下,板指仍保持与肋间隙平行。叩诊力量要均匀一致。轻叩诊法不易发现处于深部的病灶,重叩诊法可能查不出浅在的病灶,故需交替使用两种叩诊法。

叩诊顺序由上向下,自肺尖向下逐个肋间隙进行叩诊,先叩前胸、侧胸,后叩背部。必须注意在对称部位上,左右对比,上下对比。注意叩诊音的变化。

2.注意事项

(1)检查时环境必须安静、温暖。根据情况病人取坐位或卧位,肌肉放松,姿势平衡,呼吸均匀。

(2)检查前胸时,胸部前挺;检查背部时,两手放于膝上,或两手交叉,左掌放在右肩,右掌放在左肩,胸部稍向前倾;检查腋下时,宜取坐位,两手掌抱在枕部。

(3)根据病变范围大小,位置深浅及肌肉厚薄,决定选用轻叩诊法或重叩诊法。

3.正常胸部叩诊音的分布

(1)清音:正常肺部叩诊音均为清音。

(2)浊音:在肺与肝或肺心交界之重叠区域,叩诊为浊音,又称肺心或肺肝的相对浊音界。

(3)实音:叩诊未被肺组织遮盖的心或肝,即呈实音,又称肺心或肺肝的绝对浊音界。

4.肺界的叩诊

(1)肺上界：正常 4～6cm。若肺尖结核或肺尖炎症时清音带变窄；肺气肿、气胸、肺尖肺大疱时清音带增宽。

(2)肺前界(相当于心脏的绝对浊音界)：心脏扩大、心包腔积液、主动脉瘤等浊音区增大；肺气肿时缩小。

(3)肺下界：两侧肺下界大致相同。平静呼吸时正常人位于锁骨中线第6肋间隙、腋中线第8肋间隙、肩胛下角线第10肋间隙。病理情况下肺气肿、腹腔内脏下垂时肺下界下降；肺不张、腹水、膈肌麻痹，肝大、脾大，腹腔肿瘤等肺下界上升。

5.肺下界的移动范围　正常 6～8cm。若＜4cm 即为肺下界移动度减小，如肺气肿、肺水肿、肺不张、肺间质纤维化等肺下界的移动范围减弱；大量胸腔积液、气胸及广泛胸膜增厚粘连等肺下界的移动范围消失。

6.胸部异常叩诊音　正常为清音。异常：浊音或实音见于胸腔积液、肺炎、胸膜肥厚等；过清音见于肺气肿；鼓音见于气胸、空洞型肺结核等。

(四)听诊

1.正常呼吸音

(1)支气管呼吸音：似将舌抬高后，呼气时所发出的"哈--"音，正常呼气时相比吸气时相长。听诊部位在喉部、胸骨上窝、背部第6、7颈椎及第1、2胸椎两侧可闻及。

(2)肺泡呼吸音：该呼吸音似上齿咬下唇，吸气时发出的"呋--"音。吸气时相较呼气时相长。听诊部位除支气管呼吸音和支气管肺泡呼吸音分布区域外，肺部的其余部位，均可听到肺泡呼吸音。

(3)支气管肺泡呼吸音：又称混合性呼吸音。该呼吸音兼有支气管呼吸音和肺泡呼吸音两者的特点。正常听诊部位在胸骨角两侧，肩胛间区第3、4胸椎水平及肺尖附近可闻及。

正常人肺泡呼吸音的强弱与性别、年龄、呼吸深浅、肺组织弹性的大小及胸壁的厚薄等有关。

2.异常呼吸音

(1)异常肺泡呼吸音

①肺泡呼吸音减弱或消失：胸廓活动受限，如胸痛、肋骨切除；呼吸肌疾病，如重症肌无力；呼吸道狭窄，如阻塞性肺气肿、支气管痉挛、肺水肿等；呼吸音传导障碍，如胸腔积液、气胸、胸膜增厚、胸壁水肿等；腹部疾病，如大量腹水、腹腔巨大肿瘤等。

②肺泡呼吸音增强：双侧肺泡呼吸音增强见于机体需氧量增加，如剧烈运动、发热、甲状腺功能亢进症、贫血和酸中毒时；单侧或局部病变时，健侧发生代偿性肺泡呼吸音增强。

③呼气延长：见于阻塞性肺气肿、支气管哮喘及炎症、痉挛、痰栓等。

④断续性呼吸音常见于肺尖结核或肺炎；粗糙性呼吸音常见于早期肺部炎症、支气管炎、支气管肺炎及昏迷等。

(2)异常支气管呼吸音(又称管状呼吸音)：见于肺组织实变、肺内大空腔、压迫性肺不张等。

(3)异常支气管肺泡呼吸音：见于小部分病变与正常肺组织互相掺杂存在；深部肺实变病灶被正常肺组织遮盖，如支气管肺炎、肺结核及大叶性肺炎初期。

3.啰音　是伴随呼吸音出现的一种附加音。临床将啰音分为干啰音和湿啰音两大类。

(1)干啰音

①特点：是一种音调较高、声音清楚而连续的声音，每个音响持续时间长；呼气时明显；易变性大。

②分类与临床意义：高调干啰音，多发生于较小支气管或细支气管病变时；低调干啰音，多发生于气管或主支气管；局限性干啰音，见于肺癌、支气管内膜结核等；弥漫性干啰音，见于支气管哮喘、心源性哮喘、慢性支气管炎等。

（2）湿啰音（又称水泡音）

①特点：为一断续的短暂的水泡破裂声，一连串出现多个声音；吸气时明显、易变性小，部位恒定。

②分类与临床意义：大水泡音（又称粗啰音）发生于气管、主支气管或空洞内；中、小水泡音发生于支气管或肺泡内。

（3）捻发音：是一种极细小而均匀一致的湿啰音，吸气末期显著。持续存在的捻发音可见于肺炎初期或消散期、浸润型肺结核、肺淤血等。

（4）语音共振：受检者发长音"一"，声波沿气管、支气管、肺泡传至胸壁，用听诊器可听到柔和而不清楚的弱音，称为语音共振。正常时音节含糊、非响亮清晰、在气管和大支气管附近最强、肺底较弱。①减弱，见于支气管阻塞、胸腔积液、肺气肿等。②增强，见于肺实变、肺内空洞与支气管相通时。临床可分为支气管语音、胸语音、羊鸣音、耳语音。

（5）胸膜摩擦音：当胸膜发生炎症时有纤维素样物质渗出，表面粗糙，呼吸时听到脏壁两层胸膜相互摩擦的声音，称胸膜摩擦音。

①特点：犹如两手背或丝绸相互摩擦的声音，如踏雪或握雪声音；吸气末或呼气开始明显，屏住呼吸时消失；在短时间内摩擦音可以出现、消失、或再出现，亦可持续数日或更久；胸膜摩擦音可出现于任何部位，但在腋中线第5～7肋间处最清楚。摩擦音出现，有时可触及胸膜摩擦感。

②临床意义：常见于急性纤维素性胸膜炎、肺炎、肺梗死、肿瘤、尿毒症、严重脱水等。

四、心 脏 检 查

（一）视诊

1. 心前区外形　心前区隆起主要见于某些先天性心脏病；升主动脉或主动脉弓部动脉瘤或风湿性心脏瓣膜病伴右心室增大；心前区饱满见于大量心包积液；心前区凹陷胸可见于马方综合征及部分二尖瓣脱垂病人。

2. 心尖冲动　心尖冲动指心脏收缩时，心尖冲击心前区左前下方胸壁，可引起局部向外搏动。正常人心尖冲动，位于左侧第5肋间隙锁骨中线内侧0.5～1.0cm处，距前正中线7.0～9.0cm，搏动范围的直径为2.0～2.5cm。

（1）心尖冲动位置的改变

①心尖冲动位置改变的生理性因素：受体位改变和体型影响。

②心尖冲动位置改变的病理性因素

a. 心脏疾病：左心室增大，心尖冲动向左下移位；右心室增大，心尖冲动向左移位甚至略向上，但不向下移位；左右心室均增大，心尖冲动向左下移位，但常伴心浊音界向两侧扩大。

b. 胸部疾病：凡能使纵隔及气管移位的胸部疾病，均可使心脏及心尖冲动移位。如一侧胸腔积液或气胸时，心尖冲动推向健侧；肺不张、胸膜粘连心尖冲动拉向患侧。严重肺气肿时，则在剑突下见到心尖冲动。

c. 腹部疾病：大量腹水、气腹或腹腔巨大肿瘤时，可使心尖冲动位置上移。

（2）心尖冲动强度与范围改变：心尖冲动强弱与胸壁厚薄、血流速度及心脏收缩力的强弱有关。病理情况下①左室肥大时，心尖冲动增强，范围亦增大，呈抬举性心尖冲动；甲状腺功能亢进、严重贫血及发热时，可使心尖冲动增强；②心肌炎扩张性心肌病、急性心肌梗死，心尖冲动减弱；③心包积液、缩窄性心包炎、左侧胸腔积液或肺气肿时，心尖冲动减弱或消失；④心功能不全时心尖冲动常较弥散，范围增大；⑤粘连性心包炎时，可出现负性心尖冲动。

3. 心前区其他部位的搏动

（1）右心室肥大时，胸骨左缘第 3、4 肋间隙可见明显搏动。

（2）肺气肿或肺气肿伴右心室肥大时，心尖冲动可在剑突下出现。

（3）升主动脉或主动脉弓瘤时，在胸骨右缘第 2 肋间隙及其附近或胸骨上窝，可见隆起或收缩期搏动。

（二）触诊

心脏触诊检查，除可验证视诊检查的结果外，还可发现视诊未能觉察到的体征。通常以全掌、手掌尺侧面或食指、中指指腹将指尖分别置于第 4、5、6 肋间隙由外向内逐步移动触诊。以确定心尖冲动的位置、强度和有无抬举性搏动。对震颤、心包摩擦感的检查多用小鱼际触诊。

1. 心前区搏动　用触诊可进一步证实视诊所发现的心前区其他部位的搏动，并确定位置、范围、强弱。

2. 震颤（猫喘）　是用手在心前区触及的一种微细的震动感，为器质性心脏病的特征性体征之一。其临床意义如下所述。

（1）收缩期：①于胸骨右缘第 2 肋间触及收缩期震颤，见于主动脉瓣狭窄（风湿性、先天性、老年性）；②于胸骨左缘第 2 肋间，触及收缩期震颤，见于肺动脉瓣狭窄（先天性）；③胸骨左缘第 3、4 肋间，触及收缩期震颤，见于室间隔缺损（先天性）；④于心尖区触及收缩期震颤，见于重度二尖瓣关闭不全（风湿性与非风湿性）。

（2）舒张期：心尖区触及舒张期震颤，见于二尖瓣狭窄（风湿性）。

（3）连续性：胸骨左缘第 2 肋间及附近，触及连续性震颤，见于动脉导管未闭（先天性）。

3. 心包摩擦感　当心包膜发生炎症时，致使心包膜表面粗糙，心跳时两层粗糙心包膜互相摩擦产生震动，可触及一种连续性震动感。触诊部位在心前区，以胸骨左缘第 4 肋间明显，收缩期和舒张期皆可触及，收缩期及坐位前倾或呼气末明显，如心包腔渗出液增多，则摩擦感消失。

（三）叩诊

1. 叩诊方法　叩诊时，可让病人取仰卧位或坐位，平静呼吸，用间接叩诊法，沿肋间从外向内，自上而下（或自下而上）的顺序进行叩诊；用力要均匀，应轻叩；叩诊板指，坐位时最好与所测定的心脏边缘平行，仰卧位时可与肋间平行。

2. 正常心脏浊音界　正常心脏浊音界以前正中线至心浊音界缘的垂直距离（cm）表示正常人心脏相对浊音界，并标出前正中线与左锁骨中线的间距（cm）。正常人的心右界几乎与胸骨右缘相合，但第 4 肋间处在胸骨右缘稍外方，距前正中线 3～4cm。正常人的心左界在第 2 肋间处，距前正中线 2～3cm；在第 3 肋间处，距前正中线 3.5～4.5cm；在第 4 肋间处，距前正中线 5～6cm；在第 5 肋间处，距前正中线 7～9cm。

3.心浊音界改变

（1）心脏本身因素

①左心室增大：心浊音界向左、向下增大，心腰部由正常的钝角变为近似直角，使心脏浊音界似靴形，最常见于主动脉瓣关闭不全，故称为主动脉瓣型心。亦可见于高血压性心脏病。

②右心室增大：轻度增大仅使心脏相对浊音界扩大；显著增大时，相对浊音界同时向左右两侧增大，常见于肺心病或单纯二尖瓣狭窄等。

③双心室增大：心脏相对浊音界向左右两侧扩大，同时向左下扩大，呈普大型，常见于扩张型心肌病、重症心肌炎、全心衰竭。

④左心房与肺动脉扩大：使心腰部饱满或膨出，心浊音界似梨形。常见于二尖瓣狭窄，故又称为二尖瓣型心脏。

⑤心包积液：心界向两侧增大且随体位改变。坐位时心浊音界呈三角形烧瓶样；卧位时心底部浊音界增宽，心浊音界呈球形，此为心包积液的特征。

（2）心外因素：大量胸腔积液或气胸时，心浊音界叩不出；肺气肿时，心浊音界变小或叩不出；腹腔内大量积液或巨大肿瘤等使膈肌上升，致使心脏呈横位，心脏左右界均可扩大；同时，体型、体位改变、呼吸及脊柱畸形均可影响心脏位置及心浊音界的改变。

（四）听诊

1.听诊方法　听诊心脏时，病人可取坐位或仰卧位；必要时可让病人变换体位。例如，取左侧卧位听诊心尖部的杂音可更清晰；在病情许可的情况下，让病人进行适量运动后，或让病人于深呼气末屏住呼吸再行听诊，可使杂音更易听到。

2.心脏瓣膜听诊区　常用听诊区：二尖瓣区、主动脉瓣区、主动脉瓣第2听诊区、肺动脉瓣区及三尖瓣区。

3.听诊顺序　通常从心尖部按逆时针方向，即二尖瓣区、肺动脉瓣区、主动脉瓣区、主动脉瓣第2听诊区、三尖瓣区的顺序听诊。亦可按瓣膜病变好发部位的次序进行，即二尖瓣区、主动脉瓣区、主动脉瓣第2听诊区、肺动脉瓣区和三尖瓣区。

4.听诊内容

（1）心率：指每分钟心搏的次数。正常成人心率：60～100次/分钟；成人心率超过100次/分钟，一般不超过160次/分钟为窦性心动过速；成人心率低于60次/分钟，为心动过缓。心动过速与心动过缓均可由生理性、病理性或药物性因素引起。

（2）心律：指心跳节律。正常人心跳节律是规整的。常见的心律失常有窦性心律失常、期前收缩（按其异位起搏点的不同，可分为室性、房性及房室交界性三种）（详见心律失常章节）、心房颤动。心房颤动听诊特点：①心律绝对不齐；②第一心音强弱不等；③心率和脉率不一致，脉率低于心率，这种脉搏脱漏现象称为脉搏短绌。心房颤动常见于慢性风湿性心脏瓣膜病二尖瓣狭窄、冠心病和甲状腺功能亢进。

（3）心音：心音有4个，按其出现先后顺序命名为第一心音（S_1）、第二心音（S_2）、第三心音（S_3）、第四心音（S_4），正常情况下只能听到S_1、S_2，有时在青少年可闻及S_3，而S_4一般听不到，如听到多为病理性。

5.心音改变及其意义

（1）强度改变。①S_1强度改变：增强，可见于高热、甲状腺功能亢进症、心室肥大、期前收缩、药物（如阿托品、异丙肾上腺素等）；减弱，可见于心肌炎、心肌梗死、心瓣膜病、某些心律失常、心功能不全等。②S_2强度改变：主动脉瓣第二心音（A_2）增强可见于高血压、动脉硬化等；肺动脉瓣第二心音（P_2）增强可见于二尖瓣狭窄、左心功能不全、左至右分流的先天性心脏病及肺气肿；A_2减弱，可见于主动脉瓣狭窄或关闭不全；P_2减弱，可见于肺动脉瓣狭窄或关闭不全及右心功能不全等。

（2）心音性质改变。钟摆律、胎心律均可见于心肌炎、心肌梗死。

（3）心音分裂。两侧心室的活动在时间上明显不同步或肺动脉高压时，听诊可闻及一个心音分成两个心音：①S_1分裂；②S_2分裂；③S_2生理性分裂；④S_2通常分裂；⑤S_2固定性分裂；⑥S_2逆分裂等。

6. 额外心音

（1）舒张期额外心音。①奔马律，据其出现时间分三种：舒张早期奔马律，又称为第三心音奔马律，实质为病理性第三心音，常见于严重心肌损害，如心肌梗死、高血压性心脏病、心肌炎、急性重度心功能不全等；舒张晚期奔马律，又称为房性奔马律，常见于冠心病、高血压性心脏病、心肌炎、心肌病、主动脉瓣狭窄等；重叠型奔马律，又称为舒张中期奔马律，常见于心肌炎、心肌病、高血压性心脏病、冠心病伴有心功能不全者。②开瓣音又称二尖瓣开放拍击音，见于二尖瓣狭窄瓣膜弹性及活动性尚好，可作为二尖瓣分离术适应证参考之一。③心包叩击音；④肿瘤扑落音，见于心房黏液瘤。

（2）收缩期额外心音。①收缩早期喷射音（又称收缩早期喀喇音）：主动脉收缩期喷射音，见于主动脉扩张、高血压性心脏病、主动脉瘤、主动脉瓣狭窄、主动脉缩窄等；肺动脉收缩期喷射音，见于房间隔缺损，动脉导管未闭及轻、中度单纯性肺动脉瓣狭窄。②收缩中、晚期喀喇音：常见于二尖瓣脱垂。

（3）医源性额外音。①人工瓣膜音；②人工起搏音。

7. 心脏杂音

（1）心脏杂音产生的机制：①血流加速，如高热、贫血、运动；②瓣膜口径或大血管通道狭窄，如二尖瓣、主动脉瓣、肺动脉瓣等狭窄；③瓣膜关闭不全，包括器质性病变致关闭不全和相对性关闭不全；④异常血流通道，如室间隔缺损、动脉导管未闭；⑤心腔异物或异常结构，如心室内乳头肌断裂；⑥大血管瘤样扩张，主要是动脉瘤。

（2）杂音的特性及听诊要点：①最响部位和传导方向，杂音最响部位提示该部位有相应的病变，如杂音在心尖部最响提示二尖瓣病变，二尖瓣关闭不全的杂音向左腋下传导。②时期，收缩期杂音（SM）、舒张期杂音（DM）。舒张期及连续性杂音多为器质性杂音，单纯收缩期杂音多为功能性的。③性质，可分为吹风样、隆隆样、雷鸣样、叹气样、机械声样、乐音样等。④强度与形态，收缩期杂音一般分为六级，一般认为1/6和2/6收缩期杂音多为功能性的，无临床意义，3/6级以上者多为器质性病变。杂音强度分型：递增型杂音、递减型杂音。⑤体位、呼吸、运动对杂音有一定影响。

（3）杂音的临床意义

①收缩期杂音

二尖瓣区：功能性杂音主要见于相对性二尖瓣关闭不全，杂音性质柔和、吹风样、强度2/6级，无传导；器质性杂音主要见于风湿性心脏瓣膜病、二尖瓣关闭不全、二尖瓣脱垂等，杂音性质粗糙、吹风样，强度3/6级以上，有传导。

主动脉瓣区：功能性杂音主要见于升主动脉扩张，杂音性质柔和，常有A_2亢进；器质性杂音主要见于主动脉瓣狭窄,杂音为收缩中期喷射音,性质粗糙、强度3/6级以上,向颈部传导,常有震颤。

肺动脉瓣区:生理性杂音性质柔和、吹风样、强度2/6级,无传导,青少年和儿童多见;器质性杂音主要见于肺动脉瓣狭窄,为收缩中期喷射音,性质粗糙、强度3/6级以上,常有震颤。

②舒张期杂音

二尖瓣区:功能性杂音主要见于主动脉瓣关闭不全致相对性二尖瓣狭窄所产生的(Austin Flint)杂音;器质性杂音主要见于风湿性心瓣膜病二尖瓣狭窄,杂音性质为舒张期隆隆样,递增型杂音局限于心尖区,常有震颤。

主动脉瓣区:见于主动脉瓣关闭不全,杂音为舒张早期,递减型杂音呈叹气样向心尖传导。

肺动脉瓣区:主要见于功能性肺动脉瓣关闭不全,杂音性质柔和、吹风样,呈递减型,又称为Graham Steell杂音,常见于二尖瓣狭窄伴明显肺动脉高压者。

连续性杂音:常见于动脉导管未闭、动静脉瘘。

8.心包摩擦音 此音粗糙、音调高,似用指腹摩擦耳郭声或搔抓声,与心搏一致,可与胸膜摩擦音相鉴别。见于各种原因所致的心包炎,也可见于风湿性疾病、急性心肌梗死及尿毒症等。

五、血管检查

血管检查方法和内容如下。

(一)手背浅层静脉充盈情况

让病人取坐位或仰卧位,将一手保持与右心房同一水平(坐位时平第4肋软骨,仰卧位时平腋中线),然后以肩关节为轴心将该手逐渐上举到一定高度时,即可见原充盈的手背静脉下陷,将手上举的距离即大约为静脉压的高度。

(二)肝-颈静脉回流征

用手按压无心功能不全患者的右上腹时,并不引起颈静脉充盈。同样,在用手按压右心功能不全的患者,并逐渐用力向上向后按压(用力且不可过猛、过大)其右上腹部肿大的肝时,则可见颈静脉怒张更为明显,同时脉率亦增加,称肝-颈静脉回流征阳性,是右心功能不全的重要体征之一,亦可见于心包积液和缩窄性心包炎。

(三)紧张度

触诊桡动脉时,以近端的手指按压动脉,并逐渐用力使远端手指触不到脉搏,则近端手指完全阻断动脉搏动所需的压力,即为桡动脉的紧张度。同时应注意脉搏脉率、节律、强弱大小,动脉壁弹性等。

(四)动脉壁的情况

用一手指压迫动脉使其血流阻断时,其远端的动脉血管不能被触及。若仍能被触及,则标志着有动脉硬化;动脉壁变硬,弹性丧失,呈索条状,见于动脉硬化;动脉纡曲甚至有结节者,提示明显动脉硬化。

(五)周围血管征

1.毛细血管搏动征(毛细血管舞) 用手指轻压病人指甲床末端或以清洁玻片轻压其口唇黏膜,如见到红、白交替的节律性微血管搏动现象,称为毛细血管搏动征阳性。毛细血管搏动征多见于主动脉瓣关闭不全、甲状腺功能亢进症、贫血、发热。

2. 水冲脉　也称陷落脉、速脉。脉搏骤起骤落,急促而有力。检查时,除触诊其脉搏外,还可紧握其手腕部,并逐渐将病人手臂抬高过头,可感到急促而有力的冲击。见于主动脉瓣关闭不全、甲状腺功能亢进症、动脉导管未闭等。

3. 枪击音　正常时在颈动脉与锁骨下动脉部位可闻及动脉音,此音在其他动脉处不能闻及。如将听诊器体件放于肱动脉或股动脉处,闻及"嗒—嗒—"音,称为枪击音。

(六)交替脉

节律规则而强弱交替出现的脉搏称为交替脉,为左室心力衰竭的重要体征之一。

(七)奇脉

吸气时脉搏减弱或消失,称为奇脉(paradoxical pulse),是心脏压塞或心包缩窄时的重要体征之一。

(张永旺)

第五节　腹部检查

【技能目标】
1. 掌握腹部体表标志及分区方法。
2. 熟悉腹部视诊、触诊、叩诊内容,练习掌握腹部触诊检查方法,如腹部紧张度、压痛、反跳痛、腹部包块及腹部脏器等触诊。
3. 掌握肝大、脾大的测量方法。
4. 熟练掌握移动性浊音、肝浊音界叩诊方法。

一、腹部体表标志及分区

(一)体表标志

常用的体表标志:肋弓下缘、胸骨剑突、髂嵴、髂前上棘、耻骨联合、腰椎棘突、脐、腹直肌外缘、腹中线、腹股沟韧带、腰大肌外缘、第12肋骨及肋脊角等。

(二)腹部分区

1. 四区分法　通过脐划一水平线与一垂直线,两条线相交将腹部划分为四区,即右上腹部、右下腹部、左上腹部、左下腹部。

2. 九区分法　用两条水平线和两条垂直线,将腹部分为九个区。通过两侧肋弓和两侧髂前上棘分别作两条水平线。左右两条垂直线是在髂前上棘到腹正中线的水平线的中点所做的垂直线。这四条线相交将腹部划分为井字形九区。即上腹部、中腹部(脐区)和下腹部(耻骨上部);左、右上腹部(季肋部),左、右侧腹部(腰部)和左、右下腹部(髂窝部)。

二、腹部检查

(一)视诊

进行腹部视诊时,病人仰卧,充分暴露全腹,医生站在病人右侧,利用自然光线,从各个不同角度观察其腹部外形、呼吸运动、腹壁静脉以及腹壁皮肤等,注意有无异常发现。

1. 腹部膨隆

(1)全腹膨隆:除过度肥胖和晚期妊娠外,多为病态。如大量腹水:仰卧时呈蛙状腹,见于晚期肝硬化、严重心功能不全、缩窄性心包炎、结核性腹膜炎、肾病综合征、腹膜转移瘤、高度胃肠胀气、低位性肠梗阻、巨大卵巢囊肿、畸胎瘤及人工气腹等。

（2）局部膨隆：多因腹腔内脏器肿大、炎性包块、肿瘤、局部肠胀气及腹壁上的肿物或疝所致。应注意局部膨隆的部位、外形、有无波动、与体位改变和呼吸运动的关系。

2. 腹部凹陷

（1）全腹凹陷：全腹凹陷呈舟状腹，见于极度消瘦、严重脱水。

（2）局部凹陷：见于腹壁瘢痕收缩。

3. 呼吸运动　腹壁随呼吸上下起伏称呼吸运动。正常成人男性及儿童以腹式呼吸为主；女性则以胸式呼吸为主。腹式呼吸减弱见于腹腔内压增加（如大量腹水、巨大肿块、高度胃肠胀气等）、剧烈腹痛、膈肌麻痹；腹式呼吸消失见于急性腹膜炎。

4. 腹壁静脉　正常人腹壁静脉看不到，少数可见但不纡曲不扩张。门静脉高压时，腹壁曲张的静脉以脐为中心向四周分布；下腔静脉回流受阻时，曲张的静脉分布于腹壁两侧。

血流方向的检查方法及血流方向对血管阻塞部位的判断方法如下。

（1）方法：将右手食指和中指并拢（或用两手的食指），紧压在曲张无分支的静脉上，然后两手指沿静脉分别向上、下两个不同方向推移，至一定距离后，两指间静脉血液排空，此时抬起一手指，而另一手指仍紧压在静脉上，如果被挤空的这段静脉很快充盈，表示血流方向是从放松手指一端流向紧压的手指一端，可交替进行，比较观察。

正常时，脐水平线以上的腹壁静脉，血流方向系自下向上，脐水平线以下的腹壁静脉，血流方向系自上向下。

（2）血流方向对血管阻塞部位的判断：①脐水平线以上，血流自下而上；脐水平线以下，血流自上而下，则示门静脉梗阻。②脐水平线以上，血流自下而上；脐水平线以下，血流自下而上，则示下腔静脉梗阻。

5. 胃肠型和蠕动波　正常人腹部看不到蠕动波和肠型，幽门梗阻时可见上腹部从左到右的蠕动波；小肠梗阻的蠕动波出现在脐周呈多层梯形排列；结肠梗阻时蠕动波多见于腹部周边。

6. 腹壁皮肤

（1）皮疹：伤寒之玫瑰疹最早发生于上腹部。

（2）色素：右腰部皮肤发蓝见于急性坏死型胰腺炎之出血；脐周发蓝为腹腔内出血的表现。

（二）触诊

触诊是腹部检查最主要的方法，通过触诊可进一步确定视诊所见，又可以为叩诊、听诊提示重点。腹部触诊内容：腹壁紧张度、压痛和反跳痛、脏器触诊、包块、液波震颤等。

1. 检查方法

（1）病人一般采取仰卧位，头垫低枕，两手平放于躯干两侧，两膝屈起并稍分开，张口缓缓做腹式呼吸，保持腹肌松弛。

（2）医生位于病人右侧，前臂应与其腹部表面在同一水平。检查时，由浅入深，从健康部位开始，逐渐移向病变区域，一般先从左下腹部开始，循逆时针方向，由下而上，先左后右，对腹部各区进行细致触诊。

（3）检查肝、脾时，可分别取左、右侧卧位。检查肾脏时可用坐位或立位，检查腹部肿瘤有时可用肘膝位。

(4)浅部触诊法:是用一只手轻轻地平放在被检查的部位上,利用指掌关节和腕关节的弹力柔和地进行滑动触摸,可用于检查有无抵抗感、压痛、搏动、包块和肿大的脏器等。

(5)深部触诊法:则用一手或两手重叠,由浅入深,逐渐加压,借以察觉腹腔病变和脏器情况。

2.注意事项

(1)室内要温暖、舒适,医生手应温暖,动作轻柔,关心体贴患者。

(2)对精神紧张或有痛苦者,要表示关心同情,做安慰解释工作,用谈话或其他方法转移其注意力而使腹肌松弛,以利于检查的进行,保证检查结果真实可靠。

(3)触诊时对患病部位与健康部位进行比较,边触诊边观察病人的反应与表情。同时要思考诊断,边触边想,以提高触诊效果。

3.腹壁紧张度 正常人腹壁柔软,多次妊娠妇女和大量放腹水后的病人腹壁松弛。

(1)腹壁紧张度增加:表现为按压腹壁时,阻力较大的抵抗感,当腹腔容量增大时,可使腹壁紧张度增加;腹腔化学物质刺激腹膜时,腹肌亦可因反射性痉挛收缩使腹壁紧张。腹壁紧张可分为弥漫性和局限性。

①弥漫性腹壁紧张:胃肠穿孔所引起的急性弥漫性腹膜炎、结核性腹膜炎。前者腹壁强直,硬如板状称板状腹;后者触之犹如揉面团,称揉面感,此种情况亦可见于癌性腹膜炎。因大量腹水、高度肠胀气可表现出腹肌紧张,但无压痛。年老体弱、腹肌发育不良、过度肥胖者,腹膜发生炎症时,腹肌紧张可不明显。

②局限性腹壁紧张:见于相应部位内脏炎症,如急性阑尾炎出现右下腹肌紧张;急性胆囊炎发生在右上腹肌紧张。

(2)腹壁紧张度减低或消失:①全腹紧张度减低:腹壁松弛失去弹性:见于慢性消耗性疾病或大量放腹水后及身体瘦弱的老龄人和经产妇。②全腹紧张度消失:见于脊髓损伤所致腹肌瘫痪或重症肌无力。

4.压痛、反跳痛、压痛点 正常腹部在浅部触诊时一般不引起疼痛,如按压由浅入深发生疼痛者称为压痛。压痛部位常为病变部位所在,多由炎症、结核、结石、肿瘤等所引起,注意鉴别压痛系起源于腹腔内或腹壁上。腹部触诊出现压痛后,稍停片刻,然后将手迅速抬起,病人感到疼痛加重,称为反跳痛,多见于腹膜炎。压痛局限于一点,即压痛点。

(1)脐部压痛:见于小肠、肠系膜、横结肠或输尿管病变,也可见于各种肠寄生虫病。

(2)下腹部压痛:常见于膀胱、女性生殖器官及其周围组织的病变。

(3)季肋部压痛:左侧者,可由脾、结肠脾曲、降结肠、胰尾、左肾等病变引起。右侧者,见于肝、胆、升结肠、结肠肝曲和右肾病变所引起。

(4)腰部压痛:左腰部,见于左肾和降结肠病变。右腰部,见于右肾和升结肠病变。

(5)溃疡病压痛点:位于上腹部剑突下正中线偏左或偏右处。

(6)胆囊压痛点:位于右侧腹直肌外缘与肋弓交界处。

(7)阑尾压痛点:位于右髂前上棘至脐的连线的外 1/3 至中 1/3 交界处。又称 McBurney 点。

5.液波震颤(波动感)、振水音 检查方法:让病人平卧,医生用一手的掌面贴于病人一侧腹壁,另一手的手指并拢屈曲,用指端叩击对侧腹部,如腹腔内有中等量以上液体,则贴于腹壁的手掌有被液体波动冲击的感觉,即波动感。为防止腹壁本身的震动传至对侧,可请另一人将一手掌的尺侧缘压在脐部腹正中线上,即可阻止腹壁震动的传导。

6.肝脏触诊　检查方法及描述如下。

(1)体位:病人仰卧,双腿屈膝,腹壁放松。

(2)手法:有单手触诊法、双手触诊法、钩指触诊法(适用于儿童和腹壁薄软者)。冲击触诊法(用于大量腹水)。

①双手触诊法:医生位于患者右侧,用左手托住病人右腰相当于第11、12肋或其稍下的部位,拇指张开,置于季肋部。右手掌平放于患者右侧腹壁上,腕关节自然伸直,手指并拢,食指和中指的指端指向右季肋缘,使食指的桡侧缘对着季肋缘。

触诊应自髂前上棘连线水平的右腹直肌外缘开始,让患者做慢而深的腹式呼吸。当呼气时,右手轻柔地压向腹深部;吸气时,右手在继续施压中随腹部抬起,于原位向季肋缘方向触摸,同时,左手向前推,使肝下缘紧贴前腹壁下移,拇指抵住右下胸限制其扩张,以增加膈下移的幅度。如此,随吸气下移的肝下缘就能碰到触及它的右手指。

②单手触诊法:医生站在患者右侧,右手掌指关节伸直,将中间三指并拢,平放在估计肝下缘所在处下方,以食指前端桡侧面向肋缘,让患者深呼吸。当呼气时指端压向深部,必要时,用并拢的左手指垂直加压于右手背面,协助其压向深部;吸气时,施压的指端于原位向肋缘方向盘触摸。

③钩指触诊法:医生位于患者右肩旁,面向其足部。将右手掌平放在其右前胸下部,右手第2～5指弯成钩状。让患者做深呼吸动作,医生随吸气而更进一步屈曲指间关节,以触及肝下缘。

(3)描述:触及肝时,应注意描述以下内容。

①大小:正常人的肝一般不能触及,仅少数腹壁松弛的人肝可被触及,在肋下1cm以内、剑突下3cm以内,质地柔软,表面光滑,无压痛。超过上述标准,排除右侧胸腔积液、积气、内脏下垂等,即为肝大。病理性肝大可分为弥漫性和局限性:弥漫性肝大见于各类肝炎、肝淤血、脂肪肝、早期肝硬化、白血病、血吸虫病、华支睾吸虫病等;局限性肝大见于肝脓肿、肝囊肿和肝肿瘤等。肝脏缩小见于急性或亚急性重症肝炎及肝硬化晚期。肝脏大小的测量方法:在自然、平静的呼吸状态下,在右锁骨中线及前正中线上,分别测量肝下缘的距离,以厘米表示。

②质地:肝的质地一般分为三个等级。柔软,如触及口唇感,为正常肝脏;质中或韧,如触及鼻尖感,见于各类肝炎、脂肪肝、肝淤血、肝脓肿等;质硬,如触及前额感,见于肝硬化、肝癌。肝癌最硬,肝硬化次之;慢性肝炎中等硬度;急性肝炎介于柔软与中等硬度之间;肝脓肿和肝囊肿含有液体时呈囊性感,大而表浅者可触及波动感。

③形态:注意肝脏表面是否光滑,有无结节感或凹凸不平,边缘锐利还是圆钝,是否规则整齐。如脂肪肝、肝淤血、肝炎表面平滑,边缘整齐;肝癌表面有高低不平,呈结节感或巨块状,边缘极度不规则;肝呈分叶状似香蕉者,见于肝梅毒。

④搏动:三尖瓣关闭不全所致肝大时,右心室收缩搏动通过右心房、下腔静脉而传导至肝,故可触及肝扩张性搏动;如系腹主动脉搏动传至肝,搏动只向一个方向传导,而不向四周扩散。

⑤肝区摩擦感:肝周围炎时,肝表面和邻近的腹膜可因纤维素渗出物而变得粗糙。二者相摩擦所产生的振动可用手触及,称肝区摩擦感。

⑥肝震颤:用浮沉触诊法检查。手指压下时感到一种微细的震动感,称肝震颤,见于肝棘球蚴病,由于包囊中的多数子囊浮动撞击囊壁而形成震颤,有其特殊意义。

⑦压痛:正常肝无压痛,肝包膜紧张或有炎症时则多有压痛。如急性肝炎、肝淤血(早期);肝脓肿压痛最明显。

7.胆囊触痛征(又名 Murphy 征)　医生以左手掌平放于病人的右肋缘部,左手拇指放在腹直肌外缘与肋弓交界外,首先以拇指用力按压腹壁,然后让病人缓慢深吸气,如在吸气过程中因疼痛患者突然屏气,则称 Murphy 征阳性。可见于急性胆囊炎。

8.脾触诊　检查方法及临床意义如下。

(1)双手触诊法:病人仰卧,两腿稍屈曲,医生左手掌置于病人左腰部第 7~10 肋处,将脾从后向前托起;右手掌平放下腹部,与肋弓成垂直方向,以稍微弯曲的手指末端轻轻压向腹部深处,并随病人的腹式呼吸运动,有节奏地进行触诊检查,逐步由下向上接近左肋弓。如脾大,当病人深吸气时,触诊的手指可触及脾边缘。

(2)临床意义:临床上将脾大分为轻、中、重三度。轻度,深吸气时脾在肋缘下不超过 3cm,见于各类肝炎、伤寒、急性疟疾等。中度,脾大 3cm 至脐水平线者,见于肝硬化、慢性淋巴细胞性白血病、慢性溶血性贫血、淋巴瘤、慢性疟疾等。重度,超过脐水平线以下者,见于慢性粒细胞性白血病、门脉性肝硬化、脾肿瘤等。

9.肾触诊　检查方法及临床意义如下。

(1)检查方法:病人取仰卧或站立位,医生双手做深部滑行触诊法或反击触诊法(左手向右手的方向作有节律的冲击动作),让病人深呼吸配合。正常肾一般不能触及,有时可触及右肾下极,身材瘦长者、肾下垂、游走肾及肾代偿性增大时较易触及。

(2)描述:触及肾时应注意其大小、形态、硬度、表面情况及移动度。正常肾呈蚕豆形,有浮沉感,移动度大,极易滑动,表面光滑,边缘圆钝,质地结实有弹性,可随呼吸上下移动。当肾被触及或自手中滑出时病人有类似恶心的感觉。

(3)临床意义:当肾病理性增大 0.5~1 倍时即可明显触及。见于肾盂积水、积脓、多囊肾、肾脏肿瘤。

(4)肾和尿管疾病时的特殊压痛点:①季肋点,在第 10 肋前端;②上输尿管点,在脐水平线上腹直肌外缘;③中输尿管点,在两髂前上棘连线与通过耻骨结节所作垂直线的相交点;④肋脊点,在脊柱外缘和第 12 肋骨的交角处;⑤肋腰点,在第 12 肋骨下缘和腰肌外缘的交角处。若肋脊点和肋腰点出现压痛,见于肾盂肾炎、肾脓肿或肾结核等;上、中输尿管点出现压痛,见于输尿管结石、肾结核或化脓性炎症。

10.膀胱触诊

(1)正常膀胱空虚时隐于盆腔内,不易触及。只有当膀胱充盈胀大超过耻骨上缘时方可于下腹部扪及一呈圆形的包块。极度充盈时,其底部可膨大平脐,有压痛。有时需与妊娠子宫或肿瘤鉴别,如排尿或导尿后肿物消失即为膀胱胀大。

(2)尿潴留的临床意义:常见于前尿道梗阻(如前列腺肥大或癌);脊髓病变所致瘫痪、昏迷以及腰麻或手术后局部疼痛等。

11.胰腺触诊　正常胰腺位于腹膜后位,不能触及;病理情况下,一般也不易触及。当胰腺肿瘤和囊肿发展到相当大的程度时,上腹部和左季肋部用深部滑行触诊法才能触及;急性胰腺炎时上腹部和左季肋部常有明显压痛及肌紧张,如同时左腰部皮肤因淤血而发蓝,提示急性出血坏死性胰腺炎;胰头癌压迫胆总管使其完全阻塞时,可在上腹部触及高度肿大、无压痛、能移动的肿大胆囊,称为 Courvoisier 征。

12.腹部包块　腹部肿块常是肿大的实质性脏器(肝、脾)或扩大的空腔内脏(胃、肠),也可为肿瘤、囊肿、炎性组织或肿大的淋巴结。腹部触及肿块应鉴别是属于何种脏器组织,是腹腔内还是腹壁上、是实质性还是囊性、是炎症性还是非炎症性、是否为肿瘤、是良性还是恶性等。

(1)正常脏器与病理性包块的区别

①正常腹部可触及的包块:腹直肌肌腹及腱划,见于腹肌发达或运动员,分布在腹中线两侧、对称、易误为肝下缘或包块。腰椎椎体,质硬不规则。乙状结肠,位于左下腹。横结肠,横结肠明显向下弯曲呈"U"形。盲肠,位于右下腹。腹主动脉,触及有波动。

②异常包块:腹部触及包块应注意以下内容。a.部位。从包块的部位可以推测属何种脏器,如上腹中部包块常提示胃或胰腺肿瘤、囊肿;右上腹包块多与肝、胆有关;脐周触及大而不规则并有压痛的包块多提示结核性腹膜炎所致肠管粘连;两侧腹部包块多提示结肠癌的可能;女病人髂窝部包块应注意卵巢肿瘤的可能。b.大小。凡触及包块均应准确测量并作记录,以利于动态观察。巨大包块多见于卵巢肿瘤、肾囊肿、脾大、胰腺包快、腹膜后淋巴结;条状物多见于肠道肿瘤;短期迅速长大多提示恶性肿瘤;大小变异不定、时隐时现多为肠曲。c.形态。注意形态是否规则、边界是否清楚、表面是否光滑、有无切迹等。形态不规则、表面不光滑、质硬之包块多提示恶性肿瘤;圆形而光滑者多属良性。d.质地。是否软、中等或坚硬,注意肿块是实质性还是囊性。

(2)压痛:急性炎性包块压痛最明显。如腹壁脓肿、阑尾周围脓肿。肿瘤压痛可有可无。

(3)活动度:肿大的肝、胆囊、脾、胃可随呼吸上下移动;能用手推动的肿块多系胃、肠及肠系膜;活动度最大的多为带蒂器官、大网膜上的包块或游走性脏器;局部炎性包块及腹膜后肿瘤一般不能移动。

(4)搏动:腹主动脉旁的肿物可触及搏动。

(5)包块的比邻关系:注意是腹壁上或腹腔内。

(三)叩诊

腹部叩诊采用间接叩诊法,用以了解肝、脾等实质性脏器的大小,有无叩击痛,肾与膀胱的扩大程度,腹腔有无积气、积液和肿块。

1.腹部叩诊音　正常腹部除肝、脾所在部位呈浊音或实音外,其余部位均为鼓音。鼓音区扩大见于胃肠高度胀气、人工气腹、胃肠穿孔;鼓音区缩小见于肝脾大、大量腹水、巨大肿瘤。

2.肝及胆囊叩诊

(1)肝叩诊:肝上界,正常肝上界位于右锁骨中线上第5肋间(相对肝浊音界);腋中线上第7肋间;右肩胛线上第10肋间。肝上下界距离为9~11cm(右锁骨中线上)。矮胖体形者可高1个肋间,瘦长体形可低1个肋间。肝下界的确定应以触诊为准。

(2)肝浊音区扩大和缩小的临床意义:肝浊音区扩大见各类肝炎、肝脓肿、肝淤血、肝囊肿及膈下脓肿等;肝浊音区缩小见于各类型重症肝炎、肝硬化晚期、高度胃肠胀气等;肝浊音界消失,代之以鼓音是急性胃肠穿孔的一个重要征象,也可见于腹部大手术数日内、人工气腹、间位结肠、全内脏转位。

3.胃泡鼓音区及脾叩诊　胃泡鼓音区位于左前胸下部肋缘以上,为胃底穹窿含气而形成。其大小受含气量多少及邻近器官大小病变的影响。脾叩诊时病人右侧卧位,于左腋中线上自上而下轻叩诊,于第10肋间叩其宽度。正常脾于腋中线第9~11肋间,其宽度4~7cm,前方不超过腋前线。

4.腹水的叩诊　腹腔内有中等量以上积液时便可叩出移动性浊音。病人仰卧位时,水沉积于两侧,肠曲漂浮在液面上,因此两侧叩呈浊音、中央叩呈鼓音;嘱病人侧卧时下方叩呈浊音,上方叩呈鼓音,这种随体位改变而变换的浊音称移动性浊音,是判断有无腹水的重要体征。大量腹水与巨大卵巢囊肿的鉴别:卵巢囊肿所致浊音于仰卧时在腹中部,鼓音区在两侧;卵巢囊肿的浊音不呈移动性;卵巢囊肿尺压试验呈阳性。

5.肾叩诊　肾区叩击痛阳性见于肾炎、肾盂肾炎、肾结石、肾结核及肾周围炎等。

6.膀胱叩诊　用以判断其充盈程度,与女性妊娠子宫及卵巢囊肿应加以鉴别。

(四)听诊

腹部听诊主要在于检查肠鸣音、振水音、血管杂音、摩擦音和搔弹音。妊娠 5 个月以上的妇女还可在脐下方听到胎心音。

1.肠鸣音　肠蠕动时肠腔内气体和液体流动产生一种断断续续的咕噜声,称为肠鸣音。正常肠鸣音 4～5 次/分钟。≥10 次/分钟称为肠鸣音亢进,见于急性肠炎、消化道出血、服用泻药及肠梗阻等;3～5 分钟才听到 1 次甚至听不到者称肠鸣音减弱或消失,见于急性腹膜炎及肠麻痹。

2.血管杂音　腹主动脉狭窄或腹主动脉瘤时,在腹部相应部位可听到杂音,同时下肢血压低于上肢血压,严重时足背动脉波动消失;肾动脉狭窄时可于脐周围左右上方听到一种强弱不等的吹风样杂音。肝癌压迫腹主动脉或肝动脉时,可于表面听到杂音。

3.搔弹音　腹部搔弹音主要用于微量腹水和肝下缘的测定。

(瑞　云)

第六节　脊柱与四肢检查

【技能目标】

1.掌握脊柱及四肢检查的内容及其改变的临床意义。

2.能熟练地进行脊柱及四肢检查。

一、脊　柱

检查方法和临床意义如下。

1.脊柱弯曲度　医生用手指沿脊柱棘突以适当压力从上至下划压后,皮肤出现一条红线即可观察有无侧弯。

脊柱是维持正常人立位及坐位的主要支柱,当脊柱病变时,主要表现为疼痛、坐位及立位姿势异常以及活动受限。检查时应注意脊柱弯曲度、有无畸形、活动受限及压痛、叩击痛等。

(1)生理性弯曲:正常人直立时,脊柱从侧面观察有四个弯曲,即生理性弯曲呈"S"形弯曲;从后面观察注意有无侧弯。

(2)病理性变形

①脊柱后突:脊柱过度后弯称后突畸形,多发生在胸段,临床上常见于结核及骨质退行性变、佝偻病及强直性脊柱炎。

②脊柱前突:脊柱过度向前突称前突畸形,多发生在腰椎部位。见于妊娠晚期、大量腹水、腹腔巨大肿瘤、髋关节结核及髋关节脱位等。

③脊柱侧突畸形：脊柱偏离正中线向左或右弯曲称侧突畸形，可分为器质性和姿势性。

④姿势性侧突特点：脊柱结构无异常、弯曲度不固定，改变体位可恢复正常。异常多见于儿童发育期坐立姿势不端正、坐骨神经痛、下肢长短不一、脊髓灰质炎后遗症等。

2.脊柱活动度　脊柱各部位活动范围不同，颈椎、腰椎活动范围最大，胸椎活动度小，骶椎几乎不活动。检查时嘱病人作前屈、后伸、侧弯及旋转等动作。

(1)正常人颈椎、腰椎活动范围：令患者做前屈、后伸、左右侧弯、旋转等动作，进行观察。

(2)活动受限：颈椎活动受限见于颈部肌纤维组织炎及韧带劳损，肿瘤、结核、外伤及脱位；腰椎活动受限见于腰部肌纤维组织炎、韧带劳损，腰椎椎管狭窄症，腰椎间盘突出，腰椎结核、肿瘤、骨折或脱垂。

二、四肢与关节

(一)视诊

1.四肢形态异常

(1)匙状指：见于缺铁性贫血、高原病、偶见于风湿热及甲癣。

(2)杵状指：见于支气管肺癌或扩张、慢性肺脓肿、脓胸及肺性肥大性骨关节病；先天性心脏病、营养障碍(如肝硬化)；锁骨下动脉瘤。

(3)膝内翻畸形：正常人双脚并拢直立时，两膝及两踝均能靠拢。如双脚内踝部靠拢时而两膝分离呈"O"形，称膝内翻。见于佝偻病和大骨节病。

(4)膝外翻畸形：当膝关节靠拢时而两内踝分离，两小腿斜向下外翻呈"X"形称膝外翻。见于佝偻病和大骨节病。

2.关节形态异常

(1)梭形关节：指间关节增生、肿胀、疼痛，晚期强直、活动受限，见于风湿性关节炎。

(2)膝关节变形：多为红、肿、热、痛，不对称性、游走性，严重时伴有活动受限，见于风湿性关节炎、关节外伤及关节腔积液、关节炎。

(二)触诊

浮髌试验检查方法：病人仰卧、下肢伸直，医生左手拇指和其他手指分别固定在关节上方两侧并加压，右手食指将髌骨连续向下按压数次。按压时有髌骨与关节面的碰触感，松手时有髌骨随手浮起感，见于关节腔内有大量积液时。

(瑞　云)

第七节　神经系统检查

【技能目标】

1.掌握脑神经、运动系统、感觉功能、生理反射及病理反射的检查内容及病理反射出现的临床意义。

2.掌握脑神经、运动系统、感觉功能、生理反射及病理反射的检查方法。

3.熟悉浅反射及深反射的反射中枢。

4.掌握脑膜刺激征的检查方法及其临床意义。

5.了解其他神经系统检查及神经系统的定位诊断。

一、脑神经检查

脑神经(cranial nerves)共十二对,脑神经检查对颅脑病变的定位诊断极为重要。检查时应按序进行,以免遗漏,同时注意双侧对比。

(一)嗅神经

嗅神经(olfactory nerve)系第Ⅰ对脑神经。被检查者应保持鼻孔通畅,嘱患者闭目,依次检查双侧鼻孔嗅觉:先压住一侧鼻孔,用患者熟悉的、无刺激性气味的物品(如杏仁、牙膏、松节油、香烟等)置于另一鼻孔下,让患者辨别所嗅到的气味;然后,换另一侧鼻孔进行测试,注意双侧比较。根据检查结果可判断患者的一侧或双侧嗅觉状态。嗅觉功能障碍如能排除鼻黏膜病变,常见于同侧嗅神经损害。嗅神经损害可见于颅脑创伤、前颅凹占位性病变和结核性脑膜炎等。

(二)视神经

视神经(optic nerve)系第Ⅱ对脑神经。检查包括视力、视野和眼底检查。

(三)动眼神经、滑车神经、展神经

动眼神经(oculomotor nerve)、滑车神经(trochlear nerve)、展神经(abducens nerve)分别为第Ⅲ、Ⅳ、Ⅵ对脑神经,共同管理眼球运动,合称眼球运动神经。检查时需注意眼裂外观、眼球运动、瞳孔及其对光反应、调节反射等。

(四)三叉神经

三叉神经(trigeminus nerve)系第Ⅴ对脑神经,为混合神经。

1. **面部感觉** 嘱患者闭目,以针刺检查痛觉、棉絮检查触觉、盛有冷水或热水的试管检查温度觉。两侧对比,观察患者的感觉反应是否减退、消失或过敏,同时确定感觉障碍区域。

2. **角膜反射** 嘱患者睁眼向内侧注视,以捻成细束的棉絮从患者视野外接近并轻触外侧角膜,正常反应为被刺激侧迅速闭眼,称为直接角膜反射。如刺激一侧角膜,对侧也出现眼睑闭合反应,称为间接角膜反射。直接与间接角膜反射均消失见于三叉神经病变(传入障碍);直接反射消失,间接反射存在,见于患侧面神经瘫痪(传出障碍)。

3. **运动功能** 检查者双手触按患者颞肌、咀嚼肌,嘱患者做咀嚼动作,对比双侧肌力强弱;再嘱患者做张口运动,观察张口时下颌有无偏斜。当一侧三叉神经运动纤维受损时,病侧咀嚼肌肌力减弱或出现萎缩,张口时翼状肌瘫痪下颌偏向病侧。

(五)面神经

面神经(facial nerve)系第Ⅶ对脑神经。

1. **运动功能** 首先观察双侧额纹、鼻唇沟、眼裂及口角是否对称等,以检查面部表情肌;然后,嘱患者做皱额、闭眼、露齿、微笑、鼓腮或吹口哨动作。一侧面神经周围性(核或核下性)损害时,病侧额纹减少、眼裂增大、鼻唇沟变浅,不能皱额、闭眼、微笑或露齿时口角歪向健侧,鼓腮及吹口哨时病变侧漏气。中枢性(核上的皮质脑干束或皮质运动区)损害时,由于上半部面肌受双侧皮质运动区的支配,皱额、闭目无明显影响,只出现病灶对侧下半部面部表情肌的瘫痪。

2. **味觉检查** 嘱患者伸舌,将少量不同味感的物质(食糖、食盐、醋或奎宁溶液)以棉签涂于舌面测试味觉,每种味觉试验完成后,用水漱口,再测试下一种味觉。面神经损害者则舌前2/3味觉丧失。

(六)位听神经

位听神经(auditory nerve)系第Ⅷ对脑神经,包括前庭及耳蜗两种感觉神经。

1. 听力检查　常用耳语、表声或音叉进行检查,为测定耳蜗神经的功能。

2. 前庭功能检查　首先询问患者有无眩晕、平衡失调,同时检查有无自发性眼球震颤。通过外耳道灌注冷、热水试验或旋转试验,观察有无前庭功能障碍所致的眼球震颤反应减弱或消失。

(七)舌咽神经、迷走神经

舌咽神经(glossopharyngeal nerve)、迷走神经(vagus nerve)系第Ⅸ、Ⅹ对脑神经。

1. 运动功能　检查患者有无发声嘶哑或带鼻音,是否饮水呛咳、有无吞咽困难,观察患者张口发"啊"音时腭垂(悬雍垂)是否居中,两侧软腭上抬是否一致,当一侧神经受损时,该侧软腭上抬减弱,腭垂偏向健侧。

2. 咽反射　用压舌板轻触左侧或右侧咽后壁,正常者出现咽部肌肉收缩和舌后缩,并有恶心反应,有神经损害者则反应迟钝或消失。

3. 感觉　可用棉签轻触两侧软腭和咽后壁,观察感觉。另外,舌后1/3的味觉减退为舌咽神经损害,检查方法同面神经。

(八)副神经

副神经(accessory nerve)系第Ⅺ对脑神经。检查时注意胸锁乳突肌与斜方肌有无萎缩、斜颈,嘱患者做耸肩及转头运动并加以阻力,比较两侧肌力。副神经受损时,可出现一侧肌力下降或肌肉萎缩。

(九)舌下神经

舌下神经(hypoglossal nerve)系第Ⅻ对脑神经,检查时嘱患者伸舌,观察有无伸舌偏斜、舌肌萎缩、肌束颤动。单侧舌下神经麻痹时伸舌舌尖偏向病侧,双侧麻痹者则不能伸舌。

二、运动功能检查

(一)肌营养

观察两侧对称部位的肌肉体积和外形,有无肌肉萎缩及其假性肥大等。肌萎缩见于下运动神经元损害及肌肉疾病;假性肥大表现为肌肉外观肥大,触之坚硬,力量减弱,见于进行性肌营养不良。

(二)肌力

肌力(muscle power)指肌肉运动时的最大收缩力,除肌肉的收缩力量外,还可以用动作的幅度和速度来衡量。检查时令患者做肢体屈伸动作,检查者从相反方向给予阻力,测试被检者对阻力的克服力量,并注意两侧比较。肌力分级:0~5级的六级肌力记录法,具体如下。

0级:完全瘫痪。

1级:肌肉可收缩,不能产生动作。

2级:肢体可在床上运动,但不能抬离床面。

3级:肢体能抬离床面,但不能对抗阻力。

4级:能做对抗阻力动作,较正常差。

5级:为正常肌力。

临床意义:不同程度的肌力减退可分别称为完全性瘫痪和不完全性瘫痪(轻瘫)。

(三)肌张力

肌张力(muscle tension)指肌肉松弛状态下做被动运动时的肌肉紧张度。肌张力异常包括肌张力增高和减低。检查时根据触摸肌肉的硬度以及伸屈其肢体时感知肌肉对被动屈伸的阻力做判断。检查时嘱患者放松,用手握其肌肉,并体会肌肉的紧张度。

1. 肌张力增高　触摸肌肉有坚实感,伸屈肢体时阻力增加,可见于锥体束或锥体外系损伤。

2. 肌张力降低　关节运动范围扩大,肌肉松软,伸屈其肢体阻力减低,见于周围神经炎、前角灰质炎和小脑病变等。

(四)不自主运动

不自主运动(abnormal movements)是指患者清醒的情况下,随意肌不自主收缩所产生的一些无目的的异常动作,多为锥体外系损害的表现。

1. 震颤　为两组拮抗肌交替收缩引起的不自主动作,可有以下几种类型:①静止性震颤:静止时震颤明显,而在运动时减轻,睡眠时消失,常伴肌张力增高,见于震颤麻痹;②意向性震颤:又称动作性震颤,震颤在休息时消失,动作时发生,视近物时明显,见于小脑疾患。

2. 舞蹈样运动　为面部肌肉及肢体的快速、不规则、无目的、不对称的不自主运动,表现为做鬼脸、转颈、耸肩、手指间断性伸屈、摆手和伸臂等舞蹈样动作,睡眠时可减轻或消失,多见于尾状核和壳核的病变,如小儿舞蹈病等。

3. 手足徐动　为手指或足趾的一种缓慢持续的伸展扭曲动作,见于胆红素脑病、肝豆状核变性等。

(五)共济运动

机体任一动作的完成均依赖于某组肌群协调一致的运动,称共济运动(coordination)。这种协调主要靠小脑的功能。同时也需要前庭神经系统、运动系统及感觉系统共同参与作用。

1. 指鼻试验　嘱患者手臂外展伸直,再以食指触自己的鼻尖,由慢到快,先睁眼、后闭眼重复进行。小脑半球病变时同侧指鼻不准;如睁眼时指鼻准确,闭眼时出现障碍则为感觉性共济失调。

2. 跟-膝-胫试验　嘱患者仰卧,上抬一侧下肢,将足跟置于另一下肢膝盖下端,再沿胫骨前缘向下移动,先睁眼、后闭眼重复进行。小脑损害时,动作不稳;感觉性共济失调者则闭眼时出现该动作障碍。

3. 其他

(1)轮替动作:嘱患者伸直手掌并以前臂做快速旋前旋后动作,共济失调者动作缓慢、不协调。

(2)闭目难立征:嘱患者足跟并拢站立,闭目,双手向前平伸,若出现身体摇晃或倾斜则为阳性,提示小脑病变。如睁眼时能站稳而闭眼时站立不稳,则为感觉性共济失调。

三、感觉功能检查

(一)浅感觉检查

1. 痛觉　用大头针的针尖均匀地轻刺患者皮肤以检查痛觉,注意两侧对称比较,记录感觉障碍类型(正常、过敏、减退或消失)与范围。痛觉障碍见于脊髓丘脑侧束损害。

2. 触觉　用棉签轻触患者的皮肤或黏膜。触觉障碍见于后索病损。

3. 温度觉　用盛有热水(40～50℃)或冷水(5～10℃)的试管交替测试患者皮肤温度觉。温度觉障碍见于脊髓丘脑侧束损害。

(二)深感觉检查

1. 运动觉　检查者轻轻夹住患者的手指或足趾两侧,向上或下移动,令患者根据感觉说出手指或足趾移动方向。运动感觉障碍见于后索病损。

2. 位置觉　检查者将患者的肢体摆成某一姿势,请患者描述该姿势或用对侧肢体模仿,位置觉障碍见于后索病损。

3. 震动觉　用震动着的音叉(128Hz)柄置于骨突起处(如内、外踝,手指、桡骨、尺骨茎突、胫骨、髌骨等),询问有无震动感觉,判断两侧有无差别,震动觉障碍见于后索病损。

(三)复合感觉检查

复合感觉是大脑综合分析的结果,也称皮质感觉。

1. 皮肤定位觉　检查者以手指或棉签轻触患者皮肤某处,让患者指出被触部位。该功能障碍见于皮质病变。

2. 两点辨别觉　以钝角分规轻轻刺激皮肤上的两点,检测患者辨别两点的能力,再逐渐缩小双脚间距,直到患者感觉为一点时,测其实际间距,两侧比较。当触觉正常而两点辨别觉障碍时则为额叶病变。

3. 实体觉　嘱患者闭目,用单手触摸熟悉的物体,如钢笔、硬币等,并说出物体的名称。先测功能差的一侧,再测另一手。实体觉功能障碍见于大脑皮质病变。

4. 体表图形觉　嘱患者闭目,在其皮肤上画图形(方、圆、三角形等)或写简单的字(一、二、十等),观察其能否识别。如有障碍,常为丘脑水平以上病变。

四、自主神经功能检查

自主神经可分为交感神经和副交感神经两个系统,主要功能是调节内脏、血管与腺体等活动。

(一)眼心反射

患者仰卧,双眼自然闭合,计数脉率。医师用左手中指、食指分别置于患者眼球两侧,逐渐加压,以患者不痛为限。加压20～30秒后计数脉率,正常可减少10～12次/分,超过12次/分提示副交感(迷走)神经功能增强,迷走神经麻痹则无反应。如压迫后脉率非但不减反而加速,则提示交感神经功能亢进。

(二)卧立位试验

平卧位计数脉率,然后起立站直,再计数脉率。如由卧位到立位脉率增加超过10～12次/分为交感神经兴奋性增强。由立位到卧位,脉率减慢超过10～12次/分则为迷走神经兴奋性增强。

(三)皮肤划痕试验

用钝头竹签在皮肤上适度加压画一条线,数分钟后,皮肤先出现白色划痕高出皮面。以后变红,属正常反应。如白色划痕持续较久,超过5分钟,提示交感神经兴奋性增高。如红色划痕迅速出现、持续时间较长、明显增宽甚至隆起,提示副交感神经兴奋性增高或交感神经麻痹。

(四)竖毛反射

竖毛肌由交感神经支配。将冰块置于患者颈后或腋窝,数秒后可见竖毛肌收缩,毛囊处隆起如鸡皮。根据竖毛反射障碍的部位来判断交感神经功能障碍的范围。

（五）发汗试验

常用碘淀粉法，即以碘 1.5g，蓖麻油 10ml，与 95％乙醇 100ml 混合成淡碘酊涂布于皮肤，干后再敷以淀粉。皮下注射毛果芸香碱 10mg，作用于交感神经节后纤维而引起发汗，出汗处淀粉变黄色，无汗处皮肤颜色不变，可协助判断交感神经功能障碍的范围。

（六）Valsalva

患者深吸气后，在屏气状态下用力作呼气运动 10～15 秒。计算此期间最长心搏间期与最短心搏间期的比值，正常成人＞1.4，如＜1.4 则提示压力感受器功能不灵敏或其反射弧的传入纤维或传出纤维损害。

（七）其他

对括约肌功能的检查也是自主神经功能检查的重要内容。各种不同性质的排尿障碍，如尿急、排尿费力、尿潴留、充盈性尿失禁等的检查分析与鉴别等复杂内容，将于各有关专科中进一步阐述。

五、神经反射检查

神经是由反射弧的形成完成的，反射弧包括感受器、传入神经元、中枢、传出神经元和效应器。反射弧中任一环节病变都可使反射活动改变，使其亢进、减弱或消失。

（一）浅反射

浅反射指刺激皮肤或黏膜引起的反应。

1. **角膜反射** 被检查者眼睛注视内上方，医生用细棉签纤维由角膜外缘处轻触被检查角膜。正常时可见其眼睑迅速闭合，称为直接反应；如刺激一侧角膜，对侧也出现眼睑迅速闭合反应，称为间接反应；反射中枢为脑桥。传入神经为三叉神经眼支，传出神经为面神经。

2. **腹壁反射** 被检查者仰卧双下肢屈曲，然后用钝头竹签迅速由外向内轻划上、中、下腹部皮肤，正常在受刺激的部位可见腹壁收缩。上腹壁反射中枢为胸髓第 7～8 节；中腹壁为胸髓第 9～10 节；下腹壁为胸髓第 11～12 节。

3. **提睾反射** 用钝头竹签由下向上轻划股内侧上方皮肤可引起同侧提睾肌收缩，使睾丸上提，其反射中枢为腰髓第 1～2 节。

4. **跖反射** 用钝头竹签由后向前划足底外侧至小趾掌关节处再转向姆趾侧，正常表现为足趾向跖面屈曲。反射中枢为骶髓第 1～2 节。

5. **肛门反射** 用大头针轻划肛门周围皮肤，可见到肛门外括约肌收缩，反射中枢为骶髓第 4～5 节。

（二）深反射

刺激骨膜、肌腱，经深部感觉器完成的反射称深反射，又叫腱反射。

1. **肱二头肌反射** 检查者用左手托扶病人屈曲的肘部，并将左拇指压在肱二头肌肌腱上，用叩诊锤叩击该拇指，正常反应为前臂呈快速的屈曲运动。反射中枢为颈髓第 5～6 节。

2. **肱三头肌反射** 医师用左手托扶病人的肘部，嘱其肘部屈曲，然后用叩诊锤叩诊尺骨鹰嘴突上方肱三头肌肌腱，正常反应为前臂作伸展运动。反射中枢为颈髓第 6～7 节。

3. **桡骨骨膜反射** 医师以左手轻托病人腕部，并使腕关节自然下垂，然后以叩诊锤轻叩桡骨茎突、正常反应为前臂旋前、屈肘。反射中枢为颈髓第 5～6 节。

4. 膝反射 被检查者取坐位,小腿自然下垂,或将一下肢置于另一下肢的膝下(若被检查者仰卧,医师则用左手在腘窝部托起下肢,使膝关节稍弯曲),叩击髌骨下方的肌四头肌腱,正常反应为小腿伸展。反射中枢为腰髓第2～4节。

5. 跟腱反射 被检查者仰卧,髋、膝关节半屈曲,下肢外展外旋,医师用左手托起被检查者足掌,使稍向背屈,叩击跟腱,足即向跖面屈曲。反射中枢为腰髓第5节、骶髓第1～2节。

(三)病理反射

病理反射系锥体束受损时大脑失去了对脑干和脊髓的抑制作用出现的异常反射。

1. 巴宾斯基(Babinski)征 用竹签由足跟开始由外侧向前轻划,至小趾跟部再转向踇指侧,检查时脚趾跖屈,称跖反射,属生理反射,若踇趾背屈其余趾呈扇形展开,则为阳性。

2. 查多克(Chaddock)征 用竹签在外踝下方由后向前划至趾跖关节处,有 Babinski 征反应者为阳性。

3. 奥本海姆(Oppenheim)征 医师用拇指和食指用力沿被检查者的胫骨前缘自上而下滑压,阳性反应与 Babinski 征相同。

4. 戈登(Gordon)征 医师用拇指和其他四指分置于腓肠肌两侧捏压,有 Babinski 征反应者为阳性。

5. 共达(Gonda)征 医师将手置于足外侧第 4、5 足趾背面,然后向跖面按压,数秒后突然松开,阳性表现同 Babinski 征。

6. 霍夫曼(Hoffmann)征 医师用左手握住被检查者腕部,再用右手的食指和中指夹住被检查者的中指稍向上提,使腕部轻度过伸,然后用拇指急速弹刮被检查者中指的指甲,阳性反应表现为其余四指的轻微掌曲反应。

7. 髌阵挛(knee clonus) 被检查者仰卧,下肢伸直,医生用拇指和食指夹住髌骨上缘,骤然用力向远端推动数次,然后保持适度的推力,阳性表现为髌骨呈节律性上下运动。临床意义同深反射亢进。

8. 踝阵挛(ankle clonus) 被检查者仰卧,髋、膝关节微屈,医生用一手握住其小腿,另一手握住其足部,急速用力使距小腿(踝)关节背屈,阳性反应表现为距小腿关节呈节律性反复跖屈运动,意义同上。

(四)脑膜刺激征

脑膜刺激征为脑膜受刺激的体征,见于脑膜炎、蛛网膜下腔出血和颅内高压。脑膜刺激征包括颈强直、克氏征、布氏征。

1. 凯尔尼格(Kernig)征 被检查者仰卧,先将其一侧髋关节屈曲成直角,然后将小腿抬高,在 135°以内出现伸膝受限并伴有疼痛和屈肌痉挛者为阳性。

2. 布鲁金斯基(Brudzinski)征 被检查者仰卧,两下肢自然伸直,医生一手置于病人胸前,一手托病人枕部,将其颈前屈,使下颌和胸部接近,阳性反应表现为双侧髋和膝关节屈曲。

(五)拉赛格(Lasegue)征

被检查者仰卧,双下肢伸直,医师一手置于其膝关节上,使下肢保持伸直,另一手将下肢抬起,阳性反应为抬高 30°内出现由上而下的放射性疼痛。

(崔其福)

第4章　辅助检查技术

第一节　检验标本采集技术

【技能目标】

1.掌握静脉采血法、皮肤采血法的操作方法,尿液标本的防腐和保存,细菌培养的血液和骨髓标本的采集。

2.熟悉常用抗凝药种类、抗凝原理及其应用,尿液、粪便标本的采集,生殖道标本和浆膜腔积液采集的注意事项,细菌检验胸腔积液、腹水、脑脊液、脓液或创面分泌物标本的采集,细菌培养的痰液标本采集。

3.了解阴道分泌物、精液、前列腺液标本、羊水和痰液标本的采集方法。

一、血液标本的采集与处理

(一)静脉采血法

1.普通采血法

(1)准备试管:取试管一支(需要抗凝的,在试管中加入相应抗凝药)。

(2)检查注射器:打开一次性注射器的包装,将针头与针筒紧密连接,并使针头斜面对准针筒刻度,抽拉针栓检查有无阻塞和漏气,排尽注射器内空气,备用。

(3)选择静脉:受检者取坐位,前臂水平伸直置于采血台枕垫上,选择容易固定并且明显可见的采血静脉。

(4)消毒:先用棉签蘸取 30g/L 碘酊自所选静脉穿刺处由内向外顺时针方向消毒皮肤,待碘酊挥发后,再用棉签蘸取 75％乙醇以相同方式脱碘,待干。

(5)扎压脉带:在穿刺点上方扎压脉带,并嘱受检者握拳,使静脉充盈,易于穿刺。

(6)穿刺:取下针头的无菌帽,以左手拇指固定穿刺部位下部,右手拇指和中指持注射器针筒,食指固定针头的下座,使针头斜面和针筒刻度向上,沿着静脉走向使针头与皮肤成 30°角斜行快速刺入皮肤,然后成 5°角向前穿破静脉壁进入静脉腔,见回血后将针头顺势探入少许,同时立即松开压脉带。

(7)抽血:固定注射器,左手缓慢抽动注射器内芯至所需血量后,用消毒干棉签压住针孔,迅速拔出注射器。并嘱患者继续按压针孔数分钟。

(8)放血:取下注射器针头,将血液沿试管壁缓慢注入到试管中。如为抗凝管,轻轻混匀。

2.真空采血法

(1)选静脉与消毒:与普通采血法同。

(2)采血

①头皮静脉式(软接式双向)采血:拔出采血穿刺针的护套,以左手固定受检者前臂,右手

拇指和食指持穿刺针,沿静脉走向使针头与皮肤成30°角斜行快速刺入皮肤,然后成5°角向前穿破静脉壁进入静脉腔,见回血后将针头顺势探入少许,并将刺塞针针端直接刺穿真空采血管中央的胶塞,血液自动流入试管内。达到采血量后,嘱受检者松拳,拔下刺塞端的采血管,如需多管采血,将刺塞拔出直接刺入另一真空采血管即用。采血结束后用消毒棉签压住针孔,迅速拔出穿刺针。并嘱患者继续按压针孔数分钟。

②套筒式(硬接式双向)采血:静脉穿刺如上,采血时将真空采血管拧入套筒式采血针的刺塞针端中,血液自动流入采血管中,拔下采血管后,再拔出穿刺针头。

3.注意事项

(1)患者准备:受检者在采血前应尽量减少运动,保持平静。

(2)采血者:采血前应向受检者进行耐心解释,消除其疑虑和恐惧心理。如遇个别受检者进针时或采血后发生眩晕,让其平卧休息。必要时针刺(或指压)人中、合谷等穴位,或给其嗅吸芳香酊等药物。如遇其他情况应找医生共同处理。

(3)采血器械:采血前仔细检查针头是否安装牢固,针筒内是否有空气和水分。所使用的针头应锐利、光滑、无阻塞,针筒不漏气。

(4)采血操作:必须严格按无菌操作,采血部位皮肤必须干燥,止血带不可缚扎过久,抽血时速度不可过快,以免血细胞破裂;抽血时针栓只能外抽,不能内推,以免静脉内注入空气形成气栓,造成严重后果。

(5)标本处理:采血后应尽快送检,实验室收到标本后应尽快进行检查处理。

(二)皮肤采血法

1.常规皮肤采血法

(1)采血部位,成人推荐采集左手无名指指端内侧血液,婴幼儿可采集大拇指或足跟内外侧缘血液,严重烧伤者在皮肤完整处采血。

(2)轻轻按摩采血部位,使其自然充血。用75%乙醇棉球消毒采血部位,待干。

(3)用左手拇指和食指固定采血部位,右手持无菌采血针迅速刺入,针刺深度2~3mm后迅速拔出。

(4)待血液自行流出后,用无菌棉球拭去第1滴血,按需要依次采血。

(5)采血完毕后用无菌干棉球压住伤口止血。

2.激光无痛采指血仪采血　操作:仪器中激光发生器发出单脉冲激光束,打在手指上在较短时间内使皮肤组织溶解、挥发,出现一个小孔,打孔后的残留物成等离子状态,被吸附在一次性耗材(镜头片)表面。

3.注意事项

(1)应避免在烧伤、冻疮、发绀、水肿或炎症等部位采血。除特殊情况外,不要在耳垂采血。

(2)皮肤消毒后,应等到75%乙醇挥发后采血,否则流出的血液扩散不成滴。

(3)如血流不畅,不能用力挤压,以免造成组织液混入,从而影响结果的准确性。

(4)进行多个项目检查时,采血顺序依次为:血小板计数、红细胞计数、血红蛋白测定、白细胞计数等。

(三)抗凝剂的选择

1.乙二胺四乙酸盐　能与血液中的钙离子结合形成螯合物,从而阻止血液凝固。常用的抗凝剂有钠盐或钾盐,适用于全血细胞分析,尤其适用于血小板计数。不适用于凝血象、血小板功能检查。

2.**枸橼酸盐** 能与血液中的 Ca^{2+} 结合形成螯合物,从而阻止血液凝固。常用抗凝剂是枸橼酸钠,适用于凝血象和红细胞沉降率的检查,也是血液保养液的成分。

3.**肝素** 是一种含有硫酸基团的黏多糖,主要通过加强抗凝血酶灭活丝氨酸蛋白酶的作用,抑制凝血酶的活性,阻止血小板聚集等,从而起到抗凝作用。常用的抗凝剂多为肝素钠盐或钾盐,肝素是红细胞脆性试验的理想抗凝剂,不适用于全血细胞计数、细胞形态学检查。在生化检验中,常用于血气分析和多种生化常规项目的测定。

二、尿液标本采集和处理

【标本采集】 为保证尿液检查结果的准确性,必须正确留取尿标本,应以口头或书面形式指导患者正确收集尿液标本。

1.**尿液标本种类** 按检查目的,常可采用下列标本。

(1)晨尿:即清晨起床后,在未做其他运动和未进早餐前的第一次尿标本,为较浓缩和酸化的标本,其中血细胞、上皮细胞及管型等有形成分相对集中且保存得较好,人绒毛膜促性腺激素等的浓度也较高,便于观察分析对比。适用于可疑或已知泌尿系疾病的动态观察及早期妊娠试验等。但由于晨尿在膀胱内停留时间过长易发生变化。因此有人推荐用清晨第二次尿标本检查来取代晨尿。

(2)随机尿(随意一次尿):即留取任意时间的尿液,适用门诊、急诊患者的尿液筛检试验。本法留取尿液方便,不受时间限制,仅反映某一时段的现象,且易受多种因素(如饮食、运动、用药、情绪、体位等)影响,可致尿检成分浓度减低或增高。

(3)计时尿

①餐后尿:通常收集午餐后 2 小时的尿液,此标本对病理性糖尿、蛋白尿或尿胆原的快速检出较为敏感。有助于肝胆疾病、肾脏疾病、糖尿病等的临床诊断。

②3 小时尿:一般收集上午 6:00~9:00 时段的尿液,多用于测定尿液有形成分,如 1 小时尿排泄率检查等。

③12 小时尿:通常于晚上 20:00 排空膀胱,弃去此次的尿液后,留取至第 2 天晨 8:00 的全部尿液,作为 12 小时尿有形成分计数,如 Addis 计数。

④24 小时尿:通常于第 1 天晨 8:00 将尿排尽弃去,并开始计时,以后排出的尿全部收集到洁净有盖容器内,直至次日晨 8:00 止。用于尿中化学成分的定量。尿液中的一些溶质(肌酐、总蛋白质、糖、尿素、电解质及激素等)在一天的不同时间内其排泄浓度不同,为了准确定量,必须收集 24 小时尿液。

⑤特殊试验尿:耐受性试验尿,如经前列腺按摩后排尿收集尿液标本,通过观察尿液的变化了解耐受性;尿三杯试验尿,分别采集前段尿、中段尿、末段尿,多用于男性下尿路及生殖系统疾病定位的初步判断。

(4)无菌尿:①中段尿,留尿前须先清洗外阴,在不间断的排尿过程中,用无菌容器只留取中间时段的尿液。②导管尿、耻骨上穿刺尿,患者发生尿潴留或排尿困难时采用。

2.**尿标本保存** 尿液一般应在收到标本后立即进行检验,若不能及时检验应妥善保存。常用的方法如下。

(1)冷藏:将尿液置于 2~8℃ 冰箱中冷藏,或保存于冰浴中,低温能防止一般细菌生长,维持尿液较恒定的弱酸性及某些成分的生物活性。但有些标本冷藏后,由于磷酸盐与尿酸盐的析出与沉淀,妨碍对有形成分的观察。

(2)加入化学防腐剂:大多数防腐剂的作用是抑制细菌生长和维持酸性,常用的有以下几种。

①甲醛:每升尿中加入5ml,用于尿管型、细胞检查的防腐。但注意甲醛过量时可与尿素产生沉淀物,干扰显微镜检查。

②甲苯:能在尿标本表面形成一薄隔离层,阻止尿标本与空气接触,起到防腐作用。每升尿中加入5ml,用于尿糖、尿蛋白等定量检查。

③麝香草酚:能抑制细菌生长,又能较好地保存尿中有形成分。每升尿中<1g,用于尿中化学成分的检查及防腐,但如过量可使尿蛋白定性试验(如加热乙酸法)出现假阳性,还能干扰尿胆色素的检查。

④浓盐酸:每升尿中加入10ml,用于尿17-酮、17-羟类固醇、儿茶酚胺等定量测定。

【注意事项】

1. 不可将粪便混于尿液中。

2. 尿标本留取后,及时送检,以免细胞溶解、细菌繁殖等。

3. 尿液标本冷藏时间最好不超过6小时。

三、粪便标本和生殖道标本的采集

【标本采集】

1. 粪便标本的采集

(1)采集标本的量:一般采集至少为指头大小(3~5g)的新鲜粪便,盛于清洁、干燥、无吸水性的有盖容器内。

(2)标本采集后一般应在1小时内检验完毕,防止因pH及消化酶等影响,使病原菌死亡和有形成分分解破坏。

(3)采集标本时尽可能挑取含有黏液、脓血等异常成分的粪便;外观无明显异常时,应于粪便内外多点取样。

(4)无粪便排出而又必须检验时,可采用采便管或肛门指诊采集标本。

(5)做化学法隐血试验时,应嘱患者试验前3天禁食动物性食物,并禁服铁剂、维生素C等,收集标本后应立即检验。

(6)检查蛲虫时需用透明薄膜拭子或棉拭子在清晨排便前肛门四周拭取,并立即镜检;检查阿米巴滋养体,排便后立即送检,冬季需要采取保温措施。

(7)检查寄生虫体及虫卵计数时,应收集24小时粪便送检。

2. 生殖道标本的采集

(1)阴道分泌物标本采集:阴道分泌物通常由妇产科医师采集。一般用消毒棉拭子自阴道深部或阴道后穹窿后部、宫颈管口等处取材。

(2)精液标本采集:①采集标本前应禁欲3~5天。②采集前排净尿液,将一次射出的全部精液收集于干燥、洁净的容器中。③一般间隔1~2周进行复查。

(3)前列腺液标本采集:临床医师行前列腺按摩术采集。标本量少可直接滴在清洁的载玻片上,量多时收集在洁净干燥的小试管内。

【注意事项】

1. 粪便标本中不能混入尿液、药物、植物、污水等,否则容易混淆实验结果。

2. 阴道分泌物标本采集前 24 小时内禁止性交、盆浴、阴道冲洗和涂药等。

3. 精液标本禁用乳胶安全套收集。精液采集后应立即保温送检,送检时间不超过 1 小时。

4. 前列腺标本采集后立即送检。疑为前列腺结核、脓肿或肿瘤的患者禁忌前列腺按摩。

四、体腔液和痰液标本的采集与处理

【标本采集】

1. 体腔液

(1)脑脊液标本的采集:脑脊液一般由临床医师进行腰椎穿刺采集标本,必要时行小脑延髓池或侧脑室穿刺获得。穿刺成功后由医师立即进行脑脊液压力测定,然后留取脑脊液标本于 3 个无菌试管中,每个试管中 1~2ml,第一管做病原生物学检验,第二管做化学和免疫学检验,第三管做理学和细胞学检验。

(2)胸腔、腹腔和心包积液标本的采集和保存:浆膜腔积液标本由临床医师行胸腔穿刺术、腹腔穿刺术或心包穿刺术采集。送检标本最好留取中段液体于无菌容器内。理学检验、细胞学检验和化学检验约留取 2ml,厌氧菌培养留取 1ml。如查结核杆菌则约需 10ml。为防止出现凝块、细胞变性、细菌自溶等,除应即时送检外,常规及细胞学检查宜用 EDTA·K_2抗凝,生化检查标本宜用肝素抗凝。加留 1 管不加任何抗凝剂用以观察有无凝固现象。

(3)关节腔积液标本的采集:关节腔积液标本由临床医师行关节腔穿刺术采集。分别留取于 3 个无菌试管中,第一管做理学和病原生物学检验,第二管加肝素抗凝做化学和细胞学检验,第三管做积液的凝固性观察。

(4)羊水标本的采集:羊水标本多由临床医师行羊膜腔穿刺采集。根据羊水检查的不同目的确定不同的穿刺时间。采集标本后立即送检。生化和免疫学检验的标本需经离心取上清液。

2. 痰液标本 留取痰液标本的方法有自然咳痰、气管穿刺吸取、经支气管镜抽取等。后二者操作复杂且有一定的痛苦,故常用自然咳痰法为主要留取方法,但痰液要求新鲜,尤其以做细胞学检查者更为重要。自然咳痰法留痰时患者先认真刷牙,清水强力漱口数次后,用力咳出气管深处痰液,留于玻璃、塑料小杯内或涂蜡的纸盒中。对于无痰或少痰患者可用 45℃、10% NaCl 水溶液雾化吸入,促使痰液易于咳出。昏迷患者可于清理口腔后用负压吸引法吸取痰液。测 24 小时痰量或观察分层情况时应将痰咳于无色广口瓶中,并加苯酚少许以防腐。做漂浮或浓集结核菌检查时,留 12~24 小时的痰液。

【注意事项】

1. 脑脊液标本采集后应立即送检,一般不能超过 1 小时。放置过久,可致细胞破坏、细菌自溶或死亡、葡萄糖分解等而影响检验结果。

2. 收到脑脊液标本后应立即检验,久置可致细胞破坏和葡萄糖含量降低。

3. 脑脊液细胞计数遇到高蛋白标本时,为避免标本凝固,可用 EDTA 盐抗凝。

4. 血性浆膜腔积液标本须离心沉淀后用上清液进行蛋白质定性或定量检测。

5. 浆膜腔积液细胞计数应在标本采集 1 小时内完成,标本久置可致细胞破坏影响计数结果。

6. 采集的晨间第一口痰液中,不可混入唾液。采集的痰液标本必须立即送检,以免细胞与细菌自溶破坏。

五、细菌检验中血液和骨髓标本的采集

【标本采集】 临床上疑为败血症、脓毒血症或其他血液感染的患者,需做血液和骨髓的细菌培养以明确病原。及时、准确地从患者血液中分离出病原菌,才能正确实施有效的抗菌治疗,从而有助于提高治愈率和降低医疗费用。

1. 采血时机　应在用抗生素治疗前,最好在患者发冷、发热前 0.5 小时采血或者在下次用药前采血。

2. 采血时间与次数

(1)急性感染患者:从两臂分别采 2 份血样。

(2)感染性心内膜炎患者:24 小时内采血 3 次,每次间隔不少于 30 分钟。

(3)发热原因不明患者:24～48 小时后可再采血 2 次,间隔不少于 60 分钟。

3. 采血部位　多次采血时,应在不同部位进行。一般从肘静脉采集,亚急性细菌性心内膜炎病人则从肘动脉或股动脉采血为宜。

4. 采血量　成年人采血量为 10ml,新生儿与婴幼儿为 1～2ml,每增加 1ml 血量平均提高阳性率 3.2%。对疑为细菌性骨髓炎或伤寒病人,在病灶或者髂前(后)上棘处严格消毒后抽取骨髓 1ml 做增菌培养。

【注意事项】

1. 血液标本采集至留置管、中心静脉导管内,应在申请检验单上注明。

2. 切忌在静脉滴注抗菌药物的静脉处采取血标本。

六、细菌检验的尿液、粪便、生殖道标本的采集

【标本采集】

1. 细菌检验尿液标本采集　应在用药前或停药 5 天后留取标本,并使尿液在膀胱内停留 6～8h 以上(给细菌足够的繁殖时间)。先清洗外阴及尿道道口周围,弃去前段尿,取中段尿 10～20ml 于无菌管内。送检标本以晨起第一次尿液为佳。

(1)清洁排尿法:冲洗尿道口后用无菌容器留取中段尿送检。

(2)膀胱穿刺法:此法是收集尿液的最好方法,尤其对厌氧菌检查。

(3)肾盂尿采集法:应请泌尿科医生采取,左右侧的标本要标记明确。

(4)留置导管取尿法:应穿刺导尿管壁抽取尿液。

2. 细菌检验粪便标本采集　应在发病早期并且尽量在用抗生素治疗前采集。

(1)常规性培养:直接留置粪便标本于清洁、干燥容器内。

(2)直肠拭子:用于无便患者。

3. 细菌检验的生殖道标本

(1)男性患者:①尿道标本,清洗龟头后,用碘仿等消毒后,挤出分泌物或以专用细拭子插入尿道口旋转,采取分泌物送检。②前列腺标本,应由医师按摩前列腺,以无菌操作自尿道口采取前列腺液送检。

(2)女性患者:①成年患者,应在扩阴器的支持下,以无菌棉拭子取分泌物送检。②未成年患者,不应使用扩阴器,应以无菌拭子在阴道口处采取分泌物送检。

【注意事项】

1. 结核分枝杆菌的检查,应留取 24 小时尿液。

2. 检测衣原体时,尿液标本不能代替尿(阴)道分泌物。

七、细菌检验的体腔液、脓液和创面分泌物标本采集

【标本采集】

1. 胸腔积液、腹水、脑脊液标本

(1)采集:用无菌操作穿刺抽取,为防止凝固可直接注入培养瓶内。

(2)运送:用带盖的无菌容器送检。

(3)培养:接种前应离心或做增菌培养。

2. 脓液或创面分泌物

(1)无菌生理盐水擦洗病灶表面后,用棉拭子采取病灶深部的脓液和分泌物,置运送培养基内送检。

(2)对未溃破的脓肿宜用碘酒、乙醇消毒皮肤后,以无菌注射器抽取脓液送检;也可于切开排脓时用无菌棉拭子采样。

【注意事项】

1. 标本采集后应立即送检,以防细菌死亡。

2. 疑似有脑膜炎奈瑟菌时,应注意保暖,不可置冰箱保存。

3. 脓液或创面分泌物采样前病灶局部应避免用抗菌药物或消毒剂。

八、细菌检验的痰液标本采集和咽拭子的使用

【标本采集】

1. 细菌培养的痰液标本采集　标本留取质量的好坏直接影响到对下呼吸道病原学的诊断,以及导致抗菌治疗失败和造成耐药菌的出现。应在用药前或停药 1 天后留取标本。

(1)自然咳痰:清水反复漱口后用力咳嗽,从呼吸道深部咳出新鲜痰液于无菌容器送检。

(2)痰量极少者可用 45℃、10% 氯化钠溶液雾化吸入导痰。

(3)气管穿刺法:适用于昏迷患者。或穿刺取肺分泌物,用于厌氧培养。

(4)纤维支气管镜抽取法:适用于纤维支气管镜检查或治疗的患者。

2. 咽拭子

(1)拭子的选择:要求无菌、不含抑制药。

(2)预先沾湿拭子。

(3)直取感染部位,减少污染,将拭子越过舌根到咽后壁或腭垂后侧,反复涂抹数次。

【注意事项】

1. 痰液标本不能及时送检者,可暂存 4℃ 冰箱。若室温下延搁数小时,定植于口咽部的非致病菌呈过度生长而肺炎链球菌、葡萄球菌和流感嗜血杆菌检出率则明显下降。

2. 痰液标本以晨痰为佳,咳前需充分漱口,减少口腔正常菌群的污染。

3. 使用咽拭子采集标本前,用清水反复漱口以减少正常菌群的污染,并注意避免拭子接触口腔和舌黏膜。

(张晓兰)

第二节 临床检验技术

【技能目标】

1. 掌握常见血液检验 体液检验、血型鉴定、交叉配血的操作技术。

2. 熟悉血栓与止血、骨髓检验及自动化仪器的操作技术。

3. 了解生殖系统分泌物检验及脱落细胞学检验操作技术。

一、血液涂片制备和染色

【检验方法】

1. 血液涂片制备 取末梢血1滴于载玻片的一端,以边缘平滑的推片,放在血滴前方,逐渐后移接触血滴,将推片与载玻片保持30°～45°角,平稳地向前推动至载玻片的另一端。血膜干燥后,用铅笔在厚血膜处写明病人姓名。

2. 血液细胞染色

(1)瑞特染色:①将制备好血涂片平放在染色架上。②加瑞氏染液覆盖整个血膜,固定细胞0.5～1分钟。③按1:1或1:2比例加磷酸盐缓冲液与染料混匀,染色10分钟左右。④用接近中性的水冲去染液,自然干燥,油镜观察。

(2)姬氏染色:①干燥血涂片用甲醇固定3～5分钟。②加磷酸盐缓冲液稀释10～20倍的姬氏染色液浸染10～30分钟。③流水冲洗,干后镜检。

(3)混合染色:以姬氏稀释染液代替缓冲液,按瑞特染色法染色10分钟。

【注意事项】

1. 血膜干透后方可固定染色。

2. 所加染液不能过少,以免蒸发干燥,染料渣沉着于血膜上不易冲掉。

3. 冲洗时不可先倒掉染液,应以流水从一端缓缓冲去,以免染料渣沉着在血膜上。

(张晓兰)

二、血液一般检验

【检验方法】

1. 红细胞计数(RBC)

(1)试管内加红细胞稀释液1.99ml,加末梢血10μl,立即混匀。

(2)充入血细胞计数板的计数池中,静置2～3分钟,待红细胞下沉。

(3)高倍镜依次计数中央大方格内4角和正中5个中方格内的红细胞数。

(4)计算每升血液中红细胞的数量。

2. 氰化高铁血红蛋白测定(Hb)

(1)试管内加HiCN转化液5ml,加末梢血20μl,混合静置5分钟。

(2)以波长540nm,比色杯内径1.000cm的分光光度计,HiCN转化液为空白,测定吸光度。

(3)根据吸光度(A),计算出血红蛋白浓度(g/L)。

3. 红细胞形态检查

（1）制备血涂片，瑞特染色，冲洗干净，自然干燥。

（2）低倍镜观察红细胞的分布和染色情况，油镜下仔细观察红细胞的大小、形态、染色结构等，报告中仔细描述红细胞的异常情况。

4. 网织红细胞计数（Ret）　试管法简述如下。

（1）试管中加入煌焦油蓝等渗盐水溶液 2 滴，加末梢血 2～3 滴混匀，染色 30 分钟。

（2）取细胞悬液推成血片，干后镜检。

（3）低倍镜下选择红细胞分布均匀的部位，油镜计数 1 000 个红细胞中的网织红细胞数。

（4）计算网织红细胞百分率、绝对值及网织红细胞生成指数。

5. 红细胞沉降率测定（ESR）

（1）魏氏法：①试管中加入 109mmol/L 的枸橼酸钠液 0.4ml，加静脉血 1.6ml，混匀。②吸取混匀全血至血沉管刻度"0"处，拭去管外残留余血，直立于血沉架上。③1 小时末读取红细胞下沉的毫米数，即红细胞沉降率。

（2）动态测定法：本法操作简便，可动态观察结果，便于对血沉状态进行分析。

6. 白细胞计数（WBC）

（1）试管中加白细胞稀释液 0.38ml，加新鲜全血或末梢血 20μl，混匀。

（2）充入血细胞计数板的计数池中，静置 2～3 分钟。

（3）低倍镜下计数四角 4 个大方格内的白细胞总数，计算每升血液中白细胞的数量。

7. 白细胞分类计数（DC）

（1）制备血涂片，瑞特染色，冲洗干净，自然干燥。

（2）低倍镜观察白细胞的分布和染色情况。

（3）油镜下选择体尾交界处细胞分布均匀、着色良好的区域，按形态特征对白细胞进行分类计数，求出各种白细胞所占的百分率（比值）。

三、血栓与止血一般检验

【检验方法】

1. 出血时间测定（TBT 法）

（1）将血压计袖带缚于上臂，加压。在肘前窝下 2cm 处，消毒皮肤。

（2）将出血时间测定器置于皮肤表面，刀片长轴与前臂平行，按动按钮，使刀片由测定器内弹出并刺入皮肤，待自然出血后启动秒表计时。

（3）每间隔 0.5 分钟，用消毒滤纸吸干流出的血液，直到血液不再流出为止，停止计时并记录出血时间。

2. 血小板计数（PLT）

（1）清洁试管中加血小板稀释液 0.38ml，吸取自然流出的外周血液 20μl 到稀释液中，混匀。

（2）充入血细胞计数板的计数池内（用皮肤采血法），静置 10～15 分钟，待血小板下沉。

（3）高倍镜计数血细胞计数板中央大方格内的四角和中央共 5 个中方格内血小板数量。

（4）计算每升血液中血小板数量。

3. 血浆凝血酶原时间测定（PT）

（1）常规静脉采血 1.8ml，加 109mmol/L 枸橼酸钠溶液 0.2ml，混匀，3 000 转/分钟，离心

15 分钟,分离血浆。

(2)将氯化钙凝血活酶溶液、正常人混合冻干血浆、待测血浆,置 37℃预温 5 分钟。

(3)测量杯中加入正常人混合冻干血浆 $50\mu l$,氯化钙凝血活酶试剂 $100\mu l$,混匀,血凝仪自动测定血浆凝固的终点,并且显示正常人混合冻干血浆 PT 结果。以同样方法测定待测血浆的凝固时间。

4.活化部分凝血活酶时间测定(APTT)

(1)采血、分离血浆、平衡温度同血浆凝血酶原时间测定。

(2)测量杯中加入正常人冻干血浆和 APTT 试剂各 $50\mu l$,混匀,37℃中预温 5 分钟。

(3)加入 25mmol/L 氯化钙溶液 $50\mu l$,血凝仪自动测定混合物凝固的终点,并显示出正常人混合冻干血浆 APTT 的结果。以同样方法检测待检血浆。

5.凝血酶时间测定(TT)

(1)采血及分离血浆同血浆凝血酶原时间测定。

(2)测量杯中加入正常人混合冻干血浆 $100\mu l$,37℃预温 5 分钟。

(3)加入凝血酶试剂 $50\mu l$,血凝仪自动测定血浆凝固的终点,并显示出正常人混合冻干血浆 TT 结果。以同样方法检测待测血浆。

6.FiB

四、血型鉴定与交叉配血

【检验方法】

1.ABO 血型鉴定

(1)正定型法

①玻片法:a. 载玻片标记,按标记滴加标准抗 A、抗 B 血清各 1 滴。b. 各加被检者 0.05L/L 红细胞生理盐水悬液各 1 滴,摇动玻片,使血清与红细胞混匀,室温放置 15 分钟。c. 红细胞无凝集为阴性,红细胞出现凝集为阳性。

②试管法:a. 取试管两支标记,按标记滴加标准抗 A、抗 B 血清各 1 滴。b. 各加入被检者 0.05L/L 红细胞生理盐水悬液 1 滴,混匀,1 000 转/分钟离心 1 分钟,观察结果有无凝集现象。

③ABO 血型正定型结果:a. 与标准抗 A 血清凝集,与标准抗 B 血清不凝集为 A 型。b. 与标准抗 A 血清不凝集,与标准抗 B 血清凝集为 B 型。c. 与标准抗 A 血清与标准抗 B 血清均不凝集为 O 型。d. 与标准抗 A 血清与标准抗 B 血清均凝集为 AB 型。

(2)反定型法

①将待检血液,以 2 500 转/分钟的速度离心 3 分钟,分离血清。

②取试管两支,分别标记 A、B,各管中加入被检者血清各 1 滴。

③按标记分别加入 0.05L/L A 型、B 型标准红细胞生理盐水悬液 1 滴,混匀,以 1 000 转/分钟的速度,离心 1 分钟,观察有无凝集现象。

④ABO 血型反定型结果:a. 与 A 型标准红细胞不凝集,与 B 型标准红细胞凝集,为 A 型。b. 与 A 型标准红细胞凝集,与 B 型标准红细胞不凝集,为 B 型。c. 与 A 型标准红细胞和 B 型标准红细胞均凝集,为 O 型。d. 与 A 型标准红细胞与 B 型标准红细胞均不凝集,为 AB 型。

2.Rh 血型鉴定(酶介质法)

（1）制备被检标本 0.05L/L 红细胞生理盐水悬液。

（2）被检标本试管分别标记为 D＋、D－，各加入抗 D 血清 1 滴，按标记加入 0.05L/L 被检者红细胞生理盐水悬液、RhD 阳性红细胞和 RhD 阴性红细胞悬液各 1 滴，各管均加入 1% 木瓜酶溶液 1 滴，37℃水浴 30 分钟。

（3）D＋管出现凝集，D－管不凝集，被检管出现凝集为 Rh(D) 阳性，不凝集为 Rh(D) 阴性。

3. 交叉配血

（1）盐水介质配血法

①取试管 2 支标明主侧配血管和次侧配血管。

②主侧配血管中分别加入受血者血清和献血者 0.05L/L 红细胞悬液各 1 滴，在次侧配血管中分别加入献血者血清和受血者 0.05L/L 红细胞悬液各 1 滴，混匀，1 000 转/分钟，离心 1 分钟。

③ABO 同型配血：主侧、次侧均无凝集、无溶血，血型相合，可以输血；如主、次侧任何一管发生溶血或凝集，不可输血，查找原因。ABO 异型配血：主侧无凝集、无溶血，次侧凝集、无溶血，可输少量。

（2）聚凝胺介质配血法

①步同盐水介质配血法①。

②步同盐水介质配血法②。

③上述试管中各加入低离子强度溶液 0.6 ml，混匀各加聚凝胺 2 滴，混匀，1 000 转/分钟，离心 1 分钟。

④弃上清液，观察管底红细胞凝集情况，若各试管中的反应物全部出现凝集，说明试剂有效。各管中分别加入解聚液 2 滴。

⑤轻轻摇动试管，在 30 秒内凝集散开，配血结果相合，可以输血。也可显微镜下观察。

五、尿 液 检 查

【检验方法】

1. 尿液理学检查

（1）尿量测定：清晨将尿液排空后弃去，用洁净容器留取随后的 24 小时尿液，混合后准确测定尿量。

（2）尿液酸碱度测定：①pH 试纸法；②干化学试带法。

（3）尿液比密测定：①比重计法（浮标法）；②干化学试带法。

2. 尿蛋白定性检查

（1）磺基水杨酸法：①取试管 2 支，各加清晰尿液 1ml。②于第 1 支试管内加磺基水杨酸溶液 0.1ml，轻轻混匀；另 1 支试管不加试剂作空白对照，1 分钟时观察结果，判断尿蛋白的阳性程度及蛋白质的含量。

（2）加热乙酸法

①取大试管 1 支，加清晰尿液约 5ml 或至试管高度的 2/3 处。

②斜持试管下端，在酒精灯上加热尿液上 1/3 段，煮沸即止。

③轻轻直立试管，在黑色背景下观察煮沸部分有无浑浊。

④滴加 0.05L/L 乙酸溶液 2～4 滴，再煮沸后立即观察判断结果。

3.尿葡萄糖定性检查

(1)班氏试剂 1.0ml 加热至沸腾，若试剂仍为透明蓝色，加离心后的尿液 0.1ml，混匀。

(2)继续煮沸 1～2 分钟，自然冷却，观察结果。

(3)阴性(一)，蓝色不变，葡萄糖含量<5.6mmol/L;可疑(±)，蓝色中略带绿色，但无沉淀，葡萄糖含量 5.6～11.2 mmol/L;弱阳性(＋)，绿色，伴少许黄绿色沉淀，葡萄糖含量<28 mmol/L;阳性(＋＋)，较多黄绿色沉淀，以黄为主，葡萄糖含量 28～56 mmol/L;强阳性(＋＋＋)，土黄色浑浊，有大量沉淀，葡萄糖含量 57～112 mmol/L;强强阳性(＋＋＋＋)，大量棕红色或砖红色沉淀，葡萄糖含量>112 mmol/L。

4.尿酮体定性检查

(1)试管中加尿液 2ml，加饱和亚硝基铁氰化钠水溶液 0.2ml，混匀。

(2)沿管壁轻轻加入 280g/L 氢氧化铵溶液 0.5ml，做环状试验。

(3)阴性，5 分钟后无紫色环;弱阳性，缓慢出现淡紫色环;阳性，接触时立即显淡紫色而后转深紫色;强阳性，立即出现深紫色环。

5.尿胆红素定性检查

(1)浓缩胆红素:于 10ml 容量离心管中加入尿液 5ml，再加 100g/L 氯化钡溶液 2.5ml，混匀后离心沉淀 3～5 分钟，弃去上清液。

(2)向沉淀表面加氧化剂 2～3 滴，放置片刻观察沉淀颜色的变化。

(3)阴性(一)，长时间不变色;弱阳性(＋)，沉淀逐渐变为淡绿色;阳性(＋＋)，沉淀变为绿色;强阳性(＋＋＋)，沉淀即刻变为蓝绿色。

6.尿胆原定性检查

(1)除去尿中胆红素，取上清液约 1ml，按 10:1 的比例加入欧氏试剂 0.1ml 混匀，室温下静置 10 分钟。

(2)在白色背景下从管口向管底观察颜色变化。如为阳性，则将尿液以蒸馏水稀释，按上述程序重新检查，以最高稀释倍数报告。①阴性(一)，不显樱红色;②弱阳性(＋)，10 分钟后呈微樱红色;③阳性(＋＋)，10 分钟后呈樱红色;④强阳性(＋＋＋)，呈深樱红色。

7.尿沉渣检查　全自动尿沉渣分析仪检查。

(1)新鲜尿液约 10ml 充分混匀，倒入清洁试管中。

(2)开机，仪器自检，自动进行背景测试，自检通过，仪器进入样本分析界面。

(3)输入样本号，按开始键手工进样，或由自动进样架自动进样。

(4)检测结束后，仪器将自动传输结果，并打印报告单。

8.1 小时尿液有形成分排泄率检查

(1)收集上午 6:00～9:00 尿液标本，准确测定 3 小时内的全部尿量，并做记录。

(2)取混匀的尿液 10ml，1 500 转/分钟的速度，离心 5 分钟，弃去上清尿液 9ml。

(3)将 1ml 沉淀混匀，充入计数池，计数 10 个大方格中的红细胞、白细胞和管型数，计算 1 小时尿有形成分排泄率。

9.尿液干化学分析仪的应用

(1)将质控试带置于仪器检测槽内，启动仪器，待仪器打印出质控试带结果显示"正常"后，即取回质控试带保存。

(2)将多联试带完全浸入检测尿液1~2秒,然后立即取出,沥去多余尿液按"1"法进行测定,直至仪器自行打印出报告。

10.尿液绒毛膜促性腺激素检查

(1)金标抗体检测法

①将测试带标有箭头的一端插入尿液中,深度不可超过标志线,3秒后取出平放。

②5分钟后肉眼观察结果。阳性,质控线和检测线均显紫红色;弱阳性,质控线为紫红色,检测线为浅红色;阴性,仅有质控线为紫红色;无效,质控线和检测线均不显色。

(2)双抗体夹心酶联免疫吸附法

①取尿液1滴,加入已包被 δ-hCG 单克隆抗体的聚苯乙烯反应板小孔内,加入酶标抗体1滴,混匀。

②37℃温育20分钟,倒出小孔内的液体,用水洗涤6次,用吸水纸拍干。

③向孔内加显色剂2滴。室温下5分钟后观察结果,阳性呈现蓝色,阴性为无色。

六、脑脊液及浆膜腔积液检验

(一)脑脊液检验

【检验方法】

目前脑脊液检验主要用显微镜检查。

1.细胞总数计数

(1)吸取混匀的脑脊液,充入血细胞计数板计数细胞总数。

(2)浑浊的脑脊液,用生理盐水对标本进行稀释,充入计数板计数细胞总数,换算成每升脑脊液细胞总数。

2.白细胞计数

(1)用冰乙酸湿润管壁后倾去,直接吸取混匀的脑脊液充入计数池,计数白细胞数。

(2)浑浊脑脊液,用白细胞稀释液对标本进行稀释,按照白细胞的计数方法计数。然后换算成每升脑脊液内白细胞总数。

3.细胞分类计数

(1)直接转换高倍镜,根据细胞的形态直接分类,结果以单核(未分叶)细胞和多核(分叶)细胞百分比报告。

(2)脑脊液离心取沉淀物涂片,干燥,瑞特染色,油镜下进行分类计数。

(二)脑脊液蛋白质定性检查潘氏法

1.取饱和苯酚试剂 2ml,滴加脑脊液标本1~2滴,在黑色背景下肉眼观察结果。

2.①(-)无变化。②(±)呈微白雾状,不明显。③(+)白色微混。④(卅)白色浑浊。⑤(卅)白色絮状沉淀或白色浓云块状。⑥(卅)立即形成白色凝块。

【注意事项】

1.细胞计数时,如发现较多红细胞有皱缩或肿胀等异常现象,应如实报告。

2.血性脑脊液中的白细胞计数结果必须进行校正,方可报告。

(三)浆膜腔积液检验

【检验方法】

1.理学检查

(1)肉眼观察浆膜腔积液颜色、透明度,观察有无凝块形成。

(2)测定比密。

2.浆膜腔积液显微镜检查　同脑脊液显微镜检查。

3.浆膜腔积液黏蛋白定性试验

(1)加2~3滴冰乙酸于100ml量筒中,加蒸馏水混匀静置,取穿刺液1滴,滴于稀乙酸液中。

(2)黑色背景下观察有无白色云雾状沉淀生成及其下降程度。

(3)阴性,清晰,不显雾状或有轻微白色雾状浑浊,但在下降过程中消失;可疑(±),渐呈白雾状;弱阳性(+),可见灰色白雾状,混浊,并逐渐下沉至量筒底部不消失;阳性(卄)白色薄云状。强阳性(卅)白色浓云状。

【注意事项】

1.染色分类计数过程中,若发现不能分类的异常细胞应另外描述或做巴氏染色、查找肿瘤细胞。

2.血性浆膜腔积液经离心沉淀后,用上清液进行检查。

七、生殖系统分泌物检验

【检验方法】

1.精子活动率和活动力检查

(1)精子活动率。取液化精液于载玻片上,加盖玻片,高倍镜观察100个精子,计数有尾部活动精子数,计算百分率。

(2)精子活动力。在观察活动率的同时,观察精子活动的强度。a级:精子呈前向快速运动;b级:缓慢或呆滞地前向运动;c级:非前向运动;d级:精子呈不动状态。

(3)染色。不活动精子>50%,可进行体外活体染色,鉴别死精子与活精子。

2.精子计数

(1)精子稀释液0.38ml,加混匀的液化精液20μl,混匀。

(2)充入计数池,计数一定体积的精子数,计算报告每升精液中含精子数和一次排精子总数。

3.精子形态检查

(1)取液化精液于载玻片上,涂片,自然干燥后进行瑞特染色。

(2)油镜下计数200个精子,观察和计数正常精子和畸形精子的比率。

(3)结果判断:①头部异常;②体部异常;③尾部异常;④联合缺陷体。

4.计算机辅助的精液分析

(1)开机,打开计算机辅助精液分析系统。

(2)取液化的精液滴入精子计数板,置显微镜操作平台上点击,调节好显微镜焦距,显示器上可显示待测标本精子运动的图像。

(3)分析点击"计算分析"菜单,系统进入自动分析状态,图像显示区内给出活动的精子分割图像。

(4)分析参数:①运动精子密度;②精子活动参数;③精子运动方式参数。

(5)计算分析结束后,可根据需要打印出分析结果。

5.前列腺液的显微镜检查

(1)前列腺液1滴于载玻片上,盖上盖玻片,高倍镜下观察卵磷脂小体、前列腺颗粒细胞、淀粉样小体、白细胞、红细胞、精子、上皮细胞、结石、滴虫等。

(2)常规制备前列腺液涂片,干燥后固定染色。显微镜下观察各种细胞成分及其形态变化(特别注意肿瘤细胞)。

6.阴道分泌物的显微镜检查

(1)取阴道分泌物滴加生理盐水,制成涂片。

(2)低倍镜观察后,再用高倍镜检查,根据上皮细胞、白细胞(或脓细胞)、杆菌、球菌的多少,判断阴道清洁度。检查有无阴道毛滴虫。

(3)阴道分泌物涂片上加1滴100g/L KOH溶液混匀,低倍镜和高倍镜观察,检查有无真菌。

【注意事项】

1.取材后要及时送检,注意保温,否则会导致阴道毛滴虫死亡。

2.阴道清洁度检查时,标本必须新鲜,防止污染。

八、脱落细胞检验

【检验方法】

1.脱落细胞检验的基本染色方法

(1)巴氏染色方法

①固定、渐进入水、染核、分色、蓝化、渐进脱水、染胞质、脱水透明、封固。

②染色结果:上皮细胞胞质可染成蓝绿色、粉红色或橘红色,胞核染成深紫色或深蓝色、核仁染红色;白细胞核染深蓝黑色,胞质染绿色、淡蓝色;红细胞染鲜红色;黏液染粉红色或淡蓝色。

(2)苏木素-伊红染色

①固定、染核、分色、蓝化、染胞质、渐进脱水、透明脱水、封固。

②染色结果:上皮细胞胞质染淡玫瑰红色,细胞核染深紫蓝色;白细胞细胞核染蓝黑色,胞质染红色;红细胞染淡红色。

2.阴道、痰液脱落细胞检查

(1)制片、带湿固定,巴氏或HE染色。

(2)低倍镜下观察涂片中各种细胞成分,发现异常细胞时,结合高倍镜仔细辨认,做出正确诊断,特别要注意肿瘤细胞。

3.尿液、浆膜腔积液脱落细胞检查

(1)离心、制片、带湿固定,瑞特或巴氏染色。

(2)显微镜观察方法同阴道、痰液脱落细胞检查。

九、骨 髓 检 验

【检验方法】

1.血细胞化学染色

(1)过氧化物酶染色(POX)

①将新鲜血片或骨髓片加 0.3％联苯胺乙醇溶液 2～3 滴固定,加稀过氧化氢溶液等量与上液混匀。

②4～5 分钟后,一出现蓝色,立刻冲洗,再用瑞氏染液复染后镜检。

③阳性反应为蓝色或蓝棕色颗粒,定位于细胞质中。

(2)中性粒细胞碱性磷酸酶染色,(NAP)

①新鲜血片或骨髓片用无水乙醇固定,加基质培养液温育后流水冲洗,亮绿复染。

②油镜观察中性粒细胞胞质出现紫黑色或棕红色颗粒为阳性,根据颗粒多少,染色深浅进行积分判断。

(3)糖原染色

①新鲜血片或骨髓片用 0.95L/L 乙醇固定,蒸馏水冲洗,加 10g/L 过碘酸氧化 15～20 分钟,蒸馏水冲洗,待干。

②置无色品红液中室温染色 30～60 分钟,亚硫酸溶液冲洗 3 次,自来水冲洗待干。20g/L 甲基绿复染 2～10 分钟,水洗待干,镜检。

③阳性反应:在细胞浆内染红色,呈弥漫状、颗粒或块状,胞核染成绿色。阴性反应,胞质无色。

(4)铁粒染色

①髓粒丰富的骨髓片,甲醇固定,酸性亚铁氰化钾染色,核固红染液复染,流水冲洗、镜检。

②幼红细胞核呈鲜红色,胞质呈淡黄红色,铁粒呈蓝绿色;细胞外铁,低倍镜观察,特别是涂片尾部和髓粒附近,注意翠蓝色颗粒的存在,可分五级标准;细胞内铁,用油镜计数 100 个中、晚幼红细胞,记录胞质中含有蓝色铁粒细胞的百分率。

2. 骨髓检验　骨髓片的制备方法、染色同血涂片,骨髓细胞分类和骨髓象观察如下。

(1)骨髓片的低(高)倍镜观察:①了解髓片厚薄、细胞受色以及取材等情况。②观察有核细胞增生情况。③计数全片巨核细胞。④观察涂片边缘、尾部,注意有无体积较大的和成堆的异常细胞。⑤观察片尾和涂片边缘脂肪圈和髓粒的多少,了解岛中细胞分布和网状纤维量。

(2)骨髓片的油镜观察:①骨髓细胞分类。②观察各细胞系形态变化。③观察非造血细胞。④是否出现其他异常细胞。⑤观察核分裂现象。⑥注意观察有无血液寄生虫。

(3)配合观察血象:送检骨髓必须同时送检血片,以供对照观察,协助鉴别诊断。

(4)结果计算:①计算各系列、各阶段细胞的比值。②计算粒红比例。

(5)总结分析骨髓象,填写检验报告单。

【注意事项】

1. 过氧化物酶染色注意　①标本宜新鲜;②已经固定的血膜不能再做此染色;③过氧化氢必须新鲜,浓度适宜。

2. 骨髓检验注意

(1)骨髓内凝血因子Ⅰ含量高,凝固快,穿刺后应立即涂片。

(2)注意选择有髓粒部分涂片。若有外周血混入,应将玻片上的外周血吸去,再将带髓粒部分标本制片。

(3)髓膜在玻片上的位置要适中,长短合适,特别注意保留片尾和边缘。

(4)推制好的髓膜应看得见髓粒、脂肪圈,镜下有较多面积的红细胞不过分重叠但也不稀疏,即厚薄适当。

(5)髓膜制成后,应迅速干燥,防止细胞皱缩或因空气潮湿而溶血,干后在片头厚膜处用铅笔写上病人姓名。

(6)骨髓中有核细胞量多,又有许多幼稚细胞,因此染色要求:①固定时间与染色时间比血片要稍长。②最好用瑞氏染液和姬氏染液混合染色。

(7)推制的骨髓片应全部送检,盛骨髓的玻片,亦应一同送检。应同时送检外周血片。

(张 皓)

第三节 临床微生物学检验基本技术

【技能目标】

1. 掌握常用细菌鉴定技术、纸片扩散法药敏试验的操作方法和结果判读及常见临床标本的细菌学检验方法。

2. 熟悉细菌室常用培养基制备的基本过程、常见临床标本的检验程序。

3. 了解临床细菌学的自动化鉴定技术及临床常见耐药菌的检测方法。

一、细菌形态学检查

【检验方法】

1. 革兰染色 ①初染:将甲紫染液加于制好的细菌涂片上,染色 1 分钟,水洗。②媒染:加卢戈碘液,染色 1 分钟,水洗。③脱色:加 95％乙醇数滴,摇动玻片至无紫色脱落为止(0.5～1 分钟),水洗。④复染:加稀释苯酚复红(或沙黄)染液,染色 0.5～1 分钟,水洗。⑤自然干燥后镜检观察结果:革兰阳性菌呈紫色,革兰阴性菌呈红色。

2. 抗酸染色 ①初染:将苯酚复红染液滴加于制好的细菌涂片上,用火焰加热至产生蒸汽,染色约 5 分钟(防止染液蒸干),水洗。②脱色:加 3％盐酸乙醇数滴,摇动玻片至无红色脱落为止(约 1 分钟),水洗。③复染:加碱性亚甲蓝染液,染色 1 分钟,水洗。④自然干燥后镜检观察结果:抗酸杆菌呈红色。

3. 其他染色方法 根据不同需要还有单染法、金胺"O"荧光染色、鞭毛染色、荚膜染色、异染颗粒染色等。

【注意事项】

1. 革兰染色关键在于涂片和脱色,涂片不宜过厚,固定不宜过热,脱色不宜过度。

2. 抗酸染色标本应先高压灭菌后再涂片染色,以防交叉感染。脱色时间根据涂片厚薄而定,厚片可适当延长,以无红色脱落为止。

二、细菌室常用培养基制备

【制备方法】

1. 调配成分 按各种成品培养基说明书上的用量准确称取各种培养基干粉和适量蒸馏水,倒入三角烧瓶中,充分混匀。

2. 溶解 将调配好的混合物放沸水浴或流动蒸汽灭菌器中加热,使其完全溶解。

3. 分装 将完全溶解的培养基按不同种类和用途,分别定量分装到试管中加塞灭菌。

4. 灭菌 将完全溶解分装好的培养基按不同要求进行灭菌。

5.倾注平板　将灭菌后的培养基冷却至 50℃左右,无菌操作倾注平板。

6.质量检验　①做无菌试验。②效果试验。

7.保存　制备好的培养基应注明名称、制备日期,置 4℃冰箱保存备用。

【注意事项】

1.培养基调配时,应先在三角烧瓶中加少量水,再加入称量好的培养基干粉,以防培养基干粉粘瓶底烧结。

2.倾注培养基时,切勿将平皿盖全部打开,以免空气中尘埃及细菌污染培养基。

三、细菌的接种技术

【接种方法】

1.分区划线法　①先用接种环直接挑取标本或平板上待分离纯化的菌落,涂于琼脂平板边缘一角(1区),做数次划线。②取出接种环灭菌,将平板转动 60°～70°,再以 1 区划线的菌体为菌源,由 1 区向 2 区做第 2 次平行划线。第 2 次划线完毕,同时再把平皿转动 60°～70°,同样依次在 3、4 区划线。每一区域的划线应接触上一区域的接种划线 2～3 次,使菌量逐渐减少,以形成单个菌落。③划线完毕,灼烧接种环,盖上平皿盖,倒置于 35℃恒温箱中培养 24 小时后,在划线区观察单个菌落。

2.斜面接种法　用接种针挑取待检菌纯菌落数个,先将接种针垂直插入半固体培养基中央,穿刺至培养基底部,然后沿原穿刺线退出接种针。再从斜面底部到顶端拖一条接种线,再自下而上地蜿蜒划线,火焰灭菌管口,塞上塞子,置于 35℃恒温箱中培养 24 小时后,观察结果。

3.其他方法　根据不同标本或需要不同还有:①连续划线法;②半固体穿刺接种法;③倾注平皿分离法;④棋盘格划线法;⑤液体培养基接种法等。

【注意事项】

1.所有接种操作均需保证无菌操作,避免杂菌污染。

2.所有标本接种必须在生物安全柜或超净工作台内操作,避免污染环境。

3.操作过程中要注意实验室的生物安全防护。

四、细菌对抗菌药物的敏感试验

【检验方法】

1.纸片扩散法药敏试验

(1)菌液制备:取待检菌菌落混悬于无菌生理盐水中,制成 0.5 麦氏单位的菌悬液。

(2)接种:用无菌棉拭子蘸取菌悬液,均匀涂布接种于药敏琼脂平板上。

(3)贴药敏纸片:在接种好菌悬液的平板上,按照不同细菌类别贴放相应的药敏纸片。

(4)孵育:纸片贴好后,将平板倒置放入 35℃孵箱,18～24 小时后读取结果。

(5)结果判读和报告:用卡尺精确测量抑菌圈的直径,以毫米整数报告。根据临床实验室标准化协会(CLSI)最新抑菌圈直径的解释标准报告细菌对测试的抗菌药物敏感、中介或耐药。

2.稀释法药敏试验　①在肉汤或琼脂中将抗菌药物进行一系列对倍稀释。②定量接种待检菌。③35℃孵箱,18～24 小时读取结果。药物最低管无细菌生长者,即为待检菌的最低抑菌浓度(MIC)。

3. E 试验法　①菌液制备、接种方法同制片扩散法。②贴 E-test 药敏测试条。③置于 35℃的孵箱中孵育。④孵育一定时间后,围绕着药敏测试条可形成一个卵圆形的抑菌圈,抑菌圈与试条的横向相交处的读数刻度,即是该抗菌药物对待检菌的 MIC。

【注意事项】

1. 所有药敏试验所选菌落最好为纯培养的新鲜菌落。

2. 各药敏试验的菌悬液浓度应按要求配制,根据不同细菌选择相应孵育环境。

五、特殊耐药菌及耐药机制的表型检测

【检验方法】

1. 耐甲氧西林葡萄球菌(MRS)的检测　①按纸片扩散法药敏试验方法制备待检葡萄球菌菌悬液并接种于 M-H 药敏平板上。②在涂好菌液的平板上贴 30μg/片的头孢西丁纸片,放 35℃孵箱孵育 24 小时后量取抑菌环直径。③结果判读,对于金黄色葡萄球菌和路登葡萄球菌,如果头孢西丁抑菌环直径≤19mm,应报告对苯唑西林耐药。如果头孢西丁抑菌环直径≥20mm,应报告对苯唑西林敏感。对除路登葡萄球菌外的凝固酶阴性葡萄球菌,如果头孢西丁抑菌环直径≤24mm,应报告对苯唑西林耐药。如果头孢西丁抑菌环直径≥25mm,应报告对苯唑西林敏感。

2. 超广谱 Beta-内酰胺酶(ESBLs)检测

(1)初步筛选试验:①按纸片扩散法药敏试验方法制备待检菌悬液并接种于 M-H 药敏平板上。②接种好的平板贴上头孢他啶(30μg/片)、头孢噻肟(30μg/片)、头孢泊肟(10μg/片)、氨曲南(30μg/片)、头孢噻肟(30μg/片)、头孢曲松 (30μg/片)药敏纸片。③纸片贴好后,将平板倒置放入 35℃孵箱,16～18 小时后读取结果。④结果判读,若头孢泊肟抑菌环直径≤17mm、头孢他啶抑菌环直径≤22mm、氨曲南抑菌环直径 ≤27mm、头孢噻肟抑菌环直径≤27mm、头孢曲松抑菌环直径≤25mm,即可疑有 ESBLs 的产生。

(2)表型确证试验:①同初步筛选试验①;②同初步筛选试验②;③药敏纸片贴头孢他啶、头孢他啶/克拉维酸(30/10μg/片)、头孢噻肟、头孢噻肟/克拉维酸(30/10μg/片);④结果判读,头孢噻肟/克拉维酸的抑菌圈直径 —头孢噻肟的抑菌圈≥5mm 或头孢他啶/克拉维酸的抑菌圈直径—头孢他啶的抑菌圈≥5mm,即判定为产 ESBLs(例如,头孢他啶的抑菌环＝16mm;头孢他啶/ 克拉维酸的抑菌环＝21mm)。

【注意事项】

1. 以上各检测试验必须在相应质控菌株检测合格的情况下才有效。

2. 超广谱 Beta-内酰胺酶检测仅针对临床分离的大肠埃希菌、克雷伯杆菌和奇异变形杆菌。

六、临床标本的细菌学检验

【检验方法】

1. 血培养操作

(1)采集标本后的血培养瓶置 35℃温箱培养,每日观察 1 次,连续观察至第 7 天。或将血培养瓶置全自动血培养仪中培养。

(2)根据肉眼观察,如发现培养液混浊、溶血、产生绿色色素、表面菌膜生长、胶冻状凝固或

细胞层颗粒状生长,均为细菌生长现象。对有细菌生长迹象或全自动血培养仪发出阳性警报的血培养瓶应及时做相应检验。

(3)涂片革兰染色:立即用无菌注射器抽取阳性瓶中培养物涂片作革兰染色,进行显微镜检查。如发现细菌,根据细菌的染色性及形态特征发出初步报告(电话通知主管医生)。

(4)直接药敏试验:根据涂片结果选择相应的抗菌药物,直接从血培养瓶中抽取适量培养物,接种于药敏平板上,按纸片法药敏试验做初步药敏试验,并于18~24小时后报告初步药敏结果(电话通知主管医生,报告敏感的抗生素)。

(5)分离培养:用无菌注射器抽取阳性瓶中培养物接种于适当的固体培养基,分离培养。

(6)待获得纯菌后,再分别鉴定并做正式药物敏感试验。

(7)结果报告:最终报告菌名和正式药敏试验结果;阴性报告"需氧(或厌氧)培养7天无细菌生长"。

2.其他标本检验的基本过程

(1)涂片检查:不同标本按要求涂片,分别做革兰染色、抗酸染色、墨汁染色等,初步判定细菌种类。

(2)分离培养:不同标本根据需要接种于适当的固体培养基,进行分离培养。

(3)细菌鉴定:对于各标本中可疑病原菌进行相关的鉴定试验。

(4)药敏试验:对有临床意义的细菌按要求做药物敏感性试验。

(5)结果报告:阳性标本报告菌名和药敏试验结果。阴性结果按不同标本发出相应的阴性报告。

【注意事项】

1.所有细菌培养标本最好在使用抗生素之前留取。

2.标本采集后应尽快送检,否则会影响细菌检查的正确性。

3.整个检验过程要注意无菌操作,避免污染。

4.以上所有操作均需戴乳胶手套,在生物安全柜或防止传染的超净工作台内操作。

5.所有标本均可能存在潜在的生物危害,应注意实验室的生物安全防护。

(罗春玉)

第四节　X线检查技术

一、普通X线检查

【技能目标】

1.掌握透视和摄影在临床上的应用范围、检查方法、注意事项。

2.熟练各系统常用造影检查的操作步骤。

(一)透视

【适用范围】

1.透视较常应用于胸部、腹部及四肢疾病的诊断。

2.临床上怀疑有病,予以发现、证实或排除疾病。

3.用于术前常规检查或健康普查等。

【注意事项】

1.在暗室内进行透视，医生要做好暗适应。

2.选择适当的透视条件，注意射线防护。

3.透视光圈不要开得过大，照射野严禁超出荧光屏范围。

4.让病人尽量贴近荧光屏，使影像更清晰，防止失真。

5.急腹症病人透视检查时，卧位检查易造成漏诊，要采用立位、坐位或半卧位进行透视。

6.怀疑有胃肠道穿孔，而病人较长时间处于卧位状态时，透视前嘱病人取坐或半卧位30分钟，以利于观察少量膈下游离气体。

【操作步骤】

1.胸部透视

(1)一般采取立位，年老体弱者和婴幼儿可用坐位或卧位。

(2)患者双手叉腰、两肘内旋、使肩胛骨外移而不与肺野重叠，转动病人，于各种不同位置下观察病变的形态、范围、位置和分布情况。

(3)根据病人胸壁厚薄，选择合适的透视条件，适宜光圈，尽量减少散射线，增加病变的清晰度。

2.腹部透视

(1)急腹症病人，观察胃肠道有无穿孔和梗阻时，要取立位或坐位、半卧位检查，以利于观察胃肠道穿孔形成的膈下游离气体征象和肠梗阻导致的肠管扩张胀气及液气平面表现。

(2)发现和观察腹部结石、钙化、金属异物，通常卧位检查，采用后前位和侧位。

(3)下腹透视主要用于检查节育器，确定其有无、位置及形态，可立位或卧位检查。

(4)肠套叠空气(空气、钡剂)灌肠复位，一般空气压力先用 8.0kPa(60mmHg)，在 X 线透视再次明确诊断后，继续加压至 10.8kPa(80mmHg)，直至套叠复位。

(二)普通 X 线摄影

【适用范围】

1.较多应用于胸、腹部及骨关节疾病的诊断。

2.用于疾病随访，疗效观察及有无并发症。

3.用于健康体检或职业病普查等。

【操作步骤】

1.去除影响 X 线检查的衣物和饰品。

2.根据检查部位选择适当尺寸的胶片，并标记日期、号码和左右。

3.较厚部位摄影，应加用滤线器，选择适当的摄影条件、曝光参数。胸、腹部摄影时，训练病人呼气、吸气、屏气动作。摆好投照位置，操纵机器曝光；摄影完毕，告知病人取检查结果的时间；危重病人应待影像符合诊断要求时，方嘱其离开。

【注意事项】

1.任何部位都要有正、侧位片，必要时拍摄斜位、切线位及轴位片。

2.拍摄范围要全，要包括软组织。四肢骨摄影要包括邻近的一个关节。

3.两侧对称部位拍片时，用同一技术条件拍摄对侧，或用一张胶片包括两侧结构。

4.所要拍摄部位的长轴应与胶片长轴平行。

5.腹部、腰骶椎、骨盆及尿路等部位摄影时，要清洁肠道。

6.胶片上标记清楚,年月日、X线号及方向应准确无误。

(三)乳腺钼靶X线摄影

【适用范围】

1.发现有乳房肿块或结节者。

2.排除垂体病变而有乳房溢液者。

3.乳腺癌高危人群和40岁以上女性乳腺的普查。

【禁忌证】 怀孕为相对禁忌证,孕妇如需做乳腺钼靶X线摄影检查,应以铅裙遮蔽腹部。

【操作步骤】 乳腺的常规投照体位包括轴位和内外斜位,并可视病变位置和乳房大小需要而加摄其他特殊体位。

1.轴位 投照时投照架处于正位,启动升降立柱使摄片台至乳腺下缘的皱折处,投照侧胸壁紧靠摄片台外缘,使乳房置于暗盒之上,启动压迫器,自上而下压紧并固定乳房,这时乳头应在切线位上,投照时,病人体位宜稍有倾斜,如投照左乳时,胸廓向右旋转10°～15°;投照右乳时,胸廓向左旋转10°～15°。

2.内外斜位 病人取半侧位,如投照左侧乳腺,投照架向左旋转45°～55°,病人左侧靠近机器,上臂抬高平肩并外展90°,将左侧乳房置于摄片台上,启动压迫器,压紧并固定乳房,乳头亦应在切线位上;投照右乳时,旋转方向相反,角度相同。所摄斜位片,应包括部分胸壁组织。

3.侧位 病人面对机器,投照左乳时,投照架常规向右旋转90°,调整升降架使摄片台中心对准乳房,将左乳置于摄片台与压迫器之间,外侧胸壁紧靠摄片台外缘,启动压迫器,自左至右加压固定乳房后,立即曝光。投照右乳时,投照架常规向左旋转90°,其他操作步骤与左侧同。对于乳房松弛者,在加压的同时应用另一只手将乳房托起,使腺体组织均匀分布,乳头处于切线位,避免因乳房悬垂而不能全貌显示。

【注意事项】

1.因为两侧乳房一般大致对称,双侧对比有助于发现病变,故应常规投照两侧乳房,以资对比。

2.在乳腺X线摄影中,适当的加压固定相当重要。加压固定后,原来呈圆锥形的乳腺组织被压成厚度较均匀的扁平组织,有利于X线穿透,使穿透量相对均匀;加压固定后,可避免乳房位置移动而造成影像模糊;加压固定后显示面积相对增大,可提高乳腺组织和病变细节的显示效果;加压固定后,乳房与X线片及增感屏三者贴得更紧,可提高感光效果和细微结构显示的清晰度。

3.加压固定乳房的强度以病人能忍受为度。对于有细微可疑病变处可加做点压放大摄影。

4.乳房中有假体植入时,除常规体位外,应加照Eklund位,即将植入体推向胸壁,使假体避开压迫范围,对前方的乳腺组织加压摄片。

5.选择曝光条件,根据不同年龄乳腺发育特点、不同生理状态乳腺特点及个体差异选择适当的曝光条件。

二、造影检查

（一）食管常规造影

【适应证】

1. 吞咽不适及吞咽困难、食管肿瘤、食管异物及炎症、食管先天性异常等。

2. 观察食管周围病变与食管关系。

3. 门脉高压症。

【禁忌证】　无绝对禁忌证，但静脉曲张大出血后做造影检查时应慎重。

【操作步骤】

1. 了解病史，根据病人吞咽困难程度，配制不同稠度钡剂。

2. 常规胸部透视，注意纵隔宽窄。

3. 口服一汤匙中等稠度的钡剂，观察吞咽动作是否正常，两侧梨状窝是否对称，逐段观察食管的充盈扩张及收缩排空情况。

4. 采用多种体位、配合呼吸、呃气动作进行检查。

5. 透视过程中，观察食管有无狭窄、扩张、龛影及充盈缺损；管壁柔韧性，是否僵硬；黏膜有无中断及破坏，钡剂通过是否通畅等。摄片包括充盈像、黏膜像，选择病变显示最清晰的位置和时机摄片，发现病变或可疑处应摄局部点片。

【注意事项】

1. 吞咽动作失调、腐蚀性食管炎及疑有食管破裂、穿孔、食管气管瘘患者，用碘造影剂检查。

2. 钡剂的稠度、剂量要因人而异。

3. 多体位、多角度检查，需要时用特殊方法检查，以能发现病变、清楚显示病变为目的。

（二）胃及十二指肠气钡双重对比造影

【适应证】　胃及十二指肠肿瘤，尤其是早期胃癌、胃及十二指肠溃疡和炎症、胰腺和胆总管下端肿瘤。

【禁忌证】

1. 胃肠道穿孔、急性胃肠道出血，出血停止 2 周，粪隐血试验阴性后方可进行检查，肠梗阻。

2. 低张药物禁忌者。

【操作步骤】

1. 检查前 10~15 分钟肌内注射抗胆碱药物，如山莨菪碱 10~20mg。

2. 常规胸腹部透视。

3. 用温开水 10ml 送服产气粉 3~5g。

4. 口服 40~50ml 钡剂混悬液，观察食管及贲门。

5. 令患者仰卧摄影台上，翻转身体 3~5 次，使钡剂均匀涂布于胃壁上，如达到要求立即透视下摄点片，摄取不同部位和体位的双重对比片。

6. 再服 100~150ml 钡剂，透视观察食管、胃、十二指肠充盈像，立位或头端抬高 60°，观察胃底和贲门区，加压下细心寻找胃及十二指肠各段有无小隆起或凹陷病灶及黏膜皱襞情况，发现可疑应摄点片。

【注意事项】

1.必须空腹,禁食12小时。

2.胃内有较多潴留液时应下胃管抽出。

3.检查时动作要快而轻柔,尽量避免钡剂进入十二指肠而与胃重叠,影响观察和诊断。

(三)结肠双对比造影

【适应证】 结肠息肉、肿瘤、慢性溃疡性结肠炎,鉴别肠管局限狭窄的性质。

【禁忌证】 结肠穿孔、坏死,急性溃疡性结肠炎。

【操作步骤】

1.肌内注射山莨菪碱10~20mg。

2.经肛门插入双腔导管。

3.左侧卧位,透视下经双腔导管注入钡剂,钡量一般为100~150ml,浓度一般为110%~150%W/V。

4.钡头越过脾区,到达横结肠中段时,停止注钡,改为右侧卧位,开始注气,驱使钡剂向前推进,充盈全部结肠。

5.让病人翻转体位,使钡剂均匀涂布于肠壁,形成双重对比。

6.透视观察下分段摄片。

【注意事项】 检查前3日内进无渣、无纤维、无脂肪饮食。清洁肠道,检查前1日晚服缓泻药。

(四)肠套叠空气灌肠整复

【适应证】 婴幼儿肠套叠发病48小时以内,临床上无腹膜炎、肠穿孔、肠坏死征象。

【禁忌证】 发热,明显脱水、酸中毒,有腹膜炎、肠穿孔、肠坏死征象。

【操作步骤】 胸腹部透视。经肛门插入带气囊的双腔导管,向囊内注入20~30ml气体堵塞肛门。用自动控制压力的结肠注气机,在透视下注气,密切观察气柱的前端。当前进的气柱受阻,确定肠套叠后,拍摄点片,随即进行注气复位,并配合手法按摩。复位成功标准:可见气体大量进入小肠,套叠形成的肿块影消失,腹部柔软,症状消失,患儿安静入睡。

【注意事项】

1.复位过程中,要随时观察患儿精神状态和注气机的压力表。切忌过急、过大增加注气压力。

2.注意肠穿孔征象:腹部亮度突然增高;注气机压力表指针下降或注气囊压力突然减小等。

3.对患儿采取必要的防护措施,减少照射剂量。

4.成人肠套叠大多继发于肿瘤,应选择手术治疗。

(五)术后经引流管胆管造影(胆道 T 形管造影)

【适应证】 了解胆系手术后胆道内是否有残留结石、蛔虫、胆管狭窄以及胆总管与十二指肠之间是否通畅,一般术后1~2周进行。

【禁忌证】 严重胆系感染、出血者;甲状腺功能亢进症及严重心、肾功能损害者;碘过敏者。

【操作步骤】

1. 常用稀释后 25%～35%泛影葡胺 20～40ml。

2. 病人仰卧,头低位。严格消毒后,经引流管抽出管内胆汁以降低管内压,再用生理盐水冲洗胆管。

3. 将稀释后造影剂,透视下缓慢注入"T"管内。先左侧卧位注入 10ml 造影剂,充盈左侧肝管分支,然后转至仰卧位,再注入 10ml 造影剂,待肝管及胆总管充盈满意后摄片。注意观察胆管充盈情况及造影剂是否进入十二指肠。

【注意事项】

1. 注入造影剂速度不要过快,压力不能太大。

2. 造影时,先抽出胆管内空气和胆汁,形成一定负压,以利于胆管各分支充盈。

3. 注入造影剂和冲洗胆管时,要防止带入气体形成小气泡,误认为阴性结石。

(六)静脉肾盂造影

【适应证】

1.肾、输尿管先天异常、炎症、结核、肿瘤或积水。

2.证实尿路结石部位及有无阴性结石。腹膜后肿块,了解与泌尿系统的关系等。

【禁忌证】 急性传染病或高热、急性泌尿系感染、严重血尿、严重甲状腺功能亢进症、妊娠期及产褥期等,碘过敏者。

【操作步骤】

1.病人仰卧摄影台上,先摄腹部平片。

2.将两个椭圆形棉垫压迫器分别置于脐下两侧输尿管走行处,呈倒八字放置好,束紧压迫带加压。腹部不宜加压者,可采取头低足高位,骨盆抬高 10°～15°。

3.经肘静脉推注(1～3 分钟注完)造影剂 20～40ml(泛影葡胺)。

4.注射造影剂完毕后,5～7 分钟拍摄第一片,立即冲洗胶片,观察摄片位置、条件及肾盂、肾盏显影情况,于 15 分钟、30 分钟摄第二、第三片;如果一侧肾盂、肾盏显影不满意,可摄取 60 分钟、90 分钟或 120 分钟延迟照片。

5.双侧肾盂、肾盏显影满意后,除去压迫带,拍摄全尿路片;如需观察肾下垂,应站立位摄片。

【注意事项】

1.造影前做碘过敏试验。

2.造影前 2～3 天食少渣饮食,禁服碘剂、铋剂及重金属药物。

3.检查前 12 小时禁食、水,服轻泻药。

4.巨大腹部肿块或大量腹水病人不能腹部加压时,可倾斜摄影台面使头低约 30°,以减慢造影剂下流。

5.腹部加压出现迷走神经刺激或下肢供血不足的症状时,应减轻压迫或暂时松压,待症状缓解后再加压。

6.部分肾盏杯口正位上显示不清,影像诊断时可摄斜位片观察。

(七)子宫输卵管造影

【适应证】 不孕症,生殖道畸形,输卵管慢性炎症、结核、积水,盆腔肿瘤。

【禁忌证】 碘过敏者、内生殖器及盆腔急性炎症、月经期或经后 4 天内、妊娠期、内生殖器出血或刮宫术后。

【操作步骤】

1. 病人仰卧于检查床上,两腿固定于托腿架上。消毒后将导管插入子宫颈管内,并用橡皮塞顶紧。

2. 透视下观察盆腔,然后徐缓注入加温至体温的造影剂。

3. 子宫输卵管充盈或病人有胀感时,停止注药,随即摄片。

4. 子宫充盈而输卵管不显影,稍停片刻,再透视观察、摄片。

5. 观察造影剂弥散情况,输卵管是否通畅,造影剂是否进入腹腔,泛影葡胺造影于5~10分钟后或碘化油造影24小时后再拍摄X线片1次。

【注意事项】

1. 做碘过敏试验。造影前1天晚上服缓泻药,清洁肠道。

2. 造影应在月经后5~10天进行。注入造影剂时压力不宜过大。

3. 腹痛明显者,检查结束后观察1小时再离开。

三、数字 X 线成像检查技术

(一)CR 系统操作步骤

1. 采集图像:用 CR 影像板代替胶片暗盒进行 X 线摄影。

2. 操作 CR 主机:检查数据、录入病人的基本信息,如姓名、性别、年龄、ID 号等,用条码扫描器对 IP 盒的条码窗口进行扫描。

3. 刷板:将扫描后的 IP 盒插入扫描主机读取已记录的影像信息。

4. 通过计算机对已获取图像进行反衬度、翻转等调整。

5. 根据需要,打印胶片。

(二)数字 X 线摄影操作步骤

1. 核对 DR 检查申请单:病人资料、检查部位及要求。

2. DR 控制台工作站准备:输入病人资料,正确摆放摄影体位,曝光。

3. 处理图像,将图像传至 DR 工作站。

4. DR 工作站根据诊断要求,调整图像,传至激光相机打印照片。

(三)数字减影血管造影操作步骤

1. 插管 常用 Seldinger 技术股动脉穿刺插管。

2. 选择造影血管 在导丝导引下,用相应的导管选插造影血管。

3. 选择造影参数 造影剂用量及流速。

4. 选择图像采集速率 常规脉冲方式,2~6帧/秒。病人不能配合易动者则选用超脉冲方式,25帧/秒。

5. 选择造影体位与造影 ①颈内动脉造影常规用标准头颅正侧位;椎动脉造影常规用标准侧位、汤氏位及华氏位;透视下校正体位,以清楚展示血管走行结构为目的;发现病变,加照斜位,并向头或足侧倾斜一定角度,以便充分显示病变情况,如有动脉瘤应显示其根部。②主动脉造影用45°~65°左前斜位为最佳。③肺动脉造影采用正位向头侧倾斜20°~35°,或右前斜位向头侧倾斜20°~35°。④腹主动脉、腹腔动脉及肝动脉造影采用正位,依具体情况可选用不同角度的斜位。⑤肾动脉造影采用正位与小角度斜位,以肾动脉完全显示为准。⑥髂总动脉,髂内、外动脉及其分支造影常规为正位;四肢血管造影常用正位。

6.观察及处理 造影完毕,拔管,穿刺部位加压包扎,观察有无并发症并及时对症治疗,卧位观察24小时。

(张树龙)

第五节 CT、磁共振检查技术

【技能目标】

1. 掌握 CT、磁共振检查的适应证及禁忌证。

2. 熟悉 CT、磁共振检查的操作要领及常用检查部位的扫描方法。

3. 了解 CT、磁共振的临床意义。

一、CT 检查技术

(一)扫描前准备

1. 头部扫描须将发卡、耳环、义齿等异物摘除。

2. 体部扫描须将检查部位体表及衣物上的异物取出。

3. 腹部扫描须做肠道准备,不能有肠道钡剂存留。

4. 对需做增强扫描患者,空腹,检查前4～6小时禁食,并做碘过敏试验。

5. 对躁动不安或不合作的患者可根据情况给予镇静药。

6. 根据需要扫描前口服造影剂或静脉注射造影剂。

(二)扫描方式

CT 检查分平扫(plain CT scan)、增强扫描(contrast enhancement)和造影 CT 检查。

1. 平扫 是指不用对比剂增强或造影的扫描。

(1)普通扫描:普通扫描是非增强断层扫描,对 CT 机没有特殊要求,在普通 CT 机、螺旋CT 机上都可实施。层厚 5～10mm,层距 5～10mm,即层与层之间的间距为 0,实行无间距扫描。

(2)薄层扫描:指扫描层厚<5mm 的扫描,在普通 CT 机和螺旋 CT 机上均可实施,其优点是减少部分容积效应,真实反映病灶及组织密度,防止小病灶遗漏。主要用于垂体、肾上腺、胰腺、眼眶、内耳的检查及小病灶、胆系和泌尿系的梗阻部位检查。目前最薄的扫描层厚可达 1mm。

(3)重叠扫描:是断层扫描,可横断层面亦可冠状层面扫描。扫描时设置层距小于层厚,使相邻层面有部分重叠。例如扫描层厚 10mm,层距 5mm,相邻两个层面就有 5mm 的重叠。此方法对 CT 机没有特殊要求。优点是减少部分容积效应。缺点是扫描层面增加致病人的 X 线吸收剂量加大。一般只对兴趣区局部扫描,以提高小病灶检出率。

(4)高分辨力扫描:高分辨力 CT(high resolution CT,HRCT)是指在较短时间内取得良好空间分辨力 CT 图像的扫描技术。这种技术提高了图像的空间分辨力,是常规 CT 扫描的一种补充。

优点:具有良好的空间分辨力,可清楚显示微小组织结构,如肺间质、内耳与听骨、肾上腺等,对显示小病灶及病灶的轻微变化优于普通 CT。

对 CT 机的要求:①固有空间分辨力<0.5mm。②薄层扫描,层厚 1～1.5mm,矩阵用

512×512。③图像重建用高空间分辨力算法。④层面扫描时间1～2秒。

(5)容积扫描:是指在计划检查部位内,行连续的边曝光边进床,并进行该部位容积性数据采集的检查方法。其采集的无间隙容积数据,可进行任意层面、任意间隔的重建图像。目前几乎可用于任何部位组织器官的检查,尤其用于心脏、大血管等动态器官的检查。对CT的要求较高,一般在多层螺旋CT完成。

2.增强扫描 静脉注入造影剂后的扫描,较常应用。由于血管内注入造影剂后,增加了正常组织与病变组织间密度差异,加大了正常与病变组织间灰阶的差别,从而提高了病变的显示率。

(1)常规增强扫描:是指静脉注射对比剂后按普通扫描的方法进行扫描,可在普通CT机上实施。一般采用静脉团注法注入对比剂,即以每秒2～4ml的流速注入对比剂50～100ml,注入完毕后立即扫描。

(2)动态增强扫描:动态增强扫描是指静脉注射造影剂后对兴趣区进行快速连续扫描。要求CT机每层扫描和间隔时间之和小于10秒;对比剂采用团注法注入。扫描方式有进床式动态扫描和同层动态扫描。另外怀疑肝海绵状血管瘤、肝内胆管细胞性肝癌以及肺内孤立性结节时,可选"两快一长"的扫描方式。

(3)延迟增强扫描:是在常规增强扫描后延迟4～6小时再行兴趣区或整个脏器扫描的方法。可用于观察组织与病变在不同时间的密度差异,用于肝脏小病灶的检出及肝癌和血管瘤之间的鉴别。对CT机没有特殊要求。如疑肝血管瘤,可在团注造影剂后5～15分钟或更长时间再做病灶局部扫描,以观察病灶是否充填。

(4)双期或多期增强扫描:双期和多期增强扫描是利用螺旋CT扫描速度快的优点,在一次注射造影剂后,根据检查器官的血供特点,分别于强化的不同时期,对检查器官进行2次或多次的螺旋扫描。其主要目的是发现小病灶,并了解被检查器官的强化特点,提高病灶的检出率及病灶的定性诊断。扫描方法①根据平扫选定增强扫描范围,设定不同时期的开始时间;②高压注射器设定注射参数,对比剂量80～100ml,流速每秒2～4ml,团注法;③同时按下注射开始键和扫描钮,即按设置好的起始扫描时间对欲检查器官分别进行2次或多次扫描。

(三)颅脑CT

【适应证】 多用于颅脑肿瘤、颅脑外伤、脑血管疾病、先天性颅脑畸形及颅内感染性病变等的诊断。

【检查方法】 颅脑CT检查多用横断层面扫描,有时加用冠状层面扫描。

1.体位和扫描范围 横断轴位扫描,病人仰卧,头部两侧对称,使头正中矢状面与身体长轴平行,瞳间线与矢状面垂直,扫描机架定位线与听眦线(眼外眦与外耳道口连线)在同一平面;按定好的层厚、层距由基线开始依次连续由下至上逐层扫描,直至脑实质全部扫完为止。

2.层厚和层距 层厚8～10mm,层距10mm。

3.窗技术 一般窗宽80～100Hu,窗位35Hu左右;观察颅骨窗宽1 000～1 500Hu,窗位250～350Hu。

【注意事项】 颅脑扫描对急性脑出血、先天性畸形、急性颅脑外伤、脑积水不需增强;对脑肿瘤、脑脓肿、脑血管畸形、癫痫、脑猪囊尾蚴病(脑囊虫病)必须先平扫,然后做增强;对只有增强扫描才能显示病变的复查病例和肿瘤术后复查、脑转移可直接增强扫描。

（四）胸部 CT

【适应证】　由于 CT 具有较高密度分辨力,同时可克服组织器官的相互重叠,因而不仅可以发现常规胸片不能发现的病灶,而且还可对胸片发现的病变进一步明确性质。尤其对某些胸片不易显示的区域,如胸膜下、近横膈区和纵隔、肺门部病变以及小病灶效果较好。

【检查方法】

1．体位和扫描范围　病人仰卧,横断轴位扫描。双手举过头顶,扫定位图以确定扫描范围,扫描基线以自胸骨切迹开始,向下逐层连续扫描至后肋膈角下界。

2．层厚、层距选择　层厚 10mm、层距 10mm,对肺内较小病灶或感兴趣区应作薄层扫描或高分辨 CT 扫描,层厚 1.5～3mm,层距 1.5～3mm,扫 3～5 层,并在病灶区测 CT 值,为分析病变提供参考。

3．窗技术　观察肺组织用肺窗,一般取窗宽 1 500～2 000Hu,窗位 -450～-600Hu;观察纵隔、大血管、淋巴结和胸壁软组织需用纵隔窗,窗宽 250～350Hu,窗位 30～50Hu;观察肋骨、胸椎等骨结构,需选骨窗,窗宽 1 000～1 500Hu,窗位 250～350Hu。

【注意事项】　对于肺部的小病变局部应加做高分辨力扫描或薄层扫描;若观察纵隔、胸膜病变、血管性病变、纵隔和肺门肿大淋巴结、肺动脉栓塞等,应平扫加增强扫描。

（五）腹部 CT

腹部扫描除肠道准备之外,一般还应在扫描前口服"碘水造影剂",常用 76% 泛影葡胺加温开水至 800～1 000ml 配制而成。其目的是鉴别充盈造影剂的肠曲与周围组织关系,根据检查部位不同,在服用的时间和剂量上各不相同。上腹部扫描于检查前 30 分钟口服碘水溶液 500～800ml,检查前 10 分钟再服 200ml;脐区扫描于检查前 60 分钟口服碘水溶液 300ml,检查前 30 分钟、10 分钟再各服 200～300ml。

【检查方法】

1．体位和扫描范围　仰卧,双臂上举过头,先扫定位图,以确定扫描位置。肝、胆、脾扫描范围自膈顶开始扫至右肝叶下缘,脾大者应扫完全部脾;胰腺扫描范围自膈顶开始扫至胰腺钩突下缘十二指肠水平段,层厚、层距 5mm,无间距逐层扫描;肾脏扫描自肾上腺区开始至肾下极下缘。

2．层厚和层距　胰腺、肾上腺扫描采用薄层扫描;肝、胆、胰、脾、肾扫描采用常规 10mm,对较小病灶加用薄层扫描。

3．窗技术　腹部窗宽、窗位,根据组织、器官不同而异。一般情况下,肝脏 WW=100～150Hu、WL=45～60Hu,胰腺 WW=250～350Hu、WL=35～50Hu,肾脏 WW=250～350Hu、WL=35～45Hu,肾上腺 WW=250～350Hu、WL=10～45Hu,腹膜腔和腹膜后 WW=300～400Hu、WL=20～40Hu。

【注意事项】

1．腹部的器官多为软组织密度,为了提高病变的检出率,应常规进行平扫和增强扫描,但对肝囊肿、胆结石、脂肪肝等患者不需增强。增强扫描采用较多的是双期和多期增强扫描。

2．肝脏:①动脉期,对比剂注射开始后 25～30 秒,开始全肝螺旋连续扫描;②门静脉期,在对比剂注射后 60 秒进行全肝第二次扫描;③实质平衡期,对比剂注射后 2 分钟全肝扫描。

肝脏双期或多期增强扫描的病理基础:肝实质 20%～25% 由肝动脉供血,75%～80% 由门静脉供血,肝脏动脉期扫描时肝实质尚未明显增强,而此时以肝动脉供血为主的病灶则明显增强呈高密度。肝脏门静脉期扫描时肝实质已明显强化,密度增高,而此时肝动脉供血的病灶密度下降至低密度,因而肝脏的双期增强扫描既能了解肝内病灶的供血情况,又能提高肝内病灶检出率。

对临床怀疑肝肿瘤患者在平扫后行增强扫描;对临床怀疑肝海绵状血管瘤患者,常规平扫,然后快速连续动态增强扫描,再做延迟扫描,即"两快一长"扫描。

3. 胰腺:胰腺双期扫描时间与肝脏双期扫描时间相同,一般只做胰腺动脉期和实质期扫描。动脉期正常胰腺的增强程度明显高于实质期,胰腺动脉期扫描有利于发现胰腺的小病灶,也有利于观察胰腺周围血管和淋巴结的情况。

4. 肾脏:①肾皮质期,对比剂注射后 25～30 秒后扫描;②肾实质期,对比剂注射后 70～120 秒进行扫描,肾皮质期对显示多血供的小肾癌、肾血管及肾肿瘤的动脉血供情况优于肾实质期;③肾排泄期或肾盂期,于对比剂开始注射后 5～10 分钟进行第三次扫描,可了解肾的排泄功能和协助肾盂、肾盏病变的诊断。

5. 对临床高度怀疑肾上腺嗜铬细胞瘤,而肾上腺区又无异常发现时,应扩大扫描范围。

(六)盆腔 CT

【适应证】 用于膀胱、前列腺、卵巢、子宫等器官疾病的诊断,还可用于直肠病变诊断。

【检查方法】

1. 体位与扫描范围 仰卧轴位扫描,扫描范围自耻骨联合下缘向上扫至髂骨棘水平;如盆腔病变较大或有肿大淋巴结时,应扩大扫描范围至全部病灶。

2. 层厚、层距 10mm,检查精囊、前列腺、子宫时,应薄层扫描,层厚和间距可 3～5mm。

3. 窗技术 WW=250～400Hu、WL=25～40Hu。

【注意事项】

1. 清洁肠道,扫描前 4 小时口服碘水造影剂 500ml,2 小时后再服 500ml,检查时病人憋尿,使膀胱充盈。

2. 对已婚妇女,为更好显示阴道和宫颈,扫描前经阴道置入阴道 OB 栓或纱布填塞物。

3. 为更好显示乙状结肠、直肠,可清洁灌肠,然后用碘水造影剂保留灌肠。

(七)脊柱 CT

【适应证】 脊椎外伤、椎间盘病变、肿瘤及结核等疾病的诊断。

【检查方法】 脊柱 CT 检查常规做横断层面扫描,通过重建技术可获得冠状、矢状面图像。

1. 体位和扫描范围 ①颈段扫描采取前屈位,腰段采取双膝屈曲位。②根据不同部位、病变范围采用不同扫描起始范围。③确定扫描机架倾斜角度,脊椎扫描层面与脊柱垂直、椎间盘扫描与椎间隙平行。一般每个椎间盘扫 3～5 层,包括椎间盘及其上下椎板的终板上缘或下缘,中间至少一个层面穿过椎间隙,且不包括椎体前后缘。

2. 层厚和层间距 检查脊柱病变用层厚 10mm、层距 10mm,颈胸椎间盘层厚、层距 2～3mm,腰椎间盘层厚、层距 3～5mm。

3. 窗宽和窗位 骨窗宽 1 000～1 500Hu、窗位 250～350Hu,软组织窗宽 300～500Hu、窗位 40～60Hu,椎间盘窗宽 500～700Hu、窗位 50～80Hu。

(八)CT 血流灌注成像

CT 血流灌注成像(CT perfusion imaging)属功能性成像。利用动态 CT 扫描测量组织血流灌注量。经平扫选定层面后,在静脉团注法注入对比剂的同时,对选定层面通过连续几十次扫描,以获得每一个像素的时间密度曲线根据不同的数学模型计算,再经伪彩色处理获得若干参数图。目前应用较多的是脑血流灌注。对缺血性脑梗死的早期诊断具有明显优越性,且简便易行。可半定量分析及动态观察脑内缺血性病变的位置、范围、程度等。

(九)CT 血管造影

CT 血管造影(CT angiography,CTA)是经周围静脉快速注入水溶性对比剂,在靶血管对比剂充盈的高峰期,用螺旋 CT 对其进行快速容积数据采集,由此获得的图像再经计算机后处理技术(通常采用 MIP 或 SSD 处理技术),重建成三维血管影像。MIP 对血管的形态、走向、分布和管壁钙化显示较好;SSD 对显示血管壁表面、血管的立体走向以及与邻近结构的空间关系比较直观;应根据病变性质及临床要求选择不同重建技术。CTA 是一种新的、创伤较小的血管造影术,可清楚地显示较大动脉的主干和分支;清楚地显示动脉与肿瘤的关系,从不同角度观察动脉瘤的形态、大小、位置、蒂部和血栓情况。高质量的 CTA 图像接近血管造影,可旋转,进行全方位观察,与 MRA 比较,CTA 所获信息较多;与 DSA 比较,CTA 无需插管,创伤小。

头颈 CTA

【适应证】 头颈 CTA 在诊断脑动脉瘤及脑血管畸形、颈动脉、椎动脉狭窄或扩张、动脉炎及动脉畸形等方面有较好的帮助,具有较高的阳性检出率和确诊率,特别是 5mm 以上的动脉瘤均能满意显示,且创伤小,可进行全方位观察,与 DSA 结果基本一致。

【检查方法】

1. 患者采取仰卧位,头部行进床式扫描方式,扫描中线位于剑突,双臂尽量下垂于身体两侧,以避免产生骨骼伪影。

2. 扫描范围从主动脉弓下 10~15mm 至眼眶上缘。

3. 采用双筒高压注射器,经上肢远端静脉或肘正中静脉以每秒 5ml 的流速注入非离子型造影剂 70ml。

4. 对感兴趣区血管进行连续动态扫描,当感兴趣区内 CT 值达到设定的阈值,自动触发开始 CTA 扫描,扫描所获 CTA 图像经 MIP 重组成血管影像。

冠状动脉 CTA

【适应证】

1. 判断冠状动脉狭窄程度。

2. 评估冠状动脉斑块(可较准确判断血管内斑块的性质、测量斑块大小、范围和体积)。

3. 明确冠状动脉起源异常和走行异常及冠脉侧支循环情况。

4. 评价冠状动脉支架和搭桥术后疗效。

5. 观察冠状动脉桥血管成像,直观和整体显示桥血管及其连接关系。

6. 心脏功能评价。

7. 对于急性胸痛病因的诊断,64 层螺旋 CT 一次扫描可全面显示主动脉、肺动脉、冠状脉,已逐渐成为急性心肌梗死、急性肺动脉栓塞、急性主动脉夹层的首选和验证性检查方法。

【检查方法】

1. 除常规增强扫描准备外,关键是控制心率,一般心率控制在 80 次/分钟以下,心率<70 次/分钟图像最佳。

2. 扫描范围上界气管隆嵴水平下,下界心膈面下方 10mm,左右各大于心缘两侧 10～20mm;对比剂使用高浓度非离子型造影剂(优维显 370mgI/ml),以每秒 5ml 流速注入约 70ml。

3. 其他与头颈 CTA 操作基本相同。

(十)64 层螺旋 CT 的应用

2004 年世界正式推出 64 层螺旋 CT,并应用于临床,与以往 CT 比较,其扫描速度、时间分辨力和空间分辨力显著提高,尤其是在冠心病、脑血管病变诊断方面开辟了新的途径。在冠心病高危人群筛查、病变范围程度和危险性评估、治疗方案的确定以及治疗和疗效随访评估方面为临床提供了有效的无创检查手段。

今后随着 64 层螺旋 CT 软硬件功能的发展及成像研究的深入,无创冠状动脉检查将会得到进一步完善。

(臧国军)

二、磁共振的临床应用

【基本概念】 磁共振成像(MRI)原称核磁共振成像(NMRI),是一门新兴的无创型显示人体内部结构的影像诊断技术。因其对软组织结构显示清晰、任意角度三维断层扫描、多参数成像等优点,广为临床和影像诊断学家所推崇。

磁共振成像原理简介:磁共振的产生必须具备两个条件。一是有一个衡定而均匀的静磁场,使质子的磁矩方向排列一致;二是有一个与质子进动频率相同的射频脉冲,使质子产生共振。

【适应证】

1. 中枢神经系统

(1)脑血管病变:缺血性脑卒中、出血性脑卒中、颅内出血、脑动脉瘤、动静脉畸形、静脉窦血栓等。

(2)颅内感染性病变:各种病毒、细菌引起的脑部及脑膜炎症、肉芽肿等。

(3)脑部退行性变:MRI 可分辨皮质性、髓质性以及广泛性脑萎缩,皮层下动脉硬化性脑病、帕金森综合征以及运动神经元病的铁质沉着改变。

(4)脑白质病变:多发性硬化、脑白质营养不良等各种脱髓鞘及髓鞘发育不全病变。

(5)颅内肿瘤:MRI 检查颅内肿瘤具有比 CT 获得更多信息的优势,三维断面图像可清楚明确病灶解剖位置,MR 的信号特征对于鉴别脑膜瘤的性质有很重要价值。增强扫描配合平扫可对大部分脑瘤做出定性诊断。

(6)先天畸形:颅脑先天发育畸形、脑灰质异位、Chiari 畸形、神经纤维瘤病以及神经管闭合不良等,应首选 MRI 作为检查手段。

(7)脊髓病变:MRI 是目前显示脊柱及脊髓病变最好的方法,矢冠轴面扫描能对脊柱及脊髓有一个直观而立体的了解,多参数成像对诊断脊髓、脊膜、椎管、神经根、椎体及椎间盘病变更具准确性。

2. 五官及颅底区病变 MRI 没有骨伪影干扰,对于观察颅底病变特具优势,对鼻咽腔、咽旁间隙及各组鼻旁窦腔均能获得良好显示,各种肿瘤不同的信号特征使鉴别诊断更具准确性。

3. 体部 MRI 的适应证

(1)胸部病变:能清楚显示胸部各种组织结构,对肺部肿瘤、纵隔肿瘤及淋巴结肿大、心脏大血管畸形、动脉夹层和心肌病等能获得比 CT 更多的信息。根据不同的 MR 信号可明确胸腔积液性质。

(2)消化及肝胆系统病变:可清楚显示食管、胃与结肠等肿瘤及周围组织的范围、淋巴结转移等情况。对于肝癌、海绵状血管瘤、局灶性肝硬化有其特征性 MR 信号,可明确鉴别。胰胆管及尿路的水成像,可无需使用造影剂、毫无损伤地检出这些脏器的病变。

(3)盆腔病变:多参数成像对男女盆腔病变的显示特具优势,特别是对鉴别膀胱、盆腔囊性肿块的病变性质方面比 CT 更有价值。MRI 在发现隐睾位置和早期前列腺癌的检出也优于 CT。

(4)骨骼及关节肌肉病变:X 线和 CT 在骨骼病变的检查上特具优势,但 MRI 显示骨骼病变也不逊色,特别是骨髓病变、早期转移性骨肿瘤以及股骨头无菌坏死,其信号改变要比 CT 发现骨破坏表现早 2 周至 1 个月,各种血液病变的骨髓改变,MRI 的评估具有重要意义。在关节病的检查方面,MRI 可清楚显示关节腔的内部情况,对关节软骨、半月板和韧带有特征性的 MR 信号表现。对于检出深部肌肉肿瘤、脓肿及血管瘤具有其他检查无可替代的作用。

【禁忌证】　MRI 的强磁场可能使心脏起搏器失灵,也能使各种体内金属性植入物移位。在激励电磁波作用下,体内金属物会因为发热而对病人造成伤害。因此,置放心脏起搏器的病人、安装假肢或人工髋关节的病人、疑有眼球异物的病人以及动脉瘤银夹结扎术后的病人都严禁做 MRI 检查。装义齿的病人不能进行颌面水平的 MRI 检查,放置宫内节育环的病人如在检查中出现不适感应立即停止检查。另外将失代偿性心功能不全、妊娠、幽闭恐惧症列入相对禁忌证中。

【操作步骤】

1. **检查前准备**　认真核实申请单;认真执行 MRI 检查的安全要求;向病人解释检查过程中制动的意义;接受腹部检查的病人应预先进行胃肠道准备;危重病人应有临床医生监护等。

2. **基本检查方法**

(1)普通扫描:即血管内未注入对比剂的一般扫描,可常规获得 T_1WI、T_2WI。

(2)增强扫描:即静脉注入对比剂的扫描,其作用是在普通扫描发现病变或可疑病变时选用的方法,可获得 T_1WI 或重 T_1WI。

(3)血管成像:磁共振血管成像简称 MRA,MRA 有两种模式:一是时间飞跃法(TOF 法),其原理是于被检层面前将血液给予饱和磁化,在检测层面产生高信号,将这些层面叠加,运用最大信号投影技术重建出血管图像;二是相位对比法(PC 法),是利用带有双极性流动编码梯度的快速成像序列扫描,使流动的血液形成高信号,而周围静止组织无相位移动,不产生信号,采集到的信号图像后处理与 TOF 法相同。PC 法能够在较大范围有选择地对高、低流速的血管成像,可做动静脉分离及异常血管成像。PC 法对设备的要求较高,目前应用于临床较广泛的仍是 TOF 法。MRA 目前已较广泛应用于头颈部、心血管、腹腔及四肢的血管检查。对于评价血管的解剖变异,诊断血管畸形、血管瘤、夹层动脉瘤、血管闭塞、血管硬化以及了解肿瘤的供血血管病变有较高的临床价值。

(4)磁共振水成像:磁共振水成像是近年开发成功的 MR 扫描新技术,它利用液体长 T_2 高信号的特性,通过薄层扫描、图像叠加重建等处理,获得含水管腔的图像;目前应用较多的有胰、胆管成像、尿路成像以及脊髓腔成像等。

3. 各种检查部位的扫描

(1)选择合适的线圈。

(2)摆好检查所需体位。

(3)扫描：①常规扫描方位，轴位、冠状位、矢状位，其中轴位是最基本方位。②扫描定位像，可先获得矢状位（或冠状位）SE 序列 T_1WI 作为扫描定位像。③成像序列，常选用 SE、FSE、GRE、IR 序列等。

【临床意义】 MRI 检查以其多参数、多序列、多方位成像和软组织分辨力高等特点，以及能够行 MR 水成像、MR 血管造影、MR 功能成像和 MR 波谱成像等独特的优势，目前已广泛用于人体各个系统检查和疾病诊断。总体而言，与其他成像技术比较，MRI 检查具有能够早期发现病变、确切显示病变大小和范围且定性诊断准确率高等优点，可用于各个部位先天性发育异常、炎性病变、血管性病变、良恶性肿瘤、外伤、退行性和变性性疾病等的发现和诊断。

（李荣成）

第六节　放射治疗学技术

【技能目标】

1. 掌握放射治疗的适应证、禁忌证。

2. 了解放射治疗过程及操作规范。

3. 熟悉放射治疗的原则、应用注意事项。

一、概　　述

(一)放射治疗方式

1. 外照射　亦称为远距离外照射，是放射治疗的主要方法。

(1)常规放射治疗：即传统的放射治疗方法。

(2)三维适形放射治疗：治疗靶区的形状在三维方向上与肿瘤的形状一致。

(3)调强适形放射治疗：治疗设野与肿瘤形状一致，而且治疗剂量也完全与实际肿瘤形态体积一致。

(4)立体定向放射治疗：应用立体定向设备和技术，对小体积病变进行单次大剂量照射，体积较大者，可用较大剂量分几次进行照射。目前应用的治疗设备有装备^{60}Co 的伽马刀，直线加速器的 X 线刀。

2. 内照射　也称为近距离放射治疗，是外照射的补充治疗方式，是将封装好的放射源，通过施源器直接放入或置入人体的肿瘤部位进行照射的方法。主要有以下几种照射方式。

(1)腔内放射治疗：通过施源器将放射源放入人体自然腔道内进行照射的治疗方法，如鼻咽、鼻腔及子宫颈癌等的腔内照射。

(2)管内放射治疗：如气管、食管癌的管内放射治疗。

(3)组织间放射治疗：亦称为插植近距离放射治疗。将放射源直接植入人体肿瘤组织进行照射，如乳腺癌、舌癌、口底癌、脑瘤等的近距离放射治疗。

(4)敷贴放射治疗：用固定在膜上的放射源，敷贴于肿瘤表面进行照射，适用于非常表浅的肿瘤的治疗，如皮肤癌、阴茎癌等。

(5)术中装放射治疗:术中置管后装治疗和术中置入放射性核素粒子对瘤床进行照射,如脑瘤等的放射治疗。

(6)粒子置入治疗:如前列腺癌的粒子置入治疗。

(7)细胞内照射:放射性核素治疗。

3. 高 LET 射线放射治疗 线性能量传递(LET)表示单位长度上的能量转换,以此将放射源划分为高、低 LET 射线。X 射线、γ 射线、电子线等属于低 LET 射线,高 LET 射线包括中子、质子、α 粒子及碳离子等。高 LET 射线,在物理学上,其剂量分布特点具有 Bragg 峰,峰以外及皮肤入射处剂量很小,而峰的位置及体积可以调节,能够获得三维适形照射的剂量分布,且横向散射小。在生物学上,高 LET 射线照射后,细胞的致死损伤比潜在损伤及亚致死损伤高,损伤修复差。高 LET 治疗的氧增强比(OER)小,不同的细胞周期对放射敏感性影响小,相对生物效应(RBE)高。

(二)放射治疗原则及应用

肿瘤种类繁多、生物学行为各异,分化程度、临床病理分期及侵犯范围不同,预后有显著差异。不同的个体亦存在差别。因此,应根据肿瘤不同病理类型、分期及病情,因人而异,选择最佳的治疗方法。严格掌握放射治疗的适应证、禁忌证,应用恰当的照射技术和方式,精心设计照射野,既不漏照肿瘤,同时保护好正常组织。精确定位、精确计划、精确治疗。做到照射肿瘤剂量准确、均匀,肿瘤部位剂量最高,周围剂量最低。设野简便易行,摆位重复性好。治疗过程中密切观察肿瘤退缩情况,及时缩野修正治疗计划。

1. 单纯放射治疗 单独应用放射治疗方法治疗肿瘤。多用于放射敏感的早中期肿瘤。

(1)根治性放射治疗:是指早中期肿瘤,经足够剂量的放射治疗后肿瘤可治愈,患者可获得长期生存。通常照射剂量接近周围正常组织的耐受量,放射治疗不良反应应控制在可接受的限度内。

(2)姑息性放射治疗:患者病情较重,肿瘤病期晚,已无治愈可能。适当的放射治疗,可在一定程度上使肿瘤缩小或控制其进展,缓解症状、解除痛苦,延长生存期,改善生活质量。放射治疗还可用于止痛、止血及缓解肿块压迫症状等。姑息放射治疗的剂量较低,应以不增加病人痛苦为原则。某些姑息治疗的患者,在治疗中肿瘤缩小明显,患者一般状况改善,可将姑息治疗改为根治性放射治疗。

2. 放射治疗在综合治疗中的应用 近年来恶性肿瘤的治愈率和生存率的提高,除了早发现、早诊断、早治疗外,更依赖于综合治疗的进步。综合治疗是目的明确、有循证医学依据、有计划的多学科综合治疗。

(1)放射治疗与手术综合治疗:①手术前放射治疗,可使肿瘤缩小、减少播散,手术切除范围可减小。对于手术切除有一定难度的肿瘤,通过放射治疗可提高手术切除率及生存率。如头颈部癌、肺尖癌等。②手术后放射治疗,可降低局部复发率,如乳腺癌、软组织肉瘤的术后放射治疗。③手术中放射治疗,术中直视下进行照射,可很好地保护正常组织,给予一次大剂量照射,可以收到很好的疗效。如胃癌的术中放射治疗。④术前加术后放射治疗,如头颈部癌、软组织肉瘤的治疗。

(2)放射治疗与化疗综合治疗:放射治疗与化疗合用治疗恶性肿瘤,称为放化疗。分为序贯放化疗、交替放化疗和同步放化疗。放射治疗属局部治疗,化疗则是全身治疗。放射治疗控制局部,化疗控制远处转移病灶。放射治疗常用于晚期病例化疗后残存病灶的治疗。放、化疗同时进行,借助于化疗药物的直接作用和放射增敏作用,不仅提高局部疗效,而且可以减少或消灭远处转移。

(3)手术前放化疗:手术前给予一定剂量和疗程的同步放化疗治疗,休息2~4周后进行手术治疗。如Ⅲ期非小细胞肺癌、食管癌、直肠癌的术前放化疗等。

(4)放射治疗与热疗综合治疗:不同周期的细胞对放射和热的敏感性不同,放射性亚致死损伤后加热疗,或热性亚致死损伤后加放射都会导致肿瘤细胞不能修复而死亡。放射治疗与热疗配合有协同互补作用,从而提高了治疗效果。

二、放射治疗过程

【操作规范】

1. 临床检查、明确诊断 充分掌握病人临床病历资料。确定肿瘤诊断、病理类型、侵犯范围、临床分期,病人状况,有无其他疾病等。

2. 确定治疗原则 根据病人病情、病期,选择治疗方案。全面考虑,统筹计划,采用病人能真正获益的治疗方法,确定根治性或姑息性放射治疗,单纯放射治疗或综合治疗,术前或术后放射治疗,与化疗综合时采用序贯或同步放、化疗等。

3. 确定照射方式 常规放疗、三维适形放疗、调强放疗、立体定向放疗或近距离放疗。

4. 体位固定 制作病人固定装置与身体轮廓。

5. 模拟定位 常规模拟机摄定位片或用CT模拟扫描,将图像传至计划系统。

6. 确定靶区 在常规模拟定位片上或CT模拟扫描图像上勾画靶区,确定肿瘤体积及照射剂量、危及器官及限制剂量。

7. 制订治疗计划 设计照射野、计算剂量、优化剂量分布,选择最佳方案。

8. 制作铅挡块 常规放疗用铅挡块保护周围正常组织,或用多叶光栅。

9. 确定治疗计划 认真观察、严格核对靶区剂量分布、危及器官、限量以及分次剂量、总剂量等准确无误后,签字确认。

10. 验证治疗计划 治疗计划确定后,要在模拟机上或CT模拟扫描复位验证,准确无误后,签字确认。

11. 第一次治疗、摆位

12. 在治疗机上拍摄验证片、核对照射野及中心

13. 每周核对放射治疗单

14. 观察病情变化 每周检查病人,观察病情变化。必要时修改治疗计划。

15. 总结 治疗结束进行总结。

16. 随访 定期随访病人,掌握疗效及放疗副作用情况,出现问题,及时处理。

三、头颈部肿瘤的放射治疗

【适应证】

1. 唇及口腔癌

(1)早期病变首选单纯根治性放疗。

(2)术后放疗指征:手术切缘阳性或切缘安全界不够、病理提示肿瘤侵及血管、淋巴管、多个淋巴结转移、淋巴结包膜受侵、浸润深度>5mm或侵及周围软组织,行术后放疗或同步放

化疗。

(3)中晚期病变综合治疗,术前或术后放疗,有预后不良因素者行术后同步放化疗。

(4)晚期病变,无手术指征或拒绝手术者,可行姑息性放疗。

2.口咽癌

(1)早期口咽癌:首选根治性放疗。放疗不仅可治愈肿瘤,而且能保留器官解剖结构与功能。

(2)晚期口咽癌:手术和放射治疗的综合治疗为主,可选择术前放疗、术前同步放化疗、术后放疗或术后同步放化疗。

(3)不能手术的晚期病变:可行放疗或同步放化疗,可获得较好的姑息作用,如果肿瘤缩小明显,甚至可能赢得手术治疗机会。

3.下咽癌

(1)早期病变及各期低分化或未分化癌:首选根治性放射治疗。

(2)可手术的中晚期病变:计划性术前放疗或术前同步放化疗。如果放疗反应好,肿瘤完全消退,可改为根治性放疗或同步放化疗。

(3)不能手术的晚期肿瘤:可行姑息性放射治疗。如果肿瘤缩小明显,或许仍有可能手术治疗。

(4)术后有高危因素者:手术切缘阳性、安全界不够、肿瘤残存、多个淋巴结转移或有包膜外受侵、周围神经受侵等,均须术后放疗或术后同步放化疗。

(5)手术治疗后复发:姑息性放射治疗。

4.喉癌

(1)早期喉癌、低分化或未分化癌:首选根治性放射治疗。

(2)晚期喉癌:术前放疗,如肿瘤完全消退,改为根治性放疗。

(3)术后放疗指征:晚期病变;手术切缘阳性、安全界不够或肿瘤残存;淋巴结转移广泛或有包膜受侵、转移淋巴结直径>3cm;软骨、周围神经或颈部软组织受侵等。

5.鼻咽癌

(1)早期鼻咽癌:单纯根治性放射治疗。

(2)晚期鼻咽癌:以放疗为主综合治疗,一般采用同步放化疗。

6.鼻腔及鼻窦癌

(1)根治性放疗:组织学分化差的肿瘤;有手术禁忌证或拒绝手术的病人。

(2)姑息性放疗:晚期病变无手术指征、肿瘤生长快、疼痛、出血、堵塞进食通道、压迫呼吸道等。

(3)术前放疗:可手术的鼻腔、鼻窦癌均可行计划性术前放疗;根治性放疗肿瘤消退不满意者,及时改为术前放疗方案。

(4)术后放疗:手术切缘不净或安全界不够、晚期病变、肿瘤分化差、腺样囊性癌、多次手术后复发的内翻性乳头状瘤等。

7.甲状腺癌

(1)髓样癌:术后放疗。

(2)未分化癌:术前放疗、术后放疗或单纯姑息性放疗。

8.涎腺恶性肿瘤

(1)单纯放疗:有手术禁忌证或拒绝手术者;肿瘤晚期已不能手术者;肿瘤堵塞进食通道或呼吸道者。

(2)术后放疗:切缘阳性或安全界不够、肿瘤残存;局部晚期病变,高度恶性肿瘤;侵袭性强的肿瘤;已有面神经、舌神经、舌下神经麻痹者;区域淋巴结转移者;恶性肿瘤术后复发,或良性肿瘤多次手术后复发,既往未行放疗者;腮腺肿瘤术后发生腮腺瘘者。

9. 原发灶不明的颈部转移癌

(1)单纯放疗:转移性低分化或未分化癌。

(2)术后放疗:淋巴结包膜受侵、曾行活检手术或手术切除不彻底等。晚期病变采用同步放化疗。

10. 中耳外耳道肿瘤

(1)单纯放疗:早期外耳道癌根治性放疗;晚期不能手术或拒绝手术的中耳外耳道癌则行姑息性放疗。

(2)术前、术后放疗:中耳肿瘤及中晚期外耳道癌。

11. 中枢神经系统肿瘤

(1)恶性胶质瘤:术后放疗为常规治疗。不能手术或拒绝手术者,可行单纯放疗。

(2)少突胶质瘤:恶性及混合性少突胶质瘤应常规术后放疗;肿瘤较大、未能完全切除或症状未缓解的低度恶性少突胶质瘤应术后放疗。

(3)脑干肿瘤:弥漫性病变,放疗为主要治疗方法;外生性病变行术后放疗。

(4)室管膜瘤:间变性室管膜瘤或不全切除的室管膜瘤,术后放疗;室管膜母细胞瘤或有中枢轴播散者应做全脑全脊髓放疗。

(5)垂体瘤:术后应常规放疗。不能耐受手术或拒绝手术者可单纯放疗。

(6)脑膜瘤:恶性脑膜瘤或间变性脑膜瘤、脊膜瘤不完全切除者,应术后放疗;不宜手术或拒绝手术者,可行单纯放疗。

(7)颅咽管瘤:肿瘤不全切除者需术后放疗;有手术禁忌证或拒绝手术者,可单纯放疗。

(8)脊索瘤:手术切缘阳性、肿瘤残留者,应术后放疗。

(9)颅内生殖细胞肿瘤:单纯生殖细胞肿瘤首选放射治疗,活检或手术取得病理诊断风险大,可行诊断性放疗;畸胎瘤、绒癌、卵黄囊或内胚窦瘤、胚胎癌及混合性生殖细胞肿瘤应行术后放化疗。

(10)髓母细胞瘤:常规术后放疗。

【禁忌证】 恶病质、远处转移。有贫血、脱水、急性感染者,放疗前应纠正贫血、脱水,抗感染治疗。

【操作步骤】

1. 明确肿瘤诊断、分期、侵犯范围;完善相关检查;了解病人一般状况等。

2. 确定治疗方案,选择照射方式;病人或其家属签放疗知情同意书。

3. 体位固定、模拟定位。患者仰卧,要使患者处于尽量舒适的体位,垫合适的头枕,面膜或头颈肩膜固定。常规模拟机摄定位片,或行 CT 模拟定位扫描并将图像传至计划系统。

4. 勾画靶区,确定肿瘤体积、处方剂量及危及器官限量。

5. 制订治疗计划,设计照射野及剂量计算、优化。

6. 确定、验证治疗计划。

7. 第一次治疗、摆位,确保摆位准确,重复性好。

8. 核对照射野,摄验证片。准确无误后,开始治疗。

【注意事项】

1. 放疗前必须明确肿瘤的诊断,要求有病理证实。

2. 严格掌握放疗适应证及禁忌证。

3. 根据病人具体病情病期,制订个体化放疗方案,切勿一概而论。

4. 坚持临床放射治疗剂量学原则,在治疗肿瘤的前提下,保护好正常组织。但也不能一味追求减小放疗反应,而设野过小或剂量过低,造成肿瘤漏照或剂量不足,不能保证疗效,则失去了放射治疗的意义。

5. 放疗前准备工作

(1)向病人及其家属说明病情、治疗方案、预后及可能出现的放疗反应等,取得同意并签订知情同意书。

(2)有其他疾病者,要给予积极治疗。如纠正贫血、脱水,控制感染等。

(3)保持口腔卫生、清洁牙齿、拔除残牙等。

(4)颅内肿瘤有颅内压增高、脑水肿明显者,放疗前要给予降颅压及激素治疗。

6. 放疗过程中,加强对病人的护理和指导。面颈野照射者,放疗开始的前几天忌酸辣刺激性食物,以免引起腮腺肿胀。每周检查病人,需要时随时检查,观察病情变化,必要时修改治疗计划。

四、胸部肿瘤的放射治疗

【适应证】

1. 非小细胞肺癌 放射治疗是肺癌的主要治疗手段之一。早期肿瘤可行单纯放疗,对于中晚期病变亦是综合治疗中不可或缺的主要方法。

(1)早期肺癌,患者有手术禁忌证或拒绝手术时,应给予根治性放射治疗。

(2)可手术ⅢA期肺癌,放化疗与手术综合治疗。

(3)局部晚期肺癌,放疗与化疗综合治疗。

(4)晚期肺癌可考虑姑息性放射治疗。

2. 小细胞肺癌

(1)局限期小细胞肺癌的基本治疗模式是化疗与放疗综合治疗。国外应用同时化放疗,国内仍常用序贯化放疗。

(2)局限期可手术者,术后化放疗。

(3)广泛期,以化疗为主,选择性应用姑息性放射治疗。

3. 食管癌

(1)病人一般状况好,能进半流质饮食。

(2)病变较短,无严重狭窄,无明显外侵,无锁骨上及腹腔淋巴结转移。

(3)无严重并发症。

4. 胸腺肿瘤

(1)浸润性胸腺瘤,术后放射治疗。

(2)非浸润性胸腺瘤术后复发者,再次手术,术后根治性放射治疗。

(3)晚期胸腺瘤,放射治疗、化疗。

(4)胸腺癌,术后放射治疗。

5. 纵隔精原细胞瘤

(1)非浸润性小肿瘤、无症状者,手术切除,术后放射治疗。

(2)孤立纵隔精原细胞瘤,无远地转移,行根治性放射治疗。

(3)局部进展或有远处转移者,首选化疗,残存病灶给予放射治疗。

6. 乳腺癌

(1)早期乳腺癌保乳手术后,放疗已是常规。

(2)乳腺癌根治术或改良根治术后辅助性放疗。

(3)局部晚期乳腺癌的放射治疗。

(4)乳腺癌术后局部和区域淋巴结复发的放射治疗。

【禁忌证】

1. 恶病质。

2. 食管癌放疗时,食管穿孔,食管狭窄明显者为禁忌证。

3. 已有远处转移(已不适宜根治性放疗,但可姑息性减症放疗)。

【操作步骤】

1. 明确诊断、分期;完善相关检查;了解病人临床情况。

2. 确定治疗方案,选择照射方式;病人或其家属签放疗知情同意书。

3. 体位固定、模拟定位:采用模拟机定位或 CT 扫描定位。患者仰卧,尽量舒适,热塑体膜固定。乳腺癌患者放疗时不用体膜固定。

4. 勾画靶区,确定照射范围、处方剂量及正常组织限量。

5. 制订治疗计划,设计照射野及剂量计算、优化。

6. 确定、验证治疗计划。

7. 第一次治疗、摆位,确保摆位准确,重复性好。

8. 核对照射野,摄验证片。确认无误后开始治疗。

【注意事项】

1. 放疗前必须明确肿瘤的诊断,要求有病理证实。

2. 严格掌握放疗适应证及禁忌证。

3. 根据病人具体病情病期,制订个体化放疗方案。

4. 坚持临床放射治疗剂量学原则,在治疗肿瘤的前提下,保护好正常组织。

5. 放疗前准备工作

(1)向病人及其家属说明病情、治疗方案、预后及可能出现的放疗反应等,取得同意并签订知情同意书。

(2)有其他疾病者,要给予积极治疗。如纠正贫血、脱水,控制感染等。

(3)食管癌患者造影片上显示尖刺样龛影者,易出现食管穿孔,要加强抗感染、促进正常组织修复能力的治疗,补充营养、增加食欲等。

6. 放疗过程中,每周检查病人,需要时随时检查,观察肿瘤退缩情况,肺、食管照射靶区有否移动,食管梗阻及穿孔迹象等。必要时修改治疗计划。

五、腹部肿瘤的放射治疗

【适应证】

1. 胃癌术后放化疗或单纯放射治疗。

2. 直肠癌术前、术后放化疗。

3. 原发性肝癌、不能手术者可行放疗，或放疗与肝动脉介入栓塞化疗配合治疗。

4. 胰腺癌

(1)局部晚期胰腺癌，主要手段为放疗或同步放化疗。

(2)术后放射治疗。

(3)晚期胰腺癌疼痛的止痛放疗。

5. 肾癌：手术切缘阳性、有淋巴结转移或不能手术者，应行放射治疗。

6. 膀胱癌

(1)患者拒绝手术。

(2)存在合并症不能手术。

(3)单发病灶。

7. 睾丸精原细胞瘤Ⅰ期和ⅡA-B期，术后放疗是标准治疗。

8. 前列腺癌：放疗是根治性治疗手段。

9. 阴茎癌

(1)早期阴茎癌放疗可以根治，且可保留器官和功能。

(2)晚期病例则可姑息性放疗。

10. 宫颈癌：各期均适用。

(1)早期可根治性放疗。

(2)晚期则行同步放化疗。

11. 子宫内膜癌，各期均适用放射治疗，也可配合手术综合治疗。

12. 卵巢癌术前、术后放射治疗，晚期及复发病人可行姑息性放疗。

【禁忌证】

1. 恶病质。

2. 肝癌合并慢性肝炎、肝硬化。

3. 膀胱癌：①肾功能异常；②肾盂积水；③低容量膀胱及易激惹膀胱；④有弥漫性原位癌存在。

【操作步骤】

1. 明确诊断、分期；了解病人临床情况；完善相关检查。

2. 确定治疗方案，选择照射方式；病人或其家属签放疗知情同意书。

3. 体位固定、模拟定位，患者仰卧或俯卧。直肠癌患者俯卧（俯卧于有孔泡沫板上），使患者尽量舒适，体膜固定。模拟机定位或CT扫描定位。

4. 勾画靶区，确定照射范围、处方剂量及正常组织限量。

5. 制订治疗计划，设计照射野及剂量计算、优化。

6. 确定、验证治疗计划。

7. 第一次治疗、摆位，确保摆位准确，重复性好。

8. 核对照射野,摄验证片。确认无误后开始治疗。

【注意事项】

1. 放疗前必须明确肿瘤的诊断,要求有病理证实。

2. 严格掌握放疗适应证及禁忌证。

3. 根据病人具体病情病期,制订切实可行的个体化放疗方案。

4. 坚持临床放射治疗剂量学原则,既达到治疗肿瘤的目的,同时保护好正常组织,尤其要严格限制胃、小肠、肝、肾的受量,避免出现严重的放疗并发症。

5. 放疗前准备工作

(1)向病人及其家属说明病情、治疗方案、预后及可能出现的放疗反应等,取得同意并签订知情同意书。

(2)有其他疾病者,要给予积极治疗。如纠正贫血、脱水,控制感染等。

6. 放疗过程中,每周检查病人。必要时修改治疗计划。

六、其他器官肿瘤的放射治疗

【适应证】

1. 骨肿瘤

(1)骨肉瘤不能手术或拒绝手术者。

(2)骨转移瘤。

2. 皮肤癌

(1)头面部皮肤癌首选放疗。

(2)不能耐受手术或拒绝手术者。

(3)基底固定的病变应行术前放疗或术后放疗。

(4)晚期病变不能手术者可行放疗或综合治疗。

3. 软组织肉瘤

(1)术前放疗,可使较大的肿瘤缩小,有利于手术切除。

(2)术后放疗,局部广泛切除术联合术后放疗是各种软组织肉瘤的标准治疗模式,可以替代部分截肢术。

(3)单纯放疗,有手术禁忌证或拒绝手术及晚期患者。

4. 淋巴瘤

(1)早期霍奇金淋巴瘤。

(2)晚期霍奇金淋巴瘤化疗后加放疗。

(3)B细胞淋巴瘤。

(4)T或NK细胞淋巴瘤。

(5)结外原发淋巴瘤。

【注意事项】

1. 放疗前必须明确肿瘤的诊断,要求有病理证实。

2. 严格掌握放疗适应证及禁忌证。

3. 骨、软组织肿瘤放疗时,照射野切勿横贯肢体横径,至少应留有2~3cm宽的条形区不受照射,以利于体液回流,避免发生肢体水肿。

4. 照射范围较大分野照射时,衔接部位要每周移动 1 次,避免剂量重叠和欠量。

5. 放疗前准备工作:①向病人及其家属说明病情、治疗方案、预后及可能出现的放疗反应等,取得同意并签订知情同意书。②有其他疾病者,要给予积极治疗。如纠正贫血、脱水,控制感染等。

6. 放疗过程中,每周检查病人 1 次。必要时修改治疗计划。

七、良性疾病的放射治疗

【适应证】

1. 头颈部良性病:脑膜瘤、垂体瘤、颅咽管瘤、听神经鞘瘤、动静脉畸形、脊索瘤、鼻咽血管纤维瘤、鼻咽部腺样体增生、鼻硬结症、鼻瘘、扁桃体肥大、腮腺炎、腮腺瘘、外耳道疖等。

2. 眶及眶内疾病:翼状胬肉、脉络膜血管瘤、黄斑变性、内分泌突眼、眶内炎性假瘤。

3. 关节与肌腱:变性骨关节炎、肌腱炎及滑囊炎、关节周围炎、跟腱炎等。

4. 结缔组织及皮肤疾病:硬纤维瘤、瘢痕瘤、足底疣、角化棘皮瘤、甲下疣、鸡眼、头癣、须瘢多毛痣、有毛色素母斑、类风湿关节炎、神经性皮炎、湿疹、外阴瘙痒、痤疮、腋臭、手足多汗症、急性多发疖等。

5. 骨组织疾病:动脉瘤性骨囊肿、色素沉着性绒毛结节滑膜炎、强直性脊柱炎、异位骨化等。

6. 血管瘤、嗜酸细胞肉芽肿、淋巴细胞性嗜酸肉芽肿、乳腺炎、血栓性静脉炎、胰腺瘘、脾大、重度胸腺肥大、脊髓空洞症、阴茎海绵体硬结症、男性乳腺女性化等。

【注意事项】

1. 严格掌握适应证,充分发挥放疗的治疗作用,且使不良反应降到最低限度。

2. 治疗前全面考虑放疗质量、剂量及时间、危险因素及保护因素。

3. 按病灶深度选择合适能量的放射线,宁浅勿深,尽量保护靶区下面和周围的正常组织。

4. 采取放射防护措施,保护好周围正常组织。

5. 剂量要恰到好处,宁少勿多。

6. 告知患者,放疗的治疗作用和不良反应,须患者认可接受,签知情同意书。

(孙宝泉)

第七节　心　电　图

【技能目标】

1. 掌握常规心电图检查的导联、心电图各个波段的测量。

2. 熟悉正常心电图各波段范围及意义、平均心电轴的概念、测量方法及临床意义。

3. 了解动态心电图的临床应用范围、运动试验的适应证和禁忌证。

一、临床心电图学

利用心电图机从体表记录心脏每一心动周期所产生电活动变化,得到一条连续的曲线即为心电图(图 4-1)。

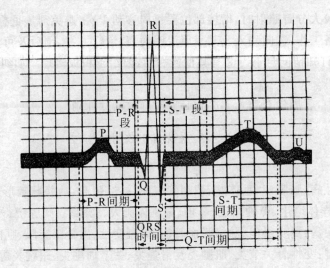

图4-1　正常心电图各波段及名称

(一)正常心电图各波段范围及意义

1.P波　代表心房除极的电位变化。

(1)形态:P波的形态大部分导联呈钝圆形,有时可能有轻度切迹,P波在Ⅰ、Ⅱ、aVF、$V_4 \sim V_6$导联直立,在aVR导联倒置,其余导联可直立、倒置或双向。

(2)时间:正常人P波时间<0.12秒。

(3)振幅:P波振幅在肢体导联<0.25mV,胸导联<0.2mV。

2.P-R间期　从P波的起点至QRS波群的起点,代表心房开始除极至心室开始除极的时间。

心率在正常范围时,成年人的P-R间期为0.12~0.20秒。幼儿或心动过速的情况下,P-R间期相应缩短。老年人或心动过缓的情况下,P-R间期可略延长,但不超过0.22秒。

3.QRS波群　代表心室肌除极的电位变化。

(1)时间:正常成年人多为0.06~0.10秒,最宽不超过0.11秒。

(2)波形和振幅:正常人V_1、V_2导联多呈rS型,V_1的R波一般不超过1.0mV。V_5、V_6导联可呈qR、qRs、Rs或R型,R波振幅不超过2.5 mV。在V_3、V_4导联,R波和S波的振幅大体相等,正常人的胸导联R波自V_1至V_6逐渐增高,S波自V_1至V_6逐渐变小,V_1的R/S<1,V_5的R/S>1。aVR导联的QRS主波向下,可呈QS、rS、rSr或Qr型,aVR的R波一般不超过0.5 mV。aVL与aVF的QRS波群可呈qR、Rs或R型,也可呈rS型。Ⅰ导联的R波<1.5mV,aVL的R波<1.2mV,aVF的R波<2.0mV。Ⅰ、Ⅱ、Ⅲ导联的QRS波群在没有电轴偏移的情况下,其主波一般向上。六个肢体导联的QRS波群振幅(正向波与负向波振幅的绝对值相加)一般不应<0.5mV,六个胸导联的QRS波群振幅(正向波与负向波振幅的绝对值相加)一般不应<0.8mV,否则称为低电压。

(3)R峰时间:又称类本位曲折时间或室壁激动时间,指QRS起点至R波顶端垂直线的间距。如有R′波,则应测量至R′峰;如R峰呈切迹,应测量至切迹第二峰。正常成人R峰时间在V_1、V_2导联不超过0.04秒,在V_5、V_6导联不超过0.05秒。

(4)Q波:除aVR导联外,正常人的Q波振幅应小于同导联中R波的1/4,时间应<0.04秒。正常人V_1、V_2导联中不应有Q波,但偶可呈QS波。

4.J 点　QRS 波群的终末与 ST 段起始之交接点称为 J 点。J 点大多在等电位线上,通常随 ST 段的偏移而发生移位。

5.ST 段　自 QRS 波群的终点至 T 波起点间的线段,代表心室缓慢复极过程。正常的 ST 段多为一等电位线,有时亦可有轻微的偏移,但在任一导联 ST 段下移不应超过 0.05mV;ST 段上抬 $V_1 \sim V_2$ 导联不应超过 0.3mV,V_3 导联不应超过 0.5mV,$V_4 \sim V_6$ 导联与肢体导联不超过 0.1mV。

6.T 波　代表心室快速复极时的电位变化。

(1)方向:在正常情况下,T 波的方向大多和 QRS 主波的方向一致。T 波方向在Ⅰ、Ⅱ、$V_4 \sim V_6$ 导联直立,aVR 导联倒置,Ⅲ、aVL、aVF、$V_1 \sim V_3$ 导联可以直立或倒置。若 V_1 的 T 波直立,则 $V_2 \sim V_6$ 导联就不应再倒置。

(2)振幅:在正常情况下,除Ⅲ、aVL、aVF、$V_1 \sim V_3$ 导联外,T 波的振幅一般不应低于同导联 R 波的 1/10。T 波在胸导联有时可高达 1.2~1.5mV,尚属正常。

7.Q-T 间期　从 QRS 波群的起点至 T 波终点,代表心室肌除极和复极全过程所需的时间。Q-T 间期长短与心率的快慢密切相关,心率越快,Q-T 间期越短,反之则越长。心率在每分钟 60~100 次时,Q-T 间期的正常范围为 0.32~0.44 秒。由于 Q-T 间期受心率的影响很大,所以常用校正的 Q-T 间期(即 Q-Tc),就是 R-R 间期为 1 秒(心率 60 次/分)时的 Q-T 间期,Q-Tc 的正常上限值为 0.44 秒,超过此时限即属延长。

8.u 波　是在 T 波之后 0.02~0.04 秒出现的振幅很低小的波,代表心室后继电位。u 波方向大体与 T 波相一致。在胸导联较易见到,尤其 V_3 导联较为明显。u 波明显增高常见于血钾过低。

(二)心电图的测量

心电图多描记在特殊的记录纸上。心电图记录纸由纵线和横线划分成各为 1 毫米的小方格。当走纸速度为每秒 25mm 时,每两条纵线间表示 0.04 秒,当标准电压 1mV＝10mm 时,两条横线间表示 0.1mV。

1.心率的测量　测量心率时,只需要一个 R-R(或 P-P)间期的秒数,然后被 60 除即可求出,也可以采用查表法或使用专门的心率尺直接读出相应的心率数。心律明显不齐时,一般采取数个心动周期的平均值进行测算。

2.各波段振幅的测量　P 波振幅测量的参考水平应以 P 波起始前的水平线为准。测量 QRS 波群、J 点、ST 段、T 波和 U 波振幅统一采用 QRS 起始部水平线作为参考水平。如果 QRS 起始部为一斜段,应以 QRS 波起点作为测量参考点。测量正向波形的高度时,应以参考水平线上缘垂直测量至波的顶端;测量负向波形的深度时,应以参考水平线下缘垂直地测量到波的底端。

3.各波段时间的测量　近年来临床已经开始广泛使用 12 导联同步心电图仪记录心电图,各波、段时间测量定义已有新的规定。测量 P 波和 QRS 波时间,应分别从 12 导联同步记录中最早的 P 波起点测量至最晚的 P 波终点及从最早的 QRS 波起点测量至最晚的 QRS 波终点;P-R 间期应从 12 导联同步心电图中最早的 P 波起点测量至最早的 QRS 波起点;Q-T 间期应是 12 导联同步心电图中最早的 QRS 波起点至最晚的 T 波终点的间距。如果采用单导联心电图仪记录,仍应采用既往的测量方法。P 波及 QRS 波时间应选择 12 个导联中最宽的 P 波及 QRS 波进行测量;P-R 间期应选择 12 导联中 P 波宽大且有 Q 波的导联进行测量;Q-T

间期测量应取 12 个导联中最长的 Q-T 间期。通常规定,测量各波时间应从波形起点的内缘测至波形终点的内缘。

4. 平均心电轴

(1)概念:心电轴一般指的是平均 QRS 电轴,它是心室除极过程中全部瞬间向量的综合,借以说明心室在除极过程这一总的时间内平均电势方向和强度。它是空间性的,但心电图学中通常所指的是它投影在前额面上的心电轴。因此可用心电图中任何两个肢体导联的 QRS 波群的电压或面积计算出心电轴。一般采用平均心电轴与 Ⅰ 导联正(左)侧段之间的角度来表示平均心电轴的偏移方向。除测定 QRS 波群电轴外,还可以用同样的方法测定 P 波和 T 波电轴。

(2)测量方法:①最简单的方法是 Ⅰ、Ⅲ 导联 QRS 波群的主波方向,估测电轴偏移。Ⅰ、Ⅲ 导联 QRS 主波均为正向波,可推断电轴不偏;Ⅰ 导联出现较深的负向波,Ⅲ 导联主波为正向波,则电轴右偏;若 Ⅲ 导联出现较深的负向波,Ⅰ 导联主波为正向波,则电轴左偏。②准确的方法通常采用分别测算 Ⅰ 和 Ⅲ 导联的 QRS 振幅的代数和,然后将这两个数值分别在 Ⅰ 导联及 Ⅲ 导联上画出垂直线,求得两垂直线的交叉点。0 点与该交叉点相连接即为心电轴,该轴与 Ⅰ 导联轴正侧的夹角即为心电轴的角度。③也可将测算的 Ⅰ、Ⅲ 导联 QRS 振幅代数和值直接查表求得心电轴。

(3)临床意义:正常心电轴的范围为 $-30°\sim+90°$;心电轴左偏时电轴位于 $-30°\sim-90°$ 范围;心电轴右偏时电轴位于 $+90°\sim180°$ 范围;心电轴极度右偏或称为"不确定电轴"时电轴位于 $-90°\sim-180°$ 范围。左心室肥大、左前分支阻滞等可使心电轴左偏;而右心室肥大、左后分支阻滞等可使心电轴右偏。

二、常用心电图检查

(一)心电图导联

在人体不同部位放置电极,并通过导联线与心电图机的正负极相连,这种记录心电图的电路连接方法称为心电图导联。在长期临床心电图实践中,已经形成了目前广泛采纳的国际通用导联体系,称为常规 12 导联体系。

1. 肢体导联　肢体导联电极主要放置于右臂(R、常用红色电极)、左臂(L、常用黄色电极)、左腿(F 常用绿色电极),连接此三点即成为所谓 Einthoven 三角。右腿为无关电极即地线(常用黑色电极)。

2. 胸导联　属单极导联,包括 $V_1\sim V_6$ 导联。胸导联检测电极具体安放的位置为:V_1 位于胸骨右缘第 4 肋间;V_2 位于胸骨左缘第 4 肋间;V_3 位于 V_2 与 V_4 两点连接的中点;V_4 位于左锁骨中线与第 5 肋间相交处;V_5 位于左腋前线 V_4 水平处;V_6 位于左腋中线 V_4 水平处。在每一个导联正负极间均可画出一假想的直线,称为导联轴。

临床上诊断后壁心肌梗死还常选用 $V_7\sim V_9$ 导联。V_7 位于左腋后线 V_4 水平处;V_8 位于左肩胛线 V_4 水平处;V_9 位于左脊旁线 V_4 水平处。小儿心电图或诊断右心病变有时需要选用 $V_{3R}\sim V_{6R}$ 导联,电极放置右胸部与 $V_3\sim V_6$ 对称处。

(二)动态心电图

动态心电图指连续记录 24 小时或更长时间的心电图,也称之为 Holter 监测,它提供受检者 24 小时的动态心电活动信息,动态心电图的测量方法如下。

1. **导联选择** 目前多采用双极导联,电极一般固定在躯体胸部。导联的选择应根据不同的检测目的而确定,常用导联及电极放置部位如下。

(1)CM_5导联:正极置于左腋前线、平第5肋间处(相当于V_5位置),负极置于右锁骨下窝中1/3处。该导联对检出缺血性ST段下移最为敏感,并且记录到的QRS波振幅最高,是常规使用的导联。

(2)CM_1导联:正极置于胸骨右缘第4肋间(相当于V_1位置)或胸骨上,负极置于左锁骨下窝中1/3处。该导联可清楚地显示P波,分析心律失常时常用该导联。

(3)M_{aVF}导联:正极置于左腋前线肋缘,负极置于左锁骨下窝内1/3处。该导联主要用于检测左室下壁心肌缺血性改变。

(4)CM_2或CM_3导联:正极置于V_2或V_3的位置,负极置于右锁骨下窝中1/3处。可疑患者有冠状动脉痉挛或变异性心绞痛时,宜联合选用CM_3和M_{aVF}导联。

无关电极可置胸部的任何部位,一般置于右胸第5肋间腋前线或胸骨下段中部。

2. **临床应用范围** 动态心电图可以获得受检者日常生活状态下连续24小时或更长时间的心电图资料,因此常可检测到常规心电图检查不易发现的一过性异常心电图改变,还可以结合分析受检者的生活日志,明确病人的症状、活动状态及服用药物等与心电图变化之间的关系。其临床应用范围如下。①心悸、气促、头昏、晕厥、胸痛等症状性质的判断;②心律失常的定性和定量诊断;③心肌缺血的诊断和评价,尤其是发现无症状心肌缺血的重要手段;④心肌缺血及心律失常药物的疗效评价;⑤心脏病患者预后的评价,通过观察复杂心律失常等指标,判断心肌梗死后患者及其他心脏病患者的预后;⑥选择安装起搏器的适应证,评定起搏器的功能,检测与起搏器有关的心律失常;⑦医学科学研究和流行病学调查,如正常人心率的生理变动范围,宇航员、潜水员、驾驶员心脏功能研究等。

需要指出:动态心电图并不能了解病人即刻的心电变化,也不能反映某些异常心电改变的全貌。对于心脏房室大小的判断、束支传导阻滞、预激综合征的识别以及心脏损伤、心肌梗死的诊断和定位等,仍需要依靠常规12导联心电图检查。

(三)心电图运动负荷试验

心电图运动负荷试验是发现早期冠心病的一种检测方法,虽然与冠状动脉造影结果相比有一定比例的假阳性与假阴性,但由于其方法简便实用、无创、安全,一直被临床认为是一项重要的心血管疾病检查手段。

1. **心电图运动负荷试验方法**

(1)踏车运动试验:让病人在装有功率计的踏车上做踏车运动,以速度和阻力调节负荷大小,负荷量分级依次递增,直至病人的心率达到亚极量水平。运动前、运动中及运动后多次进行心电图记录,逐次分析作出判断。这种方法的主要优点是根据受试者个人情况,达到各自的亚极量负荷,符合运动试验的原理和要求,结果比较可靠。

(2)平板运动试验:这是目前应用最广泛的运动负荷试验方法。让病人在活动的平板上走动,根据所选择的运动方案,仪器自动分级依次递增平板速度及坡度以调节负荷量,直到病人心率达到亚极量水平,分析运动前、中、后的心电图变化以判断结果。近年的研究表明,无论何种运动方案,达到最大耗氧值的最佳运动时间为8～12分钟,延长运动时间并不能增加诊断准确性,运动方案的选择应根据不同病人的具体情况而定。

运动试验前应描记受检者卧位和立位12导联心电图,并测量血压作为对照。运动中通过监视器对心率、心律及 ST-T 改变进行监测,并按预定的方案每 3 分钟记录心电图和测量血压 1 次。在达到预期亚极量负荷后,使预期最大心率保持 1～2 分钟再终止运动。终止运动后,每 2 分钟记录 1 次心电图,一般至少观察 6 分钟。如果 6 分钟后 ST 段缺血性改变仍未恢复到运动前图形,应继续观察至恢复。

2. 运动试验的适应证和禁忌证

(1)适应证:①对不典型胸痛或可疑冠心病病人进行鉴别诊断;②评估冠心病病人的心脏负荷能力;③评价冠心病的药物或介入手术治疗效果;④进行冠心病易患人群流行病学调查筛选试验。

(2)禁忌证:①急性心肌梗死或心肌梗死合并室壁瘤;②不稳定型心绞痛;③心力衰竭;④中、重度瓣膜病或先天性心脏病;⑤急性或严重的慢性疾病;⑥严重高血压患者;⑦急性心包炎或心肌炎;⑧肺栓塞;⑨严重主动脉瓣狭窄;⑩严重残疾不能运动者。

病人如无禁忌证,在进行运动试验时,应鼓励病人坚持运动达到适宜的试验终点、心率达到亚极量水平,但在运动过程中,虽尚未达到适宜的试验终点,而出现下列情况之一时,应终止试验。①运动负荷进行性增加而心率反而减慢或血压反而下降者;②出现室性心动过速或进行性传导阻滞者;③出现眩晕、视物模糊、面色苍白、发绀者;④出现典型的心绞痛或心电图出现缺血型 ST 段下降≥0.2mV 者。

3. 运动试验结果的判断 运动试验阳性标准主要为:①运动中出现典型的心绞痛;②运动中心电图出现 ST 段下斜型或水平型下移≥0.1mV,持续时间>2 分钟。少数病人运动试验中出现 ST 段抬高(≥0.1mV),如果运动前心电图有病理性 Q 波者,此 ST 段抬高主要为室壁运动异常所致。如运动前病人心电图正常,运动中出现 ST 段抬高常提示有透壁性心肌缺血,多为某一冠状动脉主干或近端严重狭窄所致。在评价运动试验结果时,应特别注意不能将心电图运动试验阳性与冠心病的诊断相混淆,在流行病学调查中或一贯无胸痛症状而仅仅心电图运动试验阳性者,其意义仅等同于冠心病的一个易患因子,不能作为诊断冠心病的依据。心电图运动试验假阳性者为数不少,另外运动阴性者不能肯定排除冠心病可能,应结合临床其他资料进行综合判断。

(孔祥燕)

第八节　超声成像

【技能目标】

1. 掌握超声诊断的常规检查方法及常用术语。
2. 熟悉超声检查的主要用途。
3. 了解超声诊断的类型。

一、超声检查的用途和超声诊断的类型

(一)超声检查的用途

超声检查无创伤、无痛苦、无电离辐射,无需使用对比剂,便可获得人体各部位软组织器官和病变及管腔结构的高清晰度断层图像;提供解剖结构形态学信息,并能反映心血管等运动器官的重要生理功能,应用超声多普勒技术可无创地检测有关血流动力学参数以及观察组织器

官血流灌注等,因此超声诊断已经广泛应用于内科、外科、妇科、儿科和眼科等临床各科,它已经成为许多内脏、软组织器官首选的影像学检查方法,但是由于超声的物理性质,超声诊断也有其局限性,例如骨骼、肺、肠管的检查受到限制,声像图表现组织和器官的改变只有一定的规律,而缺乏特异性图像改变。

(二)超声诊断的类型

1. A 型超声诊断法　即超声示波诊断法。此法是将回声以波形的形式显示出来,回声强则波幅高,回声弱则波幅低,是 20 世纪 50 年代兴起和使用的超声诊断法,目前已经被其他方法取代。

2. B 型超声诊断法　即二维超声显像诊断法。此法是将回声信号以光点的形式显示出来,回声强则光点亮,回声弱则光点暗。由于连续扫查,由点、线而扫描出脏器的解剖切面,是二维空间显示,又称空间显示,又称二维法,是目前广泛应用的超声诊断法。

3. M 型超声诊断法　又称超声光点扫描法。是在二维显示法中加入移动扫描,也是 B 型超声中的一种特殊显示方式。常以此法探测心脏,即通称的 M 型超声心动图。

4. D 型超声诊断法　即超声频移诊断法,统称为多普勒超声。此法应用多普勒效应原理,是 20 世纪 90 年代后出现的新的超声诊断技术。其应用种类如下。①多普勒超声听诊法,常在产科应用于胎心的监测;②多普勒超声频谱诊断法与彩色多普勒超声,多在二维声像图上固定取样线、取样点,再提取多普勒信号,从而显示多普勒频谱图,常应用于探测心脏、血管内血液的流向、流速以及流量。采用伪彩色编码技术,多用红色及蓝色分别代表血流的朝向及背向;③彩色多普勒血流成像法,即实时二维彩色多普勒血流显像,这是将彩色多普勒与二维超声叠加的成像方法,通用的彩色是红色代表近流,蓝色代表远流,绿色代表湍流;④ TCD 即经颅多普勒超声诊断法,是用较低频率的多普勒超声,通过颞部探测可检测大脑的前动脉、中动脉、前交通动脉、后交通动脉。通过枕骨大孔探测可检测椎动脉颅内段、基底动脉和小脑下后动脉的血流信号。

二、超声诊断的常规检查方法

为了显示清晰的超声图像,作为诊断的依据,提高诊断效果,检查方法十分重要。

1. **检查前病人准备**　肝、胆囊、胆道及胰腺的检查,通常需空腹 8～12 小时,必要时饮水 400～500ml,使胃充盈作为透声窗,使胃后方的胰腺及腹部血管等结构充分显示。早孕、妇科、膀胱及前列腺的检查,患者于检查前 2 小时饮水 400～500ml 以充盈膀胱。

2. **超声工作者的准备**　对受检者的临床症状及体征,曾经做过的检查及其结果,临床医生提出的资料及检查要求要详细地了解。为了得到良好的图像,在检查前须将仪器上的主要旋钮调到设定的工作条件,主要有以下选择和调节。

(1)探头频率的选择:根据检查部位,选择使用探头的频率。通常腹部器官使用 $3.0\sim3.5MH_z$;浅表器官如眼、甲状腺、乳腺、外周血管用 $5\sim10MH_z$;婴幼儿心脏及腹部用 $5.0MH_z$;肥胖者选用 $2.5\sim3.5\ MH_z$。

(2)扫描方式的选择:目前仪器有多种扫描方式,通常根据检查部位的不同来选择,即扇形扫描、矩形扫描(线阵探头)及弧形扫描(凸阵探头)。如通常检查心脏、眼等选用扇形扫描,探头小,操作灵活,声窗小,深部显示范围大,但近区显示范围小。对于腹部器官如肝、胆囊、胰腺、脾、肾、妇产科等选用凸阵或线阵探头,视野大,近区及深部显示范围相同。

(3)灵敏度调节:由总增益、近场抑制、远场补偿或灵敏度时间控制组成。灵敏度调节目的使图像清楚,组织器官的结构显示清晰。增益过大,分辨力下降,增益过小,又可使某些信息显示不清或丢失。应根据被检者的体形胖瘦以及检查部位的深浅不同加以适当的调节。

3. 患者体位　根据检查的脏器及部位不同,通常采用以下几种体位。

(1)仰卧位:是最常用的检查体位。检查肝、胆囊、膀胱、子宫、心脏等器官多数情况下采用此体位。

(2)侧卧位:亦较常用。右侧卧位常用于检查脾、左肾及左肾上腺区域;左侧卧位常用于检查肝右后叶、右肾及右肾上腺区域。心脏检查常用于左侧位45°或90°。

(3)俯卧位:常用于检查双肾矢状断面及冠状切面。

(4)坐位或半坐位:常用于检查胰腺空腹饮水后,以胃内液体为透声窗,便于清楚地显示胃后的胰腺。

4. 常用的扫查切面　①矢状面扫查(纵切面):扫查面由前向后并与人体长轴平行;②横向扫查(横切面):扫查面与人体长轴垂直;③斜向扫查(斜切面):扫查面与人体长轴成一定角度;④冠状面扫查(冠状切面):扫查面与腹壁或背部平行或与人体的额状面平行。

三、超声诊断的常用术语

超声图像的描绘用语即超声术语,力求简单明了,规范化和客观性。一般按下列原则命名。

1. 根据回声强度命名

(1)等回声:回声强度接近或等于灰标的中等亮度部分,即指灰标的中间部分,如正常成人肝脏实质回声。

(2)强回声:回声强度接近或等于灰标的最亮部分,即指灰标的最高部分亮度,如肝脏、肾脏的被膜、高密度结石及气体回声等。

(3)低回声:回声强度低于等回声,指灰标的最低部分亮度,如淋巴结的回声,肾脏皮质回声。

(4)无回声:其内没有回声,如充盈的膀胱、大量饮水的胃、单纯囊肿等。

2. 根据回声形态特征描述

(1)点状回声:直径<0.5cm 的回声点。

(2)斑片状回声:通常指大于点状回声的不规则的小片状回声。

(3)团块状回声:通常指占空间位置较大的实质组织形成的回声。

(4)带状回声:显示形状似条带样的回声。

(5)线状回声:很细的回声线。

(6)环状回声:显示圆形或类圆形的环状回声。

3. 根据回声形态特征的其他形象化描述

(1)牛眼征:又称靶环征,表现为团块状强回声周围有环状低回声,团块的中央因坏死液化而出现另一低回声或无回声区,酷似牛眼的征象,主要见于肝脏转移癌。

(2)同心圆征:主要见于肠套叠肠管横断面所表现的征象。

(3)双环征:常指宫内胎儿头颅与头皮回声分离所形成的双层环状回声,提示胎儿头皮水肿,可见于胎儿宫内死亡。

（4）双壁征：又称双层回声或双边影。指胆囊壁内出现低回声带的征象。为胆囊壁水肿所形成，常可发生在急性胆囊炎、低蛋白血症、腹水病人的胆囊壁。

（5）平行管征：又称双筒枪管征。指扩张的胆管与伴行的门静脉形成两个平行的管状回声。

（6）假肾征：指较厚的中、低回声环包绕强回声，类似肾脏的声像图，多见于胃肠肿瘤。

（7）彗星尾征：当声束遇到薄层强回声界面时，所产生的多重强折返伪差，即"混响"声影。其特征是自强回声界面开始的逐渐内收并减弱的多条平行强回声线，酷似彗星的拖尾。见于体内金属、气体产生的回声。

（8）脂液分层征：肿物内含有液态脂质和积液。声像图表现在两者的界面上由水平间隔反射征象，即油脂在上，囊液在下构成油液平面。多见于囊性畸胎瘤、乳腺积乳囊肿。

（9）驼峰征：肝脏肿瘤从肝表面上呈圆弧形隆起的征象，驼峰的大小和多少则根据肿瘤大小和多少而变化。

（10）血管绕行征：血管正常走行方向因周围肿瘤等病变而受挤压、推移的征象。

（11）晕征：位于肿瘤周围的低回声环。

（12）包绕提篮征：指彩色多普勒检查时，在肝脏肿瘤周围血管的多普勒频谱形成的彩色圆，形似花篮，对诊断肝细胞癌有价值。

（13）彩色镶嵌征：指彩色多普勒检查时，血管狭窄区高速血流形成的色彩混叠的伪差。

（孔祥燕）

第九节　脑电图与肌电图检查

【技能目标】

1. 掌握脑电图和肌电图检查的适应证。

2. 通过本章内容学习，能独立完成脑电图和肌电图检查操作。

3. 熟悉脑诱发电位、重复神经电刺激检测的临床意义，脑电图和肌电图检查的注意事项和临床应用。

4. 了解各种脑诱发电位、重复神经电刺激检测的方法。

一、脑　电　图

脑电图（electroencephalogram，EEG）是脑生物电活动的检查技术，通过测定自发的节律的生物电活动，以了解脑功能状态，是证实癫痫和进行分类的最客观的手段。

临床使用的脑电图仪器类型很多，常用的机型有八道、十二道、十六道等多道检测仪。

【适应证】

1. 癫痫的诊断、分类和病灶的定位。

2. 脑部器质性、功能性病变和弥漫性、局限性脑炎、中毒和代谢等原因引起的脑病的鉴别。

3. 颅内占位性病变。

4. 颅脑外伤，如脑震荡、中型脑损伤、重型脑损伤等。

【操作方法】

1. 检查前要向病人解释清楚,此项检查无创伤、无痛苦,解除病人思想顾虑和恐惧心理,取得病人合作。

2. 接通稳压电源,待电压稳定后,打开脑电图机开关,将机器预热几分钟后,调整描记条件,使每支记录笔的增益调整到标准电压。所有的定标电压应高度一致(50μV 或 100μV),时间常数应置于 0.3 或 0.1;检查滤波开关是否在所要求的位置,增益开关是否在设定的位置。

3. 记录笔要通畅,墨水应无杂质,不通畅的记录笔可取下冲洗或更换。

4. 记录笔的起步要一致,阻尼要适中,走纸速度一般是每秒 3cm,改变走纸速度可引起波形的变化。

5. 在做正式记录之前在记录纸上先打好标准电压,标明记录的导联与记录条件。

6. 嘱病人闭目,需要特殊检查者应预先向病人及家属交代情况,以求得合作。

7. 电极的安放:安置头皮电极应按次序进行,取下时也应如此。必须在每个安放电极的部位用无水乙醇擦净,再涂导电膏,或涂以饱和盐水。然后将电极与头皮紧密接触,并用弹性网带加以固定。电极的安放方法有以下几种。

(1)常规检查时电极的安放:原则是尽可能记录到异常电位。完整的脑电图应包括单极和双极两种导联记录。目前国际上通用而且广泛应用的方法是采用国际 10/20 系统安放法,参考电极通常置于双耳垂。

医院常用的头皮电极数目不等,少者 8 个电极,即双侧额、中央区、枕、颞和两个耳垂或乳突上;多者 19 个电极或根据需要再增加电极数目,用 10/20 系统电极安放法应掌握 3 条线(矢状线、颞侧线、冠状线)及各线上的点。

(2)导联的选择:由头皮电极获得的脑电讯号,经过电极连线和输入盒,然后通过导联开关输入到各导联放大器。

①双极导联法:把头皮上两个活动电极分别连接到放大器的两侧,叫双极导联法。两个头皮电极通至一个导程。可将相邻的电极依纵向或横向连接。一般将前面(或左面)的电极通到一栅,将后面(或右面)的电极通到二栅,双极记录至少应有一种前后串联和一种横行串联。

②单极导联法:一般取两耳做无关电极。由一个作用电极与一个距离所要检查的脑组织区域越远越好的无关电极相连,这种导联方式只描记来自一个作用电极的电位改变,所以叫做单极导联。

上述两种电极安放法,均需要在严格对称部位描记做对比。必要时可加若干电极导联,或特殊导联进一步检查。

(3)特殊电极安放法:颅外电极主要采用蝶骨电极、鼓膜电极、鼻咽电极及眶下电极等,颅内电极主要采用硬膜外电极、皮质电极与脑内深部电极。

【注意事项】

(1)检查前 3～5 天内停服镇静安眠药及兴奋药物,如麻黄碱、巴比妥类、喘定、水合氯醛、氯丙嗪、利眠宁等,癫痫病人在检查前 1 天起停服抗癫痫药物。发作频繁者,则无需停药。

(2)应在进餐后 3 小时内接受检查,以免因低血糖而影响检查结果。

(3)对不合作的病人和幼儿可给予安眠药,记录睡眠状态的脑电图。

(4)在检查中不要做咀嚼、吞咽、眨眼等动作,全身肌肉要放松。

(5)检查前嘱病人洗头,禁用发油。因化纤衣物可造成静电干扰,应尽量避免。对需要特殊电极检查的病人应向其家属交代可能发生的情况。

二、诱发试验

当临床上高度怀疑为癫痫病人，或有明显临床表现的其他脑部疾患的病人，脑电图检查又属于正常的情况下，应采用某种特殊的手段来诱发异常的脑电活动，叫做诱发试验。常用的试验有以下几种。

(一)睁眼闭眼试验

睁眼时 α 节律减弱或消失。此试验睁眼 3～5 秒、闭眼 10～15 秒，反复 3 次，病人需安静闭目，但不能入睡。此法对枕区病变诊断价值较大。

(二)过度换气诱发慢波试验

被检查者每分钟做深呼吸 20～30 次，一般为 3 分钟。试验前后连续描记脑电图波形。正常儿童及青少年出现慢波增多，正常成人中较为少见。如有持续性或阵发性的异常脑电波出现时，则有诊断价值。

服用镇静药后做检查，也可见慢波出现，如在深呼吸后其慢波并不加重，而 α 波反而明显者，此种情况大多属于药物影响所致。反之，如慢波出现增多应视为异常。另外由于空腹和饥饿引起低血糖的病人较容易出现慢波，应在试验前饮糖水 250ml，20 分钟后再进行此试验。

(三)闪光刺激试验

将白色或绿色强闪光，放在病人正前方 20～30cm 处，给予不同频率的闪光刺激(1～30 次/秒)。正常人最易引起同化的闪光频率为 15Hz。

(四)握拳试验

用力握拳 5 秒，或反复握拳 20 秒，此试验对中央区病变可诱发异常脑电波形出现，对成年人意义较大。

(五)睡眠试验

利用自然睡眠或人工催眠来诱发异常脑电波波形出现，这是一种安全有效的常用方法。临床上多采用人工催眠法。药物：①首选 10％水合氯醛，成人口服剂量 10～15ml，小儿每岁 1ml，保留灌肠。②另一类常用药物如司可巴比妥，成人首次口服剂量 100mg，小儿每千克体重口服 2mg。催眠后脑电图与自然睡眠近似，可以产生 14Hz 以上的波，但必须普遍对称；如始终出现不对称现象，则提示为异常脑电图。

(六)药物诱发试验

对癫痫的鉴别诊断有一定价值。选择该项试验应十分慎重，避免引起病人病情发作。常用的诱发剂有以下几种。

1. **氯丙嗪**　其诱发的阳性率较高，但发生作用时间较慢，并且有降低血压的作用，故使用要慎重，成人剂量为 50～100mg，采取肌内注射或静脉注射(不得少于 5 分钟)。

2. **贝美格**　此试验诱发脑电图异常的阳性率较高，副作用较小。用 0.5％溶液，静脉注射以每分钟 5ml 的速度缓慢给药，同时记录脑电波形。成人给药总量为 15ml，发现脑电图异常时立即停注，并用巴比妥钠 0.1g 肌内注射，用以抵消贝美格的作用及副作用。

3. **戊四氮**　此种试验易诱发正常人抽搐，亦易引起癫痫病人的全身性大发作。用 3％溶液静脉缓注，按每分钟 0.5ml 的速度给药，同时记录脑电波形，成人总剂量不超过 400mg。正常成人的抽搐剂量为 450～550mg，一般癫痫患者多在 250～400mg 即可出现异常。一旦发现异常情况应立即停药，并给予巴比妥钠 0.1g 肌内注射，以抵消其副作用。

4. 用闪光刺激加戊四氮药物的方法　此种试验较单一用戊四氮效果好,棘波出现的阳性率可达80%以上。即成人以每秒钟50mg速度静脉给戊四氮,同时以15Hz的节律性闪光刺激10秒,直到诱发出异常脑电波为止。

三、正常脑电图

(一)正常成人脑电图

1. 正常成人清醒闭目时的脑电图　基本上由α波及β波组成,以α波占优势的称为α波基本节律,以β波占优势的称为β波基本节律。绝大多数人都是以α波为基本节律,少数人则以β波为基本节律。正常成人的脑电图,归纳起来:①枕区多为α波(频率8～13Hz),波幅不超过100μV;②额区多为低波幅快波β波(频率14～30Hz),波幅不超过50μV,并多在α波调幅间歇期出现,绝大多数人都是以α波为基本节律,少数人则以β波为基本节律;③两额部可出现20μV的δ波,数量不超过10%;④颞区为40μV的θ波,数量不超过25%;⑤习惯用右手的人,α波节律被抑制,故左侧半球α波幅较低。两侧波幅相差可达20%或更多。

2. 正常成人睡眠脑电图

(1)嗜睡期:波幅在全部导联中均降低,α波节律调幅减退,叫醒时α波波幅立即恢复原来状态。

(2)浅睡期:脑电图出现频率为18～20Hz的快波和广泛的低波幅、频率为4～7Hz的θ波,并常伴有β波及驼峰波。突然给予声刺激,可以出现K-综合波,多在中央区、顶区出现,双侧对称。

(3)中睡期:中度睡眠状态出现频率为12～14Hz的纺锤波,成串出现,可数个或数十个连续出现,从中央区扩散到顶区、额区,给予声刺激,K-综合波较前明显。

(4)深睡Ⅰ期:脑电波频率为0.5～3Hz的δ波和少数θ波,驼峰波消失。

(5)深睡Ⅱ期:频率为0.5～3Hz的δ波,各导联均呈现不规则,左右不对称的波动,以颞区表现明显,纺锤波消失。

(二)正常儿童脑电图

1. 新生儿(出生后1个月)脑电图以低波幅δ波占优势,频率0.5～3Hz,波幅不超过20μV。

2. 出生3个月的婴儿,慢波,脑电图频率0.5～3Hz,波幅为20～50μV,清醒和睡眠状态的脑电图存在着明显的差别。

3. 出生6个月的幼儿,枕部出现节律性活动,其节律为4～6Hz,随着年龄的增长和发育,频率逐渐变快,波幅逐渐增高。α波出现的时间早晚不一。

4. 4岁的儿童于枕部首先出现有节律的α波,波幅较高在70～100μV。

5. 5～6岁儿童的脑电图,枕后α波更为显著,增加到几乎与慢波相等,波幅高且不规则。

6. 9～10岁:脑电图显示枕区α波频率为10～12Hz,在额区、顶区尚可见到频率为7～8Hz的节律波,同时可见广泛性、散在的6Hz的θ波。

7. 10～14岁:脑电波可以慢波为主过渡到以α波为主,α波幅由150μV下降到50μV左右,额区、顶区出现频率为5～8Hz的阵发性慢波。14岁以后,额区的慢波逐渐被正常的β波所代替,直到青年期,在颞部仍可见有θ波残存。

四、异常脑电图

(一)癫痫

1. 发作性异常波　可见发作性棘波、棘慢波综合、尖波、尖慢波综合或爆发性高波幅慢波等。

2. 非发作性异常波　①轻者 θ 波散在出现,较重者 θ 波呈节律性出现,波幅较高,以额、顶部为著,重者 α 波消失,基本节律为 θ 波或 δ 波所代替。②原发性癫痫者,两侧对称性同步发放异常波;继发性癫痫者,脑电图多为异常或呈局限性改变,两侧不对称、不同步。

(二)颅内占位性病变

1. 常见的生理波改变　α 波幅降低、α 波慢化、α 波增强、α 波反应性改变、快波的变化及肿瘤侧常见睡眠纺锤波和驼峰波,K-综合波减弱消失,尤以皮质部肿瘤明显。

2. 常出现的病理波　①多形性 δ 波:浅表肿瘤多呈连续性 δ 波,深部肿瘤多呈阵发性高波幅 δ 波;②平坦波:多见于浅表肿瘤;③局限性 θ 波:多见于生长较慢、界限清楚的脑肿瘤,并常与懒波共存;④单形性慢波:常出现于距肿瘤较远处,出现于额部时多为双侧性,单侧出现者多提示对侧脑干或小脑半球有肿瘤;⑤病灶部位棘波发放:棘波是肿瘤刺激周围正常的脑组织所致,常出现于肿瘤附近,并重叠在慢波上或夹杂于慢波之中,有时也可出现于远离肿瘤的部位或对侧半球;⑥慢波位相倒转:病灶处的慢波灶以病灶点为中心,向周围扩散,通过三角导联法可记录到病灶的两端呈位相相反的波形。

(三)颅脑外伤

1. 脑震荡　脑电图为低幅平坦波,甚至脑电图沉默几秒钟至几分钟。随后出现广泛性 δ 波和 θ 波。

2. 中型脑损伤　脑电图改变为低幅波或平坦波,随后脑波波幅增高,在脑的各区见到不规则慢波,主要是 θ 波,波幅中等或偏高,α 波节律被破坏,随着脑功能的恢复,脑电图改变多在3个月内消失。

3. 重型脑损伤　初期脑电图显示为普遍性波幅降低或平坦波。随后脑波波幅增高,出现弥漫性慢波,基本节律可慢至 $2\sim4$ 次/秒以下。

五、肌 电 图

肌电图是通过记录神经肌肉的生物电活动,借以判定神经肌肉所处的功能状态,从而诊断运动神经肌肉疾病的一种检查方法。

【适应证及临床意义】

1. 神经源性疾病的诊断和鉴别

(1)脊髓前角细胞疾病。

(2)神经根、神经丛及周围神经疾病。

2. 肌源性疾病的诊断和鉴别

(1)进行性肌营养不良症。

(2)多发性肌炎、皮肌炎及其他胶原病并发的肌炎。

(3)先天性肌强直征、萎缩性肌强直征、肌强直综合征。

(4)周期性瘫痪。

(5)其他原因引起的肌病,如甲状腺功能低下肌病、甲状腺毒性肌病、垂体及肾上腺皮质功能紊乱伴发肌病、肿瘤性肌病等。

3. 神经肌肉接头疾病诊断和鉴别　重症肌无力、肌无力综合征。

4. 锥体系及锥体外系疾病诊断和鉴别　脑血管病、帕金森综合征、舞蹈病、手足徐动征、遗传性共济失调、扭转痉挛等。

5. 其他应用　排除神经肌肉接头病变;脊髓前角细胞、神经根和神经丛病变的定位;对早期运动神经元病、深部肌肉萎缩等提供诊断和客观依据。

【检查前准备】

1. 检查前需要向病人讲明检查的目的、意义,取得病人合作。

2. 学龄儿童检查时,所查肌肉,不应过多,检查时间要短。

3. 婴幼儿检查,在对其所查部位进行疼痛刺激引起躲避时,即可观察相应肌肉的随意收缩,并寻机观察其放松状态。

4. 按肌电图检查程序介绍在正常生理状态下针极插入、肌肉放松、轻收缩、重收缩和被动牵伸的肌电图。

5. 检查时需要将针极插入肌肉,有一定痛苦。应向患者讲明,取得患者合作。

【注意事项】

1. 检查前因肌电图检查目的的不同,连接方式也不同。需要详细询问病史,认真查体,才能明确检查目的、确定相应的检查内容和检查部位。

2. 检查要全面,防止漏诊。检查时要正确选择有代表性和一定数量的肌肉。

3. 肌电图检查要进行定性、定量检查。应根据检查目的选择使用。

4. 对肌电图检查结果应综合各项指标做出全面分析,并根据各类疾病的肌电图特征进行判断。

【常见疾病肌电图改变】

1. 神经源性疾病

(1)脊髓前角细胞疾病肌电图特征

①常见电位同步;运动单位范围扩大显著。

②运动单位电位时限显著增宽,常超过 12.0ms。

③运动单位电位电压显著增高,常出现巨大电位。

④多相电位常可增加,以群多相电位多见。

⑤重收缩时,运动单位电位减少,常出现高频单纯相。

⑥可出现纤颤电位、正相电位。炎性疾病时出现在急性期,变性疾病时出现在疾病后期。

⑦可出现肌强直电位及肌强直样电位。

⑧束颤电位常见。

⑨运动和感觉神经传导速度基本在正常范围。

(2)周围神经疾病肌电图特征

①运动单位电位时限正常或稍有增加。

②运动单位电位电压正常或增高。

③部分病例可出现电位同步。

④多相电位增加显著,常以短棘波多相电位多见。

⑤重收缩时,运动单位数量减少,部分病人电位电压增高。

⑥运动单位范围扩大,但不显著。

⑦病后1.5年内出现电位、正相电位显著,数量较多,常有插入电位延长。

⑧束颤电位较少。

⑨运动神经和感觉神经传导速度常显著减慢。

2. 肌源性疾病

(1)运动单位电位平均时限缩短;其缩短的程度随疾病的性质、程度和部位而异。

(2)运动单位电位电压下降。严重时可下降到与纤颤电位相似的幅度。

(3)运动单位范围常缩小,可小至正常的40%。

(4)多相电位显著增加,可达正常时的数倍以上。多相电位在形态上以短棘波为特征,时限短、波幅低、波间连接疏松。

(5)随意收缩时出现病理干扰相,以频率高,电压低为特征。

(6)肌源性疾病一般不出现自发电位。

(7)神经传导速度保持正常。

六、神经传导速度

神经传导速度(nerve conduction velocity,NCV)是评定周围运动和感觉神经传导功能的诊断技术,通常测定运动神经传导速度(MCV)、F波和感觉神经传导速度(SCV)。

【检测方法】

1. MCV 测定

(1)电极放置:阴极置于神经远端,阳极置于神经近端,两者相隔2～3cm;记录电极置于肌腹,参考电极置于肌腱,地线置于刺激电极与记录电极之间。

(2)测定方法及计算:超强刺激神经干远端和近端,在该神经支配肌肉上记录复合肌肉动作电位(CMAPs),测定不同的潜伏期,用远端与近端间距除以两点间潜伏期差即为神经传导速度,神经传导速度(m/s)=两点间距离(cm)×10/两点间潜伏期差(ms),波幅测定通常取峰—峰值。

2. SCV 测定

(1)电极放置:刺激电极置于或套在手指或脚趾末端,阴极在阳极的近端;记录电极置于神经干远端(靠近刺激端),参考电极置于神经干近端(远离刺激端),地线固定于刺激电极与记录电极之间。

(2)测定方法及计算:顺行测定法将刺激电极置于感觉神经远端,记录电极置于神经干近端,然后测定潜伏期和记录感觉神经动作电位(SNAPs),刺激电极与记录电极间距除以潜伏期为SCV。

3. F 波测定

(1)电极放置:同MCV测定,不同的是阴极放在近端。

(2)潜伏期测定:通常连续测定10～20个F波,计算其平均值,F波出现率为80%～100%。

4. 异常 NCV 及临床意义　MCV和SCV主要异常是传导速度减慢和波幅降低,前者主要反映髓鞘损害,后者反映轴索损害,严重髓鞘脱失也可继发轴索损害。NCV测定主要用于周围神经病诊断,结合EMG可鉴别前角细胞、神经根、周围神经和肌源性损害等。F波异常表现是出现率低、潜伏期延长或传导速度减慢、无反应等,通常提示周围神经近端病变,补充

NCV 的不足。

（崔其福）

七、脑诱发电位

脑诱发电位(cerebral evoked potential,EP)是中枢神经系统感受体内外各种特异性刺激产生的生物电活动,该项检查也可测定脑电活动,了解脑功能状态。

(一)躯体感觉诱发电位

躯体感觉诱发电位是刺激肢体末端粗大感觉纤维,在躯体感觉上行通路不同部位记录的电位,主要反映周围神经、脊髓后束和有关神经核、脑干、丘脑、丘脑放射及皮质感觉区功能。

1. 检测方法　表面电极置于周围神经干,常用刺激部位是正中神经、尺神经、胫后神经和腓总神经等。上肢记录部位通常是 Erb's 点、C_7 棘突及头部相应感觉区;下肢通常记录臀点、胸$_{12}$、颈部棘突及头部相应感觉区。

2. 波形命名　极性＋潜伏期(波峰向下为 P,向上为 N)。正中神经刺激对侧顶点记录的主要电位是 P_{14}、N_{20}、P_{25} 和 N_{35};周围电位是 Erb's 点(N_9)和 C_7(N_{11},N_{13})。胫后神经刺激顶点(Cz')主要记录 N_{31}、P_{40}、N_{50} 和 P_{60},周围电位是臀点(N_{16})和 T_{12}(N_{24})。异常判断标准是潜伏期延长和波形消失等。

3. SEP 各波起源　N_9 为臂丛电位,N_{11} 可能来源于颈髓后索,N_{13} 可能为颈髓后角突触后电位,N_{14}、P_{14} 可能来自高颈髓或延髓,N_{20} 来自顶叶中央后回(S)等,P_{40} 可能来自同侧头皮中央后回,N_{50} 可能来自顶叶 S_1 后方,P_{60} 可能来自顶叶偏后凸面。

4. SEP 临床应用　用于检测周围神经、神经根、脊髓、脑干、丘脑及人脑的功能状态。主要应用于吉兰-巴雷综合征(格林-巴利综合征)(GBS)、颈椎病、后侧索硬化综合征、多发性硬化(MS)及脑血管病等。还可用于脑死亡的判断和脊髓手术的监护等。

(二)视觉诱发电位

视觉诱发电位(visual evoked potential,VEP)是由头皮记录的枕叶皮质对视觉刺激产生的电活动。

1. 检测方法　通常在光线较暗条件下,检测前粗测视力并进行矫正。临床常用黑白棋盘格翻转刺激 VEP(PRVEP)。记录电极置于 O_1、Oz 和 O_2,参考电极通常置于 Cz。

2. 波形命名及正常值　PRVEP 是一个由 NPN 组成的三相复合波,分别按各自的平均潜伏期命名为 N_{75}、P_{100}、N_{145}。正常情况下 P_{100} 潜伏期最稳定且波幅高,是唯一可靠的成分。判断异常的标准是潜伏期延长、波幅降低或消失。

3. VEP 临床应用　视通路病变,特别对 MS 病人可提供早期视神经损害客观依据。

(三)脑干听觉诱发电位

脑干听觉诱发电位(brainstem auditory evoked potential,BAEP)是在头顶记录耳机传出声音刺激听神经传导通路电位,检测时通常无需病人合作,婴幼儿和昏迷病人均可测定。

1. 检测方法　多采用短声(click)刺激,刺激强度 50～80dB,刺激频率 10～15Hz,持续时间 10～20ms,叠加1 000～2 000次。记录电极通常置于 Cz,参考电极置于耳垂或乳突,接地电极置于 FPz。

2. 波形命名　正常 BAEP 通常由 5 个波组成,依次以罗马数字命名为 Ⅰ、Ⅱ、Ⅲ、Ⅳ、Ⅴ波,Ⅰ、Ⅲ 和 Ⅴ 波更有价值。BAEP 异常主要表现:①各波潜伏期延长;②波间期延长;③波形消失；④波幅Ⅰ/Ⅴ值＞200％。

（崔其福）

八、重复神经电刺激

重复神经电刺激(repetitve nerve stimulation，RNS)是超强重复刺激神经干在相应肌肉记录复合肌肉动作电位，是检测神经肌肉接头(NMJ)功能的重要手段。正常情况下神经干连续受刺激后，CMAPs波幅可有轻微波动，降低或升高均提示NMJ病变。RNS根据刺激频率可分为低频RNS(＜5Hz)和高频RNS(10～30Hz)。

【检测方法】

1. 电极放置 刺激电极置于神经干，记录电极置于该神经支配肌，地线置于两者之间。

2. 测定方法 通常选择面神经支配的眼轮匝肌、腋神经支配的三角肌、尺神经支配的小指展肌及副神经支配的斜方肌等；近端肌肉阳性率高，但不易固定；远端肌肉灵敏度低，但结果稳定，误差小；高频刺激时病人疼痛明显，通常选用尺神经。

3. 正常值计算 确定波幅递减是计算第4或第5波较第1波波幅下降的百分比；波幅递增是计算最高波幅比第1波波幅上升的百分比；正常人低频波幅递减在10％～15％，高频刺激波幅递减在30％以下，波幅递增在50％以下。

4. 异常RNS及临床意义 低频刺激波幅递减＞15％、高频刺激波幅递减＞30％为异常，见于突触后膜病变如重症肌无力；高频刺激波幅递增＞57％为可疑异常，＞100％为异常波幅递增，见于Lambert-Eaton综合征。

（崔其福）

第5章 医疗文书书写

第一节 病历书写

【技能目标】

1. 掌握病历书写的基本要求;病历书写的格式与内容;常用检查申请单书写要求。
2. 能独立完成完整的住院病历、门诊病历及常用医疗文件。
3. 熟悉病历书写的种类。
4. 通过病历书写的学习,培养学生书写病历及医疗文件的能力。

一、病历书写的基本要求

1. 内容要真实客观、准确、及时、完整。
2. 格式要求规范:病历具有特定的格式。住院病历格式分为传统病历和表格病历两种。临床医师必须按规定格式进行书写。
3. 住院病历书写应当使用蓝黑墨水或碳素墨水,门(急)诊病历和需复写的资料可以使用蓝色或黑色圆珠笔。
4. 描述要精练,用词要恰当、准确,应使用规范的汉语和医学词汇及术语。通用的外文缩写和无正式中文译名的症状、体征、疾病名称等可以使用外文。
5. 书写要全面、病历各项都应填全,文字工整,字迹清晰,语句通顺,标点正确。若出现错字时,应当用双线划在错字上,不得采用刮、粘、涂等方法掩盖或去除原来的字迹。
6. 病历应当按照规定的内容书写,并签名或盖章。实习生、试用期医务人员应当经过在本医疗机构合法执业的医务人员审阅、修改并签名。进修医务人员应当由接收进修的医疗机构根据其胜任本专业工作的实际能力,经认定后才能书写病历。
7. 凡做记录或上级医师修改后,必须注明修改日期和时间,修改人员签全名或盖章,并保持原记录清楚、可辨。
8. 因抢救急危患者,未能及时书写病历的,应当在抢救结束后 6 小时内据实补记,并加以注明。

二、病历书写的种类、格式与内容

住院期间病历

病人住院期间应书写住院病历。住院病历包括完整住院病历、入院记录、病程记录、会诊记录、转科记录、手术记录、出院记录、死亡记录等。此外,因相同疾病再次住院可书写再次入院病历。

（一）住院病历

　　完整病历的内容应系统而完整，要求在病人入院后 24 小时内完成，一般由实习医生或低年资住院医生书写。住院病历格式与内容如下。

住 院 病 历

姓名	性别
年龄	婚姻
民族	职业
籍贯（出生地）	地址（工作单位）
入院日期	病史叙述者（注明可靠程度）
记录日期	

主诉

现病史

既往史

系统回顾

个人史

婚姻史

月经史及生育史

家庭史

体 格 检 查

1. 查体　体温（T）、脉搏（P）、呼吸（R）、血压（BP）。

2. 一般状况　发育、营养、面容与表情、体位、步态、神志及检查能否合作。

3. 皮肤、黏膜　颜色，温度，湿度，弹性，有无水肿、出血、皮疹、皮下结节或肿块、蜘蛛痣、溃疡及瘢痕，并明确记述其部位、大小和形态。

4. 淋巴结　全身或局部浅表淋巴结有无肿大以及大小、数目、压痛、硬度、移动性、瘘管、瘢痕等。

5. 头部及其器官

（1）头颅：大小、形态、压痛、包块，头发。

（2）眼：眉毛、睫毛、眼睑、眼球、结膜、巩膜、角膜及瞳孔。

（3）耳：有无畸形、分泌物、乳突压痛及听力。

（4）鼻：有无畸形、鼻翼扇动、鼻腔通气、鼻旁窦区压痛、分泌物、出血。

（5）口腔：气味、有无张口呼吸、唇、牙、牙龈、舌、黏膜、扁桃体、咽、喉。

6. 腮腺　大小、硬度、压痛。

7. 颈部　对称性、软硬度、有否颈静脉怒张、肝-颈静脉回流征、颈动脉异常搏动、气管位置、甲状腺。

8. 胸部　胸廓、呼吸、异常搏动、乳房、有无静脉曲张及皮下气肿。

（1）肺脏

视诊：呼吸运动、呼吸类型、有无肋间隙增宽或变窄。

触诊:胸廓扩张度、语颤、胸膜摩擦感、皮下捻发感。

叩诊:叩诊音、肺下界、肺下缘移动度。

听诊:呼吸音,丁、湿性啰音、胸膜摩擦音、语音传导。

(2)心脏

视诊:心前区隆起,心尖冲动或心脏冲动的位置、范围、强度。

触诊:心尖冲动的性质及位置、强度、震颤、心包摩擦感。

叩诊:心脏左、右浊音界。可用左、右第2、3、4、5肋间离正中线的距离表示,并注明锁骨中线至正中线距离。

听诊:心率、心律、心音、心脏杂音、心包摩擦音。

9. 血管

桡动脉:脉率,节律,有无奇脉及左、右桡动脉脉搏的比较。动脉壁的性质、紧张度。

周围血管征:毛细血管搏动征,枪击音,水冲脉,Duroziez双重杂音,颈动脉明显搏动及其他动脉异常搏动。

10. 腹部

视诊:腹部外形,呼吸运动,皮疹、色素,腹纹,有无瘢痕、脐,有无疝。腹部体毛,静脉曲张与血流方向,胃肠型及蠕动波,上腹部搏动。腹围测量。

触诊:腹壁紧张度、压痛、反跳痛、肿块、液波震颤、振水音。

肝:大小、质地、表面、边缘、压痛、搏动。

胆囊:大小、形态、压痛。

脾:大小、硬度、压痛、表面、边缘、切迹。

肾:大小、形状、硬度、压痛、移动度。

输尿管:压痛点。

膀胱:膨胀。

叩诊:肝浊音界,肝区叩击痛,高度鼓音,移动性浊音,肾区叩击痛,膀胱叩诊。

听诊:肠鸣音,振水音,血管杂音。

11. 肛门、直肠 肛裂、痔、肛瘘、脱肛。直肠指诊。

12. 外生殖器 根据病情需要做相应的检查。

男性:发育畸形、阴毛、龟头、包皮、睾丸、附睾、精索、鞘膜积液。

女性:有特殊情况时,可请妇科医生检查,包括外生殖器和内生殖器。

13. 脊柱 侧凸、前凸、后凸、压痛、运动度。

14. 四肢 畸形,杵状指(趾),静脉曲张,骨折,关节,水肿、肌肉萎缩,肢体瘫痪或肌张力增强。

15. 神经反射 肱二头肌反射、肱三头肌反射、跟腱反射、腹壁反射、提睾反射、病理反射。必要时做运动、感觉及神经系统其他检查。

16. 专科情况 如外科情况、眼科情况、妇科情况等。

实验室及特殊检查

实验室检查:应记录与诊断有关的实验室及器械检查结果,包括病人入院后24小时内应完成的三大常规及其他检查结果。如系入院前所做的检查,应注明检查地点及日期。

血液:红细胞计数、血红蛋白测定、白细胞计数及分类。

尿液:色、比重、酸碱反应、蛋白、糖、尿沉渣显微镜检查。

粪便:色、性状、血、黏液、脓液涂片显微镜检查。

特殊检查:在病人住院期间,根据病情需要,进行 X 线及其他有关检查(如心电图、超声波、胃镜、磁共振及特殊的实验室检查等)。

摘　　要

将病史、体格检查、实验室检查及器械检查等的主要资料摘要综合,提示诊断的根据,使其他医师或会诊医师通过摘要内容就能了解基本的病情。

初 步 诊 断

医师签名或盖章

(二)常用医疗文件

1. 入院记录　入院记录系完整住院病历的简要形式,必须在病人入院后 24 小时内完成,由住院医师书写。重点要突出。其主诉、现病史与住院病历相同;其他病史(如既往史、个人史、月经生育史和家族史等)、体格检查及辅助检查可以简明记录,免去摘要。在病历纸的左半侧记录初步诊断。在诊断名称的右下方医师签全名。

2. 病程记录

(1)病程记录内容:病程记录是指病人在整个住院期间病情发展变化和诊治过程的全面记录。病程记录内容要真实、全面、系统,记录要及时,重点要突出,前后要连贯,但不能记成流水账。要有分析、判断和预见,同时要有计划和总结。内容包括:①患者的病情变化;②重要的辅助检查结果及临床意义;③对临床诊断的补充或修正以及修改临床诊断的依据;④治疗情况,用药理由及反应,医嘱变更及其理由;⑤上级医师查房诊治意见;⑥各种会诊意见;⑦医师分析讨论意见;⑧向患者及其近亲属告知的重要事项等;⑨记录时间及签名。病程记录的质量反映医疗水平的高低。

(2)首次病程记录:即入院后的第一次记录。必须在患者入院后当日(夜)接诊医师下班前完成。

具体要求是:①记录患者姓名、性别、年龄、主诉及最主要的症状、体征及辅助检查结果,应高度概括,重点突出;②对上述资料,做初步分析,提出最可能的诊断、鉴别诊断及其依据;③根据入院时患者的情况所采取的治疗措施及诊疗计划等;④为证实诊断和鉴别诊断还应进行哪些检查及理由。

(3)日常病程记录:日常病程记录是指患者住院期间诊疗过程的经常性、连续性记录。由住院医师书写,也可由实习医生或试用期医师书写。书写日常病程记录时,首先标明记录日期,另起一行记录具体内容。根据病情变化病程记录可一日一记,对重危病人应当随时记录,记录时间应当具体到分钟;较轻病人,也可 2～3 天记录 1 次;但不可间隔过长。

3. 会诊记录

(1)会诊记录(含会诊意见)是指病人在住院期间有其他科情况或疑难问题时,需要有关科室会诊后分别由申请医师和会诊医师书写记录。内容包括申请会诊记录和会诊意见记录。

①申请会诊记录应当简要写明患者病情及诊疗情况、申请会诊的理由和目的,申请会诊医

师签名等。紧急会诊应在会诊单右上角注明"急"字,并注明送出会诊申请具体日期和时间。

②会诊意见记录内容应包括该医师对病人病史的简述,专科检查所见,对病情的分析、诊断及进一步检查和治疗的意见。会诊医师所在的科别、会诊时间及会诊医师签名。

(2)集体会诊时,应由住院医师记录所有参会医师的分析、检查、诊断及治疗意见。会诊内容可记入病程记录页内。

4. 转科记录 转科记录是指病人住院期间出现其他科情况需要转科治疗时,经有关科室会诊同意接收转科后可转入该科。病人转入其他科时应由原科医师在患者转出科室前书写转科记录,可写在病程记录页内,不必另立专页,其内容包括主要病情、诊疗经过、转出理由,提请拟转入科注意事项及签名(紧急情况除外)。转入记录由转入科室医师于患者转入后 24 小时内完成。转科记录内容包括入院日期、转入日期、患者姓名、性别、年龄、主诉、入院情况、入院诊断、诊疗过程、目前情况、目前诊断、转科原因、转入时体格检查的结果及拟行的检查项目及转入诊疗计划、医师签名等。

5. 出院记录 出院记录是指经治医师对患者此次住院期间诊疗情况的总结,应在患者出院前完成。内容包括:姓名、性别、年龄、入院日期、出院日期、入院情况、入院诊断、出院诊断、住院天数、出院情况、出院医嘱(含健康教育内容)、经治医师签名。同样的记录还应记入病人的门诊病历中。

6. 死亡记录 死亡记录是指经治医师对死亡患者此次住院期间诊疗和抢救经过的记录,应当在患者死亡后 24 小时内完成。内容包括入院日期、死亡时间、入院情况、入院诊断、诊疗经过(重点记录死亡前的病情演变及抢救经过)、死亡原因及最后诊断。记录死亡时间应当具体到分钟。

若做尸体病理解剖,应将病理解剖报告放入病历中。

7. 其他 常用医疗文件还包括术前小结、手术记录和术后记录等。格式同一般病程记录。

(1)术前小结重点记录术前病情,手术治疗理由、术前诊断、手术指征、拟施手术名称和方式、拟施麻醉方式,术中、术后可能出现的情况估计及对策。

(2)手术记录是指手术者书写的反映手术情况、手术经过、术中发现及处理等情况的特殊记录,应当在术后 24 小时内完成。特殊情况下由第一助手书写时,应有手术者签名。手术记录应当另页书写,内容包括一般项目(患者姓名、性别、科别、病房、床位号、住院病历号)、手术日期、术前诊断、术中诊断、手术名称、手术者及助手姓名、麻醉方法、手术经过、术中出现的情况及处理等。

(3)术后记录是指参加手术的医师在患者术后即时完成的病程记录。内容包括手术时间、术中诊断、麻醉方式、手术方式、手术简要经过、术后处理措施、术后应当特别注意观察的事项等。

(三)再次住院病历

再次住院病历与首次住院病历格式相同,但应注明本次为第几次住院。并记述以下内容。

1. 如果复发而再次住院,须将过去住院摘要以及上次出院后至本次入院前的病情演变及治疗经过详细记入病历中;既往史、个人史、系统回顾等可从略,但若有新的情况应加以补充。

2. 如因新患疾病而再一次入院,须按完整病历格式书写,并将过去的住院诊断按病情性质分别记录在既往史或系统回顾中。

（四）门诊病历

1. 书写要求

（1）门诊病历要求简明扼要，重点突出。

（2）门诊诊断可在初诊或复诊时做出。如一时难以确诊者，可暂作症状待诊，以待进一步确诊。并在其后提出一个或几个可疑的诊断。如经1或2次复诊仍不能确诊时，应请求会诊或收入院检查确诊。

（3）对复诊病人，应记录初诊后各种辅助检查结果，或初诊后治疗的效果及病情变化等。

（4）急诊病人就诊时，应记录就诊时刻（包括年、月、日、时、分）。除简要病史和重要体征外，还必须记录血压、脉搏、呼吸、体温、意识状态、救治措施与抢救经过。若抢救无效死亡者，还应记录死亡时间、死亡诊断和死亡原因。

（5）门诊病历无论初诊或复诊，皆应有医师签全名或盖章。

2. 书写内容

（1）初诊

①封面应填写姓名、性别、年龄、婚姻、职业、住址、重要检查项目登记号（如 X 线片、心电图、CT 等）、电话、药物过敏史。

②就诊日期（年、月、日），急诊病历应注明就诊时间（年、月、日、时、分）。

③主诉。

④病史：现病史及与本次疾病有关的既往史、个人史和家庭史。

⑤体检：简要记录阳性体征及有助于鉴别诊断的阴性体征。

⑥实验室检查和特殊检查。

⑦初步诊断：写在右下角。

⑧处理意见：包括进一步检查、给药种类及时间、建议及疫情报告等，写在病历纸的左半侧，分行列出。

⑨医生签全名。

（2）复诊

①日期、时间。

②重点记录初诊后病情变化及治疗效果或反应，也要记录必要的病史概要或补充修正的病史、体征及各项检查结果。如果需要，可做进一步辅助检查。

③体检（着重记录原来阳性体征的变化和新阳性发现）。

④补充的实验室或其他特殊检查。

⑤诊断（修正诊断）：若诊断无变化者不再重新书写诊断。

⑥处理意见。

⑦医师签全名。

（五）常用检查申请单书写要求

1. 要求书写整洁、字迹清楚、术语准确，不允许涂改。

2. 检查申请单由经治医师按规定逐项填写，不得遗漏，且标明送检标本名称，送检标本上所贴号码必须与申请单上号码一致。

3. 申请单应简要书写病历摘要、前次检查所见、临床诊断、检查目的、申请日期、医师签全名或盖章。

4. 急诊或需紧急检查,应在申请单右上角注明"急"字。

5. 复查者应注明前次检查的编号和结果,特殊检查要求应在申请单上注明。

(张永旺)

第二节　护理文件记录

【技能目标】

1. **掌握**　体温单、医嘱的书写要求和注意事项。

2. **熟悉**　体温单、医嘱的书写目的。

一、体温单

(一)书写目的

记录病人的体温、脉搏、呼吸及其他情况,以便医护人员查阅。

(二)书写要求

1. 眉栏填写

(1)用蓝墨水钢笔填写病人姓名、科别、病室、床号、住院号及日期、住院日数等项目。

(2)填写"日期"栏时,每页第1日应填写年、月、日,其余6天只写日,如在6天中遇到新的年度或月份开始,则应填写年、月、日或月、日。

(3)"住院日数"从入院后第1天开始写,直至出院。

(4)用蓝墨水钢笔填写"手术(分娩)后日数",以手术(分娩)次日为第1日,连续填写10天。若在10天内进行第2次手术,则将第1次手术日数作为分母,第2次手术日数作为分子填写。

2. 40～42℃填写　用红墨水钢笔纵行在40～42℃相应时间格内填写入院、转入、手术、分娩、出院、死亡、外出等。除手术不写具体时间外,其余均仍按24小时制写出相应时间,如"转入于20:30"。转入时间由转入病室填写。

3. 体温、脉搏曲线和呼吸曲线的绘制

(1)体温曲线的绘制

①体温符号:口温为蓝"●"、腋温为蓝"×",肛温为蓝"○"。

②每小格为0.1℃,按实际测量度数,用蓝笔绘制于体温单35～42℃,相邻的温度用蓝线相连。

③体温不升,于35℃线处用蓝笔画一蓝"●",并与相邻温度相连,在蓝点处向下画箭头"↓",长度不超过2小格。

④物理降温0.5小时后测量的体温以红"○"表示,画在物理降温前温度的同一纵格内,并用红虚线与降温前温度相连,下次测得的温度仍与降温前温度相连。

⑤擅自外出或拒绝测体温、脉搏、呼吸者,体温单上不绘制,相邻两次体温和脉搏不连线。自外出之日起,每天在"15:00"的时间栏内填写"外出"。

⑥体温若与上次温度差异较大或与病情不符时,应重复测试,无误者在原体温符号上方用蓝笔写上一小英文字母"v."(verified,核实)。

⑦需每2小时测体温时,应记录在每2小时体温专用单上。

（2）脉搏曲线的绘制

①脉搏符号：以红"●"表示，每小格为 4 次/分钟，相邻脉搏以红线相连。

②脉搏与体温重叠时，先画体温符号，再用红笔在体温符号外画"○"，表示为"⊙"。

③脉搏短绌时，心率以红"○"表示，相邻心率用红线相连，在脉搏与心率两曲线间用红笔画直线填满。

（3）呼吸曲线的绘制或表示方法：呼吸符号用蓝"●"表示，每小格为 1 次/分钟，相邻的呼吸用蓝线相连或用蓝笔在体温单呼吸相应栏目内填写病人自主呼吸的次数，相邻两次上下错开。病人使用辅助呼吸时，用"A"表示。

4. 底栏填写　底栏的内容包括血压、体重、尿量、大便次数、出入量、其他等，用蓝墨水钢笔填写。数据以阿拉伯数字记录，不写计量单位。

（1）大便次数：每 24 小时记录一次，记前一日的大便次数，如未解大便记"0"，大便失禁和假肛以"＊"表示，灌肠符号以"E"表示。例如，1/E 表示灌肠后大便 1 次，0/E 表示灌肠后无大便排出，$1^1/E$ 表示自行排便 1 次，灌肠后又排便 1 次。

（2）尿量：以毫升计算，记录前 1 日 24 小时的总尿量。

（3）出入液量：以毫升计算，记录前 1 日 24 小时的出、入量。

（4）体重：以千克计算填入。新入院病人记录体重，住院病人应每周记录体重 1 次。入院时或住院期间因病情不能测量体重时，分别用"平车"或"卧床"表示。

（5）血压：以 mmHg 计算填入。新入院病人记录血压，住院病人每周至少记录血压 1 次。1 日内连续测量血压者，则上午血压写在前半格内，下午血压写在后半格内，术前血压写在前面，术后血压写在后面。7 岁以下患儿可以不测血压。

（6）药物过敏：如有药物过敏应在此栏内写出。

（7）其他：该栏作为机动，根据病情需要填写，如特别用药、腹围等。

（8）页码：用蓝墨水笔逐页填写。

二、医　　嘱

(一)目的

根据病人病情的需要，拟定治疗、检查等计划。

(二)处理方法

1. 长期医嘱　由医生直接写在长期医嘱单上。护士应先将医嘱单上的医嘱分别转抄至各种长期治疗单或治疗卡上，核对后在护士签名栏内签全名。

2. 临时医嘱　由医生直接写在临时医嘱单上。护士应先将医嘱单上的医嘱分别转抄至各种临时治疗单或治疗卡上，核对后分别在护士签名栏内和核对签名栏内签全名。护士执行后写上执行时间，并在执行签名栏内签全名。

3. 备用医嘱　长期备用医嘱由医生直接写在长期医嘱单上。每次执行后，在临时医嘱单上记录执行时间并签全名。临时备用医嘱由医生直接写在临时医嘱单上。执行后写上执行时间，并在签名栏内签全名；过期未执行，则由护士用蓝墨水钢笔在执行时间栏内写"未用"，并在签名栏内签全名。

4. 停止医嘱　医生在长期医嘱单上相应医嘱后写上停止日期、时间，在执行者栏内签全名。然后，护士在相应的治疗单、大小药卡、饮食卡、注射卡上的有关项目用蓝墨水笔注销，注明停止日期和时间并签名。

5.重整医嘱 当长期医嘱栏写满或长期医嘱调整项目较多时要重整医嘱。重整医嘱时，在原医嘱最后一行下面用蓝墨水钢笔画一竖线直到空格最后一行；在填加的长期医嘱单上第一行正中用红墨水钢笔写"重整医嘱"，并在"重整医嘱"这一行用红墨水钢笔画上下两条横线；将原来有效的长期医嘱按日期、时间排列顺序抄在医嘱单上；抄录完毕，须两人核对无误后再填写重整者姓名。

(三)注意事项

1.医嘱必须经医生签名后才有效。一般情况下不执行口头医嘱，在抢救或手术过程中医生提出口头医嘱时，执行护士应先复颂一遍，双方确认无误后方可执行，并应及时补写医嘱。

2.对有疑问的医嘱，必须核对清楚后方能执行。

3.对已写在医嘱单上无需执行的医嘱，不得贴盖、涂改，应由医生在该项医嘱栏内用蓝墨水钢笔写"取消"，并在医嘱后用蓝墨水钢笔签全名。

4.因故(如缺药、拒绝执行等)未执行的医嘱，应由医生在执行时间栏内用蓝墨水钢笔写明"未用"，并用蓝墨水钢笔在签名栏内签全名。

5.医嘱须班班小查对，每天总查对，并在查对登记本上记录查对者姓名和查对时间。

6.凡需下一班执行的临时医嘱要交班，并在护士交班记录上注明。

(宋志君)

第6章 临床常用诊疗技术

第一节 血管、淋巴穿刺与插管技术

【技能目标】

1. 掌握深静脉穿刺术、锁骨下静脉穿刺术和静脉压测定。

2. 熟悉血管插管、淋巴结穿刺术及活体组织检查术等操作要点。

3. 了解动脉穿刺与动脉插管技术。

一、深部静脉穿刺术

深部静脉穿刺术是危重病急救中最常用的操作技术之一。深部静脉指近心端的大血管。临床常用的有三条途径:颈内静脉、锁骨下静脉及股静脉。

(一)颈内静脉穿刺术

【适应证】

1. 短时间内需要大量快速输液或输血,而外周静脉穿刺困难,尤其是为抢救休克病人建立静脉输液通道。

2. 测中心静脉压、心血管造影、肺动脉插管,安装临时起搏器及血液透析等临时通道的建立。

3. 须做静脉营养治疗及输入对血管有刺激性液体。

【操作方法】

1. 病人取仰卧位,头左偏后仰,肩下垫一小枕以显露胸锁乳突肌。

2. 常规消毒,铺无菌巾,用2%普鲁卡因局部麻醉。

3. 穿刺点多选用胸锁乳突肌下端胸骨头和锁骨头所形成的三角区的顶端,与皮肤成30°～40°角,在颈总动脉外侧穿刺,针尖指向同侧乳头,刺入颈内静脉,可见回血,并确认为静脉血。

4. 置入导丝,退出针头。

5. 沿导丝将深静脉导管插入血管内。

6. 再次用注射器回抽,确认为静脉血,术毕用无菌纱布覆盖并固定。

(二)锁骨下静脉穿刺术

【适应证】 同颈内静脉穿刺术。

【操作方法】

1. 病人取仰卧位,肩部上提外展。

2. 常规消毒,铺无菌巾,局部麻醉。

3. 若选锁骨中点为穿刺点时,针尖指向胸锁关节与甲状软骨下缘连线中点,与皮肤成35°～40°角进针,穿刺深度2～4cm即可达到锁骨下静脉。

4. 其余步骤同颈内静脉穿刺术。

【注意事项】

1. 严格遵守无菌操作规程。

2. 局部感染者另选静脉。

3. 导管必须进入静脉腔内,严密观察局部有无渗漏。

4. 注意有无并发症。

(三)股静脉穿刺术

【适应证】 同颈内静脉穿刺术。

【操作步骤】

1. 病人取仰卧位,大腿外旋、外展。

2. 常规消毒、局部麻醉,在腹股沟韧带中点下方 2cm 处,扪及股动脉搏动最强点,并在其内侧进针,针头与皮肤成 45°角,针尖指向脐部进行穿刺,见抽出静脉血后固定针头。

3. 其余同颈内静脉穿刺术。

二、动脉穿刺与动脉插管术

(一)动脉穿刺术

【适应证】 动脉穿刺术常用于重度休克病人需动脉加压输血、输液;采取动脉血标本进行血气分析、细菌培养、血氨及乳酸盐浓度监测。

【操作步骤】

1. 股动脉穿刺术

(1)病人取仰卧位,被穿刺下肢轻度外旋、外展。

(2)常规消毒局部及左手食指和中指。

(3)在腹股沟韧带中点下方 1.5~2.0cm 处,扪及股动脉搏动后,将股动脉固定于左手食指与中指之间。

(4)右手持针,针头与大腿垂直,方向与股骨长轴一致,刺入股动脉,即有新鲜血液流入注射器中。

(5)取血或注射药后拔出针头并立即用无菌纱布压迫止血 3~5 分钟。

2. 桡动脉穿刺术

(1)触之桡动脉搏动,确定其位置与走向。

(2)常规消毒。

(3)一手触及桡动脉搏动,另一手持注射器,在腕部上方 3~4cm 处以与皮肤成 30°角向桡动脉进针,并注意桡动脉穿刺时手的位置及进针方向,穿进桡动脉之后再缓慢回撤针头,直至有鲜红血液进入注射器内。

(二)桡动脉插管术

【适应证】

1. 血压不稳定,伴有外周血管阻力升高需要持续进行动脉血压监测者。

2. 需频繁抽取动脉血标本进行动脉血气分析及其他化验时。

3. 注射溶栓剂治疗动脉栓塞、局部注射药物及需要进行血管内检查和治疗者。

【禁忌证】

1.该动脉是某肢体或部位唯一血液供应时,不允许在此动脉长时间插管。

2.Allen 试验阴性。

3.高凝状态。

4.出血倾向或抗凝治疗期间。

【操作步骤】

1.首先要行改良 Allen 试验,测定尺动脉的侧支循环。

2.嘱病人将手举过头或前伸,握拳、松拳数次驱血后紧握拳。若昏迷病人或麻醉状态可由术者进行上述操作。

3.术者双手同时压迫桡、尺动脉,完全阻断手的血供。

4.将手放低位,松拳后,手掌的颜色呈花白色。

5.解除尺动脉的压迫,若手掌颜色在 15 秒以内恢复粉红色,说明侧支循环良好,表明Allen试验阴性,若 15 秒后手掌未转红,表明 Allen 试验阳性,说明尺动脉不通畅或掌浅弓发育不良,侧支循环差,提示不能做桡动脉插管。

【并发症】

1.血栓形成可高达 50％以上,极少发生缺血性损伤,血栓可于数月内再通。

2.栓塞较少发生,栓子多为气泡或血栓栓子,栓子可进入桡动脉远端或进入中心循环达脑部形成小的脑栓塞。

3.插管部位附近皮肤缺血坏死。

4.反复穿刺损伤桡动脉壁可形成桡动脉瘤。

5.穿刺部位感染。

6.导管与监测系统脱节造成大出血。

【注意事项】

1.掌握适应证及禁忌证。

2.严守无菌操作规程。

3.操作熟练、轻巧、准确。

4.注意动脉血压测定。

三、静脉压测定

【适应证】　右侧心力衰竭、心包积液或缩窄性心包炎等疾病时,了解静脉压增加情况。

【准备工作】

1.术前嘱患者卧床休息 15～30 分钟,使全身肌肉放松。

2.器械准备:治疗盘内盛消毒 10ml 注射器、18 号针头、测压管、三通活栓接头、无菌注射用生理盐水或 3％枸橼酸钠溶液、止血钳、碘酒、乙醇、棉签。

【操作步骤】

1.患者平卧或取半卧位,脱下衣袖,肌肉放松,使上肢静脉不受任何压迫,保持血流通畅。

2.病员上肢外展伸直,使上肢与躯体成 45°～60°角,置穿刺静脉于腋中线水平,半卧位时相当于第 4 肋软骨水平。

3.解开无菌包,向测压管内注入生理盐水或 3％枸橼酸钠溶液,使测压管充满溶液,用止血钳夹紧备用。

4. 取肘前静脉作为穿刺部位,常规消毒皮肤。

5. 用附有 18 号针头的注射器抽取生理盐水 1~2ml,行肘前静脉穿刺,确定针头在静脉内后,注入少量生理盐水,观察静脉是否通畅。取下注射器,将测压管连接于针头上,待测压管内液体稳定不再下降时,记下压力表上水柱的高度,即为肘静脉压。静脉压可因测量的部位不同而有所差异,临床上一般以肘前静脉为准,肘静脉压正常值为 0.296~1.42kPa(30~145mmH$_2$O),平均 0.97kPa(99mmH$_2$O)。

若有三通活栓接头,可将注射器接上三通接头,穿刺前将活栓转动,使注射器与针头相通。穿刺成功后,再转动活栓,使测压管静脉相通,进行测压。

【注意事项】

1. 患者应安静放松,静脉近心端血流必须通畅,不能有任何回流受压。

2. 接测压管时,应避免血液回流到测压管内。

3. 穿刺时应选用 18 号针头,以保证血流通畅。

(赵伟丽)

四、淋巴结穿刺术及活体组织检查术

【操作步骤】

1. 选择适于穿刺部位,一般取肿大明显的淋巴结。

2. 常规消毒穿刺部位,左手拇、示及中指,固定欲穿刺的淋巴结。

3. 2%利多卡因局部浸润麻醉。

4. 右手持 10ml 干燥注射器(附 7 号或 8 号针头)以垂直方向或 45°方向刺入淋巴结中心,然后边拔针边用力抽吸,利用空针内负压吸取淋巴结内液体和细胞成分(勿使抽吸物进入注射器内)。

5. 固定注射器内栓拔出针头,将注射器取下,充气后将针头内的抽出液喷射到玻片上进行涂片染色。若抽出量较多,也可注入 10%甲醛溶液固定液内做浓缩切片病理检查。

6. 术后局部涂以碘酊,无菌纱布覆盖并按压局部 3 分钟,胶布固定。

【注意事项】

1. 淋巴结局部有明显炎症反应或即将溃烂者,不宜穿刺。轻度炎症反应而必须穿刺者,可从健康皮肤由侧面潜行进针,以防瘘管形成。

2. 应选择易于固定、较大的淋巴结进行穿刺(一般不宜选取腹股沟淋巴结进行穿刺),且应远离大血管。

3. 刺入不宜过深,以免穿通淋巴结而损伤附近组织。若未能获得抽出物,可将针头再由原穿刺点刺入,并可在不同方向连续穿刺,抽吸数次,只要不发生出血直到取得抽出物为止。

4. 最好在饭前穿刺,以免抽出物中含脂质过多,影响染色。

5. 在涂片前要注意抽出物的外观性状。一般炎症抽出液色微黄,结核病变可见干酪样物等。

(赵伟丽)

第二节　其他常用穿刺引流技术

【技能目标】

1.掌握临床常用诊疗技术的应用范围及其禁忌证、适应证。

2.在上级医师的指导下,能熟练地完成胸膜腔穿刺术、腹膜腔穿刺术、腰椎穿刺术、骨髓穿刺术等操作技术。掌握胸膜腔闭式引流技术。

3.熟悉环甲膜穿刺术、耻骨上膀胱穿刺、淋巴结穿刺术、心包腔穿刺术等操作要点。

4.了解肾穿刺活体组织检查、四肢关节腔穿刺术技术。

一、环甲膜穿刺术

【适应证】

1.急性喉阻塞,尤其是声门区阻塞,严重呼吸困难。来不及行普通气管切开。

2.需行气管切开,但缺乏必要器械。

【禁忌证】

1.无绝对禁忌证。

2.已明确呼吸道阻塞发生在环甲膜水平以下时,不宜行环甲膜穿刺术。

【准备工作】　器械准备:消毒手套、治疗盘(碘酒、乙醇、棉签、局麻药)、无菌的10ml注射器及18号粗穿刺针。

【操作方法】

1.如果病情允许,病人应尽量取仰卧位,垫肩,头后仰;不能耐受上述体位者,可取半卧位。

2.颈中线甲状软骨下缘与环状软骨弓上缘之间即为环甲膜穿刺点。

3.用碘酒、乙醇进行常规皮肤消毒。

4.戴无菌手套,检查穿刺针是否通畅。

5.穿刺部位局部用2%普鲁卡因麻醉。危急情况下可不用麻醉。

6.以左手固定穿刺部位皮肤,右手持18号穿刺针垂直刺入,注意勿用力过猛,出现落空感即表示针尖已进入喉腔。接10ml注射器,回抽应有空气;或用棉花纤维在穿刺针尾测试,应可见纤维随呼吸摆动,确定无疑后,适当固定穿刺针。

7.术后处理:①可经穿刺针接氧气管给病人输氧。②病人情况稳定后,尽早行普通气管切开。

(赵伟丽)

二、胸膜腔穿刺术

【适应证】

1.诊断性穿刺,以确定积液的性质。

2.穿刺抽液或抽气以减轻对肺的压迫或抽吸脓液治疗脓胸。

3.胸腔内注射药物或人工气胸治疗。

【禁忌证】　出血性疾病及体质衰弱、病情危重,难于耐受操作者应慎用。

【准备工作】

1. 向病人说明穿刺的目的,消除顾虑及精神紧张。

2. 有药物过敏史者,需做普鲁卡因皮肤试验。

3. 器械准备:胸腔穿刺包、手套、治疗盘(碘酒、乙醇、棉签、胶布、局麻药)、椅子、痰盂。如需胸腔内注药,应准备好所需药品。

【操作方法】

1. 病人体位　患者取坐位,面向椅背,两手前臂平放于椅背上,前额伏于前臂上。不能起床者,可取半坐卧位,患侧前臂置于枕部。

2. 穿刺点定位

(1)胸腔穿刺抽液时,先进行胸部叩诊,选择实音明显的部位进行穿刺,穿刺点可用甲紫在皮肤上做标记,常选择:①肩胛下角线第7～9肋间。②腋后线第7～8肋间。③腋中线第6～7肋间。④腋前线第5～6肋间。

(2)包裹性胸腔积液,可结合X线及超声波定位进行穿刺。

(3)气胸抽气减压:穿刺部位一般选取患侧锁骨中线第2肋间或腋中线第4～5肋间。

3. 消毒　分别用碘酒、乙醇在穿刺点部位,自内向外进行皮肤消毒,消毒范围直径约15cm。解开穿刺包,戴无菌手套,检查穿刺包内器械,注意穿刺针是否通畅,铺盖消毒孔巾。

4. 局部麻醉　以2ml注射器抽取2%普鲁卡因2ml,在穿刺点肋骨上缘做自皮肤到胸膜壁层的局部麻醉,注药前应回抽,观察无气体、血液、胸腔积液后,方可推注麻醉药。

5. 穿刺　先用止血钳夹住穿刺针后的橡皮胶管,以左手固定穿刺部位局部皮肤,右手持穿刺针(用无菌纱布包裹),沿麻醉部位经肋骨上缘垂直缓慢刺入,当针锋抵抗感突然消失后表示针尖已进入胸膜腔,接上50ml注射器。由助手松开止血钳,助手同时用止血钳协助固定穿刺针。抽吸胸腔液体,注射器抽满后,助手用止血钳夹紧胶管,取下注射器,将液体注入盛器中,记录数量并送化验检查。抽液量首次不超过600ml,以后每次不超过1 000ml。

若用三通活栓式穿刺针穿刺,穿刺前先将活栓转到与胸腔关闭处,进入胸腔后接上注射器,转动三通活栓,使注射器与胸腔相通,然后进行抽液。注射器抽满液体后,转动三通活栓,使注射器与外界相通,排出液体。

如需胸腔内注药,在抽液完后,将药液用注射器抽好,接在穿刺针后胶管上,回抽少量胸腔积液稀释,然后缓慢注入胸腔内。

气胸抽气减压治疗,在无特殊抽气设备时,可以按抽液方法,用注射器反复抽气,直至病人呼吸困难缓解为止。若有气胸箱,应采用气胸箱测压抽气,抽至胸腔内压为0时停止。

6. 术后处理

(1)抽液完毕后拔出穿刺针,覆盖无菌纱布,稍用力压迫穿刺部位,以胶布固定,嘱病人静卧休息。

(2)观察术后反应,注意并发症,如气胸、肺水肿等。

【注意事项】

1. 严格无菌操作,避免胸膜腔感染。

2. 进针不可太深,避免肺损伤,引起液气胸。

3. 抽液过程中要防止空气进入胸膜腔,始终保持胸膜腔负压。

4. 抽液过程中密切观察患者反应,如出现持续性咳嗽、气短、咳泡沫样痰等现象,或有头晕、面色苍白、出汗、心悸、胸部压迫感或胸痛、晕厥等胸膜反应时,应立即停止抽液,并进行急救。

5.一次抽液不可过多,诊断性抽液 50～100ml 即可,立即送检胸腔积液常规、生化、细菌培养、药敏试验及脱落细胞检查。治疗性抽液首次不超过 600ml,以后每次不超过 1 000ml,如为脓胸,每次应尽量抽净,若脓液黏稠可用生理盐水稀释后再行抽液。

6.避免在第 9 肋间以下穿刺,以免刺破膈肌损伤腹腔脏器。

(赵伟丽)

三、胸膜腔闭式引流术

【适应证】

1.气胸 中等量以上的气胸。

2.血胸 难以自行吸收或难以用穿刺抽吸法消除的血胸。

3.脓胸 量较多,脓液黏稠或合并有食管、支气管瘘者。

4.开胸手术后均做闭式引流

【准备工作】

1.器械准备 胸腔闭式引流手术包、胸腔引流瓶和引流管、手套、治疗盘(碘酒、乙醇、局部麻醉药、纱布、棉签、胶布等)、外用生理盐水。

2.确定引流部位 根据病情选定插管部位。

3.体位 依患者情况采取坐位或半坐位。取半坐位时患者宜靠近床边,上肢抬高抱头或置于胸前,头转向健侧。

【操作方法】

1.肋间切开插管法 多用于病情较危重或小儿脓胸患者。

(1)消毒铺单后,在确定插管的肋间以 1％～2％普鲁卡因做局部浸润麻醉。

(2)用刀在皮肤上做一约 3cm 长小切口。

(3)以中号弯血管钳伸入切口、贴近肋骨上缘向深部逐渐分离,撑开肋间肌,最后穿入胸腔。用血管钳扩大创口,为插入胸管开辟大小合适的通道。

(4)以血管钳夹住胸腔引流管末端,再用另一血管钳纵行夹持引流管的前端或将钳尖插在引流管的侧孔内,经胸壁切口插入胸腔。退出血管钳,将胸腔引流管往前推送,使侧孔全部进入胸腔。插管深度以管端在胸腔内 3～4cm 为宜。如用蕈形管做引流,则使蕈形头刚好留在胸腔内。

(5)紧密缝合切口 1～2 针,利用缝线将引流管固定于胸壁。引流管末端连接于水封瓶内。

2.套管针置管法 此种引流术插入的引流管较小,用于排除胸腔内气体或引流较稀薄的液体。

(1)麻醉方法同前。于选定引流部位做 1～2cm 皮肤切口。左手拇指及食指固定好切口周围软组织,右手握住带有闭孔器的套管针,食指固定在距针尖 4～6cm 处,以防刺入过深。套管针紧贴肋骨上缘,用稳重而持续的力量来回转动使之逐渐刺入,当套管针尖端进入胸腔时有突然落空感。

(2)退出闭孔器,将末端被血管钳夹闭的引流管自套管针的侧孔插入,送入胸腔。

(3)一手固定引流管,另一手退出套管。当套管尖端露出皮肤时,用第 2 把血管钳靠近皮肤夹住引流管前端,松开夹在管末端的第 1 把血管钳,以便套管完全退出。

(4)调整引流管深度,缝合皮肤切口,固定引流管,末端连接于水封瓶。

3. 切肋插管法　此法可插入较粗的引流管,常用于脓液黏稠的慢性脓胸。因须切除小段肋骨,宜在手术室内施行。

【注意事项】

1. 肋间血管和神经行走于肋骨下缘,为避免其损伤,分离肋间组织或插套管针时,应紧贴肋骨上缘进行。

2. 置胸腔闭式引流管后的病人,不应在矮小的行军床上休息。因为一般情况下虽吸气时胸膜腔内的压力波动在$-0.782\sim-0.978kPa(-8\sim-10cmH_2O)$,呼气时为$-0.294\sim-0.490kPa(-3\sim-5cmH_2O)$,但在用力深吸气时,胸腔内压力可达$-4.9kPa(-50cmH_2O)$,此时引流瓶中的液体可被吸入胸膜腔。

(赵伟丽)

四、心包腔穿刺术

【适应证】

1. 心脏压塞引起的心脏压迫,如表现为心包腔内压力升高、心室充盈受限和(或)心排血量或每搏量减少。

2. 抽取心包积液进行分析和诊断。

【禁忌证】

1. 凝血机制异常。

2. 冠状动脉旁路移植术后(可能损伤旁路移植的血管)。

3. 急性创伤性心包积血。

4. 少量心包积液(<200ml)。

5. 心包腔没有积液或积液有分隔。

【操作方法】

1. 术前 X 线和(或)超声检查,以决定穿刺部位及估计积液程度,积液量少者不宜实施穿刺术。并嘱患者术中勿咳嗽及深呼吸,必要时可给适量镇静药。

2. 选择适宜体位:心尖部进针常取坐位;剑突下进针常取半卧位,腰背部垫枕。以手术巾盖住面部,叩出心浊音界,参考 X 线或超声检查结果选定穿刺点。常用心尖部穿刺点,依据膈位置高低,于胸骨左第 5 或第 6 肋间心浊音界内侧 2cm 左右进针;剑突下穿刺点在剑突与左肋弓缘夹角处。

3. 常规消毒铺巾,术者及助手均戴无菌手套,2%利多卡因自皮肤至心包壁层局麻。以血管钳夹持针尾橡皮管。心尖部进针时,持针自下而上,向脊柱方向刺入心包腔;剑突下进针时,使针体与腹壁成$30°\sim40°$角,向上、后、稍向左刺入心包腔后下部。

4. 穿刺针入皮下后,接上注射器,抽吸成负压,针锋抵抗感突然消失,提示针已穿过心包壁层,此时可感到心脏冲动,同时胶管内立即充满液体,应立即停止进针,以免触及心肌或损伤冠状动脉。缓慢抽取液体记量,标本送检。

5. 术毕拔出针,盖消毒纱布,压迫数分钟,用胶布固定。

【注意事项】

1. 因该操作有一定危险性,应严格掌握适应证,由有经验的医生操作或指导,在心电监护下进行。

2. 应注意在抽液过程中随时夹闭胶管。以免空气进入心包腔内。抽液速度宜缓慢,首次抽液量不宜超过 100～200ml,以后每次 300～500ml,以免抽液过多、过快使大量血回心导致肺水肿。血性积液,应先抽出 3～5ml,放置 5～10 秒不凝固再行抽液。如抽出鲜血,应立即停止抽吸,并严密观察有无心脏压塞出现。

3. 术前应进行心脏超声检查,确定液平段大小与穿刺部位,选液平段最大、距离最近点作为穿刺部位或在超声引导下进行穿刺抽液更为准确、安全。

4. 麻醉要完善,以免引起神经源性休克。

5. 取下空针前夹闭胶皮管,以防空气进入。

6. 术前要向患者做好解释工作并嘱其术中切勿咳嗽或深呼吸。术前 0.5 小时可服地西泮 10mg 或可待因 0.03mg。

7. 术中、术后要经常询问并观察患者的表现,密切观察呼吸、血压、脉搏等的变化,以便及时发现异常情况,及时处理。

（赵伟丽）

五、腹膜腔穿刺术

【适应证】

1. 抽液做化验和病理检查,以协助诊断。

2. 大量腹水引起严重胸闷、气短者,适量放液以缓解症状。

3. 行人工气腹作为诊断和治疗手段。

4. 腹腔内注射药物。

5. 进行诊断性穿刺,以明确腹腔内有无积脓、积血。

【禁忌证】

1. 严重肠胀气。

2. 妊娠。

3. 因既往手术或炎症腹腔内有广泛粘连者。

4. 躁动、不能合作或肝性脑病先兆。

【准备工作】 器械准备:腹腔穿刺包、手套、治疗盘(碘酒、乙醇、棉签、胶布、局部麻醉药)。

【操作方法】

1. 嘱患者排尿,以免刺伤膀胱。

2. 取平卧位或斜坡卧位。如放腹水,背部先垫好腹带。

3. 穿刺点选择

(1)脐和髂前上棘间连线外 1/3 和中 1/3 的交点为穿刺点。放腹水时通常选用左侧穿刺点。

(2)脐和耻骨联合连线的中点上方 1cm,偏左或右 1～1.5cm 处。

(3)若行诊断性腹腔灌洗术,在腹中线上取穿刺点。

4. 常规消毒皮肤,术者戴无菌手套,铺无菌孔巾,并用 1%～2% 普鲁卡因 2ml 做局麻,须深达腹膜。

5. 做诊断性抽液时,可用 17～18 号长针头连接注射器,直接由穿刺点自上向下斜行刺入,抵抗感突然消失时,表示已进入腹腔。抽液后拔出穿刺针,揉压针孔,局部涂以碘酒,盖上无菌纱布,用胶布固定。

6.腹腔内积液不多,腹腔穿刺不成功,为明确诊断,可行诊断性腹腔灌洗,采用与诊断性腹腔穿刺相同的穿刺方法,把有侧孔的塑料管置入腹腔,塑料管尾端连接一盛有500~1 000ml无菌生理盐水的输液瓶,倒挂输液瓶,使生理盐水缓缓流入腹腔,当液体流完或病人感觉腹胀时,把瓶放正,转至床下,使腹内灌洗液借虹吸作用流回输液瓶中。灌洗后取瓶中液体做检验。拔出穿刺针,局部碘酒消毒后,盖无菌纱布,用胶布固定。

7.腹腔放液减压时,用胸腔穿刺的长针外连一长的消毒橡皮管,用血管钳夹住橡皮管,从穿刺点自下向上斜行徐徐刺入,进入腹腔后腹水自然流出,再接乳胶管放液于容器内。放液不宜过多、过快,一般每次不超过3 000ml。放液完毕拔出穿刺针,用力按压局部,碘酒消毒后盖上无菌纱布,用胶布固定,缚紧腹带。

【注意事项】

1.腹腔穿刺前须排空膀胱,以防穿刺时损伤充盈的膀胱。

2.放液不宜过快、过多,一次放液通常不超过4 000ml。

3.若腹水流出不畅,可将穿刺针稍做移动或稍变换体位。

4.术后嘱患者仰卧,使穿刺孔位于上方,可防止腹水渗漏。若大量腹水,腹腔压力太高,术后有腹水漏出,可用消毒棉胶粘贴于穿刺孔,并用蝶形胶布拉紧,再用多头腹带包裹腹部。

5.放液前后均应测量腹围、脉搏、血压,观察病情变化。

6.做诊断性穿刺时应立即送检,如腹水常规、生化、细菌培养和脱落细胞检查。

(赵伟丽)

六、微创颅内血肿穿刺术

微创、微侵袭治疗病人机体各种疾患是当今医学界的发展趋势,它能使患者以最小的代价得到较好的治疗效果,它具有操作简便,局麻下、床边即可进行,损伤小,无需切开头皮,针钻一体,引流管随钻头一次性到达穿刺靶点,避免了皮质反复穿刺引起的出血损伤,费用低廉,易于普及,适合广大基层医院及神经内科开展。

【适应证】

1.颅内血肿:幕上血肿≥30ml、幕下血肿≥10ml。

(1)急性硬膜外血肿。

(2)急性硬膜下血肿。

(3)慢性硬膜下血肿。

(4)外伤性脑内血肿。

(5)血管畸形性脑内血肿。

(6)高血压脑出血。

2.脑脓肿。

3.脑活检。

4.脑室出血,脑积水。

5.脑囊肿,硬膜下积液。

6.囊性肿瘤的内放射治疗。

【禁忌证】

1. 出血时间＜2 小时。

2. 有严重血液疾病及全身大量应用抗凝治疗。

3. 全身伴有严重并发疾病且很难治愈。

4. 双侧瞳孔散大超过 2 小时,单侧瞳孔散大超过 6 小时。

5. 病人家属不同意手术。

6. 局部头皮严重感染。

【穿刺时机的选择】 最佳时机为发病后的 12～24 小时,≤2 小时易再发出血。

【术前准备】

1. 常规准备 头颅 CT、必要的化验、剃头。

2. 降血压 将患者血压降至 150/90mmHg。

3. 吸氧 保持患者呼吸道通畅,必要时可插入口咽通气道、气管插管或行气管切开。

4. 必要时给予镇静药物

5. 穿刺器械准备 消毒用具,如电钻、穿刺针等。

6. 药物准备 如冰冻生理盐水、尿激酶、凝血酶、去甲肾上腺素。

【血肿的定位】

1. 选择血肿最大层面的中心至头皮的最近距离为穿刺针具的长度。

2. 确定 CT 扫描血肿最大层面体表投影线。

3. 确定穿刺点在 CT 扫描血肿最大层面前后距离(详细见高血压脑出血的简易血肿定位方法)。

【穿刺抽吸血肿操作要点】

1. 病人的体位:摆好病人的体位,使穿刺操作时穿刺的方向垂直向下。

2. 穿透头皮后使头皮恢复原位后再钻颅骨。

3. 选择正确的方向与角度,注意避开重要的大血管(如侧裂血管、横窦等)。

4. 钻颅时间:每 10～15 秒需停钻,必要时用无菌生理盐水或 75％的乙醇降温。

5. 颅骨将钻透时注意电钻声调变化,突破颅骨后即停钻,切忌将针具突破过深或将针具拔出。

6. 将针轻轻按压至与头皮接触,取出钻芯,拧好针帽,接好连接管,用 20ml 注射器抽吸,负压不要＞10ml,同时可轻轻旋转针体,抽吸总量不要超过血肿量的 2/3,同时注意抽吸物如有颜色变化及脑组织,应立即停止抽吸。

【冲洗与注药】 如无活动出血可作适当冲洗,每次 2～3ml 生理盐水,注意不可出量小于入量,用 2～4ml 生理盐水＋2 万 U 尿激酶,夹闭引流管后从注药孔缓慢注入,4 小时后放开引流,以后每日冲洗注药 2～3 次,每次夹闭 4 小时。

【拔针】

1. 病人意识好转,症状减轻。

2. 引流液颜色变浅、变淡。

3. 复查 CT 血肿量基本消失,一般 3 天内应复查 CT 1 次,如发现针与血肿位置欠佳,可旋转针具使之管壁侧孔朝向血肿方向,必要时可再行第 2 根针具穿刺,拔针后针孔行菱形切除后缝合,7 天拆线。拔针后 1 天行腰穿,了解压力并适当放液。

【穿刺中再出血的原因及处理】

1. 再出血原因 ①患者血压过高,未采取降压措施。②血肿定位不准,针具穿刺在血肿边缘。③进针过猛,过快或未避开大血管。④过度抽吸血肿和不适当时冲洗。

2. 处理

(1)降压:短时间内可将患者血压降至100/70mmHg。

(2)用200ml冰盐水+肾上腺素2ml+凝血酶4 000U,每次2～3ml反复冲洗全冲洗液的颜色变浅变淡为止。

(赵伟丽)

七、腰椎穿刺术

【适应证】

1.脑和脊髓炎症性病变的诊断。

2.脑和脊髓血管性病变的诊断。

3.区别阻塞性和非阻塞性脊髓病变。

4.气脑造影和脊髓腔碘油造影。

5.早期颅高压的诊断性穿刺。

6.鞘内给药。

7.蛛网膜下腔出血放出少量血性脑脊液以缓解症状。

【禁忌证】

1.颅内占位性疾病,尤其是后颅窝占位性病变。

2.脑疝或疑有脑疝者。

3.腰椎穿刺处局部感染或脊柱病变。

【操作方法】

1.病人取侧卧位,其背部和床面垂直,头颈向前屈曲,屈髋抱膝,使腰椎后凸,椎间隙增宽,以利进针。

2.定穿刺点:通常选用腰椎$_{3\sim4}$间隙,并做好标记。

3.自中线向两侧进行常规皮肤消毒。打开穿刺包,戴无菌手套,并检查穿刺包内器械,铺无菌孔巾。

4.在穿刺点用2%的普鲁卡因做局部麻醉。

5.术者用左手拇指尖紧按住两个棘突间隙的皮肤凹陷,右手持穿刺针,于穿刺点刺入皮下,使针垂直于脊背平面或略向头端倾斜并缓慢推进,当感到阻力突然减低时,针已穿过硬脊膜,再进少许即可。成人进针深度4～6cm。

6.拔出针芯,可见脑脊液滴出。接测压表(或测压管),让病人双腿慢慢伸直,可见脑脊液在测压表内随呼吸波动,记录脑脊液压力。取下测压表,用无菌试管接脑脊液2～4ml,送化验室检查。

7.插入针芯,拔出穿刺针。穿刺点以碘酒消毒后盖以消毒纱布,用胶布固定。

8.术毕,嘱去枕平卧4～6小时。

【注意事项】

1.严格无菌操作,穿刺过程中随时观察患者的生命体征、意识及精神状态;如患者出现呼吸急促、脉搏加快、面色苍白等异常改变时,应立即停止操作。预防急性小脑扁桃体下疝。

2. 进针方向需沿中线平行矢状面,针尾略向头侧倾斜 $10°\sim15°$,穿刺针斜面朝头侧。

3. 进针途中可有 $1\sim3$ 次落空感,需及时拔出针芯进行确认;避免损伤脊髓、血管、神经根等。鉴别蛛网膜下腔出血和医源性出血。

4. 在鞘内给药时,应先放出等量脑脊液,然后再给予等量容积的药物注入,避免引起颅内压过高或过低性头痛。

5. 行终池引流时操作步骤基本相同,终池内引流管的长度不宜超过 10cm,并注意引流高度。

6. 释放脑脊液后压力不应低于 $60mmH_2O$。术毕应去枕平卧、禁食水 $4\sim6$ 小时,以避免低颅压所致头痛等不良反应及脑脊液漏。

(任连斌)

八、骨髓穿刺术

【适应证】

1. 各种白血病诊断。

2. 有助于缺铁性贫血、溶血性贫血、再生障碍性贫血、恶性组织细胞病等血液病的诊断。

3. 诊断部分恶性肿瘤,如多发性骨髓瘤、淋巴瘤、骨髓转移肿瘤等。

4. 寄生虫病检查,如找疟原虫、黑热病病原体等。

5. 骨髓液的细菌培养。

【禁忌证】　血友病患者禁做骨髓穿刺。有出血倾向患者,操作时应特别注意。

【操作方法】

1. 穿刺部位:髂前上棘后 $1\sim2cm$ 处。

2. 病人仰卧。

3. 消毒穿刺区皮肤。解开穿刺包。戴无菌手套。检查穿刺包内器械。铺无菌孔巾。

4. 在穿刺点用 1% 普鲁卡因做皮肤、皮下、骨膜麻醉。

5. 将骨髓穿刺针的固定器固定在离针尖 $1\sim1.5cm$ 处。用左手的拇指和食指将髂嵴两旁的皮肤拉紧并固定。以右手持针向骨面垂直刺入。当针头接触骨质后,将穿刺针左右转动,缓缓钻入骨质。当感到阻力减少且穿刺针已固定在骨内直立不倒时为止。

6. 拔出针芯,接上无菌干燥的 10ml 或 20ml 注射器,适当用力抽吸,即有少量红色骨髓液进入注射器。吸取 0.2ml 左右骨髓液,做涂片用。如做骨髓液细菌培养则可抽吸 1.5ml。若抽不出骨髓液,可放回针芯,稍加旋转或继续钻入少许,再行抽吸。

7. 取得骨髓液后,将注射器及穿刺针迅速拔出。在穿刺位置盖以消毒纱布,按压 $1\sim2$ 分钟后胶布固定。迅速将取出的骨髓液滴于载玻片上做涂片。如做细菌培养,则将骨髓液注入培养基中。

【注意事项】

1. 穿刺针进入骨质后避免摆动过大,以免折断。

2. 胸骨柄穿刺不可垂直进针,不可用力过猛,以防穿透内侧骨板。

3. 抽吸骨髓液时,逐渐加大负压,做细胞形态学检查时,抽吸量不宜过多,否则使骨髓液稀释,但也不宜过少。

4. 骨髓液抽取后应立即涂片;多次干抽时应进行骨髓活检。

(任连斌)

九、四肢关节腔穿刺术

【适应证】

1. 确定病变性质　穿刺抽吸关节腔积液或分泌物,做常规及细菌学检查。

2. 了解关节内病变情况　注入空气或其他造影剂,做关节放射线造影检查。

3. 关节腔早期引流

4. 关节腔内注射药物

5. 关节腔冲洗

【操作方法】

1. 准备好局部皮肤。

2. 确定关节穿刺部位,用甲紫标志穿刺点。

3. 术者及助手戴无菌手套。

4. 常规局部皮肤消毒,铺盖无菌孔巾。

5. 用2%普鲁卡因从皮肤至关节腔行局部麻醉。

6. 用16~18号针头沿麻醉途径刺入关节腔。缓慢进行抽吸,速度不能过快,以免针头发生阻塞。万一发生阻塞,可将注射器取下,注入少许空气,将阻塞排除,然后再继续抽吸。

7. 抽吸完毕,迅速拔出针头,以免针尖漏液污染关节周围软组织。术毕穿刺部位盖消毒纱布,用胶布固定。

8. 四肢关节穿刺途径

(1)肩关节:由前方或侧方穿刺。肩关节腔积液的波动感一般在前方较明显,所以,常从三角肌的前缘刺入。

(2)肘关节:尽量屈曲肘部,从肘后鹰嘴突与肱骨外髁间刺入。

(3)腕关节:在腕部背侧穿刺。①尺骨茎突的外侧横行刺入;②拇长伸肌腱与固有食指伸指肌腱之间刺入。

(4)髋关节:可在下述两个部位穿刺。①侧方穿刺法,在股骨大粗隆的前下方,穿刺针与皮肤成45°角刺入,循股骨颈方向向内上方刺入5~10cm,即可进入髋关节腔;②前方穿刺法:在腹股沟韧带中点的下方约2.5cm处,再向外侧约2.5cm处,即股动静脉鞘的稍内侧垂直刺入,亦可进入髋关节腔内。

(5)膝关节:自髌骨上缘外侧,向内下方穿刺,即可从髌骨后面进入膝关节腔。

(6)踝关节:常用的穿刺途径有①胫前肌腱与内踝之间刺入;②趾长伸肌腱与外踝之间刺入。

【注意事项】

1. 穿刺部位、方向或深度不对,未达到关节腔。

2. 进针时针管被皮下组织阻塞或抽吸时针管被分泌物阻塞。

(任连斌)

十、耻骨上膀胱穿刺术

【适应证】

1.急性尿潴留、导尿未成功或无导尿条件者。

2.需穿刺法置管建立膀胱造口者。

【禁忌证】

1.膀胱未充盈者。

2.有下腹部手术史,腹膜反折与耻骨粘连固定者。

【操作方法】

1.仰卧位,可不剃毛。下腹部用 2‰碘酒、75％乙醇消毒,术者戴手套,铺巾,检查器械用物。

2.在耻骨联合上 2 横指中线处做局部麻醉达膀胱壁。

3.用普通腰椎穿刺针于局麻点刺入皮肤,使与腹壁成 45°倾斜向下、向后刺向膀胱。在刺入 3～4cm 时,拔出针芯,用 50ml 注射器试行吸尿。如无尿,在维持空针抽吸的情况下,继续向深处推进,至有尿抽出时,将穿刺针再缓缓送入 1～2cm。抽出首次尿液送常规检查及培养。固定穿刺针,防止摆动,并保持深度。反复抽吸,将尿抽尽后把针拔出。穿刺部位用碘酒消毒后,覆盖无菌敷料,用胶布固定。

4.需穿刺置管引流者。应在穿刺点用尖刀做皮肤小切口,用套管针刺入膀胱、拔出针芯,将相应粗细之导管放入膀胱,然后拔出套管针,缝合切口,固定导管,将引流管接无菌瓶及一次性引流袋。

【注意事项】

1.膀胱穿刺针及导管无尿外溢应首先考虑穿刺针是否已进入膀胱,必要时再进入一定的深度或适当调整穿刺针的位置;若仍无尿,应考虑针孔被血凝块堵塞,可用无菌生理盐水冲洗;膀胱挫伤或出血性膀胱炎,若膀胱内充满血块时,应放弃穿刺,改行耻骨上膀胱造口术。

2.严格掌握适应证及禁忌证。穿刺前必须确定膀胱已极度充盈。

3.严格无菌操作,防止感染发生。

4.穿刺点切忌过高,以免误刺入腹腔。

5.穿刺针方向必须斜向下、后方,且不宜过深,以免误伤肠管。

6.抽吸尿液时,应固定好穿刺针,防止摆动并保持深度,以减少膀胱损伤,并保证抽吸效果。

7.膀胱穿刺后,应及时安排下尿路梗阻的进一步处理,防止膀胱充盈时针眼处尿外渗。

8.尽量避免反复膀胱穿刺。过多穿刺可致膀胱出血及膀胱内感染。

（任连斌）

第三节　常用穿刺及活体组织检查术

【技能目标】

1.掌握临床常用穿刺及活体组织检查术的应用范围及其禁忌证、适应证。

2.熟练地完成肝穿刺抽脓术及活体组织检查术、肾穿刺活体组织检查技术。

3.了解体表肿块穿刺取样活检术。

一、肝穿刺抽脓术及活体组织检查术

(一)肝穿刺抽脓术

【适应证】 阿米巴肝脓肿、细菌性肝脓肿。

【禁忌证】

1. 严重出血倾向或凝血功能障碍患者。

2. 肝血管瘤或肝棘球蚴病患者。

【操作步骤】

1. 患者仰卧在床上,身体右侧靠近床沿,并将右手置于枕后。

2. 结合超声定位检查结果,以指尖在患者右下胸肋间,寻找一个局限性水肿和压痛最显著的部位作为穿刺点。

3. 常规消毒局部皮肤,术者戴无菌手套、铺无菌巾、局部麻醉深达肝包膜。

4. 先用止血钳将连接肝穿刺针头的橡皮管夹住,然后将穿刺针刺入皮肤,嘱病人先吸气,并在呼气末屏住呼吸,此时将针头刺入肝脏徐徐推进,如进入脓腔则可感到阻力突然减低。

5. 将 30ml 或 50ml 注射器接于穿刺针的橡皮管上,松开橡皮管的钳夹,进行抽吸。如未能抽出脓液,可适当转动针头方向,或将穿刺针前进或后退少许再行抽吸。必要时可将针头退至皮下改变方向,重新穿刺并抽吸。脓液吸出后,应根据脓液的性状,选送病原学检查。

6. 拔针后以无菌纱布按压片刻,胶布固定。嘱患者卧床休息 8~12 小时,密切注意血压、脉搏的改变。如血压平稳,可起床活动。

【注意事项】 病人卧床休息 8~12 小时,密切观察血压、脉搏及腹部情况。

(二)肝穿刺活体组织检查术

【适应证】

1. 临床未能确诊的肝大或黄疸。

2. 全身性疾病疑有肝受累者,如肝结核、系统性红斑狼疮和某些血液系统疾病等。

3. 肝肿瘤。

4. 肝脏疾病需获得病理组织检查者。

【禁忌证】 重度黄疸、腹水、凝血功能障碍、右侧胸膜感染、肝棘球蚴病、肝血管瘤及对检查操作不合作者。

【操作步骤】

1. 患者取仰卧位,身体右侧靠近床沿,并将右手置于枕后。

2. 确定穿刺点,一般取右侧腋中线第 8 或第 9 肋间隙或腋前线第 9 或第 10 肋间隙、肝实音区处穿刺。

3. 局部常规消毒、术者戴无菌手套、铺无菌孔巾,用 2% 普鲁卡因进行局部麻醉、深达肝包膜。

4. 用橡皮管将穿刺针连接于 10ml 注射器上,吸入无菌生理盐水 3~5ml。

5. 术者站在患者右侧,左手指固定肋间隙穿刺点,右手持针,先将针沿肋骨上缘与胸壁垂直穿过皮肤,再稍向下、向内侧倾斜,刺入 0.5~1.0cm。然后将注射器内生理盐水推出 0.5~1.0ml,使穿刺针内可能存留的皮肤及皮下组织冲出,以免针头堵塞。

6. 将注射器抽成负压,嘱病人先吸气,然后深呼气,并于呼气末屏息呼吸,此时术者将穿刺针迅速刺入肝脏并立即拔出。

7. 拔针后立即用无菌纱布按压创面数分钟,以胶布固定,并用多头腹带包扎下胸部。

8. 将活检针内的肝组织注入盛生理盐水器皿中,然后用针头挑出,置于固定液中,送病理检查。

【注意事项】

1. 肝穿刺深度一般不超过6cm。

2. 术后应卧床24小时,术后4小时内应每0.5小时测血压1次,严密观察病人一般情况及腹部情况。

(任连斌)

二、肾穿刺活体组织检查术

【适应证】

1. 原发性肾病综合征。

2. 肾小球肾炎导致的快速进展的肾衰竭。

3. 全身性免疫性疾病,尤其是伴有尿的异常及肾衰竭。

4. 病因不明的肾小球性蛋白尿及异常的尿沉渣。

5. 持续性或反复发作性肾小球性血尿伴有或不伴蛋白尿者。

6. 原因不明的急性肾衰竭少尿期延长,伴蛋白尿而肾脏大小正常且无梗阻因素时。

7. 鉴别肾移植排斥反应、环孢素毒性、原因不明的肾功能低下及原肾脏病复发或新出现的肾脏病变。

【禁忌证】

1. 孤立肾。

2. 肾脏缩小的终末期肾功能不全。

3. 未经控制的重度高血压。

4. 精神病或者不配合操作者。

5. 感染性急性肾小管疾病,如急性肾盂肾炎、肾结核。

6. 多囊肾。

7. 心力衰竭、高度腹水、妊娠等。

8. 出血倾向、凝血机制障碍时。

【检查技术】

1. 术前征求患者本人及家属同意,练习俯卧位吸气末屏气及卧床排尿。行双肾B超检查、血小板及凝血酶原时间测定,并测血压;送血型鉴定及交叉配血试验、备血。

2. 穿刺针多用Menghini型和Tru-cut型等,多种型号可供选择。

3. 经皮肾穿刺定位,一般取右肾下极为穿刺点,相当于第1腰椎水平,第12肋缘下0.5～2.0cm,距脊柱中线6～8cm。因右肾位置较低易于进针。

4. 用B超穿刺探头定位,可直视穿刺针尖部位更准确。

5. 体位:患者取俯卧位,腹部肾区相应处垫一10～16cm长布垫,使肾紧贴腹壁,避免穿刺时滑动移位。

6. 常规消毒,铺无菌洞巾,2％利多卡因行穿刺点麻醉。

7. 根据 B 超测量的皮肾距离,于患者吸气末屏气时用腰穿针试探刺入,观察到针尾随呼吸摆动后,退出腰穿针,同时测皮肤至肾距离。

8. 穿刺针刺入,到肾包膜脂肪囊时随呼吸摆动。令患者吸气末屏住呼吸,立即将穿刺针快速刺入肾脏 0.5cm 左右取组织并迅速拔出,嘱病人正常呼吸。助手加压压迫穿刺点 5 分钟以上。

9. 肾组织分切后送光镜、免疫荧光、电镜检查。

【注意事项】

1. 做出、凝血时间、血小板、血红蛋白、部分凝血活酶时间及凝血酶原时间等检查。

2. 训练患者呼吸屏气动作。

3. 对严重高血压患者应先控制血压。

4. 明显出血倾向、重度高血压未经纠正,不合作的患者,孤立肾,肾动脉瘤,肾脏感染性疾病及妊娠晚期禁忌穿刺。

5. 沙袋局部压迫,用腹带包扎腰腹部。

6. 卧床制动 24 小时,密切观察血压、脉搏及尿液改变。若出现肉眼血尿应延长卧床时间。

(任连斌)

三、体表肿块穿刺取样活检术

【适应证】 体表可扪及的任何异常肿块,都可穿刺活检,例如乳腺肿块、淋巴结等均可穿刺。

【禁忌证】

1. 凝血机制障碍。

2. 非炎性肿块局部有感染。

3. 穿刺有可能损伤重要结构。

【操作方法】

1. 粗针穿刺

(1)碘酒、乙醇消毒穿刺局部皮肤及术者左手拇指和食指,检查穿刺针。

(2)穿刺点用 2%普鲁卡因做局部浸润麻醉。

(3)术者左手拇指和食指固定肿块,右手持尖刀做皮肤戳孔。

(4)穿刺针从戳孔刺入达肿块表面,将切割针芯刺入肿块 1.5~2cm,然后推进套管针使之达到或超过切割针尖端,两针一起反复旋转后拔出。

(5)除去套管针,将切割针前端叶片间或取物槽内的肿块组织取出,用 10%甲醛溶液固定,送组织学检查。

(6)术后穿刺部位盖无菌纱布,用胶布固定。

2. 细针穿刺

(1)碘酒、乙醇消毒穿刺局部皮肤及术者左手拇指和食指。检查穿刺针。

(2)术者左手拇指与食指固定肿块,将穿刺针刺入达肿块表面。

(3)连接 20~30ml 注射器,用力持续抽吸形成负压后刺入肿块,并快速进退(约 1cm 范围)数次,直至见到有吸出物为止。

(4)负压下拔针,将穿刺物推注于玻片上,不待干燥,立即用 95%乙醇固定 5~10 分钟,送细胞病理学检查。囊性病变则将抽出液置试管离心后,取沉渣检查。

(5)术后穿刺部位盖无菌纱布,用胶布固定。

【注意事项】

1. **恶性肿瘤穿刺活检的注意事项**

(1)不能切除的恶性肿瘤应在放疗或化疗前穿刺,以明确病理诊断。

(2)可切除的恶性肿瘤,宜在术前7天以内穿刺,以免引起种植转移。

(3)穿刺通道应在手术中与病灶一同切除。

(4)穿刺应避开恶性肿瘤已破溃或即将破溃的部位。

2. **结核性肿块穿刺的注意事项**

(1)应采用潜行性穿刺法。

(2)穿刺物为脓液或干酪样物,则可注入异烟肼或链霉素。

(3)避免其他细菌感染,术后立即抗结核治疗。

(任连斌)

第四节 高压氧治疗技术

【技能目标】

1. 掌握高压氧治疗适应证及禁忌证、高压氧治疗程序与方法。

2. 熟悉高压氧治疗注意事项。

3. 了解高压氧治疗原理。

【适应证】

1. 急性一氧化碳中毒及其他有害气体中毒,中毒性脑病,急性减压病,急性气栓症,窒息,气性坏疽。

2. 颅脑外伤及脑功能障碍,急性脑水肿,脑出血恢复期。

3. 突发性耳聋,眩晕综合征。

4. 脑缺血性疾病(脑梗死,脑动脉供血不足),重度神经衰弱,偏头痛。

5. 冠心病,心律失常。

6. 骨折及愈合不良,断肢(指)再植术后,植皮,骨髓炎。

【禁忌证】

1. 未经处理的气胸、纵隔气肿、肺大疱。

2. 活动性内出血及出血性疾病、结核性空洞形成并咯血。

3. 重症上呼吸道感染、重症肺气肿、支气管扩张症、重度鼻窦炎。

4. 心脏Ⅱ度以上房室传导阻滞、血压过高者(160/100mmHg)、心动过缓<50次/分。

5. 未做处理的恶性肿瘤。

6. 视网膜脱离。

7. 早期妊娠(3个月内)。

【原理】 高压氧能够治疗疾病主要是因为:高压氧可提高血氧张力、增加血氧含量,使组织内氧含量和储氧量相应增加。血氧弥散及组织内氧的有效弥散距离亦增加,可有效地改善机体缺氧状态,治疗因缺氧所导致的一系列疾病。如一氧化碳中毒、急性脑缺氧等。高压氧对血管有收缩作用,故可减少血管渗出,改善各种水肿,如脑水肿、肺水肿、肢体肿胀、创面渗出等。高压氧可促使侧支循环的建立。高压氧对厌氧菌的生长繁殖有明显的抵制作用,故对气性坏疽等厌氧菌感染性疾病有良好疗效。高压氧对进入体内的气泡有压缩作用,故对于减压病、气栓症等有特殊效果。此外高压氧还可与放疗和化疗起协同作用,增强放疗和化疗对恶性肿瘤的疗效。

【治疗方法】

1. 高压氧治疗前准备

(1)患者准备

①明确诊断。

②每次治疗前常规询问病情及体检;注意排除治疗禁忌证。

③首次进舱患者用 1% 麻黄碱滴鼻,防止中耳气压伤。

④对初次进舱患者,教会中耳调压动作及应急装置的使用方法。

(2)设备检查

①任何设备不许"带病"运行。

②除非救助需要,治疗期间不得进行设备维修。

③操舱人员应重点检查照明、通信、供排氧等系统,以及急救药械准备情况。

(3)安全检查

①更衣:进舱人员不得穿戴人造纤维制品,以防产生静电火花。

②进舱人员不得使用头油、发乳、唇膏等化妆品。

③严禁火种(火柴、打火机、电动玩具、电子设备等)、易燃易爆物品(乙醇制品、气球、爆竹、香水等)进舱。必要时应搜身检查。

2. 加压

(1)严禁纯氧加压。

(2)加压前再次询问患者有无带火种等入舱。

(3)压力选择:0.06～0.2MPa;加压时间不少于 20 分钟。

(4)指导患者做耳咽管吹张及时平衡鼓膜内外压力,以防中耳气压伤。出现耳痛时,应适当降低压力。鼓励病人吹张耳咽管,必要时可用 1% 麻黄碱滴鼻,耳咽管通畅、疼痛缓解后继续加压,否则减压出舱。

(5)一旦患者带输液瓶进舱,舱内输液管理原则如下:尽量使用开口式玻璃输液器或塑料袋输液器,如用密封玻璃瓶必须插入大号穿刺针(即长针头),针头直达液平面之上,调节好输液速度。若需用 10ml 以上安瓿最好在舱外开启后带入舱内。

(6)升压过程中,打开测氧仪,在稳压前完成校正、定标。

3. 稳压与吸氧

(1)加压至预定压力后,应保持舱内压力不变,其波动范围 <0.004MPa。

(2)吸氧方式,依病情需要,选用开放自流式(1 级)或面罩吸氧方式(2 级)。应戴紧面罩,维持正常呼吸。稳压吸氧时间≥60 分钟。

(3)吸氧方案由医师决定。

(4)密切观察病情,及时了解患者感觉。有异常情况及时采取相应措施。

(5)注意通风换气,保持舱内空气清洁、新鲜,最低通风量应为 0.08m³/人。

(6)舱内氧浓度控制在23%以下。

(7)舱内温度:夏季(24～28)℃±2℃;冬季(18～22)℃±2℃。

(8)在高压情况下,严禁递物筒内外同时开启。若使用递物筒向舱内传递物品时,应按以下程序操作。

①检查内门和内门平衡气阀是否关闭。

②开启外门平衡气阀,使递物筒内压力与外界大气压平衡。

③开启外门,物品放入递物筒内。

④关闭外门和外门平衡气阀。

⑤开启内门平衡气阀,使递物筒内压力上升。直到与舱内压力平衡。

⑥开启内门将物品取出,关闭内门及内门平衡气阀。

若舱内向外递送物品时。操作原则相同,程序相反。

(9)若抢救患者需要,医务人员可通过过渡舱进舱,基本程序如下。

①医务人员进入过渡舱,关上舱门。

②过渡舱加压到与治疗舱压力同一水平。

③开启舱门平衡阀,使治疗舱和过渡舱压力平衡。

④打开治疗舱门进入治疗舱。

⑤关闭治疗舱门,过渡舱开始减压至零。

(10)有意外事故征兆,经有关人员讨论可终止治疗;一旦有危及患者生命的意外情况发生,应遵照意外情况处理原则处理。

应急排气阀的使用要求:应急卸压时,从最高工作压力降至0.01MPa的时间为单双人舱≤1.0分钟;小型氧舱≤1.5分钟;中型氧舱≤2.0分钟;大型氧舱≤2.5分钟。

4.减压

(1)减压开始前应事先通知舱内人员做好准备。

①注意保暖。

②调节好输液速度和滴管内的液平面,做好病情检查,并记录。

③要保持平稳呼吸,严禁屏气,若患者有剧咳,可暂缓减压。

④危重患者应保持呼吸道通畅,引流管(如导尿管、胃管、胸腔引流管、气管插管气套囊等)均应开放。

(2)减压方法

①阶段减压:略。

②匀速减压:不少于30分钟。

③吸氧减压:不少于20分钟。

(3)阶段减压方案由医师决定。

(4)若在高压下有反复升降压力变化,按其最高压力选择减压方案。

(5)减压过程中出现减压病症状,如皮肤瘙痒、关节痛、头痛、腹痛等,应及时采取相应措施。

5.出舱后处理

(1)出舱后医生应了解患者情况,并做详细记录,有异常者应留院观察。

(2)患者出舱后,如在36小时内出现急性减压病症状、体征,应进舱加压治疗。

(3)关闭空气进气阀、供氧阀,使舱门、排气阀保持开启状态,所有的压力表回到零位。关电源。

(4)氧舱进行通风、清洁、消毒,具体清洁方法如下。

①面罩专用,每次用后及时清洗;呼吸器具(包括螺纹管、Y形管)每周消毒1次,用2%戊二醛毒液浸泡30分钟后清洗,晾干使用,可用其他消毒方法。

②每次治疗结束后应通风换气,及时清扫、拖地。舱内用紫外线照射(≥1.5W/m³。每次30分钟)。

③每天应对舱内使用的痰盂、垃圾桶等进行清洗。

④氧舱外表面应定期清洁。内壁应定期用消毒液擦抹,每个月不少于1次。

⑤每个月进行舱内空气培养。

⑥确诊为气性坏疽、芽胞杆菌感染者,舱室用后必须进行严格消毒处理。空气消毒,每100m³ 体积用乳酸12ml熏130分钟;通风后,再用紫外线消毒30分钟。舱室内壁、地板和舱内物品用1:1 000苯扎氯铵溶液擦拭。舱室经彻底消毒后,做空气培养,3次阴性方可使用。被服用1:1 000苯扎溴铵溶液浸泡120分钟,煮沸60分钟,再送洗衣房洗涤方可使用。所有敷料集中焚毁。

【注意事项】

1. 明确诊断,禁止有禁忌证的患者进舱治疗。

2. 开舱前操舱人员认真检查氧舱的机械设备,确认无故障方能开舱,禁止机器带病工作。

3. 对进舱人员严格检查,严禁将火种、易燃易爆物品带入舱内。

4. 加压时速度不宜过快,注意指导患者做好咽鼓管调压动作,如患者耳痛立即停止加压,让患者减压出舱以防中耳气压伤,加压时夹闭所有体腔引流管。

5. 稳压时,要通风换气,舱内氧浓度控制在23%以下,观察病人病情,及时发现氧中毒前驱症状。

6. 减压时速度不宜过快,按规定程序减压,减压时叮嘱患者不要屏气。减压不当可导致减压病、肺气压伤。减压时应放开全部体腔引流管。

(闫立杰)

第7章 内科学常用诊疗技术

第一节 呼吸系统疾病诊疗技术

【技能目标】

1. 掌握张力性气胸紧急排气方法及注意事项,肺功能检查的应用及注意事项。

2. 掌握体位引流的方法及注意事项。

3. 熟悉纤维支气管镜检查、变态反应、经皮针吸肺活检技术的适应证、禁忌证、操作技术及注意事项。

4. 通过呼吸系统疾病诊疗技术学习,培养学生独立工作能力。

一、张力性气胸紧急排气方法

【操作技术】

1. 检查气胸器内测压管和抽气水瓶内水平面是否达到要求位置,不足者须添加;转动通路开关,检查是否通畅,有无漏气,将乳胶管装接在抽气接口上。

2. 患者仰卧位,双手抱头,根据 X 线胸片选择最佳进针位置,通常在第 2 前肋间锁骨中线偏外处,或在腋前线第 4~5 肋间。

3. 常规消毒铺巾,2%利多卡因局麻。助手装上气胸针,检查气胸针是否通畅,将通路开关扭到"测压"位置。

4. 术者左手固定穿刺部位皮肤,右手持气胸针,沿下位肋骨上缘缓慢进针,进入胸腔内时有"落空感",并可见测压管内液面随呼吸上下移动,记录抽气前胸腔压力。转动通路开关至"抽气"位置,随着抽气瓶内水平面下降而抽出胸腔内气体,当水平面降至"0"位置时,再次转动通路开关到另一"抽气"位置继续抽气,记录抽气量。

5. 抽气过程中不时将通路开关转动至"测压"位置,以观察胸腔内压力变化。当胸腔内压力降至 0~20kPa(0~2mmH$_2$O)时,停止抽气,观察 2~3 秒,如胸腔压力无变化,提示"闭合性"气胸;若压力又迅速升高,则为"张力性"气胸;若抽气前胸腔压力在 0 上下波动,抽气后亦无明显下降,观察中也无明显升高者为"交通性"气胸。后两种类型气胸,应改用肋间插管行胸腔闭式引流术。

6. 拔出气胸针,盖上纱布,按压 1 秒后胶布固定。次日摄 X 线胸片复查。

7. 整理器材,将测压管及两侧抽气瓶上的开关转至关闭位。

【注意事项】

1. 精神紧张或频咳者可酌情服用镇静药或镇咳药。

2. 排气速度不宜过快,首次以不超过 800~1 000ml 为宜。

3. 肺被压缩小于 20%,临床上症状轻微者,一般无需抽气,气体常能自行吸收。

(鲍志磊)

二、经皮针吸肺活检术

【适应证】

1. 外围肺肿块鉴别困难者。

2. 原因不明的局限性结节状、块状及浸润性病变或弥漫性病变病灶。

3. 不能手术或患者拒绝手术的肺癌,为明确组织类型便于选择治疗者。

【禁忌证】

1. 患有出血性疾病或近期严重咯血者或为出血体质者(包括应用抗凝药治疗者)。

2. 严重肺气肿、严重的低氧血症,心肺功能不全或肺动脉高压者。

3. 肺部病变可能是血管性疾患,如血管瘤或动静脉瘘等。

4. 血流动力学不稳定或病变太靠近大血管。

5. 剧烈咳嗽不能控制,不合作者。

6. 肺棘球蚴病。

【操作步骤】

1. 术前准备 ①测定凝血酶原时间和血小板计数,确定患者是否适合手术;②摄正、侧位X线胸片和胸部CT扫描,以确定进针的部位和角度;③术前禁食4~6小时,术前45分钟给予可待因30mg口服,地西泮10mg口服或肌内注射;④做好解释工作,争取患者合作。训练患者在平静呼吸下屏气,以便在术中很好地配合。

2. 进针部位 一般取胸壁皮肤至病灶的最近点为进针部位,但须避免通过肺裂,以避免胸膜瘘的发生。

3. 活检方法 操作是由一名放射科医师及一名临床医师共同完成。

(1)患者取卧位,首先在X线透视下核对进针部位及进针通路,做好标记。

(2)常规消毒皮肤,2%利多卡因从皮肤直至壁胸膜浸润麻醉。

(3)在X线透视监视下,沿肋骨上缘进针,当针尖接近病灶时,嘱患者暂停呼吸,将针尖刺入病灶内。术中穿过胸壁时有明显的落空感,当针尖进入肿块后明显有阻力,当穿刺针达到预定的深度未感觉到阻力时,应立即停止进针,CT扫描了解针尖位置,及时调整穿刺针的角度及深度。

(4)再行正、斜、侧位多向透视,确定针尖已进入病灶后,将针芯抽出并连接20ml注射器,抽拉注射器产生持续负压,并将穿刺针稍向前后进退移动并旋转,利用针尖斜面吸取标本。最后将穿刺针在持续负压下快速拔出。再行CT扫描,观察有无并发症和气胸、肺出血。

(5)将吸取的组织立即涂片,用95%乙醇和等量乙醚固定,做细胞学检查。如有小组织块,可用10%甲醛溶液固定,做组织学检查。

【注意事项】

1. 术后无气胸早期征象者可将患者送进病房,绝对卧床休息3小时。

2. 术后3小时、24小时分别进行胸透,观察有无气胸及液气胸出现。小量气胸无需特别处理,可严密观察。大量气胸必须抽气或插管排气。出现液气胸时,应抽液检查,明确有无血胸发生。

3. 注意有无咯血,少量咯血无需处理。如有较大量咯血,应立即采取止血措施。

4. 经皮针吸肺活检,适用于肺周围型局限性病变的检查,中心型病变成功率低且并发症多,应严格掌握检查适应证。

(宋利刚)

三、纤维支气管镜检查

(一)常规纤维支气管镜检查

【适应证】

1.原因不明的咯血,需确定出血部位和咯血原因;经内科治疗无效;反复大咯血而又不能进行急诊手术,且需局部止血治疗者。

2.难以解释的持续性咳嗽或局限性哮鸣音。

3.性质不明的弥漫性肺疾病、肺内孤立结节或肿块、需做肺组织活检或支气管肺泡灌洗者。

4.疑为支气管腔内阻塞性病变者,如肺不张、阻塞性肺炎或局限性肺气肿。

5.原因不明的喉返神经麻痹、膈神经麻痹或上腔静脉梗阻者。

6.X 线未见异常而痰中找到癌细胞者;不明原因的胸腔积液。

7.胸部外伤、肺部感染性疾病及各种原因所致的呼吸道灼伤、气管-胸膜瘘。

8.作为选择性支气管造影、肺组织活检及支气管肺泡灌洗等的辅助操作。

9.经纤支镜应用药物、激光或高频电刀治疗呼吸系统肿瘤,解除气道狭窄及其他病变。

10.在急诊医学中的应用。

【禁忌证】

1.一般情况极度衰弱者或其他脏器严重衰竭者。

2.肺功能严重减退、不能耐受检查者。

3.有严重心律失常、严重心肺功能不全、频发心绞痛者。

4.有主动脉瘤和严重高血压未控制者。

5.严重呼吸道感染伴有高热者。

6.出、凝血机制严重障碍者。

7.近期有哮喘发作及大量咯血的患者,需待症状控制后再考虑支气管镜检查。

8.麻醉药过敏者以及不能配合检查者。

【操作步骤】

1.术前准备　①向受检者说明检查目的及意义,介绍检查过程,以取得合作。②详细了解病史及体格检查,认真阅读 X 线胸片及 CT 片等相关资料以确定病变位置;做心电图和肺功能检查。③必要时需做凝血时间和血小板计数等检查。④术前受检者禁食 4～6 小时。术前 0.5 小时肌内注射阿托品 0.5mg 和甲氧氯普胺 10mg。⑤检查室内应备好氧气、吸引器和必需的急救用品。

2.麻醉方法　先用 1% 的利多卡因加 0.5% 的麻黄碱混合液做鼻腔及咽喉部黏膜表面喷雾。然后用 2% 利多卡因溶液,可由镜管插入气管后滴入或以环甲膜穿刺注入。

3.检查方法

(1)患者一般取仰卧位,不能平卧者可取坐位。

(2)术者用左手或右手持纤维支气管镜的操纵部,拨动角度调节环和调节钮,左手持镜经鼻或口腔插入,进入 15cm 左右找到会厌与声门,观察声门活动情况。当声门张开时,将镜迅速送入气管,在直视下边向前推进边观察气管内腔,达到隆嵴后观察隆嵴形态。

(3)见到两侧主支气管开口后,先进入健侧再进入患侧,依据各支气管的位置,拨动操纵部调节钮,依次插入各段支气管,分别观察支气管黏膜是否光滑、色泽是否正常、有无充血水肿、渗出、出血、糜烂、溃疡、增生、结节与新生物以及间嵴是否增宽、管壁有无受压、管腔有无狭窄等。

(4)直视下见到的病变,先取标本活检,再用毛刷刷取涂片,或用 10ml 灭菌生理盐水注入病变部位,进行支气管灌洗,做细胞学或病原学检查。对某些肺部疾病尚需行支气管肺泡灌洗。

【注意事项】

1. 术前应仔细检查所用器械及光源,保证各部分工作良好。有义齿者检查前要取出。

2. 受检者有呼吸困难、低氧表现时,镜检时给予吸氧。

3. 必须在直视下循腔插入,动作必须轻柔,避免过强刺激或损伤,若发现明显发绀、呼吸不规则或声门紧闭、心律失常或心率过快,应立即退出纤支镜,停止检查。

4. 检查时若分泌物太多,应及时接上吸引器吸出分泌物,但吸引时间不宜过长,以免造成通气不足,导致缺氧。

5. 若镜面模糊可注入生理盐水数毫升并立即吸出以冲洗镜面。

6. 术毕应禁食水 2 小时,待麻醉作用消失后方可进食,以免发生误吸。

7. 术后 24 小时观察体温和肺部啰音,对有肺部感染者应常规给予抗生素数日。

8. 凡施行了组织活检者均有不同程度出血,及时采取止血药物治疗。

(二)经纤支镜肺活检

【适应证】

1. 肺部弥漫性病变性质不明者。

2. 肺周边型肿块、结节和浸润影,经其他检查未能定性者。

【禁忌证】

1. 病变不能排除血管畸形所致者。

2. 怀疑病变为肺棘球蚴病囊肿者。

3. 肺动脉高压或肺大疱患者。

4. 行机械通气者。

【操作步骤】

1. 插入纤支镜,按常规顺序对可见范围进行检查。

2. 依照术前定位将活检钳、刮匙或毛刷由选定的支气管口插入。

3. 在 X 线引导下转动体位,多轴透视,将活检器械送达外周肺组织或欲活检的病灶处。

4. 张开活检器,置入组织内,呼气末关闭活检器使其钳夹下肺组织并缓缓撤出。

【注意事项】

1. 麻醉要求比常规纤支镜检查要高,保证病人较安静地接受检查。

2. 术前对病灶的定位应尽可能准确,尤其是偏上的孤立性病灶。

3. 应用活检钳进行活检时,应在吸气时张开钳子,呼气末关闭并缓缓撤出,如此反复取组织 3～4 次。

4. 对于可能发生的气胸、大出血等应准备充分的抢救措施。

（宋利刚）

四、变态反应试验

【适应证】 为患变态反应性疾病的患者明确过敏原及脱敏治疗。如过敏性鼻炎、鼻窦炎（如鼻息肉切除术后、鼻中隔矫正术后）、过敏性眼结膜炎、支气管哮喘、过敏性紫癜、紫癜性肾炎、过敏性皮炎、荨麻疹、鼻息肉、过敏性喉炎、过敏性口腔黏膜水肿、分泌性中耳炎、过敏性胃肠炎、各种化妆品、烫发剂过敏等。

【禁忌证】 严重的变态反应性疾病发作期、支气管哮喘发作期、心肺功能极差的患者。

【操作步骤】

1. 贴斑试验 将可疑过敏的药物、食物或吸入物（如属固体物质先将之研末或粉碎，然后取一小撮）放置患者前臂腹面皮肤上，再放上一滴 1/10 当量的氢氧化钠溶液或生理盐水。轻轻将粉末与水拌和，外面覆盖一片不吸水玻璃纸或塑料薄膜，再以纱布捆扎，保留试验物与皮肤密切接触 24～48 小时，然后揭除敷料，观察试验物接触部分的皮肤有无红肿、皮疹、溃疡等反应。如有上述情况即属阳性反应。如在 48 小时揭开敷料观察反应时尚未见特殊皮肤改变，亦可再延长接触时间 24 小时，待贴斑 72 小时再观察一次反应，如仍无皮肤改变即属阴性反应。

2. 抓伤试验 在患者前臂的腹面或上臂的外侧皮肤进行。婴儿可以利用背部肩胛骨以内的区域。用一把钝缘的眼科白内障刀或用一枚织补用的针选定的皮肤表面，平行纵划 2 道，长度为 3～5mm，如"11"状的划痕，亦有交叉划成"十"形者。如所试为粉状的过敏源则先在皮肤上滴一滴 1/10 当量的氢氧化钠或生理盐水或人造汗液，然后用一干净的金属小勺取抗原一小勺撒在液体上轻加捣拌。待抗原接触皮肤抓划处 15～20 分钟后即可观察反应。

3. 点刺试验 是抓伤法的改良，方法为先在皮试部位滴上一滴抗原，然后用特制的点刺针在滴有抗原的皮肤中央点刺一下，将针头扎入皮内即可，不必过深，以不出血为度。

4. 皮内试验 用上臂外侧皮肤为受试区，令患者侧坐，暴露全臂，以乙醇消毒皮肤。用结核菌素注射器及 26～27 号皮内针头抽取试液。试液的浓度按各自的经验不同而有所不同。自上而下，由左到右进行逐个皮试。每一试区用皮内针头刺入表皮浅层，进针 2～3mm，推入试液 0.01～0.02ml，每一试区的间距至少 3cm，皮试后 15 分钟即可观察反应结果。

5. 眼结膜试验 用 1:1 000 的抗原 1 滴滴入病人右眼，若 5 分钟后未出现眼痒、眼红、流泪、结膜充血等现象，可用 1:100 抗原滴入 1 滴，再观察 5 分钟，如仍无反应，必要时亦可用 1:10 抗原滴入 1 滴，仍无反应则属阴性，如抗原滴入后出现眼红、眼痒、流泪、结膜充血，甚至眼睑水肿等现象则属阳性反应。左眼可同时滴入 1 滴生理盐水或稀释液作为对照观察。

6. 鼻黏膜激发试验 用极少量的花粉置入病人鼻腔后数分钟内或者用某些花粉浸液滴入鼻内，即出现阵发性喷嚏、流清鼻涕、鼻塞、鼻痒等。检查则鼻黏膜于短时间内转成苍白、水肿、分泌物大量增加，有的病人同时出现哮喘发作。

7. 气管内激发试验 抗原气雾吸入或者用抗原浸液气管内滴入激发。病人出现咳嗽、憋气，甚至哮喘发作为阳性结果。

8. 食物激发试验 患者于受试前 24 小时禁食此类食物，测试时最好空腹或仅进少量普通饮食。试验前先为患者测试脉搏、血压、呼吸及白细胞计数，然后令患者进食怀疑过敏之食物。食用量可按病情决定。然后留患者在院观察3个小时,其间于进食后0.5小时、1小时、2小时各测脉搏、血压、呼吸及白细胞计数1次,同时观察患者有无腹痛、恶心、呕吐、皮疹、皮痒、腹泻、头痛、打喷嚏、哮喘等过敏症状发生,并一一记录。并观察有无呼吸、脉搏明显增快,或白细胞计数下降的情况。如果进食后3小时内病人出现相应的过敏症状,并有呼吸、脉搏明显增快或白细胞下降至总数与激发前相差1 000以上者,则认为属阳性反应。

9. **被动转移试验** 从患者身上采血5ml,装入无菌试管离心分离血清。在无菌操作下取分离得的血清在志愿受试者(父母或亲属)背部皮内按准备测试的抗原数目,顺序做多点皮内注射。每一处注射血清0.1ml,并在注射处用钢笔画圈做好标记。24~48小时后在画圈的血清转移部位按皮内试验法做各种抗原的特异性试验。试前志愿受试者不能大量接触或食用所欲测验的各种吸入物或食物。试验结果的判定按一般皮内试验法标准记录。

【注意事项】

1. 试验结束后患者应等候观察反应15~20分钟。

2. 试验时患者应不在强烈的过敏发作期。

3. 近期内未使用肾上腺皮质激素、抗组胺药物、肾上腺素、麻黄碱或抗白三烯类药物。

4. 患者受试部位的皮肤应不在非特异性激惹性强烈的状态下。例如明显的皮肤划痕症等。

5. 患者受试部位的皮肤应没有湿疹、荨麻疹或其他皮肤损害。

6. 变态反应强烈者需局部脱敏甚至抗休克治疗。操作室需准备急救药物。

7. 在进行皮内试验时,应注意针管针头的消毒,针管上应标以所装抗原之名称,以防止互相混杂。

(宋利刚)

五、肺功能检查

【适应证】

1. 慢性支气管炎,肺气肿。

2. 支气管哮喘。

3. 间质性肺病的诊断。

4. 做胸部手术的患者,手术前做肺功能检查评估手术风险。

5. 长期吸烟的人也应定期做肺功能检查,以观察肺功能受损的情况,督促患者下决心戒烟。

【禁忌证】

1. 近1周内有大咯血、气胸、巨大肺大疱且不准备手术者,慎做需用力呼气的肺功能检查。

2. 癫痫需药物治疗者。

3. 妊娠、哺乳期妇女,支气管扩张药过敏者。

4. 心功能不稳定、近期内(<3个月)有心肌梗死或严重心律失常者,都应禁用扩张药。

5. 喉头或声带水肿、中度或以上通气功能异常者禁做支气管激发试验。

【操作方法】

1. **患者准备** 检查前患者需平静休息10分钟,让患者夹住鼻子,适应用嘴来呼吸,再做一些配合医生口令呼气和吸气的动作,如慢呼气、慢吸气、快速呼气、快速吸气、屏气等。

2. 操作流程

(1)开机,登记患者情况(如身高、体重、年龄、性别等)并录入。

(2)完成环境校正、容积校正及气体校正。

(3)患者坐于椅上,用嘴包住口含器并呼吸,观察有无漏气。调整仪器高度,开始检查。

①肺容量测定(静态肺容量):患者先做正常呼吸,待呼吸平稳后做深呼气、深吸气。做3次检查,选取最佳结果保存。

②用力肺活量测定:患者正常呼吸,待呼吸平稳后深呼气、用力深吸气至 TCL 位、屏气1秒钟、最大努力及最快深度呼气至 RV 位。做3~5次检查,选取最佳值保存。可以测得用力肺活量 FVC(L)、1秒用力肺活量 FEV_1(L)、1秒率 $FEV_{1\%}$(%)、呼吸流速 $FEF_{25\%\sim75\%}$、峰流速 PEF。

③最大通气量测定(MVV):患者做快速、深大的呼吸持续15秒,测定呼吸气量。休息10分钟做第2次检查。

④弥散功能及残气量测定:患者做正常呼吸,待呼吸平稳后深呼气至 RV 位、用力深吸气至 TCL 位、屏气10秒、用力深呼气。

⑤气道反应性检查(支气管激发试验)。如通气功能检查正常,但受试者有反复咳嗽、胸闷、喘息发作病史,可吸入激发药物(如组胺或醋甲胆碱)。患者用力吸入一定量生理盐水后等待2分钟,做用力肺活量测定;再吸入醋甲胆碱,等待2分钟后做用力肺活量测定。逐渐增加激发药物的量及浓度。检查中吸入药物顺序如下:生理盐水1喷→3.125mg/ml 浓度的醋甲胆碱1喷→3.125mg/ml 浓度的醋甲胆碱2喷→6.25mg/ml 浓度的醋甲胆碱1喷→6.25mg/ml 浓度的醋甲胆碱2喷→6.25mg/ml 浓度的醋甲胆碱4喷→25mg/ml 浓度的醋甲胆碱1喷→25mg/ml 浓度的醋甲胆碱4喷→50mg/ml 浓度的醋甲胆碱4喷→50mg/ml 浓度的醋甲胆碱8喷。检查过程中若1秒用力肺活量 FEV_1(L)下降超过20%即做舒张试验。检查完成后计算吸入激发药物量 PD_{20}-FEV_1<12.8μmol 为阳性。

⑥气道阻塞的可逆性评价(支气管舒张试验):如通气功能显示阻塞性通气功能障碍,可进行支气管舒张试验。给予患者吸入支气管舒张药(通常为沙丁胺醇)4吸,等待30分钟后做1秒用力肺活量 FEV_1(L)测定,若改善率>12%,绝对值增加超过200ml 为阳性。

⑦强迫振荡:打开振荡器,患者捂腮,平静均匀呼吸1分钟。

【注意事项】

1. 疑为哮喘或哮喘患者,检查时应症状已缓解,无呼吸困难,听不到哮鸣音。

2. 停用所有药物48小时。包括 β_2 受体激动药、止咳、止喘药、感冒药、中成药。

3. 检查过程中应注意患者口周有无漏气及其配合程度。

4. 弥散功能检查时,失败者应休息15分钟后再进行第2次检查。

(宋利刚)

第二节 循环系统疾病诊疗技术

【技能目标】

1. 掌握冠状动脉介入治疗的适应证、禁忌证。

2. 掌握心律失常介入治疗的适应证及禁忌证;熟悉临时起搏、电复律、导管射频消融技术的临床应用。

3. 了解冠状动脉介入治疗技术的操作方法。

4. 在上级医师的指导下,能正确地进行心、脑、肺初级复苏。

5. 培养良好的医德医风和独立工作能力。

一、心脏直流电复律

【适应证】

1. 心房纤颤

(1)持续时间短于1年者。

(2)房颤时心室率过快,超过100次/分,常规药物不能控制者。

(3)心房内无明确血栓及赘生物,心脏无明显扩大(心胸比例<55%),不伴Ⅱ度以上心力衰竭者。

(4)二尖瓣球囊扩张术、换瓣术、外科分离术成功后4~6周仍持续房颤者。

(5)预激综合征前传旁道不应期<270ms,发生房颤时心室率极快者。

(6)发生于电生理检查时,射频消融术中的房颤。

2. 心房扑动　药物治疗无效并伴有明显血流动力学障碍。

3. 室上性心动过速　药物治疗无效并伴有明显血流动力学障碍。

4. 室性心动过速　经药物治疗无效或伴有明显血流动力学障碍。

5. 心室颤动

【禁忌证】

1. 病程超过1年的慢性持续性房颤,尤其是重度二尖瓣病变者。

2. 左房明显扩大(>50mm),心房内有明确血栓或赘生物者。

3. 心脏扩大明显,充血性心力衰竭者。

4. 风湿活动未控制。

5. 心包疾患的活动期。

6. 各种肺功能不全者。

7. 甲状腺功能亢进者。

8. 电转律术后不能耐受药物治疗者,以及已有2次以上电转律不能成功者。

9. 严重电解质紊乱者,特别是低钾和低镁血症者。

10. 心室率过缓(<60次/分),疑有快—慢综合征或窦房结、房室结功能障碍者。

【择期电转律的操作要点】

1. 建立心电、血压监测　将除颤监护仪的监测电极安放妥当,胸前电极应避开除颤电极板放置的区域,监护导联应选择R波明显,且无干扰的导联。检查R波同步性能。记录术前全导联心电图、血压、呼吸状况。

2. 吸氧　多采用面罩式吸入纯氧3~5分钟,以增加电转律的安全性。注意在电击前应关闭氧气供应,避免电击火花引起火灾。

3. 全麻　目的在于减少患者不适感,消除恐惧不安,完全遗忘放电过程。

(1)地西泮20~50mg缓慢静脉推注,同时嘱病人自行从1开始读数,当病人读数模糊及不全时停止给药,该药起效需 2～5 分钟,维持 1～2 小时,作用时间较长。

(2)依托咪酯,其作用短暂,短期麻醉和致忘效果优于地西泮,不影响呼吸、循环功能,常用 0.2～0.4mg/kg,30～60 秒静注,1 分钟左右即起效,持续不超过 5 分钟。

4.能量选择　通常起始能量选 100J,无效时逐次增加,一般不超过 300J。

5.除颤电极板安置　一般有三种方式。

(1)前尖位:右上胸放置正极,负极则置于心尖区。该位置最常用,操作空间大,除颤电能可最大限度通过心脏,易获成功。

(2)后尖位:是将右上胸正极板移至右背部肩胛下区,该方式可避开右上胸的永久心脏起搏系统,以防损坏起搏器。

(3)前后位:是将心尖区的负极置于左肩胛下区,左前胸完全暴露,便于完成各种操作和观察。

6.放电　操作者双手分别握住正负电极板,适当加压置于除颤部位,按下充电钮同时再次检查下列事项:

(1)确认 R 波同步性能。

(2)核实患者是否已进入昏睡状态。

(3)检查充电能量是否适当。

(4)氧气供应系统是否完全关闭。

(5)心电、血压监护系统是否工作正常。

(6)工作人员不得与患者和铁床接触。

(7)其他有关人员各就各位。

以上情况确认无误后,迅速按下放电按钮,严密观察电击效果,如不成功应赶在麻醉失效前重复电击,可适当增加能量,需重新在除颤电极板上搽抹导电糊,以免皮肤烧伤。

【紧急电转复】

1.同步电转复　适用于伴有血流动力学明显改变的室上性及室性心动过速。

2.非同步电转复　适用于心室颤动,心室扑动。能量选用 200～400J。

二、永久性心脏起搏治疗

【适应证】

1.高度房室传导阻滞,特别是希氏束以内或以下之阻滞伴明显的重要脏器供血不足症状。

2.仍有进展可能的室内三支阻滞,特别是 H-V＞80ms。

3.窦房结功能障碍,心室率持续＜40 次/分,伴明显症状。

4.间歇发生 R-R 间期＞3 秒。

5.颈动脉窦过敏所致反射性心率缓慢,有明显症状。

6.肥厚型梗阻性心肌病,伴明显症状。

【禁忌证】

1.全身性感染疾病尚未有效控制。

2.细菌性心内膜炎。

3.局部严重化脓性炎症。

4.出血性疾病及有出血倾向。

5.重要脏器如心脏、肝、肾、脑功能严重障碍。

6.严重电解质、酸碱失衡。

7.急性疾病之危重期。

8.慢性疾病之临终期。

9.未获患者及其家属同意。

【选择起搏方式】

1.VVI 即心室起搏、心室感知、按需型。适用于窦房结功能障碍、房室传导障碍者;不适用于 VVI 起搏时血压下降 20mmHg 以上、心功能不佳、可能导致明显的起搏器综合征者。

2.AAI 即心房起、心房感知、按需型。适用于窦房结功能障碍;不适用于慢性房颤、房室传导阻滞、心房不能应激者。

3.DDD 即心房心室起搏、心房心室感知、按需型。适用于窦房结功能障碍和(或)房室结传导阻滞、肥厚型梗阻性心肌病;不适用于慢性房颤。

4.频率应答型 适用于心脏病变时能力不良,患者一般情况好、活动力较强。

【起搏器安装手术要点】

1.起搏器埋藏位置 左利手者优先选择右上胸部,右利手者则优先左侧,选择左上胸部时应注意探查是否存在左上腔静脉畸形。

2.导管插入静脉选择 穿刺法首选锁骨下静脉,其次为颈内静脉。切开法首选头静脉,其次为颈外静脉,再次为颈内静脉。

3.安置电极 心室电极置于右心室心尖部,主动固定的螺旋电极可置于右心室流出道间隔部。"J"型心房电极必须置于右心耳内。

4.起搏条件测试 心室起搏电压振幅$<1V$,电流<2 mA,心内 R 波振幅$>5mV$,R 波斜率$>$每秒 0.5mV,导联阻抗 $500\sim1\,000\Omega$。心房起搏电压$<1.5V$,电流$<3mA$,心内 P 波振幅$>2.5mV$,P 波斜率$>$每秒 0.3mV,阻抗 $500\sim1\,000\Omega$。

5.上胸部做囊袋埋置起搏器

三、临时心脏起搏

【适应证】 有症状的缓慢性心律失常暂不具备永久心脏起搏器安装条件者,急性心肌梗死时高度房室传导阻滞或双束支阻滞,某些严重的室性心律失常药物难以控制者。

【操作步骤及要点】

1.按 Seldinger 法穿刺股静脉或锁骨下静脉或颈内静脉。

2.插入电极导管至右室心尖部。

3.起搏参数设定:最常用起搏方式为 VVI。起搏电压或电流为阈值的 $2\sim3$ 倍。感知灵敏度以毫伏(mV)为单位,一般置于感知范围的中心。起搏频率依据临床情况设定,通常约为 60 次/分。

4.将电极导管缝合固定在皮肤处,无菌包扎。

【术后处理】

1.常规使用抗生素 $3\sim5$ 日,注意穿刺部位有无渗血、血肿、疼痛等情况。

2.绝对卧床,保持平卧位,直至停止临时起搏治疗时。穿刺侧肢体勿活动,以免导致导管脱位。

3.持续心电、血压监测,及时发现起搏故障,及时处理。

4.观察自身心率恢复情况及患者对起搏器依赖程度。

四、心脏电生理检查

【目的】　研究心律失常的发生机制;选择心律失常的治疗方法;筛选有效的抗心律失常药物;为介入性治疗方法(射频消融,永久起搏器,ICD)选择适应证和恰当的功能参数;为心律失常的外科治疗提供必要的依据;对心动过速的起源或房室旁路做出精确定位。

【基本操作方法】

1.血管穿刺技术　股静脉和股动脉、锁骨下静脉、颈内静脉穿刺技术。

(1)了解腹股沟区的解剖关系:在腹股沟韧带中部偏内触及股动脉搏动,在腹股沟韧带下3cm处穿刺股动脉,在股动脉内1cm处左右穿刺股静脉。

(2)锁骨下静脉穿刺法:采用锁骨下穿刺,选择锁骨中点偏外侧,第1肋骨上缘进针,针尖指向胸锁关节至环状软骨之间,与皮肤成30°角。

(3)颈内静脉穿刺法:颈内静脉位于胸锁乳突肌下的颈内动脉鞘内,鞘的外侧是颈内静脉,内侧是颈总动脉,二者之间稍后方有迷走神经。穿刺点:胸锁乳突肌二头与锁骨形成的三角间隙顶端,针尖指向同侧乳头,与皮肤成30°～45°角。

2.导管的选择和放置　标测电极导管的选择:Cordis公司,Diag公司,Boston Scientific (EPT),Bard公司,Medtronic公司的电极导管;电极间距:10mm,5mm,2mm,根据电极导管顶端弯度不同,分为冠状静脉窦电极导管,心室电极导管,希氏束电极导管。

(1)心房电极导管。右心房:右心房后侧壁上部与上腔静脉交界处是常用的记录和刺激部位,此外可选中右心房,低右心房等。右心室:右心室心尖部是常选的部位,此外可根据需要选择右心室流出道或右室流入道。左心房:经未闭卵圆孔、房间隔缺损或房间隔穿刺方法。左心室:根据需要选择不同部位。

(2)希氏束。常位于房间隔的右心房侧下部,靠近三尖瓣口的上部,将电极导管送入右心室再缓慢回撤,使导管顶端靠近三尖瓣口的上部和背侧的右心房壁。

(3)冠状窦。取右前斜位30°,先将导管顶端抵到三尖瓣环中下1/3处,逆钟向旋转导管,见导管上下跳动将导管送入。

(4)希氏束电图。在希氏束记录到位于A波与V波之间的电位,电位呈双相或三相尖波称为H波,H波时限10～25毫秒。

3.心内传导间期

(1)P-A间期:从P波起始点至希氏束电图上A波起始点。代表右心房内传导时间,平均40毫秒。

(2)A-H间期:自房间隔下部经房室结至希氏束的传导时间。在希氏束电图上自A波最早点至希氏束电位起始处。代表房室结的传导时间,平均60～130毫秒。(易受自主神经因素影响)。

(3)H间期:自希氏束电位起始点至该电位的终止点。代表希氏束内传导时间,平均10～25毫秒。

(4)H-V间期:自希氏束起始点至体表心电图QRS波的最早起始处。代表希-浦系统内的传导时间,平均35～55毫秒。

4. 程序刺激的方法

(1)分级递增刺激(增频刺激)

①做周长相等的连续刺激(S_1-S_1),持续 10~60 秒。

②以比前一次周长较短(频率较快)的周期做连续刺激。如 500 毫秒－400 毫秒－350 毫秒－300 毫秒－280 毫秒－260 毫秒,至房室传导阻滞或心房、心室出现不应期。

(2)短阵快速刺激(burst 刺激):刺激频率在 300 次/分以上,用于诱发或终止某些心动过速(如房扑、房颤)。

(3)程序期前刺激:指在自身心律或基础起搏心律中孤立单个或多个期前收缩刺激。

①S_1S_2 刺激:在 S_1S_1 刺激 8 次后,发放一个 S_2 刺激,逐步减低 S_1S_2 的配对间期如 500/400 毫秒,500/380 毫秒,500/360 毫秒,500/340 毫秒。

②RS_2 刺激:在感知自身心律 4~8 次后发放一个期前刺激 S_2,并逐步减低 S_2 的配对间期。

③$S_1S_2S_3$ 刺激:在 S_1S_1 起搏 8 次后,发放 2 个期前刺激,分别为 S_2 和 S_3,逐步减低 S_2S_3 的配对间期,如 500/280/280 毫秒、500/280/270 毫秒。

④S_1S_2 及 S_2S_3 的起步配对间期为房室不应期＋30 毫秒,如房室不应期 500/250 毫秒,500/280/280 毫秒。

⑤$S_1S_2S_3S_4$ 刺激:在 S_1S_1 起搏 8 次后,发放 3 个期前刺激,分别为 S_2S_3 和 S_4。

5. 程序刺激的应用

(1)不应期的测定:适用于房室传导系统的每一部分。

(2)房室、室房传导顺序的测定。

(3)房室结传导功能检查。

(4)窦房结功能测定:窦房结恢复时间(SNRT)。

用较窦性心律快的起搏频率刺激右心房上部,持续 30~120 秒,突然停止刺激,计算从最后一个心房刺激引起的心房激动 P′波开始,至第一个恢复的窦性心律的 P 波之间的距离。SNRT 正常值<1 400 毫秒,CSNRT(校正的窦房结恢复时间)＝SNRT－PP 间期(窦律),正常值<550 毫秒。

继发性长间歇:快速刺激停止后第 2 个以后的窦性周期长于第 1 个窦性周期。

窦房传导阻滞型:快速刺激停止后,有窦性周期延长,并是自身窦性周期的倍数。

自律性受抑制型:刺激停止 3 个以上的窦性周期都很长,间或出现房性逸搏、交界逸搏。

(5)发现隐性或隐匿性房室旁路,为射频消融治疗提供依据。

五、射频消融术

【适应证】

1. 经药物治疗难以控制、频繁发作或发作时伴有血流动力学改变的室上性心动过速(包括房室结折返性心动过速、房室折返性心动过速、心房扑动、房性心动过速等)。

2. 药物难以控制的室性心动过速(束支、分支性室速、起源于右心室流出道的室速或其他经电生理检查确定的折返性室速)。

【禁忌证】

1. 病因可去除的心动过速(包括急性心肌梗死、心肌炎急性期、药物或其他理化因素所致）。

2.存在预激综合征或房室结双径路，但无或很少有心动过速发生。

3.存在行心导管检查的其他禁忌证（如妊娠期妇女、感染、过敏、严重肾、脑疾患、全身状况差等）。

【房室结折返性心动过速射频消融】

1.一般步骤

(1)常规消毒、铺巾、1％利多卡因局麻。

(2)经左锁骨下静脉(或右颈静脉)穿刺途径送冠状窦电极至冠状窦，经股静脉穿刺途径将3条电极导管分别置于右心房上、希氏束和右心室。

(3)按常规行心内电生理检查。

2.慢径消融的方法和步骤

(1)标测：右前斜30°透视，将希氏束与冠状窦口之间区域分为三等份，自上而下依次为A区、B区、C区，而冠状窦口下方为D区，冠状窦口内侧为E区。以大头电极从C区和D区开始标测，不成功则需移至B区和E区。

(2)位置满意的靶点图形特征

①大V小A波，A/V比值≤1/4。

②A波与V波之间无H波或右束支波形。

③A波碎裂、多峰、时限宽(＞50毫秒)。

④图形稳定。

(3)射频电流发放的观察指标

①立即终止放电指标：P-R或A-H突然延长(≥50％)；出现二度房室传导阻滞(AVB)；连续的交界性心律，特别是出现室房分离的快速性交界性心动过速。

②治疗有效可继续放电而需密切观察的指标：间断出现交界性期前收缩，交界性逸搏，短阵的交界性心动过速或交界性逸搏心律。

(4)射频电流发放方式

①试验性发电：标测满意后可选能量20～40W，放电5～10秒，如有效应继续治疗性放电30～90秒。10秒内未出现以上观察指标，则应停止放电后重标。

②治疗性放电后应在原位以原能量(或增加能量5～10W)进行巩固性放电30～90秒。放电过程中出现终止放电指标应立即终止放电，结束操作。

(5)慢径消融成功的标准

①重复术前的诱发试验，心动过速不能被诱发，即使静脉滴注异丙肾上腺素也不能诱发。

②电生理检查程序刺激时，A-H跳跃现象消失，或虽仍有跳跃式延长但无心房回波或仅有一个回波而不诱发心动过速。

【房室旁路射频消融】

1.一般步骤　1～3步同房室结内折返性心动过速。

(1)粗表旁路定位

①显性预激：在窦律或心房刺激下，同步描记右心房下、冠状窦远、近端和希氏束电图，标出A-V最短，V最领先处以初步确定旁路位置。

②隐匿性预激：在右心室 S₁S₁ 刺激或心动过速发作时同步描记右心房下、冠状窦远、近端

和希氏束电图,标出 V-A 最短处以初步确定旁路位置。

(2)旁路细标定位

①右侧旁路:左前斜 45°,以大头电极在三尖瓣的心房侧(小 A 大 V 波,A/V≤1/4)标记。

②左侧旁路:经右股动脉穿刺,经动脉鞘管注入肝素 3 000～5 000U(每延长 1 小时,追加肝素 1 000U),送入大头电极至左心室。取右前斜 30°,大头电极在二尖瓣环左心室侧标记。

③射频消融"靶点"定位标准

显性旁路:在窦律或心房刺激下标测大头电极电图 A-V 融合或最短其间有碎裂波,V 波比体表心电图 delta 波提前 10～40 毫秒。

隐匿性旁路:在心室起搏或心动过速时标出大头电极电图 V-A 融合处。

2. 射频电流发放

(1)左侧旁路消融首选能量 10～20W,右侧旁路首选 20～30W。

(2)显性预激在窦律时放电,隐匿性预激在心室起搏下或也可在窦律下放电。尽量避免在心动过速时放电。

(3)试验性放电 5～10 秒,如 5 秒内能阻断旁路,则继续治疗性放电 30～90 秒,如 10 秒内旁路不阻断,则终止放电,重新细标。试验性放电旁路阻断的标志:放电 5 秒内出现以下现象:

①显性预激 delta 波突然消失。

②隐匿性预激在心室起搏下消融,出现 V-A 分离或原融合的 V-A 分开。

③心动过速突然终止。

(4)治疗性放电后,再在原位以原能量(或增大 5～10W)行巩固性放电 60 秒,1～2 次。

(5)巩固性放电后,观察 10～15min,如无旁路前传或逆传功能复发,即可结束操作。

3. 旁路消融成功标准

(1)房室旁路的前传功能阻断:delta 波消失。

(2)房室旁路的逆传功能阻断:心室起搏见室房分离或 V 与 A 距离拉开,或呈室房递减传导且希氏束导管 A 波最早。

六、冠状动脉介入诊疗技术

(一)选择性冠状动脉造影术

【适应证】

1.急性心肌梗死,发病<6 小时或虽>6 小时但仍有持续胸痛,拟行急诊冠脉血管重建术者。

2.不稳定型心绞痛药物治疗效果欠佳,需明确冠脉病变情况而行介入或手术治疗者。

3.稳定型心绞痛为了解冠脉病变情况选择介入或手术治疗者。

4.临床怀疑冠心病确有必要肯定或排除诊断者。

5.临床怀疑有先天性冠脉畸形或其他冠脉病变(如冠状动静脉瘘)。

6.外科手术前了解冠脉情况。

7.冠脉介入或旁路移植术后复诊或又复发心绞痛需了解血管通畅情况者。

【禁忌证】

1.对碘过敏者。

2.有严重心肺功能不全者。

3.有严重肝肾功能不全者。

4.频发顽固室上速或室速,二度以上房室传导阻滞者。

5.有电解质紊乱明显低钾(尤其在使用洋地黄和利尿药过程中)者。

6.合并严重感染者。

【手术步骤及要点】

1.常规消毒、铺巾、1‰利多卡因注射液局麻。以 Seldinger 技术穿刺股动脉或桡动脉。

2.动脉鞘管和各种导管到位后必须用肝素盐水认真冲洗。

3.动脉鞘插入后,即经鞘注入肝素 25mg(3 000U)。

4.猪尾管进入左心室后即记录左心室压,行 RAO 30°。或加 LAO 60°左心室造影(每秒 10～16ml,共 30～40ml),记录左心室—主动脉连续压。

5.冠脉造影的每一步骤均需在严密监视心电、压力下进行。

6.左冠造影常规位:左前斜 45°+头 25°,右前斜 30°+头 25°,右前斜 30°+足 25°,左前斜+足位。每次注入造影剂 4～8ml。必要时加照其他体位。

7.右冠造影常规位:头位 20°,左前斜 45°,右前斜 30°。每次注入造影剂 2～6ml。必要时加照其他体位。

8.造影异常者,如无禁忌,需冠脉内注入硝酸甘油 0.1～0.2mg。

9.退出导管,拔除鞘管后血管穿刺处压迫止血,加压包扎。

(二)冠脉内支架术

【适应证】

1.稳定型心绞痛经药物治疗后仍有症状,狭窄的血管供应中到大面积处于危险中的存活心肌的患者。

2.有轻度心绞痛症状或无症状但有心肌缺血的客观证据,狭窄病变显著,病变血管供应中到大面积存活心肌的患者。

3.介入治疗后心绞痛复发,管腔再狭窄的患者。

4.急性心肌梗死发病后 12 小时内,梗死相关血管未再通者。

5.冠状动脉旁路移植术后心绞痛复发者。

6.不稳定型心绞痛经积极药物治疗,病情未能稳定;发作时心电图 ST 段压低超过 0.1mV,持续时间超过 20 分钟,血肌钙蛋白升高者。

【手术步骤与要点】

1.常规消毒、铺巾、1‰利多卡因注射液局麻。以 Seldinger 技术穿刺股动脉或桡动脉。

2.动脉鞘管和各种导管到位后必须用肝素盐水认真冲洗。

3.动脉鞘插入后,即经鞘注入肝素 10 000U。手术每增加 1 小时追加 1 000U。

4.严格检查各系统处于密闭状态,防止空气进入,保证压力,心电检测工作正常。

5.插入导引导管至冠脉口,选择好最佳投照角度,进行预扩张前造影。确保持续压力、心电监测。

6.经导引导管送入导引导丝跨过病变部位至病变血管远端。

7.沿导引导丝送入球囊导管,确认球囊抵达病变部位后行预扩张。

8.撤出球囊,沿导引导丝送入支架至病变处,精确确定支架位置。

9.扩张支架。

10. 退出球囊后重复造影证实扩张满意,无并发症后撤出导丝、导管,经股动脉途径者固定动脉鞘管,无菌包扎送返病房;经桡动脉途径者可即刻拔除鞘管,加压包扎。

七、经皮球囊二尖瓣成形术

【适应证】

1. 单纯二尖瓣狭窄或伴轻度二尖瓣关闭不全或轻度主动脉瓣病变。

2. 二尖瓣瓣口面积 $0.5\sim1.0cm^2$。

3. 二尖瓣瓣叶较柔软、有弹性、无明显增厚和钙化,瓣下结构病变较轻。

4. 心功能Ⅱ～Ⅲ级。

5. 风湿活动控制3个月以上,感染性心内膜炎治愈3个月以上,房颤患者抗凝治疗3个月以上。

【禁忌证】

1. 合并中、重度主动脉反流或二尖瓣反流。

2. 二尖瓣瓣叶及瓣下结构病变严重。

3. 合并左心房血栓、风湿活动、感染性心内膜炎。

4. 脊柱及胸廓畸形、巨大右心房、心脏和大血管转位、主动脉根部瘤。

5. 急性心力衰竭、全身状态差。

6. 凝血机制障碍。

【操作步骤】

1. 右腹股沟区常规消毒铺巾,1‰利多卡因注射液局麻。

2. 应用 Seldinger 技术穿刺右股静脉置入8或9F鞘管;穿刺右股动脉置入6F鞘管。

3. 酌情经股静脉送入 Swan-Ganz 导管行右心导管检查;经股动脉送入猪尾导管,测左心室压、主动脉压,必要时做左心室造影。

4. 经右股静脉送 Brockenbrough 导管行房间隔穿刺,经卵圆窝处穿刺房间隔。缓慢推进Brockenbrough 导管进入左心房,拔出穿刺针,注入肝素 1mg/kg。

5. 经 Brockenbrough 导管送入引导钢丝(两圈半或猪尾钢丝)至左心房,拔出 Brockenbrough 导管,沿钢丝用14F扩张器扩张皮肤软组织及房间隔。

6. 将被金属延伸管拉长变细的 Inoue 球囊导管沿左心房引导钢丝送至左心房后,退出金属延伸管和左心房引导钢丝,用少量稀释造影剂充盈前端球囊。

7. 取右前斜位30°,应用二尖瓣导向探条将球囊导入左心室,再充盈前端球囊回撤至二尖瓣瓣口处,迅速完全充盈球囊3～5秒后快速排空球囊,退至左心房。

8. 检查扩张效果,如不满意,可增加球囊直径 0.5～1.0mm 再次扩张。满意扩张后,重新插入左心房导引钢丝,沿钢丝送入球囊金属延伸管,使球囊伸长变细后退出。

9. 术毕压迫止血 30min,加压包扎,沙袋压迫。

10. 球囊直径选择(身高法):预计球囊直径(mm)＝身高(cm)÷10＋10。

八、动脉导管未闭封堵术

【适应证】 左向右分流不合并需外科手术的心脏畸形的各种类型动脉导管未闭(PDA)。

1. PDA 最窄直径≥2.0mm;年龄通常≥3个月,体重≥4kg。

2.外科术后残余分流。

3.感染性心内膜炎治愈1个月以上,瓣膜和PDA内无赘生物者。

4.合并严重肺动脉高压时,股动脉血氧饱和度≥90%,可考虑行介入治疗。

【禁忌证】

1.感染性心内膜炎、动脉导管未闭内有赘生物者。

2.严重肺动脉高压出现右向左的分流,肺阻力>10 wood单位。

3.合并依赖PDA存在的心内畸形。

【操作步骤】

1.诊断性心导管术

(1)麻醉:成人或年长儿1%利多卡因局部麻醉,小儿静脉复合麻醉。

(2)常规穿刺右股动、静脉,送入动、静脉鞘管,4kg以下婴幼儿动脉选用4F鞘管,以防动脉损伤。行主动脉弓降部造影,测量PDA直径,了解其形态及位置。常规选择左侧位90°造影。成人在此位置不能清楚地显示时可加大左侧位角度至100°～110°或采用右前斜位30°加头15°～20°来明确解剖形态。注入造影剂的总量为≤5ml/kg,术中用肝素0.5mg/kg。

2.Amplatzer法　先用钢丝建立股静脉-右心室-肺动脉-动脉导管-降主动脉轨道,沿钢丝将输送鞘管经右股静脉送至降主动脉。选择比所测PDA最窄直径大2～4mm的封堵器(小儿可达6mm)。将其安装于输送钢丝的顶端,排空封堵器内气体。透视下沿输送鞘管送至鞘管顶端,将鞘管及输送钢丝一起回撤至PDA的主动脉侧,然后固定输送钢丝,仅回撤输送鞘管至PDA的肺动脉侧,将封堵器释放在PDA内,观察其位置合适、形状满意,无或仅有微到少量残余分流,且听诊无心脏杂音时,可操纵旋转柄将封堵器释放。重复右心导管检查,测肺动脉－主肺动脉和升主动脉－降主动脉压,然后撤出鞘管压迫止血。

九、房间隔缺损封堵术

【适应证】

1.继发孔型房间隔缺损,最大伸展直径<34mm。

2.房间隔缺损位于房间隔中央,上下房间隔残端边缘大于5mm;边缘距冠状窦和肺静脉5mm以上。

3.卵圆孔未闭,尤其合并脑栓塞者。

【禁忌证】

1.伴有右向左分流的肺动脉高压患者。

2.合并部分或完全性肺静脉异位引流。

3.筛网状房间隔缺损,多发性房间隔缺损。

4.房间隔缺损合并其他先天性心脏畸形。

5.左心房内隔膜。

【操作方法】

1.麻醉:成人或年长儿1%利多卡因局部麻醉,小儿静脉复合麻醉。

2.穿刺股静脉,放置6F或7F鞘管。

3.全身肝素化:100U/kg,术程超过3小时,每小时追加1 000U肝素。

4.将端孔导管经房间隔缺损送至左心房-左上肺静脉,经导管送入260cm加硬导引钢丝至左上肺静脉,退出导管及外鞘,保留钢丝于左上肺静脉内。

5.沿钢丝送入长鞘至左心房中部,撤出钢丝及扩张管,用肝素盐水冲洗长鞘,确保长鞘通畅及无气体。

6.生理盐水浸湿封堵器,将推送管插入负载导管内,与封堵器的螺丝口旋接,封堵器完全浸湿在肝素盐水中,回拉椎送杆,使封堵器装入负载导管内。

7.将负载导管插入长鞘,推送推送杆使封堵器至左心房,在左心房内打开封堵器的左心房面及腰部,使其恢复成圆盘状,回拉鞘管及输送杆,使封堵器左心房面与房间隔紧密接触,回撤鞘管,打开封堵器右心房面。

8.在超声下观察封堵器的位置及是否有残余分流,如无残余分流且封堵器位置满意,不影响二尖瓣的开放及关闭,则轻轻推拉推送杆,体会封堵器是否牢固卡在房间隔上面。如封堵器较牢靠,则旋转推送杆使其与封堵器分离;若位置不满意或二尖瓣受影响,则回拉推送杆依次收回右心房侧及左心房侧封堵伞,重复上述操作,直至位置满意,然后撤出长鞘及所有导管,压迫止血,结束手术。

十、室间隔缺损封堵术

【适应证】

1.年龄>3岁,体重≥8kg,有左心室容量负荷增加,心脏增大,反复心力衰竭、患感染性心内膜炎病史;有轻到中度肺动脉高压而无右向左分流的室间隔缺损(VSD)。

2.左室面缺损3~10mm,儿童缺损直径应≤8mm;缺损缘距主动脉右冠瓣距离≥1mm,距三尖瓣距离≥2 mm,无明显三尖瓣发育异常及中度以上三尖瓣反流。合并有主动脉右冠瓣脱垂,但是瓣叶未遮挡缺损口且不合并有主动脉瓣反流。

3.伴有室间隔膜部瘤时,缺损左心室面直径应≤20mm,右心室面出口小且粘连牢靠;当右心室面多孔时,其一缺损孔直径应≥2mm;膜部瘤形成的瘤体不能造成右心室流出道狭窄。

4.膜部室缺外科修补术后有血流动力学改变的残余分流。

5.合并有介入适应证的房间隔缺损、动脉导管未闭、肺动脉瓣狭窄及肌部室缺等,均可同时进行介入治疗。

6.心肌梗死后室间隔穿孔或外伤VSD。

【禁忌证】

1.室缺有自然闭合趋势者。

2.合并严重的肺动脉高压而致右向左分流者。

3.膜部室缺局部解剖结构不适合行介入治疗或缺损过大。

4.合并其他先天性心脏畸形必须开胸手术矫治者。

【操作方法】

1.成人或年长儿1%利多卡因局部麻醉,小儿静脉复合麻醉;穿刺股动、静脉,放置6F或7F鞘,行左、右心导管检查。送入猪尾导管,逆行进入左心室,取左前斜位45°~60°加头位25°~30°行左心室造影,观察测量VSD的大小及位置,以作为选择大小合适封堵器的依据。

2.从动脉鞘内送入4~5F Cobara导管或经塑型的JR 4冠脉造影导管至左心室,操纵导管经VSD进入右心室,经导管送入交换导丝从右心室入肺动脉(或上腔静脉);再经股静脉送入圈套器依次至右心房-右心室-肺动脉(或上腔静脉),用圈套器抓住导丝回撤至股静脉并拉至体外,沿导丝经股静脉送入长鞘经 VSD 至左心室,然后退出导丝及扩张管,保留长鞘在主动脉瓣下或心尖部。

3. 生理盐水浸湿封堵器,将推送杆与封堵器连接,插入负载鞘管内,将负载鞘管插入长鞘,在 X 线下及超声指引下推送推送杆,使封堵器至左心室,在左心室内打开封堵器的左心室面(偏心型封堵伞须使封堵器边缘较长的一侧转向心尖侧),轻轻回拉鞘管及输送杆直至有阻力,通过 X 线、超声确定封堵器位置,如合适,回撤鞘管,释放右心室盘片,使腰部卡于 VSD 口处,两盘片贴于室间隔两侧。

4. 经超声检查证实不影响主动脉瓣、二尖瓣及三尖瓣的开放及关闭。心电图监护无房室传导阻滞,左心室造影确定封堵器大小合适,无明显分流后,即逆向旋转推送杆,释放封堵器。否则回收封堵器,重新操作。

5. 撤出鞘管,穿刺处压迫止血,加压包扎。

(韩旭晨)

第三节 消化系统疾病诊疗技术

【技能目标】

1. 熟悉食管 24 小时监测及十二指肠引流方法。
2. 掌握三腔二囊管压迫止血的使用方法及注意事项。
3. 掌握消化道大量出血的抢救技术。
4. 熟悉消化道纤维内镜检查技术,掌握其临床应用的适应证与禁忌证。

一、三腔二囊管压迫术

【操作步骤】

1. 插三腔二囊管前检查气囊是否漏气,管腔是否通畅,并分别标记出三个腔的通道。先测试气囊的注气量(一般胃和食管气囊的注气量分别为 200 和 100ml),要求在注气后气囊有足够大小。

2. 在三腔管前段、气囊部及患者鼻腔处涂以液状石蜡润滑,并用注射器抽尽气囊内残留气体后夹闭导管。

3. 患者取半卧位,自鼻腔或口腔插入三腔管,至咽喉部时,嘱患者做吞咽动作以通过三腔管。当到达 65cm 处,并在胃管内抽得胃液后,提示头端已达胃部。

4. 向胃气囊内注气,使胃气囊膨胀以压迫曲张的胃底静脉,注气量可根据事先测定的最大注气量决定。将开口部反折后,用夹子夹紧,向外牵引三腔管,遇阻力时表示胃气囊已达胃底部,在有中等阻力的情况下,用宽胶布将三腔管固定于患者面部,用 1 只 250g 重的沙袋(或相等重的物品)通过滑车装置牵引三腔管,并固定于床架上,以免三腔管滑入胃内。

5. 向食管气囊注气 100ml 左右,以压迫食管下 1/3 段的曲张静脉,开口部反折后用夹子夹紧。用注射器吸出全部胃内容物。

6. 用血压计测定气囊内压力,一般胃气囊应为 6.6～7.9kPa (50～60mmHg),食管气囊为 4～5.3kPa(30～40mmHg)。为补充测压时的外逸气体,测压后可补注气体 5ml。将胃管连接于胃肠减压器上,可自引流物观察止血效果。

7.出血停止24小时后,可放去食管气囊内的气体,放松牵引,继续观察出血情况。24小时后仍无出血,可拔除三腔管。拔管前口服液状石蜡20～30ml,抽尽食管囊及胃囊内的气体,缓缓拔管。观察囊壁上的血迹,借以了解出血的大概部位。

【注意事项】

1.使用前检查三腔管上各长度标记是否清晰,三个腔通道的标记是否正确和易于辨认,各管腔是否通畅,气囊有否漏气,气囊膨胀是否均匀,并精确测量各囊最大注气量。

2.胃气囊充气量必须足够,以使胃气囊充分膨胀,防止在向外牵引三腔管时因胃囊过小滑过贲门进入食管。

3.食管囊注气不可太多,以免过分压迫食管黏膜引起坏死。

4.每隔12～24小时应将食管气囊放气及缓解牵引1次,以防发生黏膜糜烂,放气前先口服液状石蜡20ml。每次放气时间为30分钟。

5.三腔管压迫期限一般为72小时,若出血不止,可适当延长。压迫无效者,应及时检查气囊内压力,偏低者须再注气,注气后压力不升者,提示囊壁已破裂,应及时处理。

6.操作时必须警惕置管可引起血液反流进入气管而致窒息。

二、食管 24 小时 pH 监测

【操作步骤】

1.试验前先检查三腔管是否通气,并做注气试验,分别标记三个腔通道,并认出管腔上45cm、60cm 处刻度。将三腔管远端及气囊涂液状石蜡。在体外用 pH 为 1.07 及 7.01 的标准缓冲液冲洗正电极,参考电极置于剑突下。

2.自鼻腔插入 pH 电极,置于食管下括约肌(LES)以上 5cm 处,该部位的确定对监测的准确性十分重要,可用测压法、pH 梯度法或在内镜下或 X 线透视下定位。

3.将电极导管固定于面颊部,连接盒式记录仪。

4.检查完毕,将记录仪与计算机连接,输入数据,根据临床需要分析食管 24 小时的 pH 变化情况。

【注意事项】

1.检查前 3 日停用影响胃酸分泌及胃肠动力的药物。

2.国内常用 pH 电极为单极单晶锑电极,需同时使用体外参考电极;结合玻璃电极则无须用参考电极。

3.腐蚀性食管炎禁忌插电极。

4.正常 24 小时食管 pH 参考值:pH<4 的总时间<4%,pH<4 的反流次数<60 次,反流持续>5 秒的次数≤2 次,最长反流持续时间<16 秒。

三、上消化道内镜检查

【适应证】

1.吞咽困难,胸骨后疼痛、烧灼,上腹部疼痛、不适、饱胀、食欲缺乏等上消化道症状原因不明者。

2.上消化道出血原因不明者。

3.X 线钡剂检查不能确诊或不能解释的上消化道病变。特别是黏膜病变和疑有肿瘤者。

4.需要随访观察的病变。

5.药物治疗前后对比观察或手术后的随访。

6.需做内镜治疗的患者,如摘取异物、上消化道出血的止血及食管静脉曲张的硬化剂注射与结扎、食管狭窄的扩张治疗、上消化道息肉摘除等。

【禁忌证】

1.严重心肺疾患,如严重心律失常、心力衰竭、心肌梗死急性期、严重呼吸衰竭及支气管哮喘发作期等。轻症心肺功能不全不属禁忌,必要时酌情在监护条件下进行。

2.休克、昏迷等危重状态。

3.神志不清、精神失常致检查不能合作者。

4.食管、胃、十二指肠穿孔急性期。

5.严重咽喉部疾患、腐蚀性食管炎和胃炎、巨大食管憩室、主动脉瘤及严重颈胸段脊柱畸形等。

6.急性传染性肝炎或胃肠道传染病一般暂缓检查;慢性乙、丙型肝炎或抗原携带者、艾滋病患者应备有特殊的消毒措施。

【操作步骤】

1.检查前准备

(1)检查前禁食至少 5 小时。

(2)麻醉:检查前 5～10 分钟用 2％利多卡因喷雾咽部 2～3 次或吞服 1％丁卡因甘油冻,后者兼具麻醉及润滑作用。

(3)口服去泡剂:可用二甲硅油去除胃、十二指肠黏膜表面泡沫,使视野更加清晰。去泡剂也可不用。

2.操作要点

(1)患者取左侧卧位,双腿屈曲,头垫低枕,使颈部松弛,松开领口及腰带。取下义齿。

(2)口边置弯盘、嘱患者咬紧牙垫,铺上消毒巾或毛巾。

(3)医生左手持胃镜操纵部,右手持前端约 20cm 处,直视下将胃镜经咬口处插入口腔,缓缓沿舌背、咽后壁插入食管。嘱患者做深呼吸,配合吞咽动作将减少恶心,有助于插镜。注意动作轻柔,避免暴力,勿误入气管。

(4)胃镜先端通过齿状线缓缓插入贲门后,在胃底部略向左、向上可见胃体腔,推进至幽门前区时,俟机进入十二指肠壶腹部,再将先端右旋上翘 90°,操纵者向右转 90°,调整胃镜深度,即可见十二指肠降段及乳头部。由此退镜,逐段观察,配合注气及抽吸,可逐一检查十二指肠、胃及食管各段病变。

(5)对有价值部位可摄像、活检、刷取细胞涂片及抽取胃液检查助诊。

(6)退出胃镜时尽量抽气,防止腹胀。检查患者应于 2 小时后进温凉流质或半流质饮食。

【注意事项】

1.食管、胃、肠穿孔也多由于操作粗暴,盲目插镜导致。如发生食管穿孔,立即出现胸背上部剧烈疼痛,纵隔颈部皮下气肿,X 线摄片可确诊,应急诊手术治疗。

2.感染:伤口继发感染,可术后用 3 天抗生素。为防止乙、丙型病毒性肝炎传播,要求患者在做胃镜前应检测乙、丙型肝炎病毒标志,对阳性者用专用内镜检查,并对内镜活检钳和管道应充分消毒,清水冲洗。

3.低氧血症:是由于内镜压迫呼吸道引起通气障碍,因病人紧张憋气所致,停止检查,吸氧一般都能好转。

四、上消化道出血内镜治疗技术

【适应证】

1. 急诊内镜在急性发病后 24～48 小时内进行检查和治疗。

2.内镜下止血是救治上消化道出血最简易、可靠的方法。

3.对诊断出血部位和病因,准确率达 90% 以上。

4.通过内镜进行局部用药治疗。

5.上消化道狭窄扩张治疗;胰胆管造影。

6.胃或十二指肠、空肠补充营养、给药及胃肠减压经皮穿刺内镜下胃造口术。

7.诊断与治疗胆系结石和恶性肿瘤引起的急症。

【治疗技术】

1. 止血

(1)药物止血

①药物喷洒:适用于面积较大但出血量不大的黏膜糜烂渗血、肿瘤破溃渗血。药物可选用冰盐水去甲肾上腺素(8mg/100ml)或凝血酶(200～400U 加入 20ml 生理盐水中)喷洒。

②局部注射法:适用于出血病灶可见血管者或有红斑、黑苔者。药物有硬化剂,常用 1% 乙氧硬化醇和 5% 鱼肝油酸钠;高渗钠,常用肾上腺素盐水溶液;无水乙醇等。

局部注射法是在内镜直视下,经内镜注射针将止血药或硬化剂注射至出血病灶内,达到止血目的。

(2)高频电凝止血:是内镜下止血,尤其介入治疗后较常用的止血方法之一,适用于活动性渗血、非喷射状出血、有血凝块或黑苔、血管显露及散在的出血点等。

(3)其他:如激光止血、微波止血、热探头止血、结扎止血、止血夹止血等。

2. 内镜扩张治疗 内镜扩张治疗,可用于某些疾病导致的上消化道狭窄,如上消化道术后吻合口狭窄、食管炎性狭窄、消化系统溃疡并发幽门梗阻、瘢痕性食管狭窄等疾病,通过内镜扩张治疗均可取得一定疗效。

3. 经内镜引导 经内镜引导,置管到达所需部位(胃、十二指肠、空肠),以补充营养、给药及胃肠减压,经皮穿刺内镜下胃造口术。

经皮穿刺内镜下胃造口术,用于各种原因造成经口进食困难而胃肠道功能正常,需要长期营养支持者。行经皮穿刺内镜下胃造口术,以便进行胃肠道营养和(或)减压。

4. 胆道系统急症 内镜治疗亦是诊断与治疗胆系结石和恶性肿瘤引起的急症的重要措施,它包括内镜逆行胰胆管造影(ERCR)的 X 线诊断及内镜乳头括约肌切开术(EST)。可见消化道内镜技术在急危重症的救治中具有广阔前景。

上消化道异物在急诊临床工作中并不罕见,以往多需外科手术治疗,近年来,经内镜取异物已在临床尤其是急诊得到广泛地应用,是目前治疗上消化道异物的首选方法。它不仅可避免外科手术带来的创伤,而且方法简便易行、并发症少、成功率高。

【注意事项】

1.急诊医师遇到上消化道异物稍观察一段时间后,如确认异物不能自然排出时,应及早经内镜取出。

2. 对易损伤消化道黏膜致穿孔和能引起全身中毒的异物,应尽早行内镜取出术,以避免异物坠入小肠而失去内镜取出的时机。

3. 上消化道异物取出后,应密切观察有无消化道损伤,如出血、穿孔等迹象。

4. 常规观察 8 小时以上,经 X 线检查无异常,患者无明显不适,方可离开医院。

五、肝穿刺抽脓术

【适应证】 肝脓肿。

【禁忌证】

1. 肝包虫患者。

2. 严重贫血和全身极度衰弱者为相对禁忌证。

【治疗技术】

1. 术前测定血小板、出凝血时间、凝血酶原时间与血压。如有异常者应肌内注射维生素 K_3,至上述指标接近正常,方可进行穿刺。如疑为细菌性肝脓肿,应在抗生素控制下穿刺;如疑为阿米巴肝脓肿,应先用甲硝唑、氯喹等抗阿米巴药物治疗 2~4 天,待肝充血和肿胀稍减轻再行穿刺。术前向患者解释穿刺目的,训练屏息方法。有咳嗽或不安者,术前可给予可待因或地西泮。患者取平卧,肩外展,屈肘,右手置枕后以张大肋间,腰下铺放腹带。常规消毒铺巾,局部麻醉。

2. 穿刺部位,一般取右侧腋中线第 8、第 9 肋间隙、肝实音处穿刺,如有明显压痛点,可在压痛点处穿刺。如压痛点不明显或病变位置较深,则应做超声检查进行脓腔定位后再行穿刺。

3. 用血管钳夹闭穿刺针栓后的短胶管或关闭三通开关通路。将穿刺针刺至皮下,嘱患者屏住呼吸,此时将针头刺入肝内并继续缓慢推进,待抵抗感突然消失提示已进入脓腔;或在超声波引导下将穿刺针刺入脓腔,此时,患者可浅表呼吸。连接 50ml 注射器,去夹(或开放三通开关通路)抽吸,若未抽得脓液,可在注射器保持负压下前进或后退少许,如仍无脓液,应嘱患者屏气,将针退至皮下,让患者呼吸片刻,再按上法于屏气时更换方向进行穿刺抽吸,一般以 3 次为限。抽到脓液后,应尽量抽净,再用抗生素反复冲洗脓腔 3~4 次。诊断性肝穿刺可用不带短胶管的穿刺针,接以 10ml 注射器,参照上述方法进行穿刺。

4. 注意抽出脓液的颜色与气味,如黏液黏稠则用无菌生理盐水稀释后再抽。如脓腔大需反复抽脓,可经套管针穿刺后插入引流管,留置于脓腔内持续引流排脓。

5. 记录取液量,留标本送检。

6. 术毕拔出针后,盖消毒纱布,压迫数分钟后,用胶布固定。加压小沙袋,并用多头带将下胸部束紧,静卧严密观察 8~12 小时。

【注意事项】

1. 出血倾向和凝血异常,严重贫血和全身极度衰弱者,应积极处理后慎重穿刺。

2. 一定在患者屏住呼吸状态下进行穿刺和拔针,穿刺时要抑制咳嗽和深呼吸,同时切忌针头在肝内转换方向,以免肝组织撕裂导致大出血,穿刺深度一般不超过 6~8cm。抽脓过程中,不需要用血管钳固定穿刺针,可让针随呼吸摆动,以免损伤肝组织。

3. 注射器抽满脓液须卸下时,应先夹闭管腔,以防空气进入。如用带三通开关的穿刺针,则无须卸下注射器即可将脓汁排出。

4. 术后局部疼痛可服止痛药,如右肩部剧痛伴气促,多为膈损伤,除止痛外同时严密观察有无腹疝或内出血征象,必要时紧急输血,并请外科会诊。

5. 脓腔注入抗阿米巴药物及抗生素等。

(张永旺)

第四节　泌尿系统疾病诊疗技术

【技能目标】

1. 掌握血液透析的检查方法及临床意义。

2. 熟悉血液滤过技术的临床应用情况,了解人工肝血浆置换技术的内容和方法。

一、血液透析

【适应证】

1. 急性肾衰竭,如有血中钾离子过高、严重水肿、尿毒症状出现时。

2. 慢性肾衰竭。

3. 顽固性水肿。

4. 急性药物中毒。

5. 体内代谢异常。如血中尿酸过高,血钙过高等。

【目的】

1. 排除体内毒素。

2. 清除体内多余水分。

3. 纠正电解质及酸碱紊乱。

【操作方法】

1. 用物准备:治疗车、治疗盘、治疗穿刺包、棉签、碘仿、胶布、止血带、血管钳2或3把。

2. 准备过程:打开电源开关,选择透析液模式(水剂或干粉),冲洗10分钟,连接浓缩液,检查机器运转是否正常(电导度、温度),核对通知单病人姓名,检查管路及透析器是否完好无损,检查透析器与管路是否一致及消毒日期,正确安装管路、透析器,检查管路、透析器有无破损漏气,注入肝素20mg于管内循环。

3. 再次检查机器是否处于备用状态。检查患者的血管通路并选择好穿刺包,准备胶布(5条),以进针点为中心,螺旋形消毒直径5cm(2遍)。检查穿刺针及小帽是否拧紧。扎止血带叮嘱患者握拳,穿刺针拧下小帽连接含所需肝素的20ml针筒行静脉穿刺。左手绷紧皮肤,右手持针,针头与皮肤成15°~30°角,同上方法消毒内瘘,再行内瘘穿刺,三松一看:松止血带、松拳、松小帽子,看穿刺是否成功。穿刺要求:动脉针距瘘口≥5cm;动、静脉针尖距为8~10cm;不定点穿刺(距旧针眼≥1cm);肝素针筒内不遗留血迹,用灭菌纱布覆盖针眼,正确固定,防止滑脱。

4. 连接体外循环:①将动脉端血路管与动脉穿刺针连接并拧紧;②启动血泵,血流量150ml/min以内;③调节动、静脉壶平面;④按需放掉预冲量,关闭静脉端,同时关闭血泵;⑤将静脉端血路管与静脉穿刺针连接;⑥固定动、静脉血路管。

5. 调整各治疗参数:血流量,血透时间,超滤总量,肝素量,钠浓度。

6. 再次检查整个体外循环连接情况及核对治疗参数。操作后推治疗车回治疗室,整理用物,物归原处。洗手,登记 HD 记录单。

7. 携用品至患者床边,检查各治疗参数是否完成,检查挂于输液架上的生理盐水,松开固定的止血钳及胶布,将血流量调至 150ml/min 以内并关泵。回动脉端血液,夹动脉管分离动脉端。先开血泵,再打开动脉端夹子,用手翻转透析器,轻拍透析器,观察透析器及管路凝血情况,用生理盐水冲管,将残余血回输患者体内。关闭静脉穿刺针的夹子,拔针(A、V)正确止血。交代患者注意事项。从血透机上卸下透析器及管路并送至复用室。消毒或冲洗机器。完整填写血透记录并做好血透小结。

二、人工肝血浆置换

【适应证】 重型病毒性肝炎、急性妊娠脂肪肝、中毒性肝炎、酒精性肝炎、代谢性疾病及肝脏肿瘤等并发急性肝衰竭。

【操作方法】

1. 物品准备:人工肝室紫外线照射每天 1 小时,物品表面用 0.5% 84 消毒液擦拭,保持房间相对无菌。备 2 000~3 000ml 同型血浆,生理盐水 10 瓶、葡萄糖酸钙、异丙嗪、地塞米松等常规用药及急救药品、器械,穿刺针(16 号动静脉置管用蝶形留置针)2 个,基础治疗盘 1 套、垫巾 1 块、止血带 1 根、冲洗管 1 根、网套 10 个、治疗巾 1 块、透析机 1 台、单泵 1 个、血浆分离器 1 个、血浆成分分离器 1 个、透析管路 2 套。

2. 各管路、血浆分离器连接紧密,防止空气进入血液管路。严格无菌操作,穿刺成功后建立血管通路,连接血浆置换仪配套管路,打开流量泵进行血浆置换。

3. 开机,调试机器至准备状态。

4. 连接血浆分离器、血浆成分分离器及管路,并用生理盐水排尽空气,肝素盐水分别预冲分离器膜内、膜外。预冲膜外流速 40~60ml/min。

5. 选择血管,穿刺,建立血管通路(同"血液透析穿刺方法")。

6. 连接穿刺动脉端,将血引至体外,遵医嘱推注适量肝素,流经血浆分离器、血浆成分分离器,经静脉段回输体内,部分废弃血浆遵医嘱执行。测血压并记录。

7. 严格掌握血流速度,通常血浆分离和输入血浆流量 30~45ml/min,单次血浆置换量 2 000~3 000ml(每次血浆置换间隔时间 3~5 天,患者行 1~3 次血浆置换)。

8. 治疗时间通常 3 小时。

9. 治疗结束后,常规消毒穿刺点,拔掉动脉穿刺针,将外循环血液及血浆全部输回体内,拔掉静脉穿刺针,压迫止血。测血压并记录。

三、血液滤过

【适应证】 基本上与血液透析相同,适用于急、慢性肾衰竭,但在下列情况血液滤过优于血液透析。

1. 高血容量所致心力衰竭。

2. 顽固性高血压。

3. 低血压和严重水、钠潴留。

4. 尿毒症心包炎。

5. 急性肾衰竭。

6. 肝性脑病。

【操作方法】

1. 物品准备:治疗车、治疗盘、治疗穿刺包、棉签、碘仿、胶布、止血带、血管钳 2 或 3 把。

2. 建立动静脉血管通路及肝素化法:同血液透析。

3. 血液滤过器装置:常用有聚丙烯腈膜多层小平板滤过器(如 RP6 滤过器)、聚砜膜空心纤维滤过器(如 Diafilter TM30 Amicon)、聚甲基丙烯酸甲酯膜滤过器(如 Filtryzer B1 型、Gambro MF202 型)等。

4. 将患者的动静脉端分别与血液滤过器动静脉管道连接,依靠血泵和滤过器静脉管道夹子使滤过器血液侧产生 $13.33\sim26.66$ kPa($100\sim200$ mmHg)正压,调节负压装置,使负压达到 26.66 kPa,便可获得 $60\sim100$ ml/min 滤过液,与此同时补充置换液。如每次要求去除体内 1 000ml液体,则滤出液总量减去 1 000ml,即为置换液的输入量。

5. 置换液的组成及输入方法:由 Na^+ 140mmol/L、K^+ 2.0mmol/L、Ca^{2+} 1.85mmol/L、Mg^{2+} 0.75$\sim$1.0mmol/L、Cl^- 105$\sim$110mmol/L、乳酸根 33.75mmol/L 配成。可由滤过器动脉管道内输入或静脉管道内输入。

6. 根据患者病情,血液滤过 $2\sim3$ 次/周,$4\sim5$ 小时/次。

(王海峰)

第五节　血液系统疾病诊疗技术

【技能目标】

1. 掌握束臂试验的检查方法及临床意义。

2. 熟悉造血干细胞移植技术的临床应用情况,了解造血干细胞移植技术的内容和方法。

一、束臂试验(毛细血管脆性试验)

【适应证】

1. 血管壁功能异常的初步检查。

2. 血小板异常的初步检查。

3. 凝血障碍的初步检查。

【检查方法】

1. 患者取仰卧位或坐位,被检查侧上肢伸直,前臂屈侧向上,肌肉放松。于上臂缚以血压计袖带。

2. 在前臂肘下 4cm 处画直径 5cm 圆圈,观察圆圈内有无出血点,如有,则以墨水点上记号。袖带加压,压力保持在收缩压与舒张压之间,持续 8 分钟(如很快呈阳性现象,可提前减压,中止试验)。

3. 取下袖带,前臂上举休息 5 分钟,在所画圆圈范围内计数新的出血点,超过 20 个为阳性,并记下出血点数目。

【注意事项】　血管壁功能异常和血小板数量或功能异常均可导致束臂检查阳性,故还需结合其他检查才能明确诊断。

二、白血病细胞免疫表型检测技术

【适应证】 血液肿瘤的诊断及预后判断。

【操作方法】

1. 标本采集与处理

(1)受检者的准备:首选采骨髓血,常规选择髂后上棘作为骨穿部位;也可空腹采集静脉血。

(2)抗凝药:EDTA 或肝素抗凝血采集管。

(3)要求

①样本量至少 1~3ml。

②样本应在采集后 6 小时内处理,冷冻的标本不能用。

③样本白细胞计数应为$(4.0~10.0)×10^9$/L。若$>10.0×10^9$/L,样本需要稀释,用 PBS 稀释;若$<4.0×10^9$/L,应分离单个核细胞。

④溶血样本不能用。

2. 用物准备 试剂:单克隆抗体 1ml,全血溶血试剂(甲醛 70ml、碳酸钠 32ml、多聚甲醛 14ml),鞘液 20L,清洗液 5L,荧光微球 10ml。

3. 样本制备

(1)按照要求,分别向已编好号的试管中加入 $20\mu l$ 单克隆抗体和同型对照。

(2)分别向试管中加入混匀的 $100\mu l$ 抗凝血。

(3)混匀,避光,室温孵育 20~30min。

(4)溶血:①OptiLyse C 按说明书步骤溶血(溶血前确认 A、B、C 管路充满并能打出液体);②使用 COULTER Q-PREP 制备系统。流式细胞仪开机—显示 READY 灯亮—选择 35SEC 灯亮—开门—放入试管关门—自动进行溶血—显示 READY 灯亮—开门—取出试管—再进行下一个样品测定。

(5)上机测样:可根据样本情况选择洗或不洗上样。

4. 报告结果 报告百分数。

三、血液病染色体检查

【适应证】 血液肿瘤的诊断及预后判断。

【操作步骤】

1. 标本采集 样本 4℃保存,24 小时内送达实验室,以保持细胞处于活性状态。必要时可采用外周血。必须抗凝并注意无菌技术。取材量视白细胞计数高低而定,白细胞计数高于 $100×10^9$/L,取 0.5ml 即可;低于 $10×10^9$/L 取 3~5ml。

2. 培养

(1)直接法,样本采集后,直接加入秋水仙碱(终浓度 $0.05\mu g$/ml),摇匀后放置 37℃温箱内培养 1 小时。

(2)短期培养法,计数样本有核细胞数,按 $1×10^9$/ml 细胞接种浓度接种于含有 20%胎牛血清、L-谷氨酰胺 1640 培养基中,接种 2 瓶,每瓶 5ml。置 37℃温箱中培养 24~48 小时。某些类型白血病如 B 细胞慢性淋巴细胞白血病(CLL)需以多克隆 B 细胞活化剂(PBA)刺激。

常用的有美洲商陆(Pokeweed mitogen，PWM)、佛波酸酯(Tetradecaoyl-o-phorbol-13-acetate，TPA)及细胞松弛素 B、脂多糖(Lipopolysaccharide，LPS)等。T 细胞淋巴细胞白血病通常应用 PHA。

3. 收集细胞　离心 1 000 转/分，10 分钟，去上清。

4. 低渗　加入 37℃预温的 0.075mol/L KCl 溶液 8～10ml，用吸管打匀，置 37℃温箱中 30～40 分钟。

5. 预固定　加入 1ml 新鲜配制的固定液，用吸管打匀，离心 1 000 转/分，10 分钟。

6. 固定　去上清，沿管壁缓缓加入新鲜配制的固定液 8ml，打匀后置室温 30 分钟。

7. 离心　1 000 转/分，10 分钟，去上清。

8. 重复固定　重复第 6、第 7 步骤 2 遍，4℃冰箱内静置过夜。

9. 制备细胞悬液制片　离心后去上清，加入适量新鲜固定液，配制成合适浓度的细胞悬液，外观看似毛玻璃样即可，可用冰片法、火焰法制片。

【染色体书写方式】　书写方式：①染色体号数；②臂的符号；③区号；④带；⑤小数点；⑥亚带。如 1p33.11 读作：1 号染色体短臂 3 区 3 带 1 亚带 1。

【注意事项】

1. 外周血和骨髓细胞培养要注意无菌操作，避免细菌污染。

2. 终止培养时如想获得分带较多、较长的染色体，可用较低浓度的秋水仙碱或较短的处理时间。

3. 低渗处理后操作应特别注意，不要用力冲吸，离心速度不宜太快，以免细胞过早破裂，造成分裂细胞丢失。

四、血浆置换术

血浆置换术是指在血浆单采的同时，按血浆采出的速率，回输置换液给患者，并保持血循环量的恒定。目的是为了去除患者体内含有异常物质的血浆。

【适应证】　免疫性疾病、高黏滞综合征、高脂血症、急性化学中毒、急性代谢性中毒、血栓性血小板减少性紫癜等。

【操作方法】　第一个血浆容量置换后血浆中所含的致病物质浓度可下降 70%，置换效率最高，故建议每次血浆置换的量为一个血浆容量。置换速度为 30～50ml/min。置换的疗程可根据患者的年龄和病情而定。[患者血浆容量＝体重×7%×(1－血细胞比容)]

【注意事项】

1. 体外血循环的速度不能太快。

2. 单采血浆量与置换液量需相平衡，以防治心功能衰竭和休克。

3. 置换液宜适当保温，以防止心律失常。

4. 置换液原则上选择正常人血浆，如新鲜冰冻血浆。

5. 变态反应较常见。

6. 置换过程中患者体内血药浓度随之下降，需适当调整用药剂量，以维持治疗所需的药物浓度。

(王海峰)

第8章 外科学诊疗技术

第一节 麻醉技术

【技能目标】

1. 掌握椎管内阻滞麻醉、全身麻醉。

2. 熟悉神经干(丛)阻滞麻醉。

3. 了解局部麻醉。

一、局 部 麻 醉

用局部麻醉药(简称局麻药)阻断神经末梢或神经干(丛)的传导,以产生相应区域的无痛和肌肉松弛,称为局部麻醉。局部麻醉方法有表面麻醉、局部浸润麻醉、区域阻滞。

(一)表面麻醉

利用局麻药透过黏膜而阻滞浅表的神经末梢,称为表面麻醉。

【适应证】 眼、鼻、咽喉和尿道等处的浅表手术或内腔镜检查时常用此方法。

【操作步骤】

1. 眼部用 0.5%～1%丁卡因或 2%利多卡因点滴。

2. 鼻、咽喉及气管可用 1%～2%丁卡因或 2%～4%利多卡因涂敷或喷雾。

3. 尿道则可用上述药物做保留灌注。

【注意事项】 黏膜吸收局麻药迅速,特别是在黏膜有损伤时,其吸收速度接近静脉注射,故用药剂量应减少。

(二)局部浸润麻醉

沿手术切口线分层注射局麻药,使其在组织中阻滞神经末梢,称为局部浸润麻醉。

【适应证】 体表的创伤伤口。

【操作步骤】 先在手术切口线一端进针,针的斜面向下刺入皮内,注药后形成橘皮样隆起,称皮丘。将针拔出,在第一皮丘的边缘再进针,如法操作使成第二个皮丘,如此连续进行下去,在切口线上形成皮丘带。上述操作法的目的是使病人只有第1针刺入时有痛感。此后经皮丘向皮下组织注射局麻药,完成后切开皮肤和皮下组织。如手术要达到的部位还在深层,看到肌膜后,在肌膜下和肌层内再注药。分开肌肉后如为腹膜,应行腹膜浸润。如此浸润一层切开一层,注射器和手术刀交替使用,以期麻醉确切,用药时间比较分散,故单位时间内的药物剂量不会太大。常用药物为 0.5%普鲁卡因或 0.25%～0.5%利多卡因,如药液内含肾上腺素,其浓度可达 1:40 万。

【注意事项】 每次注药前都要回抽注射器,防止局麻药误入血管内产生毒性反应。

(三)区域阻滞

在手术区四周和底部注射局麻药,以阻滞小的神经干和神经末梢,称区域阻滞麻醉。

【适应证】 它较适用于一些肿块切除术,特别是乳房良性肿瘤的切除术,以及头皮手术和腹股沟疝修补术。囊肿切除常用此法,其优点在于避免穿刺病理组织。

【操作步骤】 常用0.5%普鲁卡因溶液或0.25%～0.5%利多卡因,包围手术区,在其四周和底部注射局麻药。

【注意事项】 每次注药前都要回抽注射器,防止局麻药误入血管内产生毒性反应。

(张明泽)

二、神经干(丛)阻滞麻醉

神经干(丛)阻滞麻醉是将局麻药注射至神经干(丛)旁,暂时阻滞神经的传导功能,达到手术无痛的方法。由于神经干(丛)是混合性的,所以不但阻滞部位的感觉神经被阻滞,运动神经和自主神经也不同程度地被阻滞。

【适应证】 神经干(丛)阻滞麻醉的适应证主要取决于手术范围、手术时间以及病人的精神状态及合作程度。只要阻滞的区域和时间能满足手术的要求,神经干(丛)阻滞麻醉可单独应用或作为辅助手段。

【禁忌证】 穿刺部位有感染、肿瘤、严重畸形以及对麻醉药过敏者应作为神经干(丛)阻滞麻醉的禁忌证。

【注意事项】

1. 神经阻滞多为盲探性操作,要求病人清醒合作,能及时说出穿刺针触及神经干时的异感,并能辨别异感放射的部位。

2. 神经阻滞的成功有赖于穿刺入路的正确定位。

3. 某些神经阻滞有几种不同的入路或方法,一般宜采用安全和易于成功的方法,但遇到病人穿刺入路有感染、肿瘤或畸形时,则需要变换入路。

4. 操作方法准确、轻巧。神经干(丛)旁常伴行血管,穿刺针经过的组织附近可能有脏器,误伤后可引起严重并发症或后遗症。

(一)颈神经丛阻滞

颈神经丛是由颈$_{1\sim4}$脊神经组成。

【适应证】 颈神经丛又分为浅丛和深丛,分别支配颈部相应的皮肤和肌肉组织。

1. 颈浅神经丛位于胸锁乳突肌后缘中点,从这点呈放射状向四周分支。如果手术区域仅在颈部皮肤区域,仅需在胸锁乳突肌后缘中点进针,在皮下及颈阔肌筋膜表面阻滞浅丛即可。

2. 如需进行颈部较深部位的手术,如甲状腺手术、气管切开手术等,则需阻滞颈深神经丛。颈深神经丛阻滞穿刺定位以确定第4颈椎横突为关键,一般情况下,第4颈椎横突在胸锁乳突肌及颈外静脉交叉点附近,当病人面向对侧,第4颈椎横突位于乳突与胸锁乳突肌短头外侧连线的中点附近。

【操作步骤】 颈神经丛阻滞的局麻药可选用1种局麻药,也可选用2种局麻药的混合液。

1. 临床上常采用1%～1.5%利多卡因、0.15%～0.2%丁卡因以及0.25%～0.375%布比卡因,一侧阻滞或双侧阻滞使用的药物剂量应在安全范围内,药液内应含1:20万肾上腺素。

2. 颈深神经丛阻滞,当穿刺针触及第4颈椎横突,回抽无血液或脑脊液,即可注药物入

5~8ml。

3. 将针退至皮下与颈阔肌之间呈放射状注射局麻药共约 10ml 即能够阻滞颈浅神经丛。

4. 做颈深神经丛阻滞时局麻药液中不应加肾上腺素。

【注意事项】

1. 局麻药误入硬膜外腔间隙或蛛网膜下隙可引起高位硬膜外阻滞或全脊麻的危险。此类并发症的主要表现是患者出现呼吸困难,应立即行面罩供氧,辅助呼吸,并气管插管建立人工呼吸,待局麻药作用消失后,呼吸即可改善。

2. 还可引起膈神经阻滞。膈神经主要由第 4 颈神经组成,颈深神经丛阻滞常累及膈神经,双侧受累时可出现呼吸困难及胸闷,此时应吸氧并行辅助呼吸可缓解。

(二)臂神经丛阻滞

臂神经丛由 $C_{4~8}$ 及 $T_{1~2}$ 脊神经的前支组成,这些神经是支配整个手、臂运动和绝大部分手臂感觉的混合神经。

腋路臂神经丛阻滞法

【适应证及阻滞特点】

1. 适用于前臂、腕和手部手术。

2. 不会引起气胸。

3. 不会阻滞膈神经、迷走神经、喉返神经。

4. 无误入硬膜外间隙或蛛网膜下隙的危险。

【操作步骤】

1. 患者仰卧,头偏向对侧,被阻滞的上肢呈行军礼状充分显示腋窝。

2. 在腋窝触摸到肱动脉搏动,沿动脉走向上摸至动脉搏动最高处,穿刺针在动脉边缘刺进皮肤,然后缓慢进针直到出现刺破鞘膜的落空感。

3. 松开进针手指,针随动脉搏动而摆动,即可认为针已进入腋窝内,接注射器回抽无血后,即可注入 30~35ml 局麻药,但注射器内应保留 3ml 药液,待针推至皮下时将其注入以阻滞肋间臂神经,该神经阻滞成功可避免应用止血带部位疼痛。

【注意事项】

1. 上肢不能外展或腋窝部位有感染的患者不能应用。

2. 因局麻药用量大,局麻药毒性反应较其他方法高。

锁骨上臂神经丛阻滞法

【适应证及阻滞特点】

1. 适用于上臂及肘部手术。

2. 用较小药量可得到较高水平的臂丛阻滞。

3. 穿刺中不需移动上肢,对上肢外伤疼痛者较适合。

4. 不易发生误入硬膜外间隙或蛛网膜下隙的危险。

【操作步骤】

1. 患者仰卧,头偏向对侧,患者上肢靠胸,锁骨和肩部压低,显露患者胸锁乳突肌,在该肌锁骨头外缘触及前斜角肌,再外侧即为前、中斜角肌间沟,沿肌间沟向下触诊,在肌间沟最低处可触及锁骨下动脉搏动。

2. 穿刺针从锁骨下动脉搏动外侧点刺入皮肤,然后朝下肢方向进入,获得异感并回抽无脑脊液和血液后注入药物;若无异感,但穿刺针触及第 1 肋时也可注入药物,同样也可获得阻滞成功。局麻药用量 20～25ml。

【注意事项】 有发生气胸的可能。

肌间沟臂神经丛阻滞法

【适应证及阻滞特点】

1. 适用于肩部、前臂及腕和手部手术。

2. 较小容量的局麻药可阻滞上臂及肩部。

3. 不易引起气胸。

【操作步骤】

1. 患者仰卧,头偏向对侧,手臂贴体旁,显露患者胸锁乳突肌,在该肌锁骨头外缘触及前斜角肌,在外侧即为前、中斜角肌间沟。

2. 一般情况下,肌间沟与颈外静脉的走向一致。从环状软骨向后做一水平线,此线与第 6 颈椎横突位于同一平面,此线于肌间沟的交点即为穿刺点。

3. 穿刺针垂直进入皮肤,然后向对侧脚方向推进直至出现异感或触及横突注入 20～25ml 局麻药。

【注意事项】

1. 尺神经阻滞起效慢,有时阻滞作用不全。

2. 有损伤椎动脉可能。

3. 有误入硬膜外间隙或蛛网膜下隙的危险。

三、坐骨神经阻滞

【适应证】 坐骨神经阻滞配合股神经阻滞可用于膝关节以下部位手术的麻醉。

【操作方法】 侧卧位坐骨神经阻滞法:患者侧卧,阻滞侧在上,由股骨大转子与髂后上棘做一连线,连线中点再做一垂直线,垂直线与股骨大转子和骶骨裂孔连线的交点即为穿刺点。用 10cm 长的穿刺针,经皮垂直进针,直至出现异感后注药 15～20ml。

四、椎管内阻滞麻醉

将局麻药注入椎管内,阻滞脊神经的传导,使其所支配的区域无痛,称椎管内阻滞麻醉。根据注药部位的不同,椎管内麻醉分为蛛网膜下腔阻滞(简称腰麻)、硬脊膜外腔阻滞和腰麻—硬膜外腔联合阻滞、骶管阻滞麻醉。

(一)蛛网膜下腔阻滞

将局麻药注入到蛛网膜下腔阻滞脊神经,使其支配的相应区域产生麻醉作用的方法,称为蛛网膜下腔阻滞,简称腰麻。根据所给局麻药液的比重与脑脊液比重的关系,可分为重比重腰麻、轻比重腰麻和等比重腰麻。

【适应证】 腰麻适用于 3 小时内下盆腔、腹部、下肢和肛门会阴部手术。

【禁忌证】 中枢神经系统疾病、脊柱畸形、外伤或结核、休克、败血症、靠近穿刺部位皮肤感染和心脏病等,都视为腰麻禁忌证。

【操作方法】

1. 通常采用侧卧位或坐位。首选穿刺点为 $L_{3\sim4}$ 椎间隙,其次为 $L_{4\sim5}$,$L_{2\sim3}$ 椎间隙。

2. 常用局麻药

(1)丁卡因:1％丁卡因溶液 1ml,加上 10％葡萄糖溶液和 3％麻黄碱溶液各 1ml,配备成丁卡因重比重溶液,临床上简称 1:1:1重比重液。1％丁卡因溶液 1ml,加注射用水 9ml 成为 1％浓度的轻比重溶液。成人一次用量为 8～10mg,最多不超过 15mg。起效时间 5～10 分钟。作用时间 2～3 小时。

(2)布比卡因:应用 10％葡萄糖配备成重比重溶液或用注射用水配备成轻比重溶液。成人一次用量为 10～15mg,最多不超过 20mg。其起效时间 5～10 分钟,作用时间 1.5～3 小时。

(3)罗哌卡因:局麻药溶液配制同布比卡因。成人一次用量为 10～25mg。

【注意事项】

1. 局麻药剂量 剂量＝浓度×容积。是影响蛛网膜下腔神经阻滞范围最重要的因素。

2. 腰麻药液的比重 重比重药液在脑脊液中易向低处扩散,轻比重药液在脑脊液中易向高处扩散。

3. 病人体位 根据所用药物的比重不同,通过调整病人体位,如头高或头低位,使局麻药在脑脊液中向不同方向扩散。

4. 其他因素 包括穿刺间隙、腹腔压力和注药速度。

【并发症】

1. 广泛脊神经阻滞 由于广泛交感神经和运动神经被阻滞,可分别出现血压下降、心动过缓和呼吸运动障碍。严重低血压,可引起呼吸中枢缺血缺氧,产生呼吸抑制。如果并用镇静药或麻醉性镇痛药,更易引起呼吸抑制或呼吸停止。如呼吸抑制未及时发现,长时间缺氧或二氧化碳潴留可引起呼吸停止和心搏骤停。

2. 腰麻后头痛 一般在腰麻后 72 小时内发生。特点是抬头和坐起时头痛较剧,平卧时减轻或消失。主要与脑脊液由穿刺针针眼漏出而造成颅内压降低有关。预防措施包括术中应积极补液,术后令病人去枕平卧 6 小时。治疗包括对症镇痛,如无效可采用原穿刺部位硬膜外注入中分子右旋糖酐或自体血填充。

3. 尿潴留 当骶$_{2～4}$发出支配膀胱的副交感神经被阻滞后,抑制膀胱逼尿肌的收缩和膀胱内括约肌的松弛,产生排尿困难。通常阻滞作用消除后排尿功能会立即恢复。必要可予以导尿。

4. 神经损伤 穿刺操作不当时,可损伤脊神经根或脊髓,引起下肢感觉异常、腱反射失常或大小便失禁。

5. 罕见并发症 包括中枢神经系统感染和脑神经麻痹。

(二)硬脊膜外腔阻滞

将局麻药注入到硬脊膜外腔产生节段性脊神经阻滞,使其支配的相应区域产生麻醉作用的方法,称为硬脊膜外腔阻滞或硬膜外麻醉。

【适应证】 适用于横膈以下的各种腹部、腰部、盆腔和下肢的手术,颈部、上肢和胸壁浅表手术。

【禁忌证】 中枢神经系统疾病、脊柱畸形、外伤或结核、休克、败血症、靠近穿刺部位皮肤感染和心脏病等,都视为腰麻禁忌证。

【操作方法】

1. 取支配手术区范围中央相应的棘突间隙作为穿刺间隙。穿刺体位同腰麻。常采用阻力消失法和毛细管负压法确定是否到达硬膜外腔。

2. 常用局麻药

(1)利多卡因:一般使用浓度为 1.5%~2%,显效时间 5~8 分钟,作用时间 30~60 分钟。

(2)丁卡因:一般使用浓度为 0.25%~0.33%,显效时间 10~15 分钟,作用时间 3/4~1.5 小时。

(3)布比卡因:一般使用浓度为 0.5%~0.75%,显效时间 7~10 分钟,作用时间 1~2.5 小时。

(4)罗哌卡因:一般使用浓度为 0.5%~1%,显效时间和作用时间与布比卡因相似。

【注意事项】

1. 穿刺点和置管长度 如果穿刺点远离手术区域相对应的脊间隙或导管置入硬膜外腔过长,导管管端可能卷曲或偏于一侧,从而严重影响局麻药液扩散,使阻滞平面狭小。

2. 药物剂量 剂量越大,阻滞范围越广。

3. 注药部位 颈段注药,其扩散范围较胸段广,而胸段又比腰段为广。

4. 病人年龄和一般状况 同等剂量局麻药用于老年、妊娠会产生相对广的阻滞范围。

【并发症】

1. 全脊髓麻醉 如将硬膜外阻滞所用的局麻药全部或大部分注入蛛网膜下腔,即可导致全部脊髓神经被阻滞。病人可在数分钟内出现呼吸停止、血压下降,甚至意识丧失,若发现不及时或处理不当,可导致病人心搏骤停。全脊髓麻醉是硬膜外麻醉最严重的并发症。一旦发生全脊髓麻醉应立即施行人工呼吸,加快输液并静注血管收缩药以维持血压正常;若发生心搏骤停,应立即进行心肺复苏。预防措施包括经硬膜外经导管注药前应回抽无脑脊液回流后方可注药;先给试验剂量 3~5ml,观察 5~10 分钟,如无局麻药误注入蛛网膜下腔表现,再继续注药。

2. 局麻药的毒性反应 大量药物经硬膜外腔丰富的静脉丛吸收;硬膜外导管误入血管丛,使局麻药直接注入血管内;或血管损伤,使注射的局麻药吸收过快等均可引起轻重不等的局麻药毒性反应。

3. 硬脊膜穿破后头痛 穿刺不慎或硬膜外腔有粘连时,可能会出现硬脊膜和蛛网膜刺破,脑脊液外漏,造成术后头痛。症状和治疗同腰麻后头痛。

4. 神经损伤 因穿刺困难或不慎,或导管质地过硬可损伤脊神经根。麻醉作用完全消退后出现该神经根支配区域感觉异常、缺失或运动障碍。

5. 硬膜外血肿 如病人有凝血机制障碍、或接受抗凝治疗,则可形成硬膜外血肿,压迫脊髓而致截瘫。麻醉作用持久不消退,或消退后又重复出现,同时腰背部剧痛,都是血肿形成的征兆。

6. 硬膜外脓肿 多由于病人硬膜外麻醉前合并全身脓毒血症或全身严重感染,或器械被污染造成。

(三)腰麻—硬膜外联合麻醉

将腰麻和硬膜外技术结合,可相互取长补短,既有麻醉起效快、肌肉松弛及镇痛效果确切等腰麻的优点,又有硬膜外麻醉可满足长时间手术的长处。方法包括一点穿刺法和两点穿刺法。一点穿刺法即腰麻和硬膜外麻醉均在同一椎间隙穿刺。两点穿刺法指腰麻和硬膜外麻醉分别在不同椎间隙穿刺。

（四）骶管阻滞

是硬膜外阻滞的一种,经骶管裂孔将局麻药注入骶管腔内,阻滞骶部脊神经。

【适应证】　常用于肛门、会阴部手术。

【操作方法】　病人侧卧,摸清骶裂孔后,在其上端采取垂直进针法。用 7 号短针刺过骶尾韧带后,即可注药。

【注意事项】　由于骶管内有丰富的静脉丛,因此局麻药毒性反应发生率略高于硬膜外阻滞。禁忌证为穿刺点感染和骶骨畸形。如遇病人不适合用骶管阻滞,可考虑改用鞍区麻醉或低腰段硬膜外阻滞。

五、全 身 麻 醉

麻醉药经呼吸道吸入或静脉、肌内注射,产生中枢神经系统抑制,使病人意识消失,痛觉消失,肌肉松弛,反射抑制,称为全身麻醉。

（一）吸入麻醉

麻醉药经呼吸道吸入而产生全身麻醉,称吸入麻醉。吸入麻醉药有气体和挥发性液体两类。目前常用的吸入麻醉药有恩氟烷、异氟烷和氧化亚氮。

【适应证】　吸入麻醉药可以用于全麻醉的诱导和维持,亚麻醉浓度的吸入麻醉药还可以用于镇静和镇痛。可控性较静脉麻醉药好。常用吸入麻醉药如下。

1. 氧化亚氮　亦称笑气,氧化亚氮为无色、无刺激性的气体,不燃烧、不爆炸,在 50 个大气压 22℃时成为液态贮存于钢瓶中备用。

2. 氟烷　化学名三氟氯溴乙烷,氟烷为无色透明液体,带有苹果香味,对呼吸道无刺激性,用药后无不舒适感觉。与氧混合,不燃烧、不爆炸。1956 年氟烷的临床应用,开始了现代氟化吸入麻醉药的新时代。

3. 恩氟烷　恩氟烷为无色透明液体,性能稳定,和钠石灰接触不会分解,不燃烧,不爆炸。恩氟烷麻醉效能较强,麻醉诱导迅速,苏醒快速平稳。恩氟烷有明显的肌松作用,并能增强非除极肌肉松弛药的效果。

4. 异氟烷　异氟烷是无色透明液体,性能稳定,和钠石灰接触不会分解。具有不燃爆特性。

5. 七氟烷和地氟烷　接近氧化亚氮,无刺激性气味,麻醉诱导迅速,苏醒快。

（二）静脉麻醉

将麻醉药直接注入静脉,作用于中枢神经系统,产生全身麻醉,称静脉麻醉。静脉麻醉药注入后,病人无明显不适地很快意识消失。常用的静脉麻醉药有硫喷妥钠、普鲁卡因、γ-羟丁酸钠、氯胺酮、依诺伐、地西泮、咪唑安定、依托咪酯和丙泊酚。

【适应证】　静脉麻醉药可用于全身麻醉的诱导和维持,亚麻醉浓度的静脉麻醉药多可以用于镇静和催眠。常用静脉麻醉药如下。

1. 硫喷妥钠　常用浓度为 2.5 %,用量 4～6mg/kg。静脉注射后,首先到达血管丰富的脑组织,15～30 秒病人神志消失。持续 15～20 分钟。

2. γ-羟丁酸钠　简称 γ-OH。每支 10ml 含 2.5g。一般用量 50～100mg/kg,起效时间 5～10 分钟,作用时间 45～60 分钟。

3. 氯胺酮　是一种非巴比妥类作用迅速的静脉麻醉药。

4. **苯二氮䓬类** 包括地西泮和咪唑安定等,有抗焦虑、抗惊厥、抗癫痫、镇静催眠、中枢性肌肉松弛和失去知觉等中枢神经系统抑制作用。

5. **依托咪酯** 是一种人工合成的非巴比妥类作用迅速的静脉麻醉药。0.3mg/kg 静脉注射后,几秒钟内病人便入睡,维持睡眠时间 3~5 分钟。

6. **神经安定镇痛药** 是用神经安定药氟哌利多和镇痛药芬太尼,按 50∶1 的比例组合起来的一种合剂,称依诺伐。

7. **普鲁卡因** 在静脉注射硫喷妥钠后,静脉滴注 1‰普鲁卡因,维持较浅的全身麻醉状态。静脉滴注普鲁卡因的速度为每分钟每千克体重 1.0~1.5mg,30 分钟后可以减少用量的 1/3。

8. **丙泊酚** 起效时间 30 秒,作用时间 7.5 分钟。它的作用时间取决于体内的再分布和肝内代谢失活。

(三)复合全身麻醉

1. **复合全身麻醉** 又称平衡麻醉。为了弥补单一的麻醉药及方法不足,常以多种药或方法合理组合,借以发挥优势,取长补短,最大限度地减少对患者生理功能的不利影响,充分满足麻醉和手术的需要。复合全身麻醉是当前临床研究和使用最广的一种方法。

2. **复合全身麻醉内容由三部分组成**

(1)安静或意识抑制:常用地西泮、羟丁酸钠、氟哌利多、异丙嗪等药以达到镇静、催眠、遗忘或神志消失等目的。

(2)镇痛和抑制反射:可选用浅全麻(如恩氟烷、异氟烷、氧化亚氮、氯胺酮等);可用镇痛药(如芬太尼、吗啡、哌替啶等);有些药兼有镇静和镇痛两种作用;为了抑制内脏反射,又可采用局部阻滞法,封闭反射区。

(3)肌肉松弛:可使用各种类型的肌肉松弛药。总之,应根据统一的用药原则并结合病情、手术特点合理组合,在不同的麻醉阶段灵活运用。如果配伍不当,对病人的耐受性估计不足,则可产生不良反应,如循环和呼吸的抑制过度或苏醒延迟等。

(四)联合麻醉

1. 联合麻醉指同时使用 2 种或 2 种以上的麻醉方法。

2. **临床上使用的联合麻醉方式如下**

(1)全身麻醉联合硬膜外麻醉。

(2)全身麻醉联合气管表面麻醉。

(3)全身麻醉联合硬膜外麻醉和气管表面麻醉。

(4)全身麻醉联合腰麻。

(5)全身麻醉联合臂丛神经阻滞。

(6)腰麻联合硬膜外麻醉等。

3. 虽然联合麻醉的实施较为复杂,但其具有对 2 种或 2 种以上麻醉方法取长补短的优点。

4. 联合全身麻醉可以明显减少全身麻醉药的用量。

(五)气管内插管术

1. **气管内插管的方法可分为** 经口腔明视插管术和经鼻腔盲探插管术。一般首先选择经口腔。

2. 并发症

(1)可致牙齿脱落,或损伤口鼻腔和咽喉部黏膜,引起出血。

(2)浅麻醉下进行气管插管,可引起剧烈咳嗽、憋气或支气管痉挛,心动过缓、心律失常,甚至心搏骤停或心动过速、血压升高、心室纤颤。

(3)气管导管内径过小,阻力增加。

(4)导管插入过深可误入一侧支气管内,引起通气不足、缺氧或术后肺不张。

(张明泽)

第二节　外科无菌技术

【技能目标】

1. 掌握无菌技术基本操作原则,无菌持物钳、无菌容器的使用方法,以及消毒、铺巾无菌操作要领。

2. 能熟练地进行正确穿手术衣、戴无菌手套及各种无菌操作技术。

3. 熟悉各种无菌操作技术中意外情况的处理。

一、无菌技术基本操作

(一)无菌持物钳的使用方法

【适应证】　夹取无菌物品,进行无菌操作。

【操作步骤】

1. 无菌持物钳应浸泡在盛有消毒液的大口容器内,液面须浸过轴节以上 2～3cm,或钳子的 1/2 处,每个无菌容器内只能放置一把持物钳。

2. 无菌持物钳只能夹取无菌物品,不能触碰未消毒的物品,也不能用其换药和消毒皮肤。

3. 取放无菌持物钳时,应将钳端闭合,不可触及容器口,如无菌钳被污染时,不可再放回容器内,须经过灭菌后方可使用。

【注意事项】

1. 使用无菌持物钳时,应保持钳端向下,不能倒转向上,以免消毒液倒流污染钳端。

2. 如果到远处夹取物品时,应连同容器一起搬移。

3. 无菌持物钳及浸泡溶液,每周消毒一次并更换消毒液及纱布。

(二)戴无菌手套法

【适应证】　进行无菌操作和手术操作。

【操作步骤】

1. 戴无菌手套前先洗手、擦干、整理衣袖。

2. 取出滑石粉包,将滑石粉搓在手上,取出手套,以左手持两手套的翻转部,使两手掌面对合,拇指向前,对准五指戴上。

3. 先戴右手,再戴左手,然后将手套的翻转处套在工作衣袖外面。

【注意事项】

1. 要用生理盐水冲去手套外面的滑石粉。

2. 如发现手套上有破口或不慎污染,须另行更换。

3. 脱手套前先将污物冲净,然后由手套口翻转脱下。

4. 手套未戴平时不得以手指牵拉,否则有可能将手套撕破,宜用盐水纱布将手套抹平。

(三)无菌容器的使用方法

【适应证】 从无菌容器内取出物品或放无菌器物。

【操作步骤】

1. 在环境清洁处,准备好物品,戴口罩和帽子,洗手。

2. 打开无菌容器盖时,盖的内面向上置于操作台上或拿在手中。

3. 用无菌持物钳夹取容器内物品,用后将容器盖盖严。

4. 用手持无菌容器时应托住容器底部,不可触及容器边缘和内面。

【注意事项】

1. 用后应立即将盖盖严,开盖时不能在容器上面将盖翻转,以防尘埃等异物落入容器内,

2. 盖盖时应由近端盖上,避免手臂跨越无菌区。

3. 用无菌持物钳夹取容器内物品时,不可触及容器边缘。

二、手术器械、物品、敷料的灭菌和消毒方法

(一)高压蒸汽法

【适应证】 适用于能耐高温的金属器械、布单、敷料、玻璃器皿、搪瓷、橡胶制品等。

【操作步骤】 将物品分类打包放入高压蒸汽灭菌器内,密闭加热,蒸汽进入消毒室内,积聚而使压力增高,室内的温度也随之增高,当蒸汽压力达到 102.97～137.3kPa 时,温度可达 121～126℃。在此状态下维持 30 分钟,即能杀灭包括具有顽强抵抗力的细菌芽胞在内的一切微生物。

【注意事项】

1. 不同物品传热速度不同,所需时间不同,敷料类需要 30～45 分钟,金属器械类需要 10 分钟,器皿类需 15 分钟,瓶装溶液类需 20～40 分钟,橡胶类在 104.0～107.9kPa,121℃时,15 分钟即可。

2. 需要灭菌的各种包裹不宜过大,体积上限为:长 40cm,宽 30cm,高 30cm,包扎不宜过紧。

3. 灭菌器内的包裹不宜排得过密,以免妨碍蒸汽透入,影响灭菌效果,预置专用的包内及包外灭菌指示纸带。

4. 易燃和易爆物品,如碘仿,苯类等,禁用高压蒸汽灭菌,瓶装液体灭菌时,只能用纱布包扎瓶口,如用橡皮塞,应插入针头排气。

5. 已灭菌的物品应注明名称,有效日期,并与未灭菌物品分开放置。

6. 高压蒸汽灭菌器应有专人负责。

(二)煮沸法

【适应证】 适用于金属器械、玻璃制品及橡胶类物品。

【操作步骤】 简便易行,把物品放入去油脂的铝锅或不锈钢锅中,加入水,在水中煮沸至 100℃并持续 15～20 分钟,一般细菌即被杀灭,但带芽胞的细菌至少需要煮沸 1 小时才能被杀灭。若水中加入碳酸氢钠使成为 2% 碱性溶液,沸点将提高到 105℃,灭菌时间缩短至 10 分钟,并能防止金属器械生锈。高原地区气压低,沸点低,煮沸灭菌时间应相应延长,海拔高度每

增高 300m,灭菌时间应延长 2 分钟。

【注意事项】

1. 为达到灭菌目的,物品必须完全浸没在沸水中。

2. 缝线和橡胶类的灭菌应于水煮沸后放入,持续煮沸 10 分钟即可取出,煮沸过久会影响物品质量。

3. 玻璃类物品需用纱布包裹,放入冷水中逐渐煮沸,以免骤热而爆裂,玻璃注射器应将内芯拔出,分别用纱布包好。

4. 煮沸器的锅盖应严密关闭,以保持沸水温度。

5. 灭菌时间应从水煮沸后算起,若中途放入其他物品,则灭菌时间应重新计算。

(三)化学药液浸泡灭菌法

【适应证】 适用于锐利器械、内镜和腹腔镜等不适于热力灭菌的器械。

【操作步骤】

1. 2%中性戊二醛水溶液 浸泡时间为 30 分钟。灭菌时间为 10 小时。药液宜每周更换 1 次。

2. 10%甲醛溶液 浸泡时间为 20～30 分钟,适用于输尿管导管等树脂类、塑料类以及有机玻璃制品的消毒。

3. 70%乙醇 浸泡时间为 30 分钟,乙醇应每周过滤,并核对浓度 1 次。

4. 络合碘 浸泡时间为 10～30 分钟。铜银质器械不宜浸泡。

5. 环氧乙烷 环氧乙烷消毒剂,此设备条件要求高,是一种气体消毒剂,易燃、易爆、有毒。能穿透塑料薄膜、玻璃及玻璃纸。

【注意事项】

1. 浸泡前,器械应予去污,擦净油脂。

2. 拟于消毒的物品应全部浸入溶液内。

3. 剪刀等有轴节的器械,消毒时应把轴节张开,管、瓶类物品的内面亦应浸泡在消毒液中。

4. 使用前,需用灭菌盐水将消毒液冲洗干净。

(四)手术人员准备

【适应证】 适应于进入手术室上台手术人员。

【操作步骤】

1. 更换着装并清洁洗手 进入手术室的人员,先换室内专用的鞋,洗手衣,戴好口罩和帽子,修剪指甲,然后用肥皂清洁洗手。

2. 手臂消毒 传统的洗手和泡手法逐渐被现代的络合碘法所取代。手术人员清洁洗手后,用 10%的络合碘刷洗双手,从指尖、甲缘、甲沟、指蹼至肘上 10cm,每次 3 分钟,共 3 次,然后用无菌巾擦干。

3. 穿手术衣 双手提起手术衣领至一空旷处轻轻抖开抛起,两手迅速同时插入衣袖内,两臂前伸,请别人在背后帮助拉紧衣角,然后稍弯腰,两臂交叉提起腰带,交由别人在身后系好。

4. 戴无菌手套 取出滑石粉包,将滑石粉搓在手上,取出手套,以左手持两手套的翻转部,使两手掌面对合,拇指向前,对准五指插到底戴上。先戴右手,再戴左手,然后将手套的翻折处套在手术衣袖外面。再用生理盐水冲去手套上的滑石粉。

【注意事项】

1. 凡双臂皮肤有破损或化脓性感染者,不宜参加手术。

2. 洗手或泡手过程中,手不慎触物或被他人碰伤,应自觉重复前一步骤。

3. 穿衣时,勿将衣服外面对向自己或触碰其他未灭菌物品。

4. 手术人员应根据自己手的大小选择手套的型号,戴手套时不能用手接触手套的外面,已戴手套的手则不能接触未戴手套的手或另一手套的内面。

5. 手套破损须及时更换,更换时应以手套完整的手脱去应更换的手套,但勿触及该手的皮肤。

(五)病人手术区的准备

【操作步骤】

1. 用2.5%～3%碘酊涂擦皮肤,待碘酊干后,用70%乙醇涂擦两遍,将碘酊擦净,或用3%的碘仿涂擦两遍。

2. 植皮时,供皮区可用70%乙醇涂擦2～3次。

3. 手术消毒后,铺无菌布单。用四块无菌巾,每块的边缘双折少许,遮盖手术切口周围,先铺操作者对面或相对不洁区,最后铺靠近操作者一侧,用布巾钳将交角处夹住,或用无菌塑料薄膜粘贴。再铺中单和大单,大单头端应盖过麻醉架,两侧和足端部应垂下超过手术台边30cm,手足处包裹。

【注意事项】

1. 消毒时,无菌切口由手术区中心向四周涂擦。感染伤口或肛门等处,则应自手术区外周向感染伤口或肛门会阴处涂擦。

2. 已经接触污染部位的药液纱布,不应再返擦清洁处。

3. 乙醇脱碘时,先在碘迹内涂擦,最后才涂擦周边部位。

4. 手术区皮肤消毒范围要包括手术切口周围15cm以上的区域。

5. 无菌巾铺下后,如位置不准,只能由手术区向外移,而不能向内移。

6. 人体不同部位的手术,有其常规的消毒范围。

(鲍志磊)

第三节　手术基本操作技术

【技能目标】

1. 掌握手术的基本操作技术。

2. 能熟练使用常用的手术器械,能熟练地进行技术操作。

3. 熟悉手术前准备和手术后处理以及并发症的防治。

4. 通过以上学习,能很快掌握手术器械的使用以及常规手术的基本操作。

一、常用手术器械的使用

【操作步骤】

1. **手术刀**　由刀柄和刀片组成,用于切开组织,刀柄可做分离。

2. 手术剪 分为线剪、组织剪,线剪用以剪断缝线、敷料及引流物等;组织剪刀薄、锐利,用来解剖分离和剪断组织。

3. 组织镊 有齿镊用于夹持皮肤、筋膜、肌腱等坚硬组织,以便缝合,无齿镊则可夹持黏膜、腹膜、肠壁、神经、血管等较脆组织,以利解剖分离和重建。

4. 止血钳 钳夹血管止血,分离组织,拔针引线,钳闭引流管等。

5. 组织钳 用于夹持皮肤、筋膜或被切除的组织等。

6. 持针器 用于夹持缝针,缝合组织。

7. 缝针 圆针常用于缝合胃肠、腹膜、血管等阻力较小的组织。角针用于缝合阻力大的皮肤、软骨等组织。

8. 缝线 用于结扎血管和缝合组织。

9. 吸引器 用于清除浓液、积血、冲洗液等。

二、基 本 操 作

【适应证】 适用于各种手术操作中。

【操作步骤】

1. 切开 ①由浅而深逐层切开;②切口整齐,呈单线状,皮肤与深层组织切口长度一致。

2. 剥离 循组织间隙的解剖平面准确精细剥离,有锐性和钝性剥离。

3. 止血 有压迫止血、钳夹止血、缝扎止血、电刀电凝、止血海绵纱布及骨蜡止血。

4. 打结 临床上常用方结、外科结、三重结或多重结,可用手或持针器打结,两拉线点与结扣成一直线,用力均匀。

5. 剪线 在直视下以稍张开的线剪尖沿着拉紧的线滑至结扣处,再将剪刀刃向上稍倾斜断线,线头长短依线的类型、结扎的组织而定,一般丝线 1.5mm 左右,皮肤缝线 1cm 左右。

6. 缝合 按解剖层次由深至浅分层缝合,对合整齐,不留死腔,松紧适度。分单纯缝合、内翻缝合、外翻缝合。

7. 引流 用以消除积气、积液、积血或积脓,从而防止感染,并可减压有利伤口愈合。有主动引流和被动引流。

【注意事项】

1. 切开时,避免反复切割,创口参差不齐,勿外宽内窄。

2. 剥离时尽量做到出血少、损伤小,力求在直视下进行,以免误伤重要结构。

3. 止血要彻底、完善。可减少出血,使术野清楚,增加手术安全性,降低术后感染率。

4. 避免打滑结、假结(易滑脱)。

5. 张力大的部位,宜待间断缝合完成后,将缝线一起拉紧,合拢切口,再逐一打结。

6. 要保持引流通畅,导管不受压、不扭曲,密切观察并记录引流液的性状和数量,要定时拔出引流管。

(刘旭超)

第四节 外科常用手术技术

【技能目标】

1. 掌握常用的换药术、清创缝合术、体表肿物切除术的手术操作方法和步骤。

2. 能熟练地进行上述手术操作。

3. 了解动脉切开方法。

一、换 药 术

【适应证】

1. 手术后无菌的伤口,如无特殊反应,3～5天后第1次换药。

2. 感染伤口,分泌物较多,应每天换药1次。

3. 新鲜肉芽创面,隔1～2天换药1次。

4. 严重感染或放置引流的伤口及粪瘘等,应根据其引流量的多少,决定换药的次数。

5. 烟卷引流伤口,每日换药1或2次,并在术后12～24小时转动烟卷,并适时拔除引流,橡皮条引流,常在术后48小时内拔除。

6. 橡皮管引流伤口术后2～3天换药,引流3～7天更换或拔除。

【操作步骤】

1. 用手取下外层敷料,再用镊子取下内层敷料。与伤口粘连的最里层敷料,应先用盐水浸湿后再揭去,以免损伤肉芽组织或引起创面出血。

2. 用两把镊子操作,一把镊子接触伤口,另一把镊子接触敷料,用乙醇棉球清洁伤口周围皮肤,用盐水棉球清洁创面,轻沾、吸去分泌物,清洗时由内向外,棉球的一面用过后,可翻过来用另一面,然后弃去。

3. 分泌物较多且创面较深时,宜用生理盐水冲洗,如坏死组织较多,可用其他消毒液冲洗。

4. 高出皮肤或不健康的肉芽组织,可用剪刀剪平,肉芽组织水肿时,可用高渗盐水湿敷。

5. 创面处理好后,用纱布覆盖。如渗液或脓液较多,应加盖纱布或棉垫,包扎固定。

【注意事项】

1. 严格遵守无菌操作技术。换药时已接触伤口的绷带和敷料,不应再接触换药车或无菌的换药碗;各种无菌棉球、敷料从容器取出后,不得放回原容器;污染的敷料须立即放入污物盘或敷料桶内。

2. 凡能离床的病人一律到换药室换药,病房换药应避开打扫卫生、治疗和开饭时间。

3. 换药者应先换清洁的伤口,再换感染伤口,最后换严重感染的伤口。换药动作应轻柔,保护健康组织。

4. 医师当日有手术时,术前不做有菌伤口的换药。

5. 每次换药完毕,须将一切用具放回指定位置,认真洗净双手后再给另一患者换药。

二、清创缝合术

【适应证】 适用于新鲜的创伤伤口。

【操作步骤】

1. 术前准备 准备器械,戴好口罩和帽子。

2. 清洗去污 ①用无菌纱布覆盖伤口。②剪去毛发,除去伤口周围的污垢油腻,用生理盐水冲洗伤口周围皮肤。

3. **伤口的处理** ①常规麻醉后,消毒伤口周围的皮肤,取掉覆盖伤口的纱布,铺无菌巾,换手套,穿无菌手术衣;②检查伤口,清除血凝块和异物;③切除失去活力的组织,必要时可扩大伤口,以便处理深部创伤组织;④伤口内彻底止血,用无菌生理盐水和过氧化氢溶液反复冲洗伤口。

4. **逐层缝合伤口** ①更换手术单、器械和手套。②修复损伤的血管、神经、肌腱等组织。③按组织层次缝合创缘。④污染严重或有死腔时应放入引流物或延期缝合皮肤。

【注意事项】

1. 清创时应尽可能保留重要的血管、神经和肌腱。

2. 大块皮肤缺损应及时进行植皮或行皮瓣移植,以保护重要组织。

3. 清创时应按方向、层次循序渐进,由浅及深。

三、脓肿切开引流术

【适应证】

1. 浅表脓肿已有明显波动。

2. 深部脓肿经穿刺证实有脓液。

3. 口底蜂窝织炎、手部感染及其他特殊部位的脓肿,应于脓液尚未聚集成明显脓肿前施行手术。

【禁忌证】 结核性冷脓肿无混合性感染。

【操作方法】

1. 洗净局部皮肤,需要时应备皮

2. 器械准备 脓肿切开引流包、手套、治疗盘(碘酒、乙醇、棉签、局麻药等)。

3. 局部消毒 局部皮肤常规消毒、戴手套、铺无菌巾。

4. 浅部脓肿切开引流

(1)用1‰普鲁卡因沿切口做局部麻醉。

(2)用尖刀刺入脓腔中央,向两端延长切口,如脓肿不大,切口最好达脓腔边缘。

(3)切开脓腔后,以手指伸入其中,如有间隔组织,可轻轻地将其分开,使成单一的空腔,以利排脓。如脓腔不大,可在脓肿两侧处切开做对口引流。

(4)松松填入湿盐水纱布或碘仿纱布,或凡士林纱布,并用干纱布或棉垫包扎。

5. 深部脓肿切开引流

(1)选用适当的有效麻醉。

(2)切开之前先用针穿刺抽吸,找到脓腔后,将针头留在原处,作为切开的标志。

(3)先切开皮肤、皮下组织,然后顺针头的方向,用止血钳钝性分开肌层,到达脓腔后,将其充分打开,并以手指伸入脓腔内检查。

(4)手术后置入干纱布条,一端留在外面,或置入有侧孔的橡皮引流管。

(5)若脓肿切开后,腔内有多量出血时,可用干纱布按顺序紧紧地填塞整个脓腔,以压迫止血,术后2天,用无菌盐水浸湿全部填塞的敷料后,轻轻取出,改换烟卷或凡士林纱布引流。

(6)术后做好手术记录,特别应注明引流物的数量和性质。

【注意事项】

1. 首先应确诊为化脓性感染,且已形成脓腔(可疑时,应先用穿刺抽液法来决定)。结核性冷脓肿无混合性感染时,一般不做切开引流。

2. 保证脓腔引流通畅,因此引流切口须做在脓腔的最低部位,且切口必须够大。也可做1～2个对口引流。

3. 切开时不能损坏重要血管、神经。颜面部的切开引流应注意尽可能不损坏面容。

4. 切口部位的选择,应注意愈合的瘢痕不影响该处的功能,尤其是手指的触觉、手的握力、足的负重及关节的运动功能。

5. 引流物的选择必须恰当,一般浅表的脓肿可用凡士林纱布或橡皮条引流,而深部脓肿或脓腔较大、脓液较多者,可用橡皮管引流。

四、外科手术后拆线法

【适应证】

1. 无菌手术切口,局部及全身无异常表现,已到拆线时间,切口愈合良好者。面颈部术后4～5日拆线;下腹部、会阴部术后6～7日;胸部、上腹部、背部、臀部术后7～9日;四肢术后10～12日,近关节处可延长一些,减张缝线术后14日方可拆线。

2. 伤口术后有红、肿、热、痛等明显感染者,应提前拆线。

【禁忌证】 遇有下列情况,应延迟拆线。

1. 严重贫血、消瘦、恶病质者。

2. 严重失水或水电解质紊乱尚未纠正者。

3. 老年患者及婴幼儿。

4. 咳嗽没有控制时,胸、腹部切口应延迟拆线。

【操作方法】

1. 备好无菌换药包、小镊子2把、拆线剪刀及无菌敷料等。

2. 取下切口上的敷料,用乙醇由切口向周围消毒皮肤一遍。

3. 用镊子将线头提起,将埋在皮内的线段拉出针眼之外少许,在该处用剪刀剪断,以镊子向剪线侧拉出缝线。

4. 再用乙醇消毒皮肤一遍后覆盖纱布,胶布固定。

五、体表肿物切除术

【适应证】 体表肿物切除或组织切除病理学检查。

【禁忌证】 明确为恶性肿瘤晚期或凝血机制障碍等。

【操作步骤】

1. 备皮。局部皮肤清洗,有毛发的部位需要剃除毛发并距离切口5cm以上。

2. 选择合适体位以使肿物充分暴露、方便手术操作且患者无明显不适。

3. 定位,可以用甲紫(龙胆紫)溶液标记肿物体表投影及切口。

4. 由中心向周围消毒,做局部浸润麻醉。

5. 切开皮肤、浅筋膜,暴露肿物浅层。

6. 沿肿物与周围正常组织之间分离,阻断血液供应与回流,暴露肿物深层及基底,完整切除肿物;若肿物巨大或不易暴露也可行分块切除;若仅为组织病理学检查则切口等医源性创伤不宜过大。囊性肿物与实性肿物不同,应完全切除囊壁,同时需尽量保持其完整的包膜,注意囊液外溢产生的污染(感染或异源性排斥反应等)要及时清理,可以用3%过氧化氢溶液(双氧水)和盐水冲洗,必要时用消毒液消毒冲洗。

7. 创腔止血,逐层缝合皮下及皮肤各层;若创腔较大,需留置引流,防止血肿形成,减少感染机会,从而有助于组织愈合。切口用无菌纱布包扎,可适当压迫。

【注意事项】

1. 手术严格无菌操作。

2. 沿组织间隙进行操作会明显降低组织副损伤。

3. 若局部组织血供丰富,可考虑局麻时联合应用缩血管药物或使用止血带等。

4. 一般术后3天换药,换药时应注意切口愈合情况;如留置引流,应注意创腔和引流液情况,并且术后次日即予换药,引流明显减少时引流物应尽早拔除。

六、动、静脉切开技术

【技能目标】

1. 掌握静脉切开、脓肿切开引流、外科手术后拆线的方法。

2. 熟悉动脉切开的方法、适应证和禁忌证。

3. 了解动脉输血术。

(一)静脉切开术

【适应证】

1. 急需输液、输血,而静脉穿刺有困难。

2. 需要长时间输液,估计静脉穿刺不能维持过久。

3. 做某些特殊检查,如心导管、中心静脉压测定以及静脉高营养治疗等。

【禁忌证】

1. 下腔静脉及下肢静脉栓塞。

2. 下肢有感染灶。

【操作步骤】

1. 器械准备:静脉切开包、剪刀、刀片、手套、治疗盘(碘酒、乙醇、棉签、局麻药、胶布)。

2. 病人仰卧,选好切开部位。临床上多采用内踝上方的大隐静脉。

3. 用碘酒、乙醇消毒局部皮肤;打开静脉切开包,戴无菌手套;检查包内器械;铺无菌巾。

4. 以2%普鲁卡因2ml做局部浸润麻醉,在所选择的静脉切开处做横行皮肤切口1.5~2cm。用小弯钳沿血管方向分离皮下组织,将静脉分离显露1~2cm。用小弯钳在静脉下面引两根丝线,并将静脉远端丝线结扎静脉,而近端丝线暂不结扎。牵引提起远端结扎线,用小剪刀在结扎线上方将静脉剪一小斜口,将已接好注射器(内有注射盐水)、排净空气的塑料管或平针头插入静脉切口,回抽见血后,再缓慢注入盐水;后结扎静脉近端丝线,并固定在插入的塑料管或针头上;观察输液是否通畅,局部有无肿胀及血管有无穿破等现象,如有漏液,应加线结扎。切口用丝线缝合,并将缝合线固定在插入的塑料管上,防止拉脱。覆盖无菌纱布,以胶布固定,必要时用绷带及夹板固定肢体。

【注意事项】

1. 切口不宜过深,以免切断血管。

2. 剪开静脉时斜面应向近心端,<45°,剪开1/2管壁。

3. 插入的塑料管口应剪成斜面,但不能过于锐利,以免刺破静脉。

4. 静脉切开一般保留 3～5 天,硅胶管可保留 10 天,时间太长易发生静脉炎或形成血栓。

(二)动脉切开与动脉输血术

【适应证】

1. 严重的急性失血性休克。

2. 心搏骤停患者,动脉切开输血、配合复苏术,以恢复正常血液循环和呼吸功能。

3. 血液透析治疗。

4. 动脉造影术。

5. 休克经各种药物治疗无效,或伴有中心静脉压升高,左心衰竭而需要输血者。

6. 经动脉注入凝血药物或栓塞剂,以达到区域性止血或治疗癌症。

【禁忌证】

1. 凝血功能异常、出血体质。

2. 切开部位有感染。

3. 碘过敏禁忌做造影者。

4. 严重颅脑外伤时,禁忌动脉输血。

【操作方法】

1. 备静脉切开包、无菌手套、无菌橡皮条、动脉加压输血装置或 20～50ml 注射器、消毒盘、无菌医用塑料管或硅胶管、胶布、2‰普鲁卡因等。

2. 视需要可选用桡动脉、股动脉或颈动脉等。临床最常选用左侧桡动脉。

3. 患者仰卧,术侧上肢外展 90°,掌面向上,桡动脉处常规用碘酒、乙醇消毒。

4. 术者戴无菌手套,铺巾,局麻。

5. 在桡骨茎突以上 2cm 处,沿桡动脉方向做一长 2～3cm 的直切口,亦可采用与桡动脉垂直的横切口。

6. 用蚊式钳沿动脉鞘膜钝性分离出桡动脉 1～2cm,切勿损伤伴行的静脉。若单纯行动脉输血,则用穿刺针直接向桡动脉穿刺,成功后,接上动脉输血装置(若无此设备、可将血液装于多个 50ml 注射器内),行加压输血或输注药液,一般输入速度为 80～100ml/min,通常 1 次输入量为 300～800ml。若施行插管术者,应在桡动脉下穿两根"4"号线和胶布条 1 根。切开桡动脉后,立即将导管迅速插入,并用胶布条止血。

7. 输血或检查操作完毕后,拔出桡动脉内针头或导管。切开桡动脉者,应间断缝合动脉切口。

8. 术毕观察桡动脉搏动情况及远端组织血供情况。

9. 缝合伤口,盖无菌纱布,加压包扎、胶布固定。

【注意事项】

1. 切开不宜过深,以免切断血管。

2. 切开时斜面应＜45°角,切开 1/2 管壁。

3. 插入的塑料管口应剪成斜面,但不能过于锐利,以免刺破血管。

（刘　强）

第五节　手法复位操作技术

【技能目标】

1. 掌握肩关节脱位、桡骨小头半脱位、肱骨外科颈骨折、肱骨干骨折、肱骨髁上骨折手法复位技术。

2. 熟悉髋关节脱位、桡骨下端骨折手法复位外固定技术。

一、关节脱位手法复位

(一)肩关节脱位

【分类】

1. 前脱位　又可分为喙突下脱位、盂下脱位和锁骨下脱位。

2. 后脱位　有肩峰下脱位和冈下脱位。

各种脱位中,以前脱位最为多见。

【操作方法】

1. 复位　以手法复位为主,一般采用局部浸润麻醉。现大都采用 Hippocrates 法,病人仰卧,术者站在患侧床边,腋窝处垫棉垫,将同侧足跟置于病人腋下靠胸壁处,双手握住患肢于外展位做徒手牵引,以足跟顶住腋部作为反牵引力。牵引须持续,用力须均匀,牵引一段时间后肩部肌肉逐渐松弛,此时内收、内旋上肢,肱骨头便会经前方关节囊破口滑入关节盂内,可感到有响声,提示复位成功。超过 2 周的肩关节脱位,或手法复位有困难者,可用臂丛神经阻滞麻醉或全麻,使肩带肌肉充分放松,有手法复位成功的可能。复位失败者需及时切开复位及修复关节囊。

2. 固定方法　单纯性肩关节脱位可用三角巾悬吊上肢,肘关节屈曲 90°,腋窝处垫棉垫。一般固定 3 周,合并大结节骨折者应延长 1~2 周。部分病例关节囊破损明显,或肩带肌力不足者术后摄片会有肩关节半脱位,此例病人宜用搭肩位胸肱绷带固定。

3. 功能锻炼　固定期间须活动腕部与手指,解除固定后,鼓励病人主动锻炼肩关节各个方向活动。最好配合做理疗,效果更好。锻炼循序渐进,不可冒进,在麻醉下做推板动作容易引起再损伤。

(二)肘关节脱位

【分类】　按尺桡骨近端移位的方向可有后脱位、外侧方脱位、内侧方脱位及前脱位,以后脱位多见。

【操作方法】

1. 手法复位　术者站于病人的前面,将病人的患肢提起,环抱术者的腰部,使肘关节置于半屈曲位。术者一手握住患者腕部,沿前臂纵轴做持续牵引,另一手拇指压住尺骨鹰嘴突,亦沿前臂纵轴方向做持续推给动作。持续一段时间后可听到响声。复位成功肘关节恢复正常活动,三点关系转为正常。也可用双手握住上臂下段,八个手指在前方,两个拇指压在尺骨鹰嘴突上,肘关节处于半屈曲位,拇指用力方向为前臂的纵轴,其他八指则将肱骨远端推向后方,复位成功率也很高。困难的病例可选用臂丛麻醉,使肌肉完全放松,再进行手法复位。复位失败及超过 3 周的陈旧性肘关节脱位应实施切开复位。

2. 固定　用长臂石膏托固定肘关节于屈曲90°位,再用三角巾悬吊于胸前2～3周。

3. 功能锻炼　在固定期间即应开始肌肉锻炼,嘱病人做肱二头肌收缩动作,并活动手指及腕部,解除固定后及早练习肘关节屈伸及前臂的旋转活动。

(三)桡骨头半脱位

桡骨头半脱位多见于5岁以下小儿。其桡骨头未发育好,桡骨颈部的环状韧带只是一片薄弱的纤维膜。一旦小儿前臂被提拉,桡骨头即向远端滑移;恢复原位时,环状韧带的上半部来不及退缩,卡压在肱桡关节内。随着小儿逐渐长大、桡骨头良好发育,环状韧带增厚加强,以后即不再发生桡骨头半脱位。

【操作方法】　手法复位不必麻醉。术者一手握住小儿腕部,另一手托住其肘部,以拇指压在桡骨头部位,肘关节屈曲90°。开始做轻柔的前臂旋前、旋后活动,来回数次后大都可感到轻微的弹响声,小儿肯用患手来取物,说明复位成功。

(四)髋关节脱位

【分类】　按股骨头脱位后的方向可分为前、后和中心脱位,以后脱位常见。

【操作方法】

1. 单纯性髋关节后脱位,无骨折,或只有小片骨折。

(1)复位:髋关节脱位复位时需肌肉松弛,必须在全身麻醉或椎管内麻醉下行手法复位。复位宜早,最好尽可能在24～48小时内复位完毕,48～72小时后再行复位十分困难,并发症增多,关节功能亦明显减退。常见的复位方法Allis法,即提拉法。病人仰卧于地上,一助手蹲下用双手按住髂脊以固定骨盆。术者面对病人站立,先使髋关节及膝关节各屈曲至90°,然后以双手握住患者的腘窝做持续牵引,肌肉松弛后,略做外旋,便可以使股骨头还纳至髋臼内。可以感到明显的弹跳与响声,提示复位成功。复位后畸形消失,髋关节活动亦恢复。本法简便、安全,最为常用。

(2)固定:复位后用绷带将双踝暂时捆在一起,于髋关节伸直下将病人搬运至床上,患肢做皮肤牵引或穿丁字鞋2～3周,不必行石膏固定。

(3)功能锻炼:需卧床休息4周。卧床期间做股四头肌收缩动作,2～3周后开始活动关节,4周后扶双拐下地活动,3个月后可完全承重。

2. 髋关节前脱位。

(1)复位:在全身麻醉或椎管内麻醉下行手法复位。以Allis法最为常用。病人仰卧于手术台上,术者握住伤侧腘窝部位,使髋轻度屈曲与外展,并沿着股骨的纵轴做持续牵引;一助手立在对侧以双手按住大腿上1/3的内侧面与腹股沟处施加压力。术者在牵引下做内旋动作,可以完成复位。不成功可以再试一到两次,未成功必须考虑切开复位。手法复位不成功往往提示前方关节囊缺损或有卡压,用暴力复位会引起股骨头骨折。

(2)固定和功能锻炼:同髋关节后脱位。

【注意事项】

1. 复位时动作轻柔,切勿暴力复位。

2. 牵引需缓慢持续用力,禁止粗暴。

二、骨折手法复位

【复位标准】

1. **解剖复位** 骨折段通过复位,恢复了正常的解剖关系,对位(两骨折段的接触面)和对线(两骨折段在纵轴上的关系)完全良好时,称解剖复位。

2. **功能复位** 经复位后,两骨折段虽未恢复至正常的解剖关系,但在骨折愈合后对肢体功能无明显影响者,称功能复位。每一部位功能复位的要求不一样,一般认为功能复位的标准是:

(1)骨折部位的旋转移位、分离移位必须完全矫正。

(2)缩短移位在成人下肢骨折不超过 1cm;儿童若无骨骺损伤,下肢缩短在 2cm 以内,在生长发育过程中可自行矫正。

(3)向侧方成角移位,与关节活动方向垂直,日后不能矫正,必须完全复位。否则关节内、外侧负重不平衡,易引起创伤性关节炎。上肢骨折要求也不一致,肱骨干稍有畸形,对功能影响不大;前臂双骨折则要求对位、对线均好,否则影响前臂旋转功能。

(4)长骨干横行骨折,骨折端对位至少达 1/3 左右,干骺端骨折至少应对位 3/4 左右。

【手法复位的步骤】

1. **解除疼痛** 即使用麻醉解除肌痉挛和消除疼痛。可用局部麻醉、神经阻滞麻醉或全身麻醉,后者多用于儿童。采用局部麻醉时,即将注射针于骨折处皮肤浸润后,逐步刺入深处,当进入骨折部血肿后,可抽出暗红色血液,然后缓慢将 2% 普鲁卡因 10ml(需先做皮试)或 0.5% 利多卡因 10ml 注入血肿内,即可达到麻醉的目的。

2. **肌松弛位** 麻醉后将患肢各关节置于肌肉松弛位,以减少肌肉对骨折段的牵拉力,有利于骨折复位。

3. **对准方向** 骨折后,近侧骨折段的位置不易改变,而远侧骨折段因失去连续性,可使之移动。因此,骨折复位时,将远侧骨折对准近侧骨折段所指方向。

4. **拔伸牵引** 在对抗牵引下,于患肢远端,沿其纵轴以各种方向施行牵引,矫正骨折移位。绝大多数骨折都可施行手力牵引,也可将骨牵引的牵引弓系于螺旋牵引架的螺旋杆上,转动螺旋进行牵引,称螺旋牵引。

术者用两手触摸骨折部位,根据 X 线片所显示的骨折类型和移位情况,分别采用反折、回旋,端提、捺正和分骨、扳正等手法予以复位。

(一)肱骨外科颈骨折手法复位

【操作方法】

1. **外展型骨折** 在麻醉后仰卧于骨科牵引床上。助手在伤侧肩外展 45°、前屈 30°、上臂中立位、屈肘 90° 位。沿肱骨纵轴向下牵引,由伤侧肩胸部绕过一条宽布带,向健侧锁骨方向做反牵引,待牵引以消重叠、成角畸形后,术者根据 X 线片上骨折移位方向,进行手法复位,原则是沿着骨折移位方向的反方向进行手法复位,以骨折远端与近端相接,注意矫正成角畸形及侧方移位。待骨传导音恢复或 X 线证实骨折复位良好后,缓慢放松牵引,沿肱骨纵轴线轻轻叩击尺骨鹰嘴,使骨折端嵌入准确、牢固。再次行 X 线检查证实复位正确可靠,即可进行外固定。

2. **内收型骨折**

(1)复位方法:麻醉、体位和牵引方法与外展型骨折复位方法相同。

在牵引情况下纠正成角、重叠、旋转移位后,术者用手挤压远、近骨折端,同时助手将患肢外展超过 90°,上举 120°,矫正侧方移位及向外侧成角畸形。若为向前成角及侧前方移位,则先固定近端,由前向后推压远骨折端,助手使患肢逐渐前屈90°,即可复位。轻轻叩击鹰嘴,使折端嵌入紧密。行X线检查证实复位成功后,进行外固定。

(2)外固定:小夹板固定基本方法与外展型相同。固定后上肢在肩外展70°位用外展支架固定,避免再发生移位。

(二)肱骨干骨折手法复位

【操作方法】

1. 麻醉 局部麻醉或臂丛神经阻滞麻醉。

2. 体位 在骨科牵引床上取仰卧位。

3. 牵引 助手握住前臂,在屈肘90°位,沿肱骨干纵轴牵引,在同侧腋窝施力做反牵引。经过持续牵引,纠正重叠、成角畸形。若骨折位于三角肌止点以上、胸大肌止点以下,在内收位牵引;若骨折线在三角肌止点以下,应在外展位牵引。

4. 复位 在从充分持续牵引、肌放松的情况下,术者用双手握住骨折端,按骨折移位的相反方向,矫正成角及侧方移位。若肌肉松弛不够,断端间有少许重叠,可采用折顶反折手法使其复位。畸形矫正,骨传导音恢复即证明复位成功。拍X线片,确认骨折对位对线良好。

5. 外固定 复位成功后,减小牵引力,维持复位,可选择小夹板或石膏固定。

(三)肱骨髁上骨折手法复位外固定

【操作方法】

1. 受伤时间短,局部肿胀轻,没有血液循环障碍者,可进行手法复位外固定。

2. 麻醉后仰卧于骨科牵引床上。在屈肘约50°位、前臂中立位,沿前臂纵轴牵引。

3. 以同侧腋窝部向上做反牵引。在持续牵引下,克服重叠畸形。根据X线片表现,若有尺侧或桡侧移位,应首先矫正。在持续牵引情况下,术者双手第2～5指顶住骨折远断端,拇指在近折端用力推挤,同时缓慢使肘关节屈曲90°或100°,即可达到复位。

4. 经X线证实骨折对位对线良好,即可用外固定维持复位位置。复位时应注意恢复肱骨下端的前倾角和肘部提携角。屈肘角度的多少以能清晰地扪及桡动脉搏动,无感觉运动障碍来决定。一般情况下,在超过100°位时,复位后骨折端较稳定,但要注意远端肢体的血液循环情况。

5. 复位后用后侧石膏托在屈肘位固定4～5周,摄X线片证实骨折愈合良好,即可拆除石膏,开始功能锻炼。

6. 伤后时间较长,局部组织损伤严重,出现骨折部严重肿胀时,不能立即进行手法复位。应卧床休息,抬高患肢,或用尺骨鹰嘴悬吊牵引,同时加强手指活动,待肿胀消退后进行手法复位。

(四)前臂双骨折手法复位

【操作方法】

1. 麻醉后,取仰卧位,患肢肩外展90°,屈肘90°。

2. 沿前臂纵轴向远端牵引。肘部向上做反牵引。远端的牵引位置以骨折部位而定。若桡骨在旋前圆肌止点以上骨折,近折端由于旋后肌和肱二头肌的牵拉而呈屈曲、旋后位,远折端因旋前圆肌及旋前方肌的牵拉而旋前,此时应在略有屈肘、旋后位牵引。

3. 若骨折线在旋前圆肌止点以下,近折端因旋后肌旋前圆肌力量平衡而处于中立位,骨折端略旋前,应在略旋后位牵引;若骨折在下1/3,由于旋前方肌的牵拉,桡骨远端多处于旋前位,应在略旋后位牵引。

4. 经过充分持续牵引,取消旋转、短缩及成角移位后,术者用双手拇指与其余手指在尺桡骨间用力挤压,使骨间膜分开,紧张的骨间膜牵动骨折端复位。

5. 手法复位成功后可采用小夹板固定,维持复位位置,将4块小夹板分别放置于前臂掌侧、背侧、尺侧和桡侧,用带捆扎后,将前臂放在防旋板上固定,再用三角巾悬吊患肢。也可采用石膏固定,手法复位成功后,用上肢前、后石膏夹板固定。待肿胀消退后改为上肢管型石膏固定,一般8~12周可达到骨性愈合。

（五）桡骨下端骨折手法复位外固定

【操作方法】

1. 伸直型骨折　麻醉后取仰卧位,肩外展90°,助手一手握住患者拇指,另一手握住其余手指,沿前臂纵轴,向远端牵引,另一助手握住患者肘上方做反牵引,术者双手握住腕部,拇指压住骨折远端向远侧推挤,第2~5指顶住骨折近端,加大屈腕角度,纠正成角。然后向尺侧挤压,缓慢放松牵引,在屈腕、尺偏位检查骨折对位对线情况及稳定情况。用超腕关节小夹板固定或石膏夹板固定2周,水肿消退后,在腕关节中立位继续用小夹板或改用前臂管型石膏固定。

2. 屈曲型骨折　复位手法与伸直型骨折相反,基本原则相同。复位后若极不稳定,外固定不能维持复位者,行切开复位,用钢板或钢针内固定。

（六）股骨干骨折手法复位

【操作方法】　对比较稳定的股骨干骨折,软组织条件差,可采用非手术疗法。在麻醉下,在胫骨结节或股骨髁上进行骨牵拉。取消短缩畸形后用手法复位,减轻牵引重量,叩击肢体远端,使骨折端嵌插紧密。X线证实对位良好后,大腿部用石膏或夹板固定,同时继续用维持重量牵引。

【注意事项】

1. 牵引时用力缓慢、持续,切勿动作粗暴。

2. 禁止反复多次手法复位,以防加重软组织损伤,影响骨折愈合。

3. 对损伤超过10天以上的陈旧性病例无论移位情况如何,均不宜再复位。

4. 患有严重心、肾等脏器疾病者,不宜行手法复位。

（刘　强）

第六节　神经外科诊疗技术

【技能目标】

1. 掌握脑出血微创血肿碎吸术、脑室穿刺外引流术、脑血管造影技术基本操作原则,掌握消毒、铺巾等无菌操作要领。

2. 熟悉戴无菌手套及无菌操作技术。

3. 在指导教师指导下进行铺单、无菌操作、穿刺血肿腔定位、局部麻醉、穿刺、置管、压动脉鞘、股动脉穿刺、接无菌引流袋等。

4. 了解脑出血微创血肿碎吸术、脑室穿刺外引流术、脑血管造影技术基本操作过程。

一、脑出血微创血肿碎吸术

【适应证】

1. 脑出血量＞30ml,有渐进性意识障碍。

2. 经内科治疗无效,且病情逐渐加重,争取在脑组织未遭受不可逆的损害前行碎吸术。

3. 昏迷或半昏迷病人争取早期行碎吸术。

4. 脑室内血肿填充或铸型者应尽快行碎吸术。

5. 脑出血后,出现一侧瞳孔散大、对光反应消失等小脑幕切迹疝的表现时,如无手术禁忌应尽快行碎吸术。

【禁忌证】

1. 病情发展快,年龄＞70岁的深昏迷病人不宜手术。

2. 脑疝晚期、生命垂危、双侧瞳孔已散大、去脑强直、病理性呼吸、脑干有继发性损伤者,不宜手术。

3. 有严重的冠心病或供血不足,以及肾功能衰竭者不宜手术。

【操作步骤】

1. 定位　根据头颅CT定位,选择穿刺点和穿刺深度,避开大血管和神经功能区。

2. 局部麻醉　常用1‰～2‰的利多卡因5ml进行局部麻醉。

3. 全身麻醉　适于意识不清,躁动而不能配合检查的患者。

4. 消毒铺单　常规于穿刺点区消毒铺单,暴露穿刺点。

5. 颅锥穿刺　在头皮上标出穿刺点后,根据CT片测出的颅骨厚度,将套管用固定螺旋固定在颅锥的相应部位,用颅锥连同套管锥透颅骨和硬脑膜。

6. 穿刺针穿刺　穿刺到预定穿刺点,置入硅胶引流管,抽吸血肿,注入尿激酶3～5万U加4～5ml注射用水,闭管4～6小时开放,每日1～2次。

7. 固定　持针器固定引流管外接无菌引流袋。根据病情调整引流袋口高度。

【注意事项】

1. 局部麻醉时,注意回抽勿使利多卡因注入血管。

2. 正确选择穿刺部位。不同病情根据CT片选择,避开大血管和神经功能区。

3. 第一次血肿抽吸量应＜40‰,以减压为主。

4. 需改变穿刺方向时,应将脑室穿刺针拔出重新穿刺,不可在脑内转换方向,以免损伤脑组织。

5. 穿刺不应过急过深,以免损伤脑干或脉络丛而引起出血。

6. 术后密切观察病人的意识、呼吸、脉搏、血压、体温和颅内压等情况。

7. 引流装置应保证无菌,定时更换,记录引流量和性质。

二、脑室穿刺外引流术

【适应证】

1. 因脑积水引起严重颅内压增高的病人,病情危重甚至发生脑疝或昏迷时,先采用脑室穿刺和外引流,作为紧急减压抢救措施,为进一步检查治疗创造条件。

2. 脑室内有出血的病人,穿刺引流血性脑脊液可减轻脑室反应及防止脑室系统阻塞。

3. 开颅术中为降低颅内压,有利于改善手术区的显露,常穿刺侧脑室,引流脑脊液。术后尤其在颅后窝术后为解除反应性颅内高压,也常用侧脑室外引流。

4. 向脑室内注入阳性对比剂或气体作脑室造影。

5. 引流炎性脑脊液,或向脑室内注入抗生素治疗脑室炎。

6. 向脑室注入靛胭脂1ml,或酚红1ml鉴别是交通性脑积水或梗阻性脑积水。

7. 做脑脊液分流术,放置各种分流管。

8. 抽取脑脊液做生化和细胞学检查。

【禁忌证】

1. 硬膜下积脓或脑脓肿病人,脑穿刺可使感染向脑内扩散,且有脓肿破入脑室的危险。

2. 脑血管畸形,特别是巨大高流量型或位于侧脑室的血管畸形病人,脑室穿刺可引起出血。

3. 弥散性脑水肿或脑肿胀,脑室受压缩小者,穿刺困难,引流也很难奏效。

4. 严重颅内高压,视力低于0.1者,穿刺需谨慎,因突然减压有失明危险。

【操作步骤】

1. 定位 一般选择发迹内2.5cm中线旁2.5cm为穿刺点(亦可根据头颅CT定位)。

2. 局部麻醉 适合于意识清楚,基本能够进行合作的患者。常用1%～2%的利多卡因5ml进行局部麻醉。

3. 全身麻醉 适于意识不清,躁动而不能配合检查的患者。

4. 消毒铺单 常规穿刺点区消毒铺单,暴露穿刺点。

5. 颅锥穿刺 在头皮上标出穿刺点后,根据CT片测出的颅骨厚度,将套管用固定螺旋固定在颅锥的相应部位,用颅锥连同套管锥透颅骨和硬脑膜。

6. 穿刺针穿刺 穿刺方向与矢状面平行,对准两外耳道假想连线,深度不超过5cm。退针芯,见脑脊液流出后,放回针芯,退针。沿穿刺通道置入引流管5～6cm试验通畅。

7. 固定 持针器固定引流管外接无菌引流袋,根据病情调整引流袋口高度。

【注意事项】

1. 局部麻醉,注意回抽勿使利多卡因注入血管。

2. 正确选择穿刺部位。不同病情根据CT片选择,尽量选择右侧脑室前角。还应考虑脑室移位或受压变形缩小、两侧脑室是否相通等情况,以确定最佳穿刺部位及是否需双侧穿刺。

3. 穿刺点和穿刺方向不对往往是穿刺失败最主要的原因,因此应严格确定穿刺点,掌握穿刺方向。

4. 需改变穿刺方向时,应将脑室穿刺针拔出重新穿刺,不可在脑内转换方向,以免损伤脑组织。

5. 穿刺不应过急过深,以免损伤脑干或脉络丛而引起出血。

6. 进入脑室后放出脑脊液要慢,以免减压太快引起硬脑膜下、硬膜外或脑室内出血。

7. 术后密切观察病人的意识、呼吸、脉搏、血压、体温和颅内压等情况。

8. 保持引流管高度(正常时高于前角水平$10～15cmH_2O$),引流装置应保证无菌,定时更换,记录引流量和性质。

三、伽玛刀(Gamma knife)的应用

伽玛刀是指立体定向[60]钴放射外科治疗系统。

【适应证】

1. 主要用于神经外科肿瘤的定向放射治疗。

2. 脑动静脉畸形(AVMs)、顽固性癫痫。

3. 应用于戒毒、精神外科、顽固性疼痛、帕金森病、三叉神经痛等。

【操作步骤】

1. 伽玛刀的准备。伽玛刀的构成:①放射线发射装置;②治疗床;③头盔准直器;④控制操作台;⑤立体定向头架;⑥治疗计划计算机系统。

2. 在病人头上安装固定立体定向头架。

3. 定位影像扫描(CT、MR 或 DSA)。

4. 设计治疗计划。

5. 上机照射治疗。

【注意事项】

1. 准确掌握好正常结构,肿瘤的放射敏感性和剂量耐受性。

2. 准确定位肿瘤范围及周围重要神经等组织结构。

3. 选择规格适合的准直器,合理设置等中心点。

4. 保护好正常脑组织和重要功能区。

5. 密切观察放射反应,及时处理。

6. 注意早期出现的并发症:脑水肿、颅内压增高、出血、癫痫、意识障碍和精神症状等。

7. 随访晚期并发症:偏瘫、失语等。

四、神经介入基本操作技术

【适应证】 凡是考虑到可能存在脑血管病变,均可行脑血管造影。

【禁忌证】

1. 呼吸、心率、体温和血压等生命体征难以维持。

2. 严重的动脉硬化、糖尿病、心或肾功能衰竭。

3. Hunt-Hess 分级进入 V 级。

4. GCSS(Glasgow coma scale score)计分在 8 分以下。

【操作步骤】

1. 局部麻醉 适合于意识清楚,基本能够进行合作的患者。常用 $1\% \sim 2\%$ 的利多卡因 5ml 进行局部麻醉,选择穿刺点后先在皮下注射 1ml,再退至皮内注射 0.5ml,后将剩余的利多卡因注入股动脉的外侧和背侧。

2. 全身麻醉 适于意识不清、躁动而不能配合检查的患者。

3. 消毒铺单 常规行双侧腹股沟及会阴区消毒,铺单,暴露两侧腹股沟区。

4. 固定

(1)左手第 3、4、5 指平行于血管,在皮肤切口上方将股动脉压迫固定。

(2)将食指置于皮肤切口上方,手指方向对足,在二指之间将股动脉分离固定。

5. 穿刺 当用套管针时,用右手食指及中指握住针,掌侧向上。针与皮肤呈 45°。拇指放在针尾,轻轻向前推进贯穿切口及皮下组织。当针尖接近动脉时,常感到血管的波动压向术者拇指。此时可将针稳妥地送入,通过动脉。针芯即可退去。当针尖清楚地位于动脉腔内时,血应有力喷射出,导丝即可插入。

6. 交换放置动脉鞘 一旦穿刺针进入动脉内,应通过穿刺注射器插入导丝,至少要达到髂动脉近侧水平。一旦导丝到位,将一大小适当的动脉鞘通过导丝插入动脉内。在进入血管鞘时,使用有力的旋转动作以利其顺利通过皮下组织及筋膜进入血管。然后移去导丝。

7. 造影 用猪尾管在导丝指引下行主动脉弓双斜位造影,再更换椎动脉导管或猎人头导管在导丝指引下行双侧颈总、颈内动脉及椎动脉正侧位造影。

8. 压鞘 造影完毕退动脉鞘压迫股动脉穿刺点 30 分钟,加压包扎。亦可用一次性缝合器缝合股动脉穿刺点。

【注意事项】

1. 做局部麻醉时,注意回抽勿使利多卡因注入血管。

2. 切开皮肤,注意刀的锋刃面远离左手并与皮肤表面近乎水平,以避免伤及术者及穿入过深和伤及血管。

3. 动脉穿刺,左手第 2、3 指面向尾侧,将股动脉持于 2 指之间,将针约为 45° 持住,穿刺时穿刺针尖斜面向上,置入导丝时斜面旋向背侧。

4. 若动脉回血不够活跃,最好移走针头,压迫该动脉 5～10 分钟,而不应该冒掀起股动脉内膜瓣的危险。

5. 反复回拉导丝阻力很大,应退出穿刺针,压迫该动脉 5～10 分钟,重新穿刺。

6. 进入血管鞘时,使用有力的旋转动作以利其顺利通过皮下组织及筋膜进入血管。

7. 长时间操作血管鞘可连接至一连续加压的肝素生理盐水冲洗器。

8. 造影管必须在导丝导引下退出。

9. 造影完毕压鞘 30 分钟,加压包扎,右下肢制动 12 小时,平卧 24 小时。

(刘旭超)

第七节 外科其他操作技术

一、骨牵引术

【适应证】

1. 肢体骨折有严重肿胀或皮肤挫裂伤,不宜手法复位和外固定,也不宜做切开复位者。

2. 下肢不稳定骨折,石膏固定有困难者。

3. 颈椎骨折与脱位,骨盆骨折等需要牵引复位者。

【操作步骤】

1. 颅骨牵引

(1)剃头,仰卧,头肩垫高,头部扶正。

(2)用甲紫做切口标记,两外耳边连成横线与鼻梁到枕骨粗隆的连线相交点为中心,横向旁开 5cm 为切口。

(3)做局部麻醉,做纵切口,用骨钻将颅骨外板钻透,安放牵引弓,固定,牵引。

2. 胫骨结节牵引

(1)局部消毒,铺无菌巾。

(2)穿钉部位为胫骨结节下一横指和后一横指。

(3)做局部麻醉,切开0.5~1cm,将钢针由外向内打入,以免损伤腓总神经。

(4)要放牵引弓持续牵引。

3．股骨髁上牵引

(1)局部消毒,铺无菌巾。

(2)穿钉部位为腓骨小头向上纵线与髌骨上缘的横线交点的膝内侧相应点。

(3)做局部麻醉,由内向外打入斯氏针,以免损伤动、静脉。

4．跟骨牵引

(1)局部消毒,铺无菌巾。

(2)穿钉部位为内踝尖端与足跟后下缘连线的下1/3,由内向外穿入,避免损伤胫后血管和神经。

5．尺骨鹰嘴牵引

(1)局部消毒,铺无菌巾。

(2)穿钉部位为肘关节屈曲90°,在尺骨鹰嘴下一横指处,由内向外穿入钢针。

【注意事项】

1．保持牵引部位干燥无菌,用纱布保护。

2．随时观察牵引情况及效果,防止意外和过度牵引。

3．牵引重量一般为体重的1/10~1/7,避免撕脱骨折。

4．必要时床边摄X线片,了解骨折对位情况,以便调整。

二、石膏固定术

【适应证】

1．不适合小夹板固定的骨折和关节损伤。

2．骨与关节结核、化脓性炎症。

3．四肢神经、血管、肌腱、骨病术后制动。

4．矫形手术后维持所需位置。

【禁忌证】

1．确诊或怀疑伤口有厌氧菌感染者。

2．进行性水肿病人。

3．全身情况恶劣,如休克病人。

4．严重心、肺、肾等疾病禁用大型石膏。

5．新生儿、乳幼儿不宜长期石膏固定。

【操作步骤】

1．手与腕关节

(1)拇指对掌位。

(2)其他手指与拇指呈对掌位。

(3)整个手的功能位即掌指关节和近侧指间关节半屈曲,远侧指间关节微屈,拇指外展对掌,各手指略分开,腕关节背伸20°~25°,呈握球姿势。

(4)腕关节背伸15°~30°,向尺侧偏斜10°,如执笔姿势。

2. 肘关节 屈曲 90°。

3. 肩关节 上臂外展 50°～70°,前屈 20°,外旋 15°～20°,肘关节屈曲 90°,前臂轻度旋前,使拇指尖对准病人鼻尖,石膏固定后称"肩人字石膏"。

4. 踝关节 与小腿呈直角,中立位背伸 90°。

5. 膝关节 屈曲 5°～20°,幼儿可取伸直位。

6. 髋关节 根据病人性别、年龄、职业不同稍有变动,一般外展 5°～20°,屈曲 10°～15°,外旋 5°～10°。

【石膏固定后处理】

1. 石膏未干前,不宜搬动病人,潮湿的石膏易折断、受压变形,应用软枕妥善垫好,勿放在硬板上。

2. 抬高患肢以利静脉及淋巴回流,减轻肢体肿胀。

3. 注意患肢血液循环情况,有无疼痛及局部压迫症状。

4. 寒冷季节注意患肢的保暖,以防冻伤。

5. 若需检查、拆线、换药时,应开窗,处理完毕后用棉花纱布将开窗部位填平包扎,以免局部肿胀疼痛,甚至发生边缘压迫性溃疡。

6. 管型石膏固定后,若肢体肿胀消退或肌肉萎缩而失去固定作用时,应予更换石膏。

7. 加强患肢功能锻炼,防止和减少肌肉萎缩和关节僵硬。

8. 保护石膏清洁,防止污染。翻身或改变体位时,应保护石膏,防止折裂。

【注意事项】

1. 皮肤应清洗干净,若有伤口,应更换敷料。纱布、棉垫、胶布条都要纵行放置,避免环形缠绕,以免肢体肿胀后,形成环状勒紧物妨碍肢体血液循环。

2. 石膏无弹性,易引起压迫性溃疡。因此在包石膏绷带前,必须先放好衬垫。一般放在骨隆突处和软组织稀少处。常用衬垫有棉织套筒、棉垫、脱脂棉等。

3. 腓总神经、尺神经、桡神经较易发生受压损伤,故行石膏固定时腓骨头及肘与肘后上方均应加软垫。

4. 极少数病人石膏固定后出现过敏性皮炎,发生瘙痒、水疱或更严重的过敏反应,这些病人不宜行石膏固定。

三、急救止血法

【适应证】

1. 周围血管创伤性出血。

2. 某些特殊部位创伤或病理性血管破裂出血,如肝破裂、食管静脉曲张破裂出血等。

3. 减少手术区域内的出血。

【禁忌证】

1. 需要施行断肢(指)再植者不用止血带。

2. 特殊感染截肢不用止血带,如气性坏疽截肢。

3. 凡有动脉硬化症、糖尿病、慢性肾病肾功能不全者,慎用止血带或休克裤。

【准备工作】

1. 急救包、纱布垫、纱布、三角巾、四头带或绷带。

2.橡皮管、弹性橡皮带、空气止血带、休克裤等。

3.气囊导尿管、三腔二囊管、注射器。

4.生理盐水及必要的止血药,如凝血酶、去甲肾上腺素等。

【操作方法】

1.手压止血法　用手指、手掌或拳头压迫出血区域近侧动脉干,暂时性控制出血。压迫点应放在易于找到的动脉径路上,压向骨骼方能有效。例如,头、颈部出血,可指压颞动脉、颌动脉、椎动脉;上肢出血,可指压锁骨下动脉、肱动脉、肘动脉、尺动脉、桡动脉;下肢出血,可指压股动脉、腘动脉、胫动脉。

2.加压包扎止血法　用厚敷料覆盖伤口后,外加绷带缠绕,略施压力,以能适度控制出血而不影响伤部血供为度。四肢的小动脉或静脉出血、头皮下出血多数患者均可获得止血目的。

3.强屈关节止血法　前臂和小腿动脉出血不能制止,如无合并骨折或脱位时,立即强屈肘关节或膝关节,并用绷带固定,即可控制出血,以利迅速转送医院。

4.填塞止血法　广泛而深层软组织创伤,腹股沟或腋窝等部位活动性出血以及内脏实质性脏器破裂,如肝粉碎性破裂出血,可用灭菌纱布或子宫垫填塞伤口,外加包扎固定。在做好彻底止血的准备之前,不得将填入的纱布抽出,以免发生大出血措手不及。

5.止血带法　止血带一般适用于四肢大动脉的出血,并常常在采用加压包扎不能有效止血的情况下,才选用止血带。常用的止血带有以下各种类型。

(1)橡皮管止血带:常用弹性较大的橡皮管,便于急救时使用。

(2)弹性橡皮带(驱血带):用宽约5cm的弹性橡皮带,抬高患肢,在肢体上重叠加压,包绕几圈,以达到止血目的。

(3)充气止血带:压迫面宽而软,压力均匀,还有压力表测定压力,比较安全,常用于四肢活动性大出血或四肢手术时采用。

【止血带使用方法和注意事项】

1.止血带绕扎部位　扎止血带的标准位置:上肢为上臂上1/3,下肢为大腿中、下1/3交界处。目前有人主张把止血带扎在紧靠伤口近侧的健康部位,有利于最大限度地保存肢体。上臂中、下1/3部扎止血带容易损伤桡神经,应视为禁区。

2.上止血带的松紧要合适　压力是使用止血带的关键问题之一。止血带的松紧应该以出血停止、远端不能摸到脉搏为度。过松时常只压住静脉,使静脉血液回流受阻,反而加重出血。使用充气止血带,成人上肢需维持在40kPa(300mmHg),下肢以66.7kPa(500mmHg)为宜。

3.持续时间　原则上应尽量缩短使用止血带的时间,通常可允许1小时左右,最长不宜超过3小时。

4.止血带的解除　要在输液、输血和准备好有效的止血手段后,在密切观察下放松止血带。若止血带缠扎过久,组织已发生明显广泛坏死时,在截肢前不宜放松止血带。

5.止血带不可直接缠在皮肤上　上止血带的相应部位要有衬垫,如三角巾、毛巾、衣服等均可。

6.扎止血带的时间和部位　要求有明显标志。

(刘　强)

第9章　妇产科诊疗技术

第一节　产科常用诊疗技术

【技能目标】

1. 掌握四步触诊法,骨盆内、外测量,肛查(产科)法的操作方法,达到熟练、准确程度。

2. 熟悉四步触诊法的内容,骨盆内、外测量各径线的正常值,肛查(产科)法检查的内容,会阴切开术、胎头吸引术的适应证,人工剥离胎盘术的注意事项。

3. 独立完成四步触诊法,骨盆内、外测量,肛查(产科)法的操作,在教师指导下完成会阴切开术的操作。

4. 了解胎头吸引术、人工剥离胎盘术的操作过程。

一、四步触诊法

【目的】　检查子宫大小、胎产式、胎先露、胎方位以及胎先露部是否衔接。

【操作方法】

1. 孕妇排尿后仰卧于检查床上,头部稍垫高,露出腹部,双腿略屈曲稍分开,使腹肌放松。检查者站在孕妇右侧进行检查。主要检查子宫大小、胎产式、胎先露、胎方位以及胎先露部是否衔接。做前3步手法时,检查者面向孕妇,做第4步手法时,检查者则应面向孕妇足端。

2. 操作步骤。

第1步:检查者两手置于子宫底部,了解子宫外形并测得宫底高度,估计胎儿大小与妊娠周数是否相符。然后以两手指腹相对轻推,判断宫底部的胎儿部分,若为胎头则硬而圆且有浮球感,若为胎臀则软而宽且形状略不规则。

第2步:检查者左右手分别置于腹部左右侧,一手固定,另一手轻轻深按检查,两手交替,仔细分辨胎背及胎儿四肢的位置。平坦饱满者为胎背,并确定胎背向前、侧方或向后。可变形的高低不平部分是胎儿肢体。

第3步:检查者右手拇指与其余4指分开,置于耻骨联合上方握住胎先露部,进一步查清是胎头或胎臀,左右推动以确定是否衔接。若胎先露部仍浮动,表示尚未入盆。若已衔接,则胎先露部不能被推动。

第4步:检查者左右手分别置于胎先露部的两侧,向骨盆入口方向向下深按,再次核对胎先露部的诊断是否正确,并确定胎先露部入盆的程度。若先露部活动,且居骨盆入口以上称"浮",部分入盆稍可活动称"半固定",不能活动则称"固定"。

【注意事项】

1. 做腹部检查时,检查者手要温暖,用力适当,不宜过重过轻。

2. 经过四步触诊法绝大多数能判定胎头、胎臀及胎儿四肢的位置。若胎先露部是胎头抑或胎臀难以确定时,可行肛诊、B型超声检查协助诊断。

二、骨盆外测量

【目的】 了解骨盆大小、形态,估计足月胎儿能否顺利通过产道。在初诊时应对孕妇进行骨盆外测量,特别是对初孕妇及有难产史或胎儿较大的经产妇尤为必要。

【操作方法】

1. 产妇排空膀胱,测量者站于产妇右侧。

2. 使用骨盆测量器测量以下径线。

(1)髂棘间径:取伸腿仰卧位,测量左右髂前上棘外缘间距离,正常为23~26cm。

(2)髂嵴间径:取伸腿仰卧位,测量左右髂嵴外缘间距离,正常为25~28cm。

(3)粗隆间径:取伸腿仰卧位,测量两股骨粗隆间的距离,正常为28~31cm。

(4)骶耻外径:取左侧卧位,右腿伸直,左腿弯曲,测量第5腰椎棘突下凹陷处至耻骨联合上缘中点间的距离,正常值为18~20cm。

(5)出口横径:取仰卧位,两腿弯曲外展,双手抱膝,测量两坐骨结节内缘间的距离,正常值为8.5~9.5cm。也可用检查者的拳头测量,若其间能容纳成人手拳,则>8.5cm,属正常。此径线直接测出骨盆出口横径长度。若此径值<8cm时,应加测出口后矢状径。

(6)耻骨弓角度:用两拇指从耻骨弓顶端沿两侧耻骨降支平行放置,两拇指形成的角度即耻骨弓角度。正常值为90°。

【注意事项】

1. 室温要适宜,以免受凉。

2. 骨盆各解剖标志点要准确。

三、骨盆内测量

【目的】 经阴道测量骨盆内径能较准确地测知骨盆大小,适用于骨盆外测量有狭窄者。

【操作方法】

1. 孕妇取仰卧截石位,外阴部需消毒。检查者戴消毒手套并涂以滑润油,动作应轻柔。

2. 主要测量以下径线。

(1)对角径:为耻骨联合下缘至骶岬上缘中点的距离,正常值为12.5~13cm,此值减去1.5~2cm为骨盆入口前后径长度,又称真结合径,真结合径正常值约为11cm。方法是检查者将一手的食、中指伸入阴道,用中指尖触到骶岬上缘中点,食指上缘紧贴耻骨联合下缘,用另一只手食指正确标记此接触点,抽出阴道内的手指,测量中指尖至此接触点的距离,即为对角径。若测量时阴道内的中指尖触不到骶岬,表示对角径值>12.5cm。

(2)坐骨棘间径:测量两坐骨棘间的距离,正常值约为10cm。测量方法是一手示、中指放入阴道内,分别触及两侧坐骨棘,估计其间的距离。

(3)坐骨切迹宽度:代表中骨盆后矢状径,其宽度为坐骨棘与骶骨下部间的距离,即骶棘韧带宽度。将阴道内的食指置于韧带上移动。若能容纳3横指(5.5~6cm)为正常,否则属中骨盆狭窄。

【注意事项】

1. 骨盆内测量应在妊娠24~36周进行。

2. 注意无菌操作,以免感染。

3. 检查时动作要轻柔,手法要准确,力量要适当。

四、肛查(产科)法

【目的】 肛查能了解宫颈软硬程度、厚薄,宫口扩张程度(其直径以厘米计算),是否破膜,盆腔大小,确定胎位以及胎头下降程度。

【操作方法】

1. 产妇仰卧,两腿屈曲分开。

2. 检查者站在产妇右侧,检查前用消毒纸遮盖阴道口避免粪便污染阴道。右手食指戴指套蘸肥皂水轻轻伸入直肠内,拇指伸直,其余各指屈曲以利食指深入。

3. 检查者在直肠内的食指向后触及尾骨尖端,了解尾骨活动度,再查两侧坐骨棘是否突出并确定胎头高低,然后用指端掌侧探查子宫颈口,摸清其四周边缘,估计宫口扩张的厘米数。当宫口近开全时,仅能摸到一个窄边。当宫口开全时,则摸不到宫口边缘。未破膜者在胎头前方可触到有弹性的胎胞,已破膜者则能直接触到胎头。若无胎头水肿,还能扪清颅缝及囟门的位置,有助于确定胎位。若触及有血管搏动的索状物,考虑为脐带先露或脐带脱垂,需及时处理。

【注意事项】

1. 怀疑或诊断前置胎盘者禁止做肛查。

2. 有阴道出血者禁止做肛查。

3. 临产后应适时在宫缩时进行,次数不应过多。临产初期隔 2~4 小时查一次,经产妇或宫缩频者间隔应缩短,总产程<10 次。

五、会阴切开术

【适应证】

1. 初产妇需胎头吸引、产钳助产或臀位助产时。

2. 第二产程延长,如子宫收缩乏力、会阴坚韧者。

3. 缩短第二产程,如妊娠高血压综合征、胎儿宫内窘迫等。

4. 预防早产儿颅内出血。

【操作方法】

1. 产妇取膀胱截石位,消毒皮肤。

2. 用 0.5%普鲁卡因在准备切开侧的坐骨结节与肛门之间皮内注射形成皮丘,一手指在阴道内触及坐骨棘作为指示点,另一手持注射器将针头水平向坐骨棘处穿刺至针尖达坐骨棘内下 1cm 处,抽无回血后,注入药液 10~15ml 以阻滞阴部神经,长针头退回至皮下,在切开侧的大小阴唇做扇形皮下注射,注入药液 10~15ml。

3. 术者左手示、中指伸入阴道与先露部之间,撑起会阴壁,将会阴切开剪放在会阴后连合中线偏左侧 45°位置,待子宫收缩时做会阴全层切开,切口长 4~5cm,局部压迫或结扎止血。

4. 胎儿、胎盘娩出后,阴道内塞带尾纱布块,以阻挡宫腔内血液下流影响视野。

5. 暴露切口,用肠线从切口顶端上 1cm 处开始缝合黏膜层至处女膜缘;肌层和皮下组织用肠线分别间断缝合;皮肤用 1 号丝线间断缝合,对齐两断面。

6.缝毕取出阴道内纱布,常规做肛门检查以排除肠线穿透直肠黏膜。

【注意事项】

1.注意切开的角度,以免损伤直肠。

2.缝合时勿留死腔。

3.缝线松紧适宜,过紧可致伤口水肿,影响愈合。

六、胎头吸引术

【适应证】

1.缩短第二产程,常用于有妊娠高血压综合征、心脏病或胎儿宫内窘迫者。

2.宫缩乏力,第二产程延长者。

3.曾有剖宫产史或子宫壁有瘢痕,不宜过分用力者。

【必备条件】

1.无头盆不称。

2.宫口开全或接近开全。

3.先露为头(除额先露、面先露者)且在坐骨棘平面以下。

4.胎膜已破。

【操作方法】

1.产妇取膀胱截石位,行外阴常规消毒,导尿,阴道检查宫口扩张程度、胎头位置及高低。

2.放置胎头吸引器。左手食、中指撑开阴道后壁,右手持涂好润滑油的吸引器,沿阴道后壁轻轻放入,使整个胎头吸引器滑入阴道内,其边缘与胎头紧贴。以右手食指沿吸引器检查一周,了解吸引器是否紧贴胎儿头皮,是否吸住宫颈或阴道壁。检查无误后调整吸引器横柄,使之与胎头矢状缝方向一致,作为旋转胎头的标记。

3.抽吸空气形成负压。用空针抽出吸引器内空气150~180ml,形成每平方厘米200~300mmHg的负压强度。每次抽气后,用血管钳把连接吸引器的橡皮管夹紧,不使漏气,造成负压,取下注射器,等候2~3分钟。

4.牵引。如为枕前位,宫缩屏气时,顺骨盆轴方向,按正常胎头娩出机制牵引,使胎头俯屈、仰伸、娩出胎头。然后打开血管钳,吸入空气,消除负压,取下吸引器。胎儿其他部分的娩出与正常分娩相同。在胎头娩出过程中保护好会阴。

【注意事项】

1.牵引时间不宜过长,一般不超过20分钟。

2.避免反复牵引。操作时不得有漏气,避免滑脱。牵引时用力要均匀,切忌左右摇摆,滑脱两次者应改用产钳助产。

3.吸引器必须安置正确。抽吸达所需的负压后宜稍等待,使胎头形成产瘤后再牵引。

七、人工剥离胎盘术

【适应证】

1.胎儿娩出后,胎盘部分剥离引起子宫出血,经按摩宫底及给予子宫收缩药物,胎盘仍未能完全剥离排出者。

2.胎儿娩出后经30分钟胎盘仍未剥离排出者。

【操作方法】

1.产妇取膀胱截石位,外阴重新消毒,术者更换手术衣及手套。

2.一手置于腹部宫底部,另一手沿脐带伸入宫腔,摸到胎盘边缘,掌面向胎盘的母体面,以手掌的尺侧缘慢慢将胎盘自宫壁分离,等全部胎盘剥离后,握住胎盘并将胎盘娩出。

【注意事项】

1.操作应轻柔,切忌强行剥离或用手抓挖宫腔,以免损伤子宫。

2.剥离时如发现胎盘与子宫壁之间的界限不清,应考虑到植入性胎盘,不可强行剥离,以免损伤宫壁或引起不能控制的产后出血,导致行子宫切除术。

3.检查胎盘胎膜是否完整,如有缺损,应再次以手伸入宫腔清除残留组织,但应注意尽量减少宫腔内操作次数。

第二节 妇科常用诊疗技术

【技能目标】

1.掌握窥阴器的使用方法,掌握双合诊的检查内容,掌握腹腔穿刺术、羊膜腔穿刺术、后穹窿穿刺术、宫颈脱落细胞检查术的操作方法,掌握子宫颈活组织检查的取材部位,掌握子宫内膜活组织检查的适应证。

2.熟悉窥阴器检查法的内容及注意事项,熟悉腹腔穿刺术、后穹窿穿刺术、子宫颈活组织检查、输卵管通液术的适应证,熟悉子宫内膜活组织检查、输卵管通液术的操作过程,熟悉阴道镜检查术、宫腔镜检查术的适应证及禁忌证。

3.独立完成窥阴器、双合诊、腹腔穿刺术、羊膜腔穿刺术、宫颈脱落细胞检查术的操作,在教师指导下完成后穹窿穿刺术、子宫颈活组织检查、子宫内膜活组织检查、输卵管通液术的操作过程。

4.了解羊膜腔穿刺术的适应证及禁忌证,了解腹腔穿刺术注意事项,了解输卵管通液术的原理,了解阴道镜检查术、宫腔镜检查术的操作技术。

一、窥阴器检查法

【目的】 检查宫颈、阴道。

【操作方法】

1.患者排空膀胱后,取膀胱截石位。臀部置检查床边缘,臀下垫棉垫或治疗巾,两手放于身体两侧或放于胸部,使腹肌放松便于检查。检查者面向患者,立在患者两腿之间。

2.放置窥阴器。将窥阴器两叶合拢,用石蜡油润滑窥阴器两叶前端,左手拇、食指分开两侧小阴唇,暴露阴道口,右手持准备好的窥阴器避开尿道口周围斜行插入阴道口,沿阴道侧后壁缓慢插入阴道内,然后向上向后推进,边推进边将两叶转平,并逐渐张开两叶,直至完全暴露宫颈,固定窥阴器于阴道内。

3.检查宫颈。观察宫颈大小、颜色、外口形状,有无糜烂、撕裂、囊肿、息肉、肿瘤、赘生物,宫颈内有无出血,分泌物的量、性状、颜色。

4.检查阴道。旋松窥阴器侧部螺丝,旋转窥阴器,观察阴道前后壁、侧壁黏膜颜色,皱襞多少,有无畸形、裂伤、炎症、溃疡、囊肿,注意阴道分泌物的量及性状。

5.取出窥阴器。宫颈、阴道检查后放松侧部及中部螺丝,将两叶合拢,缓慢退出。

【注意事项】

1.检查者要关心病人,态度要严肃认真,语言亲切,动作要轻柔,检查部位准确,并及时向病人做好解释工作。

2.检查前嘱病人排空膀胱,不能自解小便者应导尿。

3.月经期、阴道出血时一般不做阴道检查。如必须检查时,检查者应给病人外阴消毒,检查时使用无菌手套。

4.未婚者禁用窥阴器。确需检查者,应与病人家属说明并经同意后方可检查。

5.男医生检查时必须有第三者在场。

二、双合诊检查

【目的】 主要检查阴道、宫颈、子宫、输卵管及宫旁组织。

【操作方法】

1.患者排空膀胱后,取膀胱截石位。臀部置检查床边缘,臀下垫棉垫或治疗巾,两手放于身体两侧或放于胸部,使腹肌放松便于检查。检查者面向患者,立在患者两腿之间。

2.用右手戴好消毒手套,示、中两指涂润滑剂后,轻轻通过阴道口沿后壁放入阴道,检查阴道通畅度和深度,有无畸形、肿块、结节及阴道壁情况。触及宫颈大小、形态及宫颈外口情况,有无接触性出血及宫颈举痛;检查子宫时,将阴道内两指放在宫颈后方,左手掌心朝下手指平放在患者的腹部平脐处,当阴道内手指向上向前方抬举宫颈时,腹部手指往下往后按压腹壁,并逐渐移向耻骨联合部。通过内、外手指相互配合,可扪清子宫的大小、位置、形态、活动度、硬度以及有无压痛。检查附件时,将阴道内两指由宫颈后方移至一侧穹窿部,另一手自同侧下腹壁髂嵴水平开始,由上往下按压腹壁,与阴道内手指相互配合以触摸该侧附件有无肿块、压痛、增厚等。用同样方法检查对侧附件。

【注意事项】 同窥阴器检查法。

三、后穹窿穿刺术

【适应证】

1.疑有腹腔内出血时,如宫外孕、卵巢黄体破裂等。

2.疑有盆腔内积液、积脓时,可做穿刺抽液检查,以了解积液性质。以及盆腔脓肿的穿刺引流及局部注射药物。

3.盆腔肿块位于直肠子宫陷凹内,经后穹窿穿刺直接抽吸肿块内容物做涂片,行细胞学检查以明确性质。如高度怀疑恶性肿瘤,应尽量避免穿刺。一旦穿刺诊断为恶性肿瘤,应及早手术。

4.在B超引导下行卵巢子宫内膜异位囊肿或输卵管妊娠部位药物治疗。

5.在B超引导下行经阴道后穹窿穿刺取卵,用于各种助孕技术。

【禁忌证】

1.盆腔严重粘连,直肠子宫陷凹被较大的肿块完全占据,并已突向直肠。

2.疑有肠管与子宫后壁粘连。

3.临床高度怀疑恶性肿瘤。

4.异位妊娠准备采用非手术治疗时,应避免穿刺,以免引起感染。

【操作方法】

1.排尿或导尿后,取膀胱截石位(液体量少者可同时取半坐位),一般无需麻醉。常规消毒,铺无菌洞巾。

2.用阴道窥器暴露宫颈及阴道后穹隆部,再次消毒。用宫颈钳夹持宫颈后唇向前牵引,充分暴露阴道后穹隆。

3.用穿刺针接注射器,于宫颈后唇与阴道后壁之间,取与宫颈平行而稍向后方的方向刺入2~3cm,然后抽吸。若为肿块,则于最突出或囊感最显著部位穿刺。

4.吸取完毕,拔针。如有渗血,可用无菌干纱布填塞,压迫片刻,待止血后取出阴道窥器。

【注意事项】

1.穿刺方向应是阴道后穹隆中点与宫颈管平行的方向,深入直肠子宫陷凹,不可过分向前或向后,以免针头刺入宫体或进入直肠。

2.穿刺深度要适当,一般2~3cm,过深可刺入盆腔器官或穿入血管,如积液量较少时,过深的针头可超过液平面,抽不出液体而延误诊断。

3.阴道后穹隆穿刺未抽出血液,不能完全除外宫外孕,内出血量少、血肿位置较高或周围组织粘连时,均可造成假阴性。

四、羊膜腔穿刺术

【适应证】

1.治疗

(1)胎儿异常或死胎做羊膜腔内引产终止妊娠。

(2)必须短期内终止妊娠,但胎儿未成熟需行羊膜腔内注入皮质激素以促进胎儿肺成熟。

(3)羊水过多,胎儿无畸形,需放出适量羊水以改善症状及延长孕期,提高胎儿存活率。

(4)羊水过少,胎儿无畸形,可间断于羊膜腔内注入适量生理盐水,以防胎盘和脐带受压,减少胎儿肺发育不良或胎儿窘迫。

(5)胎儿生长受限者,可于羊膜腔内注入氨基酸等促进胎儿发育。

(6)母儿血型不合需给胎儿输血。

2.产前诊断

(1)需行羊水细胞染色体核型分析、染色质检查以明确胎儿性别;诊断或估计胎儿遗传病可能;孕妇曾生育遗传病患儿;夫妻或其亲属中患遗传性疾病;近亲婚配;孕妇年龄>35岁;孕早期接触大量放射线或应用有可能致畸药物;性连锁遗传性基因携带者等。

(2)需做羊水生化测定:怀疑胎儿神经管缺陷需测 AFP;孕 37 周前行高危妊娠引产需了解胎儿成熟度;疑母儿血型不合需检测羊水中血型物质、胆红素、雌三醇以判定胎儿血型及预后。

(3)行羊膜腔造影可显示胎儿体表有无畸形及肠管是否通畅。

【禁忌证】

1.用于产前诊断时

(1)孕妇曾有流产征兆。

(2)术前 24 小时内 2 次体温在 37.5℃以上。

2.用于羊膜腔内注射药物引产时

(1)心、肝、肺、肾疾患在活动期或功能严重异常。

(2)各种疾病的急性期。

(3)有急性生殖道炎症。

(4)术前24小时内2次体温在37.5℃以上。

【操作方法】

1.孕妇排空膀胱后取仰卧位,行腹部皮肤常规消毒,铺无菌孔巾。

2.在选择好的穿刺点处,以0.5%利多卡因做局部浸润麻醉。用22号或20号腰穿针垂直刺入腹壁,当有落空感时,抽出针芯即有羊水溢出。

3.抽取所需羊水量或直接注药。

4.将针芯插入穿刺针内,迅速拔针,敷以无菌纱布,加压5分钟后,以胶布固定。

【注意事项】

1.严格无菌操作,以防感染。

2.穿刺针应细,进针不可过深过猛,尽可能一次成功,避免多次操作。最多不可超过2次。

3.穿刺前应查明胎盘位置,勿伤及胎盘。经胎盘穿刺者,羊水可能经穿刺孔进入母体血液循环而发生羊水栓塞。穿刺与拔针前后,应注意孕妇有无呼吸困难、发绀等异常,警惕发生羊水栓塞的可能。

4.抽不出羊水常因针被羊水中的有形物质阻塞所致,用有针芯的穿刺针可避免。有时穿刺方向、深度稍加调整即可抽出羊水。

5.抽出血液。出血可来自腹壁、子宫壁、胎盘或刺伤胎儿血管,应立即拔出穿刺针并压迫穿刺点,加压包扎。如胎心无明显改变,1周后再行穿刺。

6.受术者必须住院观察,医护人员应严密观察受术者穿刺后有无不良反应。

五、宫颈脱落细胞检查

【目的】 筛查子宫颈癌的重要方法。

(一)巴氏刮片法

【操作方法】

1.用阴道窥器扩张阴道,暴露宫颈,若白带过多,应先用无菌干棉球轻轻拭净黏液。

2.取材应在宫颈外口鳞柱上皮交接处,以宫颈外口为圆心,将木质刮板轻轻刮取1周,在玻片上涂抹。将涂好的玻片置入95%乙醇中固定15分钟后,染色、阅片。

3.核实玻片序号,填写申请单。

4.结果判定(巴氏分级)。

巴氏Ⅰ级:正常。

巴氏Ⅱ级:炎症。一般属良性改变或炎症。

巴氏Ⅲ级:可疑癌。主要是核异质,表现为核大深染,核形不规则或双核。对不典型细胞,性质尚难肯定。

巴氏Ⅳ级:高度可疑癌。细胞有恶性特征,但在涂片中恶性细胞较少。

巴氏Ⅴ级:癌。具有典型的多量癌细胞。

【注意事项】

1. 刮取细胞时避免损伤组织引起出血影响检查结果。

2. 涂片不宜太厚,也不要来回涂抹,以防细胞破坏。

3. 检查时阴道不宜用润滑剂,必要时可用生理盐水润滑。

4. 检查前 24 小时不宜性交、阴道冲洗、阴道上药。

(二)薄层液基细胞检查法(TCT)

【操作方法】

1. 用阴道窥器扩张阴道,暴露宫颈,若白带过多,应先用无菌干棉球轻轻拭净黏液。

2. 取样。使用扫帚状采样器的中央刷毛部分轻轻插入宫颈口内,较短的毛刷完全接触到外子宫颈,按一个方向旋转 5 圈。

3. 漂洗。将已取细胞的采样器放入瓶底,迫使毛刷分散开来,上下漂洗共 10 次,最后在溶液中快速转动扫帚状采样器以便将更多的细胞标本漂洗下来。

4. 拧紧瓶盖,送至实验室,进行过滤。使细胞随机均匀分开,转移到静电处理过的载玻片上,制成直径为 2cm 的薄层细胞涂片。

5. 用 95% 乙醇固定,巴氏染色。

6. 结果判断(TBS分类法)。

(1)感染:有无真菌、细菌、原虫、病毒等感染。

(2)良性反应性和修复性改变:如炎症引起的上皮细胞反应性改变。

(3)上皮细胞异常

①鳞状上皮细胞异常:a. 不典型鳞状上皮细胞(ASC-US),性质待定。b. 低度鳞状上皮内病变(LSIL),包括 HPV 感染、鳞状上皮轻度不典型增生、宫颈上皮内瘤样病变Ⅰ级。c. 高度鳞状上皮内病变(HSIL),包括鳞状上皮中度和重度不典型增生及原位癌;宫颈上皮内瘤样病变Ⅱ级和Ⅲ级。d. 鳞状上皮细胞癌。

②腺上皮细胞异常:a. 不典型腺上皮细胞,性质待定。b. 宫颈腺癌。c. 子宫内膜腺癌。d. 宫外腺癌。e. 腺癌,性质及来源待定。

【注意事项】

1. 采样时,刷毛部分应与宫颈贴紧,并有一定力度,以免取材过少,按一个方向转动 5 圈,切勿来回转动。

2. 注意完整填写申请单,并与保存液小瓶核对。

3. 取材时避免损伤组织引起出血影响检查结果。

4. 检查时阴道不宜用润滑剂,必要时可用生理盐水润滑。

5. 检查前 24 小时不宜性交、阴道冲洗、阴道上药。

六、子宫颈活组织检查

【适应证】

1. 宫颈脱落细胞学涂片检查巴氏Ⅲ级或Ⅲ级以上;TBS分类诊断鳞状细胞异常者。

2. 阴道镜检查时反复可疑阳性或阳性者。

3. 疑有宫颈癌或慢性特异性炎症,需进一步明确诊断者。

【操作方法】

1. 患者取膀胱截石位,用阴道窥器暴露宫颈,用干棉球拭净宫颈黏液及分泌物。

2.有条件者,应在阴道镜检指引下或碘试验不着色区取材。如无阴道镜应在宫颈外口鳞-柱交接处或肉眼糜烂较深或特殊病变处取材。可疑宫颈癌者选 3、6、9、12 点四点取材。临床已明确宫颈癌,只为明确病理类型或浸润程度时可做单点取材。

3.所取标本分瓶装,做好标记,并用 10％甲醛固定,填写病理申请单后送病理科。

4.必要时宫颈局部纱布压迫止血,24 小时取出。

【注意事项】

1.患有阴道炎症应治愈后再取活检。

2.妊娠期原则上不做活检,以避免流产、早产,但临床高度怀疑宫颈恶性病变仍应检查。月经前期不宜做活检,以免与活检处出血相混淆,且月经来潮时创口不易愈合,有增加内膜在切口种植机会。

3.取材组织应有一定深度,所需组织深度及大小应＞0.5cm。

七、子宫内膜活组织检查

【适应证】

1.确定月经失调类型。

2.不孕症,需了解有无排卵。

3.异常阴道流血或绝经后阴道流血,需排除子宫内膜癌、宫颈癌或其他病变者。

4.疑有子宫内膜结核者。

【禁忌证】 各类急性外阴阴道炎、急性子宫内膜炎、急性输卵管炎及盆腔炎等。

【操作方法】

1.排尿后,受检者取膀胱截石位,查明子宫大小及位置。

2.常规消毒外阴,铺无菌巾。用阴道窥器暴露宫颈,以碘伏消毒宫颈及宫颈外口。

3.以宫颈钳夹持宫颈前唇或后唇,用探针测量宫颈管及宫腔深度。

4.疑有子宫颈病变者,使用刮匙由子宫颈内口向外口顺序刮 1 周,刮出组织置入 10％甲醛中,标记。

5.再将刮匙送达宫底部,自上而下沿宫壁顺序刮 1 周,特别注意刮子宫底及两侧宫角,将刮出组织另置一瓶,标记。

6.术毕,取下宫颈钳,将全部组织送检。

【注意事项】

1.采取时间和部位选择。

(1)了解卵巢功能:通常可在月经期前 1～2 日取,一般多在月经来潮 6 小时内取。

(2)功能失调性子宫出血:如疑为子宫内膜增生症,应于月经前 1～2 日或月经来潮 6 小时内取材;疑为子宫内膜不规则脱落时,则应于月经第 5 日取材。

(3)疑有子宫内膜癌者随时可取。

2.年老患者,子宫萎缩,避免子宫穿孔。

3.刮出组织经肉眼检查已高度疑为癌组织者,不必全面刮宫,以防出血及癌瘤扩散。

八、输卵管通液术

【适应证】

1. 原发性或继发性不孕症疑有输卵管阻塞者。

2. 检查和评价各种绝育术、输卵管再通术或输卵管成形术的效果。

3. 对轻度阻塞的输卵管有疏通作用。

【禁忌证】

1. 内外生殖器官急性炎症或慢性盆腔炎急性或亚急性发作时。

2. 月经期或有子宫出血者。

3. 有严重的心、肺疾患者。

【操作方法】

1. 一般选择在月经干净后 3～7 日进行。

2. 常规消毒、戴无菌手套、铺无菌巾。

3. 将压力表和注射器连在 Y 形管上，并接于子宫导管上，充满液体。检查通液装置，要求功能良好，接头处不漏水。

4. 探测宫腔，先将导管顺子宫方向放入颈管通过内口，充起前端囊球于宫颈内口，固定导管，缓缓推入已备液体(注射用水 20～50ml、庆大霉素 8 万 U、地塞米松 5mg、透明质酸酶 1 500U)。注意其阻力大小，有无回流，有无漏液，患者下腹部有无疼痛。如全部液体能注入，无阻力，无回流，则表示输卵管通畅；若阻力大，放松针管压力而有 10ml 回流到针筒内，则输卵管不通；如液体注入阻力较大，而有少量回流，则示输卵管通而不畅。

【注意事项】

1. 术中如发生急剧腹痛，要注意有无输卵管破裂。

2. 所用液体的温度以接近体温为宜，以免液体过冷造成输卵管痉挛。

九、阴道镜检查术

【适应证】

1. 有接触性出血，肉眼观察宫颈无明显病变者。

2. 宫颈细胞学检查异常，巴氏Ⅱ级或以上，或 TBS 提示上皮细胞异常，或持续阴道分泌物异常。

3. 肉眼观察可疑癌变，行可疑病灶的指导性活检。

4. 真性糜烂、尖锐湿疣的诊断。

5. 慢性宫颈炎长期治疗无效以排除有无癌变者。

6. 阴道腺病、阴道恶性肿瘤的诊断。

【操作方法】 以宫颈检查为例。

1. 常规行滴虫、真菌、巴氏涂片检查。对可疑感染者，应做阴道、颈管分泌物培养，对阳性发现者应先对症治疗。术前 24 小时禁行阴道冲洗、双合诊检查和性生活。

2. 患者取膀胱截石位，放置窥阴器，再用消毒纱球轻轻拭去宫颈表面黏液。

3. 调节阴道镜目镜屈光度后再调节阴道镜焦距，循序暴露检查部位即转化区、上皮、血管等处的变化。

4. 检查时应于宫颈表面涂 3‰醋酸液，柱状上皮在醋酸的作用下水肿、微白成葡萄状，而鳞形上皮则色泽微微发白而无葡萄状的改变，以此来鉴别宫颈鳞形上皮与柱状上皮。同时正常的血管在醋酸作用下立刻收缩，而异常血管则无这一变化，以此有助于鉴别血管的性质。醋酸试验后常规以复方碘液均匀地涂抹于宫颈表面,柱状上皮不染色,原始鳞状上皮染色呈深棕色。

5.在可疑病变部位或碘试验阴性区,取活检送病理检查。

【注意事项】

1.置入窥阴器避免用润滑剂。

2.3‰醋酸试验最佳作用时间为 10～20 秒。

3.充分暴露颈管避免漏诊。

十、宫腔镜检查术

【适应证】

1.异常子宫出血的诊断。

2.宫腔粘连的诊断。

3.宫内节育器定位及取出。

4.宫腔内异常回声的诊断。

5.检查原因不明的原发性或继发性不孕的宫内因素,如宫腔内畸形等。

【操作方法】

1.术前常规排空膀胱,取膀胱截石位,常规消毒外阴、阴道,铺巾。行双合诊检查了解子宫大小及位置。

2.扩张阴道,用宫颈钳钳夹牵引宫颈,消毒颈管,用探针探宫腔深度和方向,再用宫颈扩张器逐号扩张宫颈,通常宫颈扩张号比宫腔镜管鞘号大半号即可。

3.安装宫腔镜,接通液体膨宫泵,设定宫腔压力和液体流量,打开宫腔镜液体膨宫阀。排空灌流管内气体后,边向宫腔内冲入膨宫液,边将宫腔镜插入宫颈管,在直视下边观察边进入宫腔,直至将宫腔冲洗净,宫腔内清晰可见,按顺序对宫腔进行全面的观察,退出时也应边退出边观察。

(姜海侠)

第10章　儿科疾病诊疗技术

第一节　小儿体格生长发育检查技术

【技能目标】

1.掌握小儿体格生长发育常用指标(体重、身长、坐高、头围、前囟、胸围、腹围、上臂围)测量的器具及测量方法及注意事项。

2.掌握小儿血压测量方法。

一、体 重 测 量

【测量工具的选择】

1.盘式杠杆秤　载重10~15kg,适用于1岁内婴儿。

2.坐式杠杆秤　载重20~50kg,适用于1~3岁幼儿。

3.站式杠杆秤　载重50~100kg,适用于3岁以上儿童。

【操作步骤】

1.准备:晨起,空腹,排尿。脱去鞋、帽及外衣,仅穿短裤,婴儿可赤身。若不能在晨起时测量,则应在进食后2小时测量,其他要求同上。衣服不能脱去时应减去衣服重量。

2.称重前校正指针,使之位于"0"的标记处。

3.称重时,婴儿卧于盘式杠杆秤秤盘中央;幼儿坐于坐式杠杆秤座椅上;儿童两手自然下垂,站立于站式杠杆秤站板中央。称量时小儿不可接触任何物体,或者做摇摆活动。

4.准确读出秤杆体重数,精确至0.1kg。

【注意事项】

1.体重秤必须摆放于水平位置,平稳而不活动,避免受到撞击。

2.平时应保持体重秤清洁,经常校正,保持读数准确无误。

二、身(长)高测量

【测量工具】

1.量板　适用于3岁以内小儿卧位测身长。

2.身高计　适用于3岁以上小儿测身高。

【操作步骤】

1.准备。待测小儿脱去帽子、鞋子、袜子及外衣。

2.3岁以内小儿测身长时,将小儿仰卧于量板中线上。助手将小儿头扶正,使其头顶接触头板。测量者一手按直小儿膝部,使两下肢伸直紧贴底板,一手移动足板使其紧贴小儿两侧足底并与底板相互垂直,量板两侧数字相等时读数,记录精确至0.1cm。

3.3 岁以上小儿用身高计测量身高。要求小儿背靠身高计的立柱,两眼正视前方,挺胸抬头,腹微收,两臂自然下垂,手指并拢,脚跟靠拢,脚尖分开约 60°,使两足后跟、臀部及肩胛间同时接触立柱。测量者移动身高计斗面板,与小儿头顶接触,板呈水平位时读立柱上数字,精确至 0.1cm。

【注意事项】

1.给 3 岁以下小儿测身长需要 2 人配合,给 3 岁以上小儿测身高则只要 1 人即可。

2.平时应保持量板、身高计清洁,若变形或损坏则不能使用。

三、坐 高 测 量

【测量工具】

1.量板　适用于 3 岁以内小儿卧位测量。

2.坐高计　适用于 3 岁以上小儿正坐位测量。

【操作步骤】

1.准备。待测小儿脱去帽子及外衣。

2.3 岁以内小儿取卧位测量顶臀长即为坐高。测量时,将小儿仰卧于量板中线上。助手将小儿头扶正,使其头顶接触头板。测量者一手提起小儿小腿使膝关节屈曲,大腿与底板垂直而骶骨紧贴底板,一手移动足板紧压臀部,量板两侧数字相等时读数,记录精确至 0.1cm。

3.3 岁以上小儿用坐高计测量坐高。小儿坐于坐高计上,身体先向前倾使骶部紧靠量板,再挺身坐直,大腿靠拢紧贴凳面与躯干呈直角,膝关节屈曲呈直角,两脚平放,移下头板与头顶接触,记录精确至 0.1cm。

【注意事项】

1.给 3 岁以下小儿测身长需要 2 人配合,给 3 岁以上小儿测身高则只要 1 人即可。

2.平时应保持量板、坐高计清洁,若变形或损坏则不能使用。

四、头围、前囟测量

(一)测头围

1.准备。待测小儿取立位或坐位,位置固定勿动。

2.测量者用左手拇指将软尺 0 点固定于小儿头部右侧眉弓上缘,左手中、食指固定软尺与枕骨粗隆,手掌稳定小儿头部,右手使软尺紧贴头皮(头发过多或有小辫子者应将其拨开)绕枕骨结节最高点及左侧眉弓上缘回至 0 点。准确读出软尺上数字,精确至 0.1cm。

(二)测前囟

1.准备。待测小儿取立位或坐位,位置固定勿动。

2.测量者摸清小儿囟门,持软尺,量取前囟两条对边中点连线的长度,准确读出软尺上数字,精确至 0.1cm。

【注意事项】

1.测量头围、囟门时,要固定头部,不要让小儿头部摆动。

2.软尺绕头部一圈时,不要过紧,更不能松弛。

五、胸 围 测 量

【测量器具】　软尺。

【测量体位】　测量时 3 岁以下小儿取仰卧位,3 岁以上小儿可取立位,且两手平放于躯干两侧或下垂,测量者立于小儿右侧。

【测量部位】　胸围是经过胸前两乳头下缘至背部两肩胛下角下缘 1 周的长度(一般以厘米计)。

【测量方法】　测量者一手将软尺 0 点固定于一侧乳头下缘,另一只手将软尺紧贴皮肤,经背部两肩胛下角下缘回至 0 点,观察其呼气时和吸气时的胸围,取其平均值,即为该小儿的胸围。

【注意事项】

1. 测量前应解开小儿上衣,暴露全部胸部,同时应注意避风,防止受凉。

2. 软尺应准确、干净、柔软、光滑;使用时软尺的温度要接近小儿皮肤温度,尤其在冬天。

3. 测量时软尺应紧贴胸围皮肤,量准胸围。

4. 正确读数,误差<0.5cm。

六、腹 围 测 量

【测量器具】　软尺。

【测量体位】　测量时小儿取仰卧位,且两手平放于躯干两侧,检查者立于小儿右侧。

【测量部位】　腹围是平脐(小婴儿以剑突与脐之间的中点)水平绕腹 1 周的长度。

【测量方法】　测量者将软尺 0 点固定于脐经同一水平绕腹一周回至 0 点,即为该小儿的腹围。

【注意事项】

1. 测量前应让小儿排空小便后平卧;解开衣服,暴露全腹部,同时应注意避风,防止受凉。

2. 软尺应准确、干净、柔软、光滑;使用时软尺的温度要接近小儿皮肤温度,尤其在冬天。

3. 测量时软尺应紧贴腹围皮肤,量准腹围。

4. 正确读数,误差<0.5cm。

七、上臂围测量

【测量器具】　软尺。

【测量体位】　测量时小儿取立位、坐位或仰卧位,两手自然平放或下垂。

【测量部位】　肩峰与尺骨鹰嘴连线中点,沿该点水平紧贴皮肤绕上臂 1 周。

【测量方法】　软尺 0 点固定于肩峰与尺骨鹰嘴连线中点,沿该点水平紧贴皮肤绕上臂 1 周,回至 0 点,即为该小儿的上臂围。

【注意事项】

1. 测量时软尺应紧贴上臂皮肤,量准上臂围。

2. 正确读数,误差<0.5cm。

第二节　儿科常用诊疗技术

【技能目标】

1. 掌握蓝光治疗、婴儿辐射保暖台、高压氧舱的使用方法和注意事项、小儿血压测量方法。

2. 熟悉硬脑膜下穿刺术、侧脑室穿刺术。

3. 了解辐射保暖台、高压氧舱的故障排除。

一、硬脑膜下穿刺术

【操作方法】

1. **器械准备** 碘酒、乙醇、10ml 无菌注射器、消毒穿刺包(短斜面腰穿针)。

2. **步骤**

(1)术前用肥皂温水洗头,剃去前囟及其四周 3~4cm 内头发。

(2)将患儿用被单包裹固定,仰卧台上,不垫枕头;助手固定小儿头部,行局部皮肤常规消毒。术者戴无菌手套,铺无菌洞巾。

(3)用腰椎穿刺针于前囟侧角最外侧一点,垂直刺入 0.25~0.5cm,有穿过坚韧硬膜感时即进入硬脑膜下。

(4)进入硬脑膜后,令液自流,切勿抽吸,正常仅有澄清液体数滴。若获得较大量的含血液体或黄色液体时,说明硬脑膜下有血肿或渗液。一侧穿刺后再穿刺对侧。每侧放液不超过 10~15ml,两侧放液总量勿超过 20ml。体液分盛无菌试管 3 支,按需要分送细菌培养,做生化及常规检验。

(5)穿刺完毕,拔出穿刺针时,以无菌棉球紧压数分钟,敷盖无菌干纱布,以宽条胶布压迫后包扎。

【注意事项】

1. 操作过程中穿刺针要很好地固定在头皮上,不能摇动,助手可用无菌止血钳紧贴头皮固定针头。

2. 重复穿刺时可于左右前囟侧角交换进针,可用颅透光试验定位,亦可用 B 超协助定位。

3. 穿刺针达到一定深度,无液体流出或流出量很少时即拔针,千万不可过深,尤其不能用力吸引,以免吸出脑组织。穿刺一定次数后,应逐渐减少次数至停止穿刺。

二、侧脑室穿刺术

【操作方法】

1. **器械准备** 碘酒、乙醇,腰椎穿刺包,用细的腰椎穿刺针。

2. **步骤**

(1)术前准备见"硬脑膜下穿刺术"。

(2)腰椎穿刺针由前囟两侧角连线上离中点 1.5~2cm 处刺入,针头指向同侧外眦。进针时用两食指抵住头部,以防骤然进入过深,针头进入约 1.5cm 后,每进 0.5cm 即应抽出针芯,查看有无脑脊液流出,进行深度为 2~5cm,测压及留取脑脊液方法同腰椎穿刺术。

(3)穿刺完毕敷裹同"硬脑膜下穿刺术"。

【注意事项】

1. 此术比较危险,不宜轻易施行。

2. 助手必须稳妥固定患儿头部。

3. 针头进入颅内后,必须沿固定方向笔直前进,切忌左右摇动。如要改变方向;必须将针退至皮下,重新穿刺,以防损伤脑组织。

三、小儿血压测量方法

小儿血压测量法与成人相同,但血压计所用气袋的袋宽度,需要依年龄而异,一般为上臂长的 2/3。新生儿适用的气袋宽度为 2.5cm;婴幼儿为 4～6cm;学龄前期为 8cm;学龄儿为 9～12cm。新生儿用一般压脉听声法测量血压有时比较困难,可采用潮红法。

【操作方法】

1. 小儿仰卧,使其安静,将计量部置于与心脏同一水平,用宽 2.5cm 的气袋。

2. 上肢血压。将气袋绕于腕部,将该肢上举,测量者将左手拇指压于小儿的掌心,使皮肤有明显白印,用左手中指及食指夹住小儿手腕,迅速吹鼓气袋使汞柱上升,待高于预计的婴儿收缩压,将该肢放平,移去测者之拇指,保持患儿手掌展开以便观察,然后缓缓放气,密切注意掌色,同时由一助手观察汞柱。当手掌受压处白印忽变红时即为收缩期血压。

3. 下肢血压。将左手拇指压足跖,左于中指及食指夹住踝部,气袋缚于踝上部,观察足跖的色变。用此法测量血压时,气袋稍宽,对结果影响不大。

【儿童血压正常值】 收缩压(mmHg)＝年龄(岁数)×2＋80,舒张压为收缩压的 2/3。小儿年龄越小血压越低。高于标准 20mmHg 以上可考虑为高血压,低于标准 20mmHg 以下可考虑为低血压。

【注意事项】 测血压应在安静时测量,血压计袖带的宽度以上臂的 2/3 左右为宜。袖带过宽时测得的血压较实际为低,袖带过窄则测得数较实际为高。

注:1kPa＝7.50mmHg

（彭向东）

四、光照疗法操作技术

【目的】 是一种通过荧光照射治疗新生儿高胆红素血症的辅助治疗法,使患儿血中的间接胆红素氧化分解为水溶性胆红素,而随胆汁、尿液排出体外。

【准备】

1. 物理准备

(1)光疗箱:一般采用波长 42～475nm 的蓝色荧光灯最为有效,还可用白光照射,光亮度为 160～320W 为宜,分单面和双面光疗箱,灯管与皮肤距离为 33～50cm。

(2)遮光眼罩:用不透光的面或纸制成。

(3)其他:长条尿布、尿布带、胶布、手套等。

2. 护士准备 了解患儿诊断、日龄、体重、黄疸的范围和程度、胆红素检查结果、生命体征、精神反应等资料。操作前戴墨镜、洗手。

3. 患儿准备 患儿入箱前须进行皮肤清洁,禁忌在皮肤上涂粉和油类;剪短指甲或戴手套;双眼佩戴遮光眼罩,避免光线损伤视网膜;脱去患儿衣裤,全身裸露,只用长条尿布遮盖会阴部,男婴注意保护阴囊。

【操作方法】

1. 光疗前准备

(1)清洁光疗箱,特别注意清除灯管及反射板的灰尘。

（2）光疗箱内水杯放入适量蒸馏水，接通电源，检查线路及光管亮度，预热温箱 30～60 分钟，使箱温升至患儿适中温度，相对湿度 55%～65%。

（3）向患儿家长介绍光疗的目的及注意事项。

2. 入箱　将患儿全身裸露，用尿布遮盖会阴部，佩戴护眼罩，为防止患儿抓破皮肤，必要时戴手套，放入已预热好的光疗箱中，记录开始照射时间。

3. 光疗　应使患儿皮肤均匀受光，并尽量使身体广泛照射。若使用单面光疗箱一般每 2 小时更换体位一次，可以仰卧、侧卧、俯卧交替更换。俯卧照射时头偏向操作者，要有专人护理，以免口鼻受压影响呼吸。

4. 监测体温和温箱变化　光疗时应每 2～4 小时测体温 1 次，使体温保持在 36～37℃ 为宜，根据体温调节箱温。若光疗时体温上升超过 38.5℃ 时，要暂停光疗。

5. 出箱　一般光照 12～24 小时才能使血清胆红素下降，光疗总时间按医嘱执行，一般情况下，血清胆红素<171μmol/L（10mg/dl）时可停止光疗。出箱时给患儿穿好事先预热的衣服，除去眼罩，抱回病床，向家长交代患儿的一般状况，并做好各项记录。

【注意事项】

1. 保证水分及营养供给　光疗过程中，应按医嘱静脉输液，按需喂奶，因光疗时患儿不显性失水比正常小儿高 2～3 倍，故应在喂奶间喂水，记录出入量。

2. 严密观察病情　监测血清胆红素变化，以判断疗效；观察患儿精神反应及生命体征；注意黄疸部位、程度及其变化；大、小便颜色与性状；皮肤有无发红、干燥、皮疹；有无呼吸暂停、烦躁、嗜睡、发热、腹胀、呕吐、惊厥等；注意吸吮能力、哭声变化。若有异常须及时与医师联系，及时进行处理。

3. 保持灯管及反射板清洁　及时更换灯管。每天应清洁灯箱及反射板，灯管使用 300 小时后其灯光能量输出减弱 20%，900 小时后减弱 35%，因此灯管使用 1 000 小时必须更换。

4. 光疗箱的维护与保养　光疗结束后，关好电源，拔出电源插座，将湿化器水箱内水倒尽，做好整机的清洗、消毒工作，有机玻璃制品忌用乙醇擦洗。光疗箱应放置在干净，温、湿度变化较小，无阳光直射的场所。

（孙海燕）

五、温箱使用操作技术

【目的】　以科学的方法，创造一个温度和湿度相适宜的环境，使患儿体温维持稳定，以提高未成熟儿的成活率。

【准备】

1. 物品准备　婴儿温箱，应检查其性能完好，保证安全，用前清洁消毒。

2. 护士准备　了解患儿的孕周、出生体重、日龄、生命体征、有无并发症等。估计常见的护理问题，操作前洗手。

3. 患儿准备　患儿穿单衣，裹尿布。

【操作方法】

1. 入箱前准备

（1）检查温箱的性能。

（2）将温箱放置在远离阳光和辐射热源的位置，病室内空气应保持干净，避免流动，以免影响患儿热的平衡。

(3)使用前应将温箱内水杯加水并预热 30～60 分钟,以达到所需的温、湿度。温箱的温、湿度应根据早产儿的体重及出生日龄而定(表 10-1)。

(4)在温箱内婴儿床上放好薄厚适宜的棉褥,必要时放枕头。

2. 入箱后护理

(1)患儿可穿单衣,裹尿布放入婴儿培养箱。患儿取仰卧位,头偏向操作者一侧,以利于病情观察。

(2)一切护理操作应尽量在箱内进行,如喂奶、换尿布、清洁皮肤、观察病情及检查等操作可从边门或袖孔伸入进行,以免箱内温度波动。

表 10-1　不同出生体重早产儿温箱的温、湿度参数

出生体重(g)	温度				相对湿度
	35℃	34℃	33℃	32℃	
1 000	初生 10 天内	10 天后	3 周内	5 周后	
1 500	～	初生 10 天内	10 天后	4 周后	55%～65%
2 000	～	初生 2 天内	2 天后	3 周后	
2 500		～	初生 2 天内	2 天后	

(3)定时测量体温,根据体温调节箱温,并做好记录,在患儿体温未升至正常之前应每小时监测 1 次,升至正常后可每 4 小时测 1 次,注意保持体温在 36～37℃,并维持相对湿度。

(4)保持温箱的清洁。①每天使用消毒液行温箱内外擦拭,然后用清水再擦拭一遍,若遇奶渍、葡萄糖液等沾污应随时擦净,每周更换温箱 1 次,以便清洁、消毒,并用紫外线照射,要定期做细菌培养;②机箱下面的空气净化垫每月清洗 1 次,若已破损则应更换;③患儿出箱后,温箱应进行终末清洁消毒。

3. 出温箱条件

(1)体重达 2 000g 左右或以上,体温正常者。

(2)在不加热的温箱内,室温维持在 24～26℃时,患儿能保持正常体温者。

(3)患儿在温箱内生活了 1 个月以上,体重虽不到 2 000g,但一般情况良好者。

4. 使用温箱注意事项

(1)医护人员必须经过专门培训,掌握培养箱的性能,方能进行操作和使用。

(2)随时观察使用效果,如温箱发出警报信号,应及时查找原因,妥善处理。

(3)温箱不宜放置在阳光直射、有对流风及取暖设备附近,以免影响箱内温度的控制。

(4)严格执行操作规程,并要定期检查有无故障、失灵现象,如有漏电应立即拔除电源进行检修,保证绝对安全使用。

(5)严禁骤然提高温箱温度,以免患儿体温上升造成不良后果。

(孙海燕)

六、宁波戴维 HKN-93 婴儿辐射保暖台操作技术

【目的】 用于新生儿抢救和保温。

【准备】

1. 用物准备 婴儿辐射保暖台应检查其性能完好,保证安全,台面清洁。准备聚乙烯膜或防水帐。

2. 环境准备 关闭门窗,限制人员流动,尽量避免空气流通,室温达到 24~26℃,相对湿度在 60% 以上,使婴儿减少散热,保证机体热的平衡。

3. 护士准备 了解患儿的孕周、出生体重、日龄、生命体征、有无并发症等。评估患儿,操作前洗手。

【操作步骤】

1. 打开电源总开关,按下温控开关,再按设置键,设置温度,可根据患儿体温变化改变设置值;也可选择按手控键进入手控状态,按加减键实现对实时温度高低的手动调节。

2. 当床温到达预置温度并维持稳定后,将患儿裸体放于辐射保暖处。

3. 将肤温传感器安放在患儿身体正确位置并固定。

4. 在抢救的过程中,要经常检测患儿的体温,特别注意是否有发热和降温现象,以便及时调整辐射保暖的温度控制模式,保持婴儿正常的体温。

5. 患儿抢救成功病情平稳后,及时关闭温控仪开关,给患儿穿衣盖被,必要时遵医嘱入暖箱保暖。

【注意事项】

1. 随时观察使用效果,如暖台发出报警信号,应及时查找原因妥善处理。

2. 要掌握暖台的性能,严格执行操作规程,并要定期检查拆卸、清洗,保证绝对安全使用。

3. 每次使用后要进行清洗、灭菌和消毒。每隔 2 个月需保养一次。

(孙海燕)

七、婴幼儿高压氧治疗操作技术

【目的】 可以改善脑组织循环与代谢,促进脑功能恢复。

【操作方法】

1. 清洁消毒。婴儿氧舱有机玻璃筒体用清洁全毛巾擦洗干净,不能用粗糙干硬的材料摩擦。筒体内部及托盘的消毒采用对人体无毒,对塑料制品无腐蚀的消毒液(如 84 消毒液等),按消毒说明书稀释后消毒。

2. 每次治疗前,舱内所用的被褥及枕头必须按医院的消毒管理办法取出进行消毒处理。

3. 氧源准备。检查氧气瓶或管道供氧的供氧压力,确信氧源充足。耗氧量参考数据:YLC0.5/1.2 型婴儿氧舱加压至表压 0.1MPa,所需氧气约 210L,稳压换气 20 分钟,耗氧量约 168L,开门换气 10 分钟耗氧量约 110L,则一个氧气瓶的总压降约为 1.22MPa。YLC0.5/1.5 型婴儿氧舱加压至表压 0.1MPa,所需氧气约为 263L,稳压换气 20 分钟耗氧量约 168L。开门换气 10 分钟耗氧量约 110L,则一个氧气瓶的总压降约为 1.35MPa。

4. 连接供氧软管。氧气瓶上安装好带减压气和湿化器的浮标式氧气吸入器(由医院配置),将随机配件(10m 长 Φ6mm)的软管一分为二(比例视实际情况定)然后将吸入器输氧接

头拆下，换上婴儿氧舱配套提供的专用接头，插上 Φ6mm 随机软管，用外套螺帽拧紧，软管的另一端用同样的方法，接在婴儿氧舱的供养接头上。

5. 连接排氧软管。将 Φ6mm 随机软管插在婴儿氧舱排氧接头上，用外套螺帽拧紧，软管的另一端引至室外无明火区。

6. 婴儿进舱。托盘内垫好被垫，婴儿预先喂好，避免在舱内吐奶；换好尿布，手、脚包裹妥当，头部略高，右侧姿卧位。盘内被褥、枕头安装在推车上，推车头插入舱内管孔内，将托盘连同婴儿推入舱内就位。

7. 常压换气。常压换气也称"氧气洗舱"。是常压下向舱内输入氧气用以置换舱内剩余空气。其方法为：虚掩舱门，最大门缝约为 2mm，打开控制板上的供氧阀和供氧流量计，渐渐开启氧气瓶平头阀和氧气吸入器针阀，向舱门供氧。供氧流量可调节在 11L/min 左右。换气约 10 分钟，舱内氧浓度可上升到 50% 左右（以测氧仪读数为准）。如果加大供氧流量或增加换氧时间，则氧舱关门时的初始氧浓度会更高。

8. 关门加压。关紧舱门，关闭排气阀，调节供氧流量计，当流量计浮子指示位置在 8.4～10.5L/min 时（YLC0.5/1.2 型为 8.4L/min、YLC0.5/1.5 型为 10.5L/min），升压速率约为 0.005MPa/min，升压速率不要＞0.01MPa/min，最高使用压力不＞0.1MPa。

9. 稳压治疗及稳压换气。当舱压达到要求的治疗压力（≤0.1MPa 表压）后，关闭氧气吸入器针阀、供氧阀，进入稳压治疗。在稳压过程中可实行稳压换气的方法是同时打开进、排氧阀，流量计读数分别在 8.4L/min 左右，根据压力表示值，适当调节进氧流量计的调节阀，达到动态压力平衡。稳压换气时间宜设在稳压过程的前期，可使治疗过程获得较高的氧浓度，治疗压力及治疗时间由医生开出的治疗方案决定。

10. 减压。稳压治疗结束，打开排氧阀，调节排氧阀，调节排氧流量计，使舱内减压，速率控制在 0.05MPa/min 左右。减压末期因舱内外压差降低，故可适当开大排氧流量计，使浮子读数不致太低。当二只压力表显示的舱压都为零值，排氧流量计浮球归零时，打开舱门，推车对准管孔，将托盘拉出，解开静电导电贴片，婴儿出舱，治疗结束。

11. 结束状态的操作。打开供氧阀，排出供氧管余气，关闭供氧阀、供氧流量计、排气阀、排氧流量计，舱门处于开放状态。

12. 生物点插座是供临床护仪器之用。

13. 关闭控制台上电脑显示器、测氧仪和对讲机的电源开关，然后拔除电源插头。

【注意事项】

1. 不要＞0.01MPa/min。

2. 舱内有余压时不得打开舱门。

3. 零表压时，婴儿不要久留舱内。

（孙海燕）

第 11 章　耳鼻咽喉诊疗技术

第一节　鼻部诊疗技术

【技能目标】

1. **掌握**　耳鼻咽喉检查的基本方法及常用设备,鼻骨骨折复位的注意事项,前鼻孔填塞法、鼻腔异物取出法及上颌窦穿刺冲洗法。

2. **熟练掌握**　额镜的使用方法及注意事项,鼻腔检查法,鼻骨骨折复位法。

3. **熟悉**　鼻窦检查法,鼻出血的一般治疗法。

一、鼻部检查技术

(一)外鼻及鼻腔的检查

【检查技术】

1. **外鼻检查法**　观察外鼻的形态、皮肤颜色、肿胀或皮肤损害等。有无触痛、变硬、鼻骨下陷、移位、骨擦音以及鼻窦炎时的压痛点、鼻囊肿时的乒乓球样弹性感,同时注意病人有无闭塞性鼻音或开放性鼻音。

2. **鼻腔检查法**

(1)鼻前庭检查法:受检者头后仰,检查者以拇指将其鼻尖抬起,再左右推动,观察鼻前庭皮肤有无充血、肿胀、皲裂、结痂、鼻毛脱落等。

(2)鼻腔检查法:通常检查者左手持鼻镜,合拢镜叶与鼻底平行,轻缓放入鼻前庭内,深度切勿超过鼻阈,然后缓缓张开镜页,依次检查鼻腔各部。嘱病人头先略低(第一位置),观察鼻底、下鼻甲、下鼻道、鼻中隔前下部分及总鼻道下段。嘱受检者头渐后仰30°(第二位置),检查鼻中隔上部、中鼻甲前端、鼻丘、嗅裂和中鼻道的前下部。如下鼻甲肿大妨碍检查时,可用1%麻黄碱溶液喷雾鼻腔,使黏膜收缩后再进行检查,检查完毕取出鼻镜。

(3)后鼻镜检查法:详见鼻咽部检查法。

【注意事项】　前鼻镜检查时鼻镜切勿超过鼻阈,以免引起疼痛或损伤鼻中隔黏膜引起出血。取出鼻镜时切勿将两叶并拢,以免夹住鼻毛引起疼痛。

(二)鼻窦检查法

【检查技术】　视诊、触诊见“外鼻检查”。

1. **前鼻镜及后鼻镜检查法**　主要观察鼻道中有无脓性分泌物,借以判断为哪组鼻窦炎。同时注意鼻道内有无息肉或新生物,鼻甲黏膜有无肿胀或息肉样变。

2. **体位引流法**　首先让受检者擤净鼻涕,以1%麻黄碱溶液充分收敛中鼻道及嗅裂黏膜,使窦口通畅。其原则是所引流的鼻窦窦口,应处于该窦的下方。检查上颌窦时,将头偏向一侧,而使患侧上颌窦居于上方。检查额窦时,头直立。检查前组筛窦时,头稍后仰。检查后组筛窦时头稍前倾。检查蝶窦时,头则俯于桌面上,待 5～10 分钟后,做前、后鼻镜检查,判断脓液来源,以诊断鼻窦炎。

3. 上颌窦穿刺法　是诊断上颌窦疾病的主要方法。通过穿刺冲洗或 X 线造影检查可了解窦内容积的变化,有助于对占位性疾病的诊断。具体操作见鼻窦疾病的治疗技术。

4. X 线检查法　常用的摄片体位有鼻颏位和鼻额位。在 X 线片上,通过观察窦腔和窦壁透光度的变化,借以判断某些鼻窦疾患。如炎症、肿瘤、囊肿、异物、骨折等。有时尚需借助于鼻窦碘油造影术或鼻窦断层片,以明确诊断。常规 X 线摄片检查不能明确诊断,可用 CT 扫描或磁共振检查。

5. 鼻窦内镜检查法　此法分为①硬管鼻内镜检查法:一套完整的鼻内镜包括 0°和侧斜 30°、70°及 120°的 4 种视角镜,镜长 20～23cm,外径 2.7mm 和 4.0mm,同时配有冲洗及吸引系统、视频编辑系统、微型电动切割器等。使用时先用 1‰丁卡因及麻黄碱溶液收缩并麻醉鼻黏膜后,按顺序逐一部位检查。②软性鼻内镜检查法:冷光源纤维导光鼻内镜,管径细,术中可随需要将内镜的末端弯曲,进入各鼻道,观察各鼻窦的自然开口及其附近病变。

【注意事项】　体位引流时要以 1‰麻黄碱溶液充分收敛鼻黏膜。鼻窦内镜检查时动作要轻,麻醉充分,以免疼痛及出血。

二、鼻部疾病的治疗技术

(一)鼻骨骨折

【治疗技术】

1. 外鼻伤口处理　止血,清创缝合,注射破伤风抗毒素,全身应用抗生素。

2. 非错位性骨折　外鼻无明显畸形者无需复位。

3. 错位性骨折　病人取坐位,用 1‰丁卡因做鼻腔表面麻醉后,用鼻骨复位器深入鼻腔下陷的鼻骨下面,轻轻用力向上抬,并用另一手的拇、示指在外鼻协助整复,骨折复位时常能听到"咔嚓"声。如为双侧骨折,可用鼻骨复位钳将两钳页张开,深入两侧鼻腔,至骨折部下方进行整复。如有中隔脱位,可于抬起鼻骨后,将钳页合拢夹住鼻中隔上抬,并移向中线,使其复位。鼻骨复位后鼻腔内用凡士林纱条填塞,起到支撑、固定、止血作用。

4. 骨折伴鼻中隔血肿的处理　应抽出血液或切开引流,清除血块,以免发生软骨坏死,同时严防感染。

5. 鼻骨粉碎性骨折　应视具体情况做缝合固定(如局部钻孔、贯穿缝合、金属板固定),鼻腔内填塞等。

【注意事项】

1. 鼻骨骨折应在外伤后 2～3 小时内处理,此时组织肿胀不明显。一般不宜超过 14 天,以免发生畸形。

2. 复位器深入鼻腔的深度不应超过两侧内眦连线,以免损伤筛板,引起脑脊液鼻漏等颅内并发症。

(二)鼻出血

鼻出血不是一个独立的疾病,而是由局部或全身疾病引起的一个常见症状。轻者涕中带血,重者可致失血性休克而危及生命,反复出血可致贫血。

【治疗技术】

1. 一般处理　患者取坐位或半坐位,头稍前倾,嘱病人勿将血液咽下,以免刺激胃部引起呕吐,必要时给予镇静药。有休克者取平卧低头位,抗休克治疗。

2. 止血方法

(1)指压法:用于鼻腔前部少量出血。嘱病人头稍前倾,用拇、示两指紧捏两侧鼻翼 10～15 分钟,同时冷敷前额和后颈部,以促使血管收缩减少出血。可用浸以 1％麻黄碱或肾上腺素的棉片(高血压病人忌用)塞入鼻腔再行指压,效果更好。

(2)烧灼法:适用于反复少量的出血且能找到固定出血点者。其原理是破坏出血点组织,使血管封闭或凝血而达到止血目的。

①化学药物烧灼:常用 50％硝酸银或 30％三氯醋酸烧灼出血点。烧灼范围越小越好,避免烧灼过深,烧灼部涂软膏。

②YAG 激光、射频或微波烧灼:烧灼前先用浸有 1％丁卡因和 0.1％肾上腺素溶液的棉片麻醉和收缩出血部位及其附近黏膜,然后对出血部位进行烧灼。鼻内镜进行上述止血可提高寻找出血部位和止血的准确性。

3. 填塞法　适用于出血较剧、渗血面较大或出血部位不明者。

(1)鼻腔可吸收性材料填塞:适用于渗血面较大的出血。如明胶海绵、淀粉海绵或纤维蛋白海绵等。填塞时仍须加压力,必要时可辅以小块凡士林油纱条以加大压力。

(2)前鼻孔填塞:是较常用的有效止血法。适用于出血较剧,出血部位不明确或外伤致鼻黏膜较大撕裂的出血,以及其他止血方法无效者。

材料:凡士林纱条、抗生素油膏纱条、碘仿纱条。

方法:将纱条双叠约 10cm,将其折叠端置于鼻腔后上部嵌紧,然后将双叠的纱条分开,短端平贴鼻腔上部,长端平贴鼻腔底部,形成一向外开放的"口袋",然后将长沙条末端填入"口袋"深处,自上而下,从后向前填塞,使纱条紧紧填满鼻腔,剪去前鼻孔多余纱条。凡士林纱条填塞的时间一般为 12～48 小时,如必须延长填塞时间,须辅以抗生素预防感染。抗生素油膏纱条和碘仿纱条填塞可适当延长留置时间。

(3)后鼻孔填塞:鼻腔填塞未能奏效者可用此法。先用凡士林油纱条做成与后鼻孔大小相似的锥形纱球,纱球尖端系粗丝线两根,纱球底部系一根,用小号导尿管头端于出血侧前鼻孔插入鼻腔直至口咽部,用长弯血管钳将导尿管头端牵出口外,导尿管尾端仍留在前鼻孔外,将纱球尖端丝线缚于导尿管头端(注意须缚牢),回抽导尿管尾端,将纱球引入口腔,用手指或器械将纱球越过软腭入鼻咽腔,同时稍用力牵拉导尿管的纱球尖端丝线,使纱球紧塞后鼻孔,鼻腔随即用凡士林纱条填塞,将拉出的纱球尖端丝线缚于一小纱布卷固定于前鼻孔,纱球底部的丝线自口腔引出松松固定于口角旁,填塞时间一般不超过 3 天,最多不超过 5～6 天。

(4)鼻腔或鼻咽部气囊或水囊压迫:用气囊在小号导尿管头端,置于鼻腔或鼻咽部,囊内充气或水以达到压迫止血的目的。

4. 血管结扎　用于严重的出血。

【注意事项】

1. 对鼻中隔出血无论采取何种方法烧灼,都应避免同时烧灼鼻中隔两侧对称部位或烧灼时间过长,以免引起穿孔。

2. 鼻腔填塞应注意无菌操作。

3. 止血同时快速询问病史,了解出血原因及出血量。

(三)鼻腔及鼻窦异物

【治疗技术】　取异物时,应根据异物的种类、性质、大小、形状、所在部位及停留时间,采取不同的取出方法。一般在无麻或表面麻醉下直视方式下取出,若病人不能配合或异物较大,取出有困难者,则以全麻为宜。儿童鼻腔异物可用头端是钩状或环状的器械,从前鼻孔轻轻进入,绕至异物后上方再向前钩出。动物性异物须先用1‰丁卡因麻醉鼻腔黏膜后取出。对鼻腔外部及鼻窦的异物,明确定位后,选择相应的手术进路方法,在 X 线或鼻内镜下施行手术取出。若异物较大且位于大血管附近,须先行相应血管阻断后,再取异物。

【注意事项】　取异物时切勿用镊子夹取,尤其是圆滑的异物,夹取时有使异物滑脱和推向后鼻孔或鼻咽部,有误吸入喉腔或气管的危险。

(四)上颌窦穿刺冲洗法

上颌窦穿刺冲洗是诊断和治疗上颌窦炎的常用方法。应在全身症状消退和局部炎症基本控制后施行。

【治疗技术】

1. 鼻黏膜表面麻醉　先用浸有盐羟甲唑啉或1‰麻黄碱的棉片收缩下鼻甲和中鼻道黏膜,再用浸有1‰丁卡因的棉签置入下鼻道外侧壁,距下鼻甲前端1～1.5cm 的下鼻甲附着处稍下的部位。该部位骨壁最薄,易于穿透,是上颌窦进针部位。

2. 穿刺入窦　在前鼻镜窥视下,将上颌窦穿刺针尖端引入下鼻道外侧壁的穿刺部位,针尖斜面朝向下鼻道外侧壁,并固定。一般穿刺左侧上颌窦时,右手固定患者头部,左手拇、食指和中指持针,掌心顶住针的尾端,针的方向对向同侧耳郭上缘,稍加用力钻动即可穿通骨壁,进入窦内时有一“落空感”。

3. 冲洗　拔出针芯,接上注射器,回抽检查有无空气或脓液,以判断针尖端是否在窦内,抽出脓液送培养或做药敏试验。证实针尖确在窦内后,撤下注射器,用橡皮管连接于穿刺针和注射器之间,再徐徐注入温盐水以冲洗。如上颌窦内积脓,即可随生理盐水一并自鼻腔冲出。如此连续冲洗,直至脓液冲净为止。必要时可在脓液冲净后注入抗感染药液。冲洗完毕,拔出穿刺针,用棉片压迫止血。

【注意事项】

1. 进针部位和方向要正确,用力要适中,一有“落空感”即停。

2. 切忌注入空气。

3. 注入生理盐水时,如遇阻力应调整针尖位置和深度,再行冲洗。如仍有较大阻力,应立即停止。

4. 冲洗时应密切观察患者眼球和面颊部。如病人诉有眶内胀痛或发现面颊部肿起时应停止冲洗。

5. 拔除穿刺针后如有出血不止,可在穿刺部位压迫止血。

6. 若疑发生气栓,应急置患者头低位和左侧卧位,立即吸氧及采取其他措施。

(高淑芹)

第二节　咽部诊疗技术

【技能目标】

1. 掌握　间接鼻咽镜检查,扁桃体切除术后的处理及注意事项。

2. 熟练掌握　鼻咽指诊,口咽检查法,扁桃体切除的适应证及禁忌证。

3. 熟悉　鼻咽纤维镜检查,扁桃体切除的操作要点。

一、咽部检查法

【检查技术】

1. 间接鼻咽镜检查法　受检者端坐,头微前倾,用鼻呼吸。检查者左手持压舌板,压下舌前2/3,右手持加温而不烫的鼻咽镜,镜面向上,由张口一角送入,置于软腭与咽后壁之间,勿触及周围组织,以免引起恶心而影响检查。咽反射敏感者,可喷入1‰丁卡因,使咽部黏膜表面麻醉后再行检查。检查时,应注意调整镜面的角度,依次观察鼻咽各壁、软腭背面、鼻中隔后缘、后鼻孔、咽鼓管咽口及圆枕、咽隐窝及腺样体,观察鼻咽黏膜有无充血、粗糙、出血、溃疡及隆起等。

2. 纤维鼻咽镜检查法　纤维鼻咽镜是一种软性内镜,其光导纤维可弯曲。从鼻腔导入后,能随意变换角度,全面观察鼻咽部,能连接摄影和摄像系统。可在观察的同时摄像或行活检。也可在监视器上同步显示并可录制,以供会诊、教学用。

3. 鼻咽触诊　主要用于儿童。助手固定患儿,检查者立于患儿的右后方,左手食指紧压患儿颊部,用戴好手套的右手食指经口腔深入鼻咽,触诊鼻咽各壁。注意后鼻孔有无闭锁及腺样体大小。有无肿块及其大小、硬度,以及病变与周围的关系。

【注意事项】

1. 操作时动作要轻柔而准确。

2. 咽反射敏感者用1‰丁卡因做黏膜表面麻醉。

二、咽部疾病的治疗技术

(一)扁桃体切除术

【适应证】

1. 慢性扁桃体炎反复急性发作或并发扁桃体周围脓肿者。

2. 扁桃体过大影响呼吸、吞咽及发音者。

3. 与病灶性疾病有明确病史联系者。

4. 乙型溶血性链球菌及白喉带菌者。

5. 扁桃体良性肿瘤及早期的恶性肿瘤。

【禁忌证】

1. 扁桃体及上呼吸道急性炎症期禁忌手术,宜在炎症消退3周后切除扁桃体。

2. 出、凝血机制不良及造血系统疾病,禁忌手术。

3. 严重的全身性疾病,如活动性肺结核、风湿性心脏病、肾炎、高血压、精神病等。

4. 月经前期、月经期及妊娠期,应延期手术。

5.5 岁以下小儿及年老体弱者。

【操作要点】

1. 扁桃体剥离术 多在局麻下进行,对不能合作的儿童或精神过度紧张者可用全身麻醉。麻醉后,先用扁桃体钳拉扁桃体,用弯刀切开舌腭弓游离缘及咽腭弓部分黏膜,再用剥离器分离扁桃体上极包膜,然后自上而下游离扁桃体,最后用圈套器绞断其下极根蒂,扁桃体被完整切除,创面止血。

2. 扁桃体挤切术 麻醉与剥离法相同。手术者持挤切刀从扁桃体下极套入,再转动刀环,将扁桃体后面及上极套进,继以另一手拇指将扁桃体全部压入环内,随即收紧刀柄,以迅速、果断、有力的扭转拽拔动作摘下扁桃体,创面止血。

【注意事项】

1. 体位 全麻者未清醒前采用侧俯卧位,局麻者取平卧或半坐位均可。

2. 饮食 手术后 4 小时进冷流质饮食,次日改用半流食。

3. 注意出血 嘱病人随时将口内唾液吐出,不要咽下。唾液中混有少量血丝时,不必介意,如持续吐鲜血或全麻儿童不断出现吞咽动作者,应立即检查,及时止血。

4. 术后第 2 天扁桃体窝创口出现一层白膜,是正常反应。

5. 创口疼痛可适当用镇静、止痛药。

(二)扁桃体周围脓肿

【治疗技术】

1. 脓肿形成前 抗感染、对症治疗。

2. 脓肿形成后

(1)穿刺抽脓:1%丁卡因表面麻醉后于脓肿最隆起处刺入抽吸脓液。

(2)切开排脓:前上型可在穿刺得脓处或选择最隆起和最软化处切开;也可按常规定位,从悬雍垂根部做一假想水平线,从腭舌弓游离缘下端做一假想垂直线,二线交点稍外即为切口处。切开黏膜及浅层组织后,用长弯钳向后外方顺肌纤维走向撑开软组织,进入脓腔,充分排脓。后上型在腭咽弓处切开排脓。次日复查,必要时可再次撑开排脓。

(3)行扁桃体切除术:确诊后,在抗生素的有效控制下,实行病侧扁桃体切除术。具有排脓彻底,恢复快,无复发的优点。对多次脓肿发作者,应在炎症消退 2 周后,将扁桃体切除。

【注意事项】

1. 穿刺时注意方位,进针不可太深,以免刺伤咽旁大血管。

2. 切开分离时要顺肌纤维走行方向撑开软组织。

(高淑芹)

第三节 喉部诊疗技术

【技能目标】

1. 掌握 间接喉镜检查法及注意事项,喉阻塞的治疗技术,气管切开术的注意事项。

2. 熟练掌握 喉的外部检查及注意事项,环甲膜切开术及注意事项,气管切开术的适应证。

3. 熟悉 直接喉镜检查法,气管切开术的治疗技术。

一、喉部检查技术

(一)喉的外部检查法

【检查技术】 观察喉的外部大小是否正常、位置是否居中、两侧是否对称。甲状软骨、环状软骨、环甲间隙有无肿胀、触痛、畸形及肿大的淋巴结或皮下气肿等。还可用拇指按住喉体向两侧推移,扪及正常喉关节的摩擦和移动感觉。

(二)间接喉镜检查法

【检查技术】 间接喉镜检查是最常用而简便的检查方法。检查时受检者正坐,稍前倾,头稍后仰,张口,伸舌,检查者与病人对坐,先将额镜的反光焦点调节到病人悬雍垂处,然后用纱布裹住舌前 1/3,用左手拇、示指和中指捏住后,将其拉向前下方,示指抵住下唇,以求固定。右手持预温了的间接喉镜,伸入口咽部,镜面朝向前下方,镜背将悬雍垂和软腭推向后上方,可根据需要略转动和调节镜面的角度和位置,以求对喉及喉咽做完整的检查。首先检查舌根、会厌谷、会厌舌面、喉咽后壁及侧壁,然后再嘱病人发"衣"声,使会厌抬起暴露声门,此时可检查喉腔的情况。

【注意事项】

1. 牵拉舌体时动作要轻,避免下切牙损伤舌系带。

2. 检查时,间接喉镜勿接触咽后壁,以免引起恶心。

3. 咽反射敏感者,需行口咽黏膜表面麻醉后再行检查。

(三)纤维喉镜和电子喉镜检查法

【检查技术】

1. 纤维喉镜是用光导纤维制成的软性内镜,纤维光束亮度强,可向任何方向导光。行鼻黏膜、口咽及喉黏膜表面麻醉后,纤维喉镜从鼻腔导入通过鼻咽、口咽到达喉咽,可对喉部进行检查,还可进行活检、息肉摘除、异物取出等。

2. 电子喉镜是外形似纤维喉镜的软性内镜,但图像质量明显优于纤维喉镜,电子喉镜是用其前端的 CCD 成像,其优点是图像清晰,可锁定瞬间图像,可很方便同电脑连接,将所需图像拍摄、打印或保存在电脑中,随时调阅。

(四)直接喉镜检查法

【检查技术】

1. 用 1‰丁卡因做表面麻醉,小儿及不配合者可用全身麻醉。

2. 受检者仰卧,肩胛略超出台缘,颈部伸直,头后仰并高于台面 10～15cm,一助手托住固定,另一助手按压双肩防止挺胸抬头。

检查者立于受检者头端,左手持镜,右手以纱布垫于上切牙,喉镜自舌背正中或右侧口角放入,当喉镜进入舌后部时,抬起舌根轻轻插入,即可看到会厌。此时,使喉镜前唇越过会厌缘向下延伸,并将镜柄上提抬起会厌,即可暴露喉腔。

【注意事项】

1. 应按步骤轻巧、准确地进行,注意保护喉咽黏膜。

2. 在挑起会厌、上抬喉镜时用力要匀,切不可以上切牙作支点,以免损伤切牙。

(高淑芹)

二、喉部疾病的治疗技术

(一)喉阻塞

由于喉部或其邻近器官的病变,使喉腔阻塞或狭窄导致呼吸困难者称喉阻塞,又称喉梗阻。为耳鼻喉科常见急症。重者可发生窒息,危及病人生命。因此,及时抢救,精心治疗甚为重要。临床上根据呼吸困难的程度分为 4 度。

【治疗技术】

一度:明确病因,对因治疗,如由炎症引起,应用足量抗生素及糖皮质激素,观察呼吸情况。

二度:积极对因治疗,密切注意呼吸变化,吸氧,酌情做好气管切开或气管插管的准备。

三度:如为异物立即取出,炎症给予大量抗生素及糖皮质激素,如药物治疗未见好转或肿瘤、外伤、白喉及病因不明者,则应立即实行气管切开术。

四度:立即行气管切开术,吸氧,吸痰,人工呼吸,治疗心力衰竭。若病情危急时,可先行气管插管或环甲膜切开术,待情况好转后,对病因治疗。

(二)环甲膜切开术

环甲膜是甲状软骨下缘与环状软骨弓部之间的筋膜,位置较浅,容易触之,多在紧急情况下来不及实行正规的气管切开术时,切开环甲膜,缓解病情,然后再行正规的气管切开术。

【操作要点】

1. 以 1% 利多卡因或普鲁卡因做局部浸润麻醉,情况十分紧急时可在不消毒、不麻醉下进行。术后应用抗生素,预防感染。

2. 在环甲水平做一横行切口,长约 4cm,分离皮下组织,暴露环甲膜,以尖刀刀刃向上,在中部一侧刺入,向上挑,切开环甲膜,迅速撑开切口,置入缚有系带的橡皮管,结扎固定于颈前,纱布覆盖创口。

【注意事项】

1. 环甲膜切开要在正中,切口长 1~1.5cm,不能过长,以免损伤弹力圆锥。

2. 勿损伤环状软骨。

3. 插入管应质软,以免压迫环状软骨引起损伤。

4. 环甲膜切开后,应在 6 小时内行常规气管切开术。

(三)气管切开术

气管插管和气管切开术均为抢救重度呼吸衰竭时保持呼吸道通畅、人工通气给氧、纠正二氧化碳潴留的重要措施。

【适应证】

1. 各种原因引起的 Ⅲ～Ⅳ 度喉阻塞,病因不能很快解除时。

2. 下呼吸道分泌物阻塞,如昏迷、多发性神经炎、颅脑病变、呼吸道烧伤、严重的胸腹部外伤等,分泌物潴留于下呼吸道,不能排出者。

3. 某些咽、喉、颌面部手术时,为了便于麻醉,保证呼吸道通畅,防止血液及分泌物吸入下呼吸道或术后局部肿胀发生呼吸困难,可行预防性气管切开术。

【禁忌证】

1. 急性呼吸道炎症、喉头水肿。

2. 胸主动脉瘤压迫或侵蚀气管壁。

3. 咽喉部血肿或脓肿。

4. 有严重的出血性疾病。

【治疗技术】

1. 体位　取仰卧位,肩下垫高,固定头部并使之后仰,保持正中位。若呼吸困难严重不能仰卧时,可取半卧位或坐位进行手术。

2. 切口　局部消毒后,沿颈中线皮下及筋膜下以1%普鲁卡因或利多卡因做浸润麻醉。术者以左手拇指和中指固定喉部,示指置于甲状软骨切迹上,右手持刀,自甲状软骨下缘至胸骨上切迹,沿中线切开皮肤、皮下组织及颈浅筋膜。

3. 暴露气管　于两侧胸骨舌骨肌之间切开颈深筋膜,循中线钝性分离舌骨下诸肌,并以均等力量用拉钩将其拉向两侧,甲状腺峡部横跨于第二三气管环前,可稍加分离,将其向上或向下牵开。如峡部宽大,可分离后切断,贯穿结扎其断端,以充分暴露气管前壁。

4. 切开气管　气管被确认后,用刀尖刺入气管前壁正中,由下向上挑开第三四气管环。

5. 插入气管套管　用弯血管钳或气管张开器撑开气管切口,吸出分泌物,将大小适合、带有管芯的套管顺势插入。迅速拔去管芯,如呼吸气流通畅,即可放入内管。如发现套管位置有误,应拔出重新插入,以防窒息。

6. 创口处理　将系在管托两侧的带子结缚于颈后,以固定气管套管,防止滑脱。如创口渗血,可结扎出血点或压迫止血。切口过长可酌情缝合。蝶形纱布置于管脱下覆盖创口。

【并发症】

1. 插管长期压迫咽喉易使喉头水肿与损伤,气管黏膜糜烂。可致大出血,气管破裂或形成气管食道瘘等。需特别注意定时气囊放气。

2. 气管切开后可发生呼吸道感染、出血、周围皮下气肿或纵隔气肿、气胸、下呼吸道继发感染及拔管困难。

【注意事项】

1. 插管术动作要轻,不可用力过猛,避免机械性损伤。深度勿超过气管隆凸。

2. 插管后加强护理,特别是口腔护理,及时吸痰。气管切开术后需专人护理,吸痰、给氧、滴药等,保证无菌操作。对室内进行消毒隔离,保证温、湿度,严防交叉感染。

3. 进行病情和血气监测。呼吸困难和通气功能明显改善,神志清醒即可考虑拔管。气管切开者,拔管前先堵管24～48小时,如呼吸平稳,氧分压和二氧化碳分压基本接近正常,即可拔管。

4. 气管切开术前准备,准备好氧气及气管插管;选择合适的气管套管;对患者和家属做好解释工作。

5. 气管切开术中注意点:仰卧位、头后伸、垫肩,有严重呼吸困难者可采取半卧位;分离暴露气管要保持正中位;操作准确、轻巧,防止损伤甲状腺、胸膜、食管壁及大血管;气管前壁切口以第2～4环为宜。切口过长,可将其上端缝合,勿过紧。

三、喉、气管、支气管异物

(一)喉腔异物的紧急抢救法

呼吸道异物及窒息引起的气道阻塞通常被认为是最有生命危险的急症,现场急救迅速,解除阻塞是抢救成功的关键。

【治疗技术】

1. **紧急抢救法**

(1)病人取站立位时,术者站在病人身后,两臂绕至病人腹前抱紧,一手握拳以拇指顶住病人腹部,可略高于脐上、肋缘下,另一手与握拳的手紧握,并以突然的快速向上冲力向病人腹部加压,异物可从喉喷向口腔而排出体外。

(2)病人坐位时,术者可在椅子后面取站立或跪姿,施用上述手法。

(3)病人卧位时,先将其翻至仰卧位,然后术者以跪姿跨于病人胯处,以一手置于另一手之上,下面手的掌根部放在病人腹部(脐上、胸肋缘下),以快速向上冲力挤压病人腹部。

(4)病人自救时,以自己握拳的拇指侧压于腹部,另一手握紧这只手,快速向上冲压腹部,将异物喷向口腔而排出体外。

2. **倒提拍背法**　本方法主要适用于婴幼儿。术者一手握住患儿双足提起,使患儿倒立,另一手用适当的力量拍其背部,使异物从口腔排出。

3. **环甲膜穿刺术**

(1)病人取仰卧位,尽可能使颈部后仰。

(2)术者用左手食指摸清甲状软骨与环状软骨间的环甲膜,消毒皮肤。

(3)术者右手将 16 号粗针头在环甲膜上垂直刺入,通过皮肤、筋膜及环甲膜进入气道,此时术者可感觉到落空感。

(4)挤压双侧胸部,发现有气体自针头逸出,或用空针抽吸时很容易抽出气体,即穿刺成功。

【注意事项】

1. 呼吸道异物引起的气道阻塞,尤其是完全性气道阻塞,应争分夺秒地进行抢救,因为脑缺氧时间的长短直接关系到病人的生命及复苏后的情况。

2. 采用喉异物紧急抢救时,用力要适当,防止因暴力冲击而造成的腹腔器官损伤。

3. 环甲膜穿刺术仅仅是呼吸复苏的一种急救措施,不能作为确定性处理,因此,在初期复苏成功后应进行正规气管切开或异物清除等处理。

4. 环甲膜穿刺部位有较明显的出血时应注意止血,以免血液反流入气管内。

5. 在清除气道异物,解除气道阻塞的过程中,如果病人发生心脏骤停,应立即进行心肺复苏。

(二)气管、支气管异物

【治疗技术】　呼吸道异物是耳鼻喉科常见急症,诊断治疗不及时可危及生命,而且取出异物是唯一的治疗方法。因此及时诊断,尽早行异物取出术,防止窒息,积极预防并发症的发生甚为重要。

1. **经直接喉镜异物取出术**　适用于气管内活动性异物。行黏膜表面麻醉后,用直接喉镜挑起会厌,暴露声门,将鳄鱼式异物钳口闭合,横径与声门裂平行,置于声门上,待吸气声门开放时,伸入声门下区,扭转钳口 90°,使钳口上下张开,待呼气或咳嗽时,异物随气流上冲的瞬间,夹住异物取出。对较扁平的异物,出声门时应将夹有异物的钳口转动,使异物的最大横径与声门裂平行,以防异物通过声门时被声带阻挡脱落。

2. **经支气管镜异物取出术**　支气管异物及直接喉镜下不能取出的气管异物需经支气管镜取出。最好在全麻下进行,成人一般采用直接插入法,儿童一般经直达喉镜插入,支气管镜进入气管、支气管检查发现异物后，用适当异物钳夹住，后退经声门取出。对大而硬难以通过声门的异物，可行气管切开，自气管开口处取出。

3. 纤维支气管镜或电子支气管镜异物取出　主要用于支气管深部较小的金属异物，由于硬支气管镜不能窥见，可在纤维支气管镜或电子支气管镜下钳取。

4. 开胸异物取出术　支气管镜下难以取出的较大并嵌顿的支气管异物，必要时开胸取出异物。

5. 术后护理　术后酌情应用抗生素及糖皮质激素，控制感染，防止喉水肿的发生。密切注意病情的变化，术前、术后出现其他并发症时，应进行相应的治疗。

【注意事项】

1. 呼吸道异物术前、术中随时都可能发生意外，应准备好抢救设备。

2. 喉腔异物取出术中，应注意勿使异物坠入气管内。

（高淑芹）

第四节　耳部诊疗技术

一、耳的检查技术

【技能目标】

1. 掌握　咽鼓管功能检查法，外耳检查法及耳镜检查法；外耳道异物取出技术。

2. 熟悉　听力检查法，熟悉耳郭外伤、鼓膜外伤的治疗技术及注意事项；分泌性中耳炎及慢性中耳炎的治疗技术。

（一）耳的一般检查法

【检查技术】

1. 外耳检查法　受检者侧坐，观察耳郭、乳突部及周围组织有无畸形、红肿、瘢痕、瘘管及新生物等。耳郭有无牵拉痛及压痛等。

2. 耳镜检查法　受检者侧坐，检查者将其耳郭向后、上、外方牵拉，儿童向后、下、外方牵拉，使外耳道变直，选用大小适合的耳镜，旋转放入外耳道，观察外耳道情况。可选用自带光源并附有放大镜的电耳镜或装有放大镜并连有橡皮球的鼓气耳镜。

【注意事项】　检查时保证光源照入，动作要轻，以免损伤外耳道壁，耳镜勿超过软骨部，以免引起疼痛。

（二）咽鼓管功能检查

【检查技术】

1. 捏鼻吞咽法　将听诊管的两端分别插入受检者和检查者的外耳道内，让受检者做捏鼻吞咽动作。也可直接用耳镜检查鼓膜，当受检者捏鼻吞咽时，观察到鼓膜振动，则表示正常。

2. 捏鼻鼓气法　受检者捏鼻、闭口、用力呼气，此时，检查者可从听诊管内听到鼓膜振动声，或观察鼓膜运动情况。

3. 耳鼓气球吹张法　嘱受检者口中含水少许，检查者将耳鼓气球的橄榄头塞入受检者的一侧前鼻孔内，另一侧用手指压紧，在让受检者做吞咽动作的同时，迅速捏耳鼓气球，使空气经咽鼓管进入中耳。

4. 咽鼓管导管吹张法 用1‰麻黄碱和1‰丁卡因液收缩麻醉鼻腔黏膜后,检查者将咽鼓管导管沿鼻底缓缓深入鼻咽部,并将原向下的导管口向受检测旋转90°,进入咽鼓管咽口,用橡皮球向导管内鼓气。

5. 咽鼓管造影术 将碘造影剂滴入外耳道,经鼓膜流入鼓室。同时行X线拍片,了解咽鼓管的形态,有无狭窄或梗阻。

6. 鼓室压力图测试 采用声导抗仪测鼓室压力图,了解咽鼓管功能。

【注意事项】

1. 上呼吸道有急性感染,鼻腔或鼻咽部有脓液、溃疡及新生物者忌行咽鼓管吹张。

2. 导管吹张时,鼓气要适当,避免压力过大鼓膜破裂。

(三)听力检查法

【检查技术】

1. 耳语检查 多用于一般体格检查。选一长约6m以上的安静房间,受检者耳朝向检查者闭目侧立或侧坐于室内一端,另一耳用棉球堵塞,检查者立于房间另一端相距6m处,用耳语发音,请受检者复诵。

2. 音叉检查 是最常用判定耳聋性质的方法。多选用256Hz或512Hz的C调音叉做检查。其方法有:气导骨导比较试验;骨导偏向试验;骨导比较试验;盖来试验(详见耳鼻喉科学)。

3. 电测听检查 利用电子管或半导体振荡器产生不同频率和可以调节音调的纯音进行听力检查,将检查的各频率听力记录在测听表上,并绘成曲线,通过分析听力曲线,测定听力损失的程度和性质,是常用的听力检查法。

4. 声阻抗测听法 是在外耳道气压变动的情况下,通过测量中耳的声阻和声顺的变化,客观地检查听力的一种方法。主要测定:鼓室压、鼓膜声顺值及镫骨肌反射阈值。

【注意事项】 检查听力时要结合临床,认真、客观、准确地进行。

二、耳部疾病的治疗技术

(一)耳外伤

【治疗技术】

1. 耳郭外伤

(1)挫伤:轻者可自愈。耳郭血肿小者,应在严格无菌操作下用粗针头抽出积血,加压包扎48小时,必要时可再次抽吸。如仍有渗血或血肿较大,应行手术切开,吸净积血,清除凝血块,视情况局部用碘仿纱条填塞或缝合切口后加压包扎,同时应用抗生素。

(2)撕裂伤:外伤后应早期清创缝合。尽量保存皮肤,对位准确后用小针细线缝合,然后轻松包扎,全身应用抗生素防止感染。如皮肤大块缺损,软骨尚完整,可用耳后带蒂皮瓣或游离皮瓣修复。对完全断离的耳郭应及时将其浸泡于含适量肝素的生理盐水中,尽早对位缝合。术后若发生水肿或血肿应及时切开排液。

2. 鼓膜外伤

(1)清除外耳道内存留的异物、泥土、凝血块等,用乙醇消毒耳郭及外耳道,外耳道口用无菌棉球堵塞。

(2)多数外伤性穿孔可在3～4周自愈。较大而不能自愈的穿孔可行鼓膜修补术。

【注意事项】

1. 耳郭撕裂伤应尽量保留皮肤,以免发生畸形。

2. 鼓膜外伤后应用足量的抗生素,以免发生化脓性中耳炎。

3. 避免感冒,切勿用力擤鼻,以防来自鼻咽部的感染,禁止洗耳、滴耳药,穿孔愈合前禁止游泳。

(二)外耳道异物

【治疗技术】 根据异物的性质、形状和位置的不同,采取不同的取出方法。异物未越过外耳道峡部,可用耵聍钩直接钩出或用外耳道冲洗法冲洗。活动性昆虫类异物,可用油类、乙醇或浸有乙醚的棉球塞置于外耳道数分钟,将昆虫麻醉或杀死后用镊子取出。被水泡涨的豆类异物,先用95％乙醇滴耳,使其脱水收缩后,再行取出。如异物较大,且与外耳道嵌顿较紧者,须于局麻或全麻下行耳内或耳后切口取出。幼儿患者宜在短暂全麻下取出。外耳道有继发感染者,经抗感染治疗炎症消退后再取异物,或取出异物后积极治疗外耳道炎。

【注意事项】 严格按操作规程去做,以免损伤鼓膜及外耳道或将异物推向深处。

(三)分泌性中耳炎

【治疗技术】

1. 鼓膜穿刺抽液:在无菌操作下从鼓膜前下方刺入鼓室,抽吸积液。必要时可重复穿刺,亦可于抽液后注入类固醇激素类药物。

2. 鼓膜切开术:用于液体较黏稠,鼓膜穿刺不能吸尽及小儿不合作、局麻下无法进行者。手术可在局麻或全麻下进行。用鼓膜切开刀在鼓膜前下象限做放射状或弧形切口,切开后将鼓室内液体全部吸除。

3. 鼓室置管术:病情迁延不愈或反复发作者,中耳积液过于黏稠不易排出,头部放疗后咽鼓管功能短时不能恢复正常者,均应做鼓室置管术。

4. 保持鼻腔及咽鼓管通畅:可用1％麻黄碱液滴鼻。

5. 急性炎症消退后可行咽鼓管吹张。

【注意事项】

1. 对分泌性中耳炎应早诊断、早治疗。

2. 鼓膜穿刺、切开时位置要准确,以免损伤鼓室结构。

(四)慢性化脓性中耳炎

【治疗技术】

1. 病因治疗 积极治愈急性化脓性中耳炎及上呼吸道病灶性疾病。

2. 局部治疗

(1)单纯型:以局部用药为主。按不同病变选用药物,如抗生素水溶液、抗生素与类固醇激素类药物混合液、乙醇或甘油制剂、粉剂等。待流脓停止,耳内完全干燥后小穿孔可自愈,穿孔不愈者可行鼓室成形术。

(2)骨疡型:引流通畅者以局部用药为主,但应注意定期复查。中耳肉芽可用10％～20％硝酸银烧灼,肉芽较大烧灼无效者,应以刮匙刮除。中耳息肉及时摘除。引流不畅或疑有并发症者,须行乳突手术。

(3)胆脂瘤型:尽早施行乳突手术,清除病灶,预防并发症。

【注意事项】

1. 用药前要彻底清洗外耳道及中耳腔内的脓液。

2. 氨基糖苷类抗生素用于中耳局部可引起内耳中毒,应忌用。

3. 粉剂宜少用,应用时选择颗粒细、易溶解者,穿孔小者忌用。

（韩晶岩）

第 12 章　眼科诊疗技术

第一节　眼 部 检 查

【技能目标】

1. 掌握眼科检查的基本方法。

2. 熟练掌握裂隙灯显微镜的使用方法及注意事项。

3. 熟悉眼底检查法。

一、眼部一般检查法

【检查技术】

1. 眼睑检查方法　检查眼睑时要注意眼睑皮肤、眉毛、睫毛、睑缘和睑板等是否正常,有无先天异常如眼睑缺损、睑裂缩小、内眦赘皮、下睑赘皮、上睑下垂等。

检察眼睑皮肤应注意有无皮下出血、气肿、水肿、皮疹、瘢痕、肿瘤等。还要注意有无耳前、颌下淋巴结肿大。检查睑缘时应注意有无红肿、肥厚、钝圆、痂皮、新生物、脱屑,睫毛情况如变白、秃睫等。

2. 泪器检查法　泪器包括泪腺和泪道两部分。

(1)泪腺检查法:检查泪腺时令患者向鼻下方注视,以一手拇指尽量将上睑外眦部向外上方牵引,就可以将肿胀的睑部泪腺暴露。

(2)泪道检查法:检查泪小点时,检查者以拇指或食指,轻轻向下牵引下睑内眦部皮肤,同时令患者向上注视,就可以查见下泪小点,注意泪小点的位置、大小是否正常,有无外翻、息肉、狭窄或闭塞。同时对内眦和鼻梁间的泪囊部加以挤压,如果有慢性泪囊炎,则泪囊内存留的黏液或脓性分泌物,就可由泪小点流出。最常用的方法是泪道冲洗试验,可借此了解泪道是否通畅,或泪道阻塞的部位。

3. 结膜检查方法

(1)双手法:以左手拇、食指捏住上睑中央睑缘皮肤,向前下方牵引,同时令患者向下看;以右手食指或拇指放在眶睑窝处,当牵引睑缘向前向上翻转时,右手指稍向下压迫,上睑就能被翻转。在翻转上睑时也可用玻璃棍代替右手的拇指或食指。

(2)单手法:先嘱患者向下注视,用一手的食指放在眶睑窝处,拇指放在睑缘中央稍上方的睑板前面,用两手指捏住此处眼睑的皮肤,将眼睑向前向下方牵引,当食指轻轻下压,同时拇指将皮肤往上捻卷时,上睑就可被翻转。

4. 角膜检查方法

(1)一般检查法:在明室内做一般肉眼检查时,要注意角膜大小、形状、弯曲度等。测量可用一般检查尺,或特制的带有放大镜的检查尺。检查或测量时应注意双侧对照。角膜正常为横椭圆形,在先天性小角膜时可呈倒三角形。检查角膜时还应注意有无圆锥角膜、球形角膜、扁平角膜、角膜膨隆、角膜葡萄肿等。还可以做角膜知觉检查、染色检查等。

(2)角膜染色法:用消毒荧光素染色条置于下结膜囊内,嘱患者瞬目,然后在裂隙灯下通过激发滤光片光源进行观察,正常角膜不被染色,损伤时角膜缺损区可被染成绿色。并可以检查"微流现象"。

(3)角膜知觉检查法:常用的检查方法是取一无菌棉球,搓成或拉出一纤维丝,用其尖端从侧面接触角膜表面。如果知觉正常,当触及角膜后,立刻出现反射性眨眼运动。如果反射迟钝,就表示有知觉减低现象。如果知觉完全消失,则触后全无任何表现。两眼应做同样试验,以便于比较和判断。

5. 巩膜检查法　检查时先观察睑裂部巩膜;然后用手指分开被检眼的睑裂,令患眼向上、下、左、右各方向转动,仔细观察有无病变。注意颜色是否正常,有无结节、隆起、溃疡及肿瘤。

6. 前房检查法　前房检查要在裂隙灯下进行,可以检查前房深度及房水情况。正常前房深度(指中央部分)为 2.5～3.0mm。正常情况下房水完全清亮透明,在眼内有炎症或外伤时,房水可能变浑。

7. 虹膜检查法　检查虹膜一般应在裂隙灯下进行。检查时要注意虹膜的颜色和纹理,有无色素增多(色素痣)或脱失(虹膜萎缩)。炎症时,虹膜充血颜色加深,结构模糊不清,纹理消失。虹膜表面形成新生血管,外观鲜红,称虹膜红变。虹膜也常见结节、囊肿或肿瘤。先天异常有无虹膜、虹膜缺损、瞳孔膜残余等。

检查时还应注意瞳孔缘是否整齐、有无色素膜外翻,有无瞳孔缘撕裂和虹膜根部离断,有无瞳孔局部后粘连、瞳孔闭锁、虹膜震颤。

8. 瞳孔检查法　正常瞳孔直径 2～4mm,双侧等大。检查瞳孔一般用弥散光或集合光线照明。检查时注意其大小、位置、数目,边缘是否整齐、瞳孔对光反应是否灵敏。观察瞳孔大小应在弥散光线下进行,令患者注视 5m 以上远距离目标,用瞳孔计放在内外眦间,与瞳孔大小相当的半圆形缺口直径即为瞳孔的横径大小。正常瞳孔对光线、调节、辐辏等都有缩小反应。

9. 晶状体检查法　检查晶状体时最好充分散大瞳孔。检查时应注意晶状体是否透明,有无浑浊。

10. 玻璃体　在散瞳情况下,一般裂隙灯显微镜检查只能观察到玻璃体前 1/3,玻璃体的后部及视网膜检查需加前置镜或三面镜。

正常透明的玻璃体为胶冻样组织,可以呈现青灰色假膜或假纤维结构,形似窗帘,可随眼球的转动而稍有摆动。在葡萄膜炎时,玻璃体内可见到灰白色的渗出物或色素;在玻璃体积血吸收过程中,可见大量棕红色的红细胞漂浮着。高度近视眼的玻璃体常有液化、浑浊、后脱离、萎缩等变化,表现为玻璃体的流动度增大,有絮状、点状、片状、条状或膜状等不同形状的浑浊物,随着眼球的转动而翻滚不定。增生性玻璃体视网膜病变时,玻璃体可出现不同程度的膜状机化组织。

11. 眼底检查

(1)双目间接检眼镜检查法:检查者先带好额带,调整好检眼镜的瞳孔距离,并将投照光调整到与目镜同轴。一般用左手持透镜,凸面对向检查者,由远而近向眼球推进。当推进到确定距离后,即可清楚地看清眼底,患者在检查前要充分散瞳,取仰卧位或坐位。检查应遵循一定的顺序:先后极部,然后周边部。

(2)直接检眼镜检查法:直接检眼镜检查一般在暗室内进行。检查者和被检者相对而坐,或被检者采取坐位,检查者于侧位相对而立,持眼底镜逐渐靠近被检眼。检右眼在被检者右侧,右手持镜以右眼查。检左眼在被检者左侧,左手持镜以左眼查。直接检眼镜放大倍率约16倍。检眼镜屈光度轮盘上顺序镶置着屈光度的凹、凸镜片,检查时可以自由转动轮盘,以校正或补偿检查者或被检查的屈光差或调节力,直至观察到最清晰的眼底图像。

检查顺序一般应自视神经盘起,按鼻上、颞上、颞下及鼻下象限,由后极直达周边部依次详细检查,最后检查黄斑。或在检查视盘后,随即检查黄斑,然后再检查周边部。用直接检眼镜可同时大致测量患眼的屈光状态。

12. 眼球及眼眶检查法

(1)检查眼球及眼眶时要注意眼球大小、形状、有无突出或后陷。并应注意位置是否正常,眼球各个方向运动是否受限,有无不随意的眼球震颤等。

(2)眼球突出计测量。将突出计平放在眼前,并将两侧的小凹固定在两颞侧眶缘最低点,令患者正视前方,观察突出计上反射镜中角膜顶点影像的位置,相当于第二反射镜中刻度尺上的毫米数,即为突出度。同时应记录两颞侧眶缘间的距离,以作为下次检查时的依据。

【注意事项】 先右后左,从外到内,先健眼后患眼。外眼检查自然光线,内眼检查借助裂隙灯显微镜、检眼镜等。

二、裂隙灯显微镜检查方法

【检查技术】

1. 弥散光线照明法 将裂隙调宽,使光线弥散照射在被检眼前部组织,以了解这些组织的大致情况,发现病变后再用其他方法检查。

2. 直接照明法 又称直接焦点照明法。裂隙灯与显微镜焦点在一起时,将裂隙灯放在不同角度,用不同宽度的裂隙光照在被检查组织上,以观察病变的部位和深度。如将裂隙调节成细小的光带照在前房,则可分辨前房水有无浑浊,如房水内有过量蛋白质或细胞等,即房水闪辉又称丁道现象(Tyndall)。将焦点后移至玻璃体,可见到前1/3玻璃体的结构。这是最常用的检查方法。

3. 后部照明法 即将光线照在被检查组织或病变的后面。如要检查有无角膜后沉着物,则先将光线照在虹膜面上,使之反射在角膜后面,则可探明有无沉着物。如有沉着物,则沉着物在明亮的虹膜背景衬托下显得格外醒目。检查角膜上细小异物也应用此法。后照法又分为直接和间接两种。前者病变正位于反射光的通道上;后者被检物在反射光线的一侧。

4. 角膜缘分光照明法 也称角膜缘散射照明法。将光线照在角膜缘上,利用角膜透明性,光线在角膜缘内部做弥散性反射,在对侧角膜缘部形成明亮光环,从而容易发现不明显的异物、薄翳(又称云翳)等。

5. 镜面反光照明法 角膜和晶状体前后表面均很光滑,类似一反射镜,照在其上的光线会产生规则性反光。如在反射镜上有不光滑的部位,则该处呈不规则光反射。仔细观察角膜、晶状体前后表面即系应用此原理。角膜内皮显微镜的设计也是以此为依据的。

6. 间接照明法 即将光线照射在被检查目标的一侧。主要用于检查角膜的病变。

【注意事项】

1. 裂隙灯显微镜检查前最好不要滴麻药、眼膏,以免影响观察。

2. 检查应在暗室内进行。

3. 患者取坐位,下颌在托架上,前额贴横档,调节支架使被检者眼与标记相平。

4. 自然睁眼,注视正前方。

第二节　眼部常用检查

【技能目标】

1. 掌握眼科常用检查法的基本操作方法。

2. 熟练掌握视力检查、眼压检查的操作方法及注意事项。

3. 熟悉眼底检查法。

一、视 力 检 查

(一)视力表检查法

【检查技术】

1. 在检查时从上至下,把能辨认的最小视标一行的字号记录下来。

2. 当 1.0 这一行全能辨认时,则记录为 1.0,不能全部看对,则可用加减的方法表示:如看对 2 个视标可记作 0.9^{+2};只有 2 个视标看错,则为 1.0^{-2}。正常远视力的标准为 1.0(对数视力表为 5.0)。对第一行视标(0.1)不能辨认者,可让其向前靠近视力表,直至刚能认出视标为止,记录距离,按下式计算:

视力=0.1×被检查者距视力表距离÷5。

【注意事项】

1. 视力表的照明采用两支 20W 白色荧光灯。

2. 视力表高度 1.0 行视标与被检查眼同一水平线。

3. 检查距离为 5m,平面镜反射检查距离缩短一半。

4. 先右眼,后左眼。先查裸眼视力,后查矫正视力。指示棒端漆成黑色。每个视标分辨时间不得超过 2～3 秒。检查时不能眯眼。

(二)数指检查法

视力低于 0.02(即在视力表前 1m 处,仍不能辨认第 1 行者),则做眼前数指检查。被检查者背光而坐,检查者手指向光线,指间距离与指粗相同,由 1m 远处移向被检眼,记录能辨认手指数的最远距离。如在 30cm 能说出指数,则视力为指数/30cm。

(三)手动检查法

眼前不能辨认指数者,应检查眼前手动。记录能辨认眼前手动的最远距离,如眼前处 20cm 能辨认手动,记录为手动/20cm。

(四)光感与光定位检查法

视力为指数或手动者,应在暗室内做光感和光定位检查。

1. 光感检查　被检者遮住健眼,不得露光。检查者手持点燃蜡烛,在 5m 处测试患眼能否辨认灯光。如能辨认,则记录为 5m 光感;如不能辨认,逐渐缩短距离直至能辨认为止,如在眼前仍不能分辨灯光,记录为无光感。

2. 光定位检查法　严格遮盖健眼,患眼向正前方注视,眼和头部不得转动。检查,分别置于上、下、左、右、左上、左下、右上、右下及中央者将烛光移至距患眼各方向;在变换方向时,用手掌遮住烛光,让患眼辨认光源的方向。判断正确者记为"+";反之则为"-",并标明鼻侧、颞侧。此项检查对决定白内障手术及估计预后极为重要。

(五)近视力检查法

在充分照明下,用近视力表检查近视力,距离为 30cm,但可适当改变距离,以看清为限度(记录距离)。国内常用标准近视力表和耶格(Jaeger)近视力表。

远近视力检查相配合,有助于了解眼的调节能力,有无屈光不正或其他眼病。

二、暗适应检查

(一)对比检查方法

【检查技术】 检查者和被检查者同时从一明亮处进入暗室,两人距视力表同等距离,分别记录两人看清弱光下的远视力表第一行所需的时间,粗略地判断被检者的暗适应是否正常。

【注意事项】 检查者的暗适应必须正常。

(二)夜光表检查法

【检查技术】 检查者和被检查者同时、同距离注视铺有白台布桌面上的夜光表,然后关闭电灯并继续注视桌面,直到看到表面上的荧光时间,分别记录两人所用的时间。

【注意事项】 检查者的暗适应必须正常。方法简便,但只能做比较判断。

(三)暗适应计检查法

病人坐在仪器前,开亮仪器灯光,嘱病人注视仪器中乳白色玻璃板,达到暗适应。然后关灯,将乳白色板换成黑白线条相间的玻璃板,逐渐增强板上的光亮度,直至病人看见黑白线条,并在暗适应表上记录。以同样检查步骤,每 1~2 分钟重复一次,间隔的时间可逐渐加长,直至视敏度不再提高为止,总的检查时间为 1 小时。最后将记录的各点连成曲线就是暗适应曲线。

三、眼压测量方法

(一)指测法

【检查技术】 令被检者轻闭双眼,眼球自然向下注视;检查者以双手食指并列放在被检眼上睑皮肤上;两指交替对眼球施压,当一指轻压眼球时,另一指即感到眼球的压力波动,恰如触诊囊肿的波动性一样。检查者根据食指感觉到的巩膜弹性程度(即波动力的大小),可大致估计眼压的高低。指测法检查眼压的结果依次记录为:

Tn 示正常;T+1 略高;T+2 高;T+3 极高;T-1 略低;T-2 低;T-3 极低。检查时应双眼对照。

【注意事项】 初学者最好是每于测量眼压以后,即进行指测,然后根据感觉,结合测量值,细心琢磨体味,以积累经验。

(二)压陷式眼压计测量法

【检查技术】 压陷式眼压计(临床常用 Sghiotz 眼压计)测量眼压的方法和步骤如下:

1.被检者低枕平卧于床上。

2.结膜囊内滴 0.5%丁卡因,间隔 3 分钟,计 3 次。病人角膜刺激症状完全消失后可进行测量。

3.测量前将眼压计垂直放置于校准台上,校准指针为 0。

4. 用 75％乙醇消毒底板,并用消毒棉擦干。

5. 嘱被检者睁开双眼,向正上方注视一固定目标,或注视自己的手指,使角膜保持水平正中位置。

6. 检查者以左手拇、食指轻轻分开眼睑,并将其固定于上、下眶缘。

7. 右手持眼压计垂直地轻放在角膜中央,轻轻放下砝码托架,避免对眼压计施加任何压力。同时观察眼压计指针所指示的刻度,然后提起眼压计。如指针所指示刻度小,应依次加 7.5、10.0 或 15.0 砝码重新测量,直至指针所示刻度在 3~7 范围为止。

8. 于所测数据以分数式记录,分子示砝码质量,分母为刻度指数,然后查表换算实际压力。

(三)压平式眼压计测量法

【检查技术】

1. 压平眼压计测量法 压平眼压计为一圆柱形,两端为测量平面。测量时,在已消毒的测量平面表面均匀涂布淡褐色的弱蛋白银溶液。测量完毕,将平面与角膜接触的印记印在病历纸上,然后用透明尺测量接触圆环直径并换算成眼压值。

测量方法和步骤大致同压陷式眼压测量,只是在测量时,应使测量柱重量完全落在角膜上,但把柄位置不能低于测量全长的 3/4,以保持测量柱始终处于垂直位置,否则测量会发生摆动,影响测量结果。

2. Goldman 压平眼压计测量法 通过测量压平一定面积的角膜时需要多大力,从而计算出眼内压力。压平眼压计压平角膜的面积为 $7.354mm^2$,其圆的直径为 3.06mm,测量准确性极高,一般误差不超过 0.5mmHg。

具体测量方法如下:

(1)被检查者取常规裂隙灯检查位,结膜囊滴 0.5％丁卡因 2~3 次后,再滴入少许荧光素钠溶液染色。

(2)裂隙灯照明加钴蓝滤色镜片,光照强度调至最强,裂隙亦开至最大。显微镜与角膜面相垂直,照明光与显微镜成 45°~60°角。

(3)被检查者双眼自然睁开,正视前方或注视固视灯。检查者测压头对准角膜正中,缓缓推动裂隙灯向被检眼,使测压头恰好接触角膜中央。此时通过裂隙灯观察镜可观察到两个相对且相互分离的荧光素半环,调正位置,务使两半环大小相等,位置对称。调整加压旋钮,两半环渐增大,当两半环内缘正好相切时,停止调整旋钮。

(4)指示刻度数即为压力值(以克为单位),乘以 10 得出眼压的帕数(毫米汞柱值)。

(5)检查中如发现半环过宽或模糊,说明泪液过多,应吸除,如发现两环一大一小,说明压平位置不在中心,应仔细调整;如环为椭圆形,说明被测眼可能有散光,此时应将低轴位对准红色刻度线(43°轴);当压力>80mmHg 时,应加重力平衡杆进行测量。

【注意事项】

1. 避免对眼球施加任何压力而影响结果。

2. 眼压计垂直轻放,避免自身阻力。

3. 测量后避免揉眼,防止角膜损伤。

4. 结膜囊滴抗生素眼药水。

(四)非接触眼压计测量法

【检查技术】 非接触眼压计可分为手持式和固定式,两者仪器的作用原理是相同的。检查时要求患者密切配合,坐位正视前方,测量开始嘱患者注视固视灯(点),当检查者通过目镜确认准确聚焦在角膜上时,按动按钮,屏幕即可显示测量结果,并可即时打印。

【注意事项】

1.为使测量结果准确,应连续测量3次,取其平均值。

2.非接触眼压计测量,易受干扰而使测量结果产生误差,如眼球移动、眨眼、泪液过多等,因此在测量中发现3次测量值相差太大,应重新测量,直到值差不超过3mmHg。

第三节 眼科常用治疗技术

【技能目标】

1.掌握眼科常用治疗技术的基本操作方法。

2.熟练掌握治疗技术的适应证及注意事项。

一、泪道冲洗试验

【适应证】 了解泪道是否通畅,或泪道阻塞的部位。

【治疗技术】

1.结膜囊内滴入麻醉药物(0.5%丁卡因或2%利多卡因)共2～3次,每次间隔3分钟。

2.将剪去针尖磨成钝圆,并弯成135°角的4～5号注射针头垂直睑缘插入下小泪点1mm后然后转水平进入下泪小管,注入冲洗液,由上小泪点返回,表明阻塞是鼻泪管、泪囊或泪总管;若加压冲洗液体不能进入泪小管也不自上泪小管返回,这表明阻塞在泪小管。

【注意事项】

1.进针按泪道走行方向,避免形成假道。

2.注水不能过分加压,避免组织水肿。

附12-A 泪道探通术

具体方法与泪道冲洗相近,插入泪道的是泪道探针,沿泪道走行探入。可了解阻塞的部位、性质、程度,亦是最简单有效的治疗方法。

二、结膜囊冲洗法

【适应证】 结膜囊内有大量分泌物、粉尘异物、颗粒状异物等,眼部酸碱烧伤,手术前准备。

【治疗技术】 洗眼壶冲洗法:操作者位于患眼侧,左手开睑,右手持洗眼壶。洗眼壶靠近患眼减小冲洗液的压力,不可触及眼睑及睫毛,以免污染。水速不可过快。先将洗眼液注入患眼的颊部或颞侧皮肤,然后再将液体注入结膜囊内,不可直接注入角膜上,同时患者上、下、左、右转动眼球,使冲洗充分,必要时翻转眼睑充分冲洗。对疼痛较剧或敏感的患者表面麻醉后再冲洗。冲洗完毕用棉球拭净眼周围的液体,然后取下受水器。也可用输液吊瓶代替洗眼壶冲洗。

【注意事项】

1.冲洗时不要弄湿病人衣服或床单。

2.冲洗时洗液不可溅入病人的健眼和医务人员的眼内。

3.有角膜溃疡或穿孔性外伤时,不可加压,以免眼内容物流出。

4.受水器及时消毒。洗眼壶应定期消毒。

三、滴眼药水法

【治疗技术】

1.眼药瓶标签清晰,剧毒药品醒目颜色供鉴别。

2.病人取坐位或仰卧位,医务人员站在患者头侧或对面。

3.用左手拇指和食指分开上下睑,下睑下方或颞侧放棉球防止滴药液流至面部,将下睑向下牵拉。患者眼球上转,右手持眼药瓶,距眼 1～2cm,将药液滴进下穹窿内 1～2 滴,然后将上、下睑轻轻放回原位,使药液保留在结膜囊内,用棉球拭去溢出的液体,嘱病人闭眼 1～2 分钟。

【注意事项】

1.眼药瓶口距眼不能太近,避免接触患者睫毛或睑缘,造成污染或划伤角膜。

2.混悬液(如可的松眼药水)摇匀后再滴入。药液不可滴在病人衣服上,尤其是带颜色的药液。

3.滴入能引起全身反应或中毒的药液后,应置棉球压迫泪囊部,以免药液流入泪囊和鼻腔,引起毒性反应。

4.结膜囊内分泌物过多时,先冲洗去分泌物再滴药。

四、涂眼药膏法

【治疗技术】

医务人员用左手拇指或食指撑开患者上下睑,拇指向下牵拉,嘱病人向上看,露出下穹窿部。先将管口的药膏挤出少许不用,然后将眼药膏挤出 1.0cm 长的膏条,平行于眼睑放入下穹窿,然后放松眼睑,或轻提上下睑,使药膏进入结膜囊内。眼药膏的用量不宜太多,但对眼睑闭合不全、暴露性角膜炎、烧伤患者防止睑球粘连时,可用大量的油膏。

【注意事项】　药膏涂入后可按摩,以增加疗效。

五、结膜下注射法

【适应证】　角膜炎、巩膜炎、虹膜睫状体炎等眼前节炎症。取角膜异物后或手术后预防感染。

【治疗技术】

1.结膜囊内滴入麻醉药物(0.5％丁卡因或 2％利多卡因)共 2～3 次,每次间隔 3 分钟,后用生理盐水冲洗结膜囊。

2取 2.5ml 注射器,4～5 号针头,吸取药液,注射部位一般在颞上(或颞下)球结膜下。

3.医务人员用左手食指与拇指分开上下睑,令患者向注射侧相反的方向注视,将针头在角膜缘后 5mm 处,避开血管,倾斜刺入球结膜下,有时可透见结膜下的针头,缓缓将药液注入。刺入时应无阻力,如刺入时阻力大,可能是碰到巩膜,应拔出、重新刺入。

【注意事项】

1.使瞳孔开大注射散瞳药时应靠近角膜缘。

2.注射药量较大注射部位应靠近穹窿部,以颞上方球结膜下为宜。

3.注射泼尼松龙(强的松龙)时,注射部位会有一片发白的药物。应注在能为眼睑所遮盖的部位。

4.注射针头避免对着角膜方向,以防患者不合作时误伤角膜,同时注意针头不可垂直于眼球,以免刺入眼内。

六、球后注射法

【适应证】

1.眼球后部炎症如后部葡萄膜炎、视神经炎、球后视神经炎、视网膜脉络膜炎、缺血性视盘病变等。

2.内眼手术注射麻醉药物阻滞睫状神经节或急性闭角型青光眼急性发作时降低眼压。

【治疗技术】

1.注射可经皮肤,也可经结膜。

2.在外下眶缘,皮肤用0.5%碘酒和75%乙醇消毒,范围约2cm×2cm。

3.嘱患者向鼻上方注视,用4cm后注射针头或牙科5号针头,由眶外下缘外1/3与中1/3交界处稍上方的皮肤面进针,先垂直向后进针约1cm常稍有抗力的感觉,穿过此韧性组织(即眶隔),针头有下沉感,将针头向鼻上方倾斜,继续进针,深入眶内不超过3.5cm,抽吸无回血,即可将药液缓缓注入,注射完毕抽出针头,闭上眼睑,用纱布或棉球压迫片刻,以防球后出血和帮助药物扩散。

4.从结膜面做球后注射前,应先在结膜囊内滴表面麻醉药3次,注射时将针头从下穹窿外1/3与中1/3交界处进入,方法和从皮肤进针相同。

5.注射完毕拔出针头,如皮肤针眼有出血或有眼球突出,应考虑球后出血,立即用纱布垫住,用手加压,压迫1分钟、松弛5秒,再压迫1分钟、松弛5秒,连续3次,证明不再继续出血时,可垫上纱布、用绷带包扎1天,防止再出血,次日复诊。注意不可用力过重,以避免视网膜中央动脉闭塞。球后注射药量一般为2~4ml。

【注意事项】 为儿童做球后注射时,进针深度应相应减少。

附 12-B 球周注射法

球周注射部位不仅在颞下方,同时也可在颞上、鼻上或鼻下注射,药量分散,不致增加眶压,一般用于麻醉。球周注射皮质类固醇治疗葡萄膜炎,一般在颞下。

【治疗技术】 同球后注射,也可经皮肤或结膜面,只是进针2cm,抽吸无回血时即可注入。

七、眼部加压降眼压法

目的是降低眼压、眶内压,减少内眼手术时的并发症。

【治疗技术】

1.指压法 球后注射麻醉药物后,用手指或手掌在眼睑外、眼球上加压,压迫2分钟后,放松10秒,再压迫2分钟,再放松10秒,如此压迫20分钟,眼压可降低至10mmHg以下,指压法对眶内压的作用较小,且手指加压力量不太稳定。

2.机械加压法 将特制的橡皮球充气,使其压力为30mmHg,放在手术眼上,球上附有一弹性固定带子,扎在头部枕骨后,压迫20~30分钟,不仅可降低眼压,还可降低眶内压。

【注意事项】

1.加压不超过 30mmHg,否则易致视网膜中央动脉阻塞。

2.加压时间不超过 30 分钟。

八、沙眼挤压法与摩擦法

【适应证】　挤压法适用于沙眼滤泡较多的患者。摩擦法用于乳头较多者。

【治疗技术】

1.准备消毒的沙眼挤压镊子、纱布、线状刀、垫眼板。

2.局部滴麻醉药物 2～3 次,并在穹窿结膜下注射少量 2%利多卡因。

3.翻转眼睑暴露出睑与穹窿结膜,插入垫眼板以保护角膜。小心地用线状刀将滤泡一一挑破,方向与睑缘平行,用沙眼挤压镊子夹住睑与穹窿结膜,向上或向下挤压出滤泡的内容物。

4.拭去血迹后眼内涂以抗生素眼膏药水和眼药膏。次日换药。

5.摩擦法是翻转眼睑暴露出睑结膜,用消毒纱布擦破肥大的乳头有少量渗血即可。

【注意事项】

1.滤泡的内容物中含有大量沙眼衣原体,注意不可溅入医务人员眼内。用毕的器械要严格消毒,用过的纱布应加以处理。

2.不可过度挤压摩擦,因可致大量瘢痕,甚至发生睑球粘连。操作时注意保护角膜。

3.挤压术或摩擦术后应继续点治疗沙眼的眼药 3～6 个月。

九、角膜异物取出法

【治疗技术】

1.局部滴 0.5%丁卡因液或 2%利多卡因液麻醉,角膜表面异物可用生理盐水冲出,或用消毒棉棒轻轻拭去。

2.嵌入角膜表层的异物,需用消毒的异物针或用消毒针头连在注射器上,剔除异物。

3.爆炸所致的异物,在角膜上皮层中较多时,可在角膜缘内 2mm 处的中央部,放 1 个蘸有 95%乙醇或乙醚的棉片在角膜表面上,5 分钟后上皮即易与前弹力膜分离,便可擦去角膜上皮,异物可同时被移去,角膜缘部个别异物再用针剔除,角膜上皮可于数日内生长,将裸露面修复好;稍深的异物可过一段时间,待部分异物移至浅层时再行取出。如异物甚多可行板层角膜移植术。

4.位于角膜实质层的磁性异物,应于手术显微镜下,进行角膜表层切开,达异物表面,向两侧略分离,使异物暴露,用磁铁吸出。非磁性异物则应做一角膜瓣,深达异物水平面,将瓣掀起,直视下取出异物。

5.达实质深层且部分进入前房的异物,需从角膜缘做切口,用虹膜复位器从切口伸入前房,托住异物,从前面取出。

【注意事项】

1.取异物最好在裂隙灯显微镜下进行。

2.当日进入的铁质异物应尽量取净,否则留有铁锈环,取出较难。如留有铁锈环,可在数日后周围组织软化后取出。

3.异物取出后应预防感染治疗并盖眼垫,次日复诊。必要时也可加用散瞳剂。

十、前房内注药方法

【适应证】 眼外伤眼前节感染或伴有前房积脓。

【治疗技术】

1.结膜囊内滴麻醉药物2～3次,每次间隔3～5分钟,冲洗结膜囊。

2.用开睑器撑开眼睑,在拟做角膜切口的附近(切口一般做在颞下侧)结膜下注射少量2%利多卡因液。

3.用固定镊子在内直肌止端处固定眼球,或夹在鼻上方紧靠角膜缘的球结膜上(因紧靠角膜缘的球结膜与眼球筋膜相连极紧,抓住后眼球不易移动),自颞侧偏下角膜缘稍内约1mm处,用消毒刀片或线状刀,稍倾斜向内穿透角膜进入前房,切口约1.5mm,将已剪去针尖磨成钝圆,并弯成135°角的结核菌素注射针头插入前房,进针不超过2mm,并保持在虹膜前面,将药液缓缓注入0.1～0.2ml,注毕慢慢取出针头,用消毒湿棉棒轻压进针口,防止药液自前房流出。假使在做切口后前房消失,注射针再进入前房时有损伤虹膜的危险,可从切口处向前房内注入药液。如欲进针于前房内,需待前房形成后再进入。取出针后涂以抗生素眼药膏,盖上眼垫。

4.前房积脓时可先抽取0.1～0.2ml房水,送做涂片及细菌、真菌培养及做药物敏感试验,换注射器吸取药液,按上法注药。如未能抽净脓液,也可用药液或平衡盐液冲洗前房,将脓液冲出,然后再向前房内注入药液。

【注意事项】 注意针头不可进入太深,以免损伤虹膜和晶状体。

(张丽敏　林安岭)

第13章 口腔科诊疗技术

第一节 牙体牙髓病诊疗技术

【技能目标】

1. 掌握银汞合金、GIC 的调制及充填方法；掌握盖髓术、根管治疗术和塑化术的适应证。

2. 熟练掌握盖髓术、开髓术、根管治疗术和塑化术、光敏树脂充填、银汞合金充填的操作技术。

3. 熟悉玻璃离子水门汀充填技术。

一、银汞合金充填术

【适应证】

1. 因龋病或非龋性疾病引起的牙体缺损，主要用于后牙Ⅰ、Ⅱ类窝洞的充填。

2. 后牙各型牙髓炎、根尖周炎经牙髓治疗后的牙体修复。

3. 根管倒充术、髓底穿孔及侧穿修补术。

【禁忌证】 对汞过敏者禁用。

【操作方法】

1. 扩大洞口，去净腐质，以硬度和颜色为标准。

2. 按窝洞制备原则备洞。牙体组织缺损严重的可加固位钉或支架增加固位。

3. 中龋可用磷酸锌粘固粉垫底，深龋洞需用对牙髓无刺激的材料垫底，如氢氧化钙、氧化锌丁香油粘固粉、聚羧酸锌粘固粉等。

4. 调磨薄壁锐尖及对殆高陡的牙尖斜面。

5. 冲洗、隔湿、消毒、干燥窝洞。

6. 逐层加压充填银汞合金，使之与洞壁密合，挤出多余汞。如复面洞应先安装成形片和楔子。先充填邻面，再充殆面。

7. 修整充填体。恢复牙体外形与邻牙的接触点，防止出现悬突；恢复与对殆的咬合关系。

8. 磨光。充填 24 小时后磨光充填体，小的单面洞充填体，可用光滑器在修整后即刻磨光表面。

【注意事项】

1. 调和好的银汞合金经揉搓后即刻使用，如已变硬，不应随意加汞调稀，挤出多余的汞不能再用来调制合金。

2. 取下成形夹时，应先用探针刮掉贴在成形片上的高出殆面的多余合金。成形片应从殆面轻轻取下，切勿将充填体掀起或碰掉。

3. 修整龈壁银汞悬突时，应从充填体刮向龈方，再将刮下的合金碎屑取出，以防将邻面填充体撬断。

4. 未修整殆面时,切勿让患者用力咬合,以免充填体受力过大而折断。

5. 若牙冠破坏过大,充填体无固位力、抗力较差或牙冠有劈裂的可能,应于充填体后进行全冠修复,此时邻接面充填物不需恢复接触关系。

6. 术后医嘱:充填后嘱患者2小时之内不能进食,24小时方可用患牙咀嚼。

7. 复诊磨光时,应进一步检查有无咬殆高点、薄壁锐尖、充填体悬突、食物嵌塞等,进一步调磨修整。

二、玻璃离子水门汀充填术

【适应证】

1. 前牙、双尖牙Ⅲ类、Ⅴ类洞的修复。

2. 用于乳牙各类洞型的充填。

3. 根面龋的充填。

4. 冠折未露髓时的牙本质断面修复。

【操作步骤】

1. 清洁牙面,去除腐质和悬釉。

2. 隔湿,消毒、干燥,充填。

3. 修整外形:2分钟内完成外形修复。

4. 表面涂防水材料,如凡士林油,以防因吸水而增加材料的溶解性。

5. 抛光。24小时后用细砂抛光钻、橡皮杯等抛光充填体。

【注意事项】

1. 使用前应先阅读产品说明书,根据不同产品特点调制和使用。

2. 此材料韧性较差,不耐磨,基牙的窝洞不宜用该材料充填。

3. 充填时应尽快用探针修整外形,但该材料一旦开始凝固,应立即停止修整,待24小时后再修整磨光。

三、光固化复合树脂修复术(酸蚀法)

【适应证】

1. 龋病和其他牙体疾病所致的牙体硬组织缺损的修复。

2. 形态和色泽异常牙的美容修复。

3. 后牙牙冠破坏过大,做全冠修复前的充填。

【操作步骤】

1. 牙体预备 用高速裂钻将整个洞缘釉质磨成宽1～3mm,30°～45°的斜面。对变色牙需磨除唇面釉质厚0.2～0.5mm的一薄层,勿破坏近远中接触点。

2. 清洁、隔湿、消毒、干燥牙面

3. 护髓 近髓处应用氢氧化钙盖髓,其余处用玻璃离子水门汀垫底。

4. 牙面处理 在所预备的釉质斜面上及洞壁均匀涂布酸蚀剂,酸蚀1分钟。用喷雾水冲洗,干燥牙面,此时可见酸蚀过的牙面呈白垩色。

5. 涂粘结剂 用聚酯薄膜与邻牙隔离,用小海绵球或小毛刷蘸粘结剂,均匀涂布于已酸蚀的釉质及整个洞壁,气枪轻吹成一薄层,光照 20 秒。

6. 涂遮色剂 对变色牙可涂遮色剂,或用不透光的树脂先覆盖一薄层,再用半透明树脂修复唇面,每涂一层光照 40 秒。

7. 比色 自然光下,使牙面潮湿,选定相应型号的复合树脂。

8. 充填 将选好的树脂填入窝洞并修整牙体外形,光照 40 秒使树脂固化。若洞深超过 2mm,则分层固化每层材料厚度不得超过 2mm。大的复面洞,先充填洞壁,光照应先照邻间隙,再照洞壁,最后照拾面。

9. 修整和抛光 待树脂硬固后,用尖细的金刚砂钻,磨除充填体飞边,调磨咬拾高点,去除龈缘的树脂悬突和挤入牙间隙的多余树脂。然后用细砂石修磨充填体的各面,再用磨光砂条磨光邻面。最后由粗到细用抛光砂片抛光。

【注意事项】

1. 酸蚀后的釉质必须成白垩色,严禁唾液、血液污染,否则需再次酸蚀。

2. 勿用含酚类物质消毒窝洞或垫底,以免影响树脂的聚合。

3. 粘结面的表面必须干燥。

4. 固化灯工作端与修复体表面以相距 2mm 左右为宜,切勿触到未固化的树脂充填体表面,术者必须戴防护眼镜。

5. 修整和抛光的过程中,应有喷雾水冷却。

6. 医嘱。切勿用树脂充填的牙切咬硬物。

四、开髓、拔髓术

【适应证】

1. 急性牙髓炎和急性根尖周炎的应急处理。

2. 不可复性牙髓炎和各型根尖周炎治疗的第一步骤。

【操作步骤】

1. 术前准备 根据 X 线片分析患牙髓腔解剖形态、大小、方向和有无髓石等。

2. 麻醉 活髓牙须先行局部麻醉,此时只需麻醉牙髓神经,不需麻醉腭侧神经和舌神经。

3. 制备开髓洞形 开髓窝洞的形状、大小与方向应与患牙髓腔解剖形态相一致。

4. 开髓 用高速裂钻,在前牙舌面或后牙拾面的最高髓角处穿透髓室顶进入髓腔,钻磨至有落空感。

5. 揭髓室顶 穿入髓腔后,可用球钻"提拉"式钻磨,保持钻针恒定深度,将窝洞内髓角连通后即可揭开髓室顶。最后用探针检查髓室顶是否完全揭开,并形成窝洞壁到髓腔壁间的平滑移行部。

6. 拔髓 选择与根管粗细相应的拔髓针插入根管达根长的 2/3,顺时针方向捻转后抽出,完整地拔除牙髓。如牙髓已部分坏死,可用 2%氯亚明滴入髓腔后再拔髓,或用光滑髓针和小号根管锉在根管中轻轻荡洗,使腐败物质溶解。

【注意事项】

1. 开髓过程中,钻针方向与牙体长轴平行,严格控制进钻的深度,以及患牙易侧穿的部位,如上切牙的唇侧颈部,上颌第一双尖牙的近远中颈部,下颌磨牙舌侧颈部等。

2. 揭髓顶时钻针不可进入太深,以免伤髓室底,并要注意充分暴露根管口,使髓室壁与根管口自然移行,避免形成台阶。从一个髓角扩展时,只能侧方加力,垂直向应为落空的感觉,必要时可用扩孔钻修整根管口,以利拔髓。

3. 邻面龋坏位于接触点以下时,可在𬌗面单独开髓,不一定与龋坏部位相连,尽可能保留正常牙体组织。

4. 拔髓前,应仔细检查拔髓针是否损伤及倒刺是否锐利。使用时遇阻力不可强行扭转,以免折断。

5. 感染根管拔髓时,严防将感染物质推出根尖孔或器械超出根尖孔。

五、间接盖髓术

【适应证】

1. 深龋或其他牙体缺损所致的牙髓充血。

2. 窝洞预备时极敏感或洞底近髓。

3. 年轻恒牙的急性牙髓炎。

4. 外伤冠折未露髓的年轻恒牙。

【操作步骤】

1. 按常规制备窝洞 尽量去除龋坏组织及软化牙本质,不强求底平。

2. 隔湿 用刺激性小的消毒液消毒窝洞,棉球擦干。

3. 放置盖髓剂 仅有牙髓充血的患牙,用氧化锌丁香油糊剂安抚治疗;对深龋或牙体缺损极近髓的患牙,在近髓处置少许氢氧化钙糊剂,再以氧化锌丁香油糊剂暂封;如冠折近髓或氧化锌丁香油糊剂不能固位时,可用聚羧酸水门汀覆盖断面。

4. 复诊 10天到2周后复诊,无症状则去除部分暂封物,以磷酸锌水门汀垫底,换永久充填。如症状减轻但未全消失,可再观察2周。如症状加重,则应确定牙髓状况后,决定进一步的治疗措施。

【注意事项】

1. 术中应避免对牙髓的各种刺激。窝洞近髓或可疑穿髓点的部位,应使用慢钻或手持器械去腐,切勿探入和加压。

2. 如在2周内出现自发痛,应及时就诊,根据情况可做进一步的治疗。

六、直接盖髓术

【适应证】

1. 窝洞预备时意外穿髓,穿髓孔直径不超过0.5mm者。

2. 年轻恒牙外伤露髓者。

【操作步骤】

1. 去净腐质,清洁患牙并防湿。

2. 用樟脑酚棉球等刺激性小的药物消毒窝洞,干燥。

3. 在穿髓孔处放置少量新调制的氢氧化钙糊剂,再用氧化锌丁香油糊剂或玻璃离子水门汀暂封。年轻恒前牙冠折露髓者,需先做带环增加固位再行盖髓术。

4. 2周后复诊,如无症状,牙髓活力正常,则去除部分暂封物,磷酸锌水门汀垫底后永久充填。如有不适或疼痛,可根据情况继续观察2周或进一步做牙髓治疗。

【注意事项】

1. 术中注意无菌操作,尽量减少压力和温度刺激。

2. 术后可酌情辅以口服抗菌药物。

3. 老年患者,应考虑到牙髓有退行性变化,机体恢复能力差,意外穿髓时不宜做直接盖髓术,应做牙髓治疗。

4. 定期复查。3 个月、6 个月、12 个月、2 年复查,询问自觉症状,叩诊及检查牙髓活力,发现牙髓炎或牙髓坏死,及时做牙髓治疗。

七、根管治疗术

【适应证】

1. 各型牙髓病变(不包括可复性牙髓炎)。

2. 各型根尖周炎、牙髓牙周综合征。

3. 牙冠折断,牙根已发育完成,需要桩冠修复的前牙。

4. 牙冠大面积破坏,需要桩冠或烤瓷修复的后牙。

5. 有系统性疾病不宜拔牙而又需要治疗或暂时保留患牙者。

6. 义齿修复需要的健康牙齿。

7. 移植牙和再植牙。颌面外科需要,某些颌骨手术所涉及的牙齿。

【操作步骤】

1. **开髓、拔髓** 见本节四。

2. **根管预备**

(1)确定根管工作长度:术前拍摄 X 线片,以辅助诊断,了解根管情况和估计根管工作长度。

①可用根管测量仪测定工作长度;

②根管内插诊断丝,拍片确定根管的工作长度;

③测量术前 X 线片上待治牙齿由切端或牙尖至根尖的长度,将此值减 1mm 作为工作长度;

④根据根管粗细选择第一支根管锉(初锉)或扩大器(10 号或 15 号)将其插入根管,向根尖方向推进依靠手指感觉将器械尖端送达根尖狭窄区固定止动片。

(2)预备根管

①向根管内滴入荡洗剂,如 2%氯亚明、3%过氧化氢或 1%次氯酸钠,以溶解有机物质和消毒感染物质。

②扩大根管。将初锉插入根管,顺时针方向向根尖捻进,一般旋转不超过 180°,遇有阻力时<90°旋转推进器械,然后将器械紧贴一侧向外拉。沿管壁四周不断变换位置,重复上述动作,直至标记的工作长度。当该型号器械进入根管无阻力时,按顺序换大一号的器械,遵上述动作要领继续扩大,每次均要求到达工作长度,直至较初锉的型号大 3 个型号为止。从第 4 个型号的器械开始,器械进入根管的深度较前一型号递减 1mm(年轻恒牙减 0.5mm)。如此再连续扩大 3~4 个型号,使根管形成圆锥状。较粗的根管,器械可以无阻力地进入达到工作长度者,不必旋转推进,可直接按工作长度插入根管锉,扩锉根管壁。

③冲洗根管。扩大根管过程中,每换一个型号器械,必须用 2%氯亚明或 3%过氧化氢冲

洗一次根管。

④干燥根管。用消毒棉捻或纸捻将根管擦干。

(3)根管消毒:感染的或临床有症状的患牙根管应做根管封药。所封药物分以下几种:

①可封樟脑酚棉捻(3～5天)。

②感染根管可封甲醛甲酚棉球,根尖孔粗大的根管可用樟脑酚棉捻或木馏油棉捻(5～7天)。

③长期慢性感染,叩痛不消者,可用甲醛甲酚加碘仿棉捻(7天)或用抗生素粉加激素软膏所调成的糊剂棉捻(2周)。

④根管内渗出多或需要较长时间封药者,可用碘仿糊剂棉捻(2周)。

⑤根管渗出物多、有侧穿、根折或根尖孔开放者,可封樟脑酚棉捻或樟脑酚碘仿棉捻(7天)。

(4)根管充填:复诊时患牙无自觉症状,临床检查无异常,根管内所封棉捻无臭味及渗出物,即可进行充填。

①按根管扩大的情况,选择长短粗细与预备好的根管相适合的主牙胶尖,标记工作长度,乙醇消毒备用。

②试尖。在根管内试主牙胶尖,选择确能达到工作长度,取出时感到根尖部稍有阻力的牙胶作为主尖。

③根据记录的工作长度数据,用止动片在充填根管的器械上(光滑髓针、根管充填器或螺旋充填器)标记工作长度。

④将根管充填器械蘸根充糊剂(如氧化锌丁香油糊剂、赛特利糊剂等)插入根管,顺时针旋转推进至止动片处,然后轻轻贴一侧管壁退出根管,重复操作3～5次。如果用安装于手机上的螺旋充填器进行糊剂充填根管,将其蘸根充糊剂插入根管内达1/2～2/3深度处,然后顺时针方向旋转并逐渐退出,如此反复操作2～3次。将选定的主牙胶尖蘸根充糊剂插入根管至预定的深度,再用比主尖锉小2号的尖头根管充填侧压器顺一侧根管壁插入根管内,边向侧方加压主牙胶尖,边向根尖方向推进,同时向前后方向轻轻挤压扩展、增隙,造成辅助牙胶尖的插入空间,然后再用比所使用的根管充填侧压器略细的辅助牙胶尖蘸根充糊剂后沿所扩展的间隙插入根管内。如此继续操作直到根管被紧密充填完满,根管充填侧压器不能向根管深部插入时为止。

⑤用烤热的充填器在根管口处切断外露的牙胶尖根部,再以暂封材料封闭窝洞。

⑥摄X线片,检查根管充填情况。若X线片显示根管内充填物距根尖端0.5～1mm,根尖部及根管内无任何X线透射影像为适填;若X线片显示根管内充填物不仅充盈根管而且超出根尖孔为超填;若X线片显示根尖无病变患牙欠填>2mm,根尖有病变患牙欠填>1mm,或沿根管壁纵向充填不满和留有缝隙者为欠填,均应重做根管充填。

【注意事项】

1. 急性根尖炎症期的患牙不应做根管预备。

2. 根管预备前,应检查根管锉和扩大器有无折痕以防折断于根管内。

3. 根管预备时,应注意患者的体位,警惕器械滑脱和误吞。

4. 若根管内的腐败物较多,在预备的过程中可随时、多次用2%氯亚明或3%过氧化氢冲洗,压力不应过大。

5. 根管封药用棉捻不宜过于粗大；所蘸药物不宜过于饱和；暂封材料不宜加压过大。根管封药后如仍有症状，应检查原因并注意相应变换药物，同时考虑给予全身用消炎药或辅助理疗措施，以增加疗效。

6. 年轻恒牙根尖孔开放的根管可单用较稠的氧化锌丁香油糊剂充填根管。操作中应密切注意根管的容量和糊剂的填入量。

7. 拔除完整活髓或有瘘管的感染根管，可在根管预备后免除封药步骤，一次做根管充填，充填前应用药物消毒根管。

8. 根尖囊肿患牙，可于术前做一次性根管治疗。如囊肿过大、囊液过多，难以完善充填根管，可在手术中做根管充填。

9. 根管充填后 X 线片所见：根尖无病变患牙欠填>2mm，根尖有病变患牙欠填>1mm，根管壁纵向根充不满和留有空隙，均应重做根管充填。

八、牙髓塑化术

【适应证】

1. 成年人不可复性牙髓炎、残髓炎、牙髓坏死。

2. 根尖孔区无明显吸收破坏的各型根尖周病。除外根尖囊肿。

3. 根管内器械折断，不能取出又未超出根尖孔者。

4. 根管弯曲、狭窄、不易扩通者。

5. 老年人前牙，根管过分细窄者。

【禁忌证】

1. 不适宜治疗前牙。

2. 不宜用于乳牙及年轻恒牙。

【操作步骤】

1. 开髓、拔髓　详见本节四。

2. 根管消毒　如患牙有叩痛或渗出物较多可开放引流或封甲醛甲酚棉球，5～7 天复诊，如无上述症状，也可直接进行下一步骤。

3. 导入塑化液　隔湿、干燥髓腔。用镊子将新配制的塑化液送入髓腔，也可用光滑髓针或较细的根管扩大针蘸塑化液直接插入根管内，进入深度达根尖 1/3 或 1/2 处。将插入的根管器械沿管壁旋转并上下捣动，以利根管内的空气排出及塑化液导入。然后用棉球吸出髓腔内的塑化液。如此反复操作 3～4 次，最后一次不要再吸出塑化液。

4. 封闭根管口，窝洞充填　用氧化锌丁香油糊剂覆盖于根管口，擦干糊剂表面及髓室内剩余的塑化液，用磷酸锌水门汀直接垫底后做永久充填。如需术后观察或因洞形充填困难，也可在塑化步骤完成后用氧化锌丁香油糊剂暂封髓腔，下次就诊无症状后去除大部分暂封物，用磷酸锌水门汀垫底后做永久充填。

【注意事项】

1. 尽量拔净有活力或变性的牙髓，使根管内残余物越少，则塑化效果越好。

2. 塑化治疗不需扩大根管，以 15 号根管器械通畅达根尖 1/3 或 1/2 即可。

3. 龋洞位于远中邻面牙颈部，龈壁较低，需用较硬的氧化锌丁香油糊剂作假壁，以防塑化液流失灼伤软组织。

4. 患牙区要严格防湿,随时注意防止塑化液流溢。如有流溢,立即涂以甘油以防烧伤软组织。

5. 根尖部残留少量活髓,应将塑化液导入到该处,使残髓得以包埋和固定。

6. 操作过程中,器械切忌超出根尖孔。

7. 导入塑化液后根管口上方的暂封氧化锌丁香油糊不要加压。

(邓凤坤)

第二节　儿童牙病诊疗技术

【技能目标】

1.掌握窝沟封闭、预成冠修复、活髓切断术和各种间隙保持器的适应证。

2.熟练掌握窝沟封闭、预成冠修复、活髓切断的操作方法。

3.熟悉各种间隙保持器的制作。

一、窝沟封闭术

【适应证】

1. 牙萌出达到𬌗平面,窝沟深,可以插入或卡住探针(包括可疑龋)。

2. 病人其他牙,特别对侧同名牙患龋或有患龋倾向。

3. 3～4 岁时的乳磨牙,6～7 岁时的第一恒磨牙,11～13 岁时的第二恒磨牙做窝沟封闭为最佳时机。

【非适应证】

1. 𬌗面无深的沟裂点隙、自洁作用好。

2. 患较多邻面龋损者。

3. 牙萌出 4 年以上未患龋。

4. 病人不合作,不能配合正常操作。

5. 已做充填的牙。

【操作方法】

1. 材料　窝沟封闭剂有光固化和化学固化两种类型。

2. 清洁牙面　用小毛刷刷洗牙面,清水冲洗后,吹干。且不可用橡皮杯或清洁剂,以防橡皮碎屑或粉末堵塞窝沟。

3. 酸蚀　用酸蚀剂涂布窝沟面,酸蚀恒牙 40 秒,乳牙 60 秒。清水加压冲洗,立即吸唾器、棉纱卷隔离唾液,吹干牙面,呈白垩色。

4. 涂布封闭剂　用小毛刷蘸封闭剂,沿窝沟边缘轻轻颤动,使封闭剂流入窝沟底部,光照固化(40 秒)和化学固化。

5. 检查　窝沟封闭完善后,检查有无气泡、有无遗漏的窝沟、有无封闭剂造成的咬合高点。

6. 复查　3～6 个月复查,有封闭剂脱落者,应再次封闭。

【注意事项】

1. 操作时注意隔湿、清洁牙石、局部清洗和干燥。

2. 酸蚀后的釉质必须成白垩色,严禁唾液、血液污染,否则需再次酸蚀。

3. 涂封闭剂时,必须沿窝沟边缘轻轻颤动,使封闭剂流入窝沟底部;注意防止出现气泡。

二、乳牙金属预成冠修复术

【适应证】

1. 牙体缺损范围广,难以获得抗力形和固位形者。

2. 牙颈部龋蚀致窝洞已无法制备龈壁者。

3. 一个牙患有多个牙面龋坏者。

4. 釉质发育不全牙或部分冠折牙。

5. 间隙保持器的基牙。

【操作步骤】

1. 牙体制备　牙体有龋损先用银汞合金或复合树脂充填。①𬌗面制备:应注意对𬌗关系,着重切割𬌗面嵴。一般去除 1.0mm 的牙体表面为佳。②颊、舌面制备:应多切割颊面近颈部 1/3 隆起处,颊舌面与邻面相交处应制备成圆钝状移行。邻面制备:切割近远中面使其相互平行,避免在牙颈部形成台阶。

2. 金属预成冠的选择　按牙类及其大小选择合适的预成冠,冠的大小有两种,一是以冠近远中径的大小定为各号码;另一种是在冠的舌面印有此冠周径的大小。反复试比最终选定理想的型号。

3. 修整预成冠　参照所制备牙的牙冠高度及颈缘曲线形态剪除、修整预成冠的高度及颈缘,颈缘以达龈下 0.5~1.0mm 为妥。

4. 磨光颈缘及粘固　磨光颈缘以免刺伤牙龈。然后试戴,仔细检查𬌗面有无高点,牙颈部是否密合,最后用玻璃离子水门汀粘固。

【注意事项】

1. 预成冠大小要合适,冠缘与牙颈部一定要密合,以免冠修复后容易脱落。

2. 冠缘不能过度插入龈缘下,以免刺激牙龈发生炎症。

三、活髓切断术

【适应证】

1. 乳牙深龋去腐质露髓或有过疼痛史。

2. 急性、局限性牙髓炎。

3. 前牙外伤性冠折牙髓外露。

【操作步骤】

1. 术前摄 X 线片　排除根尖、根分叉病变及牙根吸收。

2. 麻醉　上颌牙局部浸润麻醉,下颌牙传导阻滞麻醉。

3. 制备洞形　去净洞壁龋蚀组织,备洞,消毒手术区。

4. 切断冠髓　冲洗窝洞,用消毒牙钻揭去全部髓室顶,用锐利的挖匙或球钻,切除冠髓达根管口或略下方。

5. 盖髓　用生理盐水冲洗髓室,棉球轻压止血,将调好的氢氧化钙糊剂盖于牙髓断面,厚度约为 1mm,轻压使之与根髓断面密切接触(如做 FC 活髓切断术,使用的盖髓剂是氧化锌与等量的甲醛甲酚、丁香油混合液调制而成。糊剂覆盖根髓断面上之前,先用蘸有甲醛甲酚溶液的小棉球置于根髓断面上2~3分钟,使其表层组织固定止血。如做戊二醛活髓切断术,使用的盖髓剂由氧化锌与2%戊二醛调制而成),以氧化锌丁香油暂封。

6. 充填　术后1~2周复诊,患儿无症状时,去除部分氧化锌,水门汀垫底,银汞合金或复合树脂充填。

7. 定期复查　术后3个月、6个月、1年、2年复查。拍X线片观察牙根继续发育情况或乳牙根吸收情况。

【注意事项】

1. 注意适应证的选择。

2. 操作过程中尽量做到无菌。

3. 使用盖髓剂时要轻轻加压,使之与根髓断面密切接触。

4. 术后定期复查,拍X线片观察牙根继续发育情况或乳牙根吸收情况。

四、根尖诱导成形术

【适应证】

1. 牙髓病变已波及根髓,而不能保留或不能全部保留根髓的年轻恒牙。

2. 牙髓全部坏死或并发根尖周炎症的年轻恒牙。

【操作步骤】

1. 常规备洞开髓　制洞、开髓,开髓的位置和大小应尽可能使根管器械能直线方向进入根管。

2. 根管预备　仔细清理根管,并用2%氯亚明、生理盐水反复冲洗,去除根管内坏死牙髓组织。对急性炎症,在进一步治疗前,需建立有效的引流。

3. 根管消毒　吸干根管,封消毒力强刺激性小的药物于根管内,如木馏油、樟脑酚、碘仿糊剂或抗菌药物等,每周更换1次,至无渗出或无症状为止。

4. 药物诱导　根管内填入可诱导根尖形成的药物,如氢氧化钙制剂、市售氢氧化钙碘仿糊剂"Vitapex"、氧化锌丁香油糊剂等。先取出根管内封药,用根管器械将调制好的氢氧化钙糊剂填入根管内,逐层填入,填满根管,使其接触根尖部组织。如根尖端残留活髓,需将氢氧化钙糊剂填到根髓断面。

5. 定期复查　应在治疗后3个月、6个月、1年、2年复查,至根尖形成或根端闭合为止。复查时注意有无肿胀、有无窦道,叩诊是否疼痛,牙齿动度情况及能否行使功能等,还应摄取X线片,观察根尖周情况和根尖形成状态。

6. 常规根管充填　当X线片显示根尖延长或有钙化组织沉积并将根端闭合时,可行常规根管充填,根管充填后可继续随访观察。

【注意事项】

1. 彻底清除根管内感染物质,这是消除尖周炎症和根尖形成的重要因素。

2. 术前摄取X线片,了解尖周病变和牙根发育情况,预测牙根长度,避免将感染物质推出根尖或根管器械损伤牙乳头(牙囊结缔组织)和尖周组织。

3. 掌握根管充填时机,通常在X线片显示尖周病变愈合,牙根继续发育,或根内探察根尖端有钙化物沉积时充填为宜。

4. 根尖诱导成形术的疗程和效果不仅取决于尖周病变的程度,而且取决于牙根发育的状况及儿童患者的机体状况,因而治疗较为困难,疗程较长,对此应有充分思想准备。

五、丝圈式间隙保持器

【适应证】

1. 单侧第一乳磨牙早失。

2. 第一恒磨牙萌出后,第二乳磨牙单侧早失。

【操作方法】

1. 基牙预备。当基牙牙冠破坏大时,按全冠预备牙体;基牙完好时,选用带环冠。

2. 试戴合适的预成冠或带环。

3. 丝圈制作:在模型上画出丝圈的外形。丝圈的颊、舌侧宽度应足以容纳继承恒牙,丝圈的末端应紧密接触邻牙的近龈部牙面,用 0.8mm 的不锈钢丝弯成丝圈后,焊接于全冠或带环上,抛光。

4. 患儿试戴合适后,将磷酸锌水门汀或 GIC 粘于牙上。

【注意事项】

1. 丝圈的颊舌径要比继承恒牙的冠部颊舌径稍宽。

2. 丝圈与乳尖牙接触的位置要在远中面最突起点或稍下方。

3. 定期复查。

六、可摘式功能性间隙保持器

【适应证】　乳磨牙缺失 2 个以上,或两侧磨牙缺失,或伴有前牙缺失。

【操作方法】

1. 取牙模及咬合记录。

2. 设计外形。唇颊侧不用托或尽量小,以免有碍生长发育。前牙部位的舌侧托应离开舌面 1～2mm,避免前牙移位。基托的远中有牙存在时,其托的舌侧远中端应延伸至邻牙的中央部,从而可增加基托的固位稳定性。

3. 在上颌第二乳磨牙或第一恒磨牙放箭头卡或单曲弹力卡,在下颌采用单曲弹力卡,前牙可在尖牙远中设计半卡,或采用唇弓固位。若在远中末端有牙存在的情况下,常不需要卡环。

4. 试戴,检查固位及咬合是否合适。

【注意事项】　因本装置的主要目的是保持间隙,故装戴时要确认与邻牙牙面紧密接触。向患儿及家长说明正确的装戴方法。

七、舌弓式间隙保持器

【适应证】

1. 两侧第二乳磨牙或第一恒磨牙存在者。

2. 因乳磨牙早失而近期内继承恒牙可能萌出者。

3. 因适时拔除第二乳磨牙,对其间隙进行管理时。

4. 两侧多个牙齿早失,使用活动式间隙保持器患儿不合作装戴时。

【操作方法】

1. 在基牙上试带环,取印模。

2. 在模型上设计舌弓外形。将舌弓的前方设定在下颌切牙的舌侧,紧贴前牙的舌面,并在间隙的近中邻牙的远中面设计支撑卡。

3. 将 0.9mm 直径的钢丝弯成舌弓,最后焊接。

4. 用玻璃离子水门汀粘结到基牙上。

八、Nance 腭弓式间隙保持器

【适应证】 同舌弓式间隙保持器。

【操作方法】 与舌弓式间隙保持器基本相同。所不同的是腭侧弧线的前方放置在腭皱部,在此处的钢丝上放树脂,制作树脂腭盖板,有利于固位。

(邓凤坤)

第三节　牙周病诊疗技术

【技能目标】

1. 掌握龈上洁治术器械的正确选择和使用。

2. 熟练掌握龈上洁治术的操作方法。

3. 熟悉龈下刮治术的操作方法和松牙固定的钢丝结扎法。

一、龈上洁治术

【适应证】

1. 凡是有龈上牙石沉积,引起龈炎者,均须于治疗前做龈上洁治术。

2. 口腔内各种手术,为了预防感染,术前均应做龈上洁治术。

【禁忌证】 使用心脏起搏器的患者、乙肝表面抗原阳性及其他传染病患者忌用超声波洁治。白血病及血液病患者禁忌。

【操作步骤】

1. **超声波洁治术**

(1)术者必须戴帽子、口罩、手套及防护镜。

(2)启动主机,调整功率。踩下脚踏开关后,工作头有水雾喷出,则超声震动已启动。

(3)患者用 3% 过氧化氢含漱 1 分钟,然后用清水漱口。

(4)洁治时以握笔式将工作头前端以 <15° 角轻轻接触牙石来回移动,工作头不能停留在某一点。

(5)按一定顺序去除全口的牙石,避免遗漏。大而坚硬的牙石,可采用分割法,即用工作头将大块牙石分割成数块而使其碎落。对细小或邻面的牙石,应以手用器械去除。

(6)抛光。去净牙石后,将橡皮杯或杯状刷安在手机上,蘸磨光砂或牙膏略加压力低速旋转磨光牙面,以 3% 过氧化氢冲洗或擦洗创面,让患者漱口。

2. **手工洁治术**

(1)术者必须戴帽子、口罩、手套及防护镜。

（2）调整患者头位，洁治下颌牙时，下颌𬌗平面应与地面平行。洁治上颌牙时，上颌𬌗平面应与地面成锐角。

（3）让患者用 3‰过氧化氢含漱 1 分钟，然后用清水漱口。

（4）用改良握笔法持洁治器。前牙用直角镰形或大镰形洁治器，后牙用一对镰形或大镰形洁治器。

（5）放稳支点，以中指做支点，放在邻近牙齿上，尽量靠近被洁治的牙齿。

（6）洁治时，洁治器工作端的刀刃应放在牙石的根方，刀刃与牙面成 80°角，且紧贴牙面。然后用手指拉力（向𬌗面的拉力）及手腕的旋转力，使牙石在协调的合力作用下与牙面分离，最好能整块剥脱。使用锄形洁治器时，器械刃口一定要贴紧牙面，多采用手指的拉力刮除牙石。全口牙洁治时，应有计划地分区进行洁治，避免遗漏。

（7）洁治时要视野清楚，随时吸去过多的血液及唾液。

（8）去净牙石后，将橡皮杯或杯状刷安在手机上，蘸磨光砂或牙膏略加压力低速旋转磨光牙面，以 3‰过氧化氢冲洗或擦洗创面，让患者漱口。

【注意事项】

1. 洁治前，让患者用 3‰过氧化氢含漱，洁治区用 1‰碘酊消毒。

2. 及时严格消毒超声波洁牙机的手机及工作头，以免引起交叉感染。

3. 放稳支点，按顺序去除牙石，以免遗漏；避免层层刮削。

4. 工作时术者应戴帽子、口罩、手套和防护眼镜，以防止喷雾被吸入或溅入眼内。

5. 患者的釉质有裂纹或脱钙产生过敏时，应轻轻操作，并加快工作移动速度，改变移动方向。

6. 工作刀具不要接触软组织，以免灼伤，也不可伸入龈下。

二、龈下刮治术

【适应证】

1. 牙周炎有较浅的骨上袋并存在龈下牙石者，均需做龈下刮治术以去除牙周袋内刺激因素。

2. 作为消除较深的牙周袋和牙周病手术前的准备。

【禁忌证】 血液病患者。

【操作步骤】

1. 准备器械：牙周探针、尖探针、匙形刮治器共 4 件、前后牙各 1 对、锄形刮治器 2 对、锉形刮治器 2 对。

2. 用牙周探针探测牙周袋深度，再用尖探针探查龈下牙石，明确其大小、位置。

3. 用 1‰碘酊消毒术区，包括牙龈、牙面和牙周袋。深牙周袋刮治前应行局部麻醉。

4. 根据龈下牙石分布的情况进行分区，分次地进行治疗。做全口刮治术时，常从最后磨牙远中开始，循颊面至近中面，并向前逐牙进行刮治。

5. 用改良握笔法握持刮治器。将刮治器工作面与根面平行，缓缓放入袋底牙石基部，然后改变刮治器角度，使工作面与根面呈 80°角。

6. 用力方向。以冠向为主，牙周袋较宽时，可斜向或水平方向运动。

7. 刮除龈下牙石同时，可将袋内壁炎性肉芽组织及残存的袋内上皮刮掉。

8. 在进行刮治术中或刮治完成后,必须用尖探针细致地探查龈下牙石是否去净,牙根表面是否光滑,以便决定是否需要再刮治。

9. 用生理盐水或 3% 过氧化氢液冲洗术区后,涂搽 1% 碘酊或 2% 碘甘油。然后压迫牙龈,使之与根面贴合。

【注意事项】

1. 术中以中指作支点,放在邻近牙齿上,支点要稳固。

2. 工作端运动范围要小,以免刺伤牙龈。

3. 在龈下刮治术中出血较多者,术后可适当用抗生素预防感染或局部敷用牙周塞治剂 4~6 天。

4. 指导患者使用正确刷牙方法,注意口腔卫生,门诊定期随访。

三、松牙固定术

【适应证】

1. 牙周常规治疗后仍松动的前牙,有保留价值者。

2. 牙周手术前,为防手术后牙齿松动移位加重,可在术前固定患牙。

3. 外伤松动牙,有保留价值者。

【操作方法】

1. 钢丝结扎法(主副钢丝结扎法)

(1)取直径 0.254~0.508mm 不锈钢丝一段,其长度以水平围绕拟结扎固定的牙唇面和舌面后再长 5cm 为宜。

(2)将钢丝的一端穿过固定基牙的远中间隙到舌侧,再沿前牙的舌面穿过另一侧固定基牙的牙间隙至唇侧,使钢丝的另一端沿前牙唇侧至另一侧远中,用钢丝钳将两端扭结在一起,作为结扎的主丝,但不宜过紧。

(3)用推压器将主丝在牙间间隙处压弯,与牙弓外形一致。

(4)根据需结扎的牙数,再取直径 0.178~0.254mm 的短钢丝,每段弯成 U 字形,一端长于另一端。从中切牙牙间隙由舌侧穿向唇侧,一端在主丝之上,位于触点下舌隆突上,另一端穿在主丝之下,在唇侧拉紧,先扭结 2~3 转。用同法结扎其他牙间隙,再依次扭紧。最后调节主丝到适当位置,不要扭断。

(5)用钢丝剪剪去过长的钢丝,将所余的扭结钢丝尖端用推压器弯入根向的牙间隙中。

(6)唇面用复合树脂覆盖钢丝,待树脂硬固后磨光。

2. 牙线结扎法

(1)取一段牙线,长度视固定的牙数而定,先做成双圈,套在一侧稳固的基牙上,打一个外科结,然后结扎下一个牙,每一个牙齿间隙都打一个或数个外科结。

(2)结扎线要位于牙邻面接触点的根方,舌隆突的切方,以防止滑入牙龈缘以下。

(3)依次连续结扎,直至另一侧的一个稳固牙齿为止。

【注意事项】

1. 在松动牙的两侧选择稳定的基牙,一般选尖牙。

2. 注意牙齿的位置,应尽量固定在原来的正常位置上,不要造成牙齿倾斜、扭转等,以免造成新的创伤。

3. 扭结长度、位置要合适，位于牙间隙内，并防止损害唇颊黏膜及牙间乳头。

4. 用钢丝剪剪去过长的钢丝，要用左手持紧断端，以免断端跳入咽喉、刺入眼球或刺伤口腔黏膜。

5. 结扎丝应不妨碍患者的口腔卫生措施，唇面用复合树脂覆盖钢丝，不要过厚，不要压入龈袋内。

6. 应对患者加强口腔卫生宣教，教会在结扎的情况下如何控制菌斑，一般可用牙签清洁邻面，注意刷净舌侧牙面等。

（邓凤坤）

第四节　口腔颌面外科诊疗技术

【技能目标】

1. 掌握脓肿切开的适应证、操作方法和注意事项；掌握颌间固定的操作方法。

2. 熟练掌握上牙槽后神经阻滞麻醉、下牙槽神经阻滞麻醉、普通牙拔除的操作方法和注意事项。

3. 熟悉牙槽骨修整术、下颌阻生第三磨牙拔除术的操作方法和注意事项。

一、普通牙拔除术

【适应证】

1. 牙体牙周病不能做保存治疗的牙齿，如残根、残冠、Ⅱ～Ⅲ度松动的牙齿。

2. 多生牙、异位牙影响咀嚼功能者。

3. 乳牙滞留，影响恒牙萌出者。

4. 外伤后牙冠折断至龈下或同时有牙根折断无法修复者。位于骨折线上的牙齿伴有感染影响骨折愈合者。

5. 影响义齿修复设计、矫正设计、按治疗计划需要拔除的牙齿。

6. 放射治疗前需要拔除的牙齿。

7. 引起身体其他疾病（如风湿性心脏病、细菌性心内膜炎、肾脏病、上颌窦炎、虹膜睫状体炎等）可疑的病灶牙，可考虑拔除。

【禁忌证】

1. 血液病，如血友病、再生障碍性贫血、血小板减少性紫癜、白血病等伴有凝血障碍者，拔牙后可因出血不止而危及生命。如必须拔牙，应在住院和内科协作条件下，采取有效防治出血措施，然后进行拔牙。

2. 心血管疾病，如高血压、心脏病患者，应事先了解其病情轻重、性质，是否经内科治疗病情得到控制，然后考虑拔牙时机。决定拔牙时还应分不同情况给予术前术后药物，以防意外。

3. 其他慢性病，如严重糖尿病、肺结核、肝肾疾患等患者，应经内科治疗待病情好转后再考虑拔牙。

4. 急性传染病、口腔黏膜急性炎症、口腔恶性肿瘤患者，在决定治疗方案前，均不宜拔牙，以免引起病情加重、肿瘤扩散等后果。

5. 妊娠期，在怀孕前 3 个月和后 2 个月内，为了避免引起流产和早产，不宜拔牙。妇女月经期一般暂缓拔牙。

6. 全身健康情况较差,或在饥饿、疲劳、睡眠不足等情况下,最好暂缓拔牙。

【操作方法】

1. 术者要认真检查核对,做到心中有数,并向病人解释清楚,解除病人的顾虑。

2. 调整椅位,对好光源,使病人位置舒适,手术视野暴露清楚,便于手术操作。

3. 准备拔牙器械。常用的拔牙器械有牙龈分离器、牙挺、牙钳和刮匙等。拔牙钳为适应牙齿的形态和部位不同,有各种不同类型,拔牙应根据所拔牙齿选用。

4. 消毒。用2%碘酊消毒拔牙处龈周。

5. 分离牙龈。用牙龈分离器从龈沟插入,将附着于牙颈周围的龈组织分离,以免拔牙时造成牙龈撕裂。

6. 挺松牙根:用牙挺插入牙根和牙槽骨之间,牙挺的凹槽对着牙根面,左手保护邻近牙齿,右手持牙挺,以牙槽骨为支点,利用杠杆作用和转动力量,从近中或远中部位逐渐挺松牙齿。

7. 拔除患牙。将牙钳喙准确放置于患牙的唇舌侧或颊舌侧,使钳喙与牙齿长轴方向缓慢摇动,随着牙齿松动度增大,用力向外牵引拔出。单根牙牙根呈锥形者,可以稍加旋转力量拔出。单根牙牙根呈扁平状者和多根牙,应避免旋转力,并宜顺着牙根弯曲的方向拔出,否则易折断牙根。

8. 断根拔除。首先要了解每个牙的牙根数目和分布情况。拔除断根时应根据不同情况采取不同方法。如断根边缘露于牙槽骨之间,将牙根挺出。断根位于牙槽窝内或部位很深者,则用骨凿凿除一部分根周骨壁,形成缝隙,然后插入根挺或根尖挺,将断根挺出。多根牙折断牙根尚聚在一起者,可用骨凿将连结处劈开,分成几个单根,然后分别取出。上述方法仍难拔出的断根,可切开并翻起颊侧黏骨膜瓣,凿除部分颊侧骨质,暴露牙根,然后取出断根,缝合黏骨膜瓣及牙龈。

【注意事项】

1. 牙拔除后,用刮匙刮净牙槽窝内的肉芽组织和异物,搔刮创面使渗血充盈牙槽窝,然后用手指按压颊(唇)舌侧牙龈使其复位。较大的拔牙创,尚需缝合牙龈。

2. 最后用消毒纱条或棉卷覆盖伤口,嘱病人将纱条轻咬半小时至不再出血时,即可吐出。注意纱条不能长时间留置口内,以免拔牙创感染。

3. 嘱病人在拔牙后当天不要漱口,以免洗掉牙槽窝内的凝血块而影响拔牙创愈合。如有缝合线,嘱病人在术后7天左右来复诊时拆除缝线。

4. 使用牙钳时应注意钳喙要与牙长轴一致,以防伤及邻牙;使用扭转或摇松的方法使牙松动后向阻力小的方向拔下,切勿伤及对殆牙;牙出来时要夹稳,防滑脱落入气管。

5. 使用挺子时,紧贴牙根插入并以牙槽嵴作支点,控制握挺的力量,防止挺子滑脱而伤及舌、颊、咽等软组织。

6. 掏根时慎防被推入上颌窦、下颌管及邻近间隙。

7. 凡在下颌骨用凿时,助手都应托住下颌骨,以免力量传递伤及颞下颌关节。

二、下颌阻生第三磨牙拔除术

【适应证】

1. 阻生牙反复引起冠周炎者。

2. 阻生牙本身龋坏或引起邻牙龋坏,因食物嵌塞等造成邻牙牙槽骨明显吸收或根吸收。

3. 埋伏阻生牙引起神经痛症状、形成颌骨囊肿或可疑为病灶牙者。

4. 阻生牙造成咬合错乱,而可能成为颞下颌关节紊乱综合征的诱因者。

5. 因正畸矫治需要拔除者。

【禁忌证】　同普通牙拔除术。

【操作步骤】

1. **麻醉**　采用一侧下牙槽神经、舌神经及颊神经阻滞麻醉法。

2. **切开翻瓣**　用 11 号手术刀切开,并用骨膜剥离器掀起软组织瓣,显露手术视野。

3. **去骨**　通过骨凿和高速涡轮机的应用,去除冠周足够骨质。根据阻生类型,选择劈开或分割方法。

4. **拔除患牙**

【注意事项】

1. 应根据阻生牙的埋伏深度、阻生方位、龈阻力、骨阻力、牙根阻力、邻牙阻力,以及牙冠发育沟、龋坏等情况分析,决定采用何种手术方法。

2. 根尖贴近下颌管的阻生牙,不宜用凿劈,而用涡轮机钻割、去骨,以免伤及下牙槽神经。

3. 无病变的小断根可以不取出,尤其是近下颌管者。

4. 使用牙挺时必须用左手食指或拇指保护邻牙及防止挺子滑脱。

5. 拔阻生牙时,舌侧骨板易骨折,或牙被推进舌侧间隙,引起血肿、感染。骨折应复位或取出、填塞碘仿纱条,术后用抗生素。

6. 埋伏阻生牙拔除后,龈瓣复位缝合不宜过紧,必要时可放引流条,减少术后肿胀。

三、牙槽骨修整术

【适应证】

1. 凡用手指触诊牙槽骨能感到明显压痛的骨尖、骨突、锐利的骨缘、骨嵴、倒凹或隆起。

2. 上颌或下颌前牙牙槽嵴明显前突,影响正常咬合关系的建立与面容等需修整。

【操作步骤】

1. **麻醉**　多采用局部黏膜下麻醉,必要时可用阻滞麻醉。

2. **切口**　单个骨尖可选用小的弧形切口,以仅能暴露骨尖为宜。过小者也可在其表面做一小切口,暴露后刮除或凿除,或在其表面衬以纱布,以钝器锤击使之平复而无需做切口。手术范围较大者,可做梯形切口,上颌结节修整可选用"L"形切口。

3. **翻瓣**　使用锐利的骨膜剥离子伸入骨膜下,行骨膜下剥离。

4. **去骨修整**　可用单面骨凿或咬骨钳先行去骨,然后用骨锉锉平。

5. **缝合**　可采用间断或连续缝合。1 周后拆线。

【注意事项】

1. 切口及翻瓣的范围应比骨尖、骨突大些。组织瓣的基底部应比其顶端略宽,以保证血供供给。保护组织瓣使其不受伤害。

2. 修平骨尖、去除倒凹或隆起后,使牙槽嵴呈圆钝状,且保持牙槽骨的高度,避免过度去骨。

3. 清除碎渣，尤其是与龈瓣侧粘连的骨渣。

4. 缝合并咬纱布团使其止血完善。

四、脓肿切开引流术

【适应证】

1. 浅在脓肿有波动感。

2. 深部脓肿形成。急性化脓性感染经抗生素治疗后，局部皮肤暗红，触痛明显，有可凹陷水肿，穿刺有脓；全身中毒症状加重者。

3. 脓肿已自行破溃，但引流不畅者。

4. 口底蜂窝织炎特别是腐败坏死性应早期切开引流，以解除局部压力，防止呼吸道梗阻等。

5. 结核性脓肿经反复治疗无效或即将穿破时，应切开引流。

【操作步骤】

1. 消毒手术区，戴手套。

2. 麻醉。用干纱布擦干麻醉区，以 2% 利多卡因或 2% 丁卡因局部涂 1 分钟。

3. 切口在脓肿最低处，以利引流。口外切口应与皮纹一致，并尽量选在发际内、下颌支后缘、下颌下及耳后等隐蔽部位。用 11 号尖刀切开脓肿区黏膜或黏骨膜，用血管钳探入脓腔，扩大引流口以利引流。

4. 脓液引流后，向脓腔内置入碘仿纱条引流，留引流条末端约 0.5cm 长在引流口外。并根据脓液多少适时更换引流条，直至脓液排完后始拔除。

【注意事项】

1. 注意切口的部位。

2. 切口的长度。除腐败坏死性的蜂窝织炎需广泛切开外，一般不要超过脓肿的边界。多间隙感染应多个切口，使脓肿贯通引流。

3. 切口深度。注意勿损伤脓肿附近的面神经、腮腺导管或血管等。

4. 手术操作应准确、快速、轻柔，切忌挤压，切开后注意探查有无异物，骨面是否粗糙，有无死骨形成。并观察脓液色泽、性状等。

5. 将引流条一次置入脓腔底部，切忌反复塞入，以免堵塞引流口。

五、颌骨骨折结扎固定术

【适应证】　颌间固定适用于无明显移位或闭合性复位的骨折，要求恒牙牙列完整或缺失不多。

【操作方法】

1. 选择与上颌及下颌牙弓形态一致的成品带钩牙弓夹板。

2. 将选好的上颌夹板挂钩向上安放于上颌牙弓与颊侧牙颈部，并使挂钩与牙体长轴呈 35°～45°，挂钩的末端离开牙龈 2～3mm，使夹板与每个牙至少有一点接触。用同样方法做好下颌夹板，挂钩向下。

3. 将细钢丝由每个牙的近或远中牙间隙处从唇（颊）侧向舌（腭）侧穿入，再从另一个牙间隙处穿出，尽量拉紧钢丝。穿好所有需要结扎的牙，将每个牙的两股金属丝向夹板的上下分开,并依次将每个结扎丝顺时针方向扭紧,使扭结均匀而紧密,剪断多余的钢丝,留下 3mm 末端,并推压至牙间隙处。

4. 安置橡皮圈。用内径 4~6mm,厚度 1.5~2mm 的橡皮圈,于适当的方向连接上下颌夹板的挂钩。

【注意事项】　牙弓夹板栓结要求夹板与上颌及下颌牙弓形态一致,结扎稳定,受力分散,夹板与牙齿间无相对移位。

（邓凤坤）

第14章 中医学诊疗技术

第一节 中 药

【技能目标】

1. 掌握中药炮制的修治、水火共制方法。

2. 熟悉中药炮制的其他方法。

炮制,古时又称"炙""修治""修事",是指药物在应用或制成各种剂型前,根据辨证施治用药的需要和药物自身性质,以及调剂制剂的不同要求,而进行必要的加工处理的过程。由于中药材大都是生药,其中不少药材必须经过一定的炮制处理,才能更符合临床用药的需要,确保用药安全,充分发挥药物的疗效。它是我国的一项传统制药技术。

【技能操作】

1. 修治

(1)纯净药材:用手工或机械方法如挑、筛、拣、簸、刮、刷、撞、挖等方法,去掉泥土、杂质和非药用部分,使药物达到洁净,便于进一步处理。如刷去枇杷叶背面绒毛,筛选车前子,拣去辛夷花的枝叶,簸去薏苡仁杂质,刮去肉桂的粗皮,撞去白蒺藜的硬刺,挖去海蛤壳的肉,留壳备用,去除杏仁的皮,燎去并擦净鹿茸的茸毛,去掉人参的芦头,除去枳壳的瓤,分出部分药材的等级,如西洋参、冬虫夏草等。

(2)粉碎药材:采用捣、碾、磨、镑、锉等方法,使药材粉碎,达到符合制剂和其他炮制法的要求,便于有效成分的提取和服用。如琥珀、三七研末便于吞服,龙骨、牡蛎捣碎便于煎煮等。现多用药碾子或粉碎机粉碎。

(3)切制药材:是将净选后的药材进行软化,采用切、铡的方法,将药切成片、丝、块、段等一定的规格,使药物有效成分易于溶出,并便于其他法炮制,也便于干燥、贮藏和调剂时折算剂量。由于药材性质不同,制剂及临床需要各异,不同药材还有不同的切制规格要求。如槟榔宜切薄片,白术切厚片,黄芪切斜片,陈皮切丝,葛根切块,麻黄切段等。

2. 水制

(1)漂洗:将药材置于宽水或长流水中,并反复换水,以祛除药材的杂质、异味及毒性成分。如漂去海藻、昆布的咸味,紫河车的腥味,半夏的毒性等。

(2)浸泡:浸,是将药材置于水中浸湿立即取出,适宜质地松软或水泡易损失有效成分的药物。如薄荷、荆芥等;泡,是将药材置于清水或辅料药液中,使水分较难渗入的药材软化便于切制,或除去药物的有毒或非药用成分。如附子、三棱等。

(3)闷润:根据药材的质地,加工时的气温、工具的区别,采用洗润、淋润、浸润、泡润、盖润等多种方法,使清水或其他液体辅料缓慢渗入药材内部,使药材软化,便于切制。如泡润槟榔,淋润荆芥,酒洗润当归,姜汁浸润厚朴,盖润大黄等。

（4）喷洒：对一些不宜用水泡但又需潮湿的药材，在炒制药物时，可喷洒清水、酒、醋、姜汁、蜂蜜水等辅料以达到湿润的目的和药用的要求。

（5）水飞：将不溶于水的药材粉碎后，置乳钵或碾槽等容器内加水共研，再加入多量水搅拌，粗粉下沉，细粉混悬于水中，将混悬于水中的细粉倾出，粗粉粒再研再倾，反复操作至全部为细粉沉淀后祛除水分，使其干燥成极细粉末。此法可大大减少研磨中粉末的飞扬损失，同时也可减少环境污染，常用于炉甘石、蛤粉等矿物类、贝壳类药物的制粉。

3. 火制

（1）炒：将药物置锅中加热不断翻动，炒至一定程度取出。据"火候"不同分为①炒黄：将药物炒至表面微黄或能嗅到药物固有的气味，如炒牛蒡子。②炒焦：将药物炒至表面焦黄、内里淡黄，如焦白术、焦麦芽等。③炒炭：将药物炒至表面枯黑，内里焦黄，即"存性"，如艾叶炭，棕榈炭等。

（2）炙：是将药物与液体辅料置锅中加热拌炒，使液体辅料渗到药物内部或附着于药物表面，以改变药性，增强疗效或降低毒性作用的方法。如酒炙当归，盐炙杜仲，醋炙柴胡，蜜炙百部，姜炙半夏等。

（3）烫：先在锅内加热砂石、滑石等中间物体，温度达 150～300℃，再加入药物，使药物受热均匀，膨胀松脆，不焦枯，烫后筛去中间物体，冷却即可。如砂烫穿山甲，蛤粉烫阿胶珠等。

（4）煅：将药物用猛火直接或间接煅烧，使质地松脆，易于粉碎，便于煎出有效成分。①直接煅烧：将坚硬的矿物药或贝壳类药放猛火内煅烧至透红为度，如紫石英、牡蛎。②间接煅烧：是将药物放入耐火容器中密闭煅烧，烧至容器底部红透为度，如血余炭、棕榈炭等。

（5）煨：将药物用湿面粉或湿纸包裹，放入热火灰中煨至面或纸焦黑为度，除去药物中的部分挥发性和刺激性成分，使药性缓和，毒性降低，疗效增强。如煨生姜、煨肉豆蔻、煨木香等。

4. 水火共制

（1）煮：将药物放入清水或液体辅料中同煮，可减低药物的毒性、烈性和附加成分，增强疗效。如清水煮川乌、草乌以减低毒性，酒煮黄芩可增强清肺之功效，珍珠用豆腐煮主要是除污等。

（2）蒸：用水蒸气或附加成分将药物蒸熟的方法。主要是改变药性，提高疗效或降低药物毒性。如酒蒸大黄可有缓和泻下的作用，何首乌经反复蒸晒后不再泻下，而功专补肝肾、益精血。藤黄蒸后可降低毒性。

（3）淖：将药物迅速放入沸水中，经短暂潦过，立即取出。常用于种子类药物的去皮及肉质多汁类药物的处理。如淖桃仁、杏仁以去皮，淖天冬、马齿苋以便于晒干和贮存等。

（4）淬：是将药物煅烧红透后，迅速投入冷水或液体辅料中，使其松脆，易于粉碎，又充分发挥疗效。如醋淬鳖甲、自然铜等。

5. 其他制法

（1）发酵：使药物在一定的温度下发酵，以改变原有性能，增强新的疗效，扩大用药范围。如神曲、半夏曲等。

（2）制霜：多将药物油质祛除，取残渣，制成松散粉末，如柏子仁霜；还有将药经煮后成粉渣研细，如鹿角霜；将药物经过某种特殊方法处理后析出细小结晶或升华，如西瓜霜等。

【注意事项】

1. 炮制时要注意炒、炙、煅、煨、淬等制法的火候大小，时间的长短及辅料的多少等事项。

2.浸泡时要根据目的不同,季节和气温的差异,掌握好浸泡时间、搅拌和换水次数,防止药材变质,影响药效。

3.炒炭后的药材要洒水,以免复燃。

4.原料在发酵前要进行杀菌、杀虫处理,以免杂菌影响发酵质量;发酵过程必须一次完成不能中断。

5.炒黄多用文火,炒焦多用中火,炒炭多用武火,加辅料炒多用中火或武火。

第二节 切 诊

【技能目标】

1.掌握脉诊的方法、部位和脏腑的分配。

2.熟悉按诊的部位及注意事项。

一、脉 诊

【技能操作】

1.脉诊的部位 常用的脉诊部位是独取寸口。寸口即寸、关、尺三个部位的总称。寸口的分布定为掌后高骨(桡骨茎突)稍内侧为关,关前为寸,关后为尺。寸、关、尺三部可分浮、中、沉三候,故有三部九候之称。

2.寸口分配脏腑 现临床常用的划分方法是:左寸候心,关候肝胆,尺候肾;右寸候肺,关候脾胃,尺候命门。

3.脉诊的方法

(1)布指定位

①体位:病人取坐位或仰卧位,伸出手臂平放于与心脏大致水平,直腕,手心向上,并在腕关节背部垫一脉枕(或布垫)以便于切脉。

②指法:医生和病人侧向坐,以左手诊病人右脉,右手诊病人左脉。先将中指按在掌后高骨(桡骨茎突)内侧以定关位,再将食指按在关前定寸位,以无名指按在关后定尺位。

③指态:三指呈弓形,指头平齐,以灵敏的指腹接触脉体。

④布指疏密:应与病人的身长相匹配,身高臂长者布指略稀疏,身矮臂短者布指略稠密,以适中为度。对3岁以上小儿,可用一指(拇指)定位,不细分三部。

(2)平息切脉:一呼一吸称为一息,一息脉动4~5至(次)为正常。布指后,医生要注意力集中于指下,平静呼吸,用医生一呼一吸的时间去默数病人脉搏的至数。

(3)指力轻重:用轻重不同的指力探测脉象,非常重要。滑伯仁《诊家枢要》曰"持脉之要有三:曰举、按、寻。轻手循之曰举,重手取之曰按,不轻不重,委曲求之曰寻"。即用较轻指力按在皮肤上称做"举",又叫轻取或浮取;用较重指力按在筋骨间称做"按",又叫重取或沉取;用不轻不重指力,还可亦轻亦重的指力,以委曲求之叫"寻"。"寻"就是寻找之意,当三部脉有独异时,必须逐渐挪移指位,进行内外、上下推按寻找,以体会脉象。三手平布同时用力切脉,称为"总按法";单用一指切脉的称为"单按法"。每次诊脉可各种方法结合使用。

(4)候脉五十动:即每次切脉时间,每侧脉搏跳动不少于50至(次),或不少于1分钟,必要时切脉时间还可延长,总之达到辨清脉象为止。

二、按　　诊

【技能操作】

1.触　用手指或手掌轻轻接触患者局部,如四肢皮肤及额部。

2.摸　用手抚摸局部,如肿胀的部位等。

3.按　用手按压病变局部,如胸腹、肿物或成脓的部位。

(1)按肌肤:以查明肌肤的凉热、润燥及肿胀等情况。

(2)按手足:主要探明手足凉热情况。

(3)按胸腹:以辨明疾病的寒热虚实。

胸腹各部位的划分:膈上为胸,膈下为腹。脐上为上腹(大腹),胃脘部相当于上腹部,脐下为小腹,小腹两侧为少腹。侧胸部腋下至 12 肋骨的区域为胁。①按胸胁:主要候心肺和肝的病变。②按虚里:左乳下心尖搏动处为虚里,按虚里主要了解宗气的强弱,疾病的虚实,预后的好坏。正常时按之应手,动而不紧,缓而不急。③按脘腹部:主要了解凉热、软硬度、有无痞块积聚,痛与不痛等情况,以辨别脏腑虚实及病邪性质和积聚的程度。④按俞穴:是按压出现结节或条索状物异常变化的某些特定穴位,如肠痈,常在阑尾穴或上巨虚穴上有压痛。

第三节　毫针法与灸法

【技能目标】

1.掌握行针的基本手法和辅助手法。

2.掌握毫针进针、行针、出针的基本手法。

3.掌握艾条温和灸、雀啄灸、温针灸、艾炷灸法的操作技能。

4.熟悉持针方法和常用针刺角度。

一、毫 针 刺 法

【技能操作】

1.持针法　持针方法很多,临床上多用双手协同操作,紧密配合。一般右手持针,称为"刺手"。刺手的作用主要是掌握针具。如 3 指持针,4 指持针,持针身法等法。一般都用右手持针操作,主要用拇、食、中指夹持针柄。左手辅助,称为"押手"。押手的作用主要是固定穴位,减少进针疼痛,且使针身有所依靠。

2.常用进针方法

(1)单手进针法:此法多用于较短的毫针进针。具体用右手拇、食指持针,中指指端抵住穴位,中指指腹紧贴针身下段,当拇、食指向下用力按压时,中指也随之屈曲,将针刺至所需的深度。

(2)双手进针法:即双手配合,协同进针。

①指切进针法:此法多用于 1.5 寸以下的短针进针。用左手拇指或食指端切按在穴位上,右手持针紧靠左手指甲面将针刺入皮下 1~2 分,再将针缓慢刺入一定的深度。

②夹持进针法:此法适用于 1.5 寸以上长针进针。用左手拇、食二指持捏消毒干棉球,夹住针身下端,露出针身 1~2 分,将针尖固定在针刺部位,右手捻动针柄,两手同时用力将针刺

入。也有先用右手夹持针身下端,将针刺入后,左手配合捻动针柄或左右手交换再将针送入一定深度。

③提捏进针法:此法适用于皮肉浅薄部位(如面部的印堂)而又可捏起之处的进针。用左手拇、食二指将针刺部位的皮肉捏起,右手持针从捏起部位的上端刺入。

④舒张进针法:此法多适用于皮肤松弛或有皱纹的部位(如腹部)的进针。用左手拇、食二指或食、中二指将所刺部位的皮肤向两侧撑开,使之绷紧,右手持针从两指之间刺入。

3.针刺角度 是指进针时针身与皮肤表面所形成的夹角。一般分直刺、斜刺、平刺3种。

(1)直刺:此法适用于人体大部分腧穴的针刺。是指针身与皮肤表面呈90°垂直刺入。

(2)斜刺:此法多用于肌肉浅薄或内有重要脏器,或不能深刺、直刺的部位。如胸背部腧穴。针身与皮肤表面呈45°左右倾斜刺入。

(3)平刺:多适用于皮肉浅薄处,如头面部腧穴。是指针身与皮肤表面呈15°~25°或更小的角度刺入。

4.行针手法(运针) 是指将针刺入腧穴后,为了使患者产生针刺感应,或调节针感进行补泻而行使一定的手法。临床手法很多,一般归纳为基本手法与辅助手法两大类。

(1)基本手法

①提插法:是将针由浅层插向深层,再由深层提至浅层,如此反复地做上提下插。具体方法是将针刺入一定深度后,用中指指腹扶持针身。指端可抵住腧穴表面(长针用左手辅助进针),拇、食指捏住针柄,上下提插。

②捻转法:即将针刺入一定深度后,以右手拇、食指或拇、食、中三指持捏针柄,进行来回旋转捻动。注意:捻转的幅度一般掌握在180°~360°,不能单一方向捻针,以免肌纤维缠绕针身,引起局部疼痛和导致滞针而造成出针困难。

以上两种手法常在针刺后不得气或得气不迅速时使用,也是针刺补泻的常用手法。

(2)辅助手法:是行针基本手法的补充,是以促使针后得气,或加强针感为目的的一类操作手法。

①刮柄法:亦称刮法。将毫针刺入一定深度后,以右手或左手拇指指腹抵住针尾,用同一只手的食指或中指指甲缘自下而上轻刮针柄。也可用拇指和中指持捏针柄下端,用同一只手的食指指甲自上而下地刮动针柄。

②弹柄法:亦称弹动法。是在针刺后留针过程中,将拇、食指或拇、中二指钩成环形,以食指或中指轻轻叩弹针尾或针柄,使针身轻微的震动,以增强针感。

③震颤法:将针刺入一定深度后,右手拇、食、中三指持捏针柄做小幅度、快频率的提插、捻转,使针身发生轻微震颤,以增强针感。

④循法:是针刺入腧穴后不得气,就用手指顺着经脉的循行径路,在所刺腧穴的上下部轻柔地循按或轻轻循捏,以促使得气。

5.出针 又称起针或退针。一般先以左手拇、食指持捏消毒干棉球轻压针旁皮肤,右手持针柄做轻微的小幅度捻转以松动针身,并随势将针徐徐提至皮下,静留片刻,将针迅速退出,一般情况同时用干消毒棉球按压针孔以防出血。最后检查针数,防止遗留。

【注意事项】

1.进针 ①针刺前应做病人思想工作,使病人放松,避免紧张,取得病人配合。体位要舒适。②进针要求手法熟练,指力均匀,持针稳,取穴准,手法轻,透皮快。③双手要相互配合。

必要时可配合呼吸、咳嗽等法以减轻疼痛。

2.**角度** 针刺哑门、风府、天突、风池等穴以及眼区、胸背部和重要脏器组织器官部位的腧穴,尤其应注意掌握好针刺角度,也不宜大幅度地提插、捻转和长时间留针,以免伤及重要组织器官。一般深刺多直刺,浅刺多斜刺、横刺。

3.**行针** ①行针时,要提插灵活,捻转自如。捻转角度不可过大,更不能单一方向捻转,否则导致滞针、疼痛等。②提插、捻转的幅度大小,频率快慢应据病人的病情、体质、腧穴部位以及医生所要达到的目的灵活掌握。

4.**出针** ①退针时,避免用力猛拔,防止折针。②除不闭针孔的泻法外,均应速用消毒干棉球压迫针孔,以防出血。③退针后,切记检查针具,防止遗漏。

二、灸　　法

【技能操作】

1.**灸具制作方法**

(1)艾绒制法:取干燥的艾叶,陈久者为佳,放石臼或碾槽内捣碾,筛去粉末及除去杂质剩下的纤维柔软如绒即为"艾绒"。

(2)艾炷制法:取一团纯净的艾绒,放在平板或桌上,以拇、食、中三指搓捏成大小不等上尖下圆的圆锥形,即成艾炷。小艾炷如麦粒,中等艾炷如苍耳子或黄豆大小,大艾炷如拇指或半截橄榄果大小。

(3)艾条制法:艾条又称艾卷。取艾绒24g,平铺在20cm或26cm长,20cm宽的桑皮纸上,将其卷成直径约1.5cm的圆柱形,越紧越好,用胶水或浆糊封口晒干而成艾卷。也有在艾绒中掺入温阳散寒等药物粉末的,这种艾条又称药条。

2.**艾炷灸** 分直接灸与间接灸两类。

(1)直接灸:是将大小适宜的艾炷直接放在皮肤上,点燃施灸。①瘢痕灸:又名化脓灸。施灸时先在腧穴局部涂以少量大蒜汁,以增强黏附和刺激作用,然后放置大小适宜的艾炷,用火点燃艾炷施灸。每壮艾炷必须燃尽,除去灰烬后,方可继续易炷再灸,待规定壮数灸完为止。一般可灸7～9壮。一般情况下,灸后1周左右化脓,5到6周左右痊愈,留下瘢痕。②无瘢痕灸:施灸时先在所灸腧穴部位涂以少量的凡士林,以使艾炷便于黏附,然后用大小适宜的(中等约如苍耳子大)艾炷,点燃艾炷施灸,当艾炷燃剩2/5或1/4而病人感到微有灼痛时,即可易炷再灸,待将规定壮数灸完为止。一般连续灸3～7壮,以局部皮肤出现红晕为度。

(2)间接灸:即在艾炷与腧穴皮肤之间加一层隔衬物,点燃艾炷施灸。根据隔衬物不同分为①隔姜灸:将鲜姜切成直径2～3cm,厚0.2～0.3cm的薄片,中间以针穿数孔,放于施灸的部位或腧穴上,再将艾炷放在姜片上点燃施灸。当艾炷燃尽或病人觉局部灼痛时,易炷再灸,灸至局部皮肤红润为度。②隔蒜灸:用鲜大蒜片施灸,如隔姜灸法。③隔盐灸:用干燥的食盐(青盐为佳)填平脐部(肚脐孔),或于盐上再置一薄姜片,上置大艾炷点燃施灸。一般不拘壮数,灸至证候改善为止。④隔附子饼灸:将附子研成粉末,用酒调和做成直径约3cm,厚约0.8cm的饼,中间用针刺数孔,放在应灸的腧穴上,上面再放艾炷点燃施灸,直至灸完规定壮数。

3.**艾条灸**

(1)温和灸:施灸时将艾条的一端点燃,对准应灸的部位或腧穴,距皮肤2～3cm的高度进行熏烤,使患者局部有温热感而无灼痛为宜,一般每处灸3～5分钟,使皮肤出现红晕为度。对昏厥、局部知觉迟钝的病人,医者可将一手的食、中二指分别放于施灸部位的两侧,通过医者手指的感觉来探测病人局部的受热程度。以便随时调节施灸距离并防止灼伤。

(2)雀啄灸:将艾条的一端点燃,对准应灸的部位向鸟雀啄食一样,一上一下地移动施灸。

(3)回旋灸:亦称熨热灸。将艾条一端点燃,与施灸部位距3cm左右,向左右方向缓慢移动或反复旋转施灸。

4.温针灸 先将毫针刺入腧穴,行针得气后在留针时,将纯净细软的艾绒捏在针尾上,或取一段约2cm长的艾条穿孔套在针柄上,在艾条的下端点燃施灸。待艾绒或艾条烧完后,除去灰烬,再将针退出。此法是针刺和艾灸结合使用的一种方法,适用于既需留针又需施灸的疾病。

【注意事项】

1.施灸时注意防止艾绒脱落,烧伤皮肤或损坏衣物。

2.颜面五官和有大血管的部位不宜施瘢痕灸,且施瘢痕灸前要征得患者同意。

3.孕妇腹部与腰骶部不宜施灸。

4.施灸局部出现水疱且较大时可用消毒毫针刺破或用注射器抽出水液。

第四节 拔罐与刮痧

【技能目标】

1.掌握拔罐、刮痧疗法的基本技能。

2.掌握闪火、投火法的拔罐技术。

3.熟悉刺络拔罐、走罐、抽气罐等操作方法。

一、拔 罐 法

【技能操作】

1. 闪火法 用镊子或止血钳夹住95%的乙醇棉球,或棉棒蘸乙醇点燃后,在火罐内壁中段绕1～2周后,迅速退出,然后立即将罐扣在施术部位,即可吸附在皮肤上。此法比较安全,不受任何体位限制,节约棉球,不易造成烫伤,临床上最为常用。拔罐后,待局部皮肤充血,呈青紫色时即可将罐取起,一般留罐10分钟左右。取罐时不可硬拉或旋转,应一手手指按压罐口皮肤,另一手扶住罐身,使空气从一侧慢慢进入罐内,火罐即可脱落。

2. 投火法 用易燃的纸片、火柴棒或乙醇棉花,点燃后投入罐内,迅速将罐扣在施术部位上,火罐即可吸附在皮肤上。此法适用于侧面横拔,否则,会因燃烧物脱落而烧伤皮肤。留罐与取罐方法与闪火法同。

3. 走罐(推罐) 拔罐时,先在罐口或施术部位的皮肤上,涂一层凡士林或其他润滑剂,将罐拔完后,以手握罐底稍作倾斜,前半边着力较轻,使后半边着力较重,慢慢向前推动,这样在皮肤表面需施术部位做上下或左右来回推拉移动,至施术部位红润、充血甚至瘀血为止。此法一般适用于面积较大、肌肉丰厚部位,如腰、臀等部位。取罐方法同前。

4. 刺络拔罐(刺血拔罐) 在施术部位首先进行皮肤消毒,然后用三棱针点刺出血或用皮肤针叩刺后,再将罐拔上,以加强刺血治疗的作用。一般刺血后将罐留置10～15分钟。多用于扭伤、丹毒等。留罐时间较闪火法等略短,取罐方法同前,取罐后,局部皮肤应再次消毒。

5.负压拔罐(真空拔罐)　各种带橡皮塞的抽气罐,市场有售。用法:先将抽气罐的瓶底紧扣在施术部位上,通过橡皮塞抽出罐内空气,使其产生负压,即能吸住,吸力大小因人因部位而异。近年来已发展成电动抽气罐。留罐方法同闪火法,取罐前将橡皮塞推下,即可轻松取下。

二、刮　　痧

【技能操作】

1.持板方法　将刮板的底部横靠在手掌心部位,大拇指与其他四指呈弯曲状,分别放于刮柄的两侧握住。可用相同方法持光滑、平整的汤匙或铜钱等刮具。

2.常用刮拭方法

(1)面刮法:手持刮柄,刮板与刮拭皮肤的方向约呈 45°角,用刮柄的 1/3 边缘接触皮肤,用腕力反复向同一方向刮拭。

(2)角刮法:刮板面与皮肤约呈 45°角,用刮板角在腧穴或治疗部位上,自上而下刮拭。

(3)点按法:将刮板角与腧穴或施术部位呈 90°,用刮板角由轻到重按压,再迅速抬起刮板使肌肉复原,如此反复操作数次。

(4)拍打法:先将施术局部涂润滑剂,再用刮板一端的平面进行拍打。也可用四指掌面蘸水拍打。

【注意事项】

1.刮痧时,要选择边缘光滑、圆钝、无裂痕的刮板或陶瓷汤匙等做刮具。

2.要根据病证、部位不同选择适当的体位、手法。

3.局部有皮肤病、肿瘤、新骨折处不宜刮痧。

4.妇女经期、孕妇下腹部及有出血倾向的患者均不宜施用刮痧方法。

第五节　其他针法

【技能目标】

1.掌握三棱针、皮肤针、耳针、穴位注射的操作方法。

2.熟悉皮内针、头针操作方法以及各种方法的注意事项。

一、三棱针刺法

【技能操作】

1.持针方式　右手拇、食指捏住针柄,中指指腹紧靠针身下端,露出针尖 1~2 分。中指还可控制针刺深浅度。

2.临床常用针法

(1)点刺(速刺):先在针刺部位做上下推按,使之充血或瘀血,局部消毒后,左手拇、食指捏紧并暴露应刺部位,右手持针迅速刺入 1~2 分,立即出针。再轻轻挤压针孔周围使之出血数滴,然后消毒干棉球按压针孔以止血。常用于针刺四肢末端十二井穴或十宣穴等部位。

(2)散刺(围刺):是用三棱针在病变周围点刺,然后用手轻轻挤压或用火罐吸拔,使其出血数滴,以达到治疗病变的目的。常用于有瘀血、血肿、水肿或顽癣等病变的治疗。

(3)挑刺:用一手按压施术部位两侧,或提捏起皮肤固定,另一手持针先将施术部位表皮挑破,然后刺入皮内,随即将针体倾斜抬高,挑断皮下部分纤维组织,然后出针,局部消毒后,外盖消毒辅料。常用于目赤肿痛、支气管哮喘等病,在身体的异常反应点或相应腧穴施用此法。

(4)刺络(缓刺):常用于针刺肘窝、腘窝浅表脉络时,先用带子或橡皮管结扎在针刺部位近心端,左手按压应刺部位下端,右手持针刺入浅表脉络,深度约1分,迅速出针,待流出少量血液后,再用消毒干棉球按压针孔止血。

二、皮肤针刺法

【技能操作】

1.叩击方法　用手握针柄,将针柄末端固定于小鱼际处,食指伸直,将指腹按在针柄中段,运用腕部力量使针尖垂直叩打在皮肤上,并立即弹起,如此反复叩击。

2.叩刺部位

(1)循经叩刺:即沿经脉循行叩刺。如项背、腰骶部和膀胱经分布部位,或四肢肘膝以下的经络。

(2)腧穴叩刺:根据治疗目的不同,选择适当的腧穴叩刺。

(3)局部叩刺:即病变部位叩刺。如扭伤后在局部瘀血肿痛处或有顽癣的部位等叩刺。

3.刺激强度　应根据刺激部位,病人体质和病情不同而灵活掌握。

(1)轻刺激:用力小,叩至局部皮肤略潮红、充血,病人又无疼痛为度。适用于头面五官及肌肉较薄处。

(2)重刺激:用力较大,以皮肤有明显潮红,并有微出血为度。适用于腰背臀等肌肉丰厚处,而且体质强壮及实证者宜用。

(3)中刺激:介于轻、重刺激之间,以局部皮肤较潮红,但无渗血为度。

4.疗程　一般每日或隔日1次,10次为1个疗程,两次疗程之间可休息3～5天。

三、皮内针刺法(埋针)

【技能操作】

1.埋针法

(1)颗粒形(麦粒形)皮内针:可用于身体大部分腧穴。针长约1cm,针柄形似麦粒,针柄与针身呈垂直状。操作时,用镊子夹住针柄,对准腧穴,沿皮下横向刺入0.5～1cm,将针柄留于皮外,胶布覆盖固定。

(2)图钉形(揿钉形)皮内针:多用于耳部腧穴。针长0.2～0.3cm,针柄呈环形,针身与针柄呈垂直状。操作时,用小镊子夹住环形针圈,对准腧穴,垂直刺入,或先将针圈贴在小块胶布上,用手捏胶布将针刺入。用胶布将环形针圈平整地固定在皮肤上。

2.埋针时间　埋针时间长短,可根据病情和天气的冷热灵活决定,一般以2～3天为宜。如暑热天埋针1～2天,秋冬可埋针5～7天。留针期间,应每隔4小时用手按压埋针处1～2分钟,以加强刺激,提高疗效。5～10次为1个疗程。两次疗程之间可休息3～5天。

四、穴位注射法

【技能操作】

1.*用具*　临床常用 1ml、2ml、5ml、10ml、20ml 注射器,4～6 号普通注射针头。以上可根据病情需要和具体穴位适当选用。

2.*穴位选取*　根据辨证选取相应的腧穴、压痛点或阳性反应点,作为注射部位。一般每次选取部位不宜过多。2～4 个即可。

3.*药量*　用药剂量,取决于注射部位及药物的性质和浓度。小剂量注射时,可用原药物剂量的 1/5～1/2。头面部可注射 0.3～0.5ml;耳部可注射 0.1ml;胸背部可注射 0.5～1ml;腰臀部可注射 2～5ml;注射葡萄糖可达 10～20ml;四肢部可注射 1～2ml。注意一次注射总量不能超过药物说明书所规定的总量。

4.*注射方法*　病人取舒适体位,选择适宜的消毒注射器和针头,抽取适量药液,穴位局部消毒后,按毫针规定的角度和方向将针快速刺入皮下,再进入一定深度,得气后,如回抽无血,即可将药液注入。

5.*注药速度*　一般疾病用中等速度注入;慢性病、久病体虚者,注入宜缓慢。如注入较多药液时,可将针由深至浅,边退边注药,或将针更换几个方向进行注入药液。

6.*疗程*　急症每日 1～2 次;慢性病每日或隔日 1 次,6～10 次为 1 疗程。反应强烈者,可隔 2～3 天 1 次。每个疗程之间可休息 3～5 天。穴位可左右交替使用。

【注意事项】

1.本法常用于咳喘、疼痛类疾病,孕妇一般不宜使用。

2.凡能引起过敏反应的药物,必须先做皮试。

3.副作用严重的药物应慎用。

4.穴位注射时应避开神经干,避免损伤神经。

5.躯干部注射不宜过深,避免损伤内脏。

五、耳　针　法

【技能操作】

1.*耳穴定位*　除按传统耳穴的位置选穴外,还要结合现代医学知识选穴,或根据临床经验选穴。常用耳穴寻找方法有 4 种。

(1)肉眼观察法:是用肉眼直接观察耳郭的形态、色泽及有无鳞屑、丘疹、凹陷、色素沉着等。

(2)手摸法:将拇指放耳前,食指与其他手指放耳后,由耳外边向内对摸,有无硬结、条索状物等。

(3)压痛法:是用探棒或火柴棒以均匀的压力,在与疾病相应的范围内进行探压,当触及反应点时,病人会出现不适或疼痛等。

(4)电测定法:是用经络探测仪或耳穴探测仪等,在耳郭上探查导电性能良好的部位,作为寻找耳穴的标准。探测时,病人手握电极,医者手持探测头,进行探测。当人体患病时,多数病人相应耳穴的电阻下降,探测仪发出鸣叫声。

2.*常用针刺法*

(1)毫针法:取舒适体位,确定腧穴后消毒,选择 26～30 号粗细的 0.3～0.5 寸长的毫针,医生以左手拇、食二指固定耳郭,中指托住针刺部位的耳背,右手持捏针柄,以快速插针或缓慢捻转方法刺入均可。深浅一般以刺入软骨而不刺透对侧皮肤为度。一般留针时间为 15～30 分钟,慢性病、疼痛性疾病可留针 12 小时或更长时间。在留针期间,每隔 10 分钟左右捻转针柄 1 次。出针时,医生左手托住耳郭,右手捏针柄迅速将针垂直拔出,再用消毒干棉球按压针孔,防止出血。

(2)埋针法:耳郭常规消毒后,医生左手固定耳郭,右手用镊子夹住图钉形皮内针的针柄,轻轻刺入选定的耳穴,或先将针柄平放胶布上,以手捏胶布将针刺入,再用胶布固定。一般埋患侧耳郭,必要时可埋双侧,每天自行按压数次。埋针时间和疗程与"三"同。

(3)压豆法:材料常用沸水烫过的干燥的生王不留行子,也可用绿豆、白芥子、油菜籽等。应用时,将王不留行子贴附在 0.6cm×0.6cm 大小的胶布中央,用镊子夹住胶布按敷在选定的耳穴上。每天自行按压数次,每次每穴按压 30 秒至 1 分钟左右,3～7 天更换 1 次。

除上述方法外,临床还有贴磁石、电针、穴位注射等法。如耳穴注射,可像做皮试的方法一样,将药液注入皮内或皮下,不可透过软骨。

六、头 针 法

【技能操作】

1.体位　在医生操作方便,患者舒适的情况下,采取坐位或卧位皆可。

2.针具　应选 26～30 号粗细,1.5～2.5 寸长的毫针为宜。

3.进针　根据不同疾病正确选好头穴线,即特定的刺激区。常规消毒后,将针与头皮呈 30°左右夹角,快速刺入帽状腱膜层下,当指下觉得阻力减小时,再将针与头皮呈平行的角度继续捻转向前推进,达到该穴线的长度,然后进行运针。

4.运针(行针)　用拇指掌面和食指桡侧缘夹持针柄,以食指掌指关节快速连续屈伸捻转针柄,使针身左右旋转,速度每分钟捻转 200 次左右,可持续捻转 2 分钟左右,间歇 5～10 分钟,再用上法捻针 2 次即可出针。偏瘫病人留针期间,嘱其主动或被动活动肢体,有助于提高疗效。

5.出针　一手持捏消毒干棉球固定针旁头皮,另一手持捏针柄轻轻捻转松动针身,然后将针退出。也可快速出针。出针后,立即用消毒干棉球按压针孔,以防出血。

【注意事项】

1.高热、心力衰竭、脑出血、血压不稳定患者暂不适宜使用头针。

2.头部针刺易出血,注意起针后按压;并注意消毒防止感染。

3.由于捻针时间长,注意防止晕针。

(於江寅)

第六节　常用中医治疗技术

【技能目标】

1.掌握推、拿、拍、捏、擦等 5 种以上常用推拿手法以及中药熏洗的操作方法。

2.掌握吹药、坐药的基本操作方法。

3.熟悉常用护理技术的适应证和注意事项。

一、推 拿 疗 法

【技能操作】

1. 推法

(1)掌推法:对大面积部位,用手掌或大小鱼际着力,从始点到终点保持压力相等,做直线前推,将手从皮肤上不加压力地退回到始点,再直线向前推,如此反复操作。常用于四肢、腰背、胸腹等部位的慢性疼痛性疾病等。

(2)指推法:对小面积部位,可用拇指指腹或食、中指指腹着力,通过有节律的腕关节活动,使指力作用于患处,做来回有规律地推动。多用于胃痛、头痛等,更适用于小儿疾患。

(3)肘推法:用肘部着力于一定部位进行单方向的直线移动。多用于肌肉组织丰厚,病变较深的部位。

2. 拿法   捏而提起谓之拿。用大拇指与食、中二指或用大拇指与其余四指相互配合,在一定部位上进行一紧一松地有节律地相对用力捏拿,连续数次。操作时用力由轻而重,动作和缓而连贯。适用于颈、肩、四肢等部位。

3. 按法

(1)指按法:用拇指端或指腹按压体表的方法。适用于全身各部穴位。

(2)掌按法:用单掌或双掌,也可双掌重叠按压体表的方法。此法常用于腰背、臀部和腹部等部位。

按法操作时注意着力部位要紧贴体表,不可移动,用力由轻到重,避免暴力突然按压。

4. 摩法

(1)掌摩法:用手掌面附着于体表的一定部位,以腕关节为中心,连同前臂做环形而有节律的盘旋移动抚摩,频率每分钟 50～120 次。

(2)指摩法:用食指、中指、无名指指面附着于体表的一定部位,以腕关节为中心,连同掌、指做规律性的盘旋运动,频率每分钟 50～120 次。

摩法刺激性小,是胁肋、胸腹部常用手法。

5. 㨰法   是腕关节的屈伸运动与前臂的旋转运动复合而成。以肘部为支点,前臂做主动摆动,带动腕部做屈伸和前臂旋转。将手指微屈(或手握空拳),以小鱼际及手背近小指侧着力于患处,通过腕关节连同前臂的内旋、外展动作,带动指掌关节㨰动。操作时肩臂放松,肘关节微屈。手部着力部位要紧贴体表,不能拖动或跳动。此法压力大,接触面也较大,常用于四肢、肩背、腰臀等肌肉丰厚部位。

6. 揉法

(1)掌揉法:用手掌大鱼际或掌根吸定于一定部位,以肘部为支点,前臂做主动摆动,带动放松的腕部做轻柔缓和的摆动。

(2)指揉法:用手指螺纹面吸定体表一定部位,以肘部为支点,前臂做主动摆动,带动放松的腕部,手指掌面做轻柔缓和的摆动。注意操作时要轻柔、协调而有节律,一般每分钟 120～160 次。适用于全身各部。

7. 掐法   将手握空拳,拇指伸直紧贴食指桡侧缘,以拇指端和指甲缘同时着力于一定部位垂直按压。此法刺激性强,常用于掐穴位,如掐人中、掐合谷等。

8.搓法　用双手掌面夹住一定部位,做相对用力快速搓揉,并同时上下缓慢移动。常用于胁肋、四肢麻木不仁及软组织损伤等,以上肢部最常用。

9.捏脊法　用拇指与食、中二指配合捏拿肌肤,又称翻皮肤、捏法。用双手拇指桡侧面顶住脊柱两侧的皮肤,食、中二指前按与拇指相对用力挤压肌肤,自腰骶部每捏3下提1下,缓慢捏拿至大椎处,如此反复2～4遍。本法有强身健体和防病作用,尤其对小儿腹泻、消化不良、脾虚呕吐等病症疗效更佳。

二、熏 洗 疗 法

【技能操作】

1.四肢部熏洗法　将煎好的药液倒入盆内,将盆放于橡皮单上,再将患肢架于盆上,用浴巾盖住患肢及盆,使药液蒸气先熏患部,待药液不烫且温度适宜时,再将患肢浸入药液中泡洗。一般一剂药液可泡2～3次。每次泡1小时左右。

2.眼部熏洗法　将煎好的药液盛入碗内,碗口上盖一带孔的厚纱布垫,将患眼对准小孔熏蒸,待药液不烫时,再用镊子夹取纱布蘸药液轻轻擦洗患眼。

3.坐浴法　将煎好的药液倒入坐浴盆内,先进行熏蒸,待药液不烫时,再坐入盆内泡洗。一般一剂药液可泡1次,每次泡0.5～1小时。

4.全身药浴法　将煎好的药液放入浴盆内,兑入适量的温水,全身泡入药液中,将浴盆上盖浴帘等保温,现也有专用药浴设备。一般一剂药液可泡一次,每次1～2小时。

三、吹 药 法

【技能操作】

1.口腔、咽喉吹药法　先洗漱口腔,然后端坐在靠背椅上,头向后仰,张开口,医者查清病位,左手持压舌板压住舌根,右手持吹药器将适量药粉迅速均匀地喷入患处。

2.耳、鼻吹药法　先清洗、拭净耳道或鼻腔,确定病变部位后,用吹药器将药粉对准患处吹入。

【注意事项】

1.吹药时嘱患者暂时屏住呼吸,以免药粉进入气管而引起呛咳。

2.吹药时动作要轻柔敏捷,撒布药粉要均匀。

3.口腔、咽喉吹药后半小时内不喝水、不进食和避免吞咽动作,可提高疗效。

四、坐 药 法

【技能操作】　首先清洁外阴,术者洗手戴无菌手套,将药物裹于消毒的带线棉花或纱布内,或将药粉外粘于棉球或纱布上,线绳长15cm左右;用手指轻轻塞入阴道深部子宫颈处,或用消毒长镊配合窥阴器将带药棉球或纱布送入阴道深部,将线头留于阴道外,上药12小时后取出。一般隔日换药1次。若用药丸、药片、栓剂时,不必用纱布、棉花包裹,放入阴道内不再取出。

【注意事项】

1.严格无菌操作,以防感染,并注意观察用药后的反应。

2.药物塞入不宜太浅,防止脱出体外。

3.治疗期间禁性生活,妇女月经期及未婚者禁用此法。

（李占则）

第七节 正骨技术

【技能目标】

1.掌握骨折与关节脱位后小夹板外固定方法。

2.熟悉骨折后手法复位。

【技能操作】

1.手法复位

（1）手摸心会：可结合X线片所见结果，仔细触摸伤肢，了解骨折部位和移位情况，为选择适当的复位手法做准备。

（2）拔伸牵引：顺着肢体纵轴方向在骨折远、近两端进行对抗牵引，以克服肌肉张力，矫正缩短移位，恢复肢体长度。牵引时宜持续用力由轻到重。

（3）旋转屈伸：关节附近的骨折，应旋转或屈伸远端，以适应骨折近端，矫正移位。

（4）端挤提按：以手按纠正侧方移位。可用两手掌相对挤压或用手指提起下陷断端，按下突起的骨端。

（5）摇摆叩击：锯齿状骨折或横形骨折的断端经过以上手法，可能仍有裂隙，为使折端紧密接触，除可用两手固定骨折处，在助手维持牵引下轻轻摇摆骨折远端，或纵向叩击，使骨折端紧密对合。

（6）夹挤分骨：尺桡骨、胫腓骨骨折后，易形成成角和侧方移位而使两骨靠拢，复位时，应以手指捏挤骨间隙使两骨分开。

（7）成角折顶：横断或锯齿状的骨端，有时靠牵引不能完全纠正移位，可用两手拇指压住突起的骨断端，其余四指环抱陷下的另一断端，先加大骨折原有成角，待拇指觉得两骨断端的骨皮质已经相接触时，即做反折使断端对合。

（8）推拿按摩：骨折复位后，可在骨折周围软组织部位用推拿按摩等手法辅助治疗。

2.小夹板外固定方法　四肢骨折与关节脱位后，常外用小夹板固定。若外敷药者需外加绷带固定。放置固定垫，用胶布固定，仅有侧方移位时，一般放2个固定垫，分别放置骨折端的侧方，成为2点挤压法。若是成角畸形，则用3个固定垫，1个放置凸面，2个放置凹面，故成为3点挤压法。垫放好后，放置小夹板，常用前、后、左、右4块夹板，依次放好，再捆绑绷带，一般用4条绷带分段捆绑，并将带结打在肢体外侧板上。临床上根据骨折与脱臼部位不同可灵活运用夹板的数量。捆绑的松紧度，要以绷带能上下移动1cm为宜。可根据情况定期调整绷带松紧度。

（李占则）

第八节 电针机与理疗器械的使用法

【技能目标】

1.掌握电针机的使用方法及注意事项。

2.熟悉理疗器械的使用方法。

一、电 针 法

【技能操作】 将毫针刺入腧穴得气后,把电针机上的输出电位器调至"0"位,将一对输出导线,分别连接在两根针的针柄上,然后打开电源开关,再选择所需要的波形和频率,慢慢由低到高调至所需输出电流量,以使病人出现酸麻感而又能耐受为度。每次通电时间一般为5~20分钟。若用于镇痛,时间可延长至45分钟左右。治疗完毕,把电位器调回到"0"位,关闭电源,撤去导线,最后取出毫针。

【注意事项】

1.电针机使用前,必须认真检查是否良好,输出是否正常。

2.调节刺激量应由小到大,切不可突然增大,以防意外事故发生。

3.做温针灸用过的针,针柄容易氧化,用时夹在针体上。

4.靠近延脑、脊髓等部位的腧穴用电针时,电流量宜小,频率不可过快。

5.心脏病患者、孕妇需慎用。

二、中 医 理 疗

【技能操作】

1.板式电极使用法 病人取坐位或仰卧位,先将电极各枢纽调至"0"位,然后将电极上红、绿、蓝、黑线插头分别插入输出孔内,再将用生理盐水或自来水浸湿的电板依次缚紧在选定的穴位或部位上,打开电极开关,根据病人的病情选择不同频率,而刺激量以病人能耐受为度。每次30分钟,10次为1个疗程。

2.手柄电极推按法 将手柄电极插头和公共电极插头分别插入各输出孔内,手柄电极头用纱布包好浸湿,再按下程序输出按钮,调整病人能耐受的输出量,便可进行推按相应的穴位或经络部位。

3.点穴法 利用专用的点穴电极(点穴笔)点腧穴,可使病人数分钟内达到治疗作用。每次主穴点30秒钟,配穴点15秒钟,循环点3遍。电流强度以病人能耐受为度。每日1次,6次为1个疗程。

【注意事项】

1.尽量卧位,取穴准确,刺激量应由弱到强,循序渐进,不允许突然加大刺激量。

2.用推按手柄时,要做到推中有按,每到穴位处应稍加停留,适当加力下按。一般在肝胆区使用。

3.用点穴笔点穴时,可结合子午流注学说进行应用。

4.点穴笔若是金属笔头,应用纱布包裹浸湿再用。

(李占则)

第 15 章　皮肤科诊疗技术

第一节　皮肤性病检查

【技能目标】

1.熟练掌握皮肤性病形态学观察与正确描述。

2.掌握皮肤损害的定义与形态学特点。

3.熟练掌握皮肤检查顺序。

【检查方法】

1.视诊　皮肤损害性质、大小、数目、颜色、边缘与界限、形状、表面、基底、部位分布、排列、毛发和趾指甲等形态。

2.触诊　①检查皮肤损害的大小、形态、深浅、硬度、弹性感及波动感、是否浸润增厚、萎缩变薄、松弛、凹陷;②检查皮肤损害的轮廓是否清楚、与其下组织是否粘连、固定或可以推动等;③检查皮肤损害的局部温度是否升高或降低、有无压痛、有无感觉过敏、减低或异常;④检查皮肤出汗与皮脂多少,附近淋巴结有无肿大、触痛或粘连。

棘层松解症:又称尼氏征,有 4 种检查方法:①手指推压水疱一侧,可使水疱沿推压方向移动;②手指轻压疱顶,疱液向四周移动;③稍用力在外观正常皮肤上推擦,表皮即剥脱;④牵扯已破损的水疱壁时,可见水疱以外的外观正常皮肤一同剥离。出现上述任何一种情况即可判定尼氏征阳性,常见于天疱疮。

3.压诊　操作方法:将玻片压在皮损上至少 10～20 秒钟,出血斑、色素沉着斑不消失,寻常型狼疮的结节被压迫之后出现特有的苹果酱颜色。

4.刮诊　用钝器或指甲轻刮皮疹表面以了解皮损性质。如花斑癣轻刮后可出现糠皮样鳞屑,寻常型银屑病可出现特征性银白色鳞屑、薄膜现象、点状出血三联征。

5.皮肤划痕试验　用钝器以适当压力划过皮肤,可出现以下三联反应:①划后 3～15 秒,在划过处出现红色线条;②15～45 秒后,在红色线条两侧出现红晕;③划后 1～3 分钟,在划过处出现隆起、苍白色风团状线条此三联反应称皮肤划痕征,可见于荨麻疹或单独发生。

【注意事项】

1.注意与病人进行思想情绪沟通,做好医患合作。

2.一定按皮肤性病检查顺序规范检查,避免误诊、漏诊。

第二节　皮肤性病常用实验诊断技术

【技能目标】

1.掌握皮肤性病常用实验诊断技术具体操作。

2.熟悉皮肤性病常用实验诊断技术的各检查的适应证、取材方法、注意事项及镜下观察要点。

一、皮肤组织病理检查

【适应证】

1.皮肤肿瘤、癌前病变、病毒性皮肤病、角化性皮肤病、某些红斑性皮肤病等有高度诊断价值者。

2.大疱性皮肤病、肉芽肿性皮肤病、代谢性皮肤病、结缔组织病等有诊断价值者。

3.某些深部真菌病等可找到病原体的皮肤病。

【取材方法】

1.手术取材法　适用于一般皮损及较深大的皮损。手术步骤:首先用涂笔标清取材部位,接着进行皮肤常规消毒,铺孔巾,戴无菌手套,用1％普鲁卡因注射剂做局麻,用手术刀沿皮纹方向做长1cm和宽0.3～0.5cm的梭形切口,刀锋沿皮面垂直,切取标本应包括皮下组织,底部与表面宽度一致,切忌钳夹所取组织,以免造成人为的组织改变。然后缝合包扎,结束手术。

2.钻孔取材法　适用于较小的易脆的皮损或手术取材有困难的皮损。手术步骤:首先用涂笔标清取材部位,接着进行皮肤常规消毒,铺孔巾,戴无菌手套,用0.1％普鲁卡因注射剂做局麻,术者左手固定皮损区,右手持适当规格的皮肤组织钻孔器,边用力边旋转,达到适当深度时,用有齿镊小心提起组织用剪刀在基底剪下较小创面行压迫止血,加压包扎,较大创面或颜面部行缝合切口。

3.削法　适用于较小的突起的皮损,不用向皮内深切就能达到取材皮损的要求。手术步骤:首先进行皮肤常规消毒,根据不同的患者可行局麻或不进行麻醉,将手术刀片紧贴皮肤将皮损垂直削下,创面行压迫止血,加压包扎。

【标本处理】

1.固定。切下的组织立即放入95％乙醇或10％甲醛液的小瓶中固定,如需做免疫病理,应立即将组织放在4℃冰箱保存。

2.固定后标本脱水、包埋、切片。

3.染色。一般常用HE染色法。特殊染色有PAS染色法、姬姆萨染色法等。

【注意事项】

1.取材的大小、深浅应适宜,有些病变如结节性红斑、硬红斑及脂膜炎取材必须深达皮下组织。

2.对需要包括皮下组织的活检标本,应采取外科手术法切除,而不宜用钻孔法。

3.有些疾病需多次取材,如蕈样肉芽肿。

二、免疫病理检查

【适应证】　天疱疮、类天疱疮、红斑狼疮、皮肌炎、皮肤血管炎等免疫性皮肤病。

【取材方法】　与皮肤组织病理检查基本相同。

【标本处理】

1.将需要的皮肤标本用手术或钻孔取下后,立即用OCT复合物包埋剂固定或将标本用湿润的生理盐水纱布包裹,4℃下保存,24 小时内用 OCT 复合物包埋剂包埋。

2. OCT 复合物包埋剂包埋的标本,经速冻后在－22～－25℃条件下将组织切成 4～6μm 的薄片,置于玻片上。

【检查方法】

1. **直接免疫荧光法**　将冷冻切片用 0.01mol/L、pH 7.4 的 PBS 清洗 10 分钟,晾干后滴加适当稀释的荧光标记的抗人免疫球蛋白抗体,在 37℃湿盒中孵育 30～60 分钟,再用 0.01mol/L、pH 7.4 的 PBS 洗涤 3 次后晾干,用碳酸甘油缓冲液封片,置于荧光纤维镜下观察。

2. **间接免疫荧光法**　标本来自正常人皮肤或动物组织(如鼠肝印片),首先将灭活的适当稀释的患者血清滴于标本上,置于 37℃湿盒中孵育 30～60 分钟,再用 0.01mol/L、pH 7.4 的 PBS 洗涤 3 次后晾干,后续步骤同直接法。

3. **盐裂皮肤免疫荧光法**　取患者的皮损或正常人皮肤标本,置于 1mol/L 的 NaCl 溶液中,放在 4℃冰箱中用磁力搅拌器低速搅动,每 24 小时换液一次,经过 72 小时左右,表皮与真皮分离,OCT 包埋进行 DIF 或 IIF 检查。

【注意事项】

1. 每次试验应该有阳性对照及阴性对照。

2. 标本应及时检查,并避光保存,不然荧光会猝灭。

三、真菌学检查

【适应证】　可疑真菌感染的病例。

【检查方法】

1. **直接涂片法**　取鳞屑、甲屑、断发等置于载片上,加 1 滴 10%KOH 溶液,盖上盖玻片,用酒精灯火焰徐徐加热(避免煮沸)以加速溶解角质物。然后将盖玻片压紧,用吸水纸或棉棒吸去周围多余溶液,在镜下查菌丝或孢子。

2. **墨汁涂片**　用于检查隐球菌及其他有荚膜的孢子。方法是取一小滴墨汁与标本(如脑脊液)混合,盖上盖玻片后直接检查。

3. **真菌培养**　可提高真菌检出率,并能确定菌种。标本接种于葡萄糖琼脂培养基上,置室温下培养 1～3 周,以鉴定菌种,必要时可行玻片小培养协助鉴定。

【注意事项】　注意取材部位,环形皮损应取边缘的鳞屑,水疱可剪下疱顶置于玻片上,必要时多次取材或多部位取材检查。

四、滤过紫外线(Wood 灯)检查

【适应证】　主要用于诊断色素异常性疾病、皮肤感染和卟啉症。

【检查方法】　由高压汞灯作为发射光源,通过有含 9%镍氧化物的钡硅酸滤片发出 320～400nm 波长的光波。在暗室内,将患处置于 Wood 灯下直接照射,观察荧光类型。

【注意事项】　注意照射部位清洁,有时局部外用药(如凡士林、水杨酸、碘酊等)甚至肥皂的残留物也可有荧光,应注意鉴别。

五、变应原检测

【适应证】 过敏性疾病,特别是对明确职业性皮肤病的病因有重要意义。分体内试验和体外试验。

【检查方法】

1. 斑贴试验

(1)试验方法:根据受试物的性质配制适当浓度的浸液、溶液、软膏或原物作为试剂,置于4层1cm×1cm的纱布上,贴于背部或前臂屈侧的健康皮肤,其上用一稍大的透明玻璃纸覆盖,再用橡皮膏固定边缘。同时做多个不同试验时,每两个之间距离>4cm,同时必须设阴性对照。目前多用市售的铝制小室斑试器进行斑贴试验。结果及意义:24~48小时后观察。受试部位无反应为(－),出现痒或轻微发红为(±),出现单纯红斑、瘙痒为(＋),出现水肿性红斑、丘疹为(卅),出现显著红肿、伴丘疹或水疱为(卌)。

(2)注意事项

①应注意区分过敏反应及刺激反应;

②假阴性反应可能与试剂浓度低、斑试物质与皮肤接触时间太短等有关;

③不宜在皮肤病急性期做试验,不可用高浓度的原发性刺激物做试验;

④受试前2周和受试期间服糖皮质激素、受试前3天和受试期间服用抗组胺类药物均可出现假阴性;

⑤如果在试验后72小时至1周内局部出现红斑、瘙痒等表现,应及时到医院检查。

2. 皮内试验

(1)试验方法:用于Ⅰ型(如青霉素试验)和Ⅳ型变态反应(如结核菌素试验)。一般选择前臂屈侧为受试部位,局部清洁消毒后取配制好的皮试液进行皮内注射,形成直径0.1cm的皮丘;结果:15~20分钟后观察结果。受试部位无反应为(－);出现红斑直径>1cm,伴风团为(＋);直径2cm,伴风团为(卅);直径>2cm、伴风团或伪足为(卌);6~48小时后出现反应并出现浸润性结节为迟发反应阳性。

(2)注意事项

①宜在病情稳定期进行;

②应设生理盐水及组胺液做阴性及阳性对照;

③结果为阴性时,应继续观察3~4天,必要时3~4周后重复试验;

④有过敏休克史者禁用;

⑤应做好抢救准备,以对应可能发生的过敏性休克;

⑥受试前2天应停用抗组胺药物;

⑦妊娠期应尽量避免检查。

六、性病检查

(一)淋球菌检查

1. 检查方法

(1)标本采集:用含无菌生理盐水的藻酸钙棉拭子,伸入男性尿道2~4cm,轻轻转动取出分泌物;女性先用无菌的脱脂棉擦去阴道内黏液,用无菌的藻酸钙脱脂棉拭子插入宫颈内1~

2cm 处旋转取出分泌物;患结膜炎的新生儿取结膜分泌物;全身性淋病时可取关节穿刺液;前列腺炎患者经按摩取前列腺液。

(2)直接涂片:主要用于急性感染者。涂片 2 张,自然干燥,加热固定后做革兰染色,油镜下观察。

(3)细菌培养:标本立即接种于血琼脂或巧克力琼脂板上,置于含 5%～10% 的 CO_2 孵箱,37℃ 孵育 24～28 小时后观察结果。挑选可疑菌落做涂片染色镜检,也可用氧化酶试验或糖发酵试验进一步证实。

2. 结果　涂片染色镜检可见大量多形核细胞,细胞内外可找到成双排列、呈肾形的革兰阴性双球菌。在培养皿上可形成圆形、稍凸、湿润、光滑、透明到灰白色的菌落,直径为 0.5～1.0mm。生化反应符合淋球菌特征。

3. 临床意义　直接涂片镜检阳性者可初步诊断,但阴性不能排除诊断;培养阳性可确诊。

4. 注意事项

(1)取材时拭子伸入尿道或宫颈口内的深度要足够;

(2)男性患者最好在清晨首次排尿前或排尿后数小时采集标本进行培养;

(3)涂片时动作宜轻柔,防止细胞破裂变形,涂片的厚薄与固定及革兰染色时间要合适。

(二)衣原体检查

检查方法:

1. 细胞检查法　将每份标本接种于培养瓶(为 McCoy 单层细胞管)中,置 37℃ 吸附 2 小时后,用维持液洗涤 2～3 次,最后加生长液,37℃ 培养 3～4 天,经碘染色或姬姆萨染色后镜检。阳性标本包涵体碘染色呈棕黑色,姬姆萨染色呈红色。阳性结果结合临床可确诊衣原体感染。

2. 衣原体抗原检测法(简称 C-C 快速法)　用商品试剂盒检测,方便、简单、快速,但稳定性略差。按说明书操作,质控窗和结果窗均显示一条蓝带为阳性,阴性为质控窗显示一条蓝带而结果窗无变化。阳性结果结合临床可确诊沙眼衣原体感染,阴性时不能完全排除,可用细胞培养法确定。

3. 免疫荧光法　采集标本同淋球菌检查。将标本涂于玻片凹孔或圆圈中,干燥处理后加荧光素标记的抗沙眼衣原体单克隆抗体,反应、封固后置显微镜下检查。阳性标本在高倍镜下可见上皮细胞内的原体颗粒,为单一、针尖大小、明亮的绿色荧光,在油镜下为荧光均匀、边缘光滑的圆盘样结构,也可见网状体等其他形态的衣原体颗粒。

(三)支原体检查

采集标本同淋球菌检查,也可用 10ml 中段尿离心(2 000 转/分,10 分钟),取沉渣接种于液体培养基。置 5%～10% CO_2 环境中,37℃ 培养 24～72 小时,每日观察颜色变化。如由黄色变为粉红色,可能有解脲支原体生长。取 0.2ml 培养物接种到固体培养基上,培养 48 小时后观察,有典型"油煎蛋"状菌落者为阳性,可诊断支原体感染。

(四)梅毒螺旋体检查

检查方法:

1. 梅毒螺旋体直接检查　可取病灶组织渗出物、淋巴结穿刺液或组织研磨液,用暗视野显微镜检查,也可经镀银染色、姬姆萨染色或墨汁负染色后用普通光学显微镜检查,或用直接免疫荧光检查。梅毒螺旋体镀银染色呈棕黑色,姬姆萨染色呈桃红色,直接免疫荧光检查呈绿色荧光。阳性结果结合临床表现、性接触史可确诊。

2. 快速血浆反应素环状卡片试验

(1)卡片定性试验:取 50μl 待检血清加入卡片圆圈内并涂匀,用专用滴管加入摇匀的抗原 1 滴,将卡片旋转 8 分钟后立即观察结果,出现黑色凝集颗粒和絮片为阳性;

(2)卡片定量试验:用等量盐水在小试管内做 6 个稀释度,即 1:1、1:2、1:4、1:8、1:16、1:32,每个稀释度取 50μl 血清加入玻片圆圈中,按定性法测。

3. 梅毒螺旋体颗粒凝集试验(TPPA) 阳性结果可确诊。类似方法有梅毒螺旋体血凝试验(TPHA)、荧光螺旋体抗体吸收试验(FTA-ABS),后者特异性更高,因抗原制备复杂已很少使用。梅毒螺旋体抗原血清试验常呈持久阳性,不可用于观察、判断疗效。

(五)杜克雷嗜血杆菌检查

检查方法:

1. 直接涂片 在开放的溃疡中不易查到细菌,所以最好从淋巴结潜行穿刺取材,一次推涂成片,以保持细菌的特征性排列方式。革兰染色可见杜克雷嗜血杆菌呈鱼群状排列,阳性即可做出诊断,但容易出现假阴性或假阳性,特异性和敏感性可能都低于 50%。

2. 细菌培养 用含血清和低浓度万古霉素的选择培养基培养 24~48 小时后观察,菌落直径 1~2mm,色灰黄、凸起、粗糙并能在培养基上推动,取菌落镜检阳性或做生化反应阳性可确诊,还可做药敏试验。

3. 其他方法 单克隆抗体进行免疫荧光快速检测的阳性率可达 93%;DNA 探针检测的特异性和敏感性均较高。

(六)醋酸白试验

以棉签清除局部分泌物后,蘸 5% 冰醋酸涂在皮损及周围正常皮肤黏膜,2~5 分钟后皮损变为白色、周围正常组织不变色为阳性。

(七)毛滴虫检查

在阴道后穹窿、子宫颈或阴道壁上取分泌物混于温生理盐水中,立即在低倍镜下镜检,如有滴虫时可见其呈波状移动。男性可取尿道分泌物、前列腺液或尿沉渣检查。

七、蠕形螨、疥螨和阴虱检查

【检查方法】

1. 蠕形螨检查

(1)挤刮法:选取鼻沟、颊部及颏部等皮损区,用刮刀或手挤压,将挤出物置于玻片上,滴一滴生理盐水,盖上盖玻片并轻轻压平,镜检有无蠕形螨。

(2)透明胶带法:将透明胶带贴于上述部位,数小时或过夜后,取下胶带贴于载玻片上镜检。

2. 疥螨的检查 选择指缝、手腕的屈侧等处未经搔挠的丘疱疹、水疱或隧道,用消毒针头挑出隧道盲端灰白色小点置玻片上,或用蘸上矿物油的消毒手术刀轻刮皮损 6~7 次,取附着物移至玻片上,滴一滴生理盐水后镜检。

3. 阴虱的检查 用剪刀剪下附有阴虱和虫卵的阴毛,以 70% 乙醇或 5%~10% 甲醛溶液固定后放在玻片上,滴一滴 10% KOH 溶液后镜检。

第三节　皮肤性病的治疗操作

【技能目标】

1.掌握外用药剂型、种类及用药操作方法、注意事项。

2.熟练操作物理治疗方法。

3.熟练掌握皮肤外科的手术操作方法。

【治疗方法】

1.外用药物治疗

(1)外用药物种类

清洁剂:生理盐水、3％硼酸溶液、1∶1 000 呋喃西林溶液、植物油和液状石蜡等。

保护剂:滑石粉、氧化锌粉、炉甘石、淀粉等。

止痒剂:5％苯唑卡因、1％麝香草酚、1％苯酚、各种焦油制剂、糖皮质激素等。

角质促成剂:2％～5％煤焦油或糠馏油、5％～10％黑豆馏油、3％水杨酸、3％～5％硫磺、0.1％～0.5％蒽林、钙泊三醇软膏等。

角质剥脱剂:5％～10％水杨酸、10％雷琐辛、10％硫磺、20％～40％尿素、5％～10％乳酸、0.01％～0.1％维 A 酸等。

收敛剂:0.2％～0.5％硝酸银、2％明矾液等。

腐蚀剂:30％～50％三氯醋酸、纯苯酚、硝酸银棒、5％～20％乳酸等。

抗菌剂:3％硼酸溶液、0.1％依沙吖啶(雷佛奴尔)、5％～10％过氧化苯甲酰、0.5％～3％红霉素、1％克林霉素(氯洁霉素)、0.1％黄连素、1％四环素、0.5％～3％红霉素、2％莫匹罗星等。

抗真菌剂:2％～3％克霉唑、1％益康唑、2％咪康唑、2％酮康唑、1％联苯苄唑、10％十一烯酸、10％～30％冰醋酸、5％～10％硫磺等也具有抗真菌作用。

抗病毒剂:3％～5％阿昔洛韦(无环鸟苷)、5％～10％疱疹净、10％～40％足叶草酯、0.5％足叶草酯毒素。

杀虫剂:5％～10％硫磺、1％γ-666、2％甲硝唑、25％苯甲酸苄酯、20％～30％百部酊、5％过氧化苯甲酰等。

遮光剂:5％二氧化钛、10％氧化锌、5％～10％对氨基苯甲酸、5％奎宁等。

脱色剂:3％氢醌、20％壬二酸等。

维 A 酸类:0.025％ ～0.05％全反式维 A 酸霜、0.1 ％他扎罗汀凝胶。

糖皮质激素:①弱效,1％醋酸氢化可的松,0.25％醋酸甲泼尼龙;②中效,0.05％醋酸地塞米松,0.5％醋酸氢化泼尼松,0.05％丁氯倍他松,0.025％～0.1％曲安奈德,0.01％氟轻松,0.25％醋酸氟氢可的松,0.05％去氯地塞米松;③强效,0.1％丁酸氢化可的松,0.025％双丙酸倍氯美松,0.05％双丙酸倍他米松,0.1％双丙酸地塞米松,0.05％戊酸倍他米松,0.025％氟轻松,0.025％氯氟舒松;④超强效,0.02％～0.05％丙酸氯倍他索,0.1％氯氟舒松,0.1％戊酸倍他米松,0.05％卤米他松。

(2)外用药物剂型

溶液:主要用于急性皮炎湿疹类疾病。常用的有 3％硼酸溶液、0.05％～0.1％黄连素溶液、1:8 000 高锰酸钾溶液、0.2%～0.5%醋酸铝溶液、0.1%硫酸铜溶液等。

酊剂和醑剂:常用的有 2.5%碘酊、复方樟脑醑等。

粉剂:主要用于急性皮炎无糜烂和渗出的皮损,特别适用于间擦部位。常用的有滑石粉、氧化锌粉、炉甘石粉等。

洗剂:有止痒、散热、干燥及保护作用。常用的有炉甘石洗剂、复方硫磺洗剂等。

油剂:有清洁、保护和润滑作用。主要用于亚急性皮炎和湿疹。常用的有 25%～40%氧化锌油、10%樟脑油等。

乳剂:有两种类型,一种为油包水(W/O),主要用于干燥皮肤或在寒冷季节使用;另一种为水包油(O/W),也称为霜剂(cream),适用于油性皮肤。主要用于亚急性、慢性皮炎。

软膏:主要用于慢性湿疹、慢性单纯性苔藓等疾病,不宜用于急性皮炎、湿疹的渗出期等。

糊剂:多用于有轻度渗出的亚急性皮炎湿疹等,毛发部位不宜用糊剂。

硬膏:常用的有氧化锌硬膏、肤疾宁硬膏、剥甲硬膏等。

涂膜剂:常用于治疗慢性皮炎,也可以用于职业病防护。

凝胶:急、慢性皮炎均可使用。常用的有过氧化苯甲酰凝胶、阿达帕林凝胶等。

气雾剂:又称为喷雾剂,可用于治疗急、慢性皮炎或感染性皮肤病。

其他:二甲亚砜可溶解多种水溶性和脂溶性药物,也称为万能溶媒,1%～5%氮酮溶液也具有良好的透皮吸收性,且无刺激性。

2. 物理治疗

(1)电疗法

①电解术:用电解针对较小的皮损进行破坏,适用于毛细血管扩张和脱毛。

②电干燥术:也称为电灼术,对病变组织进行烧灼破坏。适用于较小的寻常疣、化脓性肉芽肿等。

③电凝固术:使较大较深的病变组织发生凝固性坏死。适用于稍大的良性肿瘤或增生物。

④电烙术:用电热丝对皮损进行烧灼破坏。适用于各种疣和较小的良性肿瘤。

(2)光疗法

①红外线:适用于皮肤感染、慢性皮肤溃疡、冻疮和多形性红斑等。

②紫外线:分为短波紫外线(UVC)、中波紫外线(UVB)和长波紫外线(UVA),UVA 和 UVB 适用于玫瑰糠疹、银屑病、斑秃、慢性溃疡、痤疮、毛囊炎、疖病等。照射时应注意对眼睛的防护,活动性肺结核,甲状腺功能亢进或严重心、肝、肾疾病,光敏感者禁用。窄波 UVB 是治疗银屑病、白癜风等疾病的最佳疗法之一。

③光化学疗法:是内服或外用光敏剂后照射 UVA 的疗法,适用于银屑病、白癜风、原发性皮肤 T 细胞淋巴瘤、斑秃、特应性皮炎等。不良反应包括白内障、光毒性反应、皮肤光老化、光敏性皮损等,长期应用有致皮肤癌的可能,禁忌证包括白内障、肝病、卟啉病、着色性干皮病、红斑狼疮、恶性黑素瘤等,儿童及孕妇等禁用;治疗期间禁食酸橙、香菜、芥末、胡萝卜、芹菜、无花果等,忌与其他光敏性药物或吩噻嗪类药物同服。

④激光:用于治疗太田痣、文身、去除皮肤皱纹和嫩肤等。

(3)微波疗法:适用于各种疣、皮赘、血管瘤、淋巴管瘤、汗管瘤等的治疗。

(4)冷冻疗法:适用于各种疣、化脓性肉芽肿、结节性痒疹、浅表良性肿瘤等。不良反应有疼痛、继发感染、色素变化等。

（5）水疗法：又称浴疗，常见的有淀粉浴、温泉浴、人工海水浴、高锰酸钾浴、中药浴等。适用于银屑病、慢性湿疹、瘙痒病、红皮病等。

（6）放射疗法：适应证有各种增殖性皮肤病如血管瘤（特别是草莓状和海绵状血管瘤）、瘢痕疙瘩、恶性肿瘤如基底细胞上皮瘤、鳞状细胞癌、原发性皮肤 T 细胞淋巴瘤等，也可用于脱毛、止汗等。在阴囊、胸腺、甲状腺、乳腺等部位进行治疗时，一定要注意对腺体的保护。

（李占林）

第16章 基础护理技能

第一节 铺 床 法

【技能目标】

1. 掌握备用床、暂空床、麻醉床 3 种铺床法的操作技术。
2. 了解备用床、暂空床、麻醉床的注意事项。

一、备 用 床

【目的】 保持病室整洁、美观,准备接收新病人。

【操作步骤】

1. 着装整洁,洗手、戴口罩,备齐用物携至床旁。

2. 按使用顺序将枕、枕套、棉被或毛毯、被套、床褥及大单放在护理车上,推车到床旁。再次检查床垫有无凹陷,根据需要更换床垫。

3. 移开床旁桌离床约 20cm,移床旁椅至床尾正中,离床尾约 15cm。

4. 取床褥齐头平铺在床垫上,将所需用物放在床旁椅上。

5. 铺大单。①将大单放在床褥的 1/2 处,中缝和床的中线对齐,向床头、床尾展开。②先铺床头再铺床尾。一手将床垫托起,一手伸过床头中线,将大单塞入垫下。铺床角,在离床头约 30cm 处,向上提起大单边缘,使其与床沿垂直,呈一横置等腰三角形。以床沿为界,将三角形分为两半,先将下半三角平整地塞于床垫下,再将上半三角翻下塞于床垫下。③至床尾拉紧大单,用同法铺好床角。拉紧大单中部边缘,向内塞入(双手掌心向上),平铺于床垫下。④转至对侧,同法铺大单。

6. 套被套。①"S"式:将棉被或毛毯纵折三折,再"S"形横折三折。被套正面向外,被套封口边齐床头,对齐中线,平铺于床上,将被套上层开口处向上翻开 1/3 将 S 形棉被送至被套内顶端。将纵折的棉被两边打开和被套平齐(先近侧后对侧),套好两上角。盖被上缘与床头平齐,至床尾逐层拉平棉被和被套,系好带子。然后将被的左右侧内折和床沿平齐,铺成被筒,尾端塞于床垫下。②卷筒式:被套正面向内对中线平铺于床上,开口端向床尾。将棉被或毛毯平铺在被套上,上缘和被套封口边齐,将棉被或毛毯与被套一并从床头卷至床尾,自开口处翻转、系带、拉平。按"S"式折成被筒。

7. 套枕套。将枕套套于枕芯,四角充实,系带,轻拍枕芯,用两手平托(或拖)至床头,开口处背向门。

8. 将床旁桌、椅放回原处。

9. 整理用物,洗手。

【注意事项】

1. 铺床前应检查床的各部有无破损。

2. 病人治疗或进餐时应暂停铺床。

3. 操作中正确应用节力原则,应协调、连续,避免多余的动作,以省时节力。

4. 各层床单应拉紧铺平,保持病床整洁、美观、舒适。

5. 动作应轻稳,避免尘埃飞扬。

二、暂　空　床

【目的】　保持病室整洁,供新入院病人或暂离床活动的病人使用。

【操作步骤】

1. 将备用床的被盖(被套式)三折叠于床尾。如为被单式,则将罩单向内返折,包过棉胎上端,再将底层大单做 25cm 返折,包裹棉胎和罩单,然后将罩单、棉胎和底单一起三折于床尾。

2. 根据病情需要,铺橡胶单和中单。上缘距床头 45～50cm,中线与床中线对齐,两单边缘下垂部分一起平整地塞入床垫下。转至对侧,用同法铺好。

【注意事项】　同备用床。

三、麻　醉　床

【目的】

1. 便于接收和护理麻醉手术后的病人。

2. 保护床上用物不被血液或呕吐物污染。

3. 使病人安全、舒适,预防并发症。

【操作步骤】

1. 着装整洁、洗手、戴口罩、备齐用物携至床旁。检查床垫有无凹陷,根据需要更换或翻转床垫。

2. 有脚轮的床,应先固定脚轮,调整床的高度。

3. 移开床旁桌离床约 20cm,移床旁椅至床尾正中,离床尾约 15cm。

4. 取床褥齐床头平铺在床垫上。

5. 按备用床程序铺近侧大单。

6. 根据手术部位需要在床尾或床中部铺防水单。防水单铺于床中部时,中线与大单中线对齐,上端距床头 45～50cm;依法将中单铺于防水单上,床沿部分与防水单一并塞入床垫下,铺床头防水单和中单,上端与床头平齐,下端压在中部防水单及中单上,床沿部分一并塞入床垫下,转至对侧,同法铺好各单。

7. 按备用床法套好盖被。

8. 盖被上端与床头平齐,两侧内折与床边沿对齐,被尾内折与床尾平齐。

9. 将盖被扇形三折叠于一侧床边,开口向着门口。

10. 套好枕套并将枕头横立放置于床头,开口侧背门。

11. 移回床旁桌椅放在接收病人对侧的床尾。

12. 麻醉护理盘放置于床旁桌上,以备需要抢救及护理时及时取用。

【注意事项】

1. 病室内有病人进餐或治疗时应暂停铺床。

2. 备齐用物、顺序放置,减少走动的次数,提高效率及节力。

3. 操作时动作要轻、稳,避免尘土飞扬。

4. 铺麻醉床时应更换清洁床单被罩,保证病人舒适整洁。

5. 中单要遮盖防水单,以避免防水单直接与病人皮肤接触,刺激皮肤,而引起病人的不适感。

6. 麻醉后病人应去枕平卧,头偏向一侧。备好吸痰器以利于痰液及时吸出,防止病人误吸。

四、床罩铺床法

【目的】 保持病室整洁、美观、准备接收新病人。

【操作步骤】

1. 着装整洁,洗手、戴口罩,备齐用物携至床旁。

2. 检查床垫有无凹陷,根据需要更换或翻转床垫。

3. 有脚轮的床,应先固定脚轮,调整床的高度。

4. 移开床旁桌离床约20cm,移床旁椅至床尾正中,离床尾约15cm。

5. 将用物按顺序放于椅上。

6. 取床褥齐床头平铺在床垫上。

7. 套床罩。

(1)将床罩放于床褥中间,床罩中线与床中线对齐,分别向床头、床尾展开。

(2)先套床头再套床尾。一手托起床垫将床罩两角分别套于床垫两角上,同法将床尾两角套好,将床罩拉紧抻平,并将系带系紧。

8. 被套及枕套套法同备用床。

【注意事项】

1. 病室内有病人进餐或治疗时应暂停铺床。

2. 备齐用物、顺序放置,减少走动的次数,提高效率及节力。

3. 操作时动作要轻、稳,避免尘土飞扬。

(张新春)

第二节 病人及床单元的清洁

【技能目标】

1. **掌握** 各项病人清洁、床单元整理的操作方法。

2. **熟悉** 各项病人清洁、床单元整理的注意事项。

3. **了解** 各项病人清洁、床单元整理的目的。

一、病人的清洁

(一)口腔护理

【目的】 保持病人口腔清洁,去除异味,增加食欲;清除致病菌,预防口腔溃疡;观察口腔黏膜、舌苔及口腔特殊气味的改变,提供病情观察的动态信息。

【操作步骤】

1.洗手、戴口罩,备齐用物携至床旁。协助病人面向护士取合适卧位,颌下铺治疗巾,弯盘置于口角旁,同时向病人解释,取得病人的合作。

2.先湿润口唇、口角,观察口腔黏膜有无出血、溃疡、感染等现象。昏迷病人可用开口器协助张口,左手持压舌板分开面颊部,右手持手电筒观察口腔黏膜和舌苔情况,取下活动性义齿。

3.用弯钳夹持棉球,再用压舌板分开一侧颊部,沿牙缝纵向由上至下由臼齿擦至门牙,同法擦洗对侧,同时嘱咐病人行上下颌咬合运动。

4.嘱病人张口,依次擦洗左侧上、下牙内侧面,咬合面。同法擦洗右侧上、下牙内侧面、咬合面、上腭及舌面,并弧形擦洗两侧颊部黏膜、注意勿触及咽部,以免引起恶心。

5.协助病人用吸水管吸漱口液漱口,昏迷病人不可漱口。完毕撤去弯盘,用治疗巾擦净病人口周。口唇干裂可涂石蜡油。再次观察口腔,口腔黏膜如有溃疡,可涂药于患处。

6.取下治疗巾,清理用物,协助病人取舒适卧位,整理床单位。

【注意事项】

1.擦洗时动作要轻柔,以免损伤口腔黏膜和牙龈(特别是对凝血功能差的病人)。

2.昏迷病人禁忌漱口,擦洗时用弯钳夹紧棉球,每次一个,防止遗留在口腔内;棉球不宜过湿,以防病人将溶液吸入呼吸道。

3.观察口腔黏膜有无真菌感染,特别是长期使用抗生素的病人。

4.传染病人用物须按消毒隔离原则处理。

(二)床上洗发

【目的】

1.清除头皮屑和污垢,保持头发清洁,使病人舒适,促进身心健康。

2.按摩头皮,促进血液循环,促进头发的生长和代谢。

3.建立良好的护患关系。

【操作步骤】

1.携用物至床旁,根据季节关门窗,调节室温在22～26℃。向病人说明洗发的目的,取得合作。移开桌椅,将热水壶和搪瓷杯放在椅上,另一搪瓷杯扣放脸盆内,杯底部用折好的小毛巾垫好。

2.病人仰卧,解开领扣,将橡皮单、大毛巾铺于枕头上,移枕头于肩下,将马蹄形橡皮圈放于头下,将床头的大毛巾反折,围在病人颈部,将脸盆放置床边小凳上。

3.取纱布盖病人双眼、棉球塞入双耳,嘱病人闭上双眼,取下发卡,梳理头发。

4.先将少许热水滴于病人头部,询问病人感觉,以确定水温是否合适。用水壶倒热水将头发湿透,再将洗发液均匀涂抹在病人头发上,用指腹揉搓头发和按摩头皮,方向由发际向头顶部,然后用热水边冲边揉,至冲洗干净为止。注意观察病人的一般情况。

5.洗毕,解下颈部毛巾包住头发,以手托住头部,一手撤去床头脸盆。

6.协助病人卧于床中央,将肩下枕头、橡胶单及大毛巾一起移至头部,取下纱布、棉球,用热毛巾擦干面部,用大毛巾轻揉头发、擦干,用梳子梳顺、散开,必要时可用电吹风吹干头发。长发者可予以编辫。

【注意事项】

1.注意保暖,同时避免水溅入眼睛、耳内。

2.洗头时间不宜过久,以防头部充血和疲劳,引起不适。

3.洗头过程中,随时观察病人病情变化,如面色、脉搏、呼吸等,有异常情况出现应立即停止操作,给予处理。

4.极度衰弱病人,不宜洗发。

(三)床上擦浴

【目的】

1.去除皮肤污垢,保持皮肤清洁,增进病人舒适,满足病人身心需要。

2.刺激皮肤血液循环,增强皮肤排泄功能,预防感染和压疮等并发症的发生。

3.观察病人的一般情况,活动肢体,预防肌肉挛缩和关节僵硬等并发症。

【操作步骤】

1.备齐用物携至床旁,核对床号、姓名,向病人及其家属再次解释。将清洁衣裤和被服放于床旁椅上。关好门窗,调节室温在 24℃±2℃,用屏风遮挡病人,按需要给予便盆。将脸盆放在床旁桌上,倒入热水 2/3 满,测试水温。根据病情放平床头及床尾支架。

2.将浴巾铺于颈前,松开领扣,先为病人洗脸、颈部。将毛巾缠于手上,依次擦洗眼、额、鼻翼、面颊、嘴、耳后直至下颌及颈部。先用涂有肥皂的湿毛巾擦洗,再用湿毛巾擦净肥皂液,清洗毛巾后再擦洗,最后用干毛巾擦干。

3.协助病人侧卧洗双手。脱掉上衣,先近侧后远侧,如有外伤则先健肢后患肢,在擦洗处下面铺上大毛巾,擦洗方法同上,按顺序先擦洗两上肢。换热水后擦洗胸腹部,协助病人侧卧,背向护士,依次擦洗颈、背部。

4.协助病人穿上清洁上衣,脱下裤子,更换清水及毛巾后,再依次擦洗会阴部、臀部及两下肢至踝部。将病人两膝屈起,浴巾铺于床尾,擦洗双脚,洗净擦干,协助病人更换清洁裤子。

5.必要时修剪指、趾甲,梳头,更换床单,完毕后整理用物,清洁物品。

【注意事项】

1.动作要轻稳、迅速,用力适当、均匀,擦洗要彻底。

2.要保持室温、水温适宜,勤更换清水,擦洗时间不要过长,避免病人受凉感冒。

3.注意观察病人病情及全身皮肤情况,如出现寒战、面色苍白、脉速等,应立即停止操作,并报告医生。

4.操作时,注意保护病人,维护病人自尊,尽可能减少暴露,防止受凉。

5.女病人会阴部应采用冲洗法。

(四)压疮的预防及护理

【目的】

1.促进皮肤的血液循环,预防压疮的发生。

2.观察病人的一般情况,满足其身心需要,增进护患沟通。

3.按摩周身皮肤,减少病人劳累和酸痛感。

【操作步骤】

1.避免局部长期受压

(1)鼓励和协助病人经常更换体位:每 2 小时翻身一次,视病情及受压情况及时调整,必要时 1 小时翻身一次,翻身时切忌撞、拉、拖等动作,避免擦破皮肤。

（2）保护骨隆突处和支持身体空隙处：将病人体位安置妥当后，在身体空隙处垫软枕或海绵垫。床上支架撑起被褥，减轻被褥对足部的压迫，将易受压部位处于悬空状态，有利于减轻对骨隆突处的压力。

（3）使用石膏、绷带及夹板固定时应注意：衬垫应平整，松软适度。注意骨隆突处局部皮肤和肢端皮肤颜色改变情况，如石膏绷带过紧或凹凸不平应及时处理。

（4）为病人取卧位时：床头抬高不应超过45°，支起膝下支架，以免病人滑向床尾时剪切力和摩擦力损伤骶尾部皮肤。

2.避免局部理化因素的刺激

（1）保持皮肤清洁干燥：高热病人出汗后及时擦干，更换清洁衣裤和床单，大、小便失禁的病人，及时用温水清洗会阴和臀部，更换尿垫和床单，局部皮肤可以涂搽润滑油，保护皮肤，但皮肤破溃者严禁搽油，不利于皮肤愈合，避免让病人卧于橡胶单或塑料布上。

（2）保持床单、被褥清洁、干燥、平整，有污染及时更换。

（3）便器边缘应垫柔软的布垫，避免皮肤接触瓷面在拖、拉动作时损伤皮肤。

3.促进局部血液循环　定期为病人温水擦浴，按摩受压部位局部骨隆突处或协助病人做关节活动，促进血液循环，改善局部营养状态。

4.营养支持　鼓励病人进高蛋白、富含维生素饮食，补充矿物质，增强机体抵抗力和组织修复能力，水肿病人限制水盐摄入，脱水病人及时补充水和电解质。

5.协助病人增加活动量　在病情允许的情况下，鼓励病人离床活动，促使静脉回流，起到预防压疮的作用。

6.帮助病人及其家属增强有关的健康知识　通过健康教育使病人及其家属了解预防措施的重要意义，学会简便可行的方法减轻皮肤受压的程度，并能够按计划进行身体活动的锻炼。

【注意事项】

1.避免局部长期受压。

2.避免潮湿、摩擦及排泄物的刺激。

3.增进局部血液循环。

4.增进营养的摄入。

5.关爱患者，动作轻柔，边操作、边进行有效的护患沟通。

6.健康教育，及时、科学、有效。

（邢淑芳）

二、卧有病人床的整理法及更换床单法

（一）卧有病人床的整理法

【目的】　保持病床平整、舒适，预防压疮；保持病室整洁美观。

【操作步骤】

1.携用物至床旁，向病人解释，取得配合。将床旁桌移开离床20cm，床旁椅移于床旁桌边，如病情许可，放平床头及床尾支架，便于彻底清扫。

2.协助病人侧卧一侧，松开近侧各层单，由上而下逐层清扫，注意枕下及病人身下，各层彻底扫净。最后将大单、橡皮中单、中单逐层拉平铺好，将病人移至近侧，护士转至对侧以上法逐层清扫并拉平铺好。

3.使病人平卧,将枕头拍平后放于病人头下,整理盖被,把棉被和被套拉平,叠成被筒,为病人盖好。

4.移回床旁桌椅,整理床单元,清理用物,取下床刷上的毛巾套或扫床巾,洗净后消毒备用。

【注意事项】

1~3 同备用床。

4.操作中保证病人安全、舒适。必要时使用床档,防止病人在变换体位时坠床。

5.若两人配合操作,注意动作的协调和一致。

6.操作中注意与病人交流,随时观察病人的反应,一旦病情发生变化,应立即停止操作。

(二)卧有病人床的更换床单法

【目的】 同卧有病人床的整理法。

【操作步骤】

1.侧卧更换床单法

(1)携用物至床旁,向病人解释。移开床旁桌椅,病情许可时,放平床上支架。清洁被服按顺序放椅上。移开床旁桌离床 20cm,床旁椅移于床旁桌边。松开床尾盖被,协助病人侧卧于床的一边,背向护士,将枕头与病人一起移向对侧。松开近侧各层被单,将中单卷入病人身下,扫净橡胶单,搭在病人身上,再将大单卷入病人身下,扫净褥垫上的渣屑。

(2)将清洁大单的中线和床中线对齐,一半塞入病人身下,近侧半幅大单,自床头、床尾、中间,先后展平拉紧折成斜角塞入床垫下。放平橡胶单铺上中单,一半塞入病人身下,将近侧半幅中单及橡胶单一同塞入床垫下。协助病人侧卧于清洁单上,转至对侧,扫净橡胶中单,拉清洁中单一起搭于病人身上,将污中单、大单卷至床尾撤出投入污袋。扫净褥垫,依次将清洁大单、橡胶中单、中单逐层拉平铺好。

(3)协助病人仰卧,撤除污被套,将清洁被套铺在棉胎上,封口端与被头平齐,从床尾端向床头被头翻转拉平,同时撤出污被套。取下污枕套,扫净枕芯,换清洁枕套,置于病人头下。协助病人选择舒适卧位,移回床旁桌椅,清理用物。

2.平卧更换床单法

(1)携用物至床旁,向病人解释。移开床旁桌椅,病情许可时,放平床上支架。清洁被服按顺序放椅上。移开床旁桌离床 20cm,床旁椅移于床旁桌边。松开床尾盖被,协助病人平卧。

(2)一手托起病人头部,另一手取出枕头,放于床尾椅上,解开大单、中单、橡胶中单,横卷成筒式,将污大单卷至肩下。

(3)将清洁大单横卷成筒状铺床头,中线对齐,铺好床头大单,抬起病人上半身,然后将各层污单从床头卷至病人臀下,同时将清洁大单拉至臀部。

(4)放下病人的上半身,抬起臀部迅速撤出各层污染的床单,同时将清洁大单拉至床尾,拉平铺好。先铺好一侧清洁中单及橡皮中单,余下半幅塞于病人身下,转至对侧以同法铺好,同卧有病人床的整理法。

【注意事项】

1.动作敏捷轻稳,不要过多翻动和暴露病人,以免疲劳及受凉。

2.在更换床单的同时注意观察病人病情及皮肤有无异常改变,带引流管的病人观察管子有无扭曲受压或脱落。

(邢淑芳)

第三节　搬运病人法

【技能目标】

1. 掌握　搬运和护送病人的技能操作。

2. 熟悉　运送病人的注意事项。

3. 了解　运送病人的目的。

一、平车运送法

【目的】　运送不能起床的病人入院、检查、治疗或转运病人等。

【操作步骤】

1. **挪动法**　适用于能在床上配合动作者。

(1)移开床旁桌、椅,松开盖被,帮助病人移向床边。

(2)平车与床平行并紧靠床边,将盖被平铺于平车上。

(3)护士抵住平车,帮助病人按上身、臀部、下肢的顺序向平车挪动(从平车移回床上时,先帮助病人移动下肢、臀部,再移动上身),为病人盖好被,使病人舒适。

2. **一人法**　适用于儿科病人或者体重较轻的病人。

(1)将平车推至床尾,使平车头端与床尾成钝角,固定平车。

(2)松开盖被,协助病人穿衣。

(3)将盖被铺于平车上,病人移至床边。

(4)协助病人屈膝,一臂自病人腋下伸至肩部外侧,一臂伸入病人大腿下。

(5)将病人双臂交叉于搬运者颈后,托起病人移步转身,将病人轻放于平车上,为病人盖好被。

3. **两人法**　适用于不能自行活动或体重较重者。

(1)将平车推至床尾,使平车头端与床尾成钝角,固定平车。

(2)松开盖被,协助病人穿衣,将盖被铺于平车上。

(3)二人站于床同侧,将病人移至床边。

(4)一名护士一手托住病人颈肩部,另一手托住病人腰部,另一名护士一手托住病人臀部,另一手托住病人使病人身体稍向护士倾斜,两名护士同时合力抬起病人,移步转向平车,将病人轻放于平车上,为病人盖好被。

4. **三人法**　适用于不能自行活动或体重较重者。

(1)将平车推至床尾,使平车头端与床尾成钝角,固定平车。

(2)松开盖被,协助病人穿衣,将盖被铺于平车上。

(3)三人站于床同侧,将病人移至床边。

(4)一名护士托住病人头、肩胛部,另一名护士托住病人背部、臀部,第三名护士托住腘窝、小腿部,三人同时抬起,使病人身体稍向护士倾斜,同时移步转向平车,将病人轻放于平车上,为病人盖好被。

5. **四人法**　适用于病情危重或颈腰椎骨折病人。

(1)移开床旁桌、椅,推平车与床平行并紧靠床边。

(2)在病人腰、臀下铺中单。

(3)一名护士站于床头,托住病人头及颈肩部,第二名护士站于床尾,托住病人两腿,第三名护士和第四名护士分别站于床及平车两侧,紧握中单四角,四人合力同时抬起病人,轻放于平车上,为病人盖好被。病人从平车返回病床时,则反向移动。

6."过床易"使用法 适用于不能自行活动的病人。

(1)移开床旁桌、椅,推平车与床平行并紧靠床边,平车与床的平面处于同一水平,固定平车。

(2)护士分别站于平车与床的两侧并抵住,站于床侧护士协助病人向床侧翻身,将"过床易"平放在病人身下1/3或1/4,向斜上方45°轻推病人。站于车侧护士,向斜上方45°轻拉协助病人移向平车,待病人上平车后,协助病人向车侧翻身,将"过床易"从病人身下取出。

【注意事项】

1.搬运时动作轻稳,协调一致,确保病人安全、舒适。

2.尽量使病人靠近搬运者,以达到节力。

3.将病人头部置于平车的大轮端,以减轻颠簸与不适。

4.推车时车速适宜。护士站于病人头侧,以观察病情,下坡时应使病人头部在高处一端。

5.对骨折病人,应在平车上垫木板,并固定好骨折部位再搬运。

6.在搬运病人过程中保证输液和引流的通畅。

二、轮椅运送法

【目的】

1.护送不能行走但能坐起的病人。

2.协助病人下床活动,促进血液循环和体力恢复。

【操作步骤】

1.检查轮椅性能,推轮椅至病人床旁,核对床号、姓名,向病人解释操作的目的、方法与配合事项。

2.使轮椅靠背与床尾平齐,面向床头,将车闸制动(如无车闸,护士应站在轮椅后面固定轮椅,防止前倾)。翻起脚踏板。

3.扶病人上轮椅,病人坐稳后,翻下脚踏板,嘱病人把脚踏在脚踏板上。

4.推轮椅时,嘱病人手扶轮椅扶手,尽量靠后坐,嘱病人身体勿向前倾或自行下车;下坡时要减慢速度并注意观察病情。

5.协助病人下轮椅。将轮椅推至床旁,固定好轮椅,翻起脚踏板,扶病人下轮椅。

【注意事项】

1.经常检查轮椅性能,保持完好备用。

2.推轮椅速度要慢,以免病人不适或发生意外,确保病人安全。

3.寒冷季节注意病人保暖。

(刘晓霞)

第四节　舒适与安全

【技能目标】

1. 掌握各种卧位的要求及操作方法。
2. 熟悉各种卧位的适用范围。
3. 掌握翻身的目的及要领。

一、卧　　位

(一)仰卧位

1. 去枕仰卧位　病人去枕仰卧,头偏向一侧,两臂放于身体两侧,两腿自然放平,枕头横置于床头。

2. 中凹卧位(休克卧位)　病人取仰卧位,抬高头胸部 10°～20°,抬高下肢 20°～30°。

3. 屈膝仰卧位　病人取平卧位,两臂放在身体两侧,两膝屈起,稍向外展。

(二)侧卧位

病人侧卧,臀部稍后移,两臂屈肘,一手放于枕旁,一手放于胸前,下腿稍伸直,上腿弯曲(臀部肌内注射时,上腿伸直,下腿弯曲)。必要时两膝之间、后背、胸腹前可放置软枕。

(三)半坐卧位

1. 摇床法　先摇起床头支架成 30°～50°,再摇起膝下支架。

2. 靠背架法　将病人上半身抬起,在床头垫褥下放一靠背架,下肢屈膝,膝下垫软枕并固定,防止下滑。

(四)端坐位

病人坐在床上,身体稍向前倾斜,床上放一小桌,桌上放软枕,病人伏桌休息。并用床头支架或靠背架将床头抬高 70°～80°,病人能向后依靠;膝下支架抬高 15°～20°。

(五)俯卧位

病人俯卧,两臂屈曲放于头的两侧,两腿伸直,胸、髋及踝部各垫一软枕,头偏向一侧。

(六)头低足高位

病人仰卧,头偏向一侧,将枕头横立于床头,以防碰伤头部,床尾垫高 15～30cm。

(七)头高足低位

病人平卧,床头垫高 15～30cm 或根据病情而定,将枕头横立于床尾。

(八)膝胸位

病人跪卧,两小腿平放于床上,稍分开;大腿与床面垂直,胸贴床面,腹部悬空,臀部抬起,头转向一侧,两臂屈肘放于头的两侧。

(九)截石位

病人仰卧于检查床上,两腿分开放在支腿架上,臀部齐床缘,两手放在胸部或身体两侧。

(李丽宏)

二、保护病人安全的措施

【目的】

1.对易发生坠床、撞伤、抓伤、自伤、伤人等意外的病人,应用保护具以限制身体或肢体活动,确保病人的安全。

2.保证治疗、护理顺利进行。

【操作步骤】

1.床档　主要预防病人坠床。

(1)多功能床档:使用时插入两侧床缘,不用时插于床尾。必要时可将床档取下垫于病人背部,做胸外心脏按压时使用。

(2)半自动床档:固定在床缘两侧,可按需升降。

(3)普通床档:使用时将床档稳妥固定于两侧床边的床档孔内,不用时取下,放于床边。

2.约束带　用于躁动病人或精神科病人,限制其身体及肢体的活动。

(1)宽绷带:用于固定手腕及踝部。先用棉垫包裹手腕或踝部,再用宽绷带打成双套结,套在棉垫外,松紧适宜,然后将绷带尾端系于床缘。

(2)肩部约束带:用于固定肩部,限制病人坐起。肩部约束带用宽布制成,宽8cm,长120cm,一端制成袖筒,使用时将袖筒套于病人肩部,腋窝衬棉垫。两袖筒上细带在胸前打结固定,将两条长宽带系于床头。亦可将大单斜折成长条,做肩部约束。

(3)膝部约束带:用于固定膝关节,限制病人下肢活动。膝部约束带用宽布制成,宽10cm,长250cm,宽带中部相距15cm处分别钉2条两头带。使用时,两腘窝衬棉垫,将约束带横放于两膝上,宽带下的两头带各固定一侧膝关节,再将宽带系于床缘。也可用大单进行固定。

(4)尼龙褡扣约束带:可用于固定手腕、上臂、膝部、踝部。使用时,约束带置手腕或脚踝部位,衬棉垫后,选好适宜松紧度,对合尼龙褡扣,将带系于床缘。

3.支被架　主要用于肢体瘫痪或极度衰弱的病人,防止盖被压迫肢体而导致不舒适或其他并发症。也可用于灼伤病人的暴露疗法而需要保暖时。使用时,将支被架罩于防止受压的部位,再盖好盖被。

【注意事项】

1.严格掌握应用指征,注意维护病人自尊。

2.向病人及其家属说明使用保护具的目的、操作要领和注意事项,以取得理解和配合。

3.保护具只能短期使用,并定时松解约束带,协助病人翻身活动。

4.使用约束带时,使肢体处于功能位置,密切观察约束部位的皮肤颜色,必要时进行局部按摩,以保证病人的安全与舒适。

5.记录使用保护具的原因、时间、观察结果、护理措施和解除约束的时间。

(李丽宏)

第五节　无　菌　技　术

【技能目标】

1.掌握　各项无菌操作的操作步骤。

2.熟悉　各项无菌操作的注意事项。

3.了解　各项无菌操作的目的。

一、无菌持物钳的使用

【目的】　用于夹取或传递无菌物品。

（一）干罐无菌持物钳的使用

【操作步骤】

1. 着装整洁,洗手,戴口罩,备齐用物。

2. 检查无菌持物钳包有无破损、潮湿,消毒指示胶带是否变色及其有效期。

3. 打开无菌钳包,取出镊子罐置于治疗台面上。

4. 操作者手固定在持物钳上 1/3 部分,保持钳端向下夹取无菌物品,用后立即放回容器内。

5. 标明打开日期及时间。

【注意事项】

1. 无菌持物钳只能夹取无菌物品,不能夹取油纱布或换药。

2. 取放无菌钳时,保持钳端向下,不可触及容器口边缘。

3. 到远处夹取无菌物品时,应当连同容器一起搬移到物品旁使用。

4. 使用无菌持物钳时,只能在操作者的胸、腹水平移动,不可高过肩部或低于腹部。

5. 无菌持物钳一经污染或疑有污染,不得继续使用,应重新灭菌。

6. 打开包后的干镊子罐、持物钳应当 4 小时更换 1 次。

（二）湿罐无菌持物钳的使用

【操作步骤】

1. 着装整洁,洗手,戴口罩,备齐用物。

2. 操作者手固定在持物钳上 1/3 部分,保持钳端向下,在容器上方滴尽消毒液,闭合持物钳前端并移至需夹取的无菌物品处。

3. 使用无菌持物钳时,始终保持钳端向下,且持物钳只能在操作者的胸、腹水平移动,不可高过肩部或低于腹部。

4. 无菌持物钳使用后,将钳端闭合垂直放入容器内,并打开钳端浸泡消毒备用。

【注意事项】

1. 无菌持物钳只能夹取无菌物品,不能夹取油纱或换药。

2. 取放无菌持物钳时,钳端不可倒转向上,不可触及容器口边缘及液面以上的容器内壁,手不可触及无菌持物钳的浸泡部分。

3. 无菌持物钳用后立即放回无菌容器内,不得在空气中暴露过久。

4. 到远处夹取无菌物品时,应连同容器一起搬移到物品旁使用。

5. 无菌持物钳一经污染或疑有污染,不得再放回容器内,应重新消毒。

6. 无菌持物钳及其浸泡的容器应每周清洁灭菌一次,同时更换消毒液。如使用频率高时,应缩短更换周期,甚至每天更换一次。

二、无菌容器的使用方法

【目的】　用于存放无菌物品并保持其无菌状态。

【操作步骤】

1. 着装整洁,洗手,戴口罩,备齐用物。

2. 查对无菌物品名称、灭菌有效期及灭菌指示胶带。

3. 打开无菌容器,将容器盖内面朝上置于稳妥处,或者拿在手中(如手持容器,应托住容器底部)。

4. 用无菌持物钳从容器中取出无菌物品。

5. 取物后,立即将容器盖严。

【注意事项】

1. 开盖时,手不可触及盖内边缘及容器内边缘。

2. 夹取无菌容器内物品时,应将容器盖全部打开,无菌持物钳及无菌物品不可触及无菌容器内边缘。

3. 从无菌容器内取出的无菌物品,虽未使用,也不得再放回无菌容器内。

4. 无菌容器打开后,记录开启的日期及时间,其有效使用时间为 24 小时。

三、无菌包的使用方法

【目的】 用无菌包布包裹无菌物品,使无菌物品保持无菌状态,不被污染。

【操作步骤】

1. 着装整洁,洗手,戴口罩,备齐用物。

2. 检查无菌包的名称、灭菌有效期及灭菌指示胶带;查看无菌包有无破损及潮湿等不能使用的情况。

3. 将无菌包放在清洁、干燥、宽敞平坦处,解开系带。

4. 向对侧打开无菌包外角,再依次打开左右两角及内角。

5. 用无菌持物钳取出所需无菌物品,放在已准备好的无菌区域或容器内。

6. 如需将包内物品全部取出,可将无菌包托在手上打开,另一手抓住包布四角,稳妥地将包内物品放于事先准备好的无菌区域内,将包布折叠放妥。

7. 如包内物品一次用不完,则按原折痕包起系好,并注明开包日期及时间。

【注意事项】

1. 灭菌物品一般有效期为 7 天,如超过有效期、潮湿、破损则不可使用。

2. 未用完的无菌包有效时间为 24 小时。

3. 不可放于潮湿处,因潮湿环境可因毛细现象而造成污染,如包内物品被污染或包布潮湿,应重新灭菌。

4. 打开包布时手仅能接触包布四角的外面,不可触及包布内面,不可跨越无菌区。

四、取用无菌溶液法

【目的】 从密封瓶中倒取无菌溶液,并保持溶液无菌状态。

【操作步骤】

1. 着装整洁,洗手,戴口罩,备齐用物。

2. 检查无菌溶液的名称及使用有效期、瓶盖有无松动、瓶体及瓶底有无裂痕,查看溶液有无浑浊、沉淀、变色及有无絮状物等。

3. 打开塑盖和铝封,消毒瓶颈及瓶盖部一次。用食指和拇指打开胶塞,从标签对侧向标签侧消毒瓶口平面及手可能触及的瓶口部位。

4. 手持溶液瓶,将标签朝向手心,倒出少量溶液冲洗瓶口,再由原处倒出无菌溶液至无菌容器中。

5. 取液完毕,一手食指和拇指持瓶塞外缘,另一手持消毒棉签沿瓶塞中心突起部外缘消毒一周(包括盖住瓶口平面的部分),盖好瓶塞。

6. 注明开瓶日期及时间。

【注意事项】

1. 检查溶液质量时要倒转瓶体,对光检查。

2. 翻盖瓶塞时,手不可触及瓶塞盖住瓶口的部分。

3. 倒溶液时,瓶口不可触及无菌容器,亦不能将无菌敷料堵塞瓶口或伸入瓶内蘸取溶液。

4. 已倒出的溶液,虽未使用也不得倒回瓶内。

5. 已开启的溶液瓶内的溶液超过 24 小时不得使用。

五、铺无菌盘法

【目的】 将无菌治疗巾铺在清洁干燥的治疗盘内,以形成一无菌区域,放置无菌物品,供治疗护理用。

【操作步骤】

1. 着装整洁,洗手,戴口罩,备齐用物。

2. 查对无菌包名称,包装有无破损、潮湿,灭菌有效期及指示胶带。

3. 打开无菌治疗巾包,取出一块治疗巾放于治疗盘内。

4. 铺治疗巾

(1)单层底铺法:双手捏住上层外面两角,轻轻抖开,双折铺于治疗盘上,将上层扇形折叠至对侧,开口向外。

(2)双层底铺法:同上法抖开治疗巾,从远到近 3 折成双层底,上层扇形折叠,开口向外。

5. 根据需要将无菌物品放于无菌治疗巾内。

6. 双手捏住反折治疗巾两角外面,向下覆盖,将边缘对齐。开口处向上反折 2 次,两侧边缘向下反折 1 次。

7. 注明铺盘名称及时间,整理用物。

【注意事项】

1. 治疗盘必须清洁干燥,无菌巾避免潮湿。

2. 手及非无菌物品不可触及无菌面。

3. 注明无菌盘的日期、时间,无菌盘的有效时间为 4 小时。

六、戴无菌手套法

【目的】 执行无菌操作或接触某些无菌物品时,须戴无菌手套,以保证操作的无菌性。

【操作步骤】

1. 着装整洁,洗手,剪指甲,戴口罩,备齐操作用物,放于清洁干燥处。

2. 核对手套号码、包装是否完整及灭菌有效日期。

3. 打开手套包装。

4. 戴手套。

（1）分次提取法：一手掀开一侧手套包装，另一手捏住这侧手套的反折部分（手套内面）取出手套，对准五指戴上；未戴手套的手抓起另一侧包装，再以戴好手套的手指插入另一只手套的反折内面（手套外面），取出手套，同法戴好。

（2）一次性提取法：两手同时打开手套内包装，分别捏住两只手套的反折部分，取出手套；将两手套五指对准，先戴一只手，再以戴好手套的手指插入另一只手套的反折内面，同法戴好。

5. 双手推擦手指与手套贴合。

6. 操作毕，一手捏住另一手套的外口翻转脱下，将手套的内面翻在外面，脱下手套的手，伸入另一只手套内口翻转将其脱下。

7. 将用过的手套放入医用垃圾袋内处理。

【注意事项】

1. 严格区分无菌面与非无菌面，未戴手套的手不可触及手套外面，戴手套的手不能触及未戴手套的手及手套的里面。

2. 手套破裂或污染应立即更换。

3. 脱手套时勿使手套外面（污染面）接触到皮肤。

（马丽娟）

第六节　隔　离　技　术

【技能目标】

1. 掌握各种隔离技术的要求及操作方法。

2. 熟悉隔离技术的注意事项。

一、工作帽及口罩的使用

【目的】　去除手上污垢和大部分暂居微生物。

【操作步骤】　洗手后戴口罩，要罩住口鼻，帽子应遮盖全部头发。暂不用的口罩不能挂在胸前，洗手后，及时取下将污染面向内折叠放置清洁袋中。

【注意事项】

1. 纱布口罩使用4～8小时应更换，每次接触严密隔离的传染病人后应立即更换。

2. 使用一次性口罩4小时更换一次。离开污染区前将口罩、帽子、手套取下放置指定的污袋中集中处理。

3. 戴、脱口罩前应洗手。

二、手的清洁及消毒法

（一）普通清洁法

【目的】　去除手上污垢和大部分暂居微生物。

【操作步骤】

1. 用刷子蘸肥皂乳按前臂、腕关节、手背、手掌、指缝及指甲顺序刷洗，每只手刷30秒，用流水冲净，重复刷洗一次，共2分钟。

2.刷洗毕用小毛巾或纸巾擦干。

（二）手术室刷手法

【目的】　避免感染及交叉感染,避免无菌物品或清洁物品被污染。

【操作步骤】

1. 着装整洁,戴帽子时将全部头发遮挡,口罩遮住口、鼻,勿戴装饰品及手表。长袖洗手衣应卷袖过肘,至肘上 10cm。

2. 用肥皂清洁双手,取无菌毛刷蘸 2‰碘伏按指尖、指甲、指缝、手指、手掌、手背、手腕、前臂的顺序刷洗,至肘上 7cm。

3. 双手交替刷洗 2 遍,每侧手臂刷洗 3 分钟。

4. 用无菌毛巾擦干双手,悬空举在胸前。

【注意事项】

1. 碘伏消毒液每日更换,手刷及治疗碗每日消毒。

2. 双手交替刷洗时应更换无菌刷。

3. 刷第二遍手时不可超过肘上 7cm 高度,以免污染手臂及手刷。

4. 刷手后双手悬于胸前,不可高举过头,也不可低于脐部以下。

三、避污纸的使用方法

【目的】　保护病人及工作人员,避免交叉感染,清洁手接触污染物品时,避污纸保护工作人员双手不被污染。污染手接触清洁物品时,避污纸保护清洁物品不被污染。

【操作步骤】　从页面抓起,不可以掀页撕取,以保持避污纸的清洁。避污纸用毕送焚烧。

【注意事项】　操作过程中应严格遵守隔离制度。动作要轻稳、准确、规范,保证清洁区域内的物品不被污染。

（张新春）

四、穿脱隔离衣

【目的】　防止病原体的传播,保护病人和工作人员免受病原体的侵袭。

【操作步骤】

1.穿隔离衣

(1)戴好口罩及帽子,卷袖过肘,取下手表。备齐操作中所需用物,环境宽敞,适于操作。

(2)手持衣领取下隔离衣,清洁面朝自己,露出肩袖内口。

(3)右手持衣领,左手伸入袖内;右手将衣领向上拉,使左手露出,换左手持衣领,右手伸入袖内。举双手将袖抖上,注意勿触及面部。

(4)两手持衣领,顺衣领由前向后将领扣扣好,扣好袖口或系上袖带。

(5)解开腰带活结,将隔离衣一边约在腰下 5cm 处渐向前拉,见到边缘,捏住;同法捏住另一侧边缘,注意手勿触及衣内面。然后双手在背后将隔离衣边缘对齐,向一侧折叠,一手按住折叠处,另一手将腰带拉至背后压住折叠处,将腰带在背后交叉,到前面系好。

2.脱隔离衣

(1)打开腰带,在前面打一活结。

(2)解开两袖口,向外折翻使袖口向外翘起,在肘部将部分袖子塞入袖内,然后消毒双手。

(3)解开领扣,右手伸入左侧衣袖内,拉下袖子过手;再用遮盖着的手握住另一衣袖的外面,将袖子拉下,双手交替渐渐从袖管中退出。

(4)用右手自衣内握住双肩肩缝撤左手,再用退出的左手握住衣领外面,退出右手。

(5)一手握住衣领,另一手将隔离衣两边对齐,袖笼呈马蹄状。挂在衣钩上,清洁面向外挂在半污染区;污染面向外,应挂在污染区。不再穿的隔离衣脱下清洁面向外,卷好投入污染袋中。

穿脱隔离衣的方法可用以下口诀概括:一手提衣领穿另手,再伸一手臂齐上抖;扣好领扣扣袖口,折襟系腰半屈肘;松开腰带解袖口,塞套双袖消毒手;领扣解开退双袖,挂衣对肩折领后。

【注意事项】

1.隔离衣须全部覆盖工作衣,有破洞或潮湿时,应立即更换。保持隔离衣里面及领部清洁,系领带(或领扣)时勿使衣袖及袖带触及面部。

2.穿隔离衣后,只限在规定区域内进行工作,不允许进入清洁区。接触不同病种病人时应更换隔离衣,隔离衣应每天更换一次。

(马 力)

五、严 密 隔 离

【目的】 是对具有强烈传染性的疾病所采取的隔离方式。经分泌物、飞沫、排泄物直接或间接传播的烈性传染病,如霍乱、鼠疫等。

【操作步骤】

1.病人住单间病房,通向走廊的门窗需关闭。病床及病室门外悬挂隔离标志。门口放脚垫并用消毒液浇湿,放泡手的消毒液。室内用具力求简单耐消毒,禁止病人出病室,禁止探视和陪护。

2.进入病室必须戴帽子、口罩,穿隔离衣、隔离鞋,戴橡胶手套,离开病室应消毒双手,脱去隔离衣鞋。

3.病人的呕吐物、分泌物、排泄物应消毒后倾倒。

4.污染物、块状垃圾双层装袋封口,外贴感染标签,消毒后由指定人员送焚烧或洗消处理。

5.室内物表每日用消毒液擦拭,地面及空气用消毒液喷雾消毒,每日1～2次。

6.病人出院或死亡后,病室内一切用具均须严格执行终末消毒1～3次,经检验合格后方可使用。

7.采用黄色隔离标志。

【注意事项】

1.进入隔离病房应在规定的范围内活动,一切操作严格遵守隔离原则,接触病人或污染物品必须消毒双手。

2.穿隔离衣前,必须备齐用物,护理操作集中进行,减少穿、脱隔离衣及洗手次数,降低交叉感染的机会。

3.装污染物的垃圾袋使用前严格检查有无破损,防止渗漏。

六、呼吸道隔离

【目的】 呼吸道隔离主要用于防止通过空气中的飞沫传播的传染性疾病,如流行性脑脊髓膜炎、肺结核等。

【操作步骤】

1. 同种疾病的病人可同住一室,关闭通向走廊的门窗,尽量将隔离病室远离普通病房。

2 进入病室必须戴口罩,保持口罩干燥,必要时穿隔离衣,病人外出检查或治疗必须戴口罩。

3. 病人的食具、痰杯各自专用,食具每餐消毒,痰杯每天消毒。呼吸道分泌物消毒处理后方可倾倒。

4. 室内空气及物表应每日用消毒液消毒 1~2 次。

5. 采用蓝色隔离标志。

【注意事项】

1. 保持口罩清洁干燥,如口罩潮湿及时更换。

2. 病人痰杯专用,定期消毒。

七、消化道隔离

【目的】 防止由于病人的排泄物直接或间接污染食物及水而引起传播的疾病,如伤寒、细菌性痢疾、甲型肝炎等。通过消化道隔离,切断粪-口传播途径。

【操作步骤】

1. 不同病种病人应分室居住,如同居一室须做好床边隔离,每一病床应加隔离标志,病人之间禁止交换书报、用物,禁止互赠食品,防止交叉感染。

2. 接触不同病种病人时,需分别穿隔离衣、戴手套。接触不同病人或污染物后必须消毒双手。

3. 病人的食具、便器各自专用,严格消毒,病人的排泄物、呕吐物和剩余食物均需消毒后倒掉。指导病人饭前便后洗手。

4. 病室内应有防蝇设备,并做到无蟑螂、无蝇、无鼠。

5. 病人内裤应用消毒液浸泡后清洗。

6. 采用棕色隔离标志。

【注意事项】 病人排泄物、呕吐物等严格消毒处理。

八、接 触 隔 离

【目的】 防止经体表或伤口直接或间接接触感染的疾病,如破伤风、气性坏疽等所采取的隔离措施。

【操作步骤】

1. 病人住单间病房,同一病种可同住一室。

2. 接触病人须戴口罩、帽子、胶手套、穿隔离衣。工作人员或皮肤有破损者应尽量避免为患者行伤口换药等操作,治疗操作后严格消毒双手。

3. 凡病人接触过的物品,如被单、衣物等应严格消毒,用过的器械应先单独灭菌,再清洗,然后灭菌。

4.病人的物品不可交叉使用,接触病人及污染物后须消毒双手。

5.被病人污染的敷料应装袋标记后集中焚烧处理。

【注意事项】

1.密切接触病人须穿隔离衣、消毒双手,避免交叉感染。

2.污染敷料装污物袋封口,外贴感染标记送焚烧处理。

九、昆 虫 隔 离

【目的】 防止以昆虫为媒介而传播的疾病所执行的隔离方式。如防止乙型脑炎、流行性出血热、疟疾、斑疹伤寒等。

【操作步骤】

1.病室内设有防蚊、防蝇设备,有灭蚊、灭蝇措施。

2.流行性出血热其传染源的中间宿主是野鼠,通过寄生在鼠身上的螨叮咬而传播,故病人需沐浴更衣后入病室,衣服用煮沸或高压蒸汽消毒灭螨,病人被褥需晾晒消毒。

3.斑疹伤寒、回归热由虱传播,病人需经灭虱、沐浴更衣后进入病室,衣服需灭虱处理。

4.做好防鼠、灭鼠工作。

【注意事项】

1.病人入院后沐浴更换清洁病号服,衣服应消毒。

2.病人被褥应在日光下晾晒6小时以达消毒作用。

3.病室应有灭蚊、蝇设备,保持无蚊、蝇、蟑螂等。

十、血液、体液隔离

【目的】 对可直接或间接接触血液和体液传染的疾病执行的隔离方式,如乙型肝炎、艾滋病、梅毒等。

【操作步骤】

1.同种病原体感染可同住一室,必要时单人隔离。

2.接触血液、体液时应戴手套,必要时戴口罩、护目镜。血液体液可能污染工作服时,应穿隔离衣操作。

3.严防被注射针头等刺伤皮肤,若手被血液体液污染,应立即用消毒液洗手。

4.接触不同病人应消毒双手。

5.被血液体液污染的物品,应装袋标记后集中消毒或焚烧;病人用过的针头应放在有标记的利器盒内,送焚烧或灭菌等无害化处理。

6.被血液、体液污染的室内物体表面应用消毒液擦拭。

7.探视陪护人员应采取相应的隔离措施。

8.采用红色隔离标志。

【注意事项】

1.接触病人时应穿隔离衣,戴手套、口罩。

2.污染物品焚烧处理,锐器放入有标记的利器盒内焚烧处理。

3.特殊感染病人的体液应消毒后排放。

十一、保护性隔离

【目的】　保护抵抗力低下或极易感染的病人不被感染。

【操作步骤】

1. 病人住单间隔离病房,门口放置消毒脚垫及泡手的消毒液。
2. 工作人员进入病室应戴帽子、口罩、手套,穿隔离衣及拖鞋。
3. 接触病人前、后均应洗手。
4. 未经消毒处理的物品不可带入隔离室。
5. 凡患咽部疾病或呼吸道疾病者应避免接触病人。
6. 室内空气、物体表面、地面,均应严格消毒并通风换气。
7. 尽量避免陪护及探视,如必须探视应采取相应隔离措施。

【注意事项】

1. 患有呼吸道疾病病人禁止进入病室。
2. 皮肤破损者禁止接触病人。

(马丽娟)

第七节　生命体征的观察及测量

【技能目标】

1. 掌握体温、脉搏、呼吸、血压的测量方法。
2. 熟悉测体温、脉搏、呼吸、血压的注意事项。

一、体温的测量

【目的】

1. 判断体温有无变化。
2. 动态监测体温变化,分析热型。
3. 协助诊断,为预防、治疗、康复、护理提供依据。

【操作步骤】

1. 口腔测温　将口表水银端斜放于舌下热窝(舌系带两侧),嘱病人紧闭口唇,用鼻呼吸,勿用牙咬,3 分钟后取出,擦净,读数后将体温计甩至 35℃以下,放回容器内,记录结果。

2. 腋下测温　解开病人衣扣,揩干腋窝汗液,将体温计水银端放于腋窝深处紧贴皮肤,屈臂过胸,必要时托扶病人手臂,10 分钟后取出,擦净,读数后将体温计甩至 35℃以下,放回容器内记录结果。

3. 直肠测温　嘱病人取侧卧、屈膝仰卧或俯卧位,露出臀部,用油剂润滑肛表水银端,然后将肛表水银端轻轻插入肛门 3~4cm,3 分钟后取出,用卫生纸擦净肛表,读数后将体温计甩至 35℃以下,放入消毒液内浸泡,协助病人取舒适体位,记录。

【注意事项】

1. 测量体温前后,应点清体温计数目,甩表时用腕部力量,勿触及他物,以防碰碎。
2. 精神异常、昏迷、口腔手术者,婴幼儿以及不能合作的危重病人,均不宜行口腔测温。腋下测温时应用手扶托体温计,防止体温计折断或滑落。病人睡眠时应唤醒后再测。

3.肛门或直肠手术、腹泻、心肌梗死病人不宜行直肠测温。灌肠或坐浴者须休息 30 分钟后,才可行直肠测温。

4.病人行面颊冷、热敷,做蒸汽吸入或刚进冷、热饮食等均须间隔 30 分钟后方可行口腔测温;沐浴、乙醇擦浴者应间隔 30 分钟后,方可行腋下测温。

5.发现体温与病情不相符时,应守在床旁给病人重测,必要时可同时测口温和肛温对照复查。病人体温过低或过高,应及时报告医生,遵医嘱进行处理。

6.当病人不慎咬破体温计吞下水银时,应立即清除玻璃碎屑以免损伤口腔等处黏膜,然后口服大量蛋清液或牛奶,以延缓汞的吸收,在病情允许的情况下,可口服大量的膳食纤维(如韭菜),使水银被包裹而减少吸收,并促进肠蠕动,加速汞的排出。

二、脉搏的测量

【目的】

1.判断脉搏有无异常。

2.动态监测脉搏变化,间接了解心脏状况。

3.协助诊断,为预防、治疗、康复、护理提供依据。

【操作步骤】

1.诊脉前,病人情绪应稳定,避免过度活动及兴奋。病人手腕伸展,放于舒适位置。

2.诊脉者以食指、中指、无名指(三指并拢),指端轻按于桡动脉处,压力的大小以清楚触到搏动为宜,一般病人计数 30 秒,并将所测得数值乘 2 即为每分钟的脉搏数。异常脉搏(如心血管疾病、危重病人等)应测 1 分钟。当脉搏细弱而触不清时,可用听诊器听心率 1 分钟代替触诊,测后记录结果。

3.脉搏短绌的病人,应由两人同时测量,一人听心率,另一人测脉率,两人同时开始,由听心率者发出"起""停"口令,测 1 分钟,以分数式记录。记录方法为心率/脉率,如心率为 100 次/分,脉率为 76 次/分则写成 100/76 次/分。

【注意事项】

1.活动或情绪激动时,应休息 20~30 分钟后再测。

2.不可用拇指诊脉,以免拇指小动脉搏动与病人脉搏相混淆。偏瘫病人测脉应选择健侧肢体。

三、呼吸的测量

【目的】

1.判断呼吸有无异常。

2.动态监测呼吸变化,了解病人呼吸功能情况。

3.协助诊断,为预防、治疗、康复、护理提供依据。

【操作步骤】

1.在测量脉搏后,护士的手仍按在病人手腕处,以转移其注意力。

2.观察病人胸部或腹部起伏次数,一吸一呼为一次,观察 1 分钟。

3.危重病人呼吸微弱不易观察时,用少许棉花置于病人鼻孔前,观察棉花被吹动的次数,1

分钟后计数。

【注意事项】

1.要在环境安静、病人情绪稳定时测量呼吸。

2.在测量呼吸次数的同时,应注意观察呼吸的节律、深浅度及气味等变化。

3.由于呼吸受意识控制,因此,测量呼吸时应不使病人察觉。

四、血压的测量

【目的】

1.判断血压有无异常。

2.动态监测血压变化,间接了解循环系统的功能状况。

3.协助诊断,为预防、治疗、康复、护理提供依据。

【操作步骤】 (上肢肱动脉测量法)

1.测量前,嘱病人休息 15 分钟,以消除疲劳或缓解紧张情绪,以免影响血压值。

2.病人取坐位或仰卧位,露出上臂,将衣袖卷至肩部,袖口不可太紧,防止影响血流,必要时脱袖,伸直肘部,手掌向上。

3.放平血压计,取袖带,平整无折地缠于上臂,袖带下缘距肘窝 2～3cm ,松紧以能放入一指为宜。过紧致血管在袖带未充气前已受压,测得血压偏低;过松可使气袋呈气球状,导致有效测量面积变窄,测得血压偏高。

4.打开水银槽开关,在肘窝内侧处摸到肱动脉搏动点,将听诊器胸件紧贴肱动脉处,不宜塞在袖带内,护士一手固定胸件,另一手关闭气门的螺旋帽,向袖带内打气至肱动脉搏动音消失,再升高 20～30mmHg,然后以每秒 4mmHg 的速度慢慢松开气门,从听诊器中听到第一声搏动音,此时汞柱上所指刻度,即为收缩压,随后搏动声继续存在并增大,搏动音突然变弱或消失,此时汞柱所指刻度为舒张压(WHO 规定以动脉消失音为舒张压)。当变音和消失音之间有差异时或危重病人,两个读数都应记录。

5.测量完毕,排尽带内余气,拧紧气门的螺旋帽,整理袖带放回盒内,将血压计向水银槽倾斜 45°时关闭水银槽开关(防止水银倒流)。

6.将测得的数值记录在体温单的血压一栏内,记录方法为分数式,即收缩压/舒张压。若口述血压数值时,应先读收缩压,后读舒张压。千帕与毫米汞柱的换算法为:1kPa ＝ 7.5mmHg。

【注意事项】

1.为免受血液重力作用的影响,测血压时,心脏、肱动脉和血压计"0"点应在同一水平位。

2.需要密切观察血压的病人,应尽量做到"四定",即定时间、定部位、定体位、定血压计,以确保所测血压的准确。

3.如发现血压异常或听不清时,应重测,先将袖带内气体驱尽,汞柱降至"0"点,稍待片刻,再测量。

4.打气不可过猛、过高,以免水银溢出。水银柱出现气泡,应及时调节、检修。为偏瘫病人测血压,应测量健侧,以防患侧血液循环障碍,不能真实地反映血压的动态变化。

(邢淑芳)

第八节 冷与热的应用

【技能目标】

1.掌握冰袋(冰囊)、冰毯、热水袋、冷热湿敷疗法的正确使用方法。

2.掌握乙醇擦浴的操作方法及注意事项。

3.熟悉各种冷、热疗法的临床适应证和禁忌证。

一、冷 疗 法

(一)冰袋(冰囊)的使用

【目的】 降低体温,局部止血、消肿,减轻疼痛,阻止发炎或化脓。

【操作步骤】

1.根据医嘱核对并评估病人。

2.向病人及其家属解释使用冰袋的目的及方法。

3.根据病人具体情况备齐用物。

4.将冰块放入帆布袋内,用锤子敲碎至核桃大小,放入盆中,用水冲去棱角。

5.用勺将冰块装入冰袋或冰囊内约1/2满,驱出空气,夹紧袋口并倒提抖动,检查有无漏水,擦干后装入布套。

6.携用物至病床边,再次向病人说明目的,以取得合作。

7.置冰袋于需要部位,高热病人可敷前额及头顶、颈部、腋下、腹股沟等部位。

8.用冷30分钟后撤掉冰袋,整理病人床单元,协助病人取舒适卧位。

9.整理用物,将冰水倒出,将袋子倒挂晾干,吹入少许空气拧紧袋口放于干燥阴凉处备用。

10.做好记录。

【注意事项】

1.注意观察冰袋(冰囊)有无漏水,布套潮湿或冰块融化后应及时更换。

2.随时注意观察用冷部位的皮肤变化,如局部皮肤青紫、苍白或麻木,应立即停止使用。

3.治疗时间不超过30分钟,如为降温,用冷后30分钟须测量体温并做好记录。禁止将冰袋放在枕后、耳郭、心前区、腹部、足底。

4.注意向病人讲解局部用冷所产生的治疗作用、生理效应及继发效应。

(二)冰帽(冰槽)的使用

【目的】 头部降温,防止脑水肿,减少脑细胞损害。

【操作步骤】

1.同冰袋冷疗操作步骤1~4。

2.将冰块放入冰帽内,擦干冰帽外部水迹。

3.携冰帽至病人床旁,再次核对病人并做好解释工作,帮助病人戴好冰帽。

4.戴冰帽病人接触冰块部位和后颈部、双耳郭垫海绵垫保护;用冰槽病人双耳道塞不脱脂棉球,双眼用凡士林纱布遮盖。

5.将冰袋(冰帽)的引水管置于水槽中,观察水流情况。

6.余同冰袋冷疗操作步骤8~10。

【注意事项】

1.随时注意观察用冷部位的皮肤变化,如局部皮肤青紫、苍白或麻木,应立即停止使用。

2.治疗时间不超过 30 分钟,如为降温,用冷后 30 分钟需测量体温并做好记录。

3.随时观察心率变化,注意有无心房(室)纤颤、房室传导阻滞等发生。

(三)冰毯使用方法

【目的】　高热病人物理降温。

【操作步骤】

1.检查冰毯性能是否完好。

2.将贮水槽内加满蒸馏水,接通电源及传感器。

3.根据病情选择并调节冰毯预置温度。

4.打开冰毯开关,进入工作状态。

5.检查冰毯工作状态正常后,在冰毯上面覆盖一个中单及床垫,并置于病人身下。

6.治疗结束后,先关闭总电源开关,后拔下传感器插头。

7.整理用物,冰毯按规定消毒处理。

【注意事项】

1.开机 30 分钟后检查冰毯贮水槽内水温是否在设定范围内,并注意检查毯面温度。

2.注意随时观察降温情况,如出现报警或异常,应立即撤下冰毯。

3.注意检查病人背部皮肤情况,防止冻伤。必要时给予理疗以改善局部血液循环。

4.冰毯应定期清洁消毒。

(四)冷湿敷法

【目的】　降温;早期扭伤、挫伤消肿、止痛。

【操作步骤】

1.根据医嘱及病人具体情况备齐用物,携至病人床旁,做好核对及解释工作。

2.在受敷部位下垫治疗巾,受敷部位涂凡士林后盖一层纱布。

3.将敷布浸入冰水盆中,双手各持一把钳子将敷布拧干后抖开,再折叠后敷在患处。

4.每 2~3 分钟更换一次敷布,一般冷敷时间为 15~20 分钟。

5.冷敷结束后,撤掉敷布和纱布,擦去凡士林,协助病人取舒适卧位。

6.整理用物,记录。

【注意事项】

1.注意观察局部皮肤变化。

2.使用过程中注意检查湿敷情况,及时更换敷布。

3.如冷敷部位为开放性伤口,应按无菌操作技术处理伤口。

(五)温水擦浴或乙醇擦浴(全身用冷法)

【目的】　为高热病人降温。

【操作步骤】

1.携用物至床旁,做好核对及解释工作,关闭门窗,调节室温至 21~24℃,用屏风遮挡病人,松开盖被,按需要协助病人排便。将冰袋置于病人头部,热水袋置于足底。

2.协助病人脱去上衣,露出近侧上肢及半胸部,将大毛巾垫于擦拭部位下面,将拧至半干的小毛巾缠在手上成手套状,以离心方向擦拭,从颈部(侧面)沿上臂外侧擦至手背;从侧胸部经腋窝沿上臂内侧至手心,用大毛巾擦干皮肤,以同法擦拭另一上肢,每侧上肢各擦3分钟。

3.协助病人取侧卧位,露出背部,垫上大毛巾,从颈部向下擦拭整个背部3分钟,擦干皮肤,穿好上衣。

4.脱去裤子,露出一侧下肢,垫大毛巾,从髋部沿大腿外侧擦至足背,从腹股沟经腿内侧擦至踝部,从股下经腘窝擦至足跟,擦干皮肤,以同法擦拭另一下肢,每侧下肢擦3分钟。

5.协助病人更换衣裤,撤去大毛巾及热水袋,整理床单元,取舒适体位。

6.30分钟后测量体温,并记录在体温单上。

【注意事项】

1.禁擦枕后、心前区、腹部、足底等处,以免引起不良反应。擦颈部、腋下、肘部、腹股沟、腘窝等大血管丰富处,应稍用力擦拭,适当延长时间,以助散热。一般全部擦浴时间为15～20分钟。

2.擦浴中注意观察病人,如出现寒战、面色苍白,或脉搏、呼吸异常时,立即停止操作,并报告医生。

3.30分钟后测量体温,如降至39℃以下,应取下头部冰袋。

二、热 疗 法

(一)热水袋的使用

【目的】 保暖、解痉、止痛,促进血液循环,减轻局部充血,促进炎症消散或局限。

【操作步骤】

1.根据医嘱核对并评估病人。

2.向病人家属做好解释工作。

3.备齐用物,水温一般为60～70℃。对昏迷、局部知觉麻痹、麻醉未清醒者以及小儿、老年人等病人,不可超过50℃。放平热水袋,去塞,左手拿热水袋口边缘,右手灌水至热水袋的1/2～2/3满,排尽袋内空气,拧紧塞子,擦干热水袋外部水迹,然后倒提热水袋并轻挤一下,检查无漏水后装入布套中。

4.备齐用物带至床边,再次核对后,解释并指导其使用方法,将热水袋放置所需部位。

5.用热30分钟后撤掉热水袋,协助病人取舒适卧位,整理床单元。

6.将热水袋内水倒净,倒挂晾干后吹入空气,拧紧塞子,放于阴凉处备用;凡传染病人用过的热水袋,必须消毒后用清水洗净,再按橡胶类用品保管法处理。

【注意事项】

1.加强责任心,严格交接班,严防烫伤。对小儿、老年人、昏迷及局部感觉麻痹病人使用热水袋时,除水温不超过50℃外,热水袋应用大毛巾包裹,以免引起烫伤。

2.注意观察皮肤的颜色,如发现局部皮肤潮红,应立即停止使用,并在局部涂凡士林,以保护皮肤。

3.急腹症未明确诊断前、各种内脏出血者、面部危险三角区感染化脓、软组织损伤或扭伤早期禁止热疗。

(二)热湿敷疗法

【目的】 促进局部血液循环、消炎、止痛。多用于局部急性感染。

【操作步骤】

1. 同热水袋的使用操作步骤 1～2。

2. 备齐用物，携至病人床旁，再次核对病人并做好解释工作。

3. 在受敷部位下垫油布治疗巾，受敷部位涂凡士林后盖一层纱布。

4. 将敷布浸入热水盆中，双手各持一把钳子将敷布拧干后抖开，再折叠后敷在患处。

5. 每 2～3 分钟更换一次敷布，一般热敷时间为 15～20 分钟。

6. 热敷结束后，撤掉敷布和纱布，擦去凡士林，协助病人取舒适卧位。

7. 整理用物，记录。

【注意事项】

1. 注意观察局部皮肤变化，每 3～5 分钟更换一次敷布，维持适当温度。

2. 注意听取病人用热反应，防止烫伤。

3. 有伤口或创面时按无菌技术处理。

（周婧英）

第九节　排泄的护理

【技能目标】

1. 掌握大量不保留灌肠、保留灌肠、肛管排气、导尿术及留置导尿管的操作方法和注意事项。

2. 熟悉大量不保留灌肠、保留灌肠、肛管排气、导尿术及留置导尿管的目的。

一、灌　肠　法

（一）大量不保留灌肠

【目的】

1. 软化和清除粪便、解除肠胀气。

2. 清洁肠道，为肠道手术、检查或分娩做准备。

3. 稀释并清除肠道内的有害物质，减轻中毒。

4. 为高热病人降温。

【操作步骤】

1. 携用物至病床边，向病人说明目的，以取得合作。

2. 嘱病人排尿，大病室用屏风遮挡病人，协助病人取左侧卧位，脱裤至膝部，双腿屈曲，臀部移至床边，将橡胶单和治疗巾（或一次性尿布）垫于臀下，弯盘置臀边。如病人肛门括约肌失去控制能力，可取仰卧位，臀下置便盆并抬高床头 30°。

3. 将灌肠筒挂于输液架上，液面距肛门 40～60cm。润滑肛管前端，放出少量液体，排出管内气体，用止血钳或调节器夹紧橡胶管，左手持手纸分开病人臀部，显露肛门，嘱其张口呼吸，即先向前，再向后，将肛管轻轻插入直肠 10～15cm，松开止血钳或调节器，固定肛管，使溶液缓缓流入。

4. 观察筒内液面，如溶液流入受阻，可稍移动肛管，必要时检查有无粪块阻塞。若病人有便意，嘱病人深呼吸，减轻腹压，同时将灌肠筒适当放低，以减慢流速。

5. 溶液将流尽时，夹住橡胶管，用卫生纸包住肛管拔出放入弯盘内，擦净肛门。让病人平卧尽可能保留 5～10 分钟后排便,以利粪便软化。

6. 不能自理的病人,给予便盆,便毕,协助病人揩净肛门,取出便盆、橡胶单和治疗巾。帮助病人洗手,整理床铺,撤去屏风,开窗通风。清理用物,将结果记录在当天体温单的大便栏内。

【注意事项】

1. 保护病人的自尊,尽量少暴露病人的肢体,防止受凉。

2. 掌握灌肠液的温度、浓度、流速、压力和液量。

3. 为伤寒病人灌肠时,溶液不得超过 500ml,压力要低(液面距肛门不得超过 30cm)。为高热病人降温灌肠时,应保留 30 分钟后再排出,排便后 30 分钟再测量体温并记录。

4. 灌肠过程中注意观察病人的反应,发现病人面色苍白、出冷汗、脉速、心慌气急、剧烈腹痛等症状,应立即停止灌肠,通知医生进行紧急处理。为肝昏迷病人灌肠时,禁用肥皂水,因肥皂水可以增加氨的产生和吸收,加重肝昏迷。

5. 有急腹症、妊娠、消化道出血和严重的心血管疾病的病人等禁止灌肠。

(二)保留灌肠

【目的】 镇静、催眠及治疗肠道感染。

【操作步骤】

1. 洗手,携用物至病床边,再次核对,向病人解释,以取得合作。

2. 灌肠前嘱病人排便、排尿,以减轻腹压及清洁肠道,便于药物吸收。操作同大量不保留灌肠,但插入肛管要深,为 15～20cm,溶液流速宜慢,液面距病人肛门不超过 30cm,以便于药液保留。

3. 肠道病病人宜在晚睡前灌肠,灌肠时臀部应抬高 10cm,利于药液保留,卧位可根据病变部位而定,如病变在乙状结肠和直肠,应采取左侧卧位;如病变在回盲部,应采取右侧卧位,以提高治疗效果。药物流尽时夹紧肛管,用注射器抽取温开水 5～10ml,从肛管内缓慢注入。

4. 肛管拔出后,以卫生纸在肛门处轻轻按揉,嘱病人保留 1 小时以上,以利药物吸收,并做好记录。

【注意事项】

1. 灌肠前了解灌肠的目的和病变部位,以便选用适当的卧位和插入肛管的深度。

2. 为提高疗效,灌肠前嘱病人先排便,掌握"细、深、少、慢、温、静"的操作原则,即:肛管细,插入深,液量少,流速慢,温度适宜,灌后静卧。对排便失禁及肛门、直肠、结肠等手术后病人,均不宜做保留灌肠。

二、肛 管 排 气

【目的】 排出肠腔积气,减轻腹胀。

【操作步骤】

1. 携用物至病人床边,向病人说明用意。将瓶系于床边,橡胶管一端插入水中,玻璃接管与肛管相连。用屏风遮挡,协助病人取左侧卧位或仰卧位。

2. 润滑肛管前端,嘱病人张口深呼吸,将肛管轻轻插入直肠 15～20cm,用胶布交叉固定于臀部,橡胶管须留出足够长度,以供病人翻身。

3. 观察排气情况,若有气体排出,可见瓶内液面下有气泡自管端逸出。如排气不畅,可帮助病人变换体位、按摩腹部，以助气体排出。保留肛管一般不超过 20 分钟，拔管后，清洁肛门，整理用物。

三、导尿术及导尿留置法

(一)导尿术

【目的】

1.为尿潴留病人引流出尿液，减轻其痛苦。

2.协助临床诊断。

3.为膀胱肿瘤病人进行膀胱化疗。

【操作步骤】

1. 女病人导尿术

(1)备齐用物至病床边，向病人说明目的，取得合作，遮挡病人。

(2)病人取仰卧屈膝位，护士站在病人的右侧，将盖被扇形折叠盖于病人胸腹部。脱去左侧裤腿盖在右腿上，双腿略向外展，用被盖在左侧大腿上，暴露外阴。

(3)将橡胶单及治疗巾垫于病人臀下，弯盘及治疗碗置于近外阴处。左手戴无菌手套，右手持止血钳夹 0.1％苯扎溴铵棉球清洗阴阜及大阴唇。清洗完毕，换止血钳，左手拇、食指分开大阴唇，消毒小阴唇和尿道口，顺序为由外向内，自上而下，每个棉球只用一次。污棉球、手套及用过的钳子放弯盘内移至床尾。

(4)将导尿包置于病人两腿之间，打开导尿包。将 0.1％苯扎溴铵或碘伏溶液倒入尿包中盛棉球的药杯中，戴无菌手套，铺洞巾，润滑导尿管前端放于弯盘内，取另一弯盘至于外阴旁，以左手拇、食指分开并固定大小阴唇(直到插入尿管流出尿液为止)，右手用止血钳夹消毒液棉球，自上而下，由内向外消毒尿道口及小阴唇(尿道口消毒两遍)，每个棉球只用一次，用完后放入弯盘移开。

(5)将放导尿管弯盘置洞巾口旁，用另一止血钳持导尿管轻轻插入尿道 4～6cm，见尿后再插入 1～2cm，松开左手，固定导尿管，将尿引入弯盘中。如需要做尿培养，可用无菌试管接取，盖好盖，如弯盘内尿液已满可夹住导尿管末端，将尿液倒入便盆。

(6)导尿毕，拔出导尿管放入弯盘内。用纱布擦净外阴，脱去手套，撤去洞巾，清理用物，协助病人穿裤。整理床单位，测量尿量并记录，标本送验。

2. 男病人导尿术

(1)同女性导尿术 1、2。

(2)铺橡胶单和治疗巾于病人臀下，戴手套，右手持止血钳夹消毒液棉球依次消毒外阴、阴囊、阴茎。然后左手持无菌纱布裹住阴茎，后推包皮，充分暴露尿道口及冠状沟，自尿道口向外向后旋转消毒尿道口、龟头及冠状沟数次，每个棉球限用一次。污棉球、手套置弯盘内移至床尾。

(3)打开导尿包，戴无菌手套，铺洞巾，滑润导尿管前端，暴露尿道口，再次消毒，提起阴茎使之与腹壁成 60°角。右手用止血钳夹导尿管轻轻插入尿道 20～22cm。插管时，如有阻力，可稍待片刻，嘱病人张口深呼吸，再缓缓插入，切忌强行用力。

(4)其余同女性导尿术。

【注意事项】

1.严格执行无菌操作,防止医源性感染。导尿管污染或拔出后均不得再使用。

2.选择粗细、光滑、适宜的导尿管。插管和拔管时动作要轻、慢、稳,切勿用力,以免损伤尿道黏膜。

3.对膀胱高度膨胀且又极度虚弱的病人,第一次放尿量不可超过1 000ml,以免膀胱突然减压,致使黏膜急剧充血,发生血尿及虚脱现象。

(二)导尿管留置法

【目的】

1.抢救危重病人时正确记录每小时尿量、测量尿比重,以观察病人的病情变化。

2.避免盆腔手术过程中误伤病人脏器,需排空膀胱,保持膀胱空虚。

3.某些泌尿系统疾病手术后留置导尿管,便于引流和冲洗,并减轻伤口张力,促进伤口的愈合。

4.为尿失禁或会阴部有伤口的病人引流,保持会阴部的清洁干燥,并训练膀胱功能。

【操作步骤】

1.除剃去阴毛外,同女病人导尿术1～6。插管后向气囊内注入10ml生理盐水或空气,轻拉尿管证实已固定。

2.将导尿管末端与集尿袋相连,将集尿袋妥善地固定在低于膀胱的高度。协助病人穿好裤子,取舒适卧位,整理床单位,清理用物。

【注意事项】

1.保持引流通畅,防止导尿管扭曲、受压、堵塞。

2.防止逆行感染,保持尿道口清洁,每日用0.1%苯扎溴铵或碘伏溶液清洁尿道口2次;每日定时更换集尿袋,记录尿量;每周更换导尿管1次;留置期间,引流管及集尿袋均不可高于耻骨联合,防止尿液逆流。

3.鼓励病人多饮水和适当地活动,使每日的尿量维持在2 000ml以上,以减少尿路感染的机会。如发现尿液浑浊、沉淀或出现结晶,应及时进行膀胱冲洗。每周查尿常规1次。

4.长期留置导尿管者,在拔管前,应训练膀胱的功能。可采用间歇性夹管方式(每3～4小时开放一次),使膀胱定时充盈、排空,以促进膀胱功能的恢复。

(贺秀丽)

第十节　口服给药法

【技能目标】

1.掌握口服给药方法的操作步骤和注意事项。

2.熟悉各种给药方法的目的。

【目的】　通过口服给药,达到减轻症状、治疗疾病、维持正常生理功能、协助诊断、预防疾病的目的。

【操作步骤】

1.摆药

(1)操作前应洗手,戴口罩,打开药柜将用物备齐。

(2)根据服药本上的床号、姓名填写小药卡,核对无误后依床号顺序将小药牌插入发药盘或发药车内放好药杯,对照服药本上床号、姓名、药名、浓度、剂量、时间进行配药,注意用药的起止时间,先配固体药,后配水剂及油剂。

(3)摆固体药片、胶囊、药粉时应用药匙分发,一手拿药瓶,瓶签朝向自己,另一手用药匙取出所需药量。同一病人的数种药片可放入同一个杯内,药粉或含化药需用纸包。

(4)摆水剂时用量杯计量,左手持量杯,拇指置于所需刻度,右手持药瓶先将药液摇匀,标签向掌心,举量杯使所需刻度与视线平行,缓缓倒入所需药量,倒毕以湿纱布擦净瓶口放回原处。同时服用几种水剂时,应分别倒入几个杯内。更换药液品种时应洗净量杯。

(5)药液不足 1ml 时,应用滴管计量,1ml=15 滴。为使病人得到准确的药量,应滴入已盛好少许温开水的药杯,滴时须稍倾斜,避免药液蘸在杯内。

(6)药摆好后,应将药物、小药牌与服药本全部核对一遍;发药前由另一位护士核对一次,无误后方可发药。

(7)备药完毕,整理药柜,将物品归还原处。

2. 发药

(1)按规定时间备好温开水,携带发药车或发药盘、服药本进病室。核对小药牌上的床号、姓名、药名、剂量、浓度、时间、方法,无误后协助病人取舒适体位服药,能自立者,帮助其倒水,等病人服下后方可离开。如病人同时服用两杯以上药物时,应一次从药盘取出,以免发生差错。

(2)对婴幼儿或危重病人护士应予喂服,鼻饲病人应由胃管注入。若病人不在或因故不能当时服药者,将药品取回保管并交班。更换药或停药应及时告诉病人,如病人提出疑问,应耐心解答。

(3)发药后,再次进行核对。对用过的药杯应先浸泡消毒,然后清洗,消毒后备用。油剂药杯应先用纸擦净后清洗再消毒。

【注意事项】

1. 严格执行查对制度,防止发生差错。

2. 刺激食欲的健胃药宜饭前服;对胃黏膜有刺激的药物应饭后服用。磺胺类药物经肾脏排出,尿少时易析出结晶,引起肾小管堵塞,服药后病人应多饮水。对呼吸道黏膜起保护性作用的止咳糖浆服后,不宜立即饮水,以免冲淡药物降低药效。如同时服用多种药物,应最后服用止咳糖浆。

3. 服用强心苷类药物如洋地黄、地高辛等,应先测脉率、心率,并注意其节律变化,脉率低于 60 次/分或节律不齐时,应暂停发药,并通知医生。

4. 对牙齿有腐蚀作用或使牙齿染色的药物如铁剂,服用时避免与牙齿接触,可用饮水管吸入,服后漱口。中药补益药饭前服利于吸收;镇静安神药、缓泻药宜睡前服;妇女调经药宜在经前数日服用;驱虫药宜清晨空腹服。

5. 服药后随时观察其效果,如有不良反应,立即通知医生,酌情处理。

(刘海丽)

第十一节　雾化吸入法

【技能目标】

1.掌握雾化吸入法的操作步骤和注意事项。

2.熟悉各种雾化吸入法的目的。

一、氧气雾化吸入法

【目的】

1.改善通气功能,解除支气管痉挛,保持呼吸道通畅。

2.预防、控制呼吸道感染。

3.稀释痰液,促进咳痰。

【操作步骤】

1.按医嘱将药液稀释至5ml,注入雾化器的药杯内。能下床者,可在治疗室内进行。不能下床者,应将用物携至床边。核对,向病人解释,以取得其合作,初次做此治疗,应教会病人使用方法。嘱病人漱口,取舒适体位,将喷雾器的接气口与氧气装置连接,调节氧流量达6～8L/分。

2.病人手持雾化器,把喷气管放入口中,紧闭口唇,吸气时用手指按住出气口,同时深吸气;呼气时,手指移开。如此反复进行,直到药液喷完为止,一般10～15分钟即可将5ml药液雾化完毕。

3.吸毕,取下雾化器,关闭氧气,必要时协助病人漱口,清理用物,将雾化器放消毒液中浸泡30分钟,然后再清洁、擦干、备用。

【注意事项】

1.使用前检查雾化吸入器各部分连接是否完好,有无漏气。雾化器内的药液必须浸没弯管的底部,否则药液喷不出。

2.氧气湿化瓶内勿放水,以免液体进入雾化器内使药液稀释。操作中,严禁接触烟火和易燃品。

二、超声波雾化吸入法

【目的】

1.湿化气道,改善通气功能。

2.预防、控制呼吸道感染。

3.解除支气管痉挛。

4.治疗肺癌。

5.稀释痰液,促进咳痰。

【操作步骤】

1.水槽内加冷蒸馏水250ml,液面高度约3cm,要浸没雾化罐底的透声膜。

2.雾化罐内放药液稀释至30～50ml,将罐盖旋紧,把雾化罐放入水槽内,将水槽盖盖紧。携用物至床边,核对,向病人解释以取得其配合。

3.协助病人取舒适卧位,接通电源,打开电源开关,预热3～5分钟,定时,根据需要调节雾量。将含嘴放入病人口中(也可用面罩),指导病人深呼吸。

4.治疗完毕,先关雾化开关,再关电源开关,擦干病人面部,整理用物(倒掉水槽内的水,擦干水槽)。

【注意事项】

1.使用前,先检查机器各部有无松动、脱落等异常情况。

2.水槽底部的晶体换能器和雾化罐底部的透声膜薄而质脆,易破碎,应轻按,不能用力过猛。水槽和雾化罐内切忌加温水或热水(水温不能超过 60℃)。连续使用时,中间须间歇 30 分钟。

3.使用完毕,将雾化罐和"口含嘴"浸泡于消毒溶液内 30~60 分钟,清洁干燥后备用。

三、压缩雾化吸入法

【目的】

1.改善通气功能,解除支气管痉挛。

2.预防、控制呼吸道感染。

3.稀释痰液,促进咳嗽。

【操作步骤】

1.洗手,戴口罩。检查并连接压缩雾化吸入器的电源,关闭电源开关。

2.按医嘱加入药物,注入药量须在 2~8ml 的范围之内。将喷雾器与压缩机相连。

3.携用物至床旁,再次查对并解释。把压缩机放在一个平坦、光滑且稳定的平面上,不要放在床上及被子上,以免堵塞通风,操作时切勿覆盖压缩机表面。

4.让患者取舒适的体位,接好电源,打开雾化泵开关,嘱病人拿好喷雾器,嘴唇裹住口含嘴。

5.吸气时,按住间断控制按钮,慢慢地吸入药雾;呼气时,松开间断控制按钮,直接通过口含嘴将空气呼出。

6.重复以上步骤,直至听到喷雾器接近空腔的特殊声音。查看一下喷雾器的出雾是否清晰可见,当出雾变得不规则时,请即时停止治疗。

需要持续喷雾的患者可顺时针旋转控制按钮至锁定档,然后按上述程序吸入药雾,但不需再按按钮。

7.用毕把喷雾器放到压缩机底座上,关闭压缩机上的开关,拔下电源,整理好雾化泵,告诉病人充分漱口,预防口腔溃疡。

8.将喷雾器进行消毒灭菌,喷雾器所有的配件都要进行清洁,彻底清除残留的药品和污垢,然后采用蒸煮及高压消毒。

【注意事项】

1.摆放喷雾器部件时,一定不要过于拥挤。

2.喷雾器部件应避免接触金属品。

3.喷雾器上不要有覆盖物。

4.当喷雾器打开后不出雾或出雾小时,请检查喷嘴是否被堵塞,如果发现喷嘴被堵塞,请将喷嘴放在水里煮几分钟进行清洁或更换喷雾器。

5.压缩机是电器产品,请不要在危险地带或潮湿的环境下使用。

(屈桂芳)

第十二节　常用注射法

【技能目标】

1.掌握各种注射法的操作步骤和注意事项。

2.熟悉各种注射法的目的。

一、皮内注射法(ID)

【目的】

1.进行药物过敏试验,以观察有无过敏反应。

2.预防接种。

3.局部麻醉的起始步骤。

【操作步骤】

1.洗手,戴口罩,按医嘱准备药液。将用物携至病人床边,核对,向病人解释,以取得其配合。

2.选择注射部位。预防接种在上臂三角肌下缘,药物过敏试验在前臂掌侧下 1/3 处。用70%乙醇棉签消毒皮肤,待干,左手绷紧皮肤,右手持注射器,使针头斜面向上与皮肤呈 5°角刺入皮内。

3.待针头斜面进入皮内后,放平注射器,注入药液 0.1ml,使局部形成一圆形隆起的小皮丘。注射完毕,迅速拔出针头。清理用物,记录皮试时间,15～20 分钟后观察结果并记录。

4.如需做对照试验,可用另一注射器和针头,在另一前臂的相应部位,注入 0.1ml 等渗盐水,15～20 分钟后,对照观察反应。

【注意事项】

1.皮肤消毒忌用碘伏,进针勿过深,拔针勿按压,以免影响结果的观察。

2.操作熟练,皮试液剂量应准确,一次注射成功。皮试液必须现用现配。

3.皮试前,应询问病人有无过敏史,如对要注射的药物有过敏史,则不能做皮试,通知医生,更换其他药物。

二、皮下注射法(IH)

【目的】

1.注入小剂量药物,用于不宜口服给药,而需在一定时间内发生药效时。

2.预防接种。

3.局部麻醉给药。

【操作步骤】

1.洗手,戴口罩,按医嘱准备药液。将用物携至病人床边,核对,向病人解释,以取得其合作。选择注射部位(上臂三角肌下缘、上臂外侧、腹部、后背及大腿外侧方),用络合碘进行皮肤消毒,待干。

2.抽吸药液入注射器,再次查对排尽空气,左手绷紧皮肤,右手持注射器,食指固定针栓,针头斜面向上和皮肤成 30°～40°,迅速将针梗的 1/2～2/3 刺入皮下,过瘦者可捏起注射部位,放开左手固定针栓,抽吸无回血,即可注入药液。注射完毕,用干棉签轻按针刺处,快速拔针。

3. 再次查对,安置病人,整理床单位,清理用物,洗手并记录。

【注意事项】

1. 持针时,右手食指固定针栓,但不可触及针梗,以免污染。针头刺入角度不宜>45°,以免刺入肌层。

2. 尽量避免用对皮肤有刺激作用的药物做皮下注射。长期注射者,应更换部位,轮流注射。注射少于 1ml 的药液时,必须用 1ml 注射器,以保证注入药液剂量的准确。

三、肌内注射法(IM)

【目的】　注入药物,用于不宜或不能口服、皮下注射、静脉注射且要求迅速发挥疗效时。

【操作步骤】

1. 洗手,戴口罩,按医嘱准备药液。

2. 携用物至病人床边,核对,解释,以取得病人合作。协助病人取合适的体位,选择注射部位,用碘伏消毒皮肤,待干。

3. 定位

(1)臀大肌注射定位法

①十字法:从臀裂顶点向左或右一侧画一水平线,然后自髂嵴最高点做一垂直平分线,将臀部分为 4 个象限,其外上象限即为注射区,注意避开内角(从髂后上棘至大转子连线)。

②连线法:取髂前上棘和尾骨连线的外上 1/3 处为注射部位。

(2)臀中肌、臀小肌注射定位法

①将食指尖和中指尖分别置于髂前上棘和髂嵴下缘处,这样髂嵴、食指、中指便构成一个三角形区域,注射部位在食指与中指间构成的角内。此处血管、神经较少,且脂肪组织也较薄,故广泛使用。

②以髂前上棘外侧 3 横指处(以病人自体手指宽度)为标准。为使臀部肌肉松弛,可取以下各种体位。

俯卧位:足尖相对,足跟分开。

侧卧位:上腿伸直,下腿稍弯曲。

坐位:坐位椅要稍高,便于操作。

仰卧位:用于危重及不能翻身的病人。

③股外侧肌注射法。取大腿中段外侧,位于膝上 10cm,髋关节下 10cm 处约 7.5cm 宽。此区大血管、神经干很少通过,部位较广,适用于多次注射者。

④上臂三角肌注射法,部位为上臂外侧自肩峰下 2~3 横指,此处肌肉分布较臀部少,只能做小剂量注射。

4. 吸取药液排尽空气,用左手拇指和食指绷紧局部皮肤,右手持注射器,以中指固定针栓,针头与注射部位呈 90°,快速刺入肌肉内。一般进针 2.5~3cm(消瘦者及儿童酌减)。左手抽回血,右手固定针头,如无回血,缓慢注入药物。

5. 注射毕以消毒棉签按压进针点,快速拔针。清理用物,归还原处。

【注意事项】

1. 同时注射两种药液时,应注意配伍禁忌。切勿把针梗全部刺入,以防针梗从根部折断。

2.需长期做肌内注射者,注射部位应交替更换,以利于药物的吸收,避免硬结的发生。2岁以下婴幼儿不宜选用臀大肌注射,应选用臀中肌、臀小肌处注射。

四、静脉注射法(IV 或 iv)

【目的】

1.药物不宜口服、皮下注射、肌内注射,或需迅速发生药效时只适宜静脉注射。

2.注入药物做某些诊断性检查。

3.输液或输血。

4.静脉营养治疗。

【操作步骤】

1. 四肢浅静脉注射

(1)洗手,戴口罩,按医嘱准备药液。携用物至病人床边,核对床号、姓名,向病人解释,以取得其合作。用注射器吸取药液,排尽空气,套上安瓿。

(2)选择合适的静脉,在穿刺部位的肢体下垫治疗巾,在穿刺部位的上方(近心端)约6cm处扎紧止血带,用碘伏消毒皮肤,待干,嘱病人握拳,使静脉充盈。

(3)穿刺时,以左手拇指绷紧静脉下端皮肤,使其固定,右手持注射器,针头斜面向上,针头和皮肤成20°,由静脉上方或侧方刺入皮下,再沿静脉方向潜行刺入。

(4)见回血,表明针头已进入静脉,可再沿静脉进针少许,松开止血带,嘱病人松拳,固定针头,缓慢注入药液。注射过程中,若局部肿胀疼痛,提示针头滑出静脉,应拔出针头,更换部位重新穿刺。

注射完毕,用消毒棉签按压穿刺点,迅速拔出针头,嘱病人屈肘按压5分钟,以防止局部渗血。

(5)整理床单位和用物,洗手。

2. 小儿头皮静脉注射

(1)抽吸药液套上头皮针头,排尽空气。

(2)病儿取仰卧或侧卧位,选择静脉,戴手套,注射部位备皮,常规消毒皮肤,待干。

(3)再次查对,排气。

(4)由助手固定病儿头部,操作者一手拇、食指固定静脉两端皮肤,另一手持头皮针小翼,以静脉最清晰点后约0.1cm处为进针点,向心方向与头皮平行刺入静脉,见回血后推药少许,如无异常,用胶布固定针头。

3. 股静脉注射法

(1)协助病人取仰卧位,穿刺侧下肢伸直略外展外旋,常规消毒局部皮肤。

(2)抽吸药液,再次查对,排尽空气。

(3)术者按无菌操作原则戴上无菌手套,一手食指和中指于腹股沟处扪及股动脉搏动最明显部位并固定,另一手持注射器,针头与皮肤成90°或45°角,在股动脉内侧0.5cm处刺入,抽动活塞见有暗红的血,固定针头。

(4)根据需要采取血标本或注射药物。

(5)抽血或注射完毕,局部用无菌棉球加压止血3~5分钟,确认无出血,方可离开。清理用物。

【注意事项】

1.严格执行无菌操作原则,防止感染。

2.注射时应选择粗直、弹性好、不易滑动的静脉。如需长期静脉给药者,应从远心端到近心端进行注射。根据病人年龄、病情及药物性质,掌握注入药液的速度,并随时听取病人的主诉,同时严密观察注射局部及病人的反应。另外,在给危重小儿行头皮静脉注射穿刺时应密切观察病人反应。

3.对组织有强烈刺激的药物,注射前应先做穿刺,注入少量等渗盐水,确定针头在血管内,再推注药物,以防药液外溢于组织内而发生坏死。

4.股静脉穿刺时,不得多次反复穿刺,以免形成血肿。针头勿向上穿刺太深,以防伤及腹腔脏器。

(张亚军)

第十三节 药物过敏试验

【技能目标】

1.掌握药物过敏试验的操作步骤、TAT脱敏注射方法和结果判断。

2.熟悉药物过敏试验的目的和注意事项。

一、青霉素过敏试验

【试验液的配制】

1.将4ml等渗盐水注入80万U青霉素G瓶内,稀释成为每毫升含青霉素G 20万U。

2.取上液0.1ml加等渗盐水至1ml,每毫升含青霉素G 2万U。

3.取上液0.1ml加等渗盐水至1ml,每毫升含青霉素G 2 000U。

4.取上液0.1ml或0.25ml加等渗盐水至1ml,每毫升含青霉素G 200U或500U,即成试验液。每次配制时,均需将溶液混匀。

【试验方法】 取青霉素G试验液0.1ml(含青霉素G 20U或50U)做皮内注射,观察20分钟后,判断试验结果。

【结果判断】

阴性:皮丘无改变,周围无红肿,无自觉症状。

阳性:局部皮丘隆起,并出现红晕硬块,直径>1cm,或红晕周围有伪足,痒感,严重时可出现过敏性休克。

【注意事项】

1.试验前详细询问病人的用药史、过敏史,凡对青霉素有过敏史者禁止做过敏试验。

2.首次用药,停药3天后再用此药者,以及在使用中更换批号时,均须重新做过敏试验。试验液必须现用现配,皮试液浓度与注射剂量要准确。

3.做青霉素过敏试验或注射前均应做好急救准备工作(备好0.1%盐酸肾上腺素和注射器等)。

4.严密观察病人,首次注射后须观察30分钟以防迟缓反应的发生。注意局部和全身反应,倾听病人主诉。试验结果阳性者禁止使用青霉素,并在医嘱单、病历、床头卡上醒目地注明

"青霉素阳性",同时告知病人及其家属。

二、链霉素过敏试验

【试验液的配制】

1. 链霉素1瓶为1g(100万U),用等渗盐水3.5ml溶解成4ml,每毫升含链霉素0.25g(25万U)。

2. 取上液0.1ml加等渗盐水至1ml,每毫升含链霉素2.5万U。

3. 取上液0.1ml加等渗盐水至1ml,每毫升含链霉素2 500U。

【试验方法】 取链霉素试验液0.1ml(含250U)做皮内注射,观察20分钟后判断结果。

【试验结果判断】 同青霉素过敏试验。

三、破伤风抗毒素过敏试验

【皮试液的配制】 取每支1ml含1 500U的破伤风抗毒素药液0.1ml,加等渗盐水或注射用水稀释成1ml(即150U)。

【试验方法】 取破伤风抗毒素试验液0.1ml(含15U)做皮内注射,观察20分钟后判断试验结果。

【试验结果判断】

阴性:局部无红肿。

阳性:局部反应为皮丘红肿、硬结>1.5cm,红晕超过4cm,有时出现痒感、伪足。全身过敏反应、血清病型反应与青霉素过敏反应相同。如试验结果不能肯定时,应做对照试验,确定为阴性者,将余液0.9ml做肌内注射。若试验为阳性者,但病情需要,须用脱敏注射法。

【脱敏注射法】

1. 机制 以少量抗原,在一定时间内多次消耗体内的抗体,导致全耗,从而达到脱敏的目的。原则:少量多次,逐渐增加。

2. 方法 给过敏者分多次小剂量注射药液(表16-1),每隔20分钟注射一次,每次注射后均应密切观察。在脱敏注射过程中如发现病人有全身反应,如呼吸困难、发绀、荨麻疹及过敏性休克时,应立即停止注射,并迅速进行抢救。如反应轻微,待消退后,将剂量减少,增加注射次数,使其顺利注入所需的全量。

表 16-1 破伤风抗毒素脱敏注射法

次数	抗毒血清	生理盐水	注射法
1	0.1ml	0.9ml	IM
2	0.2ml	0.8ml	IM
3	0.3ml	0.7ml	IM
4	余量	稀释至1ml	IM

四、普鲁卡因过敏试验

【皮试液的配制】 取2%普鲁卡因0.1ml加生理盐水0.7ml,即成为0.25%普鲁卡因皮试液。

【试验方法】　皮内注射 0.25％普鲁卡因液 0.1ml,20 分钟后观察结果。

【结果判断】　结果判断和过敏反应的处理同青霉素过敏试验。

(宋志君)

第十四节　静脉输液与输血

【技能目标】

1.掌握静脉输液、静脉输血的操作方法和注意事项。

2.熟悉静脉输液的目的及其原则。熟悉静脉输血的目的及输血前准备。

一、静 脉 输 液

(一)周围静脉输液法

【目的】

1.补充水分及电解质,纠正水、电解质和酸碱平衡失调。常用于脱水、酸碱代谢紊乱等病人。

2.增加循环血量,改善微循环,维持血压。

3.输入药物,治疗疾病。

4.补充营养,供给热量。

【操作步骤】

1.着装整齐,洗手,戴口罩。向病人解释静脉输液的目的及注意事项。按医嘱填写输液卡。

2.配药

(1)认真核对输液溶液、药物(名称、剂量、浓度、有效期),检查药物质量(瓶口有无松动,瓶身有无裂痕,液体有无絮状物、沉淀、变色);无误后,在瓶签上注明病人的床号、姓名、所加药物名称和剂量;套上网袋,打开瓶盖中心部位,用碘伏消毒瓶盖和安瓿,取注射器吸取药物,将药液加入瓶内(注意药物的配伍禁忌)。

(2)检查输液器有效期、外包装是否严密,合格后打开,将输液器插入输液瓶,关闭输液器的调节器,再次核对。将配好的液体、输液卡与治疗盘一起放在治疗车上。

3.携用物至病人床边,核对床号、姓名,向病人及家属解释输液的目的,以取得其配合,嘱病人排大、小便,不能自理者协助排便,备 4 条胶布于治疗盘边上。

4.再次核对输液卡、液体、药物无误后,将液体瓶挂在输液架上并固定通气管。挤压滴管使液体迅速流至 1/3～1/2 满,松开调节器,手持针栓缓慢下降输液管,使输液管内的气体一次排尽,关闭调节器,将管端挂在输液架上。

5.戴手套,选择静脉,协助病人摆体位,在穿刺点上方 6cm 处扎止血带,用碘伏消毒穿刺点皮肤(直径＞5cm),待干。嘱病人握拳,使静脉充盈。

6.手持针柄,放松调节器,从针头部放出少许液体至弯盘内,关闭调节器。左手绷紧消毒部位下方皮肤,右手握针柄,使针头斜面向上与皮肤呈 15°～30°,由静脉的侧方或上方刺入,见回血后将针头平行再进少许。

7.嘱病人松拳,打开止血带和调节器,观察液体滴入通畅、病人局部无异常时,用胶布固定针栓和输液管下端,必要时用夹板固定。

8.根据病人的年龄、病情、药物性质调节滴速,一般成人 40～60 滴/分,儿童 20～40 滴/分,对年老、体弱、婴幼儿、有心肺疾患者输入速度宜慢;严重脱水、心肺功能良好者速度可适当加快,输入高渗液、含钾及升压药物等滴速宜慢。

9.再次查对无误后,在输液卡上记录时间和滴速。协助病人取舒适卧位,整理床单位和用物,洗手;并向病人或其家属交代注意事项。

【注意事项】

1.严格执行"三查七对"制度及无菌操作原则。

2.为昏迷者、小儿及不合作的病人输液时,可选择头皮静脉。如四肢输液时需用夹板固定。需长期输液者应注意保护和合理使用静脉,一般从远端小静脉开始(抢救者除外)。

3.注意药物的配伍禁忌,对刺激性强的药物应确保针头在血管内再加药。

4.根据病情需要有计划地安排输液顺序,需加入药物应合理安排,使药物尽快达到治疗效果。

5.输液过程中应加强巡视,注意听取病人的主诉,严密观察穿刺部位有无肿胀、输液管有无打折,并及时处理输液故障。

6.液体滴完前应及时更换输液瓶或拔针,防止空气栓塞的发生。需持续输液 24 小时以上者,每天应更换输液瓶和输液器。

(二)经外周中心静脉置管输液法(PICC)

【目的】

1.适用于不同年龄及各种病人,是重要的急救途径。

2.为中心静脉压(CVP)监测及完全胃肠外营养(TPN)使用的重要通道。

3.广泛应用于静脉化疗、长期输入高渗性液体和刺激性药物的病人,可保护血管不受损伤。

【操作步骤】

1.洗手,戴口罩,备齐用物,保证严格的无菌操作环境。

2.选择合适的静脉:①在预期穿刺部位以上扎止血带。②评估病人的血管状况,选择贵要静脉为最佳穿刺血管。③松开止血带。

3.测量定位。①测量导管尖端所在的位置:测量时手臂外展 90°。②上腔静脉测量法:从预穿刺点沿静脉走向量至右胸锁关节再向下至第 3 肋间。③锁骨下静脉测量法:从预穿刺点沿静脉走向至胸骨切迹,再减去 2cm。④测量上臂中段周径(臂围基础值):以供监测可能发生的并发症。新生儿及小儿应测量双臂围。

4.建立无菌区。打开 PICC 无菌包,戴手套。应用无菌技术准备肝素帽,抽吸生理盐水。将第一块治疗巾垫在病人手臂下。

5.消毒穿刺点。按照无菌原则消毒穿刺点,范围为穿刺点上下 10cm 两侧至臂缘。用乙醇清洁脱脂,再用碘伏消毒。等待两种消毒剂自然干燥。穿无菌手术衣,更换手套。铺孔巾及治疗巾,扩大无菌区。

6.预冲导管。

7.扎止血带,实施静脉穿刺。穿刺进针角度为 15°～30°,直刺血管,一旦有回血立即放低穿刺角度,推入导入针,确保导入鞘管的尖端也处于静脉内,再送套管。

8.从导引套管内取出穿刺针:松开止血带;左手食指固定导入鞘避免移位;中指轻压在套管尖端所处的血管上,减少血液流出;从导入鞘管中抽出穿刺针。

9.置入 PICC 导管,将导管逐渐送入静脉,用力要均匀缓慢。

10.退出导引套管。当导管置入预计长度时,即可退出导入鞘;指压套管端静脉稳定导管,从静脉内退出套管,使其远离穿刺部位。

11.撤出导引钢丝。一手固定导管,一手移去导丝,动作要轻柔。

12.确定回血和封管:用生理盐水注射器抽吸回血,并注入生理盐水,确定是否通畅;连接肝素帽或者正压接头;用肝素盐水正压封管。

13.清理穿刺点,固定导管,覆盖无菌敷料;将体外导管放置呈“S”状弯曲;在穿刺点上方放置一小块纱布吸收渗血,并注意不要盖住穿刺点;覆盖透明贴膜在导管及穿刺部位,加压粘贴;在衬纸上标明穿刺的日期。

14.通过 X 线拍片确定导管尖端位置。

15.置管术后 24 小时内更换贴膜,并观察局部出血情况,以后酌情每周更换 1～2 次。更换贴膜时,护士应当严格无菌操作技术。换药时沿导管方向由下向上揭去透明敷料。

16.定期检查导管位置、导管头部定位、流通性能及固定情况。

17.每次输液后封管时不要抽回血,用 10ml 以上注射器抽吸生理盐水 10～20ml 脉冲方式进行冲管,并正压封管。当导管发生堵塞时,可使用尿激酶边推边拉的方式溶解导管内的血凝块,严禁将血块推入血管。

18.治疗间歇期每周对 PICC 导管进行冲洗,更换贴膜、正压接头。

19.密切观察病人状况,发生感染时应当及时处理或者拔管。

【注意事项】

1.穿刺时注意事项

(1)穿刺前应当了解病人静脉情况,避免在瘢痕及静脉瓣处穿刺。

(2)注意避免穿刺过深而损伤神经,避免穿刺进入动脉,避免损伤静脉内外膜。

(3)对有出血倾向的病人要进行加压止血。

2.穿刺后注意事项

(1)向病人做好解释工作,使病人放松,确保穿刺时静脉的最佳状态。

(2)护士进行 PICC 置管操作时,必须洗手并严格执行无菌操作技术。

(3)PICC 导管可以进行常规加压输液或者输液泵给药,但不能用于高压注射泵推注造影剂。

(4)输入全血、血浆、蛋白等黏性较大的液体后,应当以等渗液体冲管,防止管腔堵塞。输入化疗药物前后均应使用无菌生理盐水冲管。

(5)尽量避免在置管侧肢体测量血压。

(6)告知病人避免使用带有 PICC 一侧手臂过度活动,避免置管部位污染。

(7)保持局部清洁干燥,不要擅自撕下贴膜,贴膜有卷曲、松动,贴膜下有汗液时及时请护士更换。

(周婧英)

(三)静脉留置针输液法

【目的】

1.减少病人反复穿刺的痛苦,对血管穿刺性小,并且可随血管形状弯曲,不易脱出血管,便于肢体活动。

2.保留一条开放的静脉通道,有利于病人的抢救工作,提高护理人员的工作效率。

【操作步骤】

1.洗手,戴口罩,备齐用物。检查留置针包装是否完整及有效期。

2.静脉的选择。选择粗直、弹性好、无静脉瓣、易于固定、活动方便的血管。一般选用头静脉、贵要静脉、肘正中静脉、前臂浅表静脉,也可选用手背较粗大的静脉。

3.打开留置针包装,除去针套,旋转松动外套管,将头皮针连接输液器插入静脉帽内并排气。常规消毒皮肤,左手绷紧皮肤,右手拇指、食指持针翼使针尖斜面向上,于静脉的上方与皮肤呈30°左右缓慢进针,见回血后降低角度约15°,继续进针1～2mm,松开止血带,右手固定针芯,左手向穿刺血管方向推进塑料套管完全进入静脉,右手拔出针芯,证实回血通畅后用透明敷贴将针翼周围皮肤覆盖并固定。

4.输液完毕,用生理盐水250ml＋12 500U肝素钠,配制成1∶50肝素液,用注射器抽取5ml肝素液,消毒肝素帽后从肝素帽处缓慢注入正压封管,在注肝素液时,边缓慢推余液边拔出输液针,使针头在退出过程中导管内始终保持高于血管内压力的正压状态。

5.封管结束后,将夹子夹住连管前端约1/3处,以防回血过多。

6.随着临床护理工作的不断更新,可来福接头配制留置针已广泛应用,这是一种无针密闭的输液技术,操作方便、安全。

7.在输液穿刺前先将可来福接头的阴性端与输液管连接好,进行排气,再将可来福阳性端接到留置针上。输液完毕,拔下输液管即可,无需肝素钠封管。

8.再次输液时只需消毒可来福阴性端,输液管乳头同阴性端连接,连接时要插到底并旋转90°,打开调节器,观察输液是否通畅。

【注意事项】

1.严格执行无菌操作,避免感染。

2.掌握留置时间。一般留置3天,如果身体状况允许可适当延长1～2天,一般不超过7天。

3.随时观察:察看病人局部有无发红、渗漏和阻塞情况。如局部出现发红现象,应将针拔掉,给予热敷。当输液不畅时,不必立即拔针,应寻找原因。

(高丽伟)

二、静 脉 输 血

【目的】

1.补充血容量,增加有效血量,提升血压,促进循环。

2.补充血红蛋白,促进携氧能力。

3.补充血小板和各种凝血因子。

4.补充白蛋白,维持血浆胶体渗透压,减轻组织渗出和水肿。

5.补充抗体、补体,增强机体免疫力。

【操作步骤】　以密闭式静脉输血法为例。

1.着装整齐,洗手,戴口罩。携用物至病床旁,核对床号、姓名,与病人交流,解释输血目的。

2.按密闭式静脉输液法,先为病人输入少量生理盐水。待液体滴入通畅后,戴手套,再次核对血液,无误后,打开储血袋密闭式开口,消毒,将输血器针头从生理盐水瓶拔出,平行插入储血袋中挂在输液架上。

3.注意调节输血速度,开始 10 分钟内速度宜慢,15～20 滴/分,观察 15 分钟后病人无不适,再根据病人病情、年龄调节速度,一般成人 40～60 滴/分钟,小儿 15～20 滴/分钟,大量失血者速度稍快,对年老、体弱、有心肺疾患病人速度宜慢,并注意观察病情变化。

4.再次核对无误后,整理床单元和用物,洗手。血液将输完时滴入少量生理盐水使输血器内的血液全部输完再拔针。

5.收回空血袋,冰箱保存 24 小时后,连同输血不良反应反馈单一起送回血库集中处理。

【注意事项】

1.输血时护士要有高度的责任心,严格执行无菌技术原则和操作规程。严格执行查对制度,取血时和输血前必须由两名专业技术人员按要求逐项核对,不得遗漏和省略,并检查血液的质量,确保输血治疗无误。

2.血液从血库取出后,不宜在室温下放置过久(应在半小时内输入),200～300ml 血液要求在 3～4 小时内输完,避免溶血。冷藏血液不能加温,以免血浆蛋白凝固变性。

3.血液中不能任意添加其他药物;输入两袋以上血液时,两袋血之间须输入少量等渗盐水,以免发生反应。

4.输血过程中应加强巡视,观察病人输血部位有无异常,输液管是否通畅;发现输血反应,立即停止输血,并报告医生,及时处理;同时保留剩余的血液,以备检查分析反应原因。

(周婧英)

第十五节　标 本 采 集

【技能目标】

1.掌握　各种标本的采集方法。

2.熟悉　各种标本采集的注意事项。

3.了解　采集各种标本的目的。

一、血液标本采集

(一)外周静脉血标本的采集

【目的】　协助临床诊断疾病,为临床治疗提供依据。

【操作步骤】

1.查对医嘱,贴化验单附联于标本容器上,注明科别、病床号、姓名、检验目的和送检日期。

2.携用物至床旁,核对病人并向其再次解释抽血目的和配合方法。

3.选择合适静脉穿刺点,在穿刺点上方约 6cm 处扎止血带,常规消毒皮肤。

4.戴手套,按静脉穿刺法穿刺血管,见回血后抽取所需血量。

5. 松止血带,迅速拔出针头,用干棉签按压穿刺点1~2分钟。

6. 将血液注入标本容器。

(1)血培养标本:血培养瓶为密封瓶,瓶口除橡胶塞外另加铝盖密封,内盛培养基,经高压灭菌。使用时将铝盖中心部分除去,常规消毒瓶盖,更换针头将抽出的血液注入瓶内,轻轻摇匀。

(2)全血标本:取下针头,将血液沿管壁缓慢注入盛有抗凝的试管内,轻轻摇动,使血液与抗凝剂充分混匀。

(3)血清标本:取下针头,将血液沿管壁缓慢注入干燥试管内。

7. 检视病人的穿刺部位。

8. 将标本连同检验单及时送检。

9. 用物按消毒、隔离原则处理,洗手。

【注意事项】

1. 若需要抽空腹血,应该提前告知病人禁食。

2. 抽血清标本须用干燥注射器、针头和干燥试管。

3. 采全血标本时,需加入抗凝剂,血液注入容器后,立即轻轻旋转摇动试管,使血液和抗凝剂混匀,避免血液凝固,影响检验结果。

4. 采集血培养标本时,应防污染。除严格执行无菌操作外,抽血前应检查培养基是否符合要求,瓶塞是否干燥,培养液不宜太少。

5. 若同时需抽取不同种类的血标本,应先注入血培养瓶,再注入抗凝管,最后注入干燥管,动作应迅速准确。

6. 严禁在输液、输血肢体上抽取血标本,必须另换肢体采集。

(二)股静脉采血

【目的】

1. 采血做化验检查,协助诊断。

2. 为病情危重、循环不良、肥胖者及婴幼儿采血。

【操作步骤】

1. 洗手,戴口罩。备齐常规采血无菌用物。

2. 携用物至床旁,向病人及其家属做好解释工作,消除其紧张、恐惧心理。

3. 协助病人仰卧,将其一侧大腿稍外展,外旋使腹股沟展平,小腿弯曲90°呈蛙状,充分暴露局部。

4. 消毒病人腹股沟处皮肤及操作者左手食指。用食指在腹股沟韧带中、下1/3处摸到股动脉搏动最明显处并固定好,右手持注射器使针头与皮肤呈直角,在股动脉内侧0.5cm处缓缓刺入,刺入深度要根据病人胖瘦而定。穿刺时要细心体会,当感觉到针头有进入血管的落空感后,轻轻抽吸回血,如抽出暗红色血液,则提示进入股静脉,立即停止进针。如未见回血,则应继续刺入或缓慢边退边回抽、试探,直至见血为止。

5. 采血完毕用干棉球按压针孔处3~5分钟。将血液标本按要求注入采血管内送检。

6. 整理用物,协助病人穿衣并采取舒适体位。

【注意事项】

1. 严格执行无菌操作技术,穿刺处皮肤不得有破溃。

2.穿刺失败,不宜多次反复穿刺,以免形成血肿。如抽出血液为鲜红色,则提示穿入股动脉,应立即拔出针头,用干棉签按压穿刺处 5～10 分钟以上,直至无出血为止。

3.有凝血功能障碍者不宜采用股静脉采血,以免引起出血。

(三)动脉血标本的采集技术

【目的】　采集动脉血,进行血气分析,判断病人氧合情况,为治疗提供依据。

【操作步骤】

1.评估病人

(1)询问、了解病人身体状况,了解病人吸氧状况或者呼吸机参数的设置。

(2)向病人解释动脉采血的目的及穿刺方法,取得病人配合。

(3)评估病人穿刺部位皮肤及动脉搏动情况。

2.操作要点

(1)核对医嘱,准备用物。

(2)携用物至病人旁,查对床号、姓名等,协助病人取舒适体位,暴露穿刺部位。

(3)先抽取少量肝素,湿润注射器后排尽(或者使用专用血气针)。

(4)选取穿刺动脉,常用穿刺部位为桡动脉、肱动脉、股动脉、足背动脉等。消毒皮肤,术者消毒示、中指,以两指固定动脉,持注射器在两指间垂直或与动脉走向成 40°迅速进针,动脉血自动顶入血气针内,一般需要 1ml 左右。

(5)拔针后立即将针尖斜面刺入橡皮塞或专用凝胶针帽隔绝空气。

(6)将血气针轻轻转动,使血液与肝素充分混匀,立即送检。

(7)垂直按压穿刺部位 5～10 分钟。

3.指导病人

(1)指导病人抽取血气时尽量放松,平静呼吸,避免影响血气分析结果。

(2)告知病人正确按压穿刺部位,并保持穿刺部位清洁、干燥。

【注意事项】

1.严格执行无菌操作技术,预防感染。

2.消毒面积应较静脉穿刺大。

3.穿刺部位应当压迫止血至不出血为止。

4.若病人饮热水、洗澡、运动,需休息 30 分钟后再取血,避免影响检查结果。

5.做血气分析时注射器内勿有空气。

6.标本应当立即送检,以免影响结果。

7.有出血倾向的病人慎用。

(高丽伟　刘海丽)

二、痰标本采集

【目的】

1.常规痰标本　检查痰的一般性状,涂片查细胞、细菌、虫卵等,协助诊断某些呼吸系统疾病。

2.痰培养标本　检查痰液中的致病菌,以确定病菌类型做药敏试验。

3.24 小时痰标本　检查 24 小时痰液的量及性状,协助诊断疾病。

【操作步骤】

1.根据检验目的选用适当容器,将化验单附联注明科别、病床号、姓名、检验目的和送检日期贴于标本容器上。

2.携用物至病人床旁,核对病人并再次向病人解释留取痰液的目的和方法。

3.收集痰标本。

(1)常规痰标本

①病人能自行留取痰液:嘱病人清晨醒来未进食前先漱口,去除口腔中的杂质;深呼吸后用力咳出气管深处的痰液;将痰液收集于痰盒内,盖好盒盖。

②无法咳痰或不合作病人:协助病人取适当卧位,叩击病人背部;戴好手套,集痰器分别连接吸引器和吸痰管,按吸痰法吸入 2~5ml 痰液于集痰器内。

(2)24 小时痰标本

①在广口集痰瓶内加少量清水。

②请病人留取痰液,从清晨醒来(7am)未进食前漱口后第一口痰开始留取,至次日晨(7am)未进食前漱口后第一口痰做结束。

③将 24 小时的全部痰液倒入集痰瓶内。

4.根据病人需要给予漱口或口腔护理。

5.洗手,记录痰的外观和性状。24 小时痰标本应记总量。

6.及时送检。

7.用物按消毒、隔离要求处理。

【注意事项】

1.采集标本前要了解检验的目的、病人的病情及合作程度。

2.检验标本容器有无破损,是否符合检验的目的和要求。

3.采集标本操作规范、采集方法、采集量和采集时间要准确。如为痰培养标本,应严格无菌操作,避免因操作不当污染标本,影响检验结果。

4.采集痰标本时,嘱病人勿将唾液、漱口水、鼻涕混入痰标本中。

5.如病人伤口疼痛无法咳嗽,可用软枕或手掌压迫伤口,减轻伤口张力,减少咳嗽时的疼痛。

6.标本采集后及时送检。

三、咽拭子标本采集

【目的】 从咽部和扁桃体取分泌物做细菌培养或病毒分离,以协助诊断、治疗和护理。

【操作步骤】

1.查对医嘱,在化验单附联上注明科别、病床号、姓名、化验目的和送检日期,贴于咽拭子培养管上。

2.携用物至病人床旁,核对病人并再次向病人解释取咽拭子标本的目的和方法,戴手套。

3.点燃酒精灯。

4.嘱病人张口发"啊"音。

5.用培养管内的无菌长棉签擦拭腭弓两侧和咽、扁桃体上的分泌物。

6.在酒精灯火焰上消毒试管口。

7. 将棉签插入试管,塞紧。

8. 洗手、记录、送检。

【注意事项】

1. 采集时,为防止呕吐,应避免在病人进食后 2 小时内进行。动作要轻稳、敏捷,防止引起病人不适。

2. 注意棉签不要触及其他部位,保证所取标本的准确性。

3. 采集后要及时送检,防止标本污染,影响检验结果。

四、尿液标本采集

【目的】

1. 尿常规标本　用于检查尿液的颜色、透明度,测定比重,有无细胞和管型,并做尿蛋白和尿糖定性检测等。

2. 尿培养标本　用于细菌培养和细菌敏感试验,以了解病情,协助临床诊断和治疗。

3. 12 小时或 24 小时尿标本　用于各种尿生化检查或尿浓缩查结核杆菌等检查。

【操作步骤】

1. 查对医嘱,在检验单附联上注明科别、病室、床号、姓名。

2. 根据检验目的,选择适当容器,附联贴于容器上。

3. 携用物至病人床旁,核对病人并再次向病人解释留取尿液标本的目的和方法。

4. 收集尿液标本。

(1)常规尿标本

①能自理的病人,给予标本容器,嘱其将晨第一次尿留于容器内,除测定尿比重需留取 100ml 以外,其余检验留取 5~10ml 即可。

②行动不便的病人,协助在床上使用便盆或尿壶收集尿液于标本容器内。

③留置导尿的病人,于集尿袋下方引流孔处打开橡胶塞收集尿液。

(2)尿标本培养

①中段尿留置法:a. 屏风遮挡,协助病人取适当的卧位,放好便器;b. 按导尿术清洁、消毒外阴;c. 嘱病人排尿,弃去前段尿,用试管夹夹住试管于酒精灯上消毒试管口后,接取中断尿 5~10ml;d. 再次消毒试管口和盖子,立即盖紧试管,熄灭酒精灯;e. 清洁外阴,协助病人穿好裤子,整理床单位,清理用物。

②导尿术留取法:按照导尿术插入导尿管将尿液引出,留取尿标本。

(3)12 小时或 24 小时尿标本

①将检验单附联贴于集尿瓶上,注明留取尿液的起止时间。

②留取 12 小时尿标本,于 7pm 排空膀胱后留取尿液至次晨 7am 留取最后一次尿液;若留取 24 小时尿液标本,嘱病人 7am 排空膀胱后。开始留取尿液,至次晨 7 am 留取最后一次尿液。

③请病人将尿液先排在便盆或尿壶内,然后再倒入集尿瓶内。

④留取最后一次尿液后,将 12 小时或 24 小时的全部尿液盛于集尿瓶内,测总量。

5. 洗手、记录。

6. 标本及时送检。

7. 用物按消毒、隔离要求处理。

【注意事项】

1. 女病人月经期不宜留取尿标本。

2. 会阴部分泌物多时,应先清洁或冲洗,再收集。

3. 做早孕诊断试验应留晨尿。

4. 留取尿培养标本时,应注意执行无菌操作,防止标本污染,影响检验结果。

5. 留取12小时或24小时尿标本,集尿瓶应放在阴凉处,根据检验要求在瓶内加防腐剂。

五、粪便标本采集

【目的】

1. 常规标本 用于检查粪便的性状、颜色、细胞等。

2. 培养标本 用于检查粪便中的致病菌。

3. 隐血标本 用于检查粪便内肉眼不能查见的微量血液。

4. 寄生虫或虫卵标本 用于检查粪便中的寄生虫、幼虫以及虫卵计数检查。

【操作步骤】

1. 查对医嘱,贴检验单附联于便检盒(培养瓶)上,注明科别、病室、床号、姓名。

2. 携用物至床旁,核对病人并向其再次解释留取粪便标本的目的和方法。

3. 屏风遮挡,请病人排空膀胱。

4. 收集粪便标本。

(1)常规标本:①嘱病人排便于清洁便盆内。②用检便匙取中央部分或黏液脓血部分2～5g置于检便盒内送检。

(2)隐血标本:按常规标本留取。

(3)寄生虫及虫卵标本:①检查寄生虫及虫卵。嘱病人排便于便盆内,用检便匙取不同部位带血或黏液粪便5～10g送检。②检验蛲虫。嘱病人睡觉前或清晨未起床时,将透明胶带贴在肛门周围处。取下并将已粘有虫卵的透明胶带面贴在载玻片上或透明胶带对合,立即送检验室做显微镜检查。③检查阿米巴原虫。将便盆加热至接近人的体温。排便后标本连同便盆立即送检。

5. 用物按消毒、隔离要求处理。

6. 洗手、记录。

【注意事项】

1. 采集培养标本,如病人无便意时,用长无菌棉签蘸0.9%氯化钠溶液,由肛门插入6～7cm,顺一方向轻轻旋转后退出,将棉签置于培养瓶内,盖紧瓶塞。

2. 采集隐血标本时,嘱病人检查前3天禁食肉类,动物肝、血和含铁丰富的药物、食物、绿叶蔬菜,3天后收集标本,以免造成假阳性。

3. 采集寄生虫标本时,如病人服用驱虫药或做血吸虫孵化试验,应留取全部粪便。

4. 检查阿米巴原虫,在采集标本前几天,不应给病人服用钡剂、油脂或含金属的泻药,以免金属制剂影响阿米巴虫卵或胞囊的显露。

5. 病人如有腹泻、水样便应盛于容器中送检。

(董淑英)

第十六节　尸体护理

【技能目标】

1. 掌握　尸体护理的操作步骤和注意事项。

2. 熟悉　尸体护理的目的。

【目的】

1. 维持良好的尸体外观,易于识别。

2. 使家属得到安慰,减轻哀痛。

【操作步骤】

1. 填写尸体识别卡 2 张,备齐用物携至床旁,劝慰家属,请家属暂离病房。

2. 用屏风遮挡。

3. 撤去一切治疗用物(如输液管、氧气管、导尿管等)。

4. 将床放平,使尸体仰卧,头下置一枕头,脱去衣裤,留一大单遮挡。

5. 洗脸,有义齿者代其装上,闭合口、眼。若眼睑不能闭合,可用毛巾湿敷或于上眼睑下垫少许棉花,使上眼睑下垂闭合。嘴不能闭合者,轻揉下颌或用四头带托起下颌。

6. 取适量棉花用血管钳塞于口、鼻、耳、肛门、阴道等孔道。

7. 擦净全身,梳理头发。用松节油擦净胶布痕迹,有伤口者更换敷料,有引流管者应拔出后缝合伤口或用蝶形胶布封闭并包扎。

8. 穿上衣裤,撤去大单,将 1 张尸体识别卡系在尸体右手腕部。

9. 移尸体于平车上,盖上大单,将另一张尸体识别卡交于太平间工作人员。

10. 由太平间工作人员将尸体送往太平间,置于停尸屉内,将第 2 张尸体识别卡系在尸屉外面。

11. 处理床单位。

12. 填写死亡通知单,完成各项记录,整理病历、归档,按出院手续办理结账。

13. 整理病人遗物交予家属。

【注意事项】

1. 病人死后若家属不在,应尽快通知家属来院探视遗体。

2. 进行尸体护理前先用屏风遮挡,以维护死者的隐私及避免影响病室其他病人的情绪。

3. 尸体卡别放要正确,便于识别。

4. 床单位非传染病人按一般出院病人方法处理,传染病病人按传染病病人要求进行终末消毒处理。

5. 清理病人遗物时,若家属不在,应由两人清点后,列出清单交护士长保管。

(马　力)

第17章 临床常用护理技术

第一节 常用护理技术

【技能目标】

1. 掌握 各项常用护理技术的操作步骤及注意事项。

2. 熟悉 各项常用护理技术的目的。

一、备 皮 法

【目的】 彻底清洁皮肤,去除手术区毛发和污垢,为手术时皮肤消毒做准备,预防术后切口感染。

【操作步骤】

1. 认真核对医嘱,评估病人基本状况及手术区皮肤情况。

2. 核对病人姓名、床号、诊断及手术具体部位。

3. 向病人做好解释工作,消除病人顾虑。

4. 遮挡病人,在病人身下铺垫巾,暴露备皮部位,涂擦肥皂液(干式备皮用滑石粉),绷紧皮肤,手持备皮刀分区剃净毛发。

5. 检查备皮部位皮肤有无损伤,毛发是否剔除干净。

6. 去除备皮部位肥皂液(或滑石粉)和毛发,整理床单位及用物。

7. 嘱病人沐浴,卧床病人应在床上擦浴。

【注意事项】

1. 备皮动作应轻柔,注意病人保暖。

2. 注意剃刀刀片应锐利。

3. 剃刀刀架用后要严格消毒或使用一次性备皮包,严格防止交叉感染。

4. 备皮后检查手术区皮肤如有割痕、发红等异常情况,通知医生并做好记录。

二、"T"管引流护理

【目的】

1. 引流胆汁,减轻胆道压力。

2. 支撑胆管,预防胆道狭窄。

3. 观察胆汁的量、颜色、性质。

【操作步骤】

1. 妥善固定"T"管,防止因翻身、起床等活动时牵拉脱出,并注意引流袋应低于"T"管引流口平面。

2. 维持有效引流,引流管勿打折、勿弯曲,嘱病人保持有效体位,即平卧时引流管应低于腋中线,站立或活动时不可高于腹部引流口平面,防止引流液逆流。

3. 注意观察胆汁颜色、性质、量,并记录,正常胆汁为深黄色澄清液体,如有异常及时与医生联系。

4."T"管每天更换引流袋一次,注意常规消毒接口,严格无菌操作。

5."T"管引流时间一般为 7～14 天,拔管前应根据医嘱先夹闭"T"管,夹管期间观察有无腹痛、发热、黄疸等情况。

6."T"管拔除后,局部伤口以凡士林纱布堵塞,1～2 日会自行封闭。

【注意事项】

1.严格执行无菌操作,保持胆道引流管通畅。

2.妥善固定好管路,操作时防止牵拉,以防"T"管脱落。

3.保护病人引流口周围皮肤,局部涂氧化锌软膏,防止胆汁浸渍引起局部皮肤破溃和感染。

4.注意病人生命体征及腹部体征的变化,如有腹痛、发热,提示有胆汁渗漏或感染可能,及时与医生联系。

三、造口护理技术

【目的】

1.保持造口周围皮肤的清洁。

2.帮助病人掌握护理造口的方法。

【操作步骤】

1.评估病人　评估病人造口情况、对造口接受程度及造口护理知识了解程度。

2.操作要点

(1)协助病人取舒适卧位,必要时使用屏风遮挡。

(2)由上向下撕离已用的造口袋,并观察内容物。

(3)用温水清洁造口及周围皮肤,并观察周围皮肤及造口的情况。

(4)用造口量度表量度造口的大小、形状。

(5)绘线,做记号。

(6)沿记号修剪造口袋底盘,必要时可涂防漏膏、保护膜。

(7)撕去粘贴面上的纸,按照造口位置由下而上将造口袋贴上,夹好便袋夹。

3.指导病人

(1)向病人解释利用造口袋进行造口管理的重要性,强调病人学会操作的必要性。

(2)向其介绍造口特点以减轻恐惧感,引导其尽快接受造口的现实而主动参与造口自我管理。

【注意事项】

1.更换造口袋时应当防止袋内容物排出污染伤口。

2.注意造口与伤口距离,保护伤口,防止污染。

3.撕离造口袋时注意保护皮肤,防止损伤。

4.造口袋裁剪时与实际造口方向相反,不规则造口要注意裁剪方向。

5. 贴造口袋前一定要保证造口周围皮肤干燥。

6. 使用造口辅助用品应在使用前认真阅读产品说明书。

7. 造口袋底盘与造口黏膜之间保持适当空隙(1～2mm)，缝隙过大粪便刺激皮肤易引起皮炎，过小底盘边缘与黏膜摩擦将会导致不适甚至出血。

8. 教会病人观察造口周围皮肤的血供情况，并定期手扩造口，防止造口狭窄。

9. 护理过程中注意向病人详细讲解操作步骤。

（周婧英）

四、胸腔闭式引流的护理

【目的】

1. 排出胸腔内液体、气体，恢复和保持胸膜腔负压。促使患侧肺迅速膨胀。

2. 保持引流通畅。

3. 便于观察胸腔引流液的性状、颜色、量。

【操作步骤】

1. 备齐用物：两把止血钳、小换药包和水封瓶，并在水封瓶内注入无菌盐水或蒸馏水，注水量以长玻璃管没入水下 3～4cm 为宜，在引流瓶的水平线上注明日期及水量。

2. 洗手，戴口罩。携用物到病人床前，核对病人床号、姓名，解释目的，取得其合作。

3. 挤压引流管，将引流液充分引出，再用两把止血钳双重夹闭引流管近端。

4. 消毒引流管连接口，更换引流瓶后松开止血钳。

5. 观察引流是否通畅、是否密闭。

6. 将引流瓶放于安全处，保持引流瓶低于胸腔 60～100cm。

7. 整理用物，洗手，记录引流液的性质、量及病人反应。

【注意事项】

1. 术后病人若血压平稳，应取半卧位以利引流。

2. 水封瓶应位于引流口以下，不可倒转，维持引流装置密闭，接头牢固固定。

3. 保持引流管长度适宜，翻身活动时防止受压、打折、扭曲、脱出。

4. 保持引流管通畅，注意观察引流液的量、颜色、性质，并做好记录。如引流液量增多，及时通知医师。

5. 更换引流瓶时，应用止血钳夹闭引流管防止空气进入。注意保证引流管与引流瓶连接的牢固紧密，切勿漏气。操作时严格无菌操作。

6. 搬动病人时，应注意保持引流瓶低于胸膜腔。

7. 24 小时引流液少于 50ml，脓液＜10ml，无气体逸出，病人无呼吸困难，听诊呼吸音恢复，X 线检查肺膨胀良好，可拔除胸引管。

8. 拔除引流管后 24 小时内要密切观察病人有无胸闷、憋气、呼吸困难、气胸、皮下气肿等。观察局部有无渗血、渗液，如有变化，要及时报告医师处理。

（宋志君）

五、皮牵引术

【目的】　皮牵引是皮肤牵拉使其作用力达到关节或骨骼，以维持复位后的位置。可缓解疼痛,减轻关节面所承受的压力,使局部充分休息,从而达到治疗目的。

【操作步骤】

1.备皮牵引带、棉垫、牵引架、牵引绳、牵引锤。

2.皮牵引带上下两端加棉垫,用皮牵引带包裹患肢,松紧度要适宜。

3.调整皮牵引带至肢体功能位,保持皮牵引持续有效。

【注意事项】

1.观察牵引过程中皮肤情况,防止皮肤损伤、破溃及压疮发生。

2.牵引带松紧要适宜,应经常观察患肢末梢血供情况。

3.保持牵引有效,保持患肢功能位,牵引重量要适宜,过轻易畸形愈合,过重造成骨折不愈合。

4.保持适宜的温度,避免室温过低,加盖被子时勿压在牵引绳上面,以免影响牵引力。

5.枕颌牵引时,保持下颌皮肤干燥清洁。

(马 力)

六、脑室引流管的护理

【目的】

1.颅内压增高者降低颅内压。

2.向脑室内注入阳性对比剂或气体做脑室造影。

3.引流炎性脑脊液或向脑室内注入抗生素,治疗室管膜炎。

4.脑室内手术后,引流血性脑脊液,减少脑膜刺激征及防止脑室系统阻塞。

5.抽取脑室液,做生化和细胞学检查等。

【操作步骤】

1.备齐用物,床旁核对,向病人解释,取得其合作。

2.洗手,戴口罩。

3.观察病人意识、瞳孔、生命体征的变化。

4.严密观察脑脊液引流量、颜色、性质及引流速度。

5.保持引流通畅,穿刺部位干燥,引流系统的密闭性。

6.引流袋悬挂高度应当高于脑平面 10~20cm,以维持正常颅内压。

7.每日更换头部无菌治疗垫巾,并在无菌操作下更换引流袋。

8.病人体位舒适。

9.整理物品,洗手,记录。

【注意事项】

1.严格无菌操作,每日更换头部无菌治疗巾。

2.观察引流液的颜色、性状和量,引流液以不超过 500ml 为宜。如有感染引流量可适当增加。

3.引流早期注意引流速度,防止引流过快。

4.搬运病人时,应夹闭引流管,以防因引流袋高度变化造成短时间内引流过量或逆流。

5.脑室引流时间一般不超过 5~7 天,拔管前应试行抬高引流瓶(袋)或夹闭引流管 24 小时,若病人无颅压增高症状可拔管。

6.有精神症状、意识障碍者应适当约束。活动时避免引流管牵拉、滑脱、受压。

(刘海丽)

七、会阴湿热敷

【目的】

1.用于会阴水肿、血肿、伤口硬结及早期感染等的病人。

2.热敷可促进局部血液循环,增强白细胞的吞噬作用和组织活力,有助于脓肿局限,刺激局部组织的生长和修复。

【操作步骤】

1.备齐用物,推车于床旁,查对床号、姓名,向产妇解释操作目的,以取得其合作。

2.产妇脱下右侧裤腿,嘱产妇仰卧,双腿屈曲、外展,臀下置一垫巾。

3.把所需要的热溶液倒入弯盘内,将纱布浸透并用双手持镊子把纱布拧至不滴水,温度适宜后用镊子将纱布铺平放于需热敷的部位。

4.垫巾塑料面朝内盖于纱布上,外放热水袋(水温 60～70℃)盖好被子。

5.热敷完毕,更换清洁会阴垫并整理床铺。

【注意事项】

1.如外阴有血迹及分泌物时,应先冲洗外阴。

2.注意保暖和遮挡病人。

3.休克、虚脱、昏迷、感觉迟钝等产妇尤应警惕防止烫伤。

4.湿热敷的温度一般为 41～48℃,注意防止烫伤。湿热敷时间为 15～30 分钟,1 日 1 或 2 次。

5.湿热敷过程中要注意观察会阴伤口,发现异常,应及时报告医生,遵医嘱给予相应处理。

6.湿热敷面积应是病损范围的 2 倍。

7.在湿热敷过程中,要经常巡视病房,询问产妇温度是否适宜,及时调整。

八、坐　　浴

【目的】

1.用于外阴、阴道手术前的准备。

2.通过水温及药液的作用,促进局部血液循环,增强抵抗力,减轻外阴炎症与疼痛,使创面清洁,利于组织修复。

【操作步骤】

1.按比例配制好溶液 1 000ml,温度 41～43℃。

2.将坐浴盆放在坐浴椅上。嘱病人排空膀胱后全臀和外阴部浸泡于溶液中 20～30 分钟。

3.坐浴后用无菌纱布蘸干外阴部。

【注意事项】

1.坐浴溶液的温度不可过高,防止烫伤皮肤,水温下降后应及时调整。

2.阴道有出血者禁止坐浴。

3.坐浴水量不宜过多,以免坐浴时外溢。

九、阴道擦洗上药

【目的】　清洁阴道,阴道用药及术前准备。

【操作步骤】

1.准备好用物,协助病人取膀胱截石位。

2.用碘伏棉球先消毒外阴部,再置窥阴器暴露宫颈,依次为宫颈→阴道穹窿→阴道壁。

3.用干纱球擦净多余消毒液。

4.遵医嘱局部置药,可用喷粉管将药粉喷于宫颈上,若是药片需放置于后穹窿。

5.取出窥阴器,防止将药物带出。

6.协助病人擦净外阴穿好衣裤。

【注意事项】

1.充分暴露宫颈,擦洗要彻底。

2.注意保暖、遮挡病人。

十、阴 道 灌 洗

【目的】

1.用于妇科手术前的阴道准备。

2.用于控制和治疗阴道炎、宫颈炎。

【操作步骤】

1.行会阴擦洗,嘱病人保持膀胱截石位。

2.将灌洗桶挂至距离床沿 60～70cm 高处,连接橡皮管排去管内空气,试水温适当后备用。

3.用灌洗液先冲洗外阴部,然后将小阴唇分开,把灌洗头沿阴道纵侧壁方向插入至后穹窿处,边灌洗边在阴道左右上下移动。

4.灌洗液即将流完时(约剩 100ml),拔出灌洗头,再冲洗一次外阴,然后扶病人坐于便盆上,使阴道内液体流出。

5.撤离便盆,协助病人擦净外阴,穿好衣裤。

【注意事项】

1.灌洗液以 41～43℃或病人感觉舒适为宜。

2.宫颈癌有活动性出血、阴道有出血者不做阴道灌洗。

3.灌洗头插入不宜过深,灌洗时,动作要轻柔,勿损伤阴道和宫颈组织。

4.灌洗桶与床沿的距离不超过 70cm,以免压力过大,水流过速,使灌洗液或污物进入子宫腔。

十一、测宫高、腹围

【目的】　评估妊娠周数、羊水量及胎儿大小。

【操作步骤】

1.嘱孕妇排空膀胱,向孕妇解释操作目的,以取得其合作。

2.协助孕妇呈仰卧屈膝位,双腿稍分开,暴露腹部。

3. 护士站于孕妇右侧,左手持卷尺,零端置于宫底,右手将卷尺向下拉开,使卷尺紧贴于腹部至耻骨联合上缘中点,读数值记录宫高。

4. 再将卷尺经脐绕腹部1周,读数值记录腹围。

5. 协助孕妇整理衣裤。

【注意事项】

1. 测量数字要准确。

2. 注意保暖和遮挡病人。

十二、听诊胎心音

【目的】 监测胎儿在子宫内的情况。

【操作步骤】

1. 嘱孕妇排空膀胱,向孕妇解释操作目的,以取得其合作。

2. 协助孕妇仰卧位于床上,暴露腹部。

3. 用四步触诊法触清胎方位。

4. 将听诊器或超声多普勒胎心仪置于适当位置:①枕先露位于孕妇脐下方(左或右);②臀先露位于近脐部上方(左或右);③横位时位于脐周围。

5. 听到胎心搏动声,同时看表,数30秒胎心音,异常时听1分钟,记录数据,正常胎心120~160次/分。

6. 整理衣裤和用物。

【注意事项】

1. 测听胎心音应注意准确性。

2. 注意保暖和遮挡病人。

3. 注意胎心音的节律和速度,并与脐带杂音、腹主动脉搏动音相区别。

十三、产时会阴冲洗

【目的】

1. 用于内诊前、接生前、阴道手术操作、人工破膜、剥膜等。

2. 保持产妇分娩过程中的无菌,避免经产道逆行感染。

【操作步骤】

1. 将用物移至产床的尾侧,核对产妇的姓名、床号,向产妇解释会阴冲洗的目的。

2. 嘱产妇仰卧位,将两大腿屈曲分开,充分暴露外阴部,拆产台时,操作员站在床尾部,连产台时操作人员站在产妇右侧。

3. 将产床调节成床尾稍向下倾斜的位置,并将产妇腰下的衣服向上拉。

4. 臀下垫灭菌卫生纸,床下放污水桶。

5. 用镊子夹取肥皂水纱布1块,先擦洗阴阜、左右腹股沟、左右大腿内侧上1/3处,再擦洗会阴体、两侧臀部,擦洗时稍用力,然后弃掉纱布。

6. 再夹取肥皂水纱布1块,按顺序擦洗尿道口→阴道口→小阴唇→大阴唇→会阴体,稍用力,最后擦肛门,弃掉纱布及镊子。

7. 用镊子夹取灭菌干棉花球盖住阴道口,弃掉镊子。

8.用温水由外至内缓慢冲净皂迹(冲洗前,操作者可将水倒在手腕部测温,待温度合适后,再给产妇冲洗)。

9.用镊子取下阴道口的棉花球,弃掉棉花球。

10.再按 5、6、7、8 程序重复一遍。

11.用镊子取下阴道口的棉花球,弃掉棉花球及镊子。

12.用镊子夹取碘伏原液纱布 1 块,消毒外阴,消毒顺序为尿道口→阴道口→小阴唇→大阴唇→阴阜,换第 2 块碘伏原液纱布,消毒腹股沟→大腿内上 1/3 处→会阴体→肛门,不要超出温水冲洗清洁范围,弃掉镊子。

13.撤出臀下垫纸,垫好无菌接生巾。

【注意事项】

1.原则:消毒由内向外,由上而下;冲洗应用棉花球盖住阴道口,由外向内缓慢冲洗。

2.操作过程中注意遮挡和保暖,水温为 39～41℃,以产妇感觉适合为宜。

3. 冲洗过程中要注意观察产程进展,发现异常,应及时向医生报告,遵医嘱给予相应处理。

4.所有冲洗用品均为无菌物品,每日更换 1 次,并注明开启时间和日期,严格无菌操作。

十四、铺　产　台

【目的】　使新生儿分娩在无菌区内,减少产妇及新生儿的感染机会。

【操作步骤】

1.向产妇解释操作目的,以取得其合作。

2. 嘱孕妇取膀胱截石位。

3.刷手毕,取屈肘手高姿势,进入产房。

4.助手将产包外包布打开。

5.接生者穿隔离衣,戴手套,检查产包内灭菌指示卡是否达到灭菌标准,双手拿住产单的上侧两角,用两端的折角将双手包住,嘱产妇抬臀,将产单的近端铺于产妇臀下,取裤套套于产妇左腿及腿架,裤套固定于腿及腿架之间,用同样方法穿右侧。

6.接生者更换手套,将一接生巾打开,一侧反折盖于腹部,准备接生物品。将器械、敷料按接生使用顺序摆好。

7.助手将新生儿褓褓准备好,室温不到 26～28℃时应提前预热,同时准备好新生儿复苏辐射台。

【注意事项】

1.嘱产妇及陪产家属勿触摸无菌物品。

2.检查产包有无过期,潮湿、松散等被污染的情况。

3.注意给产妇保暖。

十五、接　　生

【目的】　使胎儿安全娩出,保护会阴,避免胎儿娩出时产妇会阴严重撕裂。

【操作步骤】

1. 术前宣教　向产妇解释操作目的,以取得其合作。

2. 指导产妇正确屏气　当子宫收缩时,先深吸一口气,然后闭上嘴随子宫收缩如排便样向下屏气用力,以加速产程进展;当子宫收缩的间歇期,全身肌肉放松,安静休息。医务人员应及时给予产妇鼓励以增强信心。

3. 接生准备　当初产妇宫口开全、经产妇宫口开大 3～4cm 时,应做好接生的准备工作,如产时会阴冲洗、消毒。接生人员按无菌操作常规刷手消毒,助手协助打开产包,接生者铺产台准备接生。

4. 接生　接生者协助胎头俯屈,在胎头拨露时,右手持一接生巾保护会阴,左手在子宫收缩时协助胎头俯屈,用力适度,使胎头以最小径线(枕下前囟径)在子宫收缩间歇期缓慢地通过阴道口以避免会阴严重裂伤。胎头娩出后,右手仍应保护会阴,不要急于娩出胎肩,先用左手自胎儿鼻根部向下挤压,挤出口、鼻内的黏液和羊水,挤压用力要适度。然后协助胎头外旋转,使胎儿双肩径与骨盆出口前后径相一致。左手将胎儿颈部向下压,使前肩自耻骨弓下先娩出,继之再托胎儿颈部向上使后肩从会阴体前缘缓慢娩出。双肩娩出后,保护会阴的右手方可松开,将接生巾压向产妇臀下,防止接生巾污染其他用物,最后双手协助胎体及下肢以侧位娩出,将新生儿轻柔放在产台上。在距脐根部 15～20cm 处,用两把止血钳夹住脐带,在两钳之间剪断脐带。将计血器垫于产妇臀下计量出血量。

5. 新生儿护理

(1)清理呼吸道:置新生儿仰卧位于辐射台上,迅速擦干新生儿身上的羊水和血迹,撤掉湿巾,呈头稍后仰位。注意新生儿保暖。用吸痰管清除新生儿口、鼻腔的黏液和羊水,以免吸入肺内。当呼吸道黏液和羊水已吸净而仍无哭声时,可用手触摸新生儿背部或轻弹足底以诱发呼吸。新生儿大声啼哭,表示呼吸道已畅通。

(2)脐带处理:用碘伏原液消毒脐带根部周围,直径约 5cm,以脐轮为中心向上消毒约5cm。在距脐根部 1cm 处用止血钳夹住并在止血钳上方剪断脐带,将气门芯套在距脐带根部0.5cm 处。用 20% 高锰酸钾溶液烧灼脐带断端,注意药液不可触及新生儿皮肤以免灼伤,以无菌纱布包好,外套止血带圈。将新生儿托起,让产妇看清性别交台下护士。

(3)新生儿查体:为新生儿测量体重、身长,做全身初步检查,了解有无产伤、畸形等,检查后记录。在新生儿记录单上按右足印,右手带腕条,写明母亲姓名、新生儿性别、出生时间,肌内注射维生素 K_1。处理时注意保暖。

(4)新生儿皮肤接触:新生儿娩出后 30 分钟内,尽早与母亲进行皮肤接触 30 分钟以上,以增进母子间的感情,促进母乳喂养成功。

6. 第三产程的处理

(1)胎盘娩出:判断胎盘剥离征象,如胎盘已剥离,助手可轻压产妇子宫底,接生者一手轻轻牵拉脐带使胎盘娩出。当胎盘娩出至阴道口时,接生者用双手握住胎盘向同一方向旋转,同时缓缓向外牵拉,协助胎膜完整剥离排出。如在排出过程中,发现胎膜部分断裂,可用止血钳将断裂上端的胎膜全部夹住,再继续向原方向旋转,直至胎膜完全排出,胎盘胎膜完全娩出后,按摩子宫刺激其收缩,减少出血。在按摩子宫的同时注意观察阴道出血量。

(2)检查胎盘、胎膜:将胎盘铺平,用纱布将母体面的血块轻轻擦掉,观察胎盘母体面有无缺损,并测量缺损面积,母体面检查完毕后将胎盘提起,检查胎膜是否完整,仔细检查胎儿面边缘有无断裂血管,以便及时发现副胎盘,如有副胎盘、部分胎盘或大块胎膜残留时应报告医生酌情处理。测量胎盘大小和脐带长度,检查脐带内血管。

（3）检查软产道：胎盘娩出后，用无菌纱布擦净外阴血迹。仔细检查会阴、小阴唇内侧、尿道口周围、阴道壁及宫颈有无裂伤。如有裂伤，应立即按解剖结构缝合。

十六、子宫按摩术

【目的】　促进子宫收缩，达到止血目的。

【操作方法】

1.腹部-阴道双手按摩子宫　助产者刷手，戴无菌手套，产妇取膀胱截石位，行外阴消毒后，助产者一只手握拳置于阴道前穹窿，将子宫托起，另一只手自腹壁按压子宫后壁，使子宫置于两手之间按摩，子宫在两拳的压迫及按摩下，达到压迫止血目的。

2.体外按摩方法　术者以一只手置于子宫底部，拇指在子宫前壁，其余四指在后壁，做均匀而有节律的体外按摩。

【注意事项】

1.注意保暖和遮挡病人。

2.按摩子宫时，注意观察产妇的面色、表情及阴道出血等情况，若出血仍不见好转，及时通知医生。

3.按摩子宫的力量要适度，手法要正确，切忌使用暴力。

4.严格无菌操作。

（杜桂芝）

十七、新生儿沐浴

【目的】　使新生儿皮肤清洁、舒适、避免感染。

【操作步骤】

1.沐浴前准备。将室温调节至 26～28℃，水温 39～41℃；准备好新生儿衣服、尿布、柔软易吸水的毛巾、无刺激性浴液、爽身粉、消毒棉签、75％乙醇等，沐浴水以流动水为宜。

2.洗净双手，解开新生儿包被，检查腕条。核对姓名、床号，脱去其衣物和尿布。

3.以左前臂拖住新生儿背部，左手拖住其头部，将新生儿下肢夹在左腋下，移至沐浴池，再次以操作者右前臂内侧测试水温，先洗净脸部，将新生儿头部枕在左手腕上，用拇指和中指捏住新生儿双耳（防止水流入耳孔），然后依次洗头、颈、腋下、上肢、手、躯干、下肢，最后洗腹股沟、臀部及外生殖器，注意洗净皮肤皱褶处，然后用温水冲洗干净。洗腹部时应注意避免沾湿脐部。

4.将新生儿抱至处置台上，用毛巾拭干全身，脐带用 75％乙醇棉签擦拭，在颈部、腋下、腹股沟处撒少量爽身粉。穿好衣服，包好尿布，再次核对腕条，放回小床。

【注意事项】

1.动作轻柔、敏捷，注意保暖，防止新生儿受凉及损伤。

2.沐浴时勿使水进入眼、耳、鼻、口内。

3.沐浴应在新生儿吃奶 1 小时后进行，沐浴液不要直接倒在新生儿皮肤上。

4.沐浴时应注意观察新生儿全身情况，发现异常情况及时处理并报告医生。

5.观察脐部有无异常分泌物，有无出血、渗血、皮肤红肿等情况。

十八、新生儿抚触

【技能目标】 掌握新生儿抚触的操作方法及注意事项。

【操作步骤】

1.面部抚触(永远的微笑)

(1)额头:取适量婴儿润肤乳液,从前额中心处用双手拇指往外推压,划出一个微笑状。

(2)眉头:同样用双手拇指向外推压,划出一个微笑状。

(3)眼窝:同样用双手拇指向外推压,划出一个微笑状。

(4)人中:同样用双手拇指向外推压,划出一个微笑状。

(5)下巴:用双手拇指向外推压,划出一个微笑状。

2.胸部抚触(交叉循环) 两手分别从胸部的外下方(两侧肋下缘)向对侧上方交叉推进,至两侧肩部,在胸部划一个大的交叉,避开新生儿的乳头。

3.手部抚触(捏挤扭转,反反复复) 将新生儿双手下垂,用一只手捏住其胳膊,从上臂到手腕部轻轻挤捏,然后用手指按摩手腕。用同样方法按摩另一侧。

搓搓小棒手:双手夹住小手臂,上下搓搓,并轻捏新生儿的手腕和小手,在确保手部不受伤的前提下,用拇指从掌心按摩至手指。

4.腹部抚触 示、中指依次从新生儿的右下腹至上腹向左下腹移动,呈顺时针方向画半圆,避开新生儿的脐部和膀胱。

5.背部抚触(分分合合,上上下下) 双手平放背部,从颈部向下按摩,然后用指尖轻轻按摩脊柱两边的肌肉,再次从颈部向底部迂回运动。

6.腿部抚触(捏挤扭转,反反复复) 按摩新生儿的大腿、膝部、小腿,从大腿至踝部轻轻挤捏,然后按摩脚踝及足部。

搓搓小腿:双手夹住小腿,上下搓搓,并轻捏新生儿的脚踝和脚掌,在确保脚踝不受伤害的前提下,用拇指从脚后跟按摩至脚趾。

【注意事项】

1.新生儿显得疲累、烦躁时,不要再刺激他,应让他休息,等睡醒后再进行抚触。

2.按摩面部可使婴儿面颊肌肉放松。

3.开始时应轻轻按摩,逐渐增加压力,好让新生儿慢慢适应起来。

4.不要强迫新生儿保持固定姿势。

5.在抚触进行中,如新生儿出现哭闹、肌张力提高、兴奋性增加、肤色改变等,应暂时停止抚触,如持续1分钟以上应完全停止抚触。

6.不要让新生儿的眼睛接触婴儿润肤油。

7.脐痂未脱落,不要按摩。

8.抚触时应注意与新生儿进行目光与语言交流。

十九、疫 苗 接 种

【目的】 通过人工自动免疫,使新生儿体内产生抗体,以获得主动免疫,防止病毒感染。

(一)乙肝疫苗接种

【操作步骤】

1. 将新生儿推至预防接种室,严格核对。

2. 用乙肝疫苗专用注射器抽取 5μg 乙肝疫苗,母亲乙肝表面抗原阳性的新生儿注射 15μg。

3. 暴露新生儿右上臂外侧三角肌,用 75％乙醇消毒皮肤,待干后行肌内注射。

4. 整理用物,填写乙肝疫苗接种卡片。

【注意事项】

1. 出生 24 小时内注射乙肝疫苗。

2. 新生儿体重低于 2 500g,暂缓接种,待体重增长至 2 500g 以上后到指定医院补种。

(二)卡介苗接种

【操作步骤】

1. 将新生儿推至预防接种室,严格核对。

2. 将卡介苗溶液充分溶解,用卡介苗专用注射器抽取 0.1ml 药液。

3. 新生儿取左侧卧位,暴露左侧三角肌下缘,用 75％乙醇消毒皮肤,待干后皮内注射 0.1ml 药液。

4. 将接种后的用物放入医用垃圾袋内。

5. 填写疫苗接种卡,交给产妇,做好记录。

6. 向产妇及其家属讲解注射部位会出现脓肿、结痂等现象,告知复查地点及时间。

【注意事项】

1. 卡介苗应保存在冰箱内(2～8℃)。

2. 注射前核对疫苗名称、剂量、批号及有效期,接种前充分摇匀疫苗,如发现药瓶有破损及疫苗过期等情况应废弃,注意记录批号。

3. 疫苗现用现配,配制好的疫苗应在半小时内用完,不可在阳光下接种,以免影响效果。

4. 注射剂量要准确,注射部位不宜过深,局部变白并呈现皮丘为宜。

5. 体重低于 2 500g 的早产儿、有发热及皮疹的新生儿暂缓接种。

6. 1 个月内接种不同疫苗时,不可在同一侧肢体接种。

二十、臀 部 护 理

【目的】 保持新生儿臀部清洁、舒适。

【操作步骤】

1. 洗净双手,准备清洁、柔软的尿布、被单。

2. 排尿后撤去尿布,擦净会阴部及臀部,更换清洁尿布。

3. 排便后用温水清洗臀部,用小毛巾拭干后涂护臀霜,更换清洁尿布。

【注意事项】

1. 动作轻柔,敏捷,注意保暖。

2. 尿布大小、松紧适中,不宜垫橡胶及塑料垫。

3. 保持臀部清洁、干燥。如发现红臀,可予红外线照射,注意防止皮肤烫伤。

(冯艳秋)

第二节　常用急救护理技术

【技能目标】

1. **掌握**　各项抢救技术的操作方法和注意事项。
2. **熟悉**　各项抢救技术的目的。

一、心肺脑复苏术

【目的】　以徒手操作来恢复猝死病人的自主循环、自主呼吸和意识,抢救发生突然、意外死亡的病人。

【操作步骤】

1. **检查病人,确定是否意识丧失、心跳呼吸停止**　主要采取"一看":看形态、面色、瞳孔及胸廓起伏;"二摸":摸股动脉、颈动脉搏动;"三听":听心音及呼吸音。证实病人呼吸、心跳停止后应立即进行抢救。

2. **体位**　一般要去枕平卧,将病人安置在平且硬的地面上或在病人的背后垫一块硬板,尽量减少搬动病人。

3. **开放呼吸道**　仰额举颌法:一手置于前额使病人头部后仰,另一只手的食指与中指置于下颌骨近下颏或下颌角处,抬起下颏(颌)。有义齿托者应取出,有口腔分泌物者应擦拭。

4. **人工呼吸**　一般可采用口对口呼吸、口对鼻呼吸、口对口鼻呼吸(婴幼儿)。方法如下:

(1)在保持呼吸道通畅的位置下进行。

(2)用按前额之手的拇指和食指捏住病人的鼻翼下端。

(3)术者深吸一口气后,张开口贴紧病人的嘴,把病人的口部完全包住。

(4)深而快地向病人口内用力吹气,直至病人胸廓抬起为止。

(5)一次吹气完毕后,立即与病人口部脱离,轻轻抬起头部,面向病人胸部,吸入新鲜空气,以便做下一次呼吸。同时使病人的口张开,捏鼻的手应放松,以便病人从鼻孔通气,观察病人胸廓向下恢复,并有气流从病人口鼻内排出。

(6)吹气频率:12~20次/分,但应与心脏按压成比例。操作时吹气2次,心脏按压30次、连续5个循环(2分钟),检查病人的颈动脉波动,如此反复进行,直至复苏成功,继续生命支持。

(7)吹气量。一般正常成人的潮气量是500~600ml,吹气时停止心脏按压。目前比较公认的为800~1 200ml/次,以免引起肺泡破裂。

5. **应用简易呼吸器**　将简易呼吸器连接氧气,氧流量8~10L/分,一只手以"EC"手法固定面罩,另一只手挤压简易呼吸器,每次送气400~600ml,频率10~12次/分。

6. **判断患者颈动脉搏动**　术者食指和中指指尖触及患者气管正中部(相当于喉结部),旁开两指,至胸锁乳头肌前缘凹陷处。判断时间为10秒。若无颈动脉搏动,应立即进行胸外按压。

7. **胸外按压**

(1)部位:为胸骨中下1/3处;按30:2连续做5个循环,直至复苏成功继续生命支持。

(2)按压方法:①抢救者一手的掌根部紧放在按压部位,另一手掌放在此手背上,两手平行重叠且手指互握抬起,使手指脱离胸壁。②抢救者双臂应绷直,双肩中点垂直于按压部位,利用上半身体重和肩、臂部肌肉力量垂直向下按压,幅度应使胸骨下陷 4～5cm(5～13 岁 3cm,婴幼儿 2cm),而后迅速放松;按压与放松时间=1:1;频率为 100 次/分;胸外按压:人工呼吸=30:2。③按压应平稳、有规律地进行,不能间断;下压与放松时间相等。按压至最低点处,应有一明显的停顿,不能冲击式的猛压或跳跃式按压;放松时定位的手掌根部不要离开胸骨定位点,但应尽量放松,使胸骨不受任何压力。

(3)按压有效的主要指标:①按压时能扪及大动脉搏动;②上肢收缩压＞60mmHg(8.0kPa);③患者面色、口唇、指甲及皮肤等色泽转红润;④散大的瞳孔缩小;⑤出现自主呼吸;⑥神志逐渐恢复,可有眼球活动,睫毛反射与对光反射出现,甚至手脚抽动、肌张力增加;⑦心电图的波形恢复。

(4)在胸外按压的同时要进行人工呼吸,更不要为了观察脉搏和心率而频频中断心肺复苏,按压停歇时间一般不要超过 10 秒,以免干扰复苏成功。

【注意事项】

1. 进行人工心脏按压时,抢救者双臂应绷直,双肩中点垂直于按压部位,利用上半身体重和肩、臂部肌肉力量垂直向下按压。

2. 按压时勿用力过猛,预防肋骨骨折。

3. 在胸外按压的同时要进行人工呼吸,应与心脏按压成比例。

4. 自主循环恢复后,继续给予各项生命支持。

二、氧气吸入方法

【目的】　提高血氧含量及动脉血氧饱和度,纠正缺氧。

【操作步骤】

1. 中心供氧吸氧法

(1)携用物至病人床前,核对床号及姓名,做好解释工作,协助病人取舒适体位。

(2)将流量表及湿化瓶安装在墙壁氧气装置上,检查装置功能。

(3)用湿棉签清洁鼻孔。

(4)打开流量表开关,连接一次性吸氧鼻导管,根据医嘱调节氧流量。

(5)检查导管是否通畅,然后将鼻导管轻轻插入病人鼻孔,并固定。

(6)记录用氧时间及流量。

(7)停止用氧时,拔出鼻导管,擦净鼻部。关流量表,取下湿化瓶及流量表。记录停氧时间。

(8)整理用物。

2. 氧气瓶吸氧法

(1)将氧气表装在氧气筒上:去尘→装表→接湿化瓶→检查是否漏气→连接橡胶管。

(2)核对床号及姓名,做好解释工作。

(3)用湿棉签清洁鼻孔。

(4)打开总开关,再打开流量表,调节氧流量,连接鼻导管,确定氧气流出通畅。

(5)将鼻导管轻轻插入病人鼻孔,并固定。

(6)记录用氧时间及流量。

(7)停止用氧时,先取下鼻导管,关闭流量表开关,然后关总开关,再开流量表开关放余气,关流量表开关。记录停氧时间。

(8)整理用物。

【注意事项】

1.严格遵守操作规程,氧气筒应置阴凉处。切实做好防震、防火、防热、防油,注意用氧安全。

2.使用氧气时,应先调节流量而后应用,停氧时先拔出鼻导管,再关闭氧气开关,以免操作错误,大量氧气突然冲入呼吸道而损伤肺部组织。

3.用氧过程中,准确评估病人生命体征,判断用氧效果,做到安全用氧。

4.氧气筒内氧气不可用尽,压力表上指针降至 $5kg/cm^2$ 时,即不可再用,以防止灰尘进入筒内,于再次充气时引起爆炸。

5.对未用或已用完的氧气筒,应挂"满"或"空"的标志,以便于及时调换氧气筒。

6.持续用氧者应每日更换鼻导管 2 次,双侧鼻孔交替插管,以减少对鼻黏膜刺激和压迫。及时清理鼻腔分泌物,保证用氧效果。

三、吸 痰 法

【目的】 清除呼吸道分泌物,保持呼吸道通畅,保证有效的通气。

【操作步骤】

1.电动吸引器吸痰法(经口/鼻腔吸痰法)

(1)备齐用物携至病人床前,核对床号及姓名,做好解释,协助病人取合适体位。

(2)接通电源,打开开关,检查吸引器性能并连接,调节负压(一般成人吸痰负压为 40～50kPa,小儿吸痰为 13～30kPa)。

(3)检查病人口、鼻腔,取下活动性义齿。

(4)将病人头部转向护士。

(5)打开吸痰管外包装前端,一手戴无菌手套,将吸痰管抽出并盘绕在手中,根部与负压管连接,试吸少量生理盐水(或无菌蒸馏水),检查管道是否通畅。

(6)插入口腔或鼻腔,吸出口腔及咽部分泌物。插管深度适宜,吸痰时轻轻左右旋转吸痰管上提吸痰。

(7)吸痰完毕,将吸痰管弃掉放于黄色垃圾袋内,用生理盐水(或无菌蒸馏水)冲洗负压吸引管。

(8)昏迷病人可以使用压舌板或者口咽气道帮助其张口,吸痰方法同清醒病人,吸痰完毕,取出压舌板或口咽气道。

(9)清洁病人口鼻,帮助其恢复舒适体位。

(10)观察、记录病人情况及痰液性状。

(11)整理用物。

2.中心负压吸痰法(经气管插管/气管切开吸痰法)

(1)备齐用物携至病人床前,核对床号及姓名,做好解释。

(2)调呼吸机氧浓度至100%,给予病人吸纯氧2分钟。

(3)接中心负压吸引装置,调节压力(成人 100～120mmHg,儿童 80～100mmHg,婴幼儿

60～80mmHg）。

（4）打开冲洗水瓶（生理盐水或无菌蒸馏水）。

（5）打开一次性吸痰包外包装前端，一只手戴无菌手套，将吸痰管抽出并盘绕在手中，根部与负压管相连。

（6）非无菌手断开呼吸机与气管导管，将呼吸机接头放在无菌白纸上。用戴无菌手套的一只手迅速并轻轻地沿气管导管送入吸痰管，吸痰管遇阻力略上提后加负压，边上提边旋转边吸引，避免在气管内上下提插。

（7）吸痰结束后立即接呼吸机通气，给予病人100％的纯氧2分钟，待血氧饱和度升至正常水平后再将氧浓度调至原来水平。

（8）吸痰完毕，将吸痰管弃掉放于黄色垃圾袋内，冲洗负压吸引管。如需再次吸痰应重新更换吸痰管。

（9）吸痰过程中观察病人情况及痰液性状。

（10）协助病人取安全、舒适体位。

（11）整理用物。

【注意事项】

1. 操作时动作应轻柔、准确、快速，每次吸痰时间不超过15秒，连续吸痰不得超过3次，吸痰间隔予以纯氧吸入。

2. 注意吸痰管插入是否顺利，遇阻力时应分析原因，不可粗暴盲插。

3. 吸痰管最大外径不能超过气管导管内径的1/2，负压不可过大，进吸痰管时不可给予负压，以免损伤病人气道。

4. 注意保持呼吸机接头不被污染，戴无菌手套持吸痰管的手不被污染。

5. 冲洗水瓶应分别注明吸引气管插管、口鼻腔之用，不能混用。

6. 吸痰过程中应密切观察病人的病情变化，如有心率、血压、呼吸、血氧饱和度的明显变化时，应立即停止吸痰，接呼吸机通气并吸纯氧。

四、洗　胃　法

【目的】

1. 解毒，用于清除急性服毒或食物中毒病人的胃内毒物或刺激物，减少毒物的吸收。

2. 减轻幽门梗阻病人的胃黏膜水肿。

3. 为某些手术或检查的病人做准备。

【操作步骤】

1. 口服催吐法

（1）备齐用物携至病人床边，向其解释目的，以取得合作。病人取坐位或半坐卧位，戴好橡胶围裙，盛水桶置病人坐位前。

（2）嘱病人在短时间内自饮大量灌洗液，即可引起呕吐，不易吐出时，可用压舌板压其舌根部引起呕吐。如此反复进行，直至吐出的灌洗液澄清无味为止。

（3）协助病人漱口、擦脸，必要时更换衣服，卧床休息。

（4）整理病床单位，清理用物。

（5）记录灌洗液名称及液量，呕吐物的量、颜色、气味，病人主诉，必要时送检标本。

2.漏斗胃管洗胃法

(1)备齐用物携至病人床边,向其解释,以取得合作。病人取坐位或半坐卧位,中毒较重者取左侧卧位,床尾和病人臀部各垫高10cm。如有活动义齿应先取出,盛水桶放头部床下,置弯盘于病人口角处。

(2)用润滑油润滑胃管前端,左手用纱布裹着胃管,右手用纱布捏着胃管前端5~6cm处测量长度后,自口腔缓缓插入(方法同鼻饲法)。证实在胃内后,即可洗胃。将漏斗放置低于胃部的位置,挤压橡胶球,抽尽胃内容物,必要时留取标本送检。①举漏斗高过头部30~50cm,将洗胃液缓慢倒入300~400ml于漏斗内,每次灌洗量不超过500ml,当漏斗内尚余少量溶液时,迅速将漏斗降至低于胃的位置,倒置于盛水桶内,利用虹吸作用引出胃内灌洗液。若引流不畅时,可将胃管中段的皮球挤压吸引(先将皮球末端胃管反折,然后捏皮球,再放开胃管)。胃液流完后,再举漏斗注入溶液,反复灌洗,直至洗出液澄清为止。②洗胃完毕,反折胃管末端,用纱布包裹拔出。整理病床单元,病人取舒适卧位,清理用物。

3.注洗器洗胃法

(1)携用物至病床边,向病人解释,以取得其合作。病人取坐位、半坐卧位或仰卧位,戴好橡胶围裙,如有活动义齿应取出,盛水桶放头部床下,置弯盘于病人口角处。

(2)用润滑油润滑胃管前端后,自鼻腔或口腔插入(方法同鼻饲法)。证实胃管在胃内后,用注洗器抽尽胃内容物(必要时留取标本),再注入洗胃液约200ml,抽出弃去,如此反复冲洗,直至洗净为止。

(3)冲洗完毕后,拔管(方法同漏斗胃管洗胃法)。

4.自动洗胃机洗胃法

(1)备齐用物携至病人床边,向其解释,以取得其合作。接上电源,插入胃管。

(2)将配好的胃灌洗液放入塑料桶内。将3根橡胶管分别与机器上的药管、胃管和污水管口连接。将药管的另一端放入灌洗液桶内(管口必须在液面以下),污水管的另一端放入空塑料桶内,胃管的一端和病人洗胃管相连接。调节药量流速。

(3)接通电源后按"手吸"键,吸出胃内容物,再按"自动"键,开始对胃进行自动冲洗。冲时"冲"红灯亮,吸时"吸"红灯亮。待冲洗干净后,按"停机"键,机器停止工作。洗胃过程中,如发现有食物堵塞管道,水流减慢、不流或发生故障,即可交替按"手冲"和"手吸"两键,重复冲吸数次直到管路通畅后,再将胃内存留液体吸出,按"自动"键,自动洗胃即继续进行。

(4)洗毕,拔出胃管,帮助病人清洁口腔及面部,取舒适体位,整理用物。

【注意事项】

1.当中毒物不明时,可选用温开水或等渗盐水洗胃,待毒物性质明确后,再采用对抗药洗胃。

2.中毒较轻者取坐位或半卧位,中毒较重者取左侧卧位,昏迷病人取平卧位,头偏向一侧。

3.洗胃液温度控制在25~38℃,因随着温度增高,毒物吸收也会增快。

4.每次灌入量以300~500ml为宜。

5.洗出液应至澄清无味为止。

6.在洗胃过程中,应随时观察病人病情变化,注意有无洗胃并发症征象(若病人出现腹痛,流出血性灌洗液或出现休克症状)时,应立即停止洗胃,并通知医生进行处理。

7.若服强酸或强碱等腐蚀性药物,禁忌洗胃,以免导致胃穿孔。

8. 为幽门梗阻病人洗胃，应记录胃内潴留量，以了解梗阻情况。如灌洗量为 2 000ml，洗出量为 2 500ml，表示胃潴留 500ml，宜在饭后 4～6 小时或空腹进行。

9. 食管、贲门狭窄或梗阻，主动脉弓瘤，近期曾有上消化道出血，食管静脉曲张，胃癌等病人均禁忌洗胃，昏迷病人洗胃宜谨慎。

10. 电动吸引洗胃压力不宜过大（保持在 13.3kPa），以免损伤胃黏膜。

（张亚丽）

第三节　ICU 常用护理监测技术

一、中心静脉压监测

【目的】

1. 判断体内循环血容量、静脉回心血量、右心功能和外周血管阻力。

2. 指导补血、补液的用量和速度，指导利尿药的应用。

【操作步骤】

1. 开放式测压法

(1) 用一直径为 0.8～1.0cm 玻璃管与刻有 cmH_2O 标尺一起固定在立式输液架上。标尺的零点应该与病人去枕平卧时的心脏水平（即腋中线与第 4 肋的交点处）一致。

(2) 调节三通开关，连接管内充满液体，排除空气泡，一端与输液器相连，另一端接中心静脉穿刺导管。

(3) 测压管内充满液体，管内液面高度一般比估计的压力高 2～4cmH_2O，注意液体不能从上端管口溢出。

(4) 关闭输液器开关，调节三通开关，使测压管与静脉导管相通，即可测压。

(5) 当测压管内的液面下降至有轻微波动不再下降时，测压管内液体凹面所对的刻度数字，即中心静脉压。

(6) 测压完毕，调节三通开关，关闭测压管，重新使静脉导管与输液管相通继续输液，保持静脉导管通畅。

2. 闭式测压法

(1) 将导管末端与测压装置相连，通过压力连接管和三通开关，使导管尾端与输液装置和压力换能器，多功能监护仪相连。

(2) 压力换能器应与右心房处于同一水平，转动三通使换能器中心导管相通，每次测压前应调定零点，从而获得连续的中心静脉压波形及数值，监护仪可以显示和记录数据及波形，而且还可以进行静脉压力波形分析。

(3) 中心静脉压（CVP）正常值：5～10cmH_2O。如果 CVP<2～5cmH_2O，提示右心房充盈欠佳或血容量不足；CVP>15～20cmH_2O，提示右心功能不良或血容量超负荷。

【注意事项】

1. 严格无菌操作，确保连接牢固、可靠。

2. 穿刺部位每日用 0.5% 碘伏消毒，更换敷料一次；同时观察有无红、肿、分泌物，若有应立即拔出并做细菌培养。

3.每日更换输液器一次。每次测压前均需调零点。

4.每30～60分钟测一次,并根据病情随时测定,同时做好记录。

5.若病人有躁动、咳嗽、呕吐、抽搐或用力时均影响 CVP 水平,应在安静 10～15 分钟后再测。

6.每天用肝素生理盐水冲洗导管一次,抽血后也应冲洗,预防发生血栓,操作过程中注意预防空气栓塞。

7.如遇穿刺部位有炎症反应、疼痛和原因不明发热应拔出导管。

8.测压通路不能输入特殊药物和高浓度的钾,以免测压时药物输入中断或输入过快引起病情变化。

二、有创动脉压监测

【目的】　进行连续直接动脉血压监测,及时、准确地反映病人血压动态变化。

【操作步骤】

1.患者取平卧位,待穿刺的前臂伸直,掌心向上并固定,腕部垫一小枕,手背屈曲 60°。

2.摸清桡动脉搏动,前臂与手部常规备皮,范围约 20cm×10cm,应以桡动脉穿刺处为中心。术者戴无菌手套,铺无菌巾,在桡动脉搏动最清楚的远端用 1% 普鲁卡因做浸润局麻至桡动脉两侧,以免穿刺时引起桡动脉痉挛。

3.在腕褶痕上方 1cm 处摸清桡动脉后,用粗针头穿透皮肤做一引针孔。

4.用带有注射器的套管针从引针孔进针,套管针与皮肤呈 30°,与桡动脉走行相平行进针,当针头穿过桡动脉壁时突破坚韧组织的落空感,并有血液呈搏动状涌出,证明穿刺成功。此时即将套管针放低,与皮肤呈 10°,再将其向前推进 2mm,使外套管的圆锥口全部进入血管腔内,用手固定针芯,将外套管送入桡动脉内并推至所需深度,拔出针芯。

5.将外套管连接测压装置,将压力传感器置于无菌治疗巾中防止污染。24 小时局部消毒并更换一次敷料。

6.压力袋内放入 1 000ml 生理盐水＋肝素 20mg。

7.将压力袋及传感器连接好,压力袋内充分加压与动脉紧密相连。

8.传感线另一侧与监护仪动脉压力模块相连,调节监护仪压力通道。

9.调节压力传感器使它与大气相通,在监护仪上调"0"点。调节传感器监护仪上显示动脉压及压力波形。

【注意事项】

1.注意压力及各波形变化,严密观察心率、心律变化,注意心律失常的出现,及时准确地记录生命体征。如发生异常,准确判断病人的病情变化,及时报告医生进行处理,减少各类并发症的发生。

2.直接测压与间接测压之间有一定的差异,认为直接测压的数值比间接法高出 5～20mmHg;不同部位的动脉压差,仰卧时,从主动脉到远心端的周围动脉,收缩压依次升高,而舒张压依次降低;肝素稀释液冲洗测压管道,防止凝血的发生;校对零点,换能器的高度应与心脏在同一水平;采用换能器测压,应定期对测压仪校验。

3.每次经测压管抽取动脉血后,均应立即用肝素盐水进行快速冲洗,以防凝血。管道内如有血块堵塞时应及时予以抽出,切勿将血块推入,以防发生动脉栓塞。动脉置管时间在患者循环功能稳定后,应及早拔出。防止管道漏液,如测压管道的各个接头应连接紧密,压力袋内肝素生理盐水袋漏液时,应及时更换,各个三通应保持良好性能等,以确保肝素盐水的滴入。

4.保持测压管道通畅,妥善固定套管、延长管及测压肢体,防止导管受压或扭曲。应使三通开关保持在正确的方向。严格执行无菌技术操作,穿刺部位每 24 小时用碘消毒及更换敷料 1 次,并用无菌透明贴膜覆盖,防止污染。局部污染时应按上述方法及时处理。

5.防止气栓塞。在调试零点、取血等操作过程中严防气体进入桡动脉内造成气栓形成。

6.防止穿刺针及测压管脱落。穿刺针与测压管均应固定牢固,尤其是病人躁动时,应严防被其自行拔出。

7.置管时间一般不应超过 7 天,一旦发现感染迹象应立即拔除导管。

三、肺毛细血管楔压(PCWP)测定方法

【目的】

1.提供精细、可靠的 PCWP 数值,评估左、右心室功能,为早期诊断提供依据。

2.了解循环血容量的动态变化和周围血管所处的状态。

3.掌握病情、指导治疗、观察疗效。

【操作步骤】

1.调试零点

(1)将压力传感器置于右心房水平,即病人腋中线与第 4 肋间交叉处。

(2)将测压管和压力传感器内充满肝素生理盐水,排净空气。

(3)启动零点校正键(监护仪),然后转动三通开关,关闭动脉导管,打开压力传感器排气孔,使压力传感器与大气相通,当监测仪数字显示零时,提示调试零点成功。

2.调试完毕,调节三通开关,使 PCWP 测压管与压力传感器相通。

3.向气囊内注入 1.0ml 气体,一般不超过 1.5ml。有右向左分流的病人应用二氧化碳充气,因为二氧化碳在血液中溶解较氧气大 20 倍,不易出现气栓。

4.气囊充气后导管进入肺毛细血管嵌塞,即可测出肺毛细血管楔压。

5.测压后立即将气囊气体放掉,一般气囊充气嵌顿时间应<15 秒,以免造成肺栓塞。

【注意事项】

1.充气不可超过 1.5ml,以免引起肺出血和肺动脉破裂;应间断、缓慢充气,以免气囊破裂。

2.怀疑气囊破裂时,应将注入的气体抽出,同时拔出导管。

3.气囊充气嵌顿时间应<15 秒,以免造成肺栓塞。

4.一般从右心房进入肺动脉不超过 15cm,发现扭曲应放尽气囊内气体,缓缓拔出导管。如已打结,可用导丝插入导管内,解除打结后拔出。如不能解除,由于导管的韧性较好可将打结拉紧,然后轻轻推出。

5.每次测完 PCWP 后,应将气囊气体放掉。

四、肺功能监测

【目的】

1.肺功能监测可以帮助评估该病人是否有手术风险、风险的程度。

2. 评估病人能否耐受全身麻醉,能够耐受何种术式及为围手术期的监护和治疗提供依据,是病人安全度过围手术期,防止术后并发症,改善或保证病人术后生活质量的重要一环。

3. 测定肺的通气功能、弥散功能、气道阻力、气道可逆试验等,为呼吸科的慢性阻塞性肺病、支气管哮喘、肺间质病变等疾病的诊断、治疗和预后提供可靠依据。

【操作步骤】

1. 打开电脑,点击肺功能检查程序(右下角快捷方式)进入肺功能检查主页。

2. 机器校正(环境校正、容积校正、气体校正)达标后方可进行肺功能检查。

3. 填写患者资料(如姓名、性别、年龄、出生日期、身高、体重、病史等)完毕后点击左下角保存退出键,回到肺功能主页面。

4. 点击常规通气进行常规肺功能检测(如慢肺活量、用力肺活量、MVV)完毕后保存退出到主页面。

5. 点击一口气弥散进行弥散功能测定,完毕后保存退出到主页面。

6. 点击激发试验进行激发试验测定,完毕后保存退出到主页面。

7. 根据检查项目不同填写报告单。

【注意事项】

1. 做肺功能前请停用支气管扩张药至少达到药物有效作用时间(β受体激动药吸入6小时,普通型茶碱或β受体激动药口服12小时,长效或缓释剂型的药物24小时)。

2. 近期大咯血、气胸、严重肺大疱病人慎做常规肺功能检查,可查强迫震荡(10秒)。

3. 严重低氧血症及严重呼吸衰竭病人禁做。

4. 不稳定型心绞痛,近期心肌梗死病人慎做,待病情稳定后再检查。

5. 无法配合者(如偏瘫、面瘫、智力障碍、脑血管意外、失聪者)禁做。

6. 频发期前收缩、严重房颤、中晚期妊娠者,待症状缓解后再做。

(经莹洁)

第四节　临床常用仪器的使用技术

【技能目标】

1. 掌握　各种常用仪器的操作步骤和注意事项。

2. 熟悉　使用各种常用仪器的目的。

一、多功能心电监护仪的使用

【目的】　动态性观察和记录病人的心功能状态,通过心功能示波及时发现心脏电生理功能情况,识别和确认各种致命性心律失常,以便有效地给予治疗和抢救。

【操作步骤】

1. 核对病人,解释目的。

2. 安置舒适体位。

3. 连接监护仪电源,打开主机开关。

4. 无创血压监测。选择合适的部位,绑血压计袖带;有标志的箭头指向肱动脉搏动处。按测量键(NIBP—START);设定测量间隔时间(TIME INTERVAL)。

5.心电监测。暴露胸部,正确定位,粘贴电极片;连接心电导联线;正确安放电极位置。①三电极(综合Ⅱ导联):负极(红);右锁骨中点下缘;正极,左腋前线第 4 肋间;接地电极(黑),剑突下偏右。②五电极:右上(RL),胸骨右缘锁骨中线第 1 肋间;左上(LA),胸骨左缘锁骨中线第 1 肋间;右下(RL),右锁骨中线剑突水平,左下(LL),左锁骨中线剑突水平处;胸导(C),胸骨左缘第 4 肋间,选择 P、QRS、T 波显示较清晰的导联;调节振幅。

6.监测 SpO_2。将 SpO_2 传感器安放在病人身体的合适部位。指脉血氧饱和度上的红灯对准指甲。

7.其他监测:呼吸、体温等。

8.根据病人情况,设定各报警限(ALARM),打开报警系统。

9.调至主屏。监测异常心电图并记录。

10.停止监护。向病人解释;关闭监护仪,撤除导联线及电极片、血压计袖带等;清洁皮肤,安置病人。

11.终末处理。

【注意事项】

1.安置监护仪时应该清洁皮肤,用乙醇涂擦脱脂后再贴牢电极片,防止接触不良。

2.血氧探头放置位置应与测血压手臂分开,因为在测血压时,阻断血流,而此时测不出血氧,且屏幕显示"血氧探头脱落"字样。

3.血压袖带与病人的连接,对成人、儿童和新生儿是有区别的,必须使用不同规格的袖带,这里仅以成人为例。

4. 要求病人指甲不能过长,不能有任何染色物、污垢或是灰指甲。如果血氧监测很长一段时间后,病人手指会感到不适,应更换另一个手指进行监护。

二、手指血糖仪的使用

【目的】 动态观察、记录病人的血糖变化,以了解病人的病情并指导糖尿病药物的应用。

【测量方法】

1.检查血糖仪功能和试纸,血糖仪功能正常,试纸无过期,试纸代码与血糖仪相符,每盒试纸都有编码,需在测量前根据试纸的编号调整仪器。

2.按要求将采血针安装在采血笔内,根据病人皮肤厚薄情况调好采血针的深度。

3.采血前病人用温水或中性肥皂水洗净双手,反复揉搓准备采血的手指,直至血供丰富。

4.用 75% 的乙醇消毒指腹待干,打开血糖仪开关,用吸血的血糖仪,取一条试纸插入机内;用滴血的血糖仪,取一条试纸拿在手上;手指不可触及试纸测试区,保持试纸清洁无污染,取出试纸后随手将盖筒盖紧。

5.采血笔紧挨指腹,按动弹簧开关,针刺指腹。以手指两侧取血最好,因其血管丰富而神经末梢分布较少,不仅不痛而且出血充分,不会因为出血量不足而影响结果。不要过分挤压,以免组织液挤出与血标本相混而导致血糖测试值偏低。

6.用吸血的血糖仪,就将血吸到试纸专用区域后等待结果。用滴血的血糖仪,就将一滴饱满的血滴到或抹到试纸测试区域后将试纸插入机内等待结果。血滴未充满测试区要更换试纸,不要追加滴血,否则会导致测试结果不准确。

7.用棉棒按压手指 10 秒左右至不出血为止。

8. 监测值出现后记录,关机。检测完毕将采血针戴上帽后妥善处理。

【注意事项】

1. 血糖仪采血时不能用力挤压针扎部位,临床中,采用一扎一挤的方式采血的病人,测量血糖的结果一直都显示正常,直到医院体检时,才发现血糖比平时测量的数值高出很多。导致这种状况发生的原因是病人在采血过程中过分按摩和用力挤压针扎部位,这时不仅会挤出血,还会挤出一部分皮肤的组织液,对血液标本造成稀释,使得血糖的测试结果偏低。

2. 应用血糖仪时正确的采血方法是选择左手无名指指尖两侧皮肤较薄处采血,因为手指两侧血管丰富,而神经末梢分布较少。在这个部位采血不仅不痛而且出血充分,不会因为出血量不足而影响结果。采血前可将手臂下垂 10～15 秒,使指尖充血,待扎针后,轻轻推压手指两侧血管至指前端 1/3 处,让血慢慢流出。

三、微量注射泵的使用

【目的】 准确控制输液速度,使药物均匀、精确并安全地进入病人体内发生作用。

【操作步骤】

1. 接通电源,打开电源开关,电源指示灯亮。

2. 按医嘱配好所需药液剂量,抽入一次性 50ml 或 20ml 注射器内,连接泵用延长管,排尽空气后放入注射器槽内,延长管另一端与静脉穿刺针连接,推液装置顶住针栓。

3. 按医嘱设定药物 ml/h,调节注射泵入量控制数字键,按启动键(START),泵开始工作,绿灯闪亮。

4. 当注射器内药液还剩 1.5ml 左右时,泵上的残留报警灯闪亮(NEARLY EMPTY)并发出间断的报警声(可按消音键消除),此时泵的速度下降到设定的 1/4 左右,保持通路。

5. 护理人员开始换药。当注完最后 1.5ml 药液时,泵上注射完毕灯亮(EMPTY),并发出连续的报警声,输液完毕。

6. 在输液过程中如发生针头堵塞,泵上设置的阻塞报警灯亮(OCCLUSION),并发出连续报警声。此时护理人员应立即检查输液通路,及时处置。

7. 注射泵设有内置电池,当内电池中的电耗尽时,泵上设置的低压报警灯亮(LOW-BATT)并发出报警声,应该及时充电。

8. 当电源线脱落时会发出报警声。

9. 停用时,应将数字盘调节到"0"位,再关开关,切断电源,将泵擦洗干净,保管好以备再用。

【注意事项】

1. 注射泵使用期间严格按医嘱应用药液,不能随意中断,提前配好药物备用,当残留报警灯闪亮时立即更换。如为血管活性药物,更换前后应密切监测生命体征,更换药液时动作要迅速、准确,使用中应观察绿灯是否闪亮。

2. 注射泵上药物应标明药物名称、药量、千克体重、配制时间,换泵或换药时应更换标签,并详细交班。

3. 应备好应急电源,以免断电。

4. 若应用中途需调节泵入液量,应先关开关,调好用量后再打开。

5. 若针头出现堵塞,应重新进行穿刺。

6.发现报警时须及时处理,以免影响治疗。

(张亚军)

四、输液泵的使用

【目的】　将药液长时间微量、均匀恒定地输入体内。

【操作步骤】

1.将输液泵固定在输液架上,移至病人床旁合适位置。

2.接通电源,打开开关。

3.按常规方法严格排除泵用输液管内空气。

4.打开输液泵门,将泵用输液管放入输液泵的管道内,关闭泵门。

5.设定每小时入量及输液总量。

6.按常规穿刺静脉后将输液针与输液泵泵管连接。

7.确认输液泵设置无误后,按"开始/停止"键启动输液。

8.当输液量接近设定值时,"输液量显示键"闪烁提示输液结束。

9.按"开始/停止"键,停止输液。

10.关闭输液泵,打开泵门取出输液管。

【注意事项】

1.使用前注意检查输液泵性能,确保完好。

2.仔细阅读说明书,掌握使用方法及步骤。

3.按医嘱严格设定每小时入量及输液总量。

4.随时巡视病人,检查输液泵管道及使用情况。

五、血液循环治疗仪的应用

【目的】　预防或减少手术后病人下肢静脉血栓的形成。

【操作步骤】

1.连接电源。

2.把适配器与机器插口相连接。

(1)↑部分向上,紧紧插入。

(2)如使用一侧护套,用空气插头堵塞另一边。

3.套上护套。

(1)光脚使用最有效。

(2)注意护套内不要进入毛发、衣角及其他异物等。

(3)同时使用脚刺激板,效果更佳。

(4)套好护套后注意拉链应拉到头。

4.连接槽中插入空气管接口时,应出现充气后的喀嚓声响。

5.每次治疗时间 $15\sim20$ 分钟,范围 $0.1\sim0.2kgf/cm^2$。

【注意事项】

1.脚部患有急性炎症或化脓性炎症的病人禁用;下肢静脉切开或静脉输液者禁用。

2.恶性肿瘤、内脏疾病、骨折脱位、皮肤损伤、静脉血栓症等患者禁用。

3.使用过程中感觉异常时，禁止使用，每次使用应在30分钟以内。

4.注意机械内部切勿进水或异物。

5.不要在阳光直射下，煤气、电热器、灯泡附近使用或保管。

6.机器运行时，不要挡住压力吸入口，防止连接管扭曲受压，导致压力调节异常。

六、美国 G5 振动排痰机的使用

【目的】 应用不同的叩击头叩打胸背部，借助振动，使分泌物松脱而排出体外。

【操作步骤】

1.将接好的叩击头放在主机边的支架上。

2.通电（主机指示灯亮）。

3.旋转开关控制按钮，滑过暂停位置直至所要求的 CPS 速度设定处。建议初始频率设定为 20CPS（儿童 15CPS）。

4.旋转定时控制按钮，设定治疗时间 5～20 分钟。

5.治疗前，先了解病人的病情、体征、X 线胸片情况，判断治疗的频率及重点治疗部位。

6.帮助病人取侧卧位，治疗师选择适当的叩击头，接上叩击接合器，直接将叩击头作用于胸廓，一手轻轻握住叩击头手柄，另一手引导叩击头，轻加压力（1kg 左右），以便感觉病人的反应。

7.治疗时平稳握住叩击头，由下而上，由外向里叩击，每个部位叩击 30 秒左右，然后移到下一部位，直至整个胸廓。

8.在下叶部及肺部感染部位，可延长叩击时间，同时加大一些压力，可增加频率，促进黏液排出。

9.要暂停治疗时，向左旋转 CPS 旋钮，直至暂停位置即可。电机和计时器将会停止，时间显示窗显示暂停（Pause）字样，与治疗时间交替出现。

10.继续治疗时，向右旋转 CPS 旋钮，滑过暂停位置直至所要求的 CPS 设定值即可。电机再次启动，计时器将继续累加治疗时间。

11.时间自动递减式治疗结束时，时间退到 00:00，仪器自动停止振动，继而自动断电。

12.治疗后，要观察痰量、性质、颜色的变化。

【注意事项】

1.基本治疗频率为 15～35CPS。

2.使用叩击结合器治疗时，频率不能超过 35CPS。

3.使用 230 叩击头治疗时不能用叩击接合器。

4.使用叩击结合器治疗时，要让红箭头对向病人的主气道。

5.为避免交叉感染，叩击头应外罩一次性鞋套，一人一换。

6.每日治疗 2～4 次，在餐前 1～2 小时或餐后 2 小时进行治疗，治疗前进行 20 分钟雾化治疗，治疗后 5～10 分钟吸痰。

7.对于不能忍受叩击的病人，无论何种情况应选用 210、212 叩击头。

8.对于正在静脉滴注的病人，治疗前详细检查有无渗漏、脱针现象。

9.对于无自主咳痰能力及昏迷的病人，操作中随时观察病人的反应，随时吸痰。

（孙海燕）

七、维持关节被动活动器(CPM)操作

【目的】

1. 促进患肢的血液循环,防止静脉血栓形成。

2. 防止肌肉萎缩和关节粘连。

3. 促进关节活动,改善关节活动角度。

【操作步骤】　将患肢置于 CPM 机上,用固定带固定好患肢。术后早期使用 CPM 以缓慢、长时间小范围持续被动活动关节,肿痛减轻后,可逐渐增大关节的活动范围,可缩短活动时间,加快运动速度,直至主动训练。开始角度控制在 30°,一般每日增加 5°～10°,增加幅度以病人感到不痛为宜。每日 2 次,每次 30～60 分钟,早期运动幅度每 2 分钟为 1 个周期,逐渐增加每分钟 1 个周期,7～14 天为 1 个疗程。

【注意事项】

1. 使用前向病人说明治疗过程中可能出现的情况、注意事项及作用,让病人主动配合治疗。

2. 根据手术部位类型而区别,一般应从小角度到大角度。常见停机后肢体活动角度小于机上活动度。因为肌肉主动活动力弱,一般在半年后主动活动可达或超过机上活动度。

3. 使用前要调整好杆的长度,拧紧旋钮,摆放好适当的体位,系好固定带,防止肢体脱机受损,达不到要求的活动角度。

4. 使用过程中,关节内手术后有负压吸引管夹闭,停机后再开放,避免引流液回流造成感染。

5. 切口愈合后,主动活动无疼痛及肿胀消退,在 2～4 周,方可脱机自行锻炼。

6. 加强机器的维护与保养,出现故障及时检修,关节重建术后者,停机不能超过 2 天。持续使用时中间应有间隔,防止机器损坏。

（马　力）

第五节　常用急救仪器的使用技术

【技能目标】

1. 掌握　常用急救仪器的操作步骤和注意事项。

2. 熟悉　常用急救仪器的目的。

一、除颤仪的使用

【目的】　用一定能量的电流,使全部或绝大部分心肌细胞在瞬间内同时发生除极化,并均匀一致地进行复极,从而纠治某些心律失常,如室上性心动过速、快速心房颤动、室性心动过速,心室颤动、心室扑动等。

【操作步骤】

1. 患者取平卧位。

2. 迅速开放气道,放置口咽管或气管插管,人工呼吸。

3. 在准备除颤仪的同时,给予持续胸外心脏按压。

4.将两个电极板涂以导电膏,并分别放置于患者右锁骨中线第 2 肋下方及心尖部,紧贴皮肤。

5.将除颤仪设置为非同步状态。

6.首次充电能量 200 瓦秒。

7.充电完毕时,检查术者及他人确无与患者身体接触后操作者双臂用力(约 10kg)压电极板开始放电,并观察病人是否抽动。

8.首次除颤后观察并记录即刻心电图。如心室颤动持续存在,可连续电击,能量递增(200、200~300、360 瓦秒),直至转复成功或停止抢救。

9.如心电监测显示为心电静止,立即给予肾上腺素静脉注射。

10.转复过程中与转复成功后,均须严密监测并记录心律/心率、呼吸、血压、神志等病情变化。

【注意事项】

1.使用前应检查除颤器各项功能是否完好,电源有无故障,充电是否充足,各种导线有无断裂和接触不良,同步性能是否正常。除颤器作为急救设备,应始终保持良好性能,蓄电池充电充足,方能在紧急状态下随时能实施紧急电击除颤。

2.两电极板须用导电糊涂匀或包裹的纱布用盐水浸湿。

3.粗颤或心室扑动时除颤易成功。

4.每周定时给蓄电池充电 24 小时并记录,使用后应立即充电 24 小时并记录。

5.电极板用后要用清洁纱布擦拭干净,备齐用物以备下次使用。

二、简易呼吸器的使用

【目的】

1.保持呼吸道通畅,改善通气功能。

2.对于呼吸骤停或呼吸功能严重障碍的病人可代替其自主呼吸。

3.加压给氧,改善病人低氧血症。

【操作步骤】

1.判断病人意识及呼吸,无意识或无自主呼吸。

2.连接面罩、储气袋、氧气连接管,接氧气。

3.病人仰卧,去枕,头后仰。清除口腔内可见异物及义齿。

4.抢救者站在病人床头,面罩充分罩住病人口鼻。

5.采用"EC"手法(仰头-张口-抬头)。

6.用另外一只手按压球体,将气体送入肺内,规律性地按压球体,提供足够吸气/呼气时间。

7.挤压球体:成人 10~12 次/分,儿童 14~20 次/分,婴儿 35~40 次/分,每次可吸入 500~800ml 的气体(一般病人 VT 5ml/kg,一侧肺切除 VT 200~300ml),若双手挤压可提供 800~1 000ml 的潮气量。

8.随时观察应用效果。

【注意事项】

1.选择合适的面罩,氧气袋充分鼓起。

2.观察有无发绀的情况,鸭嘴阀是否正常,氧气管是否结实。

3.使用完毕,将简易呼吸器各配件依顺拆开,置于2‰戊二醛溶液中浸泡4～6小时,取出后使用清水冲洗所有配件,储气袋禁止浸泡,用75％乙醇消毒,特殊感染者用环氧己烷熏蒸,接好备用。

(刘海丽)

三、呼吸机的使用

【目的】

1.保持呼吸道通畅,改善通气功能。

2.提高肺通气量,改善肺换气功能。

3.减少呼吸肌做功,有利于呼吸肌恢复,减轻体力消耗。

【操作步骤】

1.检查电源并接通电源线。

2.检查氧气钢瓶内或中心供氧压力是否足够(氧气压力＞10kg/cm^2)后再与呼吸机接头连接。

3.检查呼吸机各项工作性能是否正常,各管道间的连接是否紧密、有无漏气,各附件是否齐全,送气道或呼气道内活瓣是否灵敏。

4.湿化器是否清洁,向湿化瓶内加蒸馏水至水位线,打开湿化器开关,调节湿化温度在32～37℃。

5.呼吸机与患者的连接方式的选择。

(1)面罩:适用于神志清楚合作者,短期或间断应用,一般为1～2小时。

(2)气管插管:用于半昏迷,昏迷的重症患者,保留时间一般不超过72小时,如经鼻、低压力套囊插管可延长保留时间。

(3)气管切开:用于长期做机械通气的重症患者。

6.呼吸机参数的调节

(1)潮气量的设定:潮气量一般为10～15ml/kg,慢性阻塞肺部疾患常设在8～10ml/kg;急性呼吸窘迫综合征(ARDS)、肺水肿、肺不张等肺顺应性差者可设在12～15ml/kg。

(2)吸气/呼气时间:阻塞性通气障碍时吸:呼为1∶2或1∶2.5,并配合慢频率;限制性通气障碍时吸:呼为1∶1.5,并配合较快频率。应用呼吸机时一般呼吸频率为16～20次/分。

(3)气道压的设定:通气压力肺内轻度病变时常为15～20cmH$_2$O压力,中度病变为20～25cmH$_2$O压力,重度病变需25～30cmH$_2$O压力。

(4)氧浓度的设置:给氧浓度,低浓度氧(24％～28％)不超过40％,适用于慢性阻塞性肺部疾病患者;中浓度氧(40％～60％)适用于缺O$_2$而CO$_2$潴留时;高浓度氧(＞60％)适用于CO中毒、心源性休克,吸入高浓度氧不应超过1～2天。

(5)呼吸机触发灵敏度的设置:目前,呼吸机吸气触发机制有压力触发和流量触发两种。由于呼吸机和人工气道可产生附加阻力,为减少患者的额外做功,应将触发灵敏度设置在较为敏感的水平上。一般情况下,压力触发的触发灵敏度设置在-0.5～-1.5cmH$_2$O,而流量触发的灵敏度设置在1～3L/分。

7.通气方式的选择

(1)控制呼吸:患者的呼吸频率、通气量、气道压力完全受呼吸机控制,适用于重症呼吸衰竭患者的抢救。①容量控制通气是最常用的呼吸方式,优点是可以保证通气量;②容量控制通气＋长叹气,又称自动间歇肺泡过度充气,在容量控制的基础上,每100次呼吸中有一次相当于2倍潮气量的长叹气;③压力控制通气,优点是气道压力恒定,不易发生肺的气压伤。

(2)辅助呼吸:在自主呼吸的基础上,呼吸机补充自主呼吸通气量的不足,呼吸频率由患者控制,吸气的深度由呼吸机控制,适用于轻症或重症患者的恢复期。压力支持通气,特点是病人自主呼吸触发呼吸机后,呼吸机给予病人一定的压力支持,达到提高通气量的目的。

(3)呼气末正压通气(PEEP):呼吸机在吸气时将气体压入肺脏,在呼气时仍保持气道内正压,至呼气终末仍处于预定正压水平。一般主张终末正压在5～10cmH$_2$O,适用于肺顺应性差的患者,如急性呼吸窘迫综合征(ARDS)及肺水肿患者等。

(4)持续气道正压通气(CPAP):是在患者自主呼吸的基础上,呼吸机在吸、呼两相均给予一定正压,把呼吸基线从零提高到一定的正值,使肺泡张开,用于肺顺应性下降及肺不张、阻塞性睡眠呼吸暂停综合征等。

(5)间歇强制通气(IMV)和同步间歇强制通气(SIMV):在自主呼吸的过程中,呼吸机按照指令定时、间歇地向病人提供预定量的气体,称IMV;如呼吸机间歇提供的气体与患者呼吸同步,即称SIMV。呼吸机的频率一般为2～10次/分。优点是保证通气量,又有利于呼吸肌的锻炼,作为撤离呼吸机的过渡措施。

8.选择适当的通气方式,合适的参数及合理的报警限。

9.调试呼吸机的送气是否正常,确定无漏气。然后将呼吸机送气管道末端与病人面罩或气管导管或金属套管紧密连接好,呼吸机的机械通气即已开始。

10.机械通气开始后,立即听诊双肺呼吸音。如果呼吸音双侧对称,即可将气管导管或金属套管上的气囊充气(4～6ml),使气管导管与气管壁间的空隙密闭。

11.在呼吸机通气期间,可根据病人自主呼吸情况选择控制呼吸或辅助呼吸。监测血气及病人的生命体征变化,要自始至终保持呼吸道通畅。

12.病人自主呼吸恢复,达到停机要求时,应及时进行呼吸机的撤离:逐渐降低吸氧浓度,PEEP逐渐降至3～4cmH$_2$O,将IPPV改为IMV(或SIMV)或压力支持,逐渐减少IMV或支持压力,最后过渡到CPAP或完全撤离呼吸机,整个过程需严密观察呼吸、血气分析情况。拔管指征:自主呼吸与咳嗽有力,吞咽功能良好,血气分析结果基本正常,无喉梗阻,可考虑拔管。

13.呼吸机的消毒。呼吸机用后拆下管道浸泡消毒后,用清水冲净晾干待用,呼吸机机身用消毒液纱布擦拭干净。

【注意事项】

1.经常添加湿化器内蒸馏水,使之保持在所需刻度处。

2.集水瓶底处朝向下放,随时倾倒集水瓶内的水,避免水反流入机器内或气管内。

3.观察吸入器的温度应保持在32～37℃,避免温度过高烫伤患者呼吸道黏膜或温度过低使呼吸道黏膜干燥。

4.每日冲洗压缩机上过滤网。

5.每日更换呼吸机管道。

6.调节呼吸机机臂时,取下呼吸机管路调节好后再安装,以免在调节时气管内导管拉出。

(经莹洁)

第18章 文献综述写作

第一节 文献综述写作特点

一、文献综述的概念

文献综述(review,简称综述)是作者在收集大量文献资料后,经消化对某专题一次性文献资料,逐一做出判断从而有目的性地将众多分散的一次性文献资料加以综合、整理、分析、归纳编写而成的专题学术论文。它是科学文献的一种。

文献综述属于科技信息写作的范畴,是科技信息研究中的一项重要内容,也是科技信息的高级书面的形式,它不仅有服务的一面,还有研究性的一面,其成果可产生理论、建议或方案。文献综述一般应反映当前某一领域中分支学科或重要专题的最新进展、最新的学术见解和建议,应反映出有关问题的新动态、新趋势、新水平、新发展、新原理和新技术等。文献综述是传播某一学科领域或某一研究专题最新进展的最常采用和最有效的形式,有时也是做课题研究之前的文献调研结果。总之,文献综述的目的和意义在于介绍学科的发展情况,为医药科研人员提供信息;是科研人员制定选题、科研设计和实验设计的基础;可培养读书写作能力,提高医学科研水平。文献综述一般分为动态性综述;成就性综述;展望性综述;争鸣性综述等4类。

二、文献综述的特点

1. 综合性 综述要"纵横交错",既要以某一专题的发展为纵线,反映当前课题的进展;又要从省到国内、从国内到国外,进行横向比较。只有如此,汇集大量素材,经过消化鉴别、归纳整理、综合分析使材料更明确、更精练、更有层次和逻辑性,进而把握本专题发展规律和预测发展趋势。

2. 评述性 是指比较专业地、深入地、全面地、系统地论述某一方面的问题,对所综述的内容进行综合、分析、评价,进而反映作者的见解和观点,并与综述的内容构成一个整体。

3. 先进性 综述不是写学科发展的历史,而是要搜集最新资料,获取最新内容,将最新的医学信息和科研动向及时传递给读者。综述不应是材料的罗列,而是对亲自阅读和收集的材料,加以归纳、总结,做出评论和估价。并由提供的文献资料引出重要结论。由于综述是三次文献,不同于原始论文(一次文献),所以在引用素材方面,也可包括作者自己的实验结果或未发表的新成果。

综述的内容和形式灵活多样,无严格的规定,一般医学期刊登载的多为3 000~4 000字,引文15~20篇,一般不超过20篇,外文参考文献不应少于1/3。

(雷 蕾)

第二节 获取文献信息的途径

获取医学的信息是研究的首要步骤。只有充分了解国内外研究动态,才能为自己的研究找到方向、突破口和重要的参考方法,同时也是学习新知识的主要途径。这就需要通过各种途径收集更多的信息。主要的途径有以下几种。

一、科 学 文 献

(一)图书

1. 教科书、参考书 是为大学生和教师而编写的专业书籍,都是经过反复验证,比较可信的资料。它具有严格的科学性、系统性和逻辑性等特点。其反映的内容是最基本的理论与实践知识,也包括最新的科研成果。一般教科书是在前人研究成果的基础上,经过综合归纳而成,缺乏具体的研究方法和实验结果等第一手资料,而属于第二或第三手资料。

2. 专著(专论) 是就某一问题做系统深入地阐述,都是出自专家之笔,是作者在大量研究工作基础上并消化吸收了其他学者的成果后撰写的,其突出了自己的学术见解,因此它不仅是第二手资料,同时也有既往文献没有报道过的第一手资料。

3. 会议文集(会议录) 是某学术团体召开的学术会议的论文汇编,其专业性很强,常是收集某一个专题主要的文章并附有会议发言内容,可以使读者更快地了解这一专题研究的现状、动态及存在的问题。

4. 进展丛书 是专门汇集某一学科在最近时期内的研究进展论文,是综述性的,多为第二手资料。

5. 论文集及年报 论文集是某单位或某位专家已经发表或未发表的论文的汇集。年报为某一科研单位年度学术论文汇编。

(二)期刊

在我国,对期刊有不同的叫法,主要有"期刊""杂志"和"连续出版物"。英文也有"journal""periodical""serial"和"magazine"几种等效词。期刊的论文大都是作者直接研究的成果,是许多教科书、参考书、综述文章、专题著作和索引杂志的材料来源,称之为第一手资料。

(三)科技期刊的种类

1. 杂志(journal) 多为普及与提高性的,适合一般专业读者阅读。

2. 学报(acta) 是专门学会、高等院校或高级研究院所主办的具有较高水平的学术刊物。其专业性较强,多为较高水平的研究性论文,适合科研专业人员阅读。

3. 通报(lulletin) 为综合性的学术刊物,刊载简短的、最新的研究成果,有关学科的综合报道。

4. 综述杂志(review journal) 刊载由专家阅读大量近代文献后撰写的专题论文,包括综述和评述。

5. 文摘杂志(abstract) 是将各种期刊论文编写成文摘,经编辑而成的杂志。

6. 索引杂志(index) 是专门为查阅文献资料而出版的杂志。其刊载的内容为已发表的论文或专著的著录,包括作者姓名、题目或篇名、期刊名或书名、卷期次或版次、起止页数、出版社、出版地点、出版年月等。

（四）文献的级别分类

一般将文献分为三类或五类。

1. 一次文献（first level literature，primary document）主要指原始文献，凡是以作者本人的研究或研究成果为依据而创作的原始文献，称为一次文献。一次文献是情报的基础，故又叫情报源。如医学期刊、学术会议文献、实验报告、学位论文、专利说明书等。

2. 二次文献（second level literature，secondary document）是对一次文献进行压缩，将分散的一次文献进行组织、加工、整理而成的文献。由于二次文献为查找一次文献提供了线索，故又可称为"报道一次文献的文献"。它是进行检索的主要工具和手段。如目录、索引和文摘等。

3. 三次文献（third level literature，tertiary document）在充分利用二次文献基础上，对一次文献做出系统整理和概括论述，并加以分析和综合而编写出来的文献，称三次文献。由于三次文献是有条理、有评定的情报，故称之为情报研究成果。如综述、论评、述评、年鉴、手册、进展、指南、百科全书等。

4. 四次文献（fourth level literature，fourth document）是指机读文献及其产生的磁带、磁盘形式的书目、索引，称四次文献。

5. 零次文献（zero level literature，zero document）除一次至四次文献外，那些不需要通过文献载体而直接作用于人的感官、未形成文字的知识，称零次文献。它所提供的情报是其他方式无法代替的一种特殊类型的文献。如口头交流的经验；某些专门技巧；一些在机器使用中出现的信号；工具和仪器使用中的窍门等。

由于科技人员缺乏零次情报的观念和意识，为国民经济和科学技术的进步造成一定损失的事件常常出现。

二、文献检索

（一）检索工具书

1. **国内出版的检索工具书** ①《全国报刊检索》；②《中文科技资料目录（医学卫生）》；③《国外科技资料目录（医药卫生）》；④《中国医学文摘》；⑤《中国药学文摘》；⑥《国医学（综述文摘）》；⑦《中国学位论文通报》。

2. **国外出版的检索工具书** ①美国《医学索引》（index medicus，IM）；②荷兰《医学文摘》（excepta medica，EM）；③美国《生物学文摘》（biological abstracts，BA）；④美国《化学文摘》（chemical abstracts，CA）。

3. **世界六大检索体系** ①美国《科学引文索引》（science citation index，SCI）；②美国《工程索引》（engineering index，EI）；③美国《化学文摘》（chemical abstracts，CA）；④俄罗斯《文摘杂志》；⑤日本《科学技术文摘速报》；⑥英国《科学文摘》（science abstracts，SA）。

4. **计算机文献检索** 主要由计算机硬件、软件和数据库构成。计算机文献检索改变了小规模手工检索专业机构，进一步发展成为专业化、网络化、社会化、国际化的情报检索系统。利用计算机进行文献检索实现了查找文献的快、新、准、广、省的目的。

（二）文献数据库

大致可分为：文献型数据库和事实型数据库。

1. 文献型数据库

（1）期刊文献数据库：①《中国生物医学文献光盘数据库（CBMdisc）》；②《中国学术期刊光

盘(CAJ-CD)》;③《中文生物医学期刊目次数据库(CMCC)》;④《中国中医药期刊文献数据库(TCMARS)》;⑤《中国科技期刊数据库(VIPdata)》;⑥《中国药学文献数据库》;⑦美国《MEDLARS 系统医学文献分析和检索系统》;⑧美国《化学文摘信息服务》(chomical abstracts service,CAS);⑨荷兰《荷兰医学文摘光盘》(EMBASEC 由 elsevire scienec,BV 出版);⑩美国《药物毒理学数据库(TOXLINE PUS)》;⑪《生命科学数据库》(life science 数据库);⑫《国际药物文摘数据库》(international pharmaceutical abstracts,IPA);⑬美国《生命技术文摘数据库》(biotechnology abstracts 数据库)。

(2)报刊文献数据库:①《中医药报刊资料数据库》;②《维普报讯数据库(全文版)》。

(3)专利文献数据库:①《中国专利数据库(CNPAP)》;②美国《USPTO Web Patent Palabases 系统》(美国专利与商际办公室研制发行)。

(4)成果数据库:①《中医药成果数据库》;②《万方成果数据库(CSTAD)》。

(5)中医古典文献:中国台湾《电子中国古籍文献(TCMET)》。

(6)引文数据库:《中国科技论文与引文分析数据库》。

2. 事实型数据库

(1)中药数据库:①《中国中成药商品数据库》;②《中国中药保护品种数据库》。

(2)中药复方数据库。

(3)美国《天然产品数据库》(nature prodution alert,NAPRALERT)。

3. 国际互联网 是桌面上的超级图书馆、书店、新闻中心、电信局、厂家和政府部门的服务窗口,是现在获取信息和交流信息最有效的途径。每个从事现代生物医学的研究者都应该而且必须掌握这项交流技能。为我们获取提供最快捷的窗口。重要的应用如下:

(1)临床医学信息。

(2)公共数据库。

(3)厂家网页及产品目录。

(4)网上书店。

(5)国家自然科学基金委员会主页。

(6)SCI 收录检索服务。

(7)E-mail、Fax 和网络电话。

(8)重要期刊的网上服务。

(雷 蕾)

第三节 文献资料的收集、阅读和整理

一、文献资料的收集

(一)收集的形式

收集文献资料的形式有多种,如:①平时对有关文献的阅读、收集和积累是最基本的方法;②根据某一专题进行的文献检索和收集;③从论文、期刊、综述或专著中引用的文献目录,进一步寻找有价值的文献。总之,养成平时经常读几本与自己专业关系密切的期刊、书籍,注意相关领域的前沿动态,无论对写综述还是积累专业知识,都是非常有用的。

（二）收集的范围

为写文献综述而收集文献，收集的目的、目标、范围等应当有一个基本纲领，否则，有些较大的专题或研究的热点，会有大量的相关文献，将使你无从入手。要利用检索工具或网络检索，首先找到合适的关键词，然后根据关键词去查找文献，同时还应当确定需要检索几年的文献。收集文献的范围，一般开始时可适当宽一些，除了针对综述专题直接有关的文献外，还应收集一些与之相关的文献，有助于了解更全面的信息。在收集和阅读一定数量的文献后，应当根据已形成的思路有针对性地补充收集必要的文献，以拥有充足的资料。

（三）尽可能收集最新的原文

综述必须要反映最新的研究动态，所以收集的文献，一是要新，大部分应当是近 3～5 年发表的论文。但是，在介绍特定专题形成和发展由来过程时，有必要引用一些经典的老文献。二是尽量收集原文，尤其是原始研究论文。原始论文提供具体的方法、结果、数据及作者的观点，为文献阅读者提供最有力的参考，而且可以从这些具体客观的资料中，形成自己的观点。若找不到所需期刊，可以利用国内图书馆网络、网络检索、文献文摘查找原文。

二、文献资料的阅读和整理

（一）准确理解

将收集到的文献仔细阅读，消化吸收，这样使得到的信息变得明确。例如对文献中的背景、方法、结果、新发现、存在问题、结论、今后展望等，要认真细心地体会和准确理解原文含意。特别要强调，不能曲解原文的结果、观点等，而武断做出错误判断，是与科学严谨不相容的。尤其是对于较为生疏的问题，应当读一些参考书或请教内行，在彻底弄清背景知识的情况下，正确理解原文含义。否则，综述一旦发表，错误的理解将会带给读者错误的观念，也会损害作者的学术形象。因此，准确理解文献还有更深一层的社会责任感的问题。

（二）抓住要点

将收集到的大量文献信息认真地归纳整理，抓住专题的最主要和最重要的方面。抓住要点的关键在于对该专题历史和现状的趋势有明确认识，并且在阅读文献的过程中逐渐形成一定的观点，并能按综述内容去找出最关键的内容，围绕这些内容组织资料。初学者往往在这方面有困难，需要有一个反复锻炼提高的过程。

（三）精读与泛读

对于内容最新、设计合理、结果可靠、参考价值较大的重要文献，应当反复仔细阅读，透彻地理解论文的信息，为构思综述的写作做充分准备。对于其他类同的论文，则主要了解其概要。对于综述将要阐述的几个方面的问题，应当分别有几篇重要论文作为精读材料。

（四）收集主要的数据

一篇好的综述需要提供一些重要的基本数据（包括图和表），在阅读论文的时候就应当有意识地收集。有了这些数据，综述会更明确和更有参考价值。

（五）形成自己的观点

一篇好的综述不但是单纯为读者罗列一些现象或数据，还应当有自己的观点。为本领域的新知识做一个归纳。特别对于综述涉及的领域存在的不同观点时，作者的观点往往反映作者的学术水平。对于不同学术观点，采取下述几种做法：需要作者客观地分析各方观点提出的依据是否充分、研究条件是否可行、研究对象是否不同、结果是否可信、样本数是否足够等，然后肯定或采纳哪一种观点;对于不同意的观点,也应客观评价其不足及可取之处,不宜采取一概否定的态度;还有一种做法是采集各方观点的优点,形成自己新的观点。无论采取哪种做法,都应当有自己充分的客观分析和推理,切忌主观武断,无依据地否定他人。

(雷 蕾)

第四节 综述的格式与写作方法

文献综述的内容和形式并无严格的规定,比较灵活。篇幅的大小要根据题目的重要性、文献资料的多少和作者的能力而定。并非越大越多越好,如果题目意义不大,内容组织得不好,篇幅越大越不受读者欢迎。反之,主题新颖,重点突出,观点明确,短小精悍,质量较高者,会更受读者欢迎。在写作的格局上,也没有固定的格式。综述一般都包括题名、作者、摘要、关键词、正文、参考文献等几部分。其中正文部分又由前言、主体和总结组成。

一、前 言

前言首先要说明写作目的,明确有关概念,规定综述的内容与范围;包括写作目的的、意义和作用,综述问题的历史、资料来源、现状和发展动态,有关概念和定义;选择这一专题的目的和动机、要解决哪些问题,应用价值和实践意义,如果属于争论性课题,要指明争论的焦点所在,指出继续深入研究该课题的意义与可行性;这样就明确了写综述的目的和必要性。这部分要以精炼的文字概括地提示全文的核心内容,使读者对综述所涉及问题的概貌有所了解。前言文字不要太多,一般以 200~300 字的篇幅为宜。

二、主 体

主体部分是整篇文章的核心与基础,一定要突出主题思想。主要包括论据和论证。为使文章精炼明确,逻辑性强,应按提纲要求分成若干问题或段落,有层次地逐步由浅入深,由远及近地论述。通过提出问题、分析问题和解决问题,比较各种观点的异同点及其理论根据,从而反映作者的见解。每段开头以论点引路,以论点带论据的方法来组织材料。应包括历史发展、现状分析和趋向预测几个方面的内容。①历史发展:要按时间顺序,简要说明这一课题的提出及各历史阶段的发展状况,体现各阶段的研究水平。②现状分析:介绍国内外对本课题的研究现状及各派观点,包括作者本人的观点。将归纳、整理的科学事实和资料进行排列和必要的分析。对有创造性和发展前途的理论或假说要详细介绍,并引出论据;对有争论的问题要介绍各家观点或学说,进行比较,指出问题的焦点和可能的发展趋势,并提出自己的看法。③趋向预测:在纵横对比中肯定所综述课题的研究水平、所阐述问题的现在进展,发现了哪些新现象,提出了哪些新观点,还存在哪些不同观点和争议,哪些方面还未得到圆满的解决等。相互矛盾的观点不必回避,应当合理地引用,以反映出学术观点的分歧和有关问题的争论要点,提出展望性意见。主体部分没有固定的格式,有的按问题发展历史依年代顺序介绍,也有按问题的现状加以阐述的。不论采用哪种方式,都应比较各家学说及论据,阐明有关问题的历史背景、现状和发展方向。主体部分的写作方法有下列几种:

1. 纵式写法 "纵"是"历史发展纵观"它主要围绕某一专题,按时间先后顺序或专题本身发展层次,对其历史演变、目前状况、趋向预测做纵向描述,从而勾划出某一专题的来龙去脉和发展轨迹。纵式写法要把握脉络分明,即对某一专题在各个阶段的发展动态作扼要描述,已经解决了哪些问题,取得了什么成果,还存在哪些问题,今后发展趋向如何,对这些内容要把发展层次交代清楚,文字描述要紧密衔接。撰写综述不要孤立地按时间顺序罗列事实,把它写成了"大事记"或"编年体"。纵式写法还要突出一个"创"字。有些专题时间跨度大,科研成果多,在描述时就要抓住具有创造性、突破性的成果做详细介绍,而对一般性、重复性的资料应从简从略。这样既突出了重点,又做到了详略得当。纵式写法适合于动态性综述。这种综述描述专题的发展动向明显,层次清楚。

2. **横式写法**　"横"是"国际国内横览"。它就是对某一专题在国际和国内的各个方面,如各派观点、各家之言、各种方法、各自成就等加以描述和比较。通过横向对比,既可以分辨出各种观点、见解、方法、成果的优劣利弊,又可以看出国际水平、国内水平和本单位水平,从而找到了差距。横式写法适用于成就性综述。这种综述专门介绍某个方面或某个项目的新成就,如新理论、新观点、新发明、新方法、新技术、新进展等。因为是"新",所以时间跨度短,但却引起国际、国内同行关注,纷纷从事这方面研究,发表了许多论文,如能及时加以整理,写成综述向同行报道,就能起到借鉴、启示和指导的作用。

3. **纵横结合式写法**　在同一篇综述中,同时采用纵式与横式写法。例如,写历史背景采用纵式写法,写目前状况采用横式写法。通过"纵""横"描述,才能广泛地综合文献资料,全面系统地认识某一专题及其发展方向,做出比较可靠的趋向预测,为新的研究工作选择突破口或提供参考依据。无论是纵式、横式或是纵横结合式写法,都要求做到:一要全面系统地搜集资料,客观公正地如实反映;二要分析透彻,综合恰当;三要层次分明,条理清楚;四要语言简练,详略得当。

4. **层次结构分明**　主题部分的内容较多。需要按着各种问题的前后关系、重要性大小和逻辑关系,对资料做很好的组织。对不同问题要做出标记,这样读者容易顺着作者的思路顺利地阅读,尤其在问题之间的话题转换方面起重要作用。标记的方法有:①视觉标记。小标题或新的段落给读者强烈地转折概念。②语言标记。例如,在句首用"在另一方面",就标明转向另一个问题;"一是……二是……"是标明在陈述问题的几个方面;"总之"是表明对某一问题做的小结等。③使用小标题。这是对一个或一类问题做标记最有效的方式,对于内容较多的综述应当适当地用小标题来明确标记。

三、总　　结

总结是全篇的缩影,要用精练语言,突出主题思想。将主要的论点和论据进行总结,进一步得出结论。此外,作者还可适当地表明自己的学术观点与倾向性,对争论的问题发表自己的意见,或做简单评论。结论部分要对前言中提出的问题及主体部分提供的依据,按自己对此问题的深入理解,做一个总结。并且,要做出恰如其分的评价,还要提出尚待解决的问题。最后,应当对今后如何在这一领域或专题开展研究,提出建设性的展望,正确的展望往往是作者和读者开展新研究的一个重要启示。

四、参 考 文 献

写综述应当有足够的参考文献,这是撰写综述的基础。一是尊重被引证者的劳动成果,为本综述提供依据,提高综述的可信性;二是为读者提供查找原始资料的线索。因此,所引用的文献必须是自己全文读过的文献,不能引用别人论文中的间接资料,也不能引用内部资料、科技通报及未发表的著作等。引用的文献资料要有原作者的姓名、题目、书名或期刊名、期刊卷期号、起止页码、出版单位及年月等。同时将引用资料,在综述后面出现的顺序,用阿拉伯数字依次在正文引文右上角注明。文中角号与文后参考文献目录上的角码必须一致,以利读者顺利地查对。

(雷　蕾)

第五节　文献综述的写作步骤与注意事项

一、文献综述的写作步骤

(一)确定题目

写作文献综述,首先要确定题目。选定题目对综述的写作有着举足轻重的作用。选题首先要求内容新颖,只有新颖的内容才能提炼出有吸引力的题目。题目的来源常有几种:一种是来自本人的科研工作,与科研题目是一致的。因此,根据资料积累和本人侧重的情况,文献综述的题目可以是本科研课题的全面情况,也可以是它应用的方法或仪器等;另一种可以选与本人科研题目无关,或者是对其他人有用的题目,或者是本人感兴趣,掌握了一定的素材,又乐于探索的课题;还有一种是医学科学情报工作者的研究成果。

文献综述题目不可太大,应该是越具体越明确越好,如果题目过于泛泛,漫无边际,则会茫然无从下手,顾此失彼,力不从心,必然难以成功,甚而事倍功半。特别是对初学者,更宜先从较小、较窄的题目入手,积累经验后再逐渐写较大范围的专题。此外,题目还必须与内容相称、贴切,不能小题大作或大题小作,更不能文不对题。好的题目可一目了然,看题目可知内容梗概。最好在确定题目时就能列出一个非常明了简单的提纲,即拟从哪几个方面进行综述。

(二)查阅文献

题目、范围确定之后,就要着手收集文献,具体的办法已在“文献查阅方法”中介绍过了,不再赘述。查找文献资料的方法有两种。一种是根据自己所选定的题目,查找内容较完善的近期(或由近到远)期刊,再按照文献后面的参考文献,去收集原始资料。另一种较为省时省力的科学方法,是通过检索工具书查阅文献。此外,在平时工作学习中,随时积累,做好读书文摘或笔记,以备用时查找,可起到拾遗补缺的作用。

(三)阅读文献

查找到的文献首先要浏览一下它的摘要和总结,然后再分类阅读。有时也可边搜集、边阅读,根据阅读中发现的线索再跟踪搜集、阅读,按初步排定顺序有计划地阅读已收集到的文献。资料应通读、细读、精读,这是撰写综述的重要步骤,也是咀嚼和消化、吸收的过程。阅读中要分析文章的主要依据,领会文章的主要论点,然后将写综述时有用的部分精读并做笔记,包括技术方法、重要数据、主要结果和讨论要点,以便为写作做好准备。务求正确领会原作的叙述,对不同文献的不同结果、不同见解要对比、分析、做出判断,而不是盲从。并一定将该文作者姓名、题目、刊载期刊、名称、卷、期、页和年份详细记录。

(四)修改提纲

经过深入地阅读文献和思考,对拟进行综述的题目,大体上有了一个轮廓,形成了一些思路,这时应将其最初的、不成形的提纲加以完善和充实。应该列出主要的大小标题,以及在相应标题下拟叙述或讨论的具体内容和问题,决定先写什么,后写什么,哪些应重点阐明,哪些地方融进自己的观点,哪些地方可以省略或几笔带过及准备引用的文献、总结与展望等。

对分类整理好的资料轮廓,再进行科学的分析,对于不足的文献进一步去查找,对于有疑问的文献,要重新进行核查。这样可能要反复进行几次,使提纲及相应文献资料都清晰完善,力争做到论点鲜明而又有确切依据,阐述层次清晰而合乎逻辑。最后结合自己的实践经验,写出自己的观点与体会,这样客观资料中就融进了主观资料。

(五)正式写作

提纲拟好后,作者对综述的思路、结构、轮廓已越来越清楚,对手头的文献资料及应该在何处引用也已十分熟悉,就可动笔成文了,最好是先一气呵成,不必在写作中间过分推敲用词,初稿形成后,按常规修稿方法,反复修改加工,每次修改后最好放置两三天后再修改一遍,直到比较满意为止。

撰写综述要深刻理解参考文献的内涵,做到论必有据,忠于原著,让事实说话,同时要具有自己的见解。参考文献必须是直接阅读过的原文,不能根据某些文章摘要而引用,更不能间接引用。

二、文献综述写作的注意事项

(一)阅读原文献

必须亲自读过原著的全文,方可引用原文献。不可只根据摘要即加以引用,更不可间接引用(指阅读一篇文章中所引用的文献,并未查到原文就照搬照抄),以免对文献理解不透彻或曲解,造成观点、方法上的失误。

(二)综述并非文献汇编

作者首先对所综述的内容真正理解、消化吸收、有自己的见解、观点,并以此指导对文献资料的选用、安排和评论。综述内容切忌面面俱到,成为浏览式的综述。综述的内容越集中、越明确、越具体越好。

(三)综述内容不宜过宽或过窄

综述比研究论文的面要宽,但是综述内容范围过宽,不仅篇幅会大大增加,而且对每一个具体问题叙述就会分散,把握不住重点,该综述重点内容不突出;综述范围过窄,则很难反映专题在学科领域中与其他问题的关联,同时也会削弱综述的价值。

(四)突出新进展的特点

文献资料是综述的基础,查阅文献是撰写综述的关键一步,搜集文献应注意时间性,必须是近一二年的新内容,四五年前的资料一般不应过多列入。综述介绍某种新进展时,不仅针对某一现象的叙述,而应与原有或经典的方法、结果、学说进行充分的比较,并对新进展做出客观科学的评价。

(五)题目要醒目

1.写清楚具体的专题的名称,并且是许多读者都感兴趣的。

2.写明综述的特色。

3.反映综述适用的范围。

(六)重点要突出

重点的含义包括综述总的观点和对每一具体问题的观点。首先,要明确把全文需要阐述的观点作为重点;然后,将总的观点分成若干个方面,这些方面又有各自需要阐述的重点。应当围绕总的重点,组织各方面内容的写作;各个方面又要围绕各自的重点组织资料,用事实依据具体地说清重点问题。在叙述的篇幅上,也应把重点放在主要问题的论证上。

(七)文字要简练

在导师或文字水平高的同行指导下逐步提高。力争做到语言精练,文字应用得当,准确,尽可能采用短句,注意句子和段落结构。

(八)引用文献

引用文献要恰如其分,不可将凡是收集到的文献全部塞入,或眉目不清,段落不明,杂乱无章。综述中采用的文献要选用最重要和最新的文献。在综述中引用文献,一般在讲完一个问题后,以上标形式在方括号[　]或圆括号(　)内写明文献编号加以引用,也可以在文献作者人名后或相应项目后引用。引用文献的编号一般按照出现的次序,并在综述后列参考文献目录。也有一些期刊以人名和年代方式引用,应根据不同期刊要求而定。正文中引用的文献必须包括在文献目录中。文献目录写法也有不同要求,投稿前应当参照该期刊的要求(按约稿通知)整理。但是,写初稿时应尽可能全部地列出和保存文献所有必要内容,全部作者国内一般只列出前三位,之后写等、文题、期刊、年代、卷、期、起页和止页。

(九)最后的文字修改

要力求简明扼要,提倡写短文,即使是文献综述,也可以做到短而精,避免咬文嚼字烦琐冗长的叙述,在观点明确的基础上,力求做到不枯燥无味。

(雷　蕾)

第六节　研究生论文的文献综述写作

硕士研究生和博士研究生的文献综述和一般学术性文献综述基本相同。除遵循上述各节的内容和要求外,还有其特殊性。其特点如下:

1. 研究生在选择科研题目之后,就应着手选择撰写文献综述。研究生的文献综述题目,绝大多数是以该研究生科研题目为依据进行撰写的。其目的在于通过阅读有关文献,撰写文献综述,使研究生能够更深层次地了解、掌握有关本项科研题目的国内外发展动向,确保立题依据充分,目的性更加明确。

2. 研究生撰写文献综述的目的是为搜集与本科研题目有关的、最新的、部分历史文献和资料,为搞好科研设计和选择适当的实验条件打下基础,对这些科研人员来说,写文献综述或是阅读文献报告是有必要的,也是有益的。撰写文献综述具有以下几种好处:

(1)锻炼研究生的分析综合能力和写作能力。

(2)可通过撰写文献综述来考查他们的学习成绩和科研思维能力。

(3)为搞好科研设计和寻找适当的科研条件打下良好的基础。

(4)了解把握有关科研题目的国内外学术水平和动态。

(5)通过细心的精读,进行思考,可明确有关方面存在的问题、提出问题、解决问题。

(6)对于选题,撰写论文都是有益的、重要的。

　　研究生所写作的文献综述是为科研设计和开题报告奠定基础的学术性工作。研究生在入学后第三学期或第四学期一般都要做好科研设计工作，并进行课题报告。科研设计的基础是阅读文献，撰写好文献综述。这在理论方面，可使科研选题更加深刻、系统、完善初始意念，形成论文的撰写。

（雷　蕾）

第19章　医学论文的写作

第一节　概　　论

医学论文是交流、传播医学科技信息的基本形式;是推进科学发展的载体;是医学科研和临床的书面总结;是反映医学科学水平和动向的重要标志。因此,医学科研工作者必须具备医学论文的写作能力。论文写作是对观察到的事实进行思维加工的过程,是由感性认识向理性认识的飞跃。一般都要经过定题、构思、起草、修改、誊清诸过程,必须强调构思的重要性。应经反复思考,理清思路,形成条目,写出提纲,以使全篇文章脉络分明,成为有机的整体。医学论文写作的目的在于:储存科研信息、传播科研结果、交流科研经验、启迪学术思想、提高研究水平及考核业务水平等。

一、医学论文的类型

根据医学学科、论文的资料内容、写作目的、论述体裁可有多种类型。

1. **按医学学科及课题的性质分类**

(1)基础医学论文:大多属于基础理论研究,包括实验室研究和现场调查研究等。少数为技术交流范围,介绍实验技术,有关仪器的设计、制造和使用等。

(2)临床医学论文:多为应用研究范围,可分为医疗、护理、卫生和防疫等方面的论文,它有理论研究和新技术的报告,但以回顾性总结分析的论文居多。

(3)预防医学论文:可分为卫生保健、防疫、流行病学调查等。

(4)康复医学论文:包括实验研究、应用研究和各种医疗康复机械的研制及其调查报告。

2. **按论文的资料来源分类**　通常将论文分为原著论文(又称原始论文,即作者的原本)和编著论文(其主要内容来源于已发表的资料,属于第三次文献)两大类。

3. **按研究内容及资料内容分类**　调查研究、实验研究、实验观察、资料分析及经验体会等。

4. **按论文的体裁分类**　论著、经验交流;包括①个案报告;②病例分析;③临床病例(病理)讨论、技术方法、技术革新及文献综述。

5. **按论文写作目的分类**

(1)学术论文:是对医学科学领域中的问题进行总结、研究、探讨,表述医学科学研究有创新的研究成果、理论性突破,科学实验或技术开发中取得新成就的文字总结,作为信息交流。

(2)学位论文:是为了申请授予相应的学位或某学科职称资格而写的论文,作为考核及评审的文章,表明作者从事科研取得的成果和独立从事科研工作的能力,可以是单篇论文,也可以是系列论文的综合。学位论文包括毕业论文、学士论文、硕士论文、博士论文,其主要反映作者在该研究领域具有的科研能力和学识水平。

二、医学科研论文撰写的基本要求

1. **科学性**　是指论文只涉及科学与技术领域的命题。对论文内容描述要求文章的论述具有真实性、可信性。它必须有足够的、可靠和精确的实验数据或现象观察或逻辑推理作为依据。结论要精确、恰当，要有充分论据，切忌空谈或抽象推理。

2. **立意要新颖**　创新是医学科技论文的灵魂。它要求论文所揭示的事物现象、属性、特点以及事物运动时所遵循的规律，或者这些属性、特点以及运动规律的运用，必须是有所创新，对临床某项观察或研究提出有特色的、精辟的观点来而不是对他人工作的复述解释。

3. **逻辑性**　是指文章的结构特点。要求论文脉络清晰、结构严谨、推论合理、演算正确、符号规范、文字简练，一般论著字数在 2 500～5 000，前呼后应，自成系统，而不应该是一堆堆数据的堆砌或一串串现象的自然描绘。

4. **实用性**　实用性也是实践性，是论文的基础。论文中所报道的理论性或应用性的信息，都来源于实践，应该具有可重复性。不论是成功的经验还是失败的教训，都可为他人所利用或借鉴。

三、医学学术论文的基本结构

医学科学学术论文和其他学科的学术论文尽管内容千差万别，但归纳起来都有以下四个问题：即要研究什么？怎样研究的？研究出什么结果？怎样解释和评价这些结果？它反映了一项研究工作的全面过程，也构成了一篇科研学术论文的基本内容。

论文的格式，即前言（introduction）、材料和方法（material andmethod）、结果（result）、分析讨论（analysis、discussion）称之为"四段式"。当然，"四段式"并非一成不变，多数医学论文尤其对于初学写作者来说，"四段式"仍然是十分适用的，较为普遍采用的方法。

在"四段式"科研论文当中，一般前言占总字数的 5%～7%，材料和方法占 25%～35%，结果也占 25%～35%，讨论占 30%～40%，当然这只是一个大致的轮廓，不同内容的文章可能有很大差异。

（雷　蕾）

第二节　医学论文的写作

一、医学论文的写作步骤

医学论文的写作一般分为选题、准备资料、取材和写作四个阶段。

1. **选题**　应尽可能做到：①从创新的角度出发，选取有发展前途、新的有特色的、有独特性的、有实用价值的课题。选择要进行充分的文献检索，避免重复劳动。②课题要明确、具体。

2. **准备资料**　资料的准备包括直接和间接资料的收集、整理及资料的评价与取舍等几个方面。直接资料主要来源于：①现有的医药卫生工作记录文件；②经常性的统计报表；③专门实验研究或进行特殊检查所得的资料；④实际调查所得的资料等。间接资料主要来源于医药类参考书；期刊；工具书等。

3. **取材**　医学论文是用资料表现主题，占有或积累的资料愈多，愈充实，形成的观点和提炼的主题就愈能正确反映客观事物的本质和主流。

4. 写作　主要应做好几点：

(1)构思。

(2)拟定提纲：提纲是撰写论文的骨架，一般多采用标题式和摘要式两种写法。实验性研究的论文提纲的拟定项目：①前言；②材料和方法；③结果；④讨论；⑤参考文献。临床研究常用病例分析和病例报道来总结观察的结果，形成文章，其提纲可按这类文章格式的程序来拟定：①前言；②临床资料；③诊断；④治疗；⑤讨论或讨论分析；⑥小结。

(3)拟写初稿：拟写初稿的方法很多，如实验研究论文的拟定多采用顺序写法或分段写法。

(4)进一步修改：无论初写者还是经验丰富的作者，均应对初稿进行反复推敲，进行全面细致的修改。修改的主要内容是：①篇幅的压缩；②结构的调整；③语言修改；④内容修改等。

医学论文的格式与内容：医学论文有固定而符合逻辑的格式及一定的顺序和要求，并为医学工作者接受和习惯通用。论文的内容和格式通常包括引言(前言)、方法、结果、讨论和参考文献五个部分。然而，内容和格式也并非一成不变，作者可根据论文的类型和要求的不同予以变通，或将方法与结果合并，或将结果和讨论并列，短篇报道可省去摘要、前言和参考文献。无论采用何种内容和格式，均应有精练的文题、创新的内容、科学的方法、精确的论据、充分的论证。

二、论文撰写的前导部分

(一)题目

题目(标题)(heading,title)是论文中心思想和主要内容的高度概括，是一篇论文的缩影与代表，是提纲的提纲，应简明、醒目。一个好的题目能使读者透过它而窥及论文的全貌，因此，应选用最简明、最恰当的词语反映论文最主要的内容。题目还应当有严密的逻辑性，便于选定关键词、撰写摘要、编写题录与索引等。具体要求是：

1. 文题醒目。

2. 副标题尽量省略。

3. 有特色和创新。

4. 准确得体。

5. 简短，题目像一种标签，切忌冗长，一般不超过 20 字，最多 30 字，英文文题不超过 10 个实词。尽量省去"研究""观察""分析"等非特定词语。

6. 避免使用化学分子式及非众知公用的缩略词语、字符和代号。文题的数字宜采用阿拉伯数字，但作为名词或形容词的数字则仍用汉字。

(二)作者署名和单位(地址)

医学论文的撰写与发表均应署上作者的姓名及其单位。署名应遵从下列规定：①署名写真名、全名，不应写笔名；②个人署名(sienature)是基本形式，单位(地址,department)署名极少；③论文署名排序，应按撰写该论文中所做的贡献大小，而不是按学术威望和职务高低排列名次，排序不争名次，不照顾关系，不无劳挂名；④署名后列出作者的单位全称或通信地址，方便读者在需要时与作者联系。

1. 署名的意义

署名是一件严肃而认真的事情，其意义在于：

（1）论文作者版权的法律地位问题。论文作者应按"文责自负"的原则对论文的真实性、可靠性负责,当有读者对论文某些内容提出疑问时可以负责解答。若发现论文剽窃、抄袭现象或存在主观臆测、弄虚作假等较大问题时,作者应承担全部责任。

（2）可使作者获得应有的荣誉,一篇好的科技论文发表后,会产生较好的社会效益和经济效益。

（3）文献检索的需要。

（4）以明确著作权,在科技论文上署名实际上是直接记录了由何人对该文拥有著作权。

另外,有了作者署名,论文发表后,作者可以将它作为一种凭据,用于考核和晋升,有时可获得所在单位或有关部门的物质奖励,或荣获国家和国际大奖,甚至还可凭自己发表的论文向国家自然科学基金委员会或有关部门申请各种科学基金。

2. 作者署名的原则　一篇科技论文从工作开始到发表的全过程包括：①提出和选定课题并进行文献调研；②方法论证和制定实验方案；③实验设备、材料、试剂及其他条件的准备；④各项实验的操作,完成实验；⑤实验数据分析、提出新见解、新理论,并完成论文的撰写作者、署名的原则：

（1）凡自始至终参加了该课题研究工作,并参加完成论文全过程中的主要工作并做出较大贡献者才能署名。

（2）循名责实的原则。署名应该循名责实,不能只图其名,而不符其实,一定要名实相符。"实"就是中华人民共和国国家标准 GB 7713-87《科学技术》报告、学术论文和学术论文的编写格式中规定的条件,只有符合这些条件的人才有资格署名。那些不直接参加课题或所做工作较少的人,自己做出贡献不大,如要想署名,就很难避免因图个人虚名而不惜侵占他人劳动成果之嫌。

（3）作者应对该课题研究成果具有答辩能力,并能解答本文,对论文全部内容负责。凡对论文不能负责,不能解释者,不能在论文上署名,这样才能保证论文质量。

3. 作者署名时应注意的问题

（1）署名不宜过多：一般不超过 6 人,其余作者可采用注释形式列于本篇文章首页下方,指导者、协作者、审阅者可列入致谢中,应事先争得致谢者同意。

（2）论文署名排列顺序：一般以第一作者为论文的主要撰写者,对论文负主要责任,其他按所做工作的多少和贡献大小排列,绝对不能以职位高低和资历长短排列。例如,研究生毕业论文在科技期刊和学报上发表时,第一作者应为研究生本人,导师应放在其后。

（3）论文的署名应按"实事求是、不论资历、论功署名"的原则。

（4）作者署名于单位全称之后,文题之下居中与单位名称之间空一格。

（5）译文文摘的署名应在全文末右下方,用圆括号括起,译文者与校对者之间空一格。

（三）内容摘要

摘要（abstract）或称提要。是论文的高度精髓,是论文的重要组成部分,有相对的独立性。一般排列在正文开始之前。摘要书写的要求：篇幅简短、文字精练、论点明确、结论具体、内容概括。通过阅读摘要不仅能使读者在最短时间内确切地了解论文的主要内容,甚至能凭借它进行某些实验技术的推广。同时,也为信息的编辑与检索提供方便。目前,多数期刊要求按"结构式"摘要书写,即：目的、方法、结果、结论四个部分。一般论文中摘要为 200～250 字。英文摘要以 150～200 个实词为宜。研究生的毕业论文,其摘要可根据实验内容和结果适当增加。

摘要不分段落,应连续写出,不加小标题、不加注释和评论、不举例证及不用非文字性资料。应采用标准化术语、名词、缩略语、符号,均用第三人称。摘要应在论文完成后写。论著还应有与中文基本一致的英文摘要,以便对外学术交流。

(四)关键词

关键词(keywords)是表达文献的特征内容,且具有实质意义的词或词组,是一种使用相当广泛的检索语言。按统一规范化选取的关键词,称之为主题词。在现阶段,关键词与主题词都被作为检索语言使用。只有准确选择关键词,才能便于读者了解文献的主题内容,可为编制索引和检索系统使用,以便进入国际电脑检索。其特点为:反映文章的主要内容;体现文章的种类、目的及实施等;在文章中出现次数最多;一般在文稿的文体及内容摘要中出现。

1. 关键词的书写格式　每篇论文应选用2~8个关键词。中英文关键词要相对应,分别排在摘要后,另起一段,但有一些杂志把它放在摘要前。关键词之间,相互空一格书写,不加标点符号。此外,外文字符除专用名词的首字要大写外,其余均小写。

2. 关键词书写的基本要求

(1)关键词的选择:是在文章的撰写完成之后,作者根据文章题目、摘要和全文内容及中心思想,进行精心提炼,统筹考虑来选择关键词。

(2)选择和判断关键词最简单的方法是:首先从标题中考虑,如果从题中选出的关键词仍不能充分表达文章的中心内容,即不能提供较完全的检索信息,再从摘要和正文中选择所需要的关键词;其次,从初选中选择,但对初选出来的关键词还应进行严格筛选,仔细推敲,判断其是否能准确全面地反映文章的中心内容;最后再查阅医学主题词表,从中选用经过规范化的非自由词。

(3)关键词常用较为定性的名词,多是单词或词组,要写原形词而不用缩略词,其概念要精确,有较强的专指性。

(4)汉语和英语中均有一词多义,或一义多词现象,应以词表中标注的词为准。

(五)前言

前言(introduction)又称引言、导言、绪言、序言或导语,是论文主题部分的开端,即正文主要内容的说明部分。其作用是引出论文的要点,向读者介绍全文的目的或结论、背景知识、与本题有关的论文和著作回顾及进展现状,引导读者领会全文的主题和总纲。

1. 前言的基本内容包括

(1)扼要叙述文章主题,抓住中心,阐明其起源和目的、范围、途径和方法,研究的起止日期、主要结果和意义。

(2)研究工作的历史背景和引起研究工作进行的缘由,强调本研究的重要性、必要性及现实意义等。

(3)研究课题的设想、观点、研究方法、实验设计、工作过程和预期结果,如为现场调查应说明工作场所、协作单位。

(4)最近国内外对此问题的认识程度和研究动态;前人对同类课题研究情况(做过何种实验,有何结果,哪些问题已明确,哪些问题未解决)。

(5)作者对本研究工作已发表的论文及结论情况。

(6)涉及的有关术语或概念的解释。一般200~300字,而研究生毕业论文不受限制。上述内容应当根据论文的特点适当选择,顺序也可改变。

2. 前言的写作要求

(1)提出问题:前言部分不可写得过长,提出问题要抓住中心,简明扼要,言简意赅,开门见山地引出文章所涉及的问题。

(2)突出重点:精练简短,文字少而精,各项内容只需一语道破,一般教科书上已有的知识或人所共知的功用或意义,在前言中不必赘述,简明扼要地介绍研究工作概貌、价值和意义,亦即开门见山地向读者阐明本文的目的、范围和主要收获;历史背景和国内外现状;本研究的设想、方法、理论根据、预期结果及意义。

(3)选题依据:不是自我解释,而要引用前人的文献资料,来衬托说明作者选题的目的及其必要性和迫切性。

(4)客观评价:要实事求是,切忌妄下断言,如"首次报告""国内首创""达到了国际先进水平""接近世界水平""填补了空白"等。对前人在相关领域已做过的工作要客观地介绍,决不能蓄意贬低,以免引起不良后果。讲述论文的意义和价值时,要实事求是地从文章提到的问题出发,要鲜明突出地加以说明。

(5)工作简介:此内容可有可无。如果此项研究涉及许多合作单位和领导单位以及合作者,可略提一句即可。

(6)点题收口:前言即将结束时,一般常用再次点出论文的题目进行收口;前言中一般不要使用"才疏学浅""水平有限"等套话。

(7)前言要紧扣论文题目,防止走题。因此,写好初稿之后,要反复删改,力求简明。在临床病例报道、流行病学调查、治疗方法的总结等论文中,或连续性报道的论文中,其前言还可更简短些。

三、正文的撰写

正文部分是医学论文的核心部分,是展现研究工作的成果和反映学术水平的主体。论文的论点、论据和论证及达到预期目标的整个过程都要在这一部分论述,它的篇幅最长,除了要有论点、材料、概念、判断、推理外,还要求合乎逻辑、顺理成章、通顺易读。撰写的基本内容包括:材料、方法、原理、结果、讨论五个部分。有时可精简为材料与方法、结果、讨论三部分;有时只有材料与方法、结果与讨论两个部分。

(一)材料和方法

材料与方法(materialandmethod)是论文中论据的主要内容和论文的核心部分,是阐述论点、引出结论的重要步骤。同时又是论文的基础,是判断论文的科学性、先进性的主要依据。阐述的要点:实验的目的、实验对象和实验材料的性质和特性、选取的方法和处理的方法、使用的仪器设备和器材、实验及测定的方法和过程、出现的问题和采取的处理方法等。

1. 实验对象　①为动物时,应注明名称、种类、数量、来源、性别、年龄、体重、身长、健康状况、分组标准与方法、手术与标本制备过程、实验与记录方法及注意事项;②实验对象为微生物或细胞时,应注明微生物或细胞的种、型、株系的来源,培养条件以及实验室条件;③临床研究应提供病例的来源与选择标准;一般资料包括病例数、性别、年龄、职业、病程、病因、病型、分型标准、临床或病理诊断依据、实验室及其他检查结果、观察方法与标准等。

2. 实验仪器　①属市购仪器,只注明生产厂家、型号、精度和操作方法或文献出处;②若属现有仪器改进,除注明出处外,还应叙述改进之点及其改进程度;③属于自己设计安装的仪器,则应详细说明并附图或照片;④如为自行设计仪器或自制药品更应详细说明。

3. 实验材料　实验所用主要药品和试剂应注明名称、剂量、剂型、成分、规格、纯度、来源、出厂时间、型号、批号、使用效价、浓度和剂量、配制方法和过程、临床使用剂量和次数、给药方法和途径、用药总量等。

(1)实验方法与条件:①实验动物模型的制备及实验动物的感染接种方法、手术与标本制备过程;②病例的观察方法、指标、治疗方法,药物的名称、剂量、剂型、使用方法及疗程;③手术治疗应写出手术名称、术式、麻醉方法等,只写明其方法名称也可;④引用他人的方法应注明出处;⑤对新的或有实质性改进的方法,要说清采用这种方法的理由,并详述其改进部分,并对改进的部分做详细的介绍,以便他人重复;⑥用不同方法进行对比实验,要写明如何对比,怎样计算。如采用统计学方法,应介绍具体的统计方法,对照组和比较组条件是否相同和相似等,实验观察方式、指标、记录方式、资料和结果的收集、整理。如使用计算机进行实验数据存储、运算、分析建库研究,应详细说明建库设计方法以及软件名称、设计及操作方法。应讲明做什么样的研究,如实验观察研究、临床研究、流行病研究或流行病学调查、回顾性研究、前瞻性研究、对照研究、细胞学研究、随访研究、全国协作研究、国际合作研究等。

(2)临床资料:常有病历分析、治疗观察、流行病学调查及病案、病理讨论等方面的研究,主要是积累、统计病例资料和用常规手段对临床表现进行检查、记录、整理和分析等,并无施加处理因素。如果是技术方法方面的革新,则用"操作方法""操作步骤"等标题。临床研究应提供的资料,一般包括病例来源和总数、年龄、性别分组、病例分型、临床检验、住院随访观察等内容。

(二)结果

结果(result)是论文的最重要部分,是学术论文的核心,结果显示内容反映了论文水平的高低,是作者调查、观察或实验研究成果的结晶,是论文的关键和价值所在,是结论的依据,是形成观点与主题的基础和支柱。由结果引发讨论,导出判断推理和建议。结果的表达要求真实、准确、具体,不能有任何虚假或含糊不清。无论结果是阳性还是阴性,肯定还是否定,符合预期还是不符合预期,临床应用成功还是失败,都应该如实地反映出来。临床研究尤其要重视远期随访,有时阴性结果或失败教训则更为重要。

1. 结果的写作

(1)结果的内容:包括真实可靠的实验数据、典型病例、观察结果,都要通过统计表、曲线图、效果的差异及科学研究的理论结论等,结合文字,分别表述出来,还要求指标明确,数据准确,内容充实。

(2)结果的分段:由于内容较多,需要分成段落,加上小标题。每个小标题下还可根据实验和观察的具体情况再设分标题。这样,研究结果的思路脉络清晰,结构严谨,层次分明。分段方法如下:

①按实验观察指标分段:同一施加因素和受试对象,观察不同的指标可以根据每一指标进行分段。

②根据不同的施加因素分段:主要是对比观察某些药物和治疗手段的实验结果或临床效果。多用于筛选新的药物和探索未定的致病因素的研究。

③根据观察内容不同而分段:此类主要是研究者或观察某一对象的不同方面的特点。

④根据实验过程进行分段：在实验观察过程比较简单、结果比较明显的情况下，可用这类简单的分段方法，把方法和结果结合起来。

关于实验或观察结果的分段，可根据研究材料的具体情况而定，以便有层次、有逻辑地运用事实回答研究题目所提出的问题。

（3）表格与图片：论文中结果的表达形式有统计表、图形（照片）及文字等三种。因此，每段的文字叙述，基本是解释这些图表和照片，提出这些图表和照片所能说明的内容和所能证实的结论。行文中所引证的数字都是说明问题所必需的总和数据。每一段都是自己的研究成果，不能把前人的工作夹杂进来。文字要简明扼要，内容要充实。

在一些形态学观察和临床分析等论文中，主要是文字叙述，辅以照片和绘图。论文中提到的重要内容，图中应有所体现，并要在行文的相应位置加以括号，其中写明图号（图序）。如果照片是配合全段内容的，可把图号注在分段小标题之后，或行文中写出"如图所示""图说明""见图某某"等，从而使文图紧密结合。

以上所述均为论文结果部分撰写的格式和方法。这部分内容基本以单项的实验内容分别整理，最后也不必再综合说明。凡是实验观察结果能引申出来的理论认识或需要进一步解释的内容，均应寓于其中留给讨论。

2. 结果内容的表达要求

（1）数据：如实、具体、准确地写出经统计学处理过的实验观察数据资料，不需要全部原始数据。将研究所得的原始资料或数据，进行认真的审查核对，分组重新排列，制作频数表，并算出均数或百分率、标准误差或标准差等相关数据，进行显著性检验统计学处理。分析实验中得到的各种现象和数据，对实验结果进行定性或定量分析，并说明其必然性。

（2）图表：若仅有实验数据还不足以说明实验结果时。观察结果常用精选过的图、表来表示。图和表是一种形象化的表达，可以直观地表达研究结果，并可相互对比，但它们所占篇幅较大，对于能用少量文字说明的问题，尽量不用或少用。

（3）照片：是从实验结果中得来的，也是一种插图，它比图更为形象，能起客观地表达研究结果的作用。它使读者能直观地理解研究成果。

（4）文字：是表达结果重要的，不可缺少的手段。要简明扼要，用最简洁的语言对数据、图或表加以如实说明，把结果表达清楚，一般不宜引用参考文献。

（三）讨论

讨论（discussion）是论文的主体部分，是将结果提高到理论认识的部分，是作者对所进行的研究、实验、观察中得到的材料进行归纳、概括和探讨，做出理论分析和论证。包括对研究误差或阴性结果做出解释；说明观察中与预期以外的事实现象；将研究结果与国内外同类研究进行比较；分析异同及其可能原因；阐明事物的内在关系，提出自己的见解、评价及其意义。

讨论应从理论上对实验和观察结果进行分析和综合，从广度和深度两方面来丰富和提高对实验结果的认识。讨论写的是否成功，直接关系到论文的结果能否被他人承认和接受。讨论能展示作者学术思想和论文水平。

1. 讨论内容

（1）阐述本文研究结果的原理、机制、相互关系及归纳性的解释。对本研究结果进行理论概括，提出新的观点、新假设。

（2）说明本文研究材料和方法的特点及其得失，并明确指出尚未解决的问题。

(3)指出自己的结果和解释与国内外对所研究的问题,前人观点和结论与本文的异同,并进行比较分析以及各自的优越性和不足。实事求是地提出自己的见解。

(4)要大胆地讨论你的研究工作的理论含义及实际应用价值和各种可能性,其他领域的研究成果能够说明和支持本文的观点和结果者。

(5)对各种不同观点和学说进行比较和评价。

(6)研究过程中遇到的问题,在文章中能涉及而未解决者,可在讨论中提出,但尽可能清楚地叙述结论。

(7)提出今后探索的方向和展望等。

总之,讨论的内容应从论文的研究内容出发,突出重点,紧扣题目。讨论的深浅、好坏很大程度上取决于文献掌握的多少和辩证分析能力如何。因此,充分掌握相关文献资料,特别是对本论文结论相符或相违的文献,否则都会对结果得出不恰当的评价。

2. 讨论的注意事项

(1)围绕结果阐明学术观点,着重新发现或阳性结果,新论点、新启示。归纳分析问题应以实验材料或临床资料为依据,要观点明确,摆事实讲道理。实验观察中如有不足之处,需加以说明。在解释因果关系时,应说明偶然性与必然性。

(2)理论阐述,用科学的理论阐述自己的观点和分析实验结果或临床资料。逻辑性要强,要有新的或独特的见解。提出新观点、新理论时,不可模棱两可,含糊其辞,一定要讲清楚,以便读者参考和接受。

(3)实验结果出现异常时,对发现的异常现象,暂无资料支持或未能解释者,讨论中也应提及,留待今后研究解决。

(4)在引用必要的文献作为结论的论证时,切忌过度复习文献,对前人的工作要集中概括,引证要选近代的主要文献资料。切忌重复叙述实验结果或写成文献综述。

(5)不纳入讨论的内容。凡是实验结果中提不出线索和依据的内容;应避免做出不成熟的论断和结论;切忌未经充分检索就提出"首例""首创"或"首次发现"等词语。

(6)讨论的书写形式。可按结果栏目中的顺次并结合文献分段撰写,或列出分标题,标出序号,其次序应从时间、因果、重要性、复杂程度、相似与相反的对比等方面叙述。每段应集中围绕一个论点,提出论据,加以论证。不可离题太远或过多地重复他人的内容和意见。

(7)引用文献资料,一般不成段、成句引用,而是摘其观点和结论或数据,并标明出处。

(8)不是每篇文章都要写讨论,如果结论比较明确,无需讨论时,则可与结论合为一项,即"讨论与结论"。另外,短篇文稿可以不写讨论。

(9)讨论部分一般不用图表。篇幅不宜过长,一般占全文的1/3即可。

(四)结论

结论(conclusion)部分又称为小结、总结或结束语,这是论文的最后部分。结论主要反映论文的目的、解决的问题及最后得出的结论。论著文稿已不设结论部分,但文献综述,特别是研究生毕业论文,因其所涉及的实验内容和讨论内容较广、较多,为了给读者一个结论性意见,此种情况一般必须设结论部分。

1. 内容(结论内容)有以下几种

(1)进一步概括提炼主题。

(2)在充分论证的基础上,提出最后结论。

（3）提出的问题、方法、观点、见解发人深思。

（4）展望未来，有科学性、先进性及一定的实用价值。

2. 要求

（1）内容要求：结论是作者在理论分析、实验结果的基础上经过分析、推理、判断、归纳过程而形成的更深入的认识和总观点。因此，应重点阐述。研究结果说明了什么问题，得出了什么规律，解决了什么理论或实际问题，有何新的见解，以及有哪些不足之处和尚待解决的问题等。

（2）文字要求：结论的措辞必须严谨，要有严密的逻辑性，应写得简明扼要，精练完整，观点明确，表达准确，有条理性，文字简短，深浅适度，一般在 100～300 字，不用图表。概括出的结论要符合研究结果的实际。

（3）格式要求：结论的内容较多时，可分条并标出序号，但不加小标题；若内容较少，则不必分条编号。目前，多数期刊已不写结论部分，而将此项内容列入讨论中或写成摘要部分。

（4）结论要求：在临床研究的论文中常用小结表示结论，内容比较简单。有的文章没有结论栏目，而把结论内容分开放在每一段讨论内容最后几句话中体现。

四、论文的其余部分

（一）致谢

致谢（acknowledgement）是作者对本项研究与论文撰写中给予指导和帮助的单位和个人的肯定和感谢。致谢并非是论文必不可少的组成部分，只在很必要时使用。其最常出现在大论文中，比如研究生毕业答辩论文。

1. 致谢的对象

（1）对本科研及论文工作参加讨论或提出过指导性建议者。

（2）对论文做全面修改者。

（3）指导者、论文审阅者、资料提供者、技术协作者及帮助统计的有关人员。

（4）为本文绘制图、表，为实验提供样品者。

（5）提供实验材料、仪器及给予其他帮助者。

（6）对本文给予捐赠、资助者。

2. 致谢的要求

（1）致谢必须实事求是，并争得被致谢者的同意，未经许可，不能借用名人抬高自己。

（2）一般在正文后面只书其姓名和工作内容或说明其贡献，最好依贡献大小排列顺序，而不要依年龄、地位排列名次。

（3）致谢语尽量简短，用一两句话，不要占用太多的篇幅。

（4）对一般例行的劳务，可不专门致谢。已经用其他形式致谢过的，不再用书面致谢。

（5）致谢置于论文末，参考文献著录之前。

（二）参考文献

医学参考文献（reference）是研究人类健康和与疾病作斗争所积累的一切文字记录的总称，是医学情报的基本来源之一。因此，在科技论文中，凡是引用或参考前人的数据、材料和论点时，都要按文中出现的次序标明，向读者提供引用原文的出处。若使用前人的材料，而又不引出文献，就会被人认为是抄袭或剽窃行为。

1. 参考文献的目的和意义

(1)继承性:参考文献书写的目的是对前人研究成果的发展和继承。它不仅表明论文的科学依据和历史背景,而且提示作者在前人研究基础上的提高发展与创新所在。表明作者使用参考文献的深度和作者论著本身的起点,并为证实自己的论点而提供足够的考据材料。所以,参考文献不可省略。

(2)真实性:反映出作者严谨的科学态度和真实地反映论文中某些论点、数据、资料等来源的科学依据。同时也充分表明尊重他人的劳动,也便于读者了解相关领域里前人所做的贡献。

(3)准确性:引用文献必须准确无误,便于读者查阅有关文献。

(4)限制性:所参考的文献限于与本文有关的,最新(3～5年内)的关键性文献。一般论著10条左右,综述最多20条。

参考文献是确定论文水平的标志之一,因此,作者应不辞辛苦,博览群书,才能获取和熟悉国内外本学科的发展动态,写出较高水平的论文,对学位论文来说尤其如此,硕士学位要求消化100篇左右的参考文献,博士论文要求150篇。

2. 收录参考文献的原则与要求

(1)著录最主要、最新的文献,除个别历史文献外,以最近3年以内的为好,少用旧的或教科书中公知的和次要的文献。杜绝那种参考文献著录得越多越能显示论文水平的错误想法。有不少学术期刊,对论著参考文献的数目有所限制。

(2)引用文献必须是作者亲自阅读过的和在文中直接引用的文献,由于条件限制,作者无法找到原文,只阅读过其摘要的文献,除特别重要者外,一般不作为参考文献;对本文的科研工作有启示或较大帮助的以及文中直接引用的文献;与论文中的方法、结果和讨论密不可分的;切忌列入无关文献。

(3)引用以公开发表的原著为主,公开发表是指在国内外公开发行的报刊或刊物书籍上发表,或其他类似形式。在供内部交流的刊物上发表的文章和其他内部参考资料,均不能作为参考文献引用。在全国性或国际性学术会议上交流的论文虽然也是一种发表形式,但因这种文献往往交流范围很小,别人很难查阅,故一般也不要著录。

(4)用规范化的著录形式,采用统一书写符号、标注方法和书写次序。国际标准化组织颁布的 ISO 690 BIS《期刊与连续出版物的参考文献》,我国的国家标准 GB 7714-87《文后参考文献著录规则》等,都给参考文献的著录做出了明确的规定。应严格执行。

(5)引用中医经典著作,可在正文所引段落末加圆括号注明出处,不列入参考文献著录。

3. 参考文献书写格式

(1)参考文献著录项目:应包括主要责任者(作者)、文题(书名、刊名)、出版事项(版本、出版社、出版者、出版日期)。

(2)参考文献著录的书写格式:统一要求采用国际医学期刊编辑委员会于1997年修订公布的温哥华会议提出的格式第5版,国内结合实际情况做了部分修改。

(3)参考文献书写格式

①国际标准格式(ISO 690-87)(E)《文献工作—文献题录—内容、格式和结构》规定,用顺序编码者、著者-出版年制和引文引注法3种。

②国家标准格式 GB 7714-87《文后参考文献规则》规定,文后参考文献表按顺序编码制或采用著者-出版年制。

著者-出版年制:这属 Harvard 体系的书写格式,是引用文献的标注内容,按作者姓名的字符顺序和出版年排列。现医学期刊基本不用。

顺序编码制:使用最广泛的是 Van-covour(温哥华)体系,其书写形式是按论文的正文部分(包括图、表及其说明)引用的文献首次出现的先后顺序连续编码,参考文献的序号均用阿拉伯数字标明,限于文末。正文内引证系将其所需的序号标注于所引著者、有关词组或段落相应处的右上角方括号内。书写时,两篇相连序号或两篇以上不连续序号以逗号分开,如[1,2]、[1,3,7];3 篇或 3 篇以上连续的序号,只写始末序号,中间用范围号(~)连接,如[1,2,3]应写为[1~3]。参考文献著录序号必须和文内标注的序号完全一致。为了避免错误,外文参考文献及文内的外文均应打字或影印。打字后,对作者、文题、刊名、年份、卷、期及页数要核对无误。

(4)每条参考文献著录除序号外,均需包括下列三部分内容

①作者姓名:姓在前,名在后,中国、日本人名写全称;若系单名,则姓与名之间空一格;单名者在名前空一格;西文作者姓名的写法惯用姓全写,首字符大写,名则仅取其首字符大写,不加圆点;若中国人名写汉语拼音时,姓的外文字符均大写,名则与西文作者的写法相同。

关于著录作者的人数,标准期刊:作者在 3 名以内者全部署名,中间以逗号分开;若作者超过 3 名时仅列出前 3 人,后加"等"字或其他与之相应的字。格式为:作者.题名.期刊名称,年份,卷(期):起止页。国际医学期刊编辑委员会所制订的生物医学期刊投稿的统一要求中则规定,标准期刊文章的作者在 6 人或 6 人以内者列出全部姓名,7 人或多于 7 人则仅列前 3 人,后加"等"字或其他与之相应的字。

②文题:文题要全写出。英文题除专指名词和词的第一字符大写外,其余均小写。

③出版事项(原文出处):常用参考文献有书籍与期刊两大类。英、俄、日、德、法等文的参考文献均保持原文种不变;书籍和中文、日文期刊名均写其全名,不缩写;英文期刊名凡一个词者不缩写,两个词以上者应以美国国立医学图书馆出版的《Index Medicus》为依据而缩写其刊名。期刊缩写原则是用截短方法以省略词尾一串字符(至少两个),每一缩词的第一个字符都要大写。凡有冠词、介词和连接词者,均可删去,也不加圆点。

此外,每条文献均应写明出版年(如为期刊加",""号、书籍加"."号)、卷次、期次(期次加圆括号,后加冒号)、起页或起止页(书籍写起页、止页、中间以起止号相连),最后不加标点符号。

④学位论文:作者、题目、出版地、出版者、年份、起-止页。

⑤列举如下:

陈敏章.中华内科学.北京:人民卫生出版社,1999

周焕康,夏家辉.染色体病[M].北京:科学出版社,1990.326-347

YanKauer A. 1991. The accuracy of medical references:a follow-up study. CBE Vieios, (2):23-24

卡尔森著,张增明译.生物化学精华[M].(第 1 版).上海:上海科学普及出版社,1989,88-242

鲍镇美,刘 尚,李 明,等.泌尿系肿瘤.中华泌尿外科杂志,1999,20:518-520

(三)附录

附录(appendix)是正文主题部分的补充项目。它可以对专门技术问题做较系统的介绍参考,也可以介绍参考资料和推荐某种方法。

(四)注释

注释(note)亦称注解,用于对文中的一些词语进行简短的说明。它只在必要时采用,应尽量不用,注释的类型有正文夹注、脚注、尾注等。

(雷 蕾)

第三节 学 位 论 文

学位论文是高等院校毕业生用以申请取得相应学位而向论文答辩委员会提交的作为考核和评审的论文,学位论文有两大功能:一是成果,即学位论文是对某个专题(或领域)表达自己的学术水平、学术成果和新的见解,具有一定价值;二是考核,学位论文反映与学位相称的能力、科研能力及学识是否达到了相应学位要求的学术水平,也是审查者对作者学业及能力水平的全面检阅。

学位论文不同于一般的学术论文,从篇幅上看,学术论文的字数一般为3 000~6 000字,多则1万字左右,而学位论文的字数要求比学术论文多;从作用上看,学位论文是作为考核、评审和授予学位的依据。是反映作者是否具有相应学位水平的重要学术标志,故必须充分体现其学术水平和能力。

一、学位论文的写作格式

学位论文由于需要向答辩委员会报告、答辩,上报学位委员会审定,因此,都采用单行本格式。还必须遵照各学位授权单位对学位论文的写作格式的要求进行学位论文的撰写。毕业论文的格式与其他各类论文的格式大致相近,但也有一些不同。就学科不同,一般可分为两大基本类型。第一种基本类型是指以自然科学为内容的科技论文;第二种基本类型是指以社会科学为内容的论文。其结构格式如下:

(一)封面、封二、题名页

1. 封面 也同样要按学位授权单位要求格式书写。封面提供学位论文工作的概貌和主要信息。主要内容有题名;作者姓名及其所属单位和专业名称;申请的学位;指导教师的姓名、职称;课题的专业方向;论文研究起止日期及论文交稿日期等。

2. 封二 一般列出论文指导小组成员的姓名和职称。

3. 题名页 是论文著录的依据,除重视封面的一些内容外,还可适当补充地址,在封面上未列出的责任者姓名、职称、学位以及参加部分工作的合作者。

(二)目录页

目录又称目次。学位论文的篇幅一般都比较长,须写出目录。应按论文内容由篇、章、节、条、款及附录等的序号、标题和页码编排而成,排在题名页或扉页之后。通常,目录列出三级标题即可。

(三)摘要

学位论文摘要分为简短摘要与详细摘要两件。简短摘要的写法与一般论文摘要的写法相近,通常设专页,排在论文目录之后,正文之前,称摘要页。详细摘要是提交给学位评审委员会或同行评议者阅读的,此摘要字数可达二三千字。当前学位论文摘要,一般均将简短摘要与详细摘要合并在一起。其内容除了包括一般论文的那些项目之外,还要概括地介绍论文的要点,充分反映出作者所从事课题的选题依据、技术路线及所获得的主要结论和今后的研究发展方向等。医学学位论文除了有中文摘要外，还要有相应英文摘要，要求在内容上要与中文摘要一致。此外，在英文摘要之后，往往要加一页英文名词缩略词。

摘要要有高度的概括力，全面反映论文的要点，文字要简洁、明确、畅达。每篇论文应列出3～8 个关键词。

（四）前言

前言是为了对课题选择及其依据做简要的论证，对实验的设计、研究工作的范围和内容做必要的说明。前言应包含三方面的内容：

1. 课题的选题的原因、意义或背景、研究的方法、依据及拟解决的关键问题。

2. 课题研究在该学科领域中的学术地位及其理论或实际意义。同时，概括说明本研究工作的规模和工作量。

3. 在阐明选题依据时，要对有关领域中的主要文献做一扼要综述，重点指出在本学科领域中哪些是当前未解决的问题，并结合自己的观点，明确指出解决这些问题的迫切性和必要性。

此外，往往需要对有关文献做较系统的回顾，带有文献综述的性质。目的在于为了反映作者已掌握本研究领域里的知识和信息，并达到了一定的深度和广度，具有开阔的科学视野。因此，可用较多的篇幅来表述，或者单独成章。

（五）正文

正文（包括材料、方法、结果、讨论、结论）、参考文献，这几部分的写作要求和方法与其他学术论文的相应各项要求一致，不再复述。往往需要对有关文献做较系统的回顾，带有文献综述的性质。

（六）附录

附录置于正文之后，是对正文的重要补充，凡在正文中只局部使用或没有使用，但又与论文有关的重要原始资料、数据、较复杂的公式推导、计算程序、各类统计图表、注释、术语说明，或曾发表的与本论文相关的文章等，均可置于附录中，以备查考。因此，有些毕业论文特别是学位论文，附录甚至比正文还长。

（七）论文的装订

论文的有关部分全部誊清之后，经过检查，没什么问题，可装订成册，再加上封面。装订的顺序是：封面—目录—摘要—正文—参考文献—附录—封底。誊清论文一般用 16 开方格稿纸。具体按各自高校要求执行。

二、学位论文的写作要求

（一）学士学位论文

学士论文是合格的大学本科毕业生为获取学士学位而撰写的学位论文。侧重于考察大学生运用所学知识解决某些问题的基本能力。学士论文应能反映出作者准确地掌握了大学阶段所学的本门学科的基础理论、专门知识和基本技能，并具有从事科学研究工作或担负专门技术工作的初步能力。医学生毕业论文是某些专业本科生完成学业必修的科目之一。学士论文是在限定时间内，在教师指导下作者进行的首次科学研究的实践总结。因而，可以是综述性的，选题一般较小，篇幅在 3 000 字或 1 万字左右，内容不太复杂，要求有一定的创见性，能较好地分析和解决学术领域中不太复杂的问题。论文中的论据，主要来源于：①客观事实，包括从文献资料上收集到的有关历史事实和在现实中通过观察、实验、调查等所得到的第一手资料和数据。②科学道理,主要是大学期间所学到的知识、科学原理和科学论文等。通常应将两者以演绎、归纳、类比等论证方法辩证地统一起来,充实有力地说明论点。

(二)硕士学位论文

是攻读硕士学位研究生在导师指导下选题、研究而撰写的学位论文。其基本科学论点、结论和新的发现应在学术和发展医学科学上具有一定的理论意义和实践价值。论文选题要遵循先进性、实用性、可行性、个体性等原则。论文总体要求是概念准确、数据可靠、语言精练、表达有序、逻辑严密、重点突出,具有创新部分与独立的新的见解,篇幅无严格要求,一般20 000字左右。

硕士学位论文要求:概括为掌握坚实的理论基础、系统的专门知识、课题应当有新见解、具有从事科研工作或独立担负专门技术工作的能力。

(三)博士学位论文

博士研究生独立研究撰写的用于获取博士学位的论文。论文应具有较大的理论意义和实践价值,论文所涉及的各方面问题,应具有相当渊博的理论和专门知识,应具有相当熟练的科学研究能力,并对研究课题有创造性见解,取得较显著的科研成果,并能开辟新的研究领域。博士论文应具有系统性、创造性及独立性的特点。

博士学位论文要求:概括为掌握坚实宽厚的理论基础、系统深入广博的专门知识、熟练的操作技能和独创性、对该学科研究水平的提高有新的突破。博士论文在写作上的要求同其他研究论文一样,但其篇幅不受限制。

(四)学位论文的总体原则要求

1.立论客观,具有独立创造性。

2.论据坚实,具有确证性。

3.论证严密,富有逻辑性。

4.体式明确,标注规范。

5.语言精练准确,表达简明扼要。

(雷 蕾)

第 20 章　医学统计方法

一、基本概念和步骤

(一)基本概念

1. 总体与样本　总体是根据研究目的确定的同质的观察单位某一变量值的集合。分为有限总体和无限总体。

样本是遵循随机化原则从总体中随机抽取部分有代表性的个体所组成的集合。

2. 变量　被观察单位的特征称变量。

3. 误差　为测量值与真值之差或样本统计量与总体参数之差。分为系统误差和偶然误差(包括随机测量误差和抽样误差),抽样误差是指由于总体中个体差异与随机抽样造成样本统计量标与总体参数之间的差异。

4. 计量资料和计数资料

(1)计量资料:用定量方法测量每个观察单位的某项指标所得数值组成的资料为计量资料,亦称数值变量资料。

(2)计数资料:先将观察单位按某种属性或类别分组,然后清点各组的观察单位数,为计数资料,亦称无序分类资料。

(二)统计工作的基本步骤

统计工作有 4 个基本步骤,即设计、搜集资料、整理资料和分析资料。这 4 个步骤是相互联系,不可分割的。

二、统计表和统计图

(一)统计表

分为简单表和复合表。

1. 结构　标题;标目(横标目和纵标目);线条;数字。

2. 要求　主谓分明、层次清晰、重点突出、简单明了。

(二)统计图

1. 线图　用线段的升降来表示某现象随另一现象变动的幅度或趋势,适用于连续变量资料。

2. 直方图　是以面积表示数量,适用于表达连续性资料的频数或频率分布。

3. 直条图　是用等宽直条和长短来表示各统计量的大小,适用于彼此独立的资料互相比较,有单式和复式两种。

4. 构成图　用于表示全体中各部分的比重,有百分条图和圆图两种。

5. 散点图　表示两种事物变量的相关性和趋势。

三、平均数与标准差

(一)平均数

是用于描述一组同质计量资料的集中趋势或反映一组观察值的平均水平。常用的有算术均数、几何均数、中位数 3 种。

1. 算术均数　简称均数,以 μ 表示总体均数。适用于对称分布,特别是正态或近似正态分布的计量资料。

2. 几何均数　用 G 表示,常用于等比级数资料和对数对称分布,尤其是对数正态分布的计量资料。

3. 中位数　是一组按大小顺序排列的观察值中位次居中的数值,用 M 表示。它常用于描述偏态分布资料的集中趋势。中位数不受个别特小或特大观察值的影响,特别是分布末端无确定数据可求中位数。

(二)标准差

1. 标准差是描述一组同质计量资料离散趋势的常用指标,用 S、σ 表示,全面考虑组内每个观察值的离散情况,适用于对称分布,特别是正态或近似正态分布资料。

2. 标准差的应用

(1)表示观察值的变异程度(或离散程度)。在两组(或几组)资料均数相近、度量单位相同的条件下,标准差大,表示观察值的变异度大,即各观察值离均数较远,均数的代表性较差;反之,表示各观察值多集中在均数周围,均数的代表性较好。

(2)计算变异系数(CV)。若比较度量单位不同或均数相差悬殊的两组(或几组)观察值的变异度时,需计算变异系数用 CV 表示进行比较,其计算公式为:

$$CV = s/\bar{x} \times 100\%$$

(3)结合均数描述正态分布的特征和估计医学正常值范围。

(4)计算标准误。

四、总体均数可信区间的估计和 t 检验

(一)均数的抽样误差和标准误

抽样研究的目的是用样本信息推断总体特征。由抽样而造成的样本均数与总体均数之差异或各样本均数之差异称为均数的抽样误差,反映均数抽样误差大小的指标是样本均数的标准差,简称标准误。

(二)总体均数可信区间的估计

1. σ 已知时　总体均数 μ 的 95% 可信区间为:

$$(\bar{x} - 1.96\sigma\bar{x}, \bar{x} + 1.96\sigma x)$$

2. σ 未知,但 n 足够大(如 $n > 100$)时　总体均数 μ 的 95% 可信区间为:

$$(\bar{x} - 1.96s x, \bar{x} + 1.96s\bar{x})$$

3. σ 未知且 n 小时　总体均数 μ 的 95% 可信区间为:

$$[\bar{x} - t_{(0.05, v)}S\bar{x}, \bar{x} + t_{(0.05, v)}S\bar{x}]$$

(三)t 检验

1. 假设检验的基本步骤

(1)建立假设(H_0、H_1),确定检验水准 α。

(2)选定检验方法和计算统计量。

(3)确定 P 值,作出推断结论。

2. t 检验　只要样本例数 n 较大,或 n 小但总体标准差 σ 已知时,就可应用 μ 检验;n 小且总体标准差 σ 未知时,可应用 t 检验,但要求样本来自正态分布总体。两样本均数比较时还要求两总体方差相等。

(1)样本均数与总体均数比较:比较的目的是推断样本所代表的未知总体均数 μ 与已知总体均数 μ_0 有无差别。

$$t = \frac{\overline{X} - \mu_0}{S_{\overline{X}}}$$

(2)配对资料的比较:配对资料主要有四种情况。同一受试对象处理前后的数据;同一受试对象两种处理的数据;同一样品用两种方法(仪器等)检验的结果;配对的两个受试对象分别接受两种处理后的数据。

$$t = \frac{\overline{d} - 0}{s_{\overline{d}}} = \frac{\overline{d}}{s_d / \sqrt{n}}$$

(3)完全随机设计的两样本均数的比较:亦称成组比较。目的是推断两样本各自代表的总体均数 μ_1 与 μ_2 是否相等。

两样本含量 n_1、n_2 较小时,且要求两总体方差相等,即方差齐。若被检验的两样本方差相差较大且差别有统计学意义则需用 t' 检验。

$$t' = \frac{\overline{X}_1 - \overline{X}_2}{S_{\overline{X}_1 - \overline{X}_2}}$$

$$S_{\overline{X}_1 - \overline{X}_2} = \sqrt{S_C^2 \left(\frac{n_1 + n_2}{n_1 n_2} \right)}$$

$$S_C^2 = \frac{(n_1 - 1)s_1^2 + (n_2 - 1)s_2^2}{(n_1 - 1) + (n_2 - 1)}$$

$$\upsilon = (n_1 - 1) + (n_2 - 1) = n_1 + n_2 - 2$$

式中 $S_{\overline{X}_1 - \overline{X}_2}$ 为两样本均数之差的标准误,S_C^2 为合并估计方差。

五、相　对　数

1. 构成比　表示事物内部各个组成部分所占的比重,通常以 100 为例基数,故又称为百分比。其公式如下:

$$构成比 = \frac{事物内部某一构成部分的观察单位数}{事物内部各构成部分的观察单位数总和} \times 100\%$$

特点:

(1)各构成部分的构成比之和为 100%。

(2)某一部分所占比重增大,其他部分会相应地减少。

2. 率　　表示在一定条件下,某种现象实际发生的例数与可能发生这种现象的总数之比,用以说明某种现象发生的频率,故又称为频率指标,比例基数(K)选择原则上以结果至少保留一或两位整数为宜,其计算公式为:

$$率 = \frac{某现象实际发生例数}{可能发生某现象的总数} \times K$$

3. 相对比　　表示有关事物指标之对比,常以百分数和倍数表示,其公式为:

$$相对比 = 甲指标/乙指标(或 \times 100\%)$$

六、率的抽样误差和 x^2 检验

(一)率的标准误

率的抽样误差大小可用率的标准误来表示,计算公式如下:

$$S_p = \sqrt{\frac{P(1-P)}{n}}$$

(二)总体率的可信区间

1. 正态近似法　　当样本含量 n 足够大,且样本率 P 和 $(1-p)$ 均不太小,特别是 np 或 $n(1-p)$ 均 $\geqslant 5$ 时,样本率的分布近似正态分布,则总体率的可信区间可由下列公式估计:

总体率(π)的 95% 可信区间:$p \pm 1.96 S_p$

总体率(π)的 99% 可信区间:$p \pm 2.58 S_p$

2. 查表法　　当样本含量 n 较小,如 $n \leqslant 50$,特别是 p 接近 0 或 1 时,则按二项分布原理确定总体率的可信区间,其计算较繁,可根据样本含量 n 和阳性数 X 参照专用统计学介绍的二项分布中 95% 可信限表。

(三) x^2 检验(卡方检验)

1. 四格表资料的 x^2 检验

基本公式为:

检验的 $T > 5$ 且 $n > 40$ 时用

$$x^2 = \sum \frac{(A-T)^2}{T}$$

专用公式为:

$$x^2 = \frac{(ad-bc)^2 \cdot n}{(a+b)(c+d)(a+c)(b+d)}$$

当 $1 < T < 5$,而 $n > 40$ 时,应用以下校正公式:

$$x^2 = \sum \frac{(|A-T|-0.5)^2}{T}$$

如果用四格表专用公式,亦应用下式校正:

$$x^2 = \frac{(|ad-bc|-n/2)^2 \cdot n}{(a+b)(c+d)(a+c)(b+d)}$$

2. 配对资料的 x^2 检验

如果 $b+c>40$,则可采用：

$$x^2 = \frac{(b-c)^2}{b+c}$$

如果 $b+c<40$,则可采用：

$$x^2 = \frac{(\mid b-c \mid -1)^2}{b+c}$$

（杨玉山）